Hammond Innes
ISVIK

SERIE PIPER

Zu diesem Buch

Die Geschichte um die Expedition auf der ISVIK ist eine abenteuerliche Hetzjagd rund um den Erdball. Sie beginnt mit dem Tod des angesehenen Glaziologen Charles Sunderby, der unter rätselhaften Umständen in der Antarktis ums Leben kommt. Seine letzte Botschaft: Eine alte Fregatte aus dem 19. Jahrhundert soll im Packeis eingeschlossen, ein Mann am Ruder festgefroren sein. Dies gibt in London Rätsel auf. Iris Sunderby, die junge Witwe, will beweisen, daß es den »Fliegenden Holländer« tatsächlich gibt, und heuert eine abenteuerliche Mannschaft an, mit der sie von Südchile aus an Bord der ISVIK die Reise wagt. Als sie nach langer, gefahrvoller Suche die alte Fregatte findet, beginnt für alle ein atemberaubender Wettlauf zwischen Leben und Tod, denn das Eis der Antarktis hat nicht alle Spuren des gigantischen Verbrechens beseitigt.

Hammond Innes lebt in Suffolk und zählt seit über fünfzig Jahren zu den Meistern des in England hochentwickelten Genres Abenteuerroman. 1978 wurde er zum Commander of the British Empire ernannt. Er veröffentlichte neunundzwanzig Romane und sechs historische Sach- sowie Reisebücher, die in über vierzig Sprachen übersetzt wurden.

Hammond Innes

ISVIK

Auf der Suche nach dem Schiff
der Geheimnisse

Roman

Aus dem Englischen von
Walter Ahlers

Piper München Zürich

Ungekürzte Taschenbuchausgabe
Piper Verlag GmbH, München
September 1997
© 1991 Hammond Innes
Titel der englischen Originalausgabe:
»Isvik«, Chapmans, London 1991
© der deutschsprachigen Ausgabe:
1995 Verlag Volk und Welt GmbH, Berlin
Umschlag: Büro Hamburg
Simone Leitenberger, Susanne Schmitt, Andrea Lühr
Umschlagabbildung: © Christian Février
Satz: deutsch-türkischer fotosatz, Berlin
Druck und Bindung: Clausen & Bosse, Leck
Printed in Germany   ISBN 3-492-22312-5

INHALT

I
DER TOTO-GEWINNER — 9

EINS — 11
ZWEI — 50
DREI — 79

II
ENGEL DES TODES — 97

EINS — 99
ZWEI — 133
DREI — 161

III
RENDEZVOUS IN USHUAIA — 183

EINS — 185
ZWEI — 219
DREI — 251

IV
IM EIS — 289

EINS — 291
ZWEI — 326

V
PORT STANLEY — 357

EINS — 359

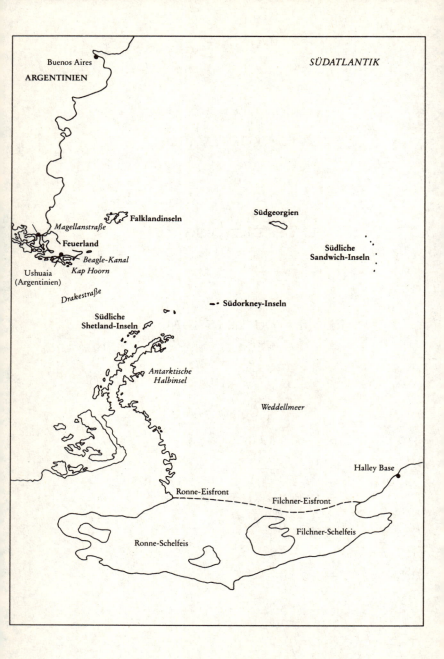

DOROTHY
zum Gedächtnis,
die nur die erste Hälfte
dieses Buches mit mir
reisen konnte.

I

DER TOTO-GEWINNER

EINS

Januar. East Anglia lag unter einer Schneedecke. Es schneite noch immer, der Wind trieb winzige Flocken über das Flugfeld, von den Dächern der Hangars hingen die Eiszapfen, nur die geräumte Landebahn schlug eine schwarze Schneise durch die bittere Kälte. Die Wachstube hatte ich mir bis zuletzt aufgespart, weil ich wußte, daß sie geheizt sein würde. In den Bodenbrettern vor dem Empfangsschalter steckte die Moderfäule, die Türrahmen waren vom Holzwurm befallen und fingen unten schon an zu faulen. Ich vervollständigte die Eintragungen auf meinem Klemmbrett und blieb einen Moment stehen, um die Aufzeichnungen noch einmal durchzugehen.

Der diensthabende Sergeant, der mich durch die verschiedenen Messen und Wohnquartiere begleitet hatte, kam vom Telefon zurück. »Der Kommandant würde gerne noch ein Glas mit Ihnen trinken, bevor Sie abfahren.«

Ich antwortete nicht, weil ich ganz auf meine Arbeit konzentriert war; ich mußte sicher sein, daß ich nichts vergessen hatte. Dreiundzwanzig Seiten mit Aufzeichnungen, und morgen würde ich das alles ausrechnen und einen Bericht anfertigen müssen, und natürlich den Kostenvoranschlag. Es war ein alter Fliegerhorst, die meisten Gebäude waren während des Krieges errichtet worden, die Unterkünfte hatte man immer wieder notdürftig ausgebessert, Fenster und Türen waren zum größten Teil aus rohem Holz und wurden nur von der Farbe geschützt. Ein paar der hölzernen Baracken waren ebenfalls vom Zerfall bedroht. Ein umfangreicher Auftrag, und ob Pett & Poldice ihn bekommen würden, das hing von meinen Zahlen ab, so wie der Profit, und es war mein erster großer Kostenvoranschlag, seit die Firma den Besitzer gewechselt hatte.

Ich klappte das Klemmbrett zu. Der Sergeant wiederholte seine Einladung. »Warum der Kommandant?« wollte ich von ihm wissen. Es war nicht mein erster Fliegerhorst, und bisher hatte sich immer der diensthabende Oberstleutnant um mich gekümmert, nicht der Horstkommandant.

»Das weiß ich nicht, Sir.« Er sah auf die Uhr über dem Schalter. »Er erwartet Sie in der Offiziersmesse. Falls Sie hier fertig sind, bring ich Sie jetzt rüber.«

Es war nach ein Uhr, und nichts deutete auf einen Temperaturanstieg hin, als wir auf der vereisten Straße durch das Haupttor gingen, wo die Wachposten sich in ihrem gläsernen Schilderhäuschen vor der Kälte verkrochen hatten. Ein eisiger Wind trug den Lärm warmlaufender Triebwerke zu uns herüber. Bis hinunter nach King's Lynn würde das Ufer der Great Ouse heute vereist sein, und meine kleine Segeljolle, die in ihrer Mündung lag, in der Außenmarsch vor Blakeney, war sicher längst festgefroren. Der Luftwaffenoberst, ein großer, dunkelhaariger Mann mit Adlernase und zerfurchtem Gesicht, wartete in der Bar auf mich. Ein Oberstleutnant und ein Luftwaffenmajor standen bei ihm, aber er stellte mich ihnen nicht vor, und die Herren schlenderten davon, als er mich fragte, was ich trinken wollte. Ich bestellte einen Whiskey Mac. Er nickte. »Gute Wahl, aber ich muß heut nachmittag noch fliegen.« Er trank Orangensaft.

Es war düster in der Bar, obwohl das Licht brannte, und sobald ich meinen Drink hatte, ging er voraus zu einem Tisch in der hintersten Ecke. »Ich nehme an, Sie wissen eine ganze Menge über Schiffe. Holzschiffe.« Er bot mir einen Sessel an.

»Segelschiffe, meinen Sie?«

Er nickte.

Ich war auf ein paar Schulschiffen gewesen, und das sagte ich ihm. Die angenehme Wärme des Drinks sickerte in den Magen. »Außerdem hab ich selber ein Boot. Aus Holz. Nicht aus Glasfiber. Warum?«

»Alte Schiffe«, sagte er, ohne auf meine Frage zu antworten. »Rahsegler.« Er langte in die Seitentasche seiner Uniformjacke und zog ein paar zusammengefaltete Papiere hervor. »Letztes Jahr um diese Zeit war ich auf den Falklands.« Er sah hinunter auf die Blätter in seiner Hand. Mit den Gedanken schien er

12

wieder auf den Inseln zu sein. »Seltsamer Ort«, murmelte er. »Das merkwürdigste Kommando, das ich je hatte.« Er hob den Blick und sah wieder mich an. »Was meinen Sie, wie lange kann so ein Holzschiff sich in der Antarktis halten, bei den eisigen Verhältnissen dort unten?«

»Ich weiß nicht«, antwortete ich. »Das hängt von vielen Dingen ab – aus was für Holz das Spantenwerk ist, in welchem Zustand es ist, um welche Breiten es sich handelt, was es für Temperaturschwankungen gibt.« Ich fügte hinzu: »Es hängt auch davon ab, wie viele Monate im Jahr es eingefroren ist, und besonders davon, ob das Spantenwerk ständig unter der Oberfläche war. Wenn zwischendurch Luft drangekommen ist ...« Ich sah ihn an und fragte mich, was in seinem Kopf vorgehen mochte. »Viele Variablen spielen eine Rolle, man müßte alle Umstände kennen.«

Er nickte, faltete die Papiere auseinander und glättete sie auf der Uniformhose.

Sie sahen aus wie Fotokopien von Seiten eines Notizbuchs; sie waren verknittert und von meinem Platz aus unlesbar. »Sprechen Sie von den Wracks, die noch vor den Falklands herumliegen?« fragte ich ihn. Einer unserer Direktoren war unten gewesen, als die *SS Great Britain* für die lange Rückreise ins heimatliche Trockendock in Bristol vorbereitet wurde, wo sie überholt werden sollte. Er hatte Fotos gemacht, die er auf Dia-Vorträgen zeigte, und da die Präservierung von Holz immer noch das Hauptgeschäft der Firma war, waren viele Nahaufnahmen von den zerstörten und aufgegebenen Schiffen dabei, die er in der Nähe der Inseln gesehen hatte. »Wenn Sie Informationen über die Wracks bei den Falklands wollen, sollten Sie lieber Ted Elton fragen«, riet ich ihm.

»Nein, nicht bei den Falklands. Ich weiß nicht mal genau wo. Das ist ja das Problem.« Er tippte auf die Blätter in seiner Hand. »Das hier sind die Aufzeichnungen eines Glaziologen. Man hat sie bei seiner Leiche gefunden, und ich hab sie mir kopieren lassen, bevor wir seine Habseligkeiten nach London zurückgeschickt haben.« Er hielt sie mir hin. »Wahrscheinlich saß er im Cockpit, um einen ersten Blick auf das Eisschelf zu werfen, sonst hätte er das Schiff gar nicht sehen können.« Und leise fügte er hinzu: »Oder hat er es sich bloß eingebildet?«

»Was denn?« fragte ich.

»Ein Schiff. Ein richtiges großes Segelschiff. Eingeschlossen im Eis.«

»Ein altes Schiff? Sie sagten etwas von einem alten Schiff, einem Rahsegler.«

Er nickte. »Lesen Sie, was da steht.« Er gab mir die Kopien, und ich hielt sie unters Licht.

Es waren drei zusammengeheftete Blätter, und die ersten Sätze, auf die mein Blick fiel, lauteten: *Keine Masten mehr, natürlich. Nur noch Stumpen, mit einer Eisschicht überzogen. So wie das Deck. Nur die Umrisse zu erkennen. Ein altes Holzschiff, ich bin ganz sicher. Leider war mein Fotoapparat achtern bei meinen Sachen. Drei Masten und etwas, das wie Geschützpforten aussah, das Deck eine leere Eisfläche, eingerahmt von zertrümmerten Schanzkleidern, und hinter dem Ruder …*

Ich blätterte die zweite Seite auf, die Schrift war plötzlich sehr zittrig, fast unleserlich, als sei die Maschine in Turbulenzen gekommen, *… eine Gestalt. Der Rudergänger, am Steuerrad festgefroren. So hat es ausgesehen. Der Geist eines Mannes, der Geist eines Schiffs, in ein weißes Tuch gehüllt, aus Eis oder Schnee, nur die Umrisse zu erkennen. Und dann war es verschwunden, meine Augen blinzelten in das funkelnde Eis. Ich konnte kaum glauben, was ich gesehen hatte, aber so hat es ausgesehen …* Und auf die dritte Seite hatte er eine grobe Skizze des Segelschiffs gezeichnet.

»Haben Sie die schon mal jemandem gezeigt, der etwas von alten Schiffen versteht?« fragte ich den Gruppenkommandeur.

»Nicht persönlich«, antwortete er, »aber das National Maritime Museum hat sich dazu geäußert. Sie finden, daß es wie eine Fregatte aus dem frühen 19. Jahrhundert aussieht. Aber das sind natürlich nur Mutmaßungen. Die Skizze ist viel zu ungenau, und jeder, der diese Seiten zu sehen gekriegt hat, hat sich als erstes gefragt, ob Sunderby das Schiff wirklich gesehen oder sich nur eingebildet hat. Der Mann hieß Charles Sunderby.« Er zupfte sich am linken Ohrläppchen. »Man hatte ihn nach Hause geschickt, weil er psychiatrisch behandelt werden mußte.« Er sagte dies zögernd. »Die Folgen eines Winters in McMurdo. Er war ein paarmal mit der Schneekatze zu den Eisbergen rausgefahren, um die massive Schichtung zu untersuchen, zu der es offensichtlich kommt, wenn neues Eis sich über altes schiebt.« Er wandte den Kopf und sah mir plötzlich in die Augen. »Also, zurück zu meiner Frage: Könnte ein Segelschiff aus dem späten 18. oder dem frühen 19. Jahrhundert in diesem Teil der Welt fast zwei Jahrhunderte überdauern? Ich weiß, daß Holz in Alaska oder im nördlichen Kanada, wo es keine Termiten gibt, fast unbegrenzt haltbar ist. Die Lafetten im Fort Churchill wurden schon in der Gründungszeit der Hudson Bay Company aufgestellt.«

»Das hängt sehr stark von der Luftfeuchtigkeit in den Sommermonaten ab«, sagte ich. »Aber selbst wenn das Spantenwerk überdauert hätte, was wäre mit dem Schiff?«

Er nickte. »Wenn man bedenkt, was es für Stürme da unten gibt, haben Sie wahrscheinlich recht. Aber ich habe den Mann persönlich kennengelernt. Am Abend vor seiner Abreise haben wir einen zusammen getrunken.« Er starrte gedankenverloren auf sein Glas. »Das Seltsame war, er hatte Angst. Deshalb ist er mir im Gedächtnis geblieben.« Er sprach langsam, nachdenklich. »Ein Glaziologe, der sich vorm Eis fürchtet! Deshalb war er auf Heimaturlaub. Um sein Problem in den Griff zu kriegen. Oder war es eine Art Vorahnung? Glauben Sie an solche Dinge?«

Er sah mich aus seinen großen grauen Augen an. Das ist einer, der keine Angst kennt, dachte ich bei mir. Und dann sagte er: »Armer Kerl. Beinahe hätte ich ihm meinen Talisman geliehen – ich hab ihn von einem Äthiopier bekommen, kurz bevor er starb. Auf dem Rückweg von einer Getreidelieferung nach Djibouti. Getreide und Reis, und ich hatte ihn noch im letzten Moment an Bord gezogen. Zum Teufel mit den Vorschriften, ich wollte einen von den armen Kerlen retten. Aber er hat's nicht geschafft, und da gab er mir das hier ...«

Er langte in seine Hemdtasche und brachte einen Stein von bläßlicher Färbung zum Vorschein, in den ein Gesicht graviert war, das wie eine Sonnenblume aussah. »Seitdem trage ich das Ding bei mir«, sagte er. Und er fügte hinzu: »Für jeden von uns kommt mal der Moment, wo wir uns an etwas festhalten müssen – um uns zu versichern, daß wir nicht ganz vom Glück verlassen sind, also hab ich's behalten. Sein Flugzeug ist im Eis verschollen.« Schweigend schob er den Talisman zurück in seine Hemdtasche.

»Wann ist es passiert?« fragte ich ihn.

»Wie bitte? Ach so, das mit dem Flugzeug. Warten Sie. Ich bin seit sechs Monaten wieder zurück, und passiert ist es kurz vor meiner Abreise. Eine seltsame Geschichte. Reiner Zufall, daß er in dem Flugzeug gesessen hat. Er war mit einer Maschine der argentinischen Luftwaffe aus den Staaten ausgeflogen worden. Er war Argentinier, müssen Sie wissen. Stand zumindest in seinem Paß. Aber in Wirklichkeit war er Nordire. Seinem Wesen nach, meine ich – sehr puritanisch. Er landete oben auf dem uruguayischen Stützpunkt bei Montevideo, von wo ihn eine unserer Maschinen mitgenommen hat, die umgeleitet worden war, um den Einbau eines neuen Triebwerks abzuwarten. Schicksal – zufällige Mitfluggelegenheiten, die auf direktem Weg in den Untergang führten. Der letzte Schritt war der Flug mit der amerikanischen Maschine. Wegen eines Defekts in der Elektronik war sie in meinem Befehlsbereich gelandet, und sobald meine Ingenieure den Fehler behoben hatten, flog sie weiter und wurde nie wieder gesehen.«

»Und wie sind Sie an das Notizbuch gekommen?« fragte ich ihn.

»Ein deutscher Eisbrecher hat die Leichen gefunden. Sie lagen auf einer Scholle aus geschichtetem Alteis, keine fünfzig Kilometer vom Eisschelf, unweit der Stelle, wo Shackletons *Endurance* zermalmt wurde. Keine Spur von einem Flugzeug, kein Flugschreiber, kein Hinweis auf das, was passiert war, nur die Leichen, als wäre ihnen gerade noch die Zeit geblieben, auf die Scholle zu kriechen, bevor das Flugzeug versank.« Er fingerte wieder an seinem linken Ohrläppchen herum. »Sehr seltsam. Die ganze Geschichte. Äußerst seltsam ... Die einzige schriftliche Auskunft über das, was auf diesem Flug passiert ist, sind Sunderbys Notizen über den Zustand des Eises und den Anblick dieses sonderbaren ›Fliegenden Holländers‹.« Er seufzte. »Ob er sich das Ding bloß eingebildet hat? Er war Wissenschaftler, sehr präzise in seiner Ausdrucksweise…« Er schüttelte den Kopf. »Gut, es ist inzwischen Geschichte, und es ist sehr weit weg passiert, am anderen Ende der Welt.« Nachdenklich hatte er die letzten Worte wiederholt, als müßte er sich daran erinnern, daß inzwischen Zeit vergangen war und er wieder englischen Boden unter den Füßen hatte.

Er sah auf seine Uhr und erhob sich. »Ich muß jetzt gehen. Ein junger Pilot. In der Luft ist er ein As, aber er kann anscheinend nicht mit Geld umgehen und mit Frauen auch nicht.« Und er fügte hinzu: »Kostspielige Burschen, diese Kampfflieger. Kostet den Steuerzahler 'ne Stange Geld, sie auszubilden. Und nachdem ich mir soviel Mühe gegeben habe, den armen Teufel zur Schnecke zu machen …« Er lächelte mich an, ein plötzliches Aufblitzen von Charme. »Eine der erfreulichen Seiten am Fliegen ist es, daß man alles da unten zurücklassen kann. Auch den ganzen Dreck.« Er deutete mit dem Kopf auf die hohen Fenster, hinter denen das Licht beinahe ganz verschwunden war, so dicht trieb der Wind jetzt die Flocken über das Flugfeld. »In ungefähr fünfzehntausend Fuß Flughöhe müßte ich auf blauen Himmel und Sonne stoßen.«

Ich gab ihm die Aufzeichnungen zurück, und als wir zur Tür gingen, sagte er: »Der Brigadegeneral hat mich daran erinnert. Letzte Woche hat er mich besucht. Er kam gerade aus Chile zurück. Sie hatten ihn nach Punta Arenas geflogen, ihrem Stützpunkt da unten an der Magellanstraße. Dort war anscheinend viel von einer alten Fregatte die Rede gewesen, unter argentinischer Flagge und mit argentinischer Besatzung, die gleich nach dem Krieg durch die Straße gesegelt war, auf dem Weg zu ihrer Basis am südlichen Ende von Feuerland. Anscheinend hat eine Frau, eine Verwandte von einem Besatzungsmitglied, kürzlich Ermittlungen dort unten angestellt.«

Er schwieg, als wir das große, mit Teppichen ausgelegte Foyer am Vordereingang der Messe erreicht hatten. »Haben Sie einen fahrbaren Untersatz?« Als ich ihm sagte, daß ich mein Auto auf der Rückseite geparkt hatte, führte er mich einen Korridor entlang, der an den Garderoben vorbeiführte, und zeigte mir eine Abkürzung durch ein paar Büros. »Seltsam«, sagte er, als wir uns trennten, »aber mir geht diese Geschichte nicht mehr aus dem Kopf. Die Leichen auf dem Eis, Sunderbys Notizen über den Zustand des Eises im Weddellmeer, das ist alles, und nach dem ganzen wissenschaftlichen Kram drei Seiten über den kurzen Blick, den er auf das im Eis eingeschlossene Geisterschiff geworfen hat.« Er schüttelte den Kopf, und dabei machte er ein so bekümmertes Gesicht, als sei der Tod des Mannes und die Erinnerung daran ihm persönlich nahegegangen. »Fahren Sie vorsichtig«, sagte er, als er mir die Tür zu einem gepflasterten Durchgang öffnete. »Da draußen ist überall Glatteis.« Eine Hand auf meiner Schulter, schob er mich beinahe zur Tür hinaus und klappte sie so abrupt hinter mir zu, als hätte er auf einmal das Gefühl, zuviel von sich preisgegeben zu haben.

Aus dem Durchgang trat ich hinaus in einen schneidenden Wind, der vom offenen Flugfeld herüberwehte. Die Windschutzscheibe meines Autos war vereist. Ich nahm ein Spray zu Hilfe, und doch mußte ich den Motor gute fünf Minuten lang laufen lassen, bis ich ein ausreichendes Guckloch hatte. Auf der ganzen Rückfahrt waren die Straßen verteufelt glatt, obwohl gestreut worden war. Erst nach vier war ich zurück in King's Lynn.

Die Fabrik lag flußabwärts, im Industriegebiet auf dem Flachufer, aber die Büros von Pett & Poldice befanden sich seit jeher in der Nähe von St. Margaret's und dem alten hanseatischen »Stahlhof«. Im Gebäude war es kalt und seltsam still. Als wäre die ganze Belegschaft früher nach Hause geschickt worden. Das Büro, das ich mir mit einem Kollegen teilte, war leer, mein Schreibtisch aufgeräumt, nur ein Brief lag darauf, mit Maschine geschrieben, das Blatt trug den Briefkopf der Firma K. L. Instant Protection.

Ich nahm ihn und ging hinüber zum Fenster; fassungslos und ungläubig starrte ich auf die beiden kurzen Absätze, in denen mir mitgeteilt wurde, daß man mich nicht mehr brauchte.

Lieber Mr. Kettil,
hiermit teilen wir Ihnen mit, daß die Firma Pett & Poldice
von heute an ihre Arbeit einstellt. Die gesamte Produktion
wird von nun an in die KLIP-Werke in Basingstoke verla-
gert, das Gesamtunternehmen wird ab sofort vom Haupt-
sitz der Firma Instant Protection in Wolverhampton aus
geleitet. Ihre Dienste werden fortan nicht mehr benötigt.
Wir bitten Sie, Ihr Büro unverzüglich zu räumen, denn
sowohl das Bürogebäude als auch die Fabrik wurden ver-
kauft. Die Bedingungen Ihres Arbeitsvertrags werden
selbstverständlich erfüllt. Unser Büro in Wolverhampton
wird sich mit Ihnen in Verbindung setzen, um Fragen der
Abfindung, der betrieblichen Altersversorgung und der
Versicherung zu klären.

Ein Mann, der sich »Personalchef« nannte, hatte einen unleserlichen Namenszug unter das Schreiben gesetzt.

Ich mußte diesen Brief zweimal lesen, bis ich seinen Inhalt endlich begriffen hatte. Mit Entlassungen ist das so wie mit Katastrophenmeldungen in der Zeitung – es trifft immer die anderen, nie einen selbst. Und dabei waren wir doch eine alteingesessene Firma.

Ich starrte auf die braune Backsteinmauer des ehemaligen Lagerhauses auf der anderen Straßenseite, das man in ein Apartmenthaus umgebaut hatte. Die schmale Lücke zum Nebengebäude gab einen eisigkalten Blick auf den Fluß frei. Ein feiner, pulvriger Schnee fiel wie ein Schleier aus dem bleiernen Himmel. Es war typisch für unsere Firma, daß sie so lange an diesen alten Büros festgehalten hatte. Die Direktion hatte das ehrwürdige Gebäude als Aktivposten betrachtet, schließlich existierte die Firma Pett & Poldice bereits, als die Schiffe noch aus Holz waren. Damals hatte man mit Bauhölzern gehandelt, und als die Schiffe, die den Great Ouse hinauf nach King's Lynn kamen, nicht mehr aus Holz, sondern aus Stahl waren, verlegten jüngere Generationen der Familie Pett sich zunächst darauf, tropische Harthölzer zu importieren, um sich später ganz auf die Präservierung von Bauhölzern, im besonderen des Fachwerks und der eichenen Dachbalken der Häuser von East Anglia zu spezialisieren.

Erst als Männer, die wir nie zuvor gesehen hatten, ihre Nasen in die verschiedenen Abteilungen steckten und Fragen über Kassenzufluß und Kostenverteilung zu stellen begannen, erfuhren wir, daß die Familie Pett an unseren härtesten Konkurrenten verkauft hatte, Instant Protection, eine Tochtergesellschaft eines der großen Chemiekonzerne. Damals hätte ich bereits wissen müssen, wie es weitergehen würde. Aber man will das eben nicht wahrhaben. Man steckt den Kopf in den Sand und arbeitet weiter. Und Arbeit gab es genug, die Auftragsbücher waren voll, was die Sache nur noch tragischer machte.

Ich zog meinen Anorak wieder an, klaubte die wenigen Dinge zusammen, die mir gehörten, und schloß die Tür hinter fast fünf Jahren meines Lebens. Niemand war da, von dem man sich verabschieden konnte, nur ein leeres Gebäude und ein Wachmann unten am Tor, den ich noch nie im Leben gesehen hatte.

Zum erstenmal stand ich vor der Notwendigkeit, mir Arbeit suchen zu müssen. Noch nie war ich arbeitslos gewesen. Ich war einfach in die Fußstapfen meines Vaters gestiegen. Als er 1956 aus der Marine entlassen worden war, hatte er bei Pett & Poldice angefangen, und weil ich genau wußte, daß dort immer ein Job auf mich warten würde, hatte ich den größten Teil meiner freien Zeit auf meinem Segelboot vor Blakeney verbracht, um die Wash und die Küste von Norfolk zu erkunden. Das war nach unserem Umzug von King's Lynn nach Cley, und als ich mit der Schule fertig war, meldete ich mich freiwillig zu einem der Drake-Projekte und heuerte anschließend auf einem Whitbread-Weltumsegler an.

Ich war gut dran. Ich konnte das alles tun, weil die gesicherte Aussicht auf einen Job bei Pett & Poldice das Netz unter dem Sprungbrett war, von dem aus ich mich in die Welt stürzte. Und jetzt war dieses Netz plötzlich nicht mehr da, und ich mußte feststellen, wie rauh es in dieser Welt zugehen konnte. Ich hatte keinerlei Qualifikationen, und in der Holzpräservierungsbranche schien allenthalben Personal abgebaut zu werden – »schlanke Produktion« hieß das Zauberwort, das man jetzt überall hörte, und es wurden sogar Leute entlassen, die höher qualifiziert waren als ich.

Nur das Verkaufspersonal, besonders die jüngeren Leute, konnte noch relativ unbekümmert die Arbeitsplätze wechseln. Ich erfuhr das alles ungefähr einen Monat nach der Schließung von Pett & Poldice. Julian Thwaite, ein überschwenglicher, extrovertierter Mensch aus den Yorkshire Dales, der bei uns als Verkaufsmanager gearbeitet hatte und ganz in meiner Nähe in Weasenham St. Peter wohnte, machte den Vorschlag, wir sollten uns doch alle in King's Lynn treffen, »um Erfahrungen, Informationen, Kontaktadressen und Wünsche auszutauschen«. Es war ein gutgemeinter Vorschlag, aus reiner Freundlichkeit gemacht, denn er selber hatte offensichtlich keine Probleme gehabt, von Holzschutzmitteln und Speziallacken zu Schmierstoffen zu wechseln. Von einer Gesamtbelegschaft von neunundsiebzig Leuten erschienen fast fünfzig im Mayden's Head am Tuesday Market Place von King's Lynn, und nur vierzehn von ihnen hatten eine neue Arbeit gefunden. Die Arbeiter aus der Fabrik und die spezialisierten Kräfte aus den Büros der alten Firma hatten die größten Probleme bei der Anpassung.

Eine Woche nach meiner Entlassung hatte ich angefangen, mit zwei Möglichkeiten zu spielen, die mich beide begeisterten und die mir schon seit einer Weile im Kopf herumspukten. Die erste Idee war, mein Boot zu verkaufen, Geld aufzunehmen, um mir einen Motorsegler von zehn, zwölf Meter Länge zu kaufen und mich als selbständiger Charterskipper niederzulassen. Die andere Idee war, meine eigene Holzberatungsfirma zu gründen. Ich fand beide gleich aufregend, und so lag ich nachts wach in meinem Bett, machte Pläne und verlor mich nicht selten in meinen Phantasien. An jenem Abend im Mayden's Head, nachdem ich mit den anderen armen Teufeln geredet hatte, die noch ohne neuen Job waren, traf ich schließlich meine Entscheidung.

Ich wollte mich zuerst nach Möglichkeiten umsehen, als selbständiger Charterskipper zu arbeiten, ganz einfach deshalb, weil es schon immer ein Traum von mir gewesen war und weil ich mich in der Schiffahrt East Anglias bestens auskannte und genau wußte, wen ich zu fragen hatte. Ich fand jedoch schnell heraus, daß ein Anschaffungskredit für das Boot so teuer war, daß mindestens die ersten beiden Monate meiner Arbeit für Zinszahlungen draufgehen würden, bevor ich überhaupt damit anfangen könnte, über die anderen Kosten nachzudenken: Wartung, Ersatzteile, Lagerkosten, Proviant, laufende Ausgaben usw.

Es war noch zu früh, solange jedenfalls, wie ich das Unternehmen nicht aus eigener Kraft finanzieren konnte. Also ernannte ich mich selber zum Ratgeber in Fragen der Holzpräservierung, und statt mich an potientielle Arbeitgeber zu wenden, bot ich den Firmen und Institutionen meine Dienste an, mit denen ich während meiner fünf Jahre bei Pett & Poldice zu tun hatte.

Eine dieser Institutionen war das National Maritime Museum in Greenwich. Wir hatten einmal sehr spezielle Arbeiten an einer wiederaufgetauchten Galionsfigur für sie durchgeführt. Der stellvertretende Direktor schrieb mir einen freundlichen Antwortbrief, aber Arbeit hatte er keine für mich. Er konnte mir auch keine Hoffnung darauf machen, daß in absehbarer Zeit Aufträge an Personen außerhalb des Museums vergeben würden.

Da ich damit gerechnet hatte, war ich nicht wenig erstaunt, als ich etwa sechs Wochen später ein weiteres Schreiben von ihm erhielt, in dem er mir mitteilte, es könne sich für mich lohnen – auch wenn er keine Versprechungen machen wolle –, am kommenden Mittwoch nach Greenwich zu kommen, wo er ein Treffen mit jemandem arrangiert habe, der Rat bei der Präservierung von Schiffsspanten benötige. *Eigentlich nicht mein Fachgebiet*, hatte der Schreiber hinzugefügt, *aber an dem Schiff hat unser Museum allergrößtes Interesse, und die näheren Umstände sind faszinierend. Ich habe vor allem wegen Ihrer Erfahrung mit Segelbooten an Sie gedacht. Den genauen Grund werden Sie erfahren, wenn Sie an dem Treffen teilnehmen, das um 11 Uhr an Bord der »Cutty Sark« stattfinden wird.*

Es war ein seltsamer Brief, und obwohl ich es mir weder zeitlich noch finanziell leisten konnte, nach London zu fahren, war Victor Wellington in der Welt, in der ich Fuß fassen wollte, eine viel zu wichtige Figur, als daß ich eine solche Einladung ausschlagen konnte.

Am Mittwochmorgen nahm ich den ersten Inter-City-Express zur Liverpool Street Station, die sich gerade im Umbau befand und morgens um kurz nach neun Uhr einem Tollhaus glich. Die Sonne stieß ihre hellen Strahlen durch die Staubwolken und modellierte das Gefüge aus stählernen Pfeilern und Trägern heraus, daß sich über die schmalen, von Bretterzäunen begrenzten Gassen erhob, durch die der morgendliche Menschenstrom an den riesigen Maschinen vorbeigeleitet wurde, die ihre Klauen in die Fundamente der alten Bahnhofshalle gruben. Im Gegensatz dazu wirkte die City vor dem Bahnhof sauber und hell. Ich hatte noch viel Zeit, also trank ich in einem kleinen Café beim Monument eine Tasse Tee und aß ein Sandwich, bevor ich zum Tower Pier spazierte und das Boot nach Greenwich nahm.

Zwanzig Minuten später wendeten wir in Greenwich Reach gegen die Flut, setzten quer über den Fluß und legten am Greenwich Pier an. Hinter den Gebäuden am Pier ragten die Masten und Rahen der *Cutty Sark* hoch in den blauen Himmel, die Oberflächen der lackierten Hölzer glänzten im schrägen Sonnenlicht. Links von mir konnte ich, als ich an Land ging, das grüne Gras zwischen den bleichen, grauen Steinen von Wrens Meisterwerk sehen. Ich sah auf meine Uhr. Es war noch nicht mal halb elf.

Die *Cutty Sark* lag mit dem Bug gegen den Fluß, der eindrucksvolle Bugspriet ragte zwischen Francis Chichesters *Moth IV* und der Einfahrt zum Pier in die Luft. Ich ging hinüber und blieb eine Weile stehen, lehnte mich auf die eiserne Reling und sah hinunter in das leere Dock, das man extra für sie gebaut hatte. Auf jeder Seite führte eine steinerne Treppe hinab, damit die Besucher von unten einen Blick auf die scharfgeschnittene Buglinie und die Galionsfigur mit ihrem ausgestreckten Arm und dem wehenden Haar werfen konnten. Auf der Innenseite des Docks führte ein Laufsteg ganz herum bis zu zwei identischen Treppen am Heck. Auf der Steuerbordseite erreichte man das Achterdeck über eine Gangway und eine Leiter, aber der Haupteingang zum Schiffsinneren befand sich auf der Backbordseite, beinahe mittschiffs, zwischen dem ersten und zweiten ihrer drei Masten. Wie eine Zugbrücke war er vom Seiteneinfall des

23

Schiffsrumpfes heruntergelassen worden und lag flach auf dem steinernen Rand des Docks.

Mir blieben noch immer zwanzig Minuten Zeit, also schlenderte ich hinüber zur *Gypsy Moth*. Als ich die schlanken Rennlinien dieses eleganten Vollblüters aus Illingworth sah, konnte ich es kaum glauben, daß es einem Mittsechziger, der den Krebs nur noch mittels einer vegetarischen Diät unter Kontrolle halten konnte, gelungen sein sollte, sie einhändig nicht nur um die ganze Welt, sondern auch noch ums Kap Hoorn zu segeln. Verglichen mit der *Cutty Sark* wirkte sie natürlich winzig, aber als ich dann direkt vor der Wetterfahne stand und am Hauptmast entlang in den Himmel schaute, schien sie mir doch ein ganz schöner Brocken für einen einzelnen Mann im fortgeschrittenen Alter zu sein.

Mein eigenes Boot kam mir in den Sinn; die Schönheit des Junimorgens weckte in mir die Sehnsucht, mit ihm von Blakeney aus loszusegeln, durch das Gatt nach Norden – die Möwen leuchten weiß im Sonnenlicht, und draußen am Point aalen sich die Robben auf den Kiesbänken und heben nur kurz die Köpfe, um mich aus ihren klaren braunen Augen anzuschauen ... Aber ich stand hier in London, hatte mein Boot längst verkauft und brauchte dringend Arbeit.

Ich sah wieder auf meine Uhr, als ich zur *Cutty Sark* zurückging. Sechzehn Minuten vor elf. Gern wäre ich an Bord gegangen, um meine Erinnerung an die Ausstattung des Schiffes ein wenig aufzufrischen, aber ich hielt es nicht für richtig, über eine Viertelstunde zu früh zu kommen. Wäre Victor Wellington zu Ohren gekommen, daß ich bereits an Bord war, hätte er mich höchstwahrscheinlich rufen lassen. Ich wollte nicht übereifrig erscheinen. Purer Stolz: Er sollte nicht wissen, wie versessen ich auf einen Auftrag des National Maritime Museum war, und wäre er auch noch so klein. Wenn ich den erst in der Tasche hätte, würde alles andere von selbst kommen – das spürte ich.

Die steinerne Einfassung des Docks strahlte bereits die Sonnenwärme zurück, als ich an der Steuerbordseite der *Cutty Sark* entlangschlenderte. Hinter ihrem Heck leuchtete der Gypsy Moth Pub golden und braun im hellen Licht des Vormittags, das

Schild war auf der einen Seite mit Chichesters Segeljacht bemalt, auf der anderen mit seinem Flugzeug. Ein junger Mann stand allein auf der Aussichtsplattform. Er lehnte lässig mit dem Rücken gegen das Geländer, eine schlanke Gestalt in hellblauen Baumwollhosen und einem weitgeschnittenen, goldfarbenen Blouson, den braunen Pullover hatte er sich locker um den Hals gebunden. Von seiner Schulter baumelte eine Kamera, aber er ähnelte eher einem Studenten als einem Touristen.

Er fiel mir auf, weil er keine Augen für die *Cutty Sark* hatte. Regungslos stand er da und sah aufmerksam hinüber zum Church-Street-Revier, wo einer dieser kleinen Citroens versuchte, sich vor dem Gypsy Moth zwischen einen geparkten Lieferwagen und eine Reihe von fünf Absperrungspoldern zu quetschen, die mit Ketten verbunden waren und die Fahrstraße von der mit Backsteinen und Beton gepflasterten Einfassung des Docks trennten.

Eine junge Frau stieg aus dem Wagen, nachdem sie ihn geparkt hatte. Ihr Haar war kurz geschnitten und schwarz, es glänzte in der Sonne wie schwarzer Lack; einen hellen Seidenschal hatte sie sich lose um den Hals geschlungen. Es war etwas in ihrer Haltung, wie sie dort stand und zur *Cutty Sark* hochschaute, der Kopf in den Nacken geworfen, der Körper gespannt – es schien, als hätte der Teeklipper eine besondere Bedeutung für sie.

Inzwischen hatte ich das Heck der *Cutty Sark* erreicht. Ich ging an dem Studenten vorbei, dann blieb ich stehen, lehnte mich gegen das Geländer und sah der Frau dabei zu, wie sie noch einmal in den Wagen langte und eine alte lederne Aktentasche herausholte, aus der sie einen Schnellhefter zog, den sie auf die Motorhaube legte. Sie blieb eine Weile dort stehen und blätterte in dem Ordner. Der Student verließ seinen Platz. Er war klein und dunkel; ein goldener Ring funkelte im Sonnenlicht, als er die Kamera von der Schulter nahm, sie aufklappte und die Lichtverhältnisse prüfte. Es war eine teure Kamera, auch seine Kleidung sah teuer aus.

Viele Touristen liefen herum, aber sie hielten sich alle am Bug des Schiffes auf oder hatten sich mittschiffs vor dem Eingang versammelt, so daß sich am Heck der *Cutty Sark* nur der Student und ich aufhielten, als die Frau ihr Auto abschloß und auf uns zukam.

Sie ging langsam, den Ordner steckte sie wieder in die vollgestopfte Aktentasche. Irgendwie wirkte sie abwesend, als wäre sie mit den Gedanken ganz woanders und hätte weder Augen für den herrlichen Morgen noch für die Masten des Teeklippers, die hoch in den blauen Himmel ragten. Sie war mittelgroß und keine Schönheit, aber die ausgeprägten Unterkiefer und der kühne Schwung ihrer Nase sprangen sofort ins Auge. Ein markantes Gesicht mit scharf geschnittenen Wangenknochen und breiter Stirn; als sie näher kam, traf mich ein Blick aus zwei hellen, intelligenten Augen unter schmalen, dunklen Brauen.

Sie war jetzt nur noch ein paar Meter entfernt, und der Student hatte die Kamera vors Gesicht gehoben. Ich hörte das Klicken des Auslösers, als er ein Foto von ihr machte. Sie mußte es auch gehört haben, denn sie stutzte, eine kurze Schrecksekunde des Erkennens; sie riß die Augen weit auf. Und doch war es mehr als Erkennen, etwas ließ ihr Gesicht starr werden, starr vor Entsetzen, aber es war ein Entsetzen, hinter dem eine seltsame Erregung zu lauern schien.

Ein flüchtiger Augenblick nur, und trotzdem ist er mir lebhaft im Gedächtnis geblieben. Sie hatte sich sofort wieder gefaßt und war weitergegangen, ganz dicht an mir vorbei. Wieder trafen sich unsere Blicke, und ich glaubte, ein Zögern zu bemerken, als spielte sie mit dem Gedanken, mich anzusprechen. Doch sie ging weiter, sah auf die schwere Armbanduhr an ihrem Handgelenk, eine Uhr, wie Taucher sie tragen. Sie war stämmiger, als ich zuerst bemerkt hatte, eine athletische junge Frau mit schwingenden Hüften. Kräftige Waden schauten unterhalb des dunkelblauen Rocks hervor. Am Eingang zum Schiff mußte sie hinter einer Gruppe von Schulkindern warten; sie warf den Kopf in den Nacken, und jetzt sah sie zu den Masten der *Cutty Sark* auf. Und dann, kurz bevor sie im Rumpf des Schiffes verschwand, blieb sie stehen und wandte den Kopf in meine Richtung. Ich konnte nicht genau erkennen, ob sie mich oder den Studenten meinte.

Er hatte die Kamera wieder über der Schulter hängen und drehte sich um, als wollte er ihr nachgehen. Aber dann zögerte

er; ihm war offensichtlich klargeworden, daß es zu auffällig
wäre. Ich stand genau in seinem Weg, und jetzt, da ich sein
Gesicht sehen konnte, glaubte ich ein bißchen zu verstehen, was
sie so heftig erregt hatte. Es war ein sehr schönes Gesicht. Das
war mein Eindruck. Ein gebräuntes Gesicht unter glattem
schwarzem Haar, doch hinter der Schönheit seiner gleichmäßigen Züge lag ein Anflug von Grausamkeit.

Wir hatten uns nur ein paar Sekunden lang gegenübergestan-
den, aber mir war es länger vorgekommen. Beinahe hätte ich ihn
angesprochen, aber ich vermutete, er würde kein Englisch verstehen. Er sah so fremdländisch aus, die Augen blickten finster
und feindselig. Also wandte ich mich ab und ging mit schnellen
Schritten am Dock entlang. Ich wollte noch fünf Minuten warten, bevor ich an Bord ging. Als ich den Bug erreicht hatte,
erklomm der Student gerade die Gangway zum Eingang. Er sah
kurz zu mir herüber, dann verschwand er im Rumpf, und ich
dachte wieder an das Treffen, das vor mir lag, und fragte mich,
was wohl dabei herauskommen würde. Der Brief von Wellington, die Anspielung auf ein Schiff, das von großem Interesse für
das National Maritime Museum sei, und der kurze Hinweis auf
die faszinierenden Umstände. Was für Umstände?

Ich ging gerade unter dem Bugspriet und der Jungfrau mit den
wehenden Haaren hindurch, als ein Auto die Schranke passierte
und direkt vorm Geländer des Naval College parkte. Drei Männer stiegen aus, alle in dunklen Anzügen, und einer von ihnen
war Victor Wellington. Sie unterhielten sich miteinander, während sie mit eiligen Schritten zum Schiff und über die Gangway
auf das Achterdeck gingen. Dort blieben sie einen Moment stehen, die Blicke nach vorne auf die Takelage gerichtet, aber die
Konzentration, mit der sie ihr Gespräch fortsetzten, ließ vermuten, daß sie nicht in die Betrachtung des Schiffs oder einer Ein-
zelheit, sondern ganz und gar in ihr Thema vertieft waren.

Sie blieben dort etwa eine Minute lang stehen, eine deplaziert
wirkende Versammlung von Männern in dunklen Anzügen,
dann gingen sie zum hinteren Ende des Kajütendachs und verschwanden über eine Treppe. Ich ging um das Heck des Schiffs
herum und steuerte auf den Eingang zu. Wenn man hineingeht,

steht links ein Kartenschalter, und als ich den diensthabenden Oberbootsmann über mein Anliegen informierte, brachte er mich in ein winzig kleines Büro am anderen Ende, wo einer der Kapitäne der *Cutty Sark* am Tisch saß und einen Becher Tee trank.

»Mr. Kettil?« Er warf einen Blick auf eine maschinegeschriebene Mitteilung vor sich auf dem Tisch, dann erhob er sich und gab mir die Hand. »Das Treffen findet in der Achterkabine statt. Kennen Sie den Weg?«

Ich schüttelte den Kopf. »Ich bin schon mal hiergewesen, aber ich erinnere mich nicht an den Lageplan.«

»Dann zeig ich's Ihnen.« Er trank seinen Tee aus. »Die anderen sind bereits da, alle bis auf einen.« Er ging voraus zum oberen Deck, die Leiter hinauf zum Achterdeck und weiter nach achtern, bis wir uns oberhalb des Steuerrads befanden. Messingsprossen führten nach unten in ein holzgetäfeltes Inneres. Der wunderschön eingerichtete Speisesalon verlief querschiffs, er nahm den ganzen hinteren Teil der Offizierswohnquartiere ein.

Sobald ich mit eingezogenem Kopf durch die Tür getreten war, fiel sie mir wieder ein – die einzigartige Qualität der Hölzer. Die Wandpaneele waren aus Vogelaugenahorn und Teak, alle von dunkler, voller rötlicher Tönung. Ebenso der lange Speisetisch, der quer im Raum stand, die schlichten Sitzbänke auf beiden Seiten, die an Kirchenbänke erinnerten, mit Rückenlehnen, die man zwecks besserer Verstaubarkeit zusammenklappen konnte, und – hinter dem Tisch an der Wand – die prächtige Kommode mit dem großen Spiegel, in die, wie ein Mittelstück, ein Barometer eingearbeitet war. Über dem Tisch befand sich ein Oberlicht, darunter schimmerte messingfarben das Gehäuse einer alten Öllampe, und gleich hinter der vorderen Sitzbank stand ein Ofen mit Kohlenrost, der wie die Kopie eines gußeisernen Adams-Kamins aussah.

Vier Männer saßen am Tisch: Victor Wellington und die beiden, die mit ihm an Bord gegangen waren, außerdem ein etwas hagerer Herr; und am anderen Ende saß die junge Frau, die ich auf ihrem Weg vom Auto zum Schiff so aufmerksam beobachtet hatte. Als ich eintrat, sah sie von ihrem Schnellhefter hoch, und wieder fielen mir als erstes die Augen auf, der taxierende Blick;

aber es lag mehr darin, etwas Unbestimmtes, ein Erkennen, nicht unbedingt ein instinktives, sicher aber ein sexuelles. Der diensthabende Kapitän war wieder gegangen, und Victor Wellington stellte mich vor, zuerst dem hageren Herrn mit lebhaften Gesichtszügen, einem Admiral, dem Präsidenten des National Maritime Museum, und dann der jungen Frau, die neben ihm saß – »Mrs. Sunderby.«

Sie lächelte mich an, ein kurzes Aufleuchten in ihrem Gesicht. »Iris Sunderby.« Sie sprach es »Ieris« aus. Ihre Augen wirkten im elektrischen Licht der Messinglampe über ihrem Kopf sehr blau. »Ich bin der Grund dafür, daß diese freundlichen Herren so viel von ihrer Zeit opfern.« Sie lächelte mir zu, flüchtig, den Blick bereits zur Tür gerichtet.

Die beiden anderen Männer waren der Vorsitzende des Maritime Trust und, neben ihm, der fast schon legendäre Mann, der die *Cutty Sark* gerettet und danach den World Ship Trust gegründet hatte. Mit einer Handbewegung bot Victor Wellington mir den Platz gegenüber von Mrs. Sunderby an, und während ich mich dorthin begab, fiel mir ein, warum mir ihr Name bekannt vorgekommen war. Ich zögerte, bevor ich mich zu ihr beugte. »Verzeihen Sie meine Neugier, aber sind Sie noch verheiratet? Ich meine, ist Ihr Mann noch am Leben?«

Ihr Blick verdunkelte sich; der Mund wurde schmal. »Nein. Mein Mann ist tot. Warum?«

»Er war doch Glaziologe, oder?«

»Woher wissen Sie das?«

Zögernd begann ich, ihr von meinem seltsamen Gespräch mit dem Stützpunktkommandanten zu berichten, den man auf die Falklandinseln kommandiert hatte, und ich glaubte, möglichst behutsam vorgehen zu müssen, weil ich nicht wußte, ob sie über die psychischen Probleme ihres verstorbenen Mannes, seine Angst vor dem Eis, informiert war. Ich schlich immer noch um den heißen Brei herum, als die allgemeine Diskussion über die Ausschreibung eines International Heritage Award durch den World Ship Trust unterbrochen wurde, weil der Mann eingetroffen war, auf den wir offensichtlich noch gewartet hatten.

Er hieß Iain Ward, und zu seiner Begrüßung erhoben sich alle;

kein leichtes Unterfangen, wie ich feststellen mußte, denn die Kante der polierten Sitzbank klemmte mir unterhalb des Knies die Beine ein. Ich denke, es geschah aus Wohlerzogenheit und nicht aus Respekt vorm Geld, auch wenn es eine Rolle gespielt haben mochte, daß es sich um einen Mann handelte, der völlig unerwartet zu einem Scheck über mehr als eine Million Pfund gekommen war. Der Direktor des National Maritime Museum sagte mit freundlichem Lächeln: »Nett von Ihnen, daß Sie die weite Reise nicht gescheut haben, Mr. Ward.« Er streckte ihm die Hand entgegen und stellte sich vor, ohne seinen Titel zu nennen.

Als sie sich begrüßten, fiel mir auf, daß die Hand, die aus Wards rechtem, in der Armbeuge seltsam ausgebuchteten Jackenärmel hervorschaute, in einem schwarzen Handschuh steckte. Er war unter der Tür stehengeblieben, den Kopf leicht geneigt, als fürchtete er eine Kollision mit den Deckenbalken. Ward war ungefähr in meinem Alter, groß und kräftig gebaut; er trug lange Koteletten, und sein Lächeln wirkte ein wenig zaghaft. »Tut mir leid, daß ich so spät dran bin.« Er sprach breiten Glasgower Akzent.

Iris Sunderby kletterte aus ihrer Bank heraus und ging auf ihn zu. »Treten Sie doch näher. Ich freue mich sehr, daß Sie es einrichten konnten.« Und der Museumsdirektor, noch immer das gewinnende Lächeln auf dem Gesicht, fügte hinzu: »Aber nein, Sie sind ganz und gar nicht spät dran. Wir sind zu früh gekommen. Wir hatten noch ein paar Dinge zu besprechen.«

Iris Sunderby stellte uns den Mann vor, und er machte die Runde um den Tisch, begrüßte jeden von uns mit der linken Hand. Die rechte Hand in dem Handschuh war zweifellos künstlich, aber mir war nicht ganz klar, was sich hinter der Ausbuchtung im Ärmel verbarg. Nachdem sie Ward zu dem freien Platz an ihrer Seite begleitet hatte, teilte sie an jeden von uns einen mit der Maschine beschriebenen Briefbogen aus, eine Aktennotiz, die in knapper Form die Gründe für das Treffen darlegte. Iain Ward überflog das Papier, dann hob er den Blick und sah sich in der Runde um. Er saß mir direkt gegenüber; die breiten Schultern hatte er in ein grell kariertes Sportjackett gezwängt, die obersten Hemdknöpfe standen offen und gaben den Blick auf eine schwere Goldkette frei, die er sich um den bulligen, kurzen Hals gebunden hatte. An der linken Hand trug er einen goldenen Siegelring.

Victor Wellington beendete ein betretenes Schweigen: »Jetzt, wo wir vollzählig sind, sollten wir vielleicht anfangen.« Er wartete, bis alle soweit waren, dann fuhr er fort: »Lassen Sie mich ein bißchen weiter ausholen – kurz nach dem Tode ihres Gatten hat Iris sich wegen dieses Fliegenden Holländers an mich gewandt. Sie ist seitdem sehr eifrig bemüht, Geld aufzutreiben; außerdem hat sie Ermittlungen angestellt, in Buenos Aires und Montevideo und besonders im äußersten Süden des Kontinents, in Punta Arenas an der Magellanstraße und in Ushuaia am Beagle-Kanal. Mit dem Ergebnis, daß wir vier uns inzwischen einig sind: Wenn ihr Mann kurz vor dem Absturz seines Flugzeugs tatsächlich das Wrack eines Rahseglers im Weddellmeer gesehen hat, dann kann es nur die Fregatte *Andros* gewesen sein.« Er sah hinüber zu dem Vertreter des World Ship Trust. »Soviel ich weiß, haben Sie ein paar Fotos von ihr.«

Der andere nickte. »Zwei, um genau zu sein. Das eine wurde 1981 aufgenommen, kurz nach ihrer Bergung aus dem Schlick des Flusses Uruguay, und das andere nach ihrer Restaurierung, nachdem die argentinische Marine sie angekauft hatte. Beide Fotos sind dem ›Internationalen Register historischer Schiffe‹ entnommen, das wir beim World Ship Trust führen.« Er hatte mehrere Abzüge und ließ sie herumgehen. Nachdem wir alle einen Blick darauf geworfen hatten, sagte Wellington: »Ich kann im Namen des Museums sagen, und der Direktor ist da ganz meiner Meinung, daß jeder, der eine vollgetakelte Blackwell-Fregatte als Museumsstück nach Großbritannien holen will, mit unserer vollen Unterstützung rechnen kann. Eine ältere Fregatte wird man wohl nirgends auf der Welt ausgestellt finden ...«

»Sie unterstützen die Idee«, warf der Direktor des Maritime Trust ein, »wollen aber Ihren Worten keine finanziellen Taten folgen lassen; sehe ich das richtig?«

Wellington sah seinen Direktor an, und der sagte: »Moralische Unterstützung, ja – Geld, nein. Wir haben zur Zeit nichts zu verschenken, wie Sie wohl wissen, aber wir werden uns auf jede nur erdenkliche Weise engagieren, wenn die Restaurierung erst einmal im Gange ist.« Er hob die Augenbrauen, als er zu Iris Sunderby hinübersah. »Vielleicht sollte Victor Ihnen jetzt das Wort erteilen. Und was Sie betrifft, Sir«, fügte er an Ward gewandt hinzu, »einmal angenommen, es gibt dieses Schiff wirklich, es kann geborgen werden, und es handelt sich tatsächlich um die *Andros*...« Er zuckte mit den Achseln und lächelte wieder. »Eine Menge Fragezeichen, fürchte ich.« Er sah Ward an. »Es ist Ihnen doch ernst, oder? Mit der Suche nach dem Schiff und mit seiner Bergung, falls es gefunden wird?« Dann fügte er hinzu, und er betonte dabei jedes Wort: »So eine Expedition ist nicht billig, lieber Freund. Für einen einzelnen Mann ist das eine hübsche Stange Geld.«

»Zweifeln Sie dran, daß ich es habe? Oder wie soll ich das verstehen?« Ward stützte sich auf den Tisch, sein Ton war plötzlich streitlustig.

»Nein, natürlich nicht. Das wollte ich damit nicht sagen.«

»Was denn?« Er wartete nicht erst auf die Antwort. »Hier, das hab ich euch mitgebracht, für den Fall, daß ihr mir nicht glaubt.« Die linke Hand verschwand hinter dem Revers seines Jacketts und brachte einen Stoß Zeitungsartikel zum Vorschein. Er schmetterte sie beinahe auf den Tisch. »Seht sie euch an. Ist sogar 'ne Großaufnahme von dem Scheck dabei. Lesen könnt ihr ja wohl – eine Million und zweihundertsechsunddreißig Pfund und siebzehn Pence. Und damit das klar ist: Ich bin nur an der Suche interessiert, nicht an der Restaurierung.«

Der Admiral nickte. »Natürlich. Das verstehen wir. Ich bin sicher, wenn wir erst eine vollständige Expertise über den Zustand des Schiffs haben, wenn die Überreste des Rumpfes in einem geeigneten Hafen liegen und wir die Mittel beantragen können, dann werden wir das nötige Geld auch bekommen.«

»Mrs. Sunderby hat eine Notiz beigefügt ...« Ein frostiger Blick aus den grauen Augen des Admirals ließ Wellington verstummen.

»Eine Notiz ist doch nicht dasselbe, Victor. Mr. Ward braucht von uns die Garantie, daß sein Engagement beendet ist, sobald

32

das Wrack, nun, sagen wir im Hafen von Port Stanley oder vielleicht sogar von Grytviken auf Südgeorgien liegt. Und wir brauchen von ihm die Garantie, bevor wir das Projekt in irgendeiner Weise unterstützen, daß er sich über die Kosten im klaren ist. Und über die Gefahren«, fügte er hinzu und wandte sich wieder an Ward. »Darum geht es bei diesem Treffen.« Er sah dem Schotten fest in die Augen. »Jetzt würde ich Ihnen gerne noch ein paar Fragen stellen.« Nach einem kurzen Blick auf das Papier vor ihm auf dem Tisch fuhr er fort: »Wenn ich Sie richtig verstanden habe – zumindest haben Sie sich Mrs. Sunderby gegenüber in diesem Sinne geäußert –, dann wollen Sie ungefähr die Hälfte Ihres Totogewinns in die Suche und die Bergung des im Eis eingeschlossenen Schiffs investieren. Und, einmal abgesehen davon, daß Sie bei der Wahl des Expeditionsschiffs und der Zusammenstellung der Mannschaft ein Wort mitreden wollen, stellen Sie als einzige Bedingung, daß Sie – unter allen Umständen – mit zur Suchmannschaft gehören. Mit anderen Worten: Sie kaufen sich in die Expedition ein. Richtig?«

»Richtig, aber dazu müssen Sie wissen ...«

»Moment.« Der Admiral hob die Hand. »Sie haben eine Behinderung. Ich sage Ihnen das von Mann zu Mann, als Offizier der Marine: aus Fairneß den anderen gegenüber, die da draußen mit Ihnen ihr Leben riskieren, am Rand des Eisschelfs, in einem Gebiet, wo es das ganze Jahr über Packeis gibt, sollten Sie noch einmal über diese Bedingung nachdenken.«

»Nein!« Es platzte förmlich aus ihm heraus. Er beugte den Oberkörper über den Tisch, ballte die linke Faust so fest, daß die Muskeln hervortraten, und sagte, die Augen auf den General gerichtet: »Ich will dabeisein. Ich hab 'n bißchen Glück gehabt, hab im Toto gewonnen und einen dicken fetten Scheck an Land gezogen, und jetzt überschwemmen sie mein Haus säckeweise mit Bittbriefen, das ganze Gesocks von Berufsschnorrern versucht, ihre Rüssel in meinen Trog zu stecken, und Anrufer, jede Menge Ganoven und Nichtsnutze, halb Großbritannien will bei mir abstauben. Als erstes hab ich mir 'n Müllverbrenner besorgt, hab all die Säcke hinten im Garten verbrannt. Ich weiß genau, was ich will, verstehn Sie? Ich sitz hier bei Ihnen, weil ich mich an den OYC gewandt hab, das ist der Ocean Youth Club, ich bin mal auf einem von ihren Kähnen gesegelt, und die haben mir den Rat gegeben, ich soll's doch mal beim World Ship Trust versuchen.«

Die Worte sprudelten nur so aus ihm heraus, ein Damm war gebrochen. »Das Schiff ist mir piepegal. Mir geht's um das Abenteuer, ich will was Sinnvolles tun, etwas, für das ich kämpfen und für das ich um die halbe Welt segeln muß. Und dann«, – er wandte den Kopf, plötzlich strahlte ein Lächeln aus seinen Augen – »dann hab ich Mrs. Sunderbys Anzeige in einem dieser Seglermagazine entdeckt. Sie brauchte Leute für eine Schiffssuche in der Antarktis, Leute, die für sich selber bezahlen und noch was drauflegen für das Unternehmen. Also, hier bin ich.« Er hatte sich wieder dem Admiral zugewandt. »Es bleibt bei meiner Bedingung. Wenn ich die Expedition finanziere, müssen die mich auch mitnehmen. Kapiert?«

Am Tisch war es mucksmäuschenstill geworden. Der junge Schotte und der grauhaarige Admiral fixierten sich mit Blicken. Schließlich sagte der Admiral sehr ruhig: »Ich war noch nie in der Antarktis, aber als Kadett hab ich an Manövern im nördlichen Eismeer teilgenommen. Zwei Wochen lang haben wir im Eis festgesessen. Ich weiß, wie das ist – Sie nicht. Körperliche Fitneß ist alles. Und wenn wir Mrs. Sunderbys Expedition unterstützen sollen ...«

»*Meine* Expedition«, fiel der andere ihm rüde ins Wort. »Wenn *ich* Geld dafür lockermach, dann ist das *meine* Expedition. Iain Wards Schiffssuche in der Antarktis – so wird das mal heißen.« Plötzlich grinste er. »Sie haben Ihren Platz in der Geschichte, Sir. Ich will meinen. Und wenn's mich das Leben kostet. Verstanden?«

»Und wenn es die anderen das Leben kostet?« Der Admiral starrte Ward aus seinen grauen Augen unerbittlich an. »Wie wäre Ihnen dann zumute?« Und dann fügte er so langsam hinzu, daß jedes Wort sein eigenes Gewicht bekam. »Ich darf als offizieller Vertreter des Museums keiner Expedition zustimmen, die mit einer wesentlichen Schwachstelle belastet ist.«

»Reden Sie davon?« Ward klopfte auf seine behandschuhte Rechte.

»Ja. Davon rede ich.«

»Und das ist Ihr einziger Einwand?« Wards Gesicht war rot angelaufen. »Sie wollen die ganze Sache wegen meiner Teilnahme verteufeln, ohne zu wissen, was ich mit dem Armstumpf alles leisten kann, den Gott mir gegeben hat. Ohne ihn auf die Probe gestellt zu haben?« Er kletterte aus der Bank heraus und ging hinüber zu Victor Wellington, der dem Admiral gegenübersaß. »Rücken Sie mal 'n Stück, bitte.« Um seiner Bitte Nachdruck zu verleihen, legte er dem Mann die behandschuhte Hand auf die Schulter. Er zog den Kopf ein, als er sein Jackett abstreifte, um nicht gegen den Deckenbalken zu stoßen; dann schob er seinen hochgewachsenen Körper an den Platz auf der Bank, der für ihn frei gemacht worden war. »Also.« Er krempelte den Hemdsärmel auf, und was darunter zum Vorschein kam, war eine verkrüppelte Hand, die an einem kurzen, muskelbepackten Armstumpf saß, bei dem Ellenbogen und Handgelenk offensichtlich eins waren. Die Hand schloß sich um einen Plastikgriff, mit dem über ein Verbindungsgelenk aus blitzendem Stahl eine künstliche Hand aktiviert wurde. »So, jetzt legen Sie ihr Händchen in meine künstliche Pranke, und dann tragen wir's aus, wir beiden Hübschen, und ich setze 'nen Fünfer, daß Sie nicht so kräftig zupacken können wie ich.«

Der Admiral zögerte, starrte auf dieses verkrüppelte Zerrbild einer Hand und die künstlichen Finger, die in einem Handschuh steckten und sich in Erwartung seiner eigenen Hand geöffnet hatten. Langsam, beinahe widerwillig nickte er mit dem Kopf, ergriff die ihm dargebotene Prothese und zuckte zusammen, als stählerne Finger sich um seine Hand aus Fleisch und Blut schlossen.

»Wenn's Ihnen so zu ungemütlich ist, leg ich die künstliche Verlängerung weg, dann können Sie mal testen, wie fest ich mit meiner eigenen Klaue zupacken kann. Aber dann müssen die Ellenbogen natürlich runter vom Tisch.«

»Nein, lassen Sie nur. Es interessiert mich, was man mit künstlichen Gliedmaßen alles anstellen kann.« Jetzt lächelte er sogar.

»Das Spielchen hab ich als Leutnant zur See zuletzt gespielt.« Er stemmte seinen Ellbogen auf die Tischplatte. »Geben Sie das Kommando!«

Auch Ward hatte seinen eigentümlich geformten Ellenbogen, der gleichzeitig Handgelenk war, in Stellung gebracht; die Muskeln oberhalb der Krümmung schwollen an, als er sagte: »Okay, es kann losgehn.«

In Kampfstellung, die Gesichter angespannt und entschlossen, begannen sie zu drücken; die Arme zitterten vor Anstrengung. Die Theatralik der Szene hatte beinahe etwas Lächerliches, auch wenn – so wie es aussah – vom Ausgang des Kräftemessens eine ganze Antarktis-Expedition abhing. Ward kam mir vor wie ein Schauspieler, der in eine bestens bekannte Rolle geschlüpft war; ich zweifelte nicht daran, daß dies nicht die erste Party war, auf der er diesen Trick zum besten gab. Er hatte seinen Spaß, man konnte es seinem Gesicht ansehen. Und auch der Admiral schien sich zu amüsieren, wenn auch auf andere Art. Sozial und wahrscheinlich auch politisch waren sie Antipoden, doch in ihrer Persönlickeit hatten sie bemerkenswerte Gemeinsamkeiten. Als ich sie so sah, Auge in Auge, eine gesunde Hand von stählernen Klauen umschlossen, die Muskeln zum Zerreißen gespannt, das Blut pulsierend, kamen sie mir wie zwei Gladiatoren vor – ich glaubte beinahe, das Johlen der Menge zu hören.

Und dann war plötzlich alles vorbei; der Arm des Admirals klappte immer weiter nach außen, sein ganzer Körper wurde auf die Seite gedrückt, bis der Arm flach auf dem Tisch lag.

Ward lockerte seinen Zugriff, die stählernen Finger gaben die Hand des Admirals frei. »Solln wir's mal ohne das Ding probieren?« Die stählerne Verlängerung fiel mit dramatischem Poltern auf die Tischplatte. »Natürlich im Stehen, die Ellenbogen frei.«

Der Admiral schüttelte den Kopf, während er sich die Finger massierte.

»Ich bin so auf die Welt gekommen«, sagte Ward beinahe entschuldigend. »Und seitdem mußte ich lernen, damit zurechtzukommen. Hab mir das Muskelpaket im Lauf der Jahre antrainiert, und jetzt hab ich Bärenkräfte in dem Arm.« Er klopfte sich auf die rechte Schulter, während er sich von seinem Platz erhob.

»Hab sogar den schwarzen Gürtel. Karate.« Er zwängte sich wieder in sein Jackett. »Sind Sie jetzt beruhigt, oder muß ich noch in die Takelage der *Cutty Sark* klettern und mich durch die Püttingswanten hangeln oder was weiß ich?«

Der Admiral lachte. »Nein, ich denke, Sie haben meine Einwände eindrucksvoll entkräftet.« Er wandte sich an Mrs. Sunderby. »Wie steht's mit der Mannschaft? Ich nehme doch an, daß Sie sich schon ein paar Gedanken gemacht haben.«

Sie nickte und zog eine andere Akte aus ihrer Tasche. »Ich hab mich an die Whitbread-Leute gewandt, die Königliche Segelakademie und den Royal Ocean Racing Club. Aus einer Liste von mehr als hundert Namen, zu denen ich biographische und berufliche Einzelheiten bekam, habe ich eine Vorauswahl von etwas mehr als zwanzig Leuten getroffen, die eventuell Lust und Zeit haben könnten, an solch einer Expedition teilzunehmen. Sieben Kandidaten sind schließlich übriggeblieben.« Sie zögerte. »Wenn Sie noch jemanden im Sinn haben, Admiral ...«

Er schüttelte langsam den Kopf. »Leider sind die Leute, die mir in den Sinn kommen, schon ein bißchen zu alt für derartige Vergnügungen, meine Person eingeschlossen. Wenn ich vierzig Jahre jünger wäre ...« Er zuckte die Achseln. »An welche Besatzungsstärke hatten Sie gedacht?«

Sie sah auf das maschinengeschriebene Blatt in ihrer Hand. »Außer mir und Mr. Ward benötige ich noch einen Maschinisten, einen erfahrenen Navigator, einen Bootsmann, einen Matrosen mit Polarerfahrung und einen Koch, der gleichzeitig Seemann ist – fünf Leute insgesamt. Ich denke, das sollte reichen, auch wenn es nichts schaden könnte, einen Ersatzmann zu haben, falls mal jemand ausfällt; und es muß auch jemand dabeisein, der mit einem Funkgerät umgehen kann.«

»Ich nehme an, Sie haben die Leute schon zusammen?«

»Ja, so ziemlich. Vier Leute zumindest. Am schwierigsten dürfte es sein, einen Matrosen zu finden, der im Eis mit einem Schlitten umgehen kann. Es gibt da jemanden, der lange im nördlichen Eismeer war und der auch Zeit hätte, aber er ist meiner Ansicht nach zu alt; außerdem hat er Frau und drei Kinder, und wir müßten das Honorar seinen familiären Verpflich-

37

tungen anpassen. Dann gab's da noch einen Iren, der schon alle möglichen Sachen gemacht haben will, von denen ich ihm die Hälfte nicht abkaufe, und einen Australier, der in Perth einen Laden für Funkgeräte hatte und ein Jahr lang auf dem australischen Antarktis-Stützpunkt gearbeitet hat, hauptsächlich als Funker. Er hat behauptet, viel gesegelt zu sein, und will zur Ersatzcrew eines der Teilnehmer am America's Cup gehört haben, als die Regatta vor Perth ausgetragen wurde. Leider hat er kürzlich eine frischgebackene Veterinärmedizinerin geheiratet und will seine Frau nicht so lange allein lassen. Auch sie ist schon gesegelt, mit dem Boot ihres Vaters an der Westküste von Australien entlang. Ich hab ihm vorgeschlagen, sie einfach mitzubringen. Eine Tierärztin ersetzt keinen Arzt an Bord, aber sie könnte wenigstens Wunden versorgen, Knochen einrenken und die richtigen Pillen austeilen. Leider hat sie ebenfalls nein gesagt. Sie ist gerade in eine Praxis eingetreten, und diese Chance wollte sie nicht aufs Spiel setzen. Schade. Wäre ein ideales Paar gewesen, vor allem, weil er ein begeisterter Funkamateur ist. Die anderen ...« Sie zuckte abfällig mit den Schultern. »Gar nicht so leicht, eine Mannschaft zu heuern, wenn die Finanzierung noch nicht gesichert ist. Es müssen die richtigen Leute sein. Sie müssen das richtige Temperament haben und Erfahrung mitbringen. Und wir brauchen unbedingt jemanden für das Funkgerät – unsere einzige Verbindung zur Welt, wenn wir da draußen sind.« Sie warf einen Blick auf Ward und fügte – wohl aus Angst, ihn entmutigt zu haben – eilig hinzu: »Natürlich habe ich meine Fühler weiterhin ausgestreckt, und wenn ich erst das Boot habe und die Mittel für die Expedition gesichert sind, dann finden wir auch die richtigen Leute.« Sie blickte nervös in die Runde. »Ja, so ist es also im Moment um die Crew bestellt.«

Der Admiral nickte und wandte sich an seinen Direktor: »Sind wir uns einig, Victor? Wir geben moralische Unterstützung.«

Wellington zögerte, er suchte den Blick seines Präsidenten. »Was unserem Museum fehlt, einmal abgesehen vom Geld, ist ein Schiff in voller Größe als Ergänzung zu unserem phantastischen Haus. So etwas wie die *Cutty Sark*, damit die Besucher direkt von den historischen Ausstellungsstücken auf das Deck eines richtigen Schiffs gehen können. Der Freundeskreis des Museums und nicht wenige vom Personal fordern das schon seit Jahren. Wenn es diese Blackwell-Fregatte tatsächlich gibt, wenn da unten im Eis wirklich ein solches Schiff liegt ...« Seine Augen leuchteten auf, und die Stimme veränderte sich; mit beinahe jungenhafter Begeisterung erklärte er Ward, was an diesem Fregattentyp so außergewöhnlich war.

Anscheinend waren das gar keine Kriegsschiffe, sondern große Ostindienfahrer, die bei Blackwell an der Themse gebaut wurden, gleich neben der Marinewerft. Damals brauchte die Ostindiengesellschaft – wie auch die Holländer – bereits schnellere Segler, Schiffe, die jedem Angreifer davonfahren oder ihn in die Flucht schlagen konnten, deshalb begann man, nach den Entwürfen für die Kriegsfregatten zu bauen, und der erste bei Blackwell gebaute Segler war die *Seringapatam*. »Das war 1837, in den letzten Tagen der Ostindiengesellschaft, deshalb wurden nicht mehr viele davon auf Kiel gelegt.« Dieser erste Segler hatte 818 Tonnen, etwa die halbe Wasserverdrängung der mit 56 Metern Länge, 13 Metern Breite und etwa 1 400 Tonnen größten jemals gebauten Fregatte. »Die meisten dieser Schiffe wurden später als Transporter für Auswanderer gebraucht, aber sie sind auch nach Süden gesegelt, ums Kap Hoorn herum, zu den Goldfeldern Kaliforniens und Australiens.«

Während Wellington erzählte, war ich auf Stimmen aufmerksam geworden, Stimmen hinter der Tür, die zur Offizierskombüse und zu den Kabinen führte, Kinderstimmen hauptsächlich. Und dann fiel mir oberhalb der Deckenlampe eine Bewegung auf, zwei kleine Gesichter sahen durch das Oberlicht zu uns herunter. Als sie merkten, daß ich auf sie aufmerksam geworden war, verschwanden sie, und statt dessen tauchte dort oben das Gesicht eines jungen Mannes auf, dunkel, neugierig, mit leicht hervortretenden Augen, einem schmalen, verwöhnten Mund; ein Ärmel eines goldenen Blousons drückte sich platt gegen die Glasscheibe. Er sah herunter auf Iris Sunderby, in den Augen hatte er ein eigenartiges Glitzern. War es Begierde? Oder vielleicht Haß? Ich war mir nicht sicher, aber zweifellos hatte ihr Anblick – wie sie dort unten am Tisch saß, über ihre Papiere gebeugt – ein heftiges Gefühl in ihm geweckt.

Er mußte wohl gespürt haben, daß ich ihn beobachtete, denn plötzlich wandte er den Kopf und sah mich direkt an. Jetzt konnte ich seine Augen deutlicher sehen, sie waren sehr dunkel, und ihr Blick war voller Feindseligkeit, so kam es mir jedenfalls vor. Doch es war nur ein flüchtiger Eindruck, der sofort wieder verflogen war; und dann schien er mich sogar anzulächeln. Gleich darauf blickte ich durch ein leeres Rechteck in den blauen Himmel. »Touristen«, sagte Wellington. »Die wimmeln hier überall herum.«

Ich sah schnell hinüber zu Iris Sunderby, fragte mich, ob sie ihn gesehen hatte und wie sie reagieren würde, aber ihr aufmerksamer Blick war auf Victor Wellington gerichtet, der gerade ausführlich die Fregatte *Andros* beschrieb – Ausmaße, Masten, Takelung und andere Konstruktionsmerkmale, die einem Museumsdirektor an einem wertvollen Exponat lieb und teuer sind.

Das meiste von dem, was er sagte, habe ich vergessen, denn das Gesicht im Oberlicht hatte einen nachhaltigen Eindruck auf mich gemacht. Jetzt, wo ich es hinschreibe, kommt es mir beinahe lächerlich vor; es war nur der flüchtige Eindruck von einem Gesicht hinter einer Glasscheibe, aber damals, in diesem kurzen Moment, hatte ich begriffen, daß es zwischen den beiden etwas gab, daß ihn etwas sehr Persönliches und gleichzeitig Beängstigendes mit Iris Sunderby verband. Verblüffend, daß ein kurzer Blick, nicht länger als ein Fotoblitz, eine solch nachhaltige Wirkung haben kann. Aber es war so. Dieses Gesicht löste etwas in mir aus, dieser entschlossene, äußerst konzentrierte Blick jagte mir einen Schauer über den Rücken, den ich mir bis heute nicht ganz erklären kann.

»Nehmen wir mal an, die Expedition – Ihre Expedition – ist erfolgreich, Sie finden da unten im Eis die Überreste der *Andros*, und unser Mr. Kettil sagt Ihnen, wie man das Holz am besten schützt ...« Die Erwähnung meines Namens riß mich aus den absurdesten Überlegungen. Es war der erste Hinweis auf den wirklichen Grund meiner Anwesenheit bei dieser Versammlung.

»Wollen Sie damit sagen, ich soll sie ... da draußen beraten?« Meine Stimme klang kleinlaut und unsicher.

Victor Wellington heftete den Blick seiner flinken, kleinen Augen auf mich. »Natürlich. Es ist absolut notwendig, einen Experten vor Ort zu haben, der genau weiß, was zum Schutz des Spantenwerks benötigt wird, damit man die Sachen dorthin ausfliegen kann, zusammen mit geeigneten Technikern. Dann erst – nachdem die Jungs von der Bergungstruppe eine Schneise ins Eis geschlagen haben – kann man den Rumpf in wärmere Gewässer ziehen, ohne befürchten zu müssen, daß er sich in seine Einzelteile auflöst.«

»Aber ...« Ich zögerte. Die Möglichkeit, daß ich mit zur Mannschaft gehören könnte, war mir gar nicht in den Sinn gekommen. Er lächelte. »Was meinen Sie, weshalb ich Sie zu diesem Treffen gebeten habe?«

»Aber ich bin doch gar nicht qualifiziert«, sagte ich. »Holzschutz, ja – aber ein Segeltörn in die Antarktis ...«

»Sie kennen sich mit Schiffen aus. Sie sind selber gesegelt, und Sie haben sogar ein eigenes Boot.«

»Ich hatte eins. Vor der Küste von Norfolk. Wir aber reden hier von der Antarktis.«

»Nelson«, schaltete der Admiral sich ein. »Burnham Thorpe. Dort ist er groß geworden, am Ufer des Wattenmeers. Der Norden von Norfolk wird auch die arktische Küste genannt. Die Kälte da oben hat einen besonderen Menschenschlag hervorgebracht. Sie sind schon der Richtige. Meinen Sie nicht, Mrs. Sunderby?«

Als ich den Kopf wandte, bemerkte ich, daß sie mich aufmerksam betrachtete. Offensichtlich konnte sie sich nicht gleich entscheiden. Doch dann lächelte sie plötzlich. »Ja, sicher. Der Admiral hat recht.« Und sie fügte hinzu: »Sollten wir das Schiff tatsächlich finden, dann werden wir auf Ihre Fachkenntnisse nicht verzichten können.«

Es interessierte niemanden, wie ich mich bei dem Gedanken an eine Reise in die Antarktis fühlte. Für sie schien es selbstverständlich zu sein, daß ich mit ihnen fahren würde; das Gespräch drehte sich längst um die Anschaffung eines geeigneten Expeditionsschiffs, dessen Preis Wards Mittel nicht überstieg. Ich saß wie ein Idiot dabei und sagte gar nichts. Ich hätte gleich aufstehen und gehen sollen, denn das Schiff, das die Sunderby im Auge hatte, war ein 18 Meter langer Motorsegler mit kräftiger Dieselmaschine und einem stählernen Rumpf von einem Viertelzoll Stärke. Es lag im chilenischen Hafen Punta Arenas am Nordufer der Magellanstraße und war für eine norwegische Expedition ins Queen-Maude-Land, der bereits vor dem Start das Geld ausgegangen war, aufgemöbelt und ausgerüstet worden.

Mrs. Sunderby war in Punta Arenas gewesen und hatte das Schiff mit eigenen Augen gesehen. Sein Name war *Isvik*, und man hatte es dort unten in der Obhut eines Mitglieds der verhinderten Expedition zurückgelassen, eines Norwegers namens Nils Solberg. Das Schiff stand zum Verkauf, und sie war davon überzeugt, daß Solberg, den sie für einen äußerst qualifizierten Maschinisten hielt, sich jeder neuen Expedition anschließen würde.

Das Gespräch wandte sich jetzt dem Thema des Überwinterns im Eis zu. Es fiel der Name David Lewis. Der Mann hatte im Eis der Prydz Bay im australischen Territorium Queen-Mary-Land ein vergleichbares Schiff mit sechs Leuten Besatzung – darunter zwei Mädchen – über den Winter gebracht. Ein Überwintern war also durchaus möglich, und das Treffen fand schließlich mit Wards Zusicherung ein Ende, die Grundkosten zu übernehmen, einschließlich der Anschaffungskosten für das Schiff. Mrs. Sunderby war davon überzeugt, daß man es weit unter dem Preis von 230000 Dollar bekommen würde, den die zahlungsunfähige norwegische Expedition im Augenblick noch verlangte.

Der Hauptgrund für das Treffen in der Heckkabine der *Cutty Sark* hatte zweifellos darin bestanden, Wards Entscheidung zu beeinflussen. Jetzt hatte Iris seine Zusicherung und damit auch die Rückendeckung der drei hier vertretenen Institutionen. Sie drückte es so aus: »Jetzt brauchen wir nur noch Tage, die dreißig Stunden haben, das richtige Wetter und verflucht viel Glück.« Sie erhob sich und ließ den Blick in die Runde schweifen. »Ich danke Ihnen, meine Herren – für Ihre Zeit und für Ihre Unterstützung.« Sie lächelte, und ihre Augen strahlten, als sie hinzufügte: »Sie glauben ja gar nicht, was das für mich persönlich bedeutet.« Die Art, wie sie das sagte, ließ ihre große Begeisterung ahnen. Und als die Repräsentanten der seefahrerischen Tradition sich verabschiedeten, die Köpfe einzogen, durch die Hintertür neben der Kommode verschwanden und uns drei in der Kabine zurückließen, war es vor allem ihre Vitalität, die mir auffiel. Jetzt, da sie hatte, was sie wollte, strotzte sie nur so vor Energie. Ihre bloße Anwesenheit gab mir unglaublichen Auftrieb, und meine Niedergeschlagenheit war bald verflogen.

»Sind Sie mit dem Wagen gekommen?« Die Frage war an Ward gerichtet.

»Nein. Mit dem Wassertaxi.«

»Kann ich Sie mitnehmen?«

Er schüttelte den Kopf. »Will lieber so verschwinden, wie ich gekommen bin. Gibt 'ne Menge zu sehn hier auf'm Fluß. Außerdem muß ich nachdenken. Mit so 'ner Bagage hatt ich noch nie zu tun – Admirale und Museumsdirektoren, mein ich, und Leute vom Maritime Trust. Das ist neu für mich. Und dazu noch die Kleinigkeit, auf die ich mich da einlasse. Ich meine, sechs Monate, vielleicht sogar 'n Jahr, wenn wir im Eis eingeschlossen werden, nur um ein Schiff zu suchen, von dessen Existenz ich noch lange nicht überzeugt bin.«

»Aber Sie haben Charles Aufzeichnungen gelesen.« Ihre Stimme klang angriffslustig. »Und Sie wissen sehr gut, daß er die Beschreibung des Schiffs wenige Minuten nachdem er es gesehen hat zu Papier gebracht haben muß. Wir haben das alles doch schon am Telefon besprochen, und ich habe Ihnen erklärt, daß ich bereits einen Navigator im Auge habe, jemanden, der dasselbe gesehen hat wie mein Mann – davon bin ich überzeugt.«

»Sicher, aber wo steckt der Mann? Sie haben mir nich gesagt, wie er heißt und wo ich ihn finden kann.«

»Nein.«

Sie starrten sich feindselig an, und sofort herrschte eine frostige Atmosphäre in dem holzgetäfelten Salon.

Ward war es, der dem eisigen Schweigen ein Ende machte. »Zum Teufel, was soll das alles?« murmelte er.

»Wie meinen Sie das?« Zorn blitzte aus ihren Augen.

»Eigentlich ist es mir piepegal, ob der Kahn auch außerhalb der Phantasie Ihres Gatten existiert oder nicht. Und Ihr namenloser Navigator will ihn auch gesehn haben, sagen Sie?«

»Ich glaube, ja.«

»Na schön. Aber ich will mit ihm sprechen, bevor er als Navigator bei uns anheuert. Wo kann ich ihn treffen?«

»In Punta Arenas. Das heißt, wenn er einverstanden ist.«

»Wo ist er jetzt?«

»Irgendwo in Südamerika.«

Sie wandte sich ab, offensichtlich wollte sie keine weiteren Fragen beantworten.

Ward zögerte, dann zuckte er mit den Achseln. »Gut, wie Sie wollen. Aber damit eins klar ist, junge Frau: Es ist *mein* Geld, und Sie heuern keine Leute an, denen ich nich vorher auf'n Zahn gefühlt hab. Okay?« Beinahe giftig fügte er hinzu: »Wenn wir das Schiff finden, gut – aber es raubt mir nich den Schlaf, wenn wir's nie zu Gesicht kriegen. Wie gesagt, ich hab 'n Haufen Kohle gewonnen, und damit will ich was machen, wovon ich schon immer geträumt hab. Das Schiff ist bloß der Anlaß.« Ein Lächeln erhellte plötzlich sein Gesicht. »Wenn's da draußen irgendwo liegt, um so besser. Aber mir geht's um die Herausforderung. Die ist für mich wichtig.«

Seine Art, sein Gehabe, sein ganzer Auftritt – nichts als Theater. Er spielte eine Rolle, und wir waren sein Publikum. »Die Herausforderung«, wiederholte er. Dann lächelte er wieder sein gewinnendes Lächeln, streckte die linke Hand aus und sagte: »Ich denk auf'm Rückweg nach Glasgow drüber nach, Mrs. Sunderby. Und über Sie auch. Lassen Sie's mich wissen, wenn Sie 'n Preis für den Kahn ausgehandelt haben. Dann red ich mit 'nem Rechtsanwalt, den ich an der Hand hab. Und mit ein paar von den Jungs aus der Buchhaltung, die sich mit Zahlen auskennen.«

Er verließ uns. Sein Mund verzerrte sich zur Andeutung eines Grinsens, als er mit eingezogenem Kopf durch die Tür der

44

Heckkabine verschwand wie ein Schauspieler nach seinem großen Auftritt.

Iris Sunderby reagierte ähnlich wie ich. »Mein Gott!«
stöhnte sie, legte verärgert den Kopf in den Nacken und
lauschte seinen Schritten auf dem Deck über uns. »Noch 'ne
Portion von dem Typen, und ich würde ...« Sie bremste sich
mit einem bösen kleinen Lächeln, nahm ihre Aktentasche
und stopfte die Papiere wieder hinein. »Sagen Sie, halten Sie
seinen Akzent für echt?« Sie hatte sich umgedreht und sah
mich an.

Ich zuckte die Achseln. »Spielt das eine Rolle?«

»Ja, das tut es.« Es schwang ein Anflug von Verzweiflung in
ihrer Stimme mit. »Wenn er nicht echt ist, dann hat der Mann
mir 'n Schuß zuviel Phantasie. Und wenn ich seine Schauspielerei hier schon nicht ertrage, wie, zum Teufel, soll das erst auf so
einem engen Schiff werden? Das kann da draußen Monate dauern, verstehn Sie? Und wenn wir im Eis festsitzen, vielleicht den
ganzen Winter. *Dios mío!*«

Sie starrte auf ihr Abbild im Spiegel der Kommode. Einen
Moment lang war es absolut still. »Der Kerl ist leider meine
letzte Hoffnung«, fuhr sie langsam fort. Sie ließ das Schloß ihrer
Aktentasche zuschnappen und ging zur Tür. »Ich habe bei großen Firmen angeklopft, aber langsam hab ich die Nase voll von
Leuten, die sich krampfhaft bemühen, mir nicht direkt ins
Gesicht zu sagen, daß sie meinen Mann für einen Spinner halten.
Und dann die endlosen Briefe ...« Sie schüttelte den Kopf.
»Wenn der Admiral nicht gewesen wäre ...« Sie drehte sich noch
einmal um, sah mich an und hielt mir ihre prallgefüllte Aktentasche unter die Nase. »Die ganzen Aufzeichnungen und Noti-
zen«, sagte sie wütend. »Reine Verschwendung. Ein Ego so hoch
wie 'n Kirchturm und dann noch dieser gräßliche Glasgower
Akzent ... Der Admiral hat's sofort gemerkt.«

»Was hat er gemerkt?« wollte ich wissen.

»Das Ward gar nicht richtig will. Das für ihn alles nur ein Spiel
ist. Der ist doch aus reiner Neugier aus Schottland runtergekom-
men. Ein Lastwagenfahrer aus Glasgow – ›Mit so 'ner Bagage
hatt ich noch nie zu tun‹.« Sie machte ihn nicht schlecht nach,

und dann sagte sie noch mal: »Der Admiral hat's gleich gemerkt. Clever, wie er mit dem Mann umgegangen ist.«

»Sie meinen diese Von-Mann-zu-Mann-Klamotte, von wegen Behinderung und Menschenleben in Gefahr bringen?«

»Natürlich. Oder glauben Sie etwa, der Admiral benimmt sich immer so? Ganz sicher nicht. Ihm ist Wards Unentschlossenheit aufgefallen, er hat gemerkt, daß der Mann sein Geld nicht zum Fenster rauswirft, und da ist er auf seine empfindlichste Stelle losgegangen.« Sie war erregt, als sie zur Tür ging. »Wo müssen Sie hin – Liverpool Street Station, richtig?« Ich nickte, und sie bot mir an, mich dort abzusetzen. »Ich fahre sowieso quer durch die Stadt. Ich muß noch zur argentinischen Botschaft – Cadogan Gardens.«

Als wir uns vom Kapitän der *Cutty Sark* verabschiedeten, sah ich den Studenten wieder; er stand vor einem Schaukasten mit Fotos. Er blieb dort stehen, bis wir auf den Ausgang zugingen, dann schlenderte er scheinbar ziellos über das Deck. Als wir am Heck des Schiffes angekommen waren, trat er in die Sonne hinaus. »Ihr Freund läßt Sie nicht aus den Augen, wie ich sehe.«

Es sollte ein Scherz sein, aber sie hatte es anders verstanden. »Er ist nicht mein Freund.« Ihre Stimme klang leicht verärgert, und sie wandte nicht einmal den Kopf, um zu sehen, von wem ich sprach.

»Aber Sie kennen ihn, oder?«

Sie antwortete nicht. Wir gingen schweigend zu ihrem Auto. Während sie die Tür aufschloß, ging er an uns vorbei, auf dem oberen Gehweg, der an den großen, rechteckigen Blumenkästen vorbei zum Kiosk und weiter zu Chichesters *Gypsy Moth* führte. Er ging auf der anderen Seite der Plattform, und weil wir unterhalb davon waren, konnte ich von ihm nur Kopf und Schultern sehen, bis er die Plattform verließ, um in der unterirdischen Parkgarage der British Legion zu verschwinden.

Sie hatte sich in ihren Wagen gebeugt, um die Rückbank aufzuräumen, deshalb konnte sie ihn nicht sehen. Neben uns unterhielt sich eine Touristenfamilie mit einem alten Mann, der gerade aus dem Gypsy Moth Pub gekommen war. »Die heißt jetzt Church Street«, erklärte der Alte. »Wegen der Kirche da drüben, St. Alfege. Aber früher, bevor sie das Schiff hergebracht und alle

Häuser abgerissen ham, war das hier 'ne Straße mit Geschäften und Häusern, bis hinten zum Pier. Billingsgate Street. So hieß die damals.«

Sie schlenderten weiter, bis man nur noch eines der Kinder hörte, das lauthals nach einem Eis verlangte. Wir stiegen in den Wagen, und sie fuhr los. Als wir in den College Approach bogen, sah ich mich noch mal um. Gegenüber dem Gypsy Moth Inn kam ein offener roter Sportwagen aus einer Nebenstraße geschossen, ein Mann am Lenkrad, kein Beifahrer. Er folgte uns, als wir vor der Einfahrt zum Royal Naval College nach rechts und an der nächsten Ecke noch mal nach rechts in die Hauptstraße einbogen.

Als ich ihr sagte, daß er uns folgte, antwortete sie nicht, aber sie wirkte angespannt und ihr Blick suchte den Rückspiegel.

»Wer ist das?« fragte ich. »Was will der von Ihnen?«

Sie antwortete nicht, und als ich meine Frage wiederholte, schüttelte sie den Kopf.

»Ist er Student oder nur 'n Besucher?«

»Student, nehme ich an.«

Wir fuhren schweigend weiter, immer flußabwärts, bis wir auf der Autobahn waren, die nach Norden führte. Ich sah mich mehrmals um, aber erst in der Einfahrt zum Blackwell-Tunnel sah ich den roten Sportwagen wieder, der sich dicht hinter einem Zementlaster hielt. Sie hatte ihn auch gesehen und wechselte die Spur, drückte auf das Gaspedal, bis wir ganz dicht auf den Wagen vor uns auffuhren.

»Meinen Sie, er verfolgt uns?« Ich mußte schreien, um mir bei dem Motorenlärm, der von den Tunnelwänden widerhallte, Gehör zu verschaffen.

Sie nickte.

»Warum?«

Sie sah mich an. »Was glauben Sie wohl?« brüllte sie. Ihr Mund war eine schmale Linie, aus den Augen funkelte der Zorn.

Ich zuckte die Achseln. Mich ging es ja nichts an. Aber es blieb das ungemütliche Gefühl, daß sich das ändern könnte, wenn ich erst da unten in der Antarktis auf ihrem Boot angeheuert hätte. »Wer ist er?« wiederholte ich meine Frage, als wir wieder in die relative Ruhe des oberirdischen Verkehrs aufgetaucht waren.

47

»Carlos heißt er.« Sie schlug auf das Lenkrad. »Ich weiß, wer mir das kleine Arschloch hergeschickt hat. Es ist einer von seinen Knaben, aber er ist auch so 'ne Art Cousin von ihm. Sieht ihm sogar ähnlich.«

»Wem sieht er ähnlich?«

»Ángel.« Sie sah mich aus den Winkeln ihrer ungewöhnlich blauen Augen an und lachte. »Ha, Sie werden begeistert sein.«

»Wer ist dieser Ángel?«

Sie sah mich immer noch an und hätte beinahe das Auto vor uns gerammt. »Wollen Sie das wirklich wissen? Er ist mein Halbbruder, ein wunderschöner Mann, wie dieser Junge da. Und er ist ein Teufel«, fügte sie böse hinzu. »Bumst jedes Mädchen, das er kriegen kann, auch in den Arsch. Da steht er drauf, wenn sie auf allen vieren kriechen und ihre Ärsche in den Himmel recken, davon kriegt er ...« Sie sah mich an, über ihr Gesicht huschte ein Lächeln. »Anscheinend hab ich Sie schockiert, aber er ist nun mal einer von der Sorte.« Sie riß das Lenkrad herum und wechselte direkt vor einem Laster die Spur. »*Dios mío*, ich weiß Bescheid!« Nach kurzem Schweigen sagte sie: »Das ist der Italiener in ihm, das Erbe dieser Schlampe Rosalia Gabrielli.« Abrupt schwenkte sie nach links in eine Ausfahrt. Noch ein Blick, ein kurzes, amüsiertes Lachen; aus ihren Augen funkelte eine seltsame Erregung. »Nun schauen Sie nicht so besorgt. Da unten im Eis des Weddellmeers wird die Libido schon keine großen Blüten treiben. Sie haben nichts zu befürchten.« Wieder das Lachen, ein leises, kehliges Kichern diesmal.

Einem Straßenschild konnte ich entnehmen, daß wir uns in der East India Dock Road befanden. Vor einer Ampel nahm sie den Fuß vom Gas. »Tut mir leid. Ich hätte Sie mit meiner Familie verschonen sollen. Wir sind nicht immer die angenehmsten Leute.« Sie zuckte die Achseln. »Aber das gilt wahrscheinlich für die meisten Menschen.«

Die Ampel sprang auf Grün, sie bog nach links in eine Seitenstraße ein. »Sind Sie schon mal mit der Docklands Light Railway gefahren? Ist wie 'ne Fahrt mit dem El-Train in New York, als es noch keine Wolkenkratzer gab. Ich setze Sie vorm *Telegraph*-Gebäude ab. Die Bahn bringt Sie zum Tower, und von dort ist es ein kurzer Fußweg zur Liverpool Street Station. Oder Sie nehmen die Circle Line.« Sie bog wieder nach links, in eine schäbige kleine Straße, an deren Ende man das Wasser sah, dann ging es nach rechts, und man sah noch mehr Wasser, als sie kehrtmachte und in derselben Richtung zurückfuhr. Ein Blick auf den Fluß noch, und wir passierten die Einfahrt zu ein paar Docks.

Ich warf einen Blick zurück. Von einem roten Sportwagen war nichts mehr zu sehen. »Wo sind wir?« fragte ich.

»Isle of Dogs. West India Docks.«

»Sie scheinen sich hier auszukennen.«

»Ich wohne hier.«

»Warum?«

»Weil's billig ist. Ich habe zwei Zimmer in einem Haus, das bald abgerissen wird.« Wir waren auf dem erhöhten Pier der South Docks gelandet – zwei wuchtige Gebäude aus Glas und granitartigen Platten, und dahinter, durch die Träger der Hochbahn gesehen, ein Wald von Baukränen. »In ein paar Jahren ist von den Straßen des alten Tower Hamlets nichts mehr übrig.«

»In London gibt's doch noch andere Stadtteile, wo die Mieten billig sind«, sagte ich. »Warum ausgerechnet hier?«

»Sie fragen zuviel.« Sie schwenkte unter die Rundpfeiler der Eisenbahn und blieb vor der zweiten Glasfassade stehen. »Ich mag das Wasser, und hier hab ich den Hafen und den Fluß überall um mich herum.« Sie deutete auf die Eisentreppe, die im grellen Blau der Docklands Light Railway gestrichen war und die zu dem kleinen Bahnhof über unseren Köpfen hinaufführte. »Ich habe Ihre Adresse und Telefonnummer. Ich ruf Sie an, in zwei bis drei Wochen, wenn alles gutgeht.«

Ich bedankte mich fürs Mitnehmen und stieg aus. Sie fuhr davon, und das war das letzte, was ich von ihr sah, bis die Polizei mich aus Norfolk kommen ließ, damit ich die Leiche einer Frau identifizierte, die man in den South Docks aus dem Hafenbecken gefischt hatte. Als sie die Lade herauszogen und die Plastikfolie zurückschlugen, hätte man glauben können, sie sei mit einer Axt umgebracht worden.

ZWEI

Ich war ihr nur dieses eine Mal begegnet, und in dem grauenhaft zugerichteten Gesicht, das sie mir da in der Leichenhalle des Krankenhauses präsentiert hatten, war nichts mehr zu erkennen gewesen. Ihr Körper hatte etwa dieselbe Statur, mehr konnte ich ihnen nicht sagen. Man forderte mich auf, mir ihre Kleidung anzusehen, und wies mich besonders auf den Ring an ihrer Hand hin. Aber woher sollte ich Iris Sunderbys Garderobe kennen, und Ringe konnte sie beliebig viele haben. Mir war ganz bestimmt keiner aufgefallen, als sie mir in der Kabine der *Cutty Sark* gegenübersaß, und auch nicht, als sie auf der Fahrt durch den Blackwell-Tunnel zur Isle of Dogs die Hände auf dem Lenkrad liegen hatte.

Ich wollte wissen, wie man auf mich gekommen war, und sie gaben mir zur Antwort, ein Taucher habe eine Handtasche vom Grund des Hafenbeckens gefischt. Darin habe man mehrere Briefe gefunden, einen von Victor Wellington, einen anderen von mir und die restlichen von Absendern in Argentinien. »Könnten Sie sich vorstellen, daß sie Selbstmord begangen hat?« Der Inspektor fragte mich das beinahe beiläufig, als wir wieder in die schwüle Atmosphäre eines Tages hinaufstiegen, der sich nicht zwischen Nieselregen und richtigem Regen entscheiden konnte.

»Absolut nicht«, sagte ich. »Sie steckte voller Pläne.« Ich erzählte ihm kurz von dem Segelschiff im Eis und dem Schiff, das auf Feuerland auf uns wartete. Er wußte bereits davon. »Das hat Mr. Wellington auch gesagt. Ich habe mit einem Mann namens Ward oben in Glasgow telefoniert. Wenn ich ihn richtig verstanden habe, will er diese Expedition finanzieren.« Er nickte und beugte den Oberkörper gegen den Wind. »Dann ist es wohl Mord.« Er sah mich an, ein flinker, fragender Blick. »Haben Sie dazu eine Meinung, Sir?«

»Nein, woher?« Ich machte ihn noch einmal darauf aufmerksam, daß ich sie nur dieses eine Mal auf der *Cutty Sark* gesehen hatte. Und dann fiel mir dieser Student ein, ein Cousin, hatte sie gesagt, und ich erzählte dem Inspektor, wie dieser Mann sie beim Einparken vor dem Gypsy Moth Pub beobachtet hatte, wie er durch das Oberlicht der *Cutty Sark* zu uns heruntergesehen hatte und uns anschließend mit seinem roten Sportwagen gefolgt war.

»Hat sie gesagt, wie er heißt?«

»Carlos«, antwortete ich.

»Nachname?«

Damit konnte ich nicht dienen. Er dankte mir schließlich für meine Mitarbeit. »Sollten Sie noch etwas hören ...« Er zögerte. »Man kann von ihrem Aussehen nicht unbedingt auf die Todesursache schließen. Der Pathologe ist ziemlich sicher, daß sie ertrunken ist.« Und er fügte hinzu: »Wahrscheinlich hat sie diese Verletzungen an Kopf und Hals, weil ihre Leiche in den Sog einer Schiffsschraube geraten ist. Wir haben uns auf den Schiffen des Maritime Trust erkundigt. Bei einem von ihnen lassen sie immer mit langsamer Kraft die Schraube laufen, wenn sie die Welle schmieren. An dem Abend vor der Entdeckung der Leiche hatte der Wachegänger das gemacht.«

»Es könnte also auch ein Unfall gewesen sein.«

»Möglich.« Er nickte. »Seit sie die Zimmer in der Mellish Street hatte, pflegte sie offenbar abends noch einen Spaziergang zu machen, meistens mit dem Hund ihrer Vermieterin. Manchmal auch ziemlich spät. Dabei ging sie gerne um die Hafenbecken herum. Ja, es könnte auch ein Unfall gewesen sein, zumal die Vermieterin ihren Hund an diesem Abend bereits ausgeführt hatte ...« Ich sah ihm an, daß er das jedoch nicht für sehr wahrscheinlich hielt. »Zuletzt wurde sie unten am Fluß gesehen, am Ende der Cuba Street am South Dock Pier. Vielleicht sollte ich lieber sagen: Zwei Männer haben dort eine Frau gesehen, allein und ohne Hund. Die Beschreibung würde passen. Sie hatten im North Pole ein Bier zusammen getrunken. Sie wußten nicht mehr genau, wie spät es war, aber sie hatten den Pub erst nach der Sperrstunde verlassen.« Wir waren beim Polizeiwagen angekommen. Der Inspektor blieb stehen, den Schlüssel in der Hand. »Sie sagen, sie habe eigentlich vorgehabt, Sie zur Liverpool Street Station zu bringen. Weil es auf ihrem Weg lag. Wissen Sie noch, wohin sie unterwegs war, bevor sie ihre Meinung änderte?«

»Ich glaube, sie sagte was von Cadogan Gardens und der argentinischen Botschaft.«

»Und als sie bemerkte, daß sie verfolgt wurde, ist sie von der Hauptstraße abgebogen und direkt zu ihrer Wohnung auf der Isle of Dogs gefahren. Hatte sie Angst?«

»Weiß ich nicht«, sagte ich. »Vielleicht. Ich hab ihr jedenfalls nichts angemerkt. Sie kam mir eher verärgert vor als verängstigt.«

»Haben Sie das Kennzeichen des Wagens gesehen?«

Ich schüttelte den Kopf. »Er hielt sich ein paar Autos hinter uns.«

»Ein Porsche. Richtig?«

»Sah aus wie ein Porsche, ja, aber ganz sicher bin ich nicht. Ganz sicher weiß ich nur die Farbe und daß es ein offener Sportwagen war.« Ich wiederholte die Beschreibung, die ich ihm bereits geliefert hatte; das dunkle, angespannte Gesicht des Jungen hinter dem Lenkrad und das im Wind flatternde schwarze Haar waren mir lebhaft in Erinnerung geblieben.

»Wir geben ein Phantombild heraus, aber viel verspreche ich mir davon nicht. Ich setze eher auf den Wagen. So viele offene Porsche fahren in diesem Land nicht herum.«

Er bot mir an, mich bis zur nächsten U-Bahn-Station zu bringen, aber ich wollte lieber laufen. Ich fühlte mich nicht gut. Ich hatte noch nie eine Leiche gesehen, und mit der Erinnerung an diesen zertrümmerten, halb enthaupteten Körper, an die gipsweiße Haut und die lange Rißwunde an ihrem Oberschenkel war ich noch nicht fertig.

Er nickte. Ich glaube, er verstand mich. »Ich melde mich bei Ihnen«, sagte er, als er sich in seinen Wagen zwängte. Dann fügte er hinzu: »Wir geben die Todesursache nicht bekannt, noch nicht. Verstanden?« Er fuhr davon, während ich mich auf den Weg zum Limehouse Basin und der Docklands Light Railway machte. Ich wollte ein wenig nachdenken, und der Anblick der Umgebung, in der sie während ihrer Zeit in England gelebt hatte, konnte mir dabei behilflich sein. Ich wußte, daß die Bahnlinie in Island Gardens an der Südspitze der Isle of Dogs endete. Von dort aus konnte ich durch den Fußgängertunnel unter der Themse hindurch nach Greenwich laufen. Vielleicht hatte ich ja Glück, und es ergab sich die Gelegenheit, ein paar Worte mit Victor Wellington zu wechseln. Wir hatten beide einen Blick auf die Tote geworfen, es war ja möglich, daß wir uns gemeinsam an etwas erinnerten, das bei der Identifizierung helfen konnte.

Es war das Motiv, das mir nicht aus dem Kopf ging. Wenn es dieser junge Verwandte von ihr war, dann mußte er ein Motiv gehabt haben, ein ganz persönliches, und als mir wieder einfiel, wie heftig sie reagiert hatte, als sie merkte, daß er uns verfolgte, da fragte ich mich, warum ich dem Inspektor nicht den genauen Wortlaut ihrer Äußerungen wiedergegeben hatte.

Die Docklands Light Railway war noch ziemlich neu, der blaugetünchte Bahnhof mit dem gläsernen Kuppeldach schimmerte naß im Regen. Es stand bereits ein Zug am Bahnsteig, zwei schachtelförmige, blaulackierte Wagen mit viel Glas und Warnschildern, die auf den vollautomatischen Betrieb hinwiesen. Der Zug fuhr sofort los. Ich setzte mich nach vorn. Mitten unter den schnatternden Touristen und so ganz ohne Fahrer kam ich mir wie auf einer Spielzeugeisenbahn vor. Als wir uns in weitem Bogen von der Fenchurch Street entfernten und auf dem erhöhten Schienenstrang nach Süden fuhren, parallel zur West Ferry Road, öffnete sich vor uns das ganze Panorama der Isle of Dogs. Aus dem Nieselregen war richtiger Regen geworden, und das Wasser in den Hafenbecken, über die wir hinwegschwebten, war dunkel und schmutzig. Dazwischen immer wieder Baugrundstücke, leuchtende Inseln aus gelber Erde, von schweren Fahrzeugen mit einem Netz von Reifenspuren überzogen. Ganze Wälder von Baukränen erhoben sich auf ihnen.

Am Bahnhof South Quay fuhren wir dicht am *Telegraph*-Gebäude entlang, weiter Richtung Osten, dann nach Süden, durch ein Areal mit aufdringlichen, architektonisch meist ziemlich mißlungenen Neubauten. Crossharbour, Mudchute, ein

53

Blick nach Westen hinter die Millwall Docks – fast alle Häuser abgerissen, die Straßen von Bauzäunen gesäumt, und dann, auf der anderen Seite des Flusses, die Turmspitzen von Greenwich, die Masten und Toppsegelrahen der *Cutty Sark*.

Ich hatte versucht, zwischen den neueren Gebäuden hindurch einen Blick auf die Mellish Street zu werfen, aber von den alten Häusern standen nur noch sehr wenige, und inmitten der vielen Baustellen war es schwer, sich vorzustellen, wie sie da unten gelebt hatte, wie sie abends mit dem Hund spazierengegangen war, in Gedanken weit fort von hier, im Weddellmeer und bei einem herrenlosen Expeditionsschiff in Punta Arenas.

Von der Endstation Garden Islands waren es nur ein paar Minuten zu Fuß bis zum Eingang des Parks und dem Rundbau mit der Glaskuppel, in dem der Lift zum Fußgängertunnel nach Greenwich untergebracht war. Über Blackheath klarte der Himmel ein bißchen auf, die Schönheit von Wrens Architektur auf der anderen Seite des Flusses hob sich in perfekter Harmonie vom etwas dunkleren Grau des Wassers ab. Ich blieb einen Moment stehen, weil ein paar Sonnenstrahlen sich plötzlich durch die Düsternis bohrten. Sie hatten sich das Royal Naval College ausgesucht und eine Fähre, die gerade den Fluß überquerte. Eine Themseschute tuckerte den Blackwell Reach hinauf; auf einmal erinnerte die Szenerie an die Bilder von Turner. Wie oft mochte sie hier unten gewesen sein, am südlichsten Zipfel der Isle of Dogs? Eine sinnlose Frage, denn ich wußte ja nicht einmal, wie lange sie in England gelebt hatte. Ich hätte sie fragen sollen. Ich hatte ihr viel zuwenig Fragen gestellt, dachte ich jetzt, als ich mich an die geistige Regsamkeit erinnerte, die ich sofort bei ihr gespürt hatte.

Der Lift konnte bis zu sechzig Personen auf einmal befördern, und am Eingang stand ein TV-Monitor, der die nördliche Hälfte des Tunnels zeigte, die in beiden Richtungen von Touristen passiert wurde. Eine Tafel informierte mich darüber, daß der Tunnel 1902 eröffnet worden war, daß er 217 000 Pfund gekostet hatte, daß er mehr als 360 Meter lang war und zehn bis fünfzehn Meter unterhalb der Wasseroberfläche verlief, je nach dem Stand der Gezeiten. Es waren ziemlich viele Kinder im Tunnel, als ich ihn betrat, das exaltierte Geschrei ihrer Stimmen hallte durch die lange, weißgefliese Röhre von der Größe eines U-Bahn-Schachts – nach Auskunft der Tafel am Eingang waren hier zweihunderttausend weiße Fliesen verarbeitet worden.

Ich glaube, auch Victor Wellington war froh darüber, mit mir reden zu können, denn als ich im Museum nach ihm fragte, brachte man mich unverzüglich in sein Büro. »Schlimme Geschichte«, sagte er, nachdem er mich begrüßt hatte, und er wiederholte es wohl drei- oder viermal während der Viertelstunde, die ich bei ihm war. »Nein, daran hab ich nicht den geringsten Zweifel.« So lautete seine Antwort auf meine Frage, ob er sicher sei, die Leiche von Iris Sunderby gesehen zu haben. »Es war ihr Ring«, fügte er hinzu, und dann beschrieb er ihn mir, ein ungewöhnlich dicker Memoire-Ring, in den zwei rechteckige Steine, ein Smaragd und ein Rubin, eingelassen waren. »An der linken Hand«, sagte er. »Sehr auffällig.«

Ich schüttelte den Kopf. Mir war kein Ring aufgefallen.

»Eine schlimme Geschichte.« Er hatte die Hände vor sich auf dem Schreibtisch gefaltet. »Ist nicht schön, einen Menschen in einem solchen Zustand zu sehen. Und wenn man diesen Menschen auch noch gekannt hat, diese kluge, energische junge Frau – bemerkenswerte Person, fanden Sie nicht auch?«

»Ja, sehr bemerkenswert«, stimmte ich zu. »Voller Lebenskraft.«

»Lebenskraft, ja. Man hat das gleich gespürt, eine Art sexuelle Energie.« Plötzlich leuchteten seinen Augen, und er schürzte die schmalen Lippen. Unwillkürlich fragte ich mich, ob er verheiratet war, und wenn ja, wie seine Frau wohl aussehen mochte. »Sie ist nicht vergewaltigt worden«, fügte er hinzu. »Ein solcher Mord war es nicht.«

»Haben Sie danach gefragt?«

»Ja, sicher. Das ist doch das erste, was einem einfällt.«

»Und Sie sind davon überzeugt, daß man sie ermordet hat?«

»Der Inspektor sieht es auch so. Was sonst? Entweder das oder Selbstmord, aber dafür war sie nicht der Typ. Sie hatte doch eben erst die Unterstützung bekommen, die sie brauchte! Und es wäre schon seltsam, wenn sie aus Versehen ins Hafenbecken gefallen wäre – sternklarer Himmel und fast Vollmond! Gut, wenn sie diesen Hund bei sich gehabt hätte ... Hatte sie aber nicht.« Er erhob sich. »Ihr Bruder war einer der Verschollenen. Das könnte eine Erklärung sein.«

»Wie meinen Sie das?«

»Die Verschollenen, erinnern Sie sich nicht?« Er ging hinüber zu einer Reihe von Aktenschränken. »Die schweigenden Frauen, die einmal in der Woche auf diesem Platz in Buenos Aires Wache gehalten haben. Vor zwei, drei Jahren haben die Zeitungen darüber berichtet. Eine stumme Anklage gegen den Verlust der geliebten Menschen. Ungefähr dreißigtausend. Verschwunden, einfach so! Sie müssen sich doch erinnern.« Er zog eine der Schubladen heraus. »Connor-Gómez. Das war ihr Familienname, bevor sie geheiratet hat, und ihr Bruder hieß Eduardo. Sie hat von ihm gesprochen, als sie zum erstenmal hier bei mir war. Er war Wissenschaftler. Biologe, hat sie gesagt.« Er fand die Akte und zog einen Notizzettel daraus hervor. »Hier haben wir's. Ein ganz gewöhnliches Dankschreiben, weil ich das Treffen auf der *Cutty Sark* arrangiert hatte, und unten drunter ein Postskriptum.« Er gab mir den Brief. »Ich hab der Polizei natürlich eine Kopie gegeben.«

Der Brief war mit Maschine geschrieben, kurz und präzise, mit einer verschnörkelten Unterschrift quer über den Namen, den sie unter den Brief getippt hatte. Und darunter das Postskriptum, handgeschrieben und schwer zu entziffern: *Es sind noch andere hinter dem Schiff her. Lassen Sie bitte nicht zu, daß diese Leute Ward entmutigen.* Das »*bitte*« war dick unterstrichen.

»Haben Sie mit ihm gesprochen?« fragte ich.

»Ward? Nein. Warum auch? Ich konnte doch nichts mehr dran ändern, und er wird längst wissen, daß sie tot ist. Die Medien haben ausführlich berichtet, in allen blutigen Einzelheiten.« Er streckte die Hand nach dem Brief aus. »Ironie des Schicksals. Gerade hatte sie einen Geldgeber gefunden, und noch dazu einen so interessanten. Er ist am Tage nach unserem Treffen noch einmal bei mir gewesen, um mehr über sie zu erfahren.« Das Tageslicht brach sich auf seinen Brillengläsern, als er

56

sich wieder dem Aktenschrank zuwandte. »Ich konnte ihm nicht viel sagen, aber dafür habe ich etwas mehr über *ihn* erfahren, genug jedenfalls, um zu wissen, daß er ein großer Gewinn für die Expedition gewesen wäre. Er ist kein einfacher Lastwagenfahrer, müssen Sie wissen. Nicht mehr. Er hat jetzt seine eigene Firma, ihm gehört eine kleine Flotte dieser transkontinentalen Ungeheuer, die auf der Route durch die Türkei in den Nahen Osten fahren. Das moderne Gegenstück der Seidenstraße.« Er suchte nach dem Ordner, aus dem er den Brief genommen hatte. Als er ihn gefunden hatte, fuhr er fort: »Ich hab ihn nach der Fracht gefragt, die er transportiert, aber darüber wollte er nichts sagen und auch nicht über die Bestimmungsorte. Ich glaube nicht, daß es um Drogen geht. Danach sieht er mir nicht aus. Aber sicher was Einträgliches, Waffen wahrscheinlich, für den Iran oder die Golfstaaten.«

Er schob die Lade wieder hinein und kehrte an seinen Schreibtisch zurück. »Ein Jammer«, sagte er. »Ein halbes Jahr lang hatte sie in Südamerika und in den Staaten vergeblich versucht, die nötigen Gelder aufzutreiben. Dann ist sie nach England gekommen und hat sich in der Mellish Street ein Zimmer genommen, nahe beim Museum und gleichzeitig mit guter Verbindung in die City. Sie hoffte, dort einen Finanzier für die Expedition zu finden. Und als die Institutionen sie im Stich ließen, fing sie an, in ein paar Fachblättern Anzeigen aufzugeben. So ist sie an Ward gekommen. Ähnliche Charaktere, die beiden – finden Sie nicht? Beide voller Energie, voller Elan.«

Wellington hatte seinen Platz wieder eingenommen und stützte sich auf den Tisch. Plötzlich sah er mich eindringlich an und sagte: »Wie ertränkt man eine Frau?« Er wartete nicht auf eine Antwort. »Das hab ich den Inspektor gefragt. Sicher, man hält ihren Kopf unter Wasser. Aber wenn man das in den South Docks tun will, dann muß man selber im Wasser sein. Und wie kommt man da wieder raus? Wenn man eine Leiter oder was Ähnliches gefunden hat, dann ist man triefnaß und hat Angst. So einer müßte doch irgendeinem Menschen aufgefallen sein. Solch einen Anblick vergißt man doch nicht, oder? Darauf setzt zumindest der Inspektor.«

»Sie könnte in ihrer Wohnung ertränkt worden sein, in der Badewanne zum Beispiel«, sagte ich. »Und dann hat man sie zum Hafen gefahren und reingeworfen.«

Wir diskutierten noch immer die verschiedensten Möglichkeiten, als seine Sekretärin hereinkam und ihm mitteilte, daß der Admiral auf ihn warte und auch die anderen Mitglieder der Schiffsmodell-Kommission. Er nickte und erhob sich. Auf dem Weg zur Tür sagte er noch einmal: »Schlimme Geschichte. Und Pech auch für Sie. Mit einem solchen Projekt hätten Sie sich einen Namen machen können. Aber wer weiß, vielleicht ist es so besser für Sie.«

»Wie meinen Sie das?« fragte ich ihn. Und als er nicht gleich antwortete, fügte ich hinzu: »Wegen dem Postskriptum unter dem Brief?«

Wir waren draußen im Korridor stehengeblieben. »Nein. Wegen Ward.« Er zögerte, bevor er sagte: »Es hat niemals einen Totogewinn gegeben. Er ist auf andere Weise an sein Geld gekommen.« Und als ich ihn fragte, woher er das wisse, antwortete er mit einem kurzen, geringschätzigen Lachen: »Ganz einfach. Ich habe bei den großen Wettveranstaltern angerufen.«

»Sie meinen, er hat gar keine Million?«

Er zuckte die Achseln. »Keine Ahnung. Ich weiß nur, daß er sein Geld nicht im Toto gewonnen hat, wenn er welches hat.« Seine Worte schwebten noch zwischen uns, als er bereits wieder lächelte: »Schade, daß es so gekommen ist.«

Mehr konnte er mir natürlich auch nicht sagen, aber bevor er zu seiner Diskussion über Schiffsmodelle ging, war er noch so freundlich, mir zu versichern, daß er mich im Hinterkopf behalten würde, falls irgendwo ein Experte für Holzpräservierung benötigt werden sollte.

In der Cafeteria des Museums genehmigte ich mir eine Tasse Kaffee und ein Sandwich, dann ging ich durch den Fußgängertunnel zurück zur Isle of Dogs. Ich fuhr nicht mit dem Zug weiter. Statt dessen spazierte ich die West Ferry Road entlang bis zur Mellish Street. Zuerst kamen noch Häuser und ein paar Bäume, aber beim Lord Nelson, an der Ecke des Geröllfeldes, das die Bautrupps von der East Ferry Road übriggelassen hatten, begann der Bretterzaun. Und von da an gab es nur noch Bauzäune, Staub und schweres Gerät. Vom alten Millwall-Viertel waren nur noch ein paar Pubs übriggeblieben. Einsam und stolz standen sie dort in der Wüste und warteten auf die Invasion der Yuppies – The Ship, das Robert Burns, The Vulcan, das Telegraph, das Kingsbridge Arms. Zwischen der Cyclops-Werft und Quay West priesen Plakate auf einem langen Stück Bauzaun die Vorzüge des Wohnens in diesem neuen Viertel: Blick auf Greenwich, Gymnasium, Restaurants, Schwimmbad, Sportplatz, Squash-Halle, Wassersport, begrünte Plätze, Straßen mit Kopfsteinpflaster, Bäckerei, der Island Club, der River Bus – ein Bauvorhaben, das keine Wünsche offenläßt.

Dann kam ich zur Tiller Road und den kümmerlichen Überresten des billigen Nachkriegswohnbaus in den Tower Hamlets. Auch die Mellish Street fing so an, zweistöckige Miethäuser aus Schlackenstein, mit rostigen Metallfenstern und Betonveranden, und gleich hinter diesen Miethäusern ragten mehrere Hochhäuser in den Himmel. Aber nach der Hälfte der Straße, ab der Hausnummer 26, waren es noch die ursprünglichen Reihenhäuser, deren verglaste Veranden in die kleinen Vorgärten hineinragten.

Sie hatte in einem von diesen Häusern gewohnt, ganz am Ende der Straße. Ein einsamer Baum stand davor.

Ich weiß nicht, was ich mir von diesem Besuch versprach. Ich klingelte mehrmals, aber es kam niemand an die Tür. Hinten bei den Mietskasernen probierte ein farbiger Junge sein Skateboard aus, sonst war keine Menschenseele zu sehen. Nur ein paar Autos standen herum. Ich klopfte. Es war ganz still, nicht einmal der Hund schlug an; dafür bewegte sich im Nachbarhaus eine Gardine, und ich konnte einen kurzen Blick auf ein Baumwollkleid und ein spitzes, runzeliges Gesicht mit zwei neugierigen Äuglein werfen.

Sie mußte bereits hinter der Tür auf mich gewartet haben, denn sie öffnete sofort nach dem ersten Klingeln. »Guten Morgen.« Ich hatte mir noch nicht zurechtgelegt, was ich sagen wollte, deshalb standen wir einen Augenblick da und schwiegen uns verlegen an. Sie hatte graue, etwas feuchte Augen. »Ich hab den Hund nicht gehört«, sagte ich zögernd.

»Mudface? Den hat se mitgenommen, nach Poplar zu ihrm Bruder. Sind Se vonner Polente? Vonner Polente hat se die Nase voll.«

»Nein«, sagte ich. »Ich bin ein Bekannter von Mrs. Sunderby.«

Ihre Augen leuchteten auf. »Die se umgebracht ham?« Sie war eine echte East Enderin.

»Woher wissen Sie, daß man sie umgebracht hat?«

»Wissen tu ich gar nix. Was die Leute eben so reden. Und inne Zeitungen, da steht ja nu auch nich direkt drin, daß es Mord war, aber man kann das rauslesen. Und so zerstückelt, wie se die gefunden ham, da darf man ja gar nich drüber nachdenken, so kalt läuft's eim da'n Rücken runter. Was wollnse eigentlich von mir?«

Ich fing an, ihr Fragen über Iris Sunderby zu stellen, wann sie üblicherweise mit dem Hund spazierengegangen ist, ob sie irgendwelchen Besuch bekommen hat, und dann beschrieb ich ihr den Studenten, den ich an jenem Tag auf der *Cutty Sark* gesehen hatte. Ich verriet ihr nicht, daß er uns verfolgt hatte, und den Namen Carlos erwähnte ich auch nicht, aber kaum kam ich auf den roten Sportwagen zu sprechen, da nickte sie aufgeregt mit dem Kopf. »Den hatter gleich da unterm Baum geparkt. Ich bin vorm Haus rumgestanden und hab mit Effie Billing gequatscht, da is dieser kleine rote Flitzer aus Millharbour gekommen und direkt vorm Haus stehngeblieben.« Ihre Beschreibung des Fahrers paßte. Er war nicht ausgestiegen. Er war in seinem Wagen sitzen geblieben, als hätte er auf jemanden gewartet.

»Wann war das?« fragte ich sie.

Das genaue Datum wußte sie nicht mehr, aber es sei ein Mittwoch gewesen, vor vierzehn Tagen ungefähr, am späten Nachmittag, etwa zur Teestunde. Er mußte also ihre Fährte wieder aufgenommen haben, nachdem sie mich an der South Quay Station abgesetzt hatte. Vielleicht hatte er uns auch gar nicht aus den Augen verloren. »Hat er mit ihr gesprochen?« fragte ich. »Hat er an der Haustür geklingelt?«

Sie schüttelte den Kopf. »Nich, daß ich was gesehn hätt, und ich hab über 'ne Stunde lang am Fenster gestanden. Irgendwann isse dann rausgekommn und mit ihrm kleinen Wagen abgedüst. Und als sie nach Millharbour reingefahrn is, da hat er seinen kleinen roten Flitzer umgedreht und is ihr nach.«

»Haben Sie das der Polizei erzählt?«

Sie schüttelte den Kopf. »Die ham mich ja nich danach gefragt.« Mit der Polizei hatte sie offensichtlich nichts am Hut.

Ich dankte ihr und machte mich wieder auf den Weg, vorbei an dem Haus, in dem Iris Sunderby mindestens vierzehn Tage lang gewohnt haben mußte, vorbei an dem Baum, dann nach links, auf der Hauptstraße durch Millharbour, in Richtung Marsh Wall und *Telegraph*-Gebäude bis zu dem Hafenbecken, in dem man ihre Leiche gefunden hatte. Links im Hintergrund leuchtete der schmale Schriftzug des *Guardian*. Ich befand mich mitten in einem trostlosen Neubaugebiet, und mir kam zum erstenmal so richtig zum Bewußtsein, mit welcher Besessenheit die Development Corporation ihre häßlichen, giebellosen Kästen in die Gegend setzte. Ein Gefühl der Niedergeschlagenheit überkam mich. Überall, wo ich durchgekommen war, wurde wie verrückt gebaut, und wozu das alles? Ein paar Jahre Londoner Luft und Dieselausdünstungen, und all das stünde wieder im wunderbaren Einklang mit der Schäbigkeit der übrigen Tower Hamlets. Die Vorstellung von der toten Frau im Hafenbecken, von ihrem zertrümmerten Kopf, kam mir jetzt wie eine traurige Vignette vor, die genau zu der Stimmung auf dieser seltsamen Zunge paßte, die Londons Docklands hier in eine große Schleife des Flusses strecken.

Warum? Warum hatte man sie getötet? Alles nur, weil sie beweisen wollte, daß ihr Mann dieses Schiff tatsächlich gesehen, daß er es sich nicht eingebildet hatte? Als ich meine Schritte in Richtung Hochbahn und South Quay Station lenkte, dachte ich über die böse Ironie, die Sinnlosigkeit dieser Geschichte nach.

Auf der Westseite des *Telegraph*-Gebäudes führte ein schmaler Gehweg hinüber zum Hafenbecken und über eine Gangway in das Restaurant Le Boat, das im Oberdeck eines Schiffes namens *Celtic Surveyor* untergebracht und – völlig unpassend – von der Plastiknachbildung eines Ausguckkorbs gekrönt wurde. Von einem Journalisten, der über das Achterdeck an Bord ging, erfuhr ich, daß das Schiff seiner Zeitung gehörte und dort festgemacht hatte, um dem Personal als Kantine zu dienen. Er kritisierte die Entscheidung der Unternehmensleitung, den oberen Teil einem privaten Betrieb zu überlassen, und erzählte mir, daß sich das Restaurant erst nach einer hartnäckigen Auseinandersetzung bereit erklärt habe, den ursprünglichen Namen des Schiffes wieder an den Bug und auf das Heck zu malen. »Es bringt Unglück, den Namen eines Schiffes zu ändern, meinen Sie nicht auch? Le Boat!« Er betonte den Namen auf eine vielsagende Weise.

Es hatte wieder zu regnen angefangen, ein feiner, nasser Sprühregen. Die Sonne war verschwunden, und das Wasser im Hafenbecken war sehr still und sehr schwarz. Ein Bretterzaun trennte das Grundstück des *Telegraph* vom Bauplatz nebenan, aber ich klammerte mich an dem Stacheldraht fest, der um einen Pfosten gewickelt war, und konnte mich auf diese Weise über die Kante des Hafenbeckens auf die andere Seite schwingen. Eine offene Schotterfläche führte zu einer Reihe von freundlichen Büro- und Wohnhäusern aus rotem Backstein, die an dem Gehweg lagen, der an der Kaimauer und den Schiffen des Maritime Trust entlangführte, dem Schlepper *Portwey* und dem Küstenmotorschiff *Robin*, an dessen Außenseite die *Lydia Eva* festgemacht war.

Das Wasser zwischen den Schiffen war eine stinkende Brühe, in der sich Unrat gesammelt hatte. Senkrechte Leitern, verrostet und mit Algen bewachsen, waren in regelmäßigen Abständen in die Hafenmauer eingesetzt. Hier hatten sie die Leiche aus dem Wasser gezogen, direkt vor dem Bug des Schleppers, wo Plastikkartons, alte Lumpen und Bretter in einer zähflüssigen Ölschicht schwammen. Ich hätte die Frau in der Mellish Street fragen sollen, ob Iris an diesem Abend Besuch hatte, ob nicht wieder vor ihrem Haus ein Auto geparkt hatte, denn jetzt, da ich das Hafenbecken mit eigenen Augen sah, war ich mehr denn je davon überzeugt, daß jemand sie hineingeworfen hatte.

Ich ging zwischen den Neubauten hindurch zum Marsh Wall zurück. Ein Bauarbeiter mit Schutzhelm bearbeitete mit einer Ramme die Enden der Rundeisen, die um einen Stützpfeiler der

Hochbahn herum aus dem Beton ragten. Sein Gerät wirbelte Staub auf und machte einen Lärm wie ein Preßluftbohrer. Ich versuchte, mir diesen Ort bei Nacht vorzustellen, ohne Bauarbeiter, wenn alles ruhig war. Es standen ein paar Straßenlaternen herum, und die Baustelle hatte ihre eigenen Scheinwerfer. Nachts gäbe es hier Schatten, tiefe Schatten. Niemand wäre in der Nähe, die Gassen zwischen den Gebäuden würden sich in dunkle Schächte verwandeln. Er könnte sie bewußtlos geschlagen und ins Wasser geworfen haben; kein Mensch hätte ihre Schreie gehört oder das Platschen des Wassers beim Aufprall ihres Körpers. Ein Zug ratterte über die Gleise der Hochbahn. Wie lange mochte sie nachts in Betrieb sein? Vielleicht hatte ein später Fahrgast sie dort unten mit Carlos gesehen.

Ein Schild mir gegenüber machte mich darauf aufmerksam, daß ich die Lemanton-Treppe erreicht hatte, die hinunter zur Manilla Street führte, vorbei am Gelände der Holzimporteure Lemanton & Sohn, gegr. 1837. Gleich gegenüber war ein Pub mit dem erstaunlichen Namen »Zum Nordpol«. Ich war müde und hatte Hunger. Der Gastraum war gerammelt voll mit Bauarbeitern, und im ersten Moment meinte ich, in eine reine Schnapsbude geraten zu sein, doch als meine Augen sich an das Dämmerlicht gewöhnt hatten, sah ich eines der Serviermädchen mit einem Teller Sandwiches hinter dem Tresen hervorkommen. Sie war groß und dunkelhaarig, trug hauteng schwarze Hosen, und das verführerische Wackeln ihre Hinterns beim Gehen paßte gut zu dem strahlenden Lächeln und dem auffordernden Blick ihrer dunklen Augen.

Ich holte mir ein helles Bier von der Theke, und als sie mir das dicke Schinkensandwich brachte, fragte ich sie, ob sie vielleicht mal die junge Frau bedient habe, deren Leiche aus dem Hafenbecken gefischt worden sei. »Ist sie hier mal reingekommen? Kannten Sie die Frau?«

Sie stutzte, den Teller noch in der Hand; ihr Blick erstarrte und das Lächeln war wie weggewischt. Ohne die strahlende Maske sah sie alt und erschöpft aus. Sie schüttelte fahrig den Kopf, knallte den Teller auf den Tisch und drehte sich schleunigst um. Ihre heftige Reaktion auf eine eher beiläufige Erkundigung erstaunte mich. Offensichtlich hatte meine Frage sie verängstigt.

Ich behielt sie im Auge, während ich mein Sandwich verspeiste. Sie lächelte jetzt nicht mehr, und sie kam auch nicht mehr in meine Nähe. Zum Kassieren schickte sie eine Kollegin, aber als ich den Pub verließ, spürte ich ihre verstohlenen Blicke im Rücken.

Auf dem ganzen Weg zurück in die City und zur Liverpool Street Station beunruhigte mich die Gewißheit, daß dieses Mädchen etwas wußte. Aber was? Ich schob diese Gedanken schließlich beiseite. Sie würde es natürlich abstreiten, also brauchte ich auch niemandem davon zu erzählen. Etwas anderes wäre es, wenn die Polizei Carlos doch noch ausfindig machen und in dieser Richtung ermitteln würde ...

Zwei Dinge beschäftigten in dieser Nacht meine Gedanken: Das Mädchen im Pub und die Unvorsichtigkeit des Mörders, die Handtasche ins Wasser fallen zu lassen. In den frühen Morgenstunden – ich lag noch immer wach und dachte an den nackten, ausgestreckten Körper in dem tiefgekühlten Schubfach – fiel mir wieder ein, wie sie mir plötzlich von den Menschen erzählt hatte, die mir inzwischen als die *desaparecidos* ein Begriff waren. Wir waren gerade aus dem Blackwell-Tunnel gefahren, und sie hatte bemerkt, daß dieser Carlos uns noch immer verfolgte. »So viele, einfach umgebracht«, murmelte sie und blickte in den Rückspiegel.

»Was hat das damit zu tun?« fragte ich sie, und sie fuhr mich an: »Eduardo ist einer von ihnen. Eduardo ist mein Bruder. Mein jüngerer Bruder. Und dieser kleine Dreckskerl ...« Sie warf noch einen schnellen Blick in den Rückspiegel. »Warum ist der hier? Warum hat Ángel ihn geschickt?« Und dann erzählte sie mir von ihrem Halbbruder und wie bösartig er sein konnte.

Mir fiel noch etwas ein, was sie zu mir gesagt hatte: »Er hat Eduardo gehaßt.« Als ich sie nach dem Grund fragte, antwortete sie: »Weil er ein guter Mann ist, ein Connor-Gómez. Kein Sizilianer. Mein Vater hat ihm gesagt, daß Eduardo ...« Was immer sie sagen wollte, sie behielt es für sich. »Das war, bevor sie das Kaufhaus niedergebrannt haben.« Dann war sie auf die linke

Spur gewechselt und hatte die Abzweigung zur Isle of Dogs genommen.

Danach hatten wir das Auto, das uns gefolgt war, nicht mehr gesehen. Ihre Laune hatte sich verändert, die Anspannung war verflogen. Das alles hätte ich dem Inspektor erzählen müssen, aber bei der Gelegenheit war es mir nicht eingefallen. Zu sehr hatte mich der Anblick ihrer Leiche geschockt, darüber hatte ich alles andere vergessen. Erst Victor Wellington erinnerte mich wieder daran. Hatte sie gemeint, daß ihr Halbbruder einer von denen war, die für das Schicksal der *desaparecidos* verantwortlich sind? Oder wollte sie mir bloß zu verstehen geben, er sei ein Anhänger der Junta gewesen, des Militärregimes, daß diesen Terror veranstaltet oder zumindest nichts gegen ihn unternommen hatte? Ich wußte nur sehr wenig darüber, nur das, was ich nach der Invasion der Falklandinseln in den Zeitungen gelesen hatte, und außerdem hatte es mich nicht besonders interessiert – bis ich Iris Sunderby kennenlernte und nach London bestellt wurde, um ihre Leiche zu identifizieren.

Um das alles zu vergessen, borgte ich mir am nächsten Tag das Boot eines Freundes aus und segelte hinaus nach Blakeney Point, wo ich unterhalb der Kiesbänke vor Anker ging. Es war einer jener wolkenlosen Tage an der Ostküste; die Sonne brannte, und ein frischer Wind blies mit Stärke 3 bis 4 aus Nordost; an solchen Tagen holen sich auch Gäste aus südlicheren Gefilden einen Sonnenbrand. Ich blieb über Nacht draußen, fing mir ein paar Fische und segelte, nachdem ich mir daraus ein köstliches Frühstück gemacht hatte, kurz nach Sonnenaufgang wieder zurück. Während meiner Abwesenheit hatte Iain Ward angerufen.

Auf meinem Anrufbeantworter teilte er mir mit, daß er die Morgenzeitungen gelesen habe, und bat mich, umgehend zurückzurufen. Dazu hatte er seine Telefonnummer hinterlassen. Mit den Morgenzeitungen hatte er wohl die von gestern gemeint. Ich selber hielt mir keine Tageszeitung, aber mein Nachbar ließ mich einen Blick in seinen *Express* werfen. Unter der Schlagzeile »Mord in den Docklands« wurde ich namentlich als einer der Zeugen genannt, die man gebeten hatte, die Leiche zu identifizieren. Eine endgültige Identifizierung, so zitierte man Inspektor Blaxall, sei wahrscheinlich erst anhand zahnärztlicher Unterlagen möglich, und da die Tote vermutlich argentinischer Herkunft sei, dürfte es einige Zeit dauern, bis die Polizei in Buenos Aires die nötigen Unterlagen beschafft habe. Zudem werde eine Überprüfung der zahnärztlichen Informationen durch den Zustand der Leiche erschwert. An dieser Stelle folgten die Namen der Personen, die man zur Identität der Toten befragt hatte, unter ihnen mein eigener: *Peter Kettil, ein Holzpräservator, der letzte Woche auf der Konferenz an Bord der Cutty Sark ebenfalls mit Mrs. Sunderby gesprochen hatte, ist sich ziemlich sicher, daß es ihre Leiche war, die man aus dem Hafenbecken geborgen hat.*

Danach wandte der Artikel sich Iris Sunderbys Lebensgeschichte zu. Ihr Vater, Juan Connor-Gómez, hatte das Warenhaus der Familie in Buenos Aires geleitet. Kurz vor Ausbruch des Falklandkrieges hatte er Selbstmord begangen, weil sein Unternehmen einem Brandanschlag zum Opfer gefallen war, bei dem das Hauptgebäude abgebrannt und Waren im Wert von über einer Million Pfund ein Raub der Flammen geworden waren. Ihr Bruder Eduardo, ein Biochemiker, war etwa um dieselbe Zeit verschollen. *Nach Angaben der Polizei kann nicht ausgeschlossen werden, daß es sich um einen politischen Mord handelt.* »*Möglicherweise geht er zurück auf die Zeit, als in ganz Argentinien, vor allem aber in Großstädten wie Buenos Aires, Menschen einfach verschwanden. Wir warten dringend auf Hintergrundinformationen der Polizei von Buenos Aires über die Familie Connor-Gómez. Bis wir im Besitz dieser Informationen sind, können wir keine Aussagen über das Motiv dieses brutalen Mordes machen.*«

Ich rief Ward sofort an, aber niemand meldete sich. Erst am Abend bekam ich ihn an den Apparat.

»Sind Sie startklar, Peter?« Das waren seine Begrüßungsworte. Als ich ihn fragte, was er damit meine, sagte er: »Haben Sie alles für die Abreise gepackt? Hab für Sonntag zwei Plätze nach Madrid gebucht. Wir bleiben über Nacht, dann geht's mit der Iberia direkt nach Mexico City. Treffpunkt: 13 Uhr am Schalter der British Airways. Ist das okay?«

Im ersten Moment wußte ich nicht, was ich sagen sollte. Die überraschende Eröffnung hatte mir die Sprache verschlagen. »Wollen Sie damit sagen, daß Sie die Expedition trotzdem machen wollen?«

»Natürlich.« Er sagte das ganz ruhig, wie eine sachliche Feststellung. »Warum denn nicht? Das Boot liegt bereit. Wir können auslaufen, sobald wir in Punta Arenas sind.«

»Aber ...« Es war Mittwochabend. »Ist das Ihr Ernst? Ich meine ... also, man kann doch nicht einfach so ins Weddellmeer fahren. Wir brauchen Vorräte, Ausrüstung, Kleidung. So was will doch geplant sein, sorgfältig geplant.«

»Ist alles erledigt.«

»Aber ...«

»Jetzt hörense mir mal zu. Ich bin's gewohnt, sowas kurzfristig zu organisieren. Hab diesem Norweger telegrafiert, daß er den Kahn innerhalb von einer Woche mit Vorräten vollpacken und seeklar machen soll. Das nötige Geld hab ich auf 'ne örtliche Bank überwiesen, 'nen Paß werdense doch wohl haben, oder?«

»Ja.«

»Ist er auch gültig, oder haben Sie ihn ablaufen lassen?«

»Nein, nein, er ist ganz neu.« Meine Gedanken drohten mit mir durchzugehen und auch meine Phantasie. Es ist eine Sache, bei einem Treffen wie dem auf der *Cutty Sark* dabeizusitzen und darüber zu diskutieren, ob da nun eine alte Fregatte im Eis des Weddellmeers liegt oder nicht und ganz unverbindlich eine Expedition zu ihrer Bergung ins Auge zu fassen; etwas ganz anderes ist es, wenn jemand zu einem sagt: In vier Tagen geht's los, Ziel der Reise die Antarktis. »Visa«, sagte ich, »ich brauche Visa. Und Geld – Travellerchecks. Und noch etwas – was ziehen wir an? Für eine solche Expedition braucht man Spezialkleidung.«

»Für alles ist gesorgt«, wiederholte er. »Das Geld kriegense von mir und die Spezialklamotten auch, das Allerneuste auf dem Gebiet der Schutzkleidung. Wird ausgeflogen – noch heute abend, hoffe ich. Ich fürchte, Ihre Größe mußte ich schätzen. Um die Visa kümmert sich mein Reiseagent. Der sitzt in London.« Er ließ mich die Adresse notieren, es war in der Windmill

Street. »Wenn Ihr Paß bis morgen früh um neun bei ihm ist, hat
Jonnie Crick versprochen, daß Sie ihn rechtzeitig zum Abflug mit
allen Stempeln wiederhaben. Okay?«

»Nein«, sagte ich. »Nicht okay. Hier ist Norfolk, nicht London, und es ist bereits nach acht Uhr abends.«

»Ach ja, das hätt ich jetzt glatt vergessen: Ein Motorradbote
von den Norfolk Flyers holt den Paß morgen früh um halb sieben
bei Ihnen ab. Sehn Sie zu, daß 'n ordentliches Paßbild dabei ist, für
die Fotokopie. Und wenn Sie am Sonntagmorgen Ihren Paß
abholen, dann nehmen Sie meinen auch gleich mit.« Auf einmal
war ihm der schottische Akzent fast völlig abhanden gekommen.
»Windmill Street«, fügte er hinzu. »Nördlich vom Piccadilly
Circus, eine Nebenstraße der Shaftesbury Avenue. Sie finden
Jonnies Büro im dritten Stock. Nicht vergessen, ja? Ich will, daß
alles erledigt ist, wenn ich in dem Flieger nach Madrid sitze, und
bis dahin hab ich noch 'ne Menge zu erledigen. Bleiben Sie 'n
Moment dran, ich gebe Ihnen noch die Flugnummer durch.«

»Hören Sie, das ist doch Wahnsinn«, sagte ich. »Kein vernünf-
tiger Mensch, der eine Expedition plant, erledigt solche Dinge in
letzter Minute, schon gar nicht bei einer Expedition in die Antarktis. Sie haben ja noch nicht mal das Schiff.«

»Irrtum, mein Freund. Ich habe die *Isvik* letzte Woche gekauft,
zwei Tage nach unserem Treffen in Greenwich. Wie sollen wir sie
nennen, die *Iain Ward*?« Die Art, wie er das sagte, die Tatsache,
daß er das Boot auf seinen Namen umtaufen wollte, dieser über-
stürzte Aufbruch in die Antarktis, das alles gab mir das Gefühl, es
mit einem Größenwahnsinnigen zu tun zu haben. Dabei war er
mir ganz vernünftig erschienen. Vielleicht lag es am Telefon. Das
Telefon akzentuiert Modulationen der Stimme, persönliche
Nuancen, die man vielleicht überhört, wenn man mit der visuellen
Wirkung eines Menschen konfrontiert ist. Aber jetzt fielen mir
Iris Sunderbys Worte wieder ein – *ein Ego wie ein Wolkenkratzer*
– und ihr Eindruck, daß sein Akzent nicht echt sei.

»Sind Sie noch dran?«

»Ja, ich bin noch dran.« Verflucht, was hatte ich zuletzt gesagt?

»Was is nun, wollnse den Job oder nicht?«

»Mir war nicht klar, daß Sie mir einen Job angeboten haben.«

Ich hatte das nur gesagt, um Zeit zu gewinnen, während ich versuchte, Antworten auf die Fragen zu finden, die mir durch den Kopf jagten. Wenn dieser Reiseagent so kurzfristig Visa für zwei oder drei der problematischeren südamerikanischen Staaten beschaffen konnte, dann mußte an ihm irgend etwas faul sein, oder ... »Was müssen Sie für diese Visa auf den Tisch legen?« fragte ich ihn.

»Das geht Sie nichts an. Aber sie sind echt, keine Fälschungen.« Ich konnte das Lächeln am anderen Ende der Leitung beinahe hören. »Sie kosten natürlich 'n bißchen mehr. Alles, was schnell gehen muß, kostet 'n bißchen mehr. Ja, und für den Fall, daß Sie sich Sorgen um die Kohle machen – ich erwarte ja nicht, daß Sie umsonst mitfahren. Sie machen Ihren Job, also kriegen Sie auch Ihren Lohn. Ist nicht besonders üppig, aber fürs Begräbnis wird's reichen, falls Ihnen da unten was zustoßen sollte. So, ist noch was, sonst ...? Ach ja, die Flugnummer.« Er gab sie mir durch. »Terminal eins.«

»Ich will das nicht übereilt entscheiden«, sagte ich. »Lassen Sie mir Zeit zum Nachdenken.«

»Zeit haben wir keine.«

»Und warum nicht?« fragte ich ihn. »Da unten ist doch noch Winter. Es ist noch lange hin bis zum Frühling.«

»Die Jahreszeit interessiert mich nicht.«

»Und was interessiert Sie dann? Warum haben Sie's so verdammt eilig?«

»Das erzähl ich Ihnen, wenn wir in Madrid sind, nicht eher. Also, wollen Sie den Job oder nicht? Ich brauche einen Experten für Holzpräservierung, jemanden, dessen fachliches Urteil man anerkennt, aber das müssen nicht *Sie* sein.« Seine Ton wurde kälter, als er hinzufügte: »Ich will offen mit Ihnen reden. Sie sind keineswegs der qualifizierteste Mann, den ich kriegen konnte. Innerhalb einer Woche könnte ich jemanden einfliegen lassen, der qualifizierter ist. Denken Sie drüber nach, okay?« Das Lächeln war in seine Stimme zurückgekehrt. »Wir sehen uns also am Sonntag, 13 Uhr am Check-in-Schalter von British Airways. Und vergessen Sie nicht, die Pässe bei Jonnie abzuholen.«

Es klickte, und die Leitung war tot. Ich stand da und starrte mit leerem Blick hinaus auf das Watt. Ich war völlig durcheinander. Langsam legte ich den Hörer zurück auf die Gabel. Die Sonne ging gerade unter, und die Außenmarsch leuchtete golden in ihrem Schein. Das Abendlicht hob die dunklen Bänder der Priele hervor; die Unterstände, die von den Vogelschutzwarten und den Mitgliedern des Vogelschutzbundes als Verstecke benutzt wurden, standen steif wie Hutschachteln, das schwarzbunte friesische Fleckvieh graste, die Leiber der nordwestlichen Brise zugewandt, friedlich in der Dämmerung, und ganz weit draußen, jenseits der weiten Fläche des zurückgewonnenen Weidelandes und der blaßgelben Linie der Kiesbänke, folgte der rote Schornstein eines Frachters der weißen Achterbrücke eines Tankers, so weit draußen, daß die beiden Schiffe bewegungslos über dem Horizont zu schweben schienen.

Meine Mutter rief aus der Küche herüber. »Wer war das, Schatz?«

Ich antwortete nicht sofort. Der vertraute Klang ihrer Stimme machte mir nur noch deutlicher, vor welch unangenehme Wahl ich soeben gestellt worden war. Ich stand im Vorderzimmer meines Elternhauses, einer Doppelhaushälfte an der Küstenstraße am östlichen Ende des Städtchens Cley mit seiner weißgetünchten, idyllischen Windmühle. Nach dem Tode meines Vaters hatte ich das Zimmer zu meiner Bude gemacht. Inzwischen nannte ich es mein Büro.

»Jemand, den ich kenne?«

»Nein.« Ich ging hinüber zum Fenster. »Ein Kunde.«

»Das Abendessen ist gleich fertig. Du brauchst keine Arbeit mehr anzufangen.«

Der Tanker und der rote Schornstein hatten sich wie von Geisterhand weiterbewegt. Ich widmete mich dem Ausblick mit viel größerer Aufmerksamkeit als sonst. Ich hatte ihn immer als ganz selbstverständlich genommen. Jetzt war er das nicht mehr, nicht wenn ich morgen früh dem Motorradboten der Norfolk Flyers meinen Paß mitgeben und am Sonntag nach London fahren würde, in die Windmill Street und dann weiter nach Heathrow, rechtzeitig zu meiner Verabredung mit Ward, um 13

Uhr am Schalter von British Airways. Und wenn ich mit ihm fliegen würde … Auf einmal war mir dieser Ausblick aus dem Fenster unendlich kostbar.

Der Vogelschutzwart kam aus seinem Haus, dem letzten in unserer Reihe von hübschen kleinen Doppelhaushälften. Ich sah ihm nach, wie er die Straße überquerte und auf dem ausgetretenen Pfad zum ersten Unterstand ging. Selbst im Winter, wenn der Wind direkt aus dem Eismeer herüberbläst und die Marsch eine einzige Eisfläche ist, wenn die Gräben zugefroren sind und über allem ein feiner Staub aus Schnee liegt, wenn die eisigen Schneekristalle horizontal gegen die Fensterscheiben prasseln, selbst dann hat Norfolks arktische Küste ihren Reiz. Es gab mir einen Stich ins Herz, als ich jetzt aus dem Fenster sah.

Punta Arenas! Dorthin sollte ich mit ihm fliegen, und ich hatte es mir noch nicht einmal im Schulatlas angesehen. Warum auch, hatte ich mir gedacht. Iris Sunderby war tot. Und jetzt wollte dieser Glasgower die Expedition auf eigene Faust machen.

Warum?

Ich preßte die Stirn gegen die kühle Fensterscheibe. Warum sollte ich mich nicht mit ihm treffen? Ich mußte ja nicht mitfliegen. Ich ging im Geiste die Fragen durch, die ich ihm stellen mußte.

»Das Abendessen ist fertig, Schatz. Würste und Kartoffelbrei. Daddys Lieblingsessen. Komm rüber. Ich tu dir schon was auf.«

»Ich komme, Mum.« Der Gedanke an meinen Vater hielt mich noch zurück. Er war nie im Ausland gewesen. Unglaublich, daß er nicht mal nach London gefahren war; er hatte Norfolk kaum einmal verlassen, und als wir nach Cley gezogen waren, war dieser Ausblick die absolute Erfüllung für ihn gewesen. Und trotzdem, als ich ihm damals mitgeteilt hatte, daß ich bei einer Whitbread-Weltumseglung mitmachen würde, hatte er nicht mit der Wimper gezuckt und keinen Versuch gemacht, mich davon abzubringen.

»Das Essen steht auf dem Tisch, Schatz.«

Manchmal glaube ich, daß die Welt außerhalb von East Anglia für ihn gar nicht mehr existierte.

»Ein herrlicher Sonnenuntergang. Diese Stunde hat Daddy

besonders gemocht, wenn die Sonne an einem wolkenlosen Himmel unterging.«

Sie stand in der Tür und zog die Schürze aus. »Komm jetzt.« Ich nahm ihr die Schürze ab und warf sie auf den Schreibtisch, wo sie sich über die Schreibmaschine ausbreitete wie ein verwelktes Blumengesteck. Ich legte ihr meinen Arm um die Schulter. »Könnte sein, daß ich für eine Weile verreise«, sagte ich.

»Ach, wann denn?« Ich konnte sie mit meinen Unternehmungen nicht mehr aus der Fassung bringen. Gott sei Dank hatte sie sich an mein Kommen und Gehen gewöhnt. »Wo fährst du diesmal hin?«

»Punta Arenas«, sagte ich.

»Spanien?«

»So ähnlich.« Und dabei beließ ich es. Ich erzählte ihr auch nicht, wie lange ich möglicherweise fortbleiben würde. Außerdem wußte ich es ja selber nicht, ich wußte nicht einmal, ob ich überhaupt fahren würde.

»Du bist so still«, sagte sie, als ich mein Messer durch eine dieser wunderbar knackigen Würste gleiten ließ. Egal, was für ein miserables Zeug sie auch zubereitete, sie war eine Perfektionistin. »Geht dir was durch den Kopf?«

»Du kennst meinen Kopf, Mum. Hohl wie ein leergezapftes Bierfaß.«

»Ich trinke kein Bier.« Sie sah mich verständnislos an. Meine Mutter war eine gestandene East Anglianerin sächsisch-holländischer Abstammung. Von unerschütterlicher Loyalität, aber gänzlich ohne Humor. Die kleinen Witzchen meines Vaters waren von ihr abgeprallt wie Hagelkörner vom Rücken eines Schwans. Vielleicht hatten sie deshalb so gut zusammengepaßt. Daddys Humor hatte auf mindestens sechs Zylindern gezündet. Er war ein East Ender, ein waschechter Cockney. Sein Vater war nach dem Ersten Weltkrieg, als Grund und Boden noch billig waren, von Stepney nach Norfolk ausgewandert. Sein Schnekkenhaus in Aldgate Market hatte er verkauft und für den Erlös ein paar Morgen in Cley erstanden. Ich hatte ihn gar nicht mehr gekannt, nur meine Großmutter, die in Eastcheap geboren war und an deren gackerndes Lachen ich mich noch gut erinnern konnte. Sie und mein Vater hatten sich sehr nah gestanden, und nach ihrem Tod hatte er seine ganze Aufmerksamkeit mir zugewandt. Wir hatten viel Spaß, mein Vater und ich, man könnte sagen, daß wir auf derselben Wellenlänge lagen.

Und dann hatte er diesen Schlaganfall. Ein sonderbares Ding, das menschliche Gehirn. Da steckt alles drin – die Persönlichkeit, die Intelligenz, der Humor, alles. Und mit einem Schlag ist es vorbei; ein kleiner Klumpen Blut verstopft die Gefäße, die Gehirnzellen verhungern. Plötzlich sind sie tot. Und Gehirnzellen sind nun mal die einzigen Zellen im menschlichen Organismus, die sich nicht regenerieren können. Er wurde nie wieder der alte, mit dem Spaß war es vorbei. Mein Gott, wie habe ich diesen Mann geliebt!

Natürlich liebte ich auch meine Mutter. Aber auf eine andere Weise. Fred Kettil hatte dieses besondere Etwas besessen, vielleicht ein anderes als Marilyn Monroe, aber doch ein ganz besonderes. Die schöne Zeit, die wir zusammen hatten, das viele Lachen. Und dann auf einmal – nichts mehr. Nur noch ein leerer Blick. Warum? Warum wird ein solcher Mann aus der Mitte des Lebens gerissen? Was, zum Teufel, hat Gott sich dabei gedacht? »Über Dads Witze hast du doch auch gelacht, Mum«, sagte ich. »Warum nicht über meine?«

»Du weißt sehr gut, daß ich sie nie verstanden habe. Ich habe nur gelacht, weil er es von mir erwartete. Aber nicht über die derben«, fügte sie schelmisch hinzu. »Du weißt ja, viele seiner Scherze stammten noch vom Clacton Pier. Aber ein Spaßvogel war er. Ein großer Spaßvogel.« Ihre Augen fingen ein wenig an zu schimmern. Ich befürchtete schon, daß sie in Tränen ausbrechen könnte. Sie hatte nah ans Wasser gebaut.

Vielleicht ist alles nur eine Frage der Phantasie. Ich saß einen Augenblick lang schweigend da und dachte darüber nach, was das eigentlich ist, die Phantasie, während ich versuchte, noch eines dieser knackigen Würstchen aufzuspießen. Warum haben manche Menschen Phantasie und andere nicht? Was geht unter unseren Schädeldecken vor? Und wenn wir sterben …?

Als ich zu Bett ging, dachte ich immer noch darüber nach, und über das, auf was ich mich da einlassen wollte. Der Kurier kam

73

am nächsten Morgen zehn Minuten zu früh, ein spindeldürrer polnischer Junge auf einer großen BMW mit riesigen Satteltaschen. Er warf einen Blick auf den Umschlag, den ich ihm gab. »J. Crick Esq.« Die Adresse las er laut vor. »Weiß schon, wo ist. Soho.« Er schob meinen Reisepaß in eine der Satteltaschen, die bereits mit Päckchen vollgestopft war. »Ich glaube, schöner Tag.« Er hatte den behelmten Kopf gewandt, um zu den Kiesbänken hinauszublicken, die hell und gelb in der Morgensonne schimmerten.

Es war dieselbe Sonne, die mich geweckt hatte, ein schräger Strahl war durch das nach Nordosten gelegene Fenster meines Schlafzimmers auf mein Gesicht gefallen. »Ja, heute wird's wieder schön.«

Er nickte, den Blick immer noch hinaus auf das Watt gerichtet. »Da, wo ich herkomme, auch viel flach. Mag gerne, wenn flach.« Er lächelte mich an und fügte hinzu: »London nicht gut. A 12 nicht gut. Hier besser.« Er zog das Visier herunter, ließ den Motor kurz aufheulen, winkte mir kurz zu und dröhnte in Richtung Cromer davon, zur Landstraße nach Norwich.

Ich machte einen kurzen Spaziergang zum ersten Unterstand. Brachvögel pfiffen und auch verschiedene Stelzvögel – Flußuferläufer, eine Pfuhlschnepfe, ob nun schwarz- oder breitschwänzig wußte ich nicht genau, und ich glaubte sogar einen Grünschenkel gesehen zu haben. Dazu natürlich Enten und Schwäne und die unvermeidlichen Möwen, deren Gefieder im kristallklaren Licht der Sonne leuchtete, die an einem blaßblauen Morgenhimmel immer höher kletterte.

Jetzt, nachdem der Kurier mit meinem Reisepaß davongebraust war, fühlte ich mich erleichtert. Ich hatte meine erste Entscheidung getroffen; der erste Schritt in Richtung Antarktis war getan. Bis Sonntagmorgen, wenn ich bei diesem Reiseagenten in der Windmill Street meinen Paß abholen würde, gab es nichts zu tun. Und selbst dann war noch keine endgültige Entscheidung möglich, denn es war ein Gebot der Fairneß, Ward seinen Paß an den Flughafen zu bringen. Dann erst wäre der Moment der Entscheidung gekommen, und während ich hier neben dem Unterstand die Bewegungen der Vögel beobachtete, ihren ständig wechselnden Flugmustern folgte, schien alles von zwei Fragen abzuhängen: Wozu die Eile, und wie war er an das viele Geld gekommen?

Wäre Iris Sunderby noch am Leben gewesen, hätte ich mich mit der Entscheidung leichter getan. Es war etwas an diesem Ward ... Ich mußte wieder an die Leiche der Frau denken, die bis zur Unkenntlichkeit entstellt in der Pathologie gelegen hatte, und die Erinnerung daran war plötzlich so lebhaft, daß ich keinen Blick mehr für die Gänse hatte, die über den Morgenhimmel jagten, für das immer heller strahlende Licht der Sonne, die bereits ein gutes Stück über der Hügelkette hinter Sheringham stand. Hätte ich das alles nur mit ihr durchsprechen können.

Was für eine schreckliche Art zu sterben. Ob sie mitbekommen hatte, wer ihr Mörder war? Ich schüttelte die morbiden Gedanken von mir ab, drehte mich um und ging zurück ins Haus.

Zwei Fragen, und von seinen Antworten auf diese Fragen, von der Art, *wie* er sie beantwortete, hing es ab, ob ich mit ihm gehen würde oder nicht. Ich durfte mich nicht auf den Flug vertrösten lassen. Den Grund für seine Eile müßte er mir nennen, bevor wir in die Abflughalle gingen. Nur diese beiden Fragen, und die Sache würde sich auf die eine oder die andere Weise entscheiden. Es lag nicht mehr in meiner Hand.

Von der Notwendigkeit befreit, mich sofort entscheiden zu müssen, kümmerte ich mich um meine laufenden Geschäfte. Keiner meiner Kunden sollte sich im Stich gelassen fühlen, falls ich mich dafür entscheiden würde, mit Ward zu gehen. Ich hatte nicht einmal mehr sechsunddreißig Stunden, um alles zu organisieren, und die Auswahl der richtigen Kleidung für die Reise machte mir mehr Probleme als meine Arbeit. Mehrmals versuchte ich Ward anzurufen. Ich wollte mich erkundigen, wie die Ankündigung zu verstehen sei, er werde die passende Kleidung für das Klima dort ausfliegen lassen. Ich brauchte eine Liste. Wie stand es mit Unterwäsche? Mit Handschuhen? Ich glaubte mich erinnern zu können, daß man mehrere Schichten Handschuhe benötigte, auch mehrere Schichten Beinkleider und Strümpfe und Spezialstiefel. Aber bei den ersten drei Versuchen war die

Leitung besetzt, und danach meldete sich keiner. Ich hätte mir gerne Lewis' Buch besorgt. Ich wußte, daß es im Anhang eine Checkliste enthielt. Leider war es in Cromer nicht erhältlich, und ich hatte nicht die Zeit, in die große Bibliothek nach Norwich zu fahren.

Es war ein seltsames Gefühl, für eine Reise zu packen und zu planen, die womöglich länger dauern würde als die mit Whitbread – und auf der anderen Seite wußte ich nicht einmal, ob ich nicht am Sonntagabend schon wieder in Norfolk wäre. In einem Anfall von Arbeitswut stürzte ich mich auf die geschäftlichen Dinge, die ich bis zum Mittag mehr oder weniger erledigt hatte, und dann wußte ich nicht recht wohin mit meinem Tatendrang. Erst als die Leute so allmählich begriffen, daß ich eine Weile fort sein würde, hörte das Telefon nicht mehr auf zu klingeln.

Selbst meiner Mutter, für die Zeit nie eine große Rolle gespielt hatte, wurde langsam bewußt, daß ich diesmal vielleicht länger als gewöhnlich fort sein würde. »Vergiß nicht, Schatz, das Blumenfest! Ich zähle auf dich.«

St. Margaret in Cley, die fast eine Doppelgängerin von sich sieht, wenn sie über das Tal des Glaven hinweg nach Wiveton blickt, ist eine wunderschöne alte Kirche aus dem vierzehnten Jahrhundert. Sie wurde von den Männern erbaut, die damals, als Cley noch ein richtiger Hafen war, die Wolle aus Norfolk über die Nordsee zu den flämischen Webern brachten. Der Gottesdienst war für mich immer etwas Besonderes. Wenn durch die großen Fenster mit ihren fünfblättrigen Rosetten das Licht in die Kirche fiel und sich zum Fest der Blumen mit den herrlichen Farben unzähliger Blumenarrangements vermischte, dann konnte einem die Schönheit dieses Anblicks den Atem verschlagen. »Das gehört zu den Dingen, die mir sehr fehlen werden«, sagte ich.

»Aber das kannst du doch nicht machen. Was ist mit mir?«

»Du wirst mir auch fehlen«, sagte ich und legte meinen Arm um ihre schmalen Schultern.

»Komm, sei nicht albern.« Sie schüttelte den Arm von sich ab. Meine Mutter war eine sehr eigenständige Person. »Du weißt genau, daß ich das nicht meine. Es geht um die Blumen, Berge von Blumen, und alle in Wassereimern.«

»Ich weiß«, erwiderte ich. Seit Vaters Tod hatte ich ihr mit den Blumen geholfen.

»Und das viele Gießen und Bewässern.«

Das alles sagte sie noch mal, als wir am Samstagabend von den Ledwards zurückkehrten, die in King's Lynn einen Antiquitätenladen hatten. Es war sein Boot, das ich mir ausgeliehen hatte. Ich glaube, sie hatte während des Abends ganz vergessen, daß Maitys Frau Mavis die kleine Feier als Abschiedsparty für mich arrangiert hatte. Aber als sie in unserem schmalen Hausflur meine gepackten Sachen stehen sah, fing sie plötzlich an zu weinen. Ich sagte ihr, daß ich mich noch nicht entschieden hätte, ob ich fahren würde oder nicht, und daß ich doch im Geiste immer bei ihr bliebe.

»Für den Geist kann ich mir nichts kaufen«, schluchzte sie, »wenn's um Eimer voller Blumen geht, und jetzt, wo Fred nicht mehr da ist ...« So ging es auf dem Weg nach oben weiter. Wein machte sie immer ein bißchen wehleidig.

Vor ihrer Schlafzimmertür sagte ich ihr gute Nacht, schob sie sachte hinein und zog die Tür hinter ihr zu. Was hätte ich tun sollen? Die alte Phrase kam mir wieder in den Sinn: »Ein Mann muß seinen Weg ...« Quatsch! Woher sollte ich wissen, wohin mein Weg mich führen würde. Ich hatte mich ja noch gar nicht entschieden, und vor dem Einschlafen fragte ich mich, ob ich mich wohl jemals entscheiden würde, selbst wenn Ward mir die beiden entscheidenden Fragen beantwortet hätte.

Ich war längst auf und sah von der Tür aus zu, wie Sheila ihren kleinen Volvo vor dem Gartentor parkte. Meinen Koffer und die Segeltuchrolle mit dem Schlafsack, dem Ölzeug und der Kaltwetterbekleidung hatte ich schon zur Straße geschleppt. Leise schloß ich die Tür und ging den Gehweg entlang. Es war noch nicht mal sechs, eine graue Morgendämmerung mit tiefhängenden Wolken und einem feuchten, kalten Nordwind. Ich glaube nicht, daß Mutter meine Abreise mitbekommen hat. Jedenfalls war an ihrem Fenster nichts zu sehen, als wir abfuhren.

»Liebe Grüße von Julian, und er hofft inständig, daß du weißt, was du tust.« Sie grinste. »Ich übrigens auch.« Sheila, die Frau von Julian Thwaite, war ein großes, vollbusiges Mädchen; sie war einmal seine Sekretärin gewesen und erledigte gelegentlich noch ein paar Schreibarbeiten für mich. Um nicht aus der Übung zu kommen, wie sie es ausdrückte. Für die Zeit, die sie mir an den vergangenen beiden Tagen geopfert hatte, wollte sie sich nicht einmal bezahlen lassen. »Er ist zum Fischen rausgefahren, sonst hätte er dich selber hingebracht und ich hätte ausschlafen können.« Mit neunzig Sachen fuhr sie durch Salthouse, die Straßen waren völlig leer, und um halb sieben waren wir schon auf der A 140 nach Süden unterwegs.

Ich wollte den Inter-City Express um 7.10 von Norwich nehmen. Wir waren eine Viertelstunde vor Abfahrt am Bahnhof. »Hast du deine Fahrkarte? Geld, Travellerchecks, Paß – nein, den mußt du ja erst abholen.« Sie stellte meinen Koffer und die Segeltuchrolle auf den Gehsteig.

»Du würdest immer noch 'ne gute Sekretärin abgeben.« Ich grinste sie an, und sie grinste zurück.

»Finde du erst mal das Schiff und leg dir ein paar neue Kunden zu, dann überlasse ich Julian seinem Schicksal und komme als Vollzeitkraft zu dir. Okay?« Plötzlich legte sie ihre Arme um mich und küßte mich mitten auf den Mund. »Paß auf dich auf, Junge.« Sie kletterte wieder in ihren Wagen und lächelte zu mir herauf. »Vergiß nicht, das Weddellmeer ist nicht Norfolk Broads.« Sie winkte mir noch einmal zu, dann war sie weg.

Jetzt war ich allein. Ihre Worte hatten mich an das Bevorstehende erinnert, an das Risiko und an die mögliche Belohnung, und als ich in den Zug kletterte, war die Antarktis wieder einen Schritt näher gerückt.

DREI

Auf der Fahrt nach London dachte ich über Ward nach. Ich wußte so wenig von ihm. Wie mochte er zu seinem Geld gekommen sein? Als ich vor Cricks Bürotür stand, mußte ich feststellen, daß er gar kein Reisebüro hatte. Er war Rechtsanwalt. Damit hatte ich nicht gerechnet.

Das Büro befand sich im zweiten Stock eines ziemlich heruntergekommenen Gebäudes am Ende der Windmill Street. Einen Fahrstuhl gab es nicht, und ich kam ganz schön ins Schwitzen, bis ich mein Gepäck zwei hohe Treppen hinaufgeschleppt hatte. »J. Crick & Co. Anwälte« stand in schwarzen Lettern auf der Milchglasscheibe der Tür. Crick öffnete mir persönlich. Er schien allein in der Kanzlei zu sein, und er bat mich auch nicht herein. »Sie sind spät dran.« Er sagte es nicht unfreundlich, seine Stimme war kaum lauter als ein Flüstern.

»Der Zug hatte Verspätung«, antwortete ich. »Vor drei Viertel zehn wäre er sowieso nicht in der Liverpool Street gewesen, und fürs Taxi mußte ich auch noch anstehen.«

»Ist ja nicht schlimm.« Er lächelte. Er war ein geschäftiger kleiner Mann mit beginnender Glatze und einer großen Hornbrille auf der Nase. Ich weiß nicht, woher er stammte, aus Mitteleuropa vielleicht; ein Engländer war er bestimmt nicht. »Warten Sie hier«, sagte er, und mit einem Blick auf mein Gepäck fügte er hinzu. »Besser nicht aus den Augen lassen.« Damit verschwand er in seinem Büro, bevor ich ihm auch nur eine der Fragen stellen konnte, die mir durch den Kopf gingen.

Er war gleich wieder da, mit zwei steifen, braunen Briefumschlägen in der Hand. »Hier ist Mr. Wards Reisepaß.« Er reichte mir einen der Umschläge und ein Formular. »Bitte unterschreiben Sie das. Es sind alle Visa da, um die er gebeten hat.« Er gab mir einen Kugelschreiber, und ich unterschrieb. »Und das hier ist Ihrer. Bolivien war nicht möglich, nicht in der kurzen Zeit.

Aber vielleicht müssen Sie ja gar nicht nach Bolivien. Erklären Sie es Mr. Ward. Die anderen waren schon schwierig genug.«

Ich wollte ihn fragen, wie er es geschafft hatte, so kurzfristig die Visa zu beschaffen, aber er schüttelte lächelnd den Kopf. »Keine Fragen, bitte. Ich habe sie bekommen, mehr muß Sie nicht interessieren.« Dabei sah er ganz zufrieden aus.

»Mr. Ward hat gesagt, Sie hätten ein Reisebüro, und jetzt sehe ich, daß Sie Anwalt sind.«

»Ja.« Das Lächeln hatte einem mißtrauischen Blick Platz gemacht. Er wollte die Tür schon wieder schließen, aber ich hatte meine Segeltuchrolle in den Spalt geschoben. »Sie haben sicher eine interessante Klientel«, sagte ich. »Es gibt viele Chinesen in Soho, und dann die vielen Strip-Schuppen und Pornokinos.«

»Ich habe nur mit Bühnenkünstlerinnen zu tun, Damen, die Ärger haben. Keine Chinesen.«

»Mit Prostituierten, meinen Sie?«

»Wir nennen sie Bühnenkünstlerinnen. Das hören sie lieber. Die meisten von ihnen haben ja auch irgendwann mal auf einer Bühne gestanden.« Er sah auf seine Uhr. »Wenn Sie mich jetzt bitte entschuldigen, Mr. Kettil. Ich bin nur wegen Ihnen hergekommen heute morgen.« Mit dem Fuß schob er die Segeltuchtasche aus der Tür. »Grüßen Sie mir Mr. Ward und sagen Sie ihm, jederzeit ...« Er nickte, lächelte mir noch einmal zu, klappte die Tür zu und drehte den Schlüssel herum.

Als ich wieder auf der Straße war und mühsam mein Gepäck zur U-Bahn am Piccadilly Circus schleppte, dachte ich, daß außer Prostituierten wahrscheinlich auch Erpresser zu seinen Klienten gehörten. Vielleicht besorgte er das Erpressen auch selber. Anders konnte ich mir nicht erklären, wie er es geschafft hatte, die Visa wie Kaninchen aus dem Hut zu zaubern. Und wenn der Kerl ein Erpresser war, was mochte Ward erst für einer sein? Darüber dachte ich nach, als ich mit der Piccadilly Line nach Heathrow fuhr, und ich kam zu dem Schluß, daß er wahrscheinlich ein Spion war.

Ich war mehr als eine Stunde zu früh am Flughafen, und da ich kein Ticket hatte, konnte ich auch noch nicht einchecken, um mein Gepäck loszuwerden. Ich kaufte mir eine Zeitung und las sie bei einem Becher Kaffee, bis es Zeit für die Verabredung mit Ward wurde. Halb zwei, und er ließ sich immer noch nicht blicken. Der Sekundenzeiger drehte unermüdlich seine Runden, während ich wartete und den endlosen Strom der Fluggäste im Auge behielt, die am Schalter der British Airways eincheckten. Ich dachte schon, er würde gar nicht mehr auftauchen. Ich hatte mich inzwischen seelisch darauf eingerichtet, der Herausforderung einer Expedition ins Auge zu sehen, die mich das Leben kosten konnte, und das hatte mich offensichtlich in eine Art Hochstimmung versetzt, denn jetzt fürchtete ich beinahe, er könnte das ganze Projekt doch noch abgeblasen haben.

Und dann stand er plötzlich vor mir, mit einem Träger und einem Riesenberg an Gepäck. Eine Frau war auch dabei. Damit hatte ich nicht gerechnet. »Mrs. Fraser«, sagte er. »Oder auch Kirsty – meine Sekretärin.« Sie nickte mir kurz zu und lächelte nichtssagend. Sie hatte die Tickets in der Hand und stellte sich in die Reihe am Schalter. Er fragte mich: »Haben Sie die Pässe?«

Ich nickte. »Ich hätte da noch ein oder zwei Fragen ...«

»Später.« Er nahm den Umschlag, den ich ihm gab, riß ihn auf und blätterte mit dem Daumen der linken Hand hastig die Seiten des Reisepasses durch, um die Vollständigkeit der Visa zu überprüfen. »Gut.« Er ließ ihn in die Seitentasche seines Norfolk-Jacketts gleiten. Seine Sekretärin hatte der Stewardeß der British Airways bereits unsere Tickets in die Hand gedrückt, und der Träger wuchtete das Gepäck, ein Stück nach dem anderen, auf die Waage. »Sie haben Übergewicht«, sagte das Mädchen am Schalter, und er grinste. »Klar hab ich Übergewicht. Das hab ich, seit ich mir gutes Essen leisten kann.«

Die Kleine lächelte nicht einmal. Vielleicht hatte sie einen langen Arbeitstag hinter sich, oder er hatte mit der Bemerkung ihren Humor nicht getroffen. »Ich meine das Gepäck«, sagte sie. »Sie müssen Zuschlag zahlen.« Sie war keine Engländerin, aber ihr Englisch klang äußerst korrekt.

»Sicher.« Er überließ es seiner Sekretärin, das zu regeln. »Muß noch mal für kleine Jungs, bevor wir an Bord gehen. Bis gleich.«

»Wir haben nicht mehr viel Zeit«, sagte ich, aber er winkte ab und tauchte im Gewühl unter, nur der Kopf mit dem dunklen, widerspenstigen Haarschopf hob sich noch daraus hervor, als er sich nach dem Hinweisschild für die Toiletten umsah.

Erst beim letzten Aufruf für die Maschine nach Madrid war er wieder da. Wir hasteten den langen Gang zum Gate entlang. Seine Sekretärin war noch immer bei uns. Offensichtlich flog sie mit uns nach Madrid, und als ich ihn nach dem Grund fragte, antwortete er kurz: »Geschäfte.« Dann fiel ihm wohl ein, daß er mir doch eine Erklärung schuldig war, und fügte hinzu: »Spanien wird wirtschaftlich immer interessanter. Ich hab dort ein paar Kontakte geknüpft. Auf so was versteht sich Kirsty.«

Sie ging direkt vor mir, und beim Anblick ihrer schlanken Figur und des Schwungs ihrer Hüften konnte ich mir nicht verkneifen zu sagen: »Kann ich mir vorstellen.«

Er sah mich an und grinste. »Das kann nie schaden«, murmelte er. »Aber sie ist auch 'ne prima Geschäftsfrau.«

Sie drehte sich um und lächelte flüchtig. »Krieg ich das schriftlich?« Sie sprach mit leichtem Akzent, aber nicht mit schottischem; dem blonden Haar nach hätte sie Skandinavierin sein können – doch dazu war sie zu klein, und außerdem war es gefärbt. Es war schwierig, ihre Herkunft zu erraten, und ich fragte mich, welcher Art ihre Beziehung zu Ward wirklich war. Die lockere Vertrautheit zwischen ihnen deutete auf eine lange Verbindung hin, zumindest auf eine enge, und nachdem wir an Bord der Maschine geklettert waren, fand ich mich auf einem Platz am Mittelgang wieder, allein, durch zwei Reihen von ihnen getrennt.

In Madrid war es nicht anders. Ich weiß nicht, wohin sie fuhren, ich jedenfalls war allein in einem Hotel in der Nähe des Flughafens untergebracht. »Wir sehen uns morgen im Flugzeug. Abflug vierzehn Uhr dreißig. Iberia.« Mit kurzem Gruß und einem Lächeln entschwanden sie in Richtung Ausgang. Ich hatte das Gefühl, er wollte nicht allein mit mir sein, nicht mal für kurze Zeit. Vielleicht wollten sie auch für sich bleiben; eine letzte gemeinsame Nacht, bevor er in die Antarktis reiste.

Ich saß allein in der Hotelbar, trank Fundador und hatte das Gefühl, in der Luft zu hängen, auf etwas zu warten, ohne eigentlich zu wissen auf was. Ich warf einen Blick auf das Flugticket, daß er mir gegeben hatte – Madrid, Mexico City, Lima, Santiago, Punta Arenas. Und dann ...?

Ich bestellte mir noch einen Weinbrand, und es schien sogar zu funktionieren – ich schlief die ganze Nacht durch. Als ich am nächsten Morgen am Flughafen ankam, waren sie bereits da. »Hören Sie, ich muß vor dem Abflug mit Ihnen reden.« Es war meine letzte Chance. Den Rückflug von Mexico City würde ich mir nicht mehr leisten können, und von Punta Arenas erst recht nicht. »Ein paar Fragen.«

»Ich hab doch gesagt, später. Wenn wir gestartet sind.«

»Nein, jetzt gleich!«

Er schüttelte den Kopf, und als ich darauf bestand, rückte er ganz dicht an mich heran. Sein Gesicht hatte sich verfinstert. »Ich sagte später. Wir reden später, wenn wir in der Luft sind.«

Er war mir so nah, daß ich den getrockneten Schweiß auf seinem Körper riechen konnte. Zweifellos hatte er eine anstrengende Nacht hinter sich, und als er sich wieder seiner Freundin zuwandte, packte ich seinen Arm. Ich hatte einen Entschluß gefaßt. »Ich werde nicht in dieses Flugzeug steigen, bevor Sie mir nicht gesagt haben, woher das viele Geld kommt und warum wir es so eilig haben.«

Ich hatte den falschen Arm gepackt; eine unsichtbare Hand hielt meine Finger fest, als er sich zu mir umdrehte. »Ihr Gepäck ist schon in der Maschine.«

»Das ist mir egal.«

Die Hartnäckigkeit meines Tons schien endlich zu ihm durchgedrungen zu sein. »Meinetwegen. Ich hab's so eilig, weil ich mir Sorgen um Iris Sunderbys Sicherheit mache.«

Ich starrte ihn an. »Was reden Sie da für einen Unsinn? Sie ist tot.«

»Im Gegenteil, sie hat mich aus Heathrow angerufen, bevor sie in ihr Flugzeug gestiegen ist.«

»Welches Flugzeug? Wann war das?«

»Donnerstagabend.«

Donnerstagabend. Und ihre Leiche war am Mittwochmorgen aus dem Hafen gezogen worden. »Sie ist in ein Flugzeug gestiegen, sagen Sie ...?«

Er nickte.

»Wohin ist sie geflogen?«

»Lima.«

Iris Sunderby. Am Leben! Ich konnte es nicht glauben.

»Kommen Sie«, sagte er und sah hinauf zur Abflugtafel, wo neben unserem Flug bereits ein grünes Licht blinkte. »Zeit, an Bord zu gehen. Ich erklär's Ihnen später.« Er wandte sich wieder an Kirsty Fraser und gab ihr ein paar hastige Instruktionen über einen Mann namens Ferdinando Ferandi. Dann beugte er sich herunter und küßte sie. »Paß auf dich auf.« Klick, klack, klick, klack, stöckelte sie auf ihren viel zu hohen Absätzen davon.

»Wenn sie hier fertig ist«, sagte er, »fliegt sie weiter nach Neapel.«

»Warum?« Er stand immer noch da und sah ihr nach, aber sie drehte sich nicht um. »Was hat Neapel mit der Sache zu tun?«

Er sah mich an, als wüßte er nicht recht, wie er meine Frage beantworten sollte. »Die Camorra«, sagte er schließlich. »Ich muß da was wissen, und sie hat die nötigen Kontakte. In Neapel kennt Kirsty sich aus.«

»Die Camorra, das ist doch die neapolitanische Version der Mafia, oder?«

»Ja.« Sein Blick ließ keinen Zweifel daran, daß er nicht weiter ausgefragt zu werden wünschte.

»Ich versteh das nicht«, sagte ich. »Sie haben doch gesagt, Kirsty sei Ihre Sekretärin, also fährt sie in Ihrem Auftrag nach Neapel.«

»Ich hab gesagt, ich brauche Antworten auf ein paar Fragen.«

»Und die kann sie Ihnen verschaffen? Wie?«

Seine Lippen zuckten, und ein schelmisches Vergnügen blitzte ihm aus den Augen. »So genau läßt sich eine Frau wie Kirsty nicht in die Karten gucken.«

»Aber warum gerade die Camorra?« blieb ich hartnäckig.

»Weil viele von denen aus Neapel stammen.« Erklärend fügte er hinzu: »Das dürfen Sie nicht vergessen, wenn wir nach Argentinien kommen: Dieses Land wurde zur Jahrhundertwende von Einwanderern überschwemmt, und etwa drei Millionen davon waren Italiener, vorwiegend aus dem Süden. Das Maul voll und

84

nichts dahinter.« Verachtung klang aus seinen Worten. »Sie nennen es *braggadocio*. Es war *braggadocio*, was Mussolini nach Afrika getrieben hat. Und die Argentinier auf die Malvinen. Galtieri steckte voll davon.«

Der nächste Aufruf für die Maschine, der letzte, und er drehte sich auf dem Absatz um. »Kommen Sie. Lassen Sie uns in die Scheißkiste klettern und losfliegen.« Es schwang ein leichtes Bedauern mit, als habe er sich da auf etwas eingelassen, das ihm keinen Spaß mehr machte. Er nahm seine Reisetasche, nickte kurz und steuerte auf das Gate zu. Ich folgte ihm. Er war ganz in seine Gedanken versunken, deshalb erschien es mir sinnlos, ihm weitere Fragen zu stellen.

Ich weiß nicht, war es Neugier oder die Abenteuerlust, die einen ganz zwangsläufig befällt, wenn man in eine so große Sache hineingezogen wird, jedenfalls hatte ich mich inzwischen entschlossen. Ich wollte es durchstehen. Und weil diese Entscheidung gefallen war, verspürte ich eine seltsame Erleichterung. Vor uns lag ein langer Flug, da würde genügend Zeit bleiben, Fragen zu stellen und Antworten zu bekommen.

Wir flogen erster Klasse, eine ganz neue Erfahrung für mich, und ich war sehr zufrieden, als ich mich nach dem Mittagessen zur Musik aus den Kopfhörern zurücklehnen und einen Weinbrand genießen durfte. Ich fühlte mich beinahe körperlos, konnte gar nicht recht glauben, daß ich es tatsächlich selber war, der in diesem Flugzeug saß und über ein flauschiges Meer aus Wolken nach Südwesten flog, hinein in den strahlenden Sonnenschein. In eine andere Welt, eine Welt ohne den alltäglichen Ärger, eine Welt, in der es weder Holzwürmer noch Pilzbefall oder Moderfäule gab.

»Sind Sie wach?« Die stählerne Hand zwickte mich in den Arm. »Ob Sie wach sind, hab ich gefragt!« Er lehnte sich zu mir herüber. »Nehmen Sie doch mal die Dinger ab.«

Ich nahm die Kopfhörer ab, und er lächelte. Es war so ein Lächeln auf Knopfdruck, das nicht bis zu den Augen reichte, und ich hätte gerne in seinen Gedanken gelesen. »Sie wollten mich doch was fragen«, sagte er.

Ich nickte.

»Darf ich Sie auch was fragen?« Keine Spur mehr von schottischem Akzent. »Was hat Sie bewogen mitzukommen, obwohl ich Ihre Fragen noch nicht beantwortet habe?«

Was hatte mich dazu bewogen? Ich zuckte die Achseln und schüttelte den Kopf. »Iris Sunderby, nehme ich an.«

Er nickte und lächelte wieder. »Ja. Sie ist eine sehr attraktive junge Frau.«

»Ist?«

»Es sei denn, die Frau, die mich am Donnerstagabend angerufen hat, ist eine ausgezeichnete Schauspielerin.«

Ich mußte an die Leiche denken, die man mir in der Pathologie gezeigt hatte. Wessen Leiche mochte es gewesen sein, wenn nicht ihre? Aber er hatte sich das nicht ausgedacht, ganz sicher nicht, sein Gesicht war todernst. »Sind Sie wirklich ein Schotte?« fragte ich ihn. »Oder ist das nur eine Rolle?«

»Nein, mit dem Dialekt bin ich groß geworden.« Und er fügte hinzu: »Soll ich Ihnen meine Lebensgeschichte erzählen?« Es war mehr ein Grinsen als ein Lächeln, mit dem er sich jetzt zurücklehnte. Er schloß die Augen. »Also gut. Ich wurde mitten in die Glasgower Mafia hineingeboren.« Er sagte das, als wäre es etwas, auf das man stolz sein kann. »Eine Rotznase aus Gorbal, meine versoffene Mutter hatte es in einen dieser modernen Wohnsilos verschlagen, als ich gerade mal zwei Jahre alt war. Sie war 'ne Nutte. Meinen Alten hab ich nicht gekannt. Als Siebenjähriger war ich schon zweimal eingelocht, ein richtiger kleiner Rowdy; hab meistens auf der Straße gelebt, hab mir am Hafen meinen Lebensunterhalt zusammengekratzt und zugeguckt, wie die Gewerkschaften die Leute fertiggemacht haben. Irgendwann hab ich mich dann im Schlafwagen nach London auf'm Klo versteckt und bin nördlich der Mile End Road gelandet, wo ich bei einem Trödler gearbeitet hab.«

Einen Augenblick lang schwieg er, die Augen so fest geschlossen, daß ich schon dachte, er sei eingeschlafen. Aber dann lehnte er sich wieder zu mir herüber. »Clark hat er geheißen. Nobby. Nobby Clark. War bekannt wie 'n bunter Hund in der Branche, warn nämlich lauter geklaute Sachen. Sicher, es waren natürlich auch 'n paar saubere Sachen dabei. War eben ein Gemischtwarenhändler, der gute Nobby, und kein einziges Mal haben se ihn einkassiert. Portobello Road, samstags um vier Uhr früh, das war seine Zeit. Die Jungs haben ihm das Zeug gebracht, sobald er seinen Stand aufgestellt hatte, und bis sechs hatte er die Sore schon unter die Leute gebracht gehabt, und wenn der erste Polyp aufkreuzte, war sein Stand sauber wie 'n Kinderpopo. Leck mich am Arsch!« Jetzt lachte er beinahe, aus seinen großen Augen funkelte die ganze Freude über das Leben, das er geführt hatte. »Sie glauben ja gar nicht, was ich in den drei Jahren von ihm alles gelernt hab.«

Er seufzte. »Und dann, als ich zehn war und den Dreh gerade 'n bißchen raushatte, da stirbt der alte Idiot mir weg. Mein lieber Mann! Ich hab den Alten gemocht, das kann ich Ihnen sagen. Zum Schluß war er wie ein Vater für mich. Der einzige, den ich hatte.« Seine grauen Augen starrten an mir vorbei aus dem Fenster. Sie waren feucht vor Rührung. »Wissen Sie was, Pete? Ich hab ihm das Begräbnis bezahlt. Er hatte sich nichts zurückgelegt, und da hab ich ihm von meinen Ersparnissen das Begräbnis bezahlt. Ich fand, daß ich ihm das schuldig war. Und als ich gerade alleine abschieben wollte, nach der Trauerfeier, da läuft doch so 'n Rechtsverdreher hinter mir her. Nun raten Sie mal, was der alte Nobby gemacht hat – ein Konto hatte er für mich eingerichtet, für meine Ausbildung. Du lieber Himmel! Ich hätte dem alten Halunken den Hals umdrehn können. Aber er lag ja längst in seiner Kiste.«

Plötzlich brach er in lautes Gelächter aus. »War schon 'ne ulkige Nummer, der alte Nobby. Und so bin ich also nicht in Handschellen abgeführt und in irgendeinen verfluchten Knast geworfen worden, um mir da die neuesten Methoden beibringen zu lassen, wie man seinen gewohnten Lebensstandard finanziert, nein, ich fand mich plötzlich auf einer gutbürgerlichen Vorschule wieder, wo man mir beigebracht hat, so schnieke zu reden, wie die Herren Lehrer sich das Englisch der Königin vorgestellt haben. Waren Sie mal auf 'ner Vorschule?«

Ich schüttelte den Kopf. »Ich war auf der staatlichen Schule.«

»Na ja, dann können Sie ja auch nicht wissen, was diese kleinen Ganoven sich alles ausdenken, wenn das Licht aus ist. Die haben alle schon mit den harten Sachen gedealt, als ich dort ankam. Natürlich sind sie erwischt worden, und dann hat der Direktor der ganzen Bagage den Arsch versohlen lassen. Anfang der Siebziger war das. Die Revolverblätter haben Wind davon gekriegt und haben den Laden auffliegen lassen. Der *Guardian* hat einen richtigen Aufmacher draus gemacht: ›Laßt die Pfoten von unseren armen irregeleiteten Lieblingen, es ist doch nicht ihre Schuld. Die Eltern, der Staat, die Sozialarbeiter, die privaten Unternehmen sind schuld. Zerschlagt das System!‹ Die Schule wurde natürlich geschlossen. Und ich kam nach Eton.«

Er schwieg, und ich fragte mich, ob er sich die ganze Geschichte wohl ausgedacht hatte. »Warum Eton?« wollte ich von ihm wissen.

»Weil's Nobbys Letzter Wille war. Die Testamentsvollstrekker sollten mich in Eton unterbringen. Natürlich hatte der gute Nobby ihnen nicht gesagt, wie sie das anstellen sollten, und ich frage mich heute noch, wie sie es geschafft haben, aber ich kam nach Eton. Warum?« Er schüttelte lächelnd den Kopf. »Lektion Numero eins, nehme ich an: Du darfst dich nicht erwischen lassen. Die Testamentsvollstrecker haben mir noch dazu gratuliert, daß meine Weste sauber geblieben war – wacker, mein lieber Junge, ein Vorbild an Rechtschaffenheit. Ja, was hatten die denn erwartet? Daß ich meine Chancen aufs Spiel setze, um auf der Penne mit 'n paar Gramm Stoff zu dealen? Und süchtig wollte ich nun ganz gewiß nicht werden. Es hat mir schon gereicht, das bei den anderen zu sehen. Also hab ich mir ein einträgliches kleines Nebengeschäft mit gestohlenen Autoradios zugelegt. Hab die Dinger an arglose Eltern verscheuert, bei Sportfesten oder Schlußfeiern, und in den Ferien haben Klassenkameraden sie für mich verscheuert.«

»Ist das wirklich wahr?« fragte ich ihn. »Sie sind tatsächlich in Eton gewesen?«

»Na klar. Der alte Nobby hatte mir einen Brief geschrieben, den die Testamentsverwalter mir in ihrer Kanzlei am Gray's Inn feierlich überreicht haben. Ich hab ihn vor ihren Augen durchgelesen, hab ihnen aber nicht erzählt, was dringestanden hat, obwohl sie's natürlich wissen wollten. Die schönste Stelle kenn

ich auswendig: *Ich will nicht, daß du als kleiner Gauner endest,
so wie ich. In Eton bringt man dir bei, die Sachen richtig anzu-
packen. Vergiß nicht, die lassen sich nicht erwischen. Jedenfalls
nicht oft.*« Er sah jetzt sehr selbstgefällig aus. »Ein guter Rat.
Und ich hab mich auch nicht erwischen lassen – bis jetzt jedenfalls nicht.«

»Sie haben also keine Million im Toto gewonnen?«

»Ich hab mein Lebtag noch keinen Totoschein ausgefüllt.
Reine Zeitverschwendung, wenn man soviel zu tun hat wie ich.
Als ich in Eton fertig war, bin ich nicht auf die Uni gegangen,
sondern hab mir die Welt angesehen. Die Testamentsvollstrekker waren viel zu korrekt, um mit dem Geld, das für die Uni
gedacht war, meine Reiselust zu finanzieren, aber wenn man im
Hinterzimmer eines Antiquitätenladens im East End ausgebildet
worden ist – Sie glauben ja gar nicht, was man alles verscherbeln
kann, vor allem über Grenzen, und davon gab's damals noch
eine Menge in Europa, trotz der EWG.«

»Und so haben Sie sie gemacht?« fragte ich.

»Was? Ach so, die Million?« Er schüttelte den Kopf, beugte
sich zu mir herüber und griff mit der Stahlklaue nach meinem
Arm. »Hören Sie mal, wenn ich wüßte, daß ich eine Million
schwer wäre, dann wär ich so mit Geldzählen beschäftigt, daß
ich gar keine Zeit für 'ne Expedition ins Weddellmeer hätte. Ich
hab keine Ahnung, wie reich ich bin. Ich hab vier riesige Last-
züge, die Waren durch die Türkei in den Nahen Osten und in die
Golfstaaten bringen. Ich bin Händler. Mein Geld ist gebunden.«

»Aber dieser Scheck ...«

»Was für 'n Scheck?« Als ich ihn an die Zeitungsausschnitte
erinnerte, die er in der *Cutty Sark* herumgezeigt hatte, lachte er
bloß und sagte: »So was macht einem jede Werbeagentur, die
eine graphische Abteilung hat. Ich brauchte was fürs Auge, verstehen Sie, etwas, das ich ihnen zeigen konnte, das sie mir
abkauften und über das sie sich moralisch nicht zu sehr entrüsten
würden. Wenn ich gesagt hätte, daß ich Waffenhändler bin und
mit Arabern, Persern, Israelis und der ganzen Bande da unten
Geschäfte mache und das alles mit den windigsten Mittelsmän-
nern, dann hätten sie nichts mit mir zu tun haben wollen. Aber

ein Totogewinn ...« Er zwinkerte mir zu, und plötzlich stellte ich ihn mir als Buchmacher in Newmarket Heath vor, in einem grellen Jackett mit riesigen Karos. Das passende Gesicht hatte er ja – etwas verbogen und ein wenig grob. Aber das fiel einem gar nicht so auf, denn seine hervorstechende Eigenschaft war seine Vitalität. Sicher, er hatte ein grobes Gesicht mit einer großen Adlernase, aber weil die Energie, die ihn trieb, ständig gegenwärtig war, war es seine Persönlichkeit, die sich einem einprägte, und nicht sein Äußeres. Selbst den Wulst in seinem halbleeren Jackenärmel hatte ich nach einer Weile gar nicht mehr wahrgenommen. Und wenn er lächelte, wie er es jetzt gerade tat, dann strahlte sein verbogenes Gesicht eine Wärme und Vitalität aus, die ihm einen außerordentlichen Charme verliehen. »Bin schon 'ne komische Promenadenmischung, was?«

Das war er zweifellos – wenn es stimmte, was er erzählte. »War Ihre Mutter eine echte Prostituierte?«

»Sicher.«

»Und Ihren Vater haben Sie nicht gekannt?«

»Nein.«

Ich dachte, daß mindestens ein Teil seiner Geschichte erfunden sein mußte, zumal es ihm in der intimen Atmosphäre eines Flugzeugs nichts auszumachen schien, daß ich ihm zwei persönliche Fragen gestellt hatte. »Warum haben Sie mir das alles erzählt?«

»Sehen Sie«, sagte er, »ich hab keine Ahnung, wo wir landen, wie lange wir zusammensein werden, was uns noch alles blüht. Aber es ist keine Vergnügungsreise, und eins ist gewiß – wenn wir diesen Kahn nehmen, den sie mir angedreht hat, dann werden Sie und ich und die Sunderby, der norwegische Ingenieur, den ich nicht kenne, und der Mann, der das Schiff gesehen haben will und der angeblich ein guter Navigator ist – wir werden uns in dieser Nußschale auf die Pelle rücken wie die Ölsardinen in der Dose. Ich weiß alles über Sie. Ich hab ein paar Erkundigungen eingezogen, und außerdem ist Ihr Charakter Ihnen ins Gesicht geschrieben. Hätte mir die Mühe eigentlich sparen können. Sie sind zuverlässig, und ich weiß, daß ich mit Ihnen auskommen kann. Die Frage ist, ob Sie mit mir zurechtkommen, und ich dachte, es könnt 'ne gute Gelegenheit sein, Sie 'n Blick in meine Vergangenheit werfen zu lassen. Damit Sie wissen, wie ich mich verhalte, wenn's mal drauf ankommt.« Plötzlich grinste er mich an. »Bin kein pflegeleichter Typ, mein Lieber. Also, wenn Sie noch Fragen haben, jetzt oder nie.«

»Ja, sicher – die naheliegendste.«

»Die Sunderby?« Er nickte. »Sie glauben nicht, daß sie mich angerufen hat, ist es das?«

»Nein, das nicht. Aber sind Sie sicher, daß Sie sich nicht im Tag vertan haben? Donnerstag, haben Sie gesagt. Abends.«

»Richtig. Sie wollte nach Paris fliegen, Flughafen Charles de Gaulle, dann nach Mexico City und weiter nach Lima.«

»Das heißt also, die Leiche, die am Mittwochmorgen aus dem Hafenbecken gezogen wurde, kann nicht ihre gewesen sein?«

»Ist wohl schlecht möglich, oder?«

»Aber ihre Handtasche ...«

»Die muß sie wohl ins Wasser geworfen haben. Sie war der einzige Beweis, mit dem die Polizei aufwarten konnte.«

»Hat sie Ihnen erzählt, daß sie es getan hat?«

»Die Handtasche reingeworfen? Nein, das hat sie mir nicht erzählt. Warum hätte sie das tun sollen? Außerdem hat sie über ganz andere Dinge geredet. Über den Studenten, diesen Carlos. Sie war total aufgekratzt. Glauben Sie, daß sie Drogen nimmt?«

»Kann ich mir kaum vorstellen.« Dafür war sie mir viel zu vernünftig vorgekommen.

»Ich auch nicht. Aber diese Erregung in der Stimme ...« Er zögerte, sein Blick wanderte hinaus zu der Wolkenlandschaft, die sich im Westen auftürmte, ein riesiges Gebirge aus übereinandergeschichteten Haufenwolken in phantastischen Formen vor der Hintergrundbeleuchtung eines strahlenden Sonnenscheins. »Sah er gut aus? Sie haben doch gesagt, daß Sie ihn gesehen haben.«

Ich zuckte die Achseln. »Er war schlank, hatte ein ernstes Gesicht. Ja, er sah gut aus, auf eine sehr spanische Weise.«

»Italienisch, meinen Sie wohl. Der Junge ist Italiener.«

»Woher wissen Sie das?«

»Seine Mutter war Rosalia Gabrielli, eine neapolitanische

Signora von äußerst zweifelhafter Tugend. Es gab nur eine kurze Periode der Ehrbarkeit in ihrem Leben, als sie mit Iris' Vater verheiratet war, Juan Connor-Gómez, dem Playboy-Söhnchen des millionenschweren Besitzers einer Ladenkette. Carlos' Vater war ein Sizilianer namens Luciano Borgalini. Und Lucianos Bruder Roberto hat den Zuhälter für die Gabrielli gemacht.«

Deshalb hatte er Kirsty Fraser nach Neapel geschickt ... Aber als ich ihn fragte, was er noch alles über Carlos wissen wolle, schüttelte er den Kopf. »Über den muß ich nichts wissen. Sein Onkel interessiert mich, Mario Ángel Connor-Gómez. Er ist das Produkt der kurzen Ehe zwischen Iris' Vater und der Gabrielli. Ich hab schon 'ne ganze Menge über ihn in Erfahrung gebracht, aber ich muß noch mehr über seine Vergangenheit wissen. Er hat zu den *Montoneros* gehört. *Ángel de Muerte* haben sie ihn genannt – nicht gerade ein guter Leumund. Wahrscheinlich taugt dieser Neffe auch nicht viel mehr. Das liegt wohl in der Familie. Und wenn beide Killer sind ...« Er zögerte, machte ein nachdenkliches Gesicht. »Manche Frauen spielen eben gern mit dem Feuer. Und wenn sie nun eine Art Nymphomanin wäre ... immerhin sind sie auf absonderliche Weise miteinander verwandt ... wenn diese ganze Vitalität nichts weiter ist als sexuelles ...« Er zog eine Augenbraue hoch und beließ es dabei.

Er wollte damit wohl andeuten, daß Carlos eine fatale Anziehungskraft auf sie ausgeübt haben könnte und daß die Vorstellung, die Polizei würde ihn unter dem Verdacht festnehmen, ihre Leiche ins Hafenbecken geworfen zu haben, ihr womöglich einen besonderen Nervenkitzel bereitete. »Glauben Sie, er ist gekommen, um sie zu töten?«

Er zuckte mit den Achseln. »Wohl eher, um sie zu verführen. Wenn sein Onkel ihn losgeschickt hat, damit er herausfindet, warum sie so entschlossen war, eine Expedition loszuschicken, um nach diesem Schiff zu suchen. Und das«, fügte er hinzu, »ist ein weiterer Hinweis darauf, daß hinter ihrem Interesse an dem Schiff mehr steckt als der Wunsch, der Welt zu beweisen, daß ihr Mann kein Spinner war.«

»Und sie wollte nach Lima fliegen?«

»Ja. Liegt doch auf dem Weg nach Punta Arenas.«

»Aber sie hätte auch über Buenos Aires fliegen können. Das geht sogar schneller.«

»Schneller, ja. Aber ich vermute, sie ist nach Lima geflogen, um mit dem Onkel des Jungen zu reden.«

»Warum?«

»Vielleicht war auf beiden Seiten Verführung im Spiel.« Ein vergnügtes Lächeln funkelte in seinen Augen. »Vielleicht hat er ihr etwas verraten, was sie wissen wollte. In einer aufregenden Liebesnacht kann man sich schon mal verplappern, oder?«

Seine erotische Anspielung erinnerte mich an den Funken, der zwischen uns überzuspringen schien, als sich vor der *Cutty Sark* unsere Blicke begegneten. »Glaub ich nicht«, murmelte ich. »Ich hatte nicht den Eindruck, daß sie eine von der Sorte ...«

»Nein? Ich hab mich schon oft gewundert«, sagte er nachdenklich, »warum manche Frauen sich immer in die übelsten Typen verknallen. An der Länge ihrer Schwänze liegt's bestimmt nicht. Das ist jedenfalls meine Erfahrung. Ich bin nämlich einigermaßen gut ausgestattet ...«

»Wie schön für Sie, mein Freund!« Von dem Sitz vor ihm hatte sich ein Mann erhoben und schaute mit seinem zerfurchten, wettergegerbten Gesicht auf uns herunter. »Aber hier sollten Sie lieber nicht mit dem Ding rumfuchteln, sonst kriegen's die Stewardessen noch mit der Angst.« Er zwinkerte uns zu, trat hinaus in den Gang und schlängelte sich vorsichtig nach vorne zu den Toiletten durch.

»Scheißaustralier!« knurrte Ward. Und dann fing er an, über die Frauen zu dozieren, darüber, daß sie reformerische Wesen seien, die alle Männer nach ihren Wünschen modellieren wollten. »Das wäre eine Erklärung, das moralische und auch das emotionale Motiv, die Triebfeder ist weniger der Sex als vielmehr das Bedürfnis nach Macht, weiblicher Macht über die Männer.«

Als ich an ihre Energie dachte, die zielstrebige Art, sich um Unterstützung für ihre Expedition zu bemühen, erschien mir dieses Motiv gar nicht mehr so weit hergeholt. Ich sagte ihm das, aber er lachte nur und schüttelte den Kopf. »Glauben Sie das bloß nicht. Klar, sie ist besessen von der Idee, dieses Schiff zu suchen, aber ich glaube immer noch, daß mehr dahintersteckt als nur der Wunsch, die Glaubwürdigkeit ihres Mannes zu beweisen. Sie sind ein ehrlicher und geradliniger Mensch, und deshalb nehmen Sie automatisch an, daß alle anderen so sind wie Sie. Was wissen Sie denn schon von Frauen?« Als ich protestieren wollte, fügte er hinzu: »Von italienischen Frauen! Von Mädchen, in denen das Blut einer Hure fließt. Jawohl, einer Hure«, wiederholte er, nachdem ich ihn gefragt hatte, was, zum Teufel, er damit sagen wollte.

Er schwieg eine Weile, dann sagte er: »Nun, wir werden ja sehen, was Iris Sunderby aus dem Engel Mario macht. Entweder sie frißt ihn auf, oder er frißt sie auf, und wenn ich drauf wetten sollte, bei dem Ruf, den er genießt ...« Er zuckte die Achseln. »Deshalb hab ich's so eilig, nach Lima zu kommen. Ich will sie in ihrem Hotel erwischen, bevor *er* sie dort erwischt. Vor ihrer Heirat hieß sie übrigens Iris Connor-Gómez. Gómez.« Ganz langsam hatte er den Namen wiederholt, ihn auf der Zunge zergehen lassen. »Genau wie Ángel. Ich will wissen, ob Juan Connor-Gómez auch *sein* Vater war. Fast sicher ist, daß Rosalia Gabrielli seine Mutter war. Sie war Barsängerin im ›Blue Danube‹ in Buenos Aires.«

Mehr sagte er nicht. Er lehnte sich zurück und trank seinen Weinbrand aus. Ich versuchte, ihm weitere Einzelheiten zu entlocken, aber er schüttelte den Kopf. »Rosalia Gabrielli stammte aus Catania auf Sizilien, aber sie ist in Neapel aufgewachsen. Und dorthin ist sie auch zurückgekehrt, nachdem Juan sie sitzengelassen hatte. Mehr weiß ich nicht.« Er beugte sich zu seiner Aktenmappe herunter und zog ein Taschenbuch heraus, dessen Titel *Muerto o vivo?* in blutroten Lettern auf einem unschuldigen weißen Einband stand.

»Spanisch?« fragte ich ihn.

Er nickte. »Von einem Journalisten.« Er schlug es beim Lesezeichen auf. »Es geht um die *desaparecidos*, die verschollenen Argentinier, immer noch zehntausend Menschen ungefähr, von denen man nichts weiß. Sie sprechen kein Spanisch, oder?«

»Nein.«

94

»Schade. Wenn Sie das hier lesen ... ich hätte die englische Ausgabe besorgen sollen. Das Buch war ein Riesenerfolg in den Staaten. Es ist dort kurz nach dem Falklandkrieg unter dem Titel *Dead or Alive?* erschienen. Aber ich wollte mein Spanisch ein bißchen aufpolieren.« Er langte noch mal in seine Aktenmappe und holte ein kleines Taschenwörterbuch heraus. »Manche Wörter muß ich nachschlagen.«

»Wie viele Sprachen können Sie?«

Er zuckte die Achseln. »Ein halbes Dutzend oder so. Ich mag den Klang fremder Wörter, deshalb tu ich mich leicht mit Sprachen. Aber mit meinem Spanisch ist es nicht weit her. Fließend spreche ich keine einzige Sprache, nicht mal meine eigene. Hauptsache für die Geschäfte reicht's. Dieser Luiz Rodriguez« – er deutete auf den Namen des Autors auf dem Bucheinband – »ist ein guter Mann. Er hat gründlich recherchiert, jede Menge Leute interviewt, darunter auch Mario Ángel Gómez. Hat sich heimlich mit ihm getroffen, kurz bevor er Argentinien verließ und nach Peru ging. Es steht sogar etwas über Iris' Bruder Eduardo drin, der erst ziemlich spät verschwunden ist, im Juli 1984. Er war Wissenschaftler. Biologe. Unglaublich, zwei Jahre und länger war er da unten in Porton Down.«

»Porton Down?« Bei dem Namen klingelte es. »Hatte das nicht was mit chemischer Kriegsführung zu tun?«

Er nickte. »Es ist eine Forschungsstation. Die Wissenschaftler spielen dort mit den entsetzlichsten Dingen herum. Rodriguez behauptet, es war die erste Station dieser Art auf der Welt.« Er blätterte in seinem Wörterbuch. »*Podrido.* Ich weiß nicht, was das heißt.« Und als er es gefunden hatte, nickte er. »›Verfault‹. Hätt ich auch selber drauf kommen können.«

Die Stewardeß kam und fragte uns, ob wir während des Films etwas zu trinken wünschten. Gleich darauf ging das Licht aus, und über die Leinwand am vorderen Schott flimmerte ein alter Western mit Gary Cooper. Ward ließ seine Leselampe brennen und war bereits dem nächsten unbekannten Wort auf der Spur. Ich lehnte mich zurück und sah auf die Leinwand, ohne den Film richtig wahrzunehmen. In diesem Halbdunkel, bei geschlossenen Jalousien und dem gedämpften Dröhnen der Düsenmotoren, die uns mit hoher Geschwindigkeit über den Atlantik trieben, auf einen Kontinent zu, den man früher die Neue Welt nannte, ließ ich meine Gedanken über das ganze Kaleidoskop der Ereignisse schweifen, in die ich jetzt verwickelt war.

Einmal wandte ich mich von der Leinwand ab, um einen Blick auf Ward zu werfen, der ganz in sein Buch vertieft war. Er hatte einen großen, kantigen Schädel; die ausgeprägten Gesichtszüge mit der markanten Adlernase und dem sinnlichen Mund wurden vom weißen Licht der Leselampe über seinem Kopf besonders deutlich hervorgehoben.

Der Film war schon seit einer Weile vorbei, und das Licht brannte wieder, als dieselbe Stewardeß erschien und uns unsere Landekarten gab. Ich warf einen Blick über Wards Schulter, weil ich nicht wußte, was ich als Adresse in Mexico eintragen sollte, und als ich sah, daß er »Antiquar« als Beruf angegeben hatte, machte ich eine spaßige Bemerkung, weil ich fand, daß es eine seltsame Bezeichnung für einen Fuhrunternehmer auf der Nahost-Route war. Er lächelte verschmitzt. »Dahinter lassen sich 'ne Menge Sünden verstecken ...« Nachdem er seinerseits einen Blick auf meinen Zettel geworfen hatte, nickte er zufrieden. »Wir beiden dürften ihnen ein paar Nüsse zu knacken geben.«

Während des ganzen Fluges hatte ich mir immer wieder die Frage gestellt, welcher vernünftige Grund ihn dazu bewogen haben könnte, sich auf dieses Abenteuer einzulassen. Altruismus? An ihm war so gut wie nichts Altruistisches, und wenn ich über seinen abenteuerlichen Bildungsweg nachdachte, dann war ich versucht zu glauben, daß Eton doch einen größeren Einfluß auf ihn gehabt hatte, als er einzugestehen bereit war. Entweder das, oder er roch einen Profit in der Sache, und da ich mir absolut nicht vorstellen konnte, wie man aus der *Andros* Geld machen sollte, stellte sich ganz von selbst die Überlegung wieder ein, daß er irgendeiner Unterabteilung des Geheimdienstes angehören mußte.

Warum sollte er sonst sein Spanisch aufpolieren, mit solcher Konzentration in einem Buch über die Verschollenen lesen! Was hatte der Zwischenstopp in Lima zu bedeuten? Daß er sich in Iris Sunderby verliebt haben könnte, kam mir gar nicht in den Sinn.

II

ENGEL DES TODES

EINS

Die Zeitdifferenz zwischen London und Mexico City beträgt sechs Stunden, und weil wir mit der Sonne geflogen waren, stand sie immer noch hoch am Himmel, als wir in den sepiafarbenen Schleier eintauchten, der über der ganzen weiten Ausdehnung des Beckens hing, das einstmals ein einziger großer See gewesen war. Staub! Das war mein erster Eindruck von einer Stadt, deren katastrophale Geburtenrate sie zur größten der Welt gemacht hatte; eine riesige vollgebaute Fläche, unterbrochen von offenen Arealen, auf denen der Wind den Staub über die gebackene Erde wirbelte, und ganz weit hinten, auf der Backbordseite, die schneebedeckten, vulkanischen Kegel des Popocatépetl und des Itztaccihuatl, die hoch aus einer rußig-braunen Luftschicht herausragten.

»Wir laden unser Zeug im Hotel ab«, sagte Ward, »und wenn noch Zeit ist, sehen wir uns ein bißchen um.«

Wir hatten eine glatte Landung, aber als wir im Abfertigungsgebäude waren, ging es nur noch im Schneckentempo voran, so lang war die Schlange an der Paßabfertigung. Als wir endlich an der Reihe waren, durfte ich feststellen, daß seine Berufsbezeichnung den Beamten tatsächlich einige Rätsel aufgab. Gute zehn Minuten diskutierten sie darüber, was dieses Wort bedeuten könnte, sie riefen sogar ihren Vorgesetzten, weil der ein bißchen Englisch sprach. »Alte Bücher? Wieso alte Bücher? Sie sind Tourist, ja? Auf Durchreise.«

»Ja, hab morgen früh 'nen Platz im Flieger nach Lima gebucht.« Ward lächelte ein strahlendes, fröhliches, beinah ausgelassenes Lächeln. Er spielte den harmlosen Schotten und sprach seinen breitesten Akzent. »Mit Büchern hamse wohl nichts am Hut, was? Dabei gibt's nichts Kostbareres. Außen rum ein prächtiger Einband und drinnen die ganze Wahrheit über die Welt, in der wir leben. Und die alten Bücher erst, Holzschnitte, Zeichnungen – kennense die Zeichnungen von Leonardo da Vinci? –, die wunderbaren Illustrationen, die Illuminationen der Mönche und Priester? Eine phantastische Welt, und das alles unter goldgeprägten Buchdeckeln.«

So ging das weiter, bis der oberste Beamte nur noch müde nickte. Die Visa sah er sich gar nicht mehr an, und meinen Paß auch nicht. »Wie gesagt«, murmelte Ward ohne eine Spur von schottischem Akzent, als wir unser Gepäck abholen gingen. »Es lassen sich 'ne Menge Sünden dahinter verstecken.«

Sobald wir den Zoll passiert hatten, steuerte er auf eine Reihe von Telefonzellen zu, und als er zurückkam, lächelte er. »Alles geregelt. Er hat mein Telegramm gekriegt und trifft sich mit uns zum Essen.«

»Wer?« fragte ich. Wir hatten unsere Reisetaschen eingesammelt und gingen auf den Ausgang zu.

»Der Autor des Buches. Luis Rodriguez. Er lebt hier.«

Vor dem Hotel angekommen, ließ er das Taxi warten, und wir meldeten uns an, machten uns auf den Zimmern schnell ein bißchen frisch und fuhren dann hinaus nach Teotihuacan. »Würd ja gern mal 'n Blick ins archäologische Museum werfen, aber ich fürchte, im Berufsverkehr schaffen wir's nicht rechtzeitig. Wir müßten quer durch die Stadt, und da liegt Teotihuacan viel günstiger.« Er gab mir einen Stadtplan und eine Broschüre, die er im Hotel mitgenommen hatte. »Dann haben wir wenigstens den Tempel des Quetzalcoatl, die Straße der Toten und die Sonnen- und die Mondpyramide gesehen.«

Teotihuacan lag ungefähr zwanzig Kilometer nördlich vom Zentrum Mexico Citys, und ich glaubte die Pyramiden bereits beim Anflug auf die Stadt durch den Dunst gesehen zu haben. Die Broschüre informierte uns darüber, daß die Sonnenpyramide über sechzig Meter hoch und größer als die ägyptischen Pyramiden ist und die Straße der Toten mehr als drei Kilometer lang, und trotz des Lageplans und der Fotos war ich von den kolossalen Ausmaßen der Anlage überwältigt.

Wir hatten kaum vierzig Minuten Zeit, aber wir schafften es, den ganzen Komplex einmal abzulaufen und sogar bis auf die Spitze der kleineren Mondpyramide zu klettern. Ward hatte seine Kamera dabei, und obwohl er mich in atemberaubendem Tempo herumscheuchte und mir dabei noch ausführliche Vorträge über die religiösen Kulte der Azteken hielt, schaffte er es, ein paar Fotos zu machen, meistens mit mir oder einem der anderen Touristen im Vordergrund, um einen Maßstab für die gewaltigen Ausmaße der Anlage zu haben. Außer über Quetzalcoatl, dem Gott der Federschlange, erzählte er mir von Tezcatlipoca, dem Gott des Himmels, von Tlaloc, dem Gott des Regens, und vom schrecklichsten aller Götter, den ich kaum buchstabieren, geschweige denn richtig aussprechen kann – Huitzilopochtli.

Die Vorstellung hat sich mir eingeprägt: Eine endlose Reihe von Gefangenen, die unter Bewachung darauf warten, die Stufen zum Aztekentempel hinaufzusteigen, wo die Priester des Huitzilpochtli bereits mit Messern aus Obsidian warteten, die Gesichter schwarz von verkrustetem Blut, die Gewänder steif davon, und einem nach dem anderen die Brust öffneten, ihr das noch schlagende Herz entrissen, um es ihrem schmutzigen Gott darzubieten und anschließend den geöffneten Körper die Treppen herunterzustoßen, wo die wartenden Krieger ihn in Stücke hackten; ein ritueller Akt des Kannibalismus, der sowohl den fleischlichen Freuden diente als auch die Tapferkeit steigerte, indem man sich ein Stück aus dem Körper des Gefangenen einverleibte.

Unauslöschlich hat dieses Bild sich eingeprägt, das Ward mit ruhigen Worten malte, weder erregt noch abgestoßen von dem Entsetzen, das es enthielt; er gab ganz einfach die Informationen aus einem der Bücher wieder, die er sich in seiner Glasgower Bibliothek besorgt hatte, gleich nachdem er wußte, auf welcher Route er nach Punta Arenas und in die Antarktis reisen würde. Ich nehme an dieser Stelle darauf Bezug, weil Mexiko für mich das Vorspiel zu den Schrecken war, die wir später aufdecken sollten.

In einem roten Feuersturm ging die Sonne unter, als wir ins Zentrum von Mexico City fuhren; die langen, geometrisch angelegten Straßen verdunkelten sich bereits zu tiefen, von den Scheinwerfern der Autos ausgeleuchteten Schluchten. An manchen Straßenecken standen Männer, halbverdeckt von riesigen Trauben bunter Ballons, ein Überbleibsel – wie Ward mir erklärte – des gefiederten Kopfputzes der Azteken. In der Stille des Abends schien sogar der Staub sich ein wenig gelegt zu haben; der riesige Platz der Zócalo schlummerte bereits friedlich, während auf den Zwillingstürmen der Kathedrale, deren gewaltige Silhouette den Präsidentenplatz beherrschte, noch die Wärme des Sonnenuntergangs lag.

Das Restaurant, das Rodriguez ausgewählt hatte, befand sich in einer der Straßen hinter der Kathedrale, ein kleiner, finsterer Laden, in dem ausschließlich mexikanische Speisen serviert wurden. Er hatte sich in eine Ecke verzogen, der einzige Mann, der allein an einem der Tische saß. Eine einzelne Kerze beleuchtete sein Gesicht; er hielt es über ein Blatt Papier gebeugt, auf dem er schrieb. Es war ein ungewöhnliches Gesicht; die Haut, die sich straff über hohe Wangenknochen spannte, war von gelblicher Färbung, wie altes Pergament, während die Gesichtszüge selber, mit der hohen Stirn und der markanten Nase, beinahe etwas Aristokratisches hatten.

Er sah nicht auf, als wir den Gastraum durchquerten; er hielt den Kopf gebeugt und bewegte den Kugelschreiber flink über das Blatt, das von einem Klemmbrett gehalten wurde. Auf mich machte er den Eindruck eines zurückgezogen lebenden Menschen, eines Einzelgängers. »Rodriguez?« Wards Stimme klang wenig herzlich.

Der Mann hob den Blick, nickte, klappte das Klemmbrett zu und erhob sich. »Señor Ward, richtig?« Sie gaben sich die Hand und tauschten dabei argwöhnische Blicke. Ward stellte mich vor, bevor wir uns setzten.

»Was trinken Sie da?« wollte Ward wissen und hielt seine große Nase über das Glas, um an der blassen Flüssigkeit zu riechen.

»Tequila.«

»Ach ja, das Zeug, das sie aus der *Agave tequilana* herstellen, der Sisalpflanze.«

Rodriguez nickte. »Möchten Sie Tequila?«

Ward nickte. »Ich nehme einen. Sie auch?« fragte er mich. »Ist 'n ziemlich scharfes Zeug.« Als ich nickte, schnipste er mit den Fingern einem vorbeigehenden Kellner zu. »*Dos tequilas.* Was ist mit Ihnen, Señor Rodriguez?«

»*Gracias.*«

Er bestellte also drei Tequila, dann lehnte er sich zurück und ließ den Blick auf dem Mann ruhen, dessentwegen wir hergekommen waren. »Schreiben Sie an einem neuen Buch?«

»Nein. Artikel für amerikanisches Magazin.«

»Über die *desaparecidos*?«

»Nein. Es geht um Drogenhandel an amerikanisch-mexikanischer Grenze. Kokain. Kommt hauptsächlich auf Landweg, aus Kolumbien und Ecuador.« Nach einem kurzen Schweigen: »Sie wollen mich aus einem bestimmten Grund sprechen?« Es war eine Frage, keine Feststellung, und der Mann war nervös. »Warum wollen Sie mich sprechen?«

Ward antwortete nicht. Er saß einfach nur da und sah den Mann an.

»Sie haben gesagt, es ist dringend, es geht um Leben und Tod für mich.« Rodriguez sprach sehr leise, er flüsterte beinahe. »Also, worum geht es?«

Ward zögerte, dann schüttelte er den Kopf. »Später.« Er langte nach der Speisekarte. »Wir reden später darüber, wenn wir was gegessen haben.« Aber Rodriguez wollte gleich Bescheid wissen. Er spielte mit dem Kugelschreiber herum, den er noch immer in der rechten Hand hielt; die braunen, ein wenig mandelförmigen Augen hatte er gesenkt, weil sie Wards direktem Blick nicht mehr standhalten konnten.

Die Drinks kamen, drei dickrandige Gläser mit einer sirupartigen Flüssigkeit. Sie erinnerte an Honigwein, schmeckte aber aromatischer und schärfer, wie Ward gesagt hatte. Er bestellte *Sopa de mariscos*, das waren Krabben, Muscheln und Garnelen mit *Cilantro*, dazu Zwiebeln und Reis und danach *Guacamole* und *Chile saltados* mit einer *Tortilla*. Rodriguez hatte bereits bestellt, und ich schloß mich Wards Bestellung an, weil er sich hier mit den Speisen auszukennen schien.

Rodriguez stammte zum Teil von Indios ab, er war klein und hatte glattes schwarzes Haar. »Ich habe ein paar Tropfen Quechuablut in mir.« Er sagte das auf englisch, um eine Bemerkung zu erklären, die Ward nicht verstanden hatte. Sie hatten sich auf spanisch unterhalten. »Sie müssen entschuldigen«, sagte er. »Ich nicht immer spreche ganz korrekt. Ich spreche argentinisches Spanisch. Gibt viele Variationen von Spanisch in Südamerika, und hier, in Mittelamerika, ist natürlich wieder ganz anders, besonders in Mexiko.« Er sprach es *Mehico* aus.

Ward hatte sich auf spanisch unterhalten wollen, um den Umgang mit der Sprache zu üben. Die Suppe kam und mit ihr die drei Flaschen Bier, die er bestellt hatte. Als ersten Gang hatte Rodriguez in Schinken gewickelte Garnelen. Bei dem Gespräch, das sie noch immer auf spanisch führten, schien es um Politik und die mexikanische Wirtschaft zu gehen, aber als Ward mit seiner Suppe fertig war, fiel er abrupt ins Englische zurück. »Mario Ángel Gómez.« Er schob den Teller von sich weg und sah Rodriguez an. »Wann haben Sie ihn das letztemal gesehen?«

Schweigen. Der Blick des Schriftstellers wurde fahrig; wie ein Tier, das einer unerwünschten Konfrontation aus dem Wege gehen will, suchte er Zuflucht in Übersprunghandlungen: Er aß das letzte der kleinen, scharf gewürzten Stücke Gebäck, die mit den Getränken serviert worden waren, und winkte einem vorbeikommenden Kellner mit dem leeren Teller zu.

»Also?«

»Als ich mit Buch fertig war. Sie haben es doch gelesen, sagen Sie. Steht doch alles drin in Buch, alles, was ich weiß über Gómez.«

»Er ist nach Peru gegangen, stimmt's?«

»Er wollte nach Peru gehen. Das hat er gesagt, als ich in Buenos Aires zweites Interview mit ihm gemacht.«

»Und Sie haben ihn nicht in Peru besucht?«

»Nein, ich habe nicht besucht.«

»Seit er in Peru lebt, haben Sie also nicht mehr mit ihm gesprochen?«

Der Mann schüttelte den Kopf, aber er hatte für den Bruchteil einer Sekunde gezögert.

»Er *ist* doch in Peru, oder?«

Wieder dieses zögernde Kopfschütteln, und als Ward die

Frage etwas ungeduldig wiederholte, sagte Rodriguez: »Vielleicht. Aber ich weiß nicht sicher.«

Der Kellner erschien mit dem nächsten Gang, das Gespräch drehte sich wieder um Politik, wurde auf spanisch geführt, und Ward war um einen freundlicheren Ton bemüht. Er wollte Rodriguez beruhigen. Dann fragte er plötzlich: »Warum hat er Argentinien verlassen?« Er beugte sich bereits über einen leeren Teller, weil er ein schneller Esser war. Seine auf englisch gestellte Frage hatte scharf und ungeduldig geklungen. »Warum?«

Rodriguez zuckte die Achseln, und als Ward auf Antwort beharrte, sagte er widerwillig: »Warum verläßt man ein Land? Es gab Gerüchte. Hab ich doch geschrieben in Buch.«

»Betrafen diese Gerüchte die *desaparecidos*?«

»Vielleicht.«

»Aber es konnte nichts bewiesen werden?«

»Nichts. Waren nur Geschichten in ein paar Zeitungen, hauptsächlich Zeitungen der *Peronistas*.«

»Und deshalb haben Sie ihn interviewt?«

»Ja.«

»Sie schreiben, daß Sie ihn in seiner Wohnung erwischt haben, als er gerade das Land verlassen wollte.«

»Beim zweitenmal. Ja. Das ist richtig. Er hatte schon Koffer gepackt.«

»Weil er Angst hatte, daß man ihn ins Gefängnis sperren würde?«

Rodriguez schüttelte den Kopf.

»Und auch als Alfonsin an die Macht gekommen ist, war keine Rede davon, ihn zu verhaften?«

»Ich sage doch, niemand hat ihn jemals beschuldigt. Nach dem Krieg wegen Malvinas er war so etwas wie ein Held. In Puerto Argentina wurde sein Flugzeug am Boden zerstört. Alle *Aermacchis* zerstört, also geht er mit ein paar Marinesoldaten auf Erkundung von Insel, mit Ziel Goose Green. Kurz danach er wird zurückgeflogen nach Festland, auf südlichste Stützpunkt von Río Grande, auf Tierra del Fuego. Dort hat man ihm ein Learjet gegeben, er ist geflogen als Pfadfinder für Skyhawks und – ich glaube – einmal auch für Super Etendards. Damals sie hatten nur noch eine Exocet übrig.«

»Ja, aber was war vor dem Falklandkrieg, als er noch ein junger Bursche war? Vor seiner Einberufung? War er Mitglied beim Triple A?«

»Triple A?«

»Richtig, dem rechten Flügel der *Peronistas*, der die *Montoneros* zerschlagen hat, 1973, am 20. Juni, soviel ich weiß, am Flugplatz von Ezeiza. Davon ist in Ihrem Buch doch auch die Rede.«

Rodriguez starrte auf seinen Teller, mit seinen kurzen, dikken Fingern zerkrümelte er die Überreste seiner *Tortilla*. Ward beugte sich angriffslustig über den Tisch, den Blick fest auf sein Opfer gerichtet. »Das Triple A hatte seine Basis in der ESMA, der Mechanikerschule der Marine.« Er erinnerte mich jetzt an einen Rechtsanwalt, der einen gegnerischen Belastungszeugen in die Mangel nimmt, und daß er wieder englisch redete, geschah sicher nicht mir zuliebe; er wollte Rodriguez damit ins Hintertreffen bringen. »In Ihrem Buch steht nichts darüber, ob er an der *Escuela Mecánica de la Armada* war, aber die Folgerung ...«

Rodriguez schüttelte verärgert den Kopf. »Sie verstehen mein Buch, wie Sie es verstehen wollen. Es wurde geredet, aber nichts bewiesen, keine Anschuldigungen.« Er leerte sein Glas und schenkte sich etwas Bier nach. »Ich weiß nur, er war bei Marineeinheiten. Als es losging mit Krieg um Malvinas, er war beim Angriffsgeschwader auf der Luftwaffenbasis Punta Indio, als Pilot von Aermacchi 339 As, und er wurde losgeschickt nach Puerto Argentina ...«

»Port Stanley, meinen Sie wohl. Aber das war erst viel später. Mich interessiert die Zeit, bevor er auf den Flugzeugträger *Veinticinco de Mayo* versetzt wurde, bevor er Pilot wurde. Außerdem interessiert mich, warum er Argentinien so plötzlich verlassen hat. In Ihrem Buch fragen Sie nicht nach dem Warum, vielleicht können Sie es mir jetzt sagen.« Ward beugte sich blitzartig vor. »Kommen Sie, Mann – warum?« Und als Rodriguez ihm nicht antwortete, sagte er ganz leise: »War es wegen einer Sache, die passiert ist, als er auf der *Escuela Mecánica de la Armada* war?« Schweigen, und dann: »*Ángel de Muerte*, das war doch sein Spitzname, oder? Und er war stolz darauf. Er hat sich das sogar auf sein Flugzeug gemalt, schreiben Sie in Ihrem Buch.«

Es entstand ein längeres Schweigen. Rodriguez saß stumm an seinem Platz.

»Also, dann sagen Sie mir wenigstens, wo er jetzt ist. Das werden Sie doch wohl wissen. Wo kann ich ihn finden – wo in Peru?«

»*Te digo, no sé.*« Rodriguez sagte es auf spanisch, in einem halsstarrigen Ton, der etwas Endgültiges hatte. »Ich will nicht sprechen über ihn – nicht mit Ihnen, nicht mit jemand anderem.« Er schlug die Handflächen flach auf den Tisch und erhob sich. Dann sah er Ward tief in die Augen und sagte mit zittriger Stimme: »Wer sind Sie eigentlich? Warum stellen Sie mir alle diese Fragen über ihn? Er ist nicht wichtig. Jetzt nicht mehr.«

Er hatte Angst. Man konnte es in seinen Augen sehen, und man hörte es seiner Stimme an, die jetzt beinahe schrill klang.

»Setzen Sie sich.« Obwohl Ward leise sprach, klang es wie ein Befehl.

Rodriguez schüttelte den Kopf. »Ich kann keine Fragen mehr beantworten.« Und er fügte hinzu: »Ich weiß nicht, wer Sie sind, warum Sie mich ausfragen ...«

»Bitte!« Ward hob die linke Hand, eine beschwichtigende Geste. »*Por favor.* Ich war vielleicht ein wenig grob, immerhin bin ich Ihr Gast. Setzen Sie sich wieder. Und geben Sie mir bitte einen Hinweis darauf, wo ich diesen Mann finden kann.«

»Warum wollen Sie wissen?« Seine Stimme klang schrill, immer wieder entglitt ihm das korrekte Englisch. Der kleine, stämmige Mann stand ganz still, als er zu Ward herunterblickte.

Eine Zeitlang starrten die beiden sich schweigend an. Ich konnte die Stimmen von den Nebentischen hören, das Stakkato der mexikanischen Sätze und direkt hinter mir die durchdringende Stimme einer Amerikanerin.

»Gut, ich will Ihnen sagen, warum ich an dem Mann interessiert bin.« Mit einer Handbewegung forderte Ward ihn auf, sich wieder zu setzen, und rief den Kellner, um Kaffee zu bestellen. »Y tres más tequilas«, fügte er hinzu. Zu Rodriguez sagte er: »Na los, nun setzen Sie sich doch endlich. Ich werd Sie schon nicht verpfeifen!«

»Verpfeifen? Was ist das?«

Ward runzelte die Stirn. Ohne nachzudenken, hatte er das Wort gebraucht und es auch so gemeint, aber wie sollte er es jetzt erklären ...? »Nun, sagen wir, ich werde nicht zur Polizei gehen oder zu irgendeiner anderen Behörde. Es ist ein ganz persönliches Interesse. Jetzt setzen Sie sich, und dann erkläre ich Ihnen, warum ich an diesem Mario Ángel Gómez interessiert bin.«

Ein kurzes Zögern noch, ein flüchtiges Kopfnicken und Rodriguez nahm seinen Platz wieder ein. »Okay, señor. Warum also, warum sind Sie so neugierig?«

Ward fing an, ihm von Iris Sunderby zu erzählen und von dem Boot, das in Punta Arenas auf uns wartete. Der Kaffee kam und mit ihm die drei Tequila. »Señora Sunderby hätte direkt nach Punta Arenas fliegen sollen, aber statt dessen hat sie in Lima einen Zwischenstopp eingelegt. Vor ihrer Heirat mit Charles Sunderby, einem englischen Eisforscher, hieß sie Iris Madalena Connor-Gómez. Soviel ich weiß, benutzt Mario Ángel Gómez auch manchmal den Doppelnamen Connor-Gómez, und die beiden sind verwandt. Das heißt, sie sollen denselben Vater haben. Ist das richtig?«

Rodriguez schüttelte den Kopf. »Ich kenne die Frau nicht, von der Sie reden.«

Sie sahen sich einen Moment lang schweigend an, dann sagte Ward: »Gut. Und was ist mit Carlos? Meinem Freund hier hat sie erzählt, er sei eine Art Cousin von ihr. Wissen Sie, wer seine Mutter war?«

Wieder schüttelte Rodriguez den Kopf.

»Der Junge war in London. Er hat dort an der Uni studiert, und nach den Unterlagen unserer Einwanderungsbehörde hat er seinen Namen mit Borgalini angegeben und als Adresse ein Bankschließfach in Lima. Warum in Lima?«

»Ich weiß nicht.«

»Weil Ángel Connor-Gómez auch in Lima ist?«

Rodriguez schüttelte heftig den Kopf. »Ich hab doch gesagt, er hatte bereits gepackt, um Buenos Aires zu verlassen, als ich ihn gesehen zum letztenmal. Wohin, hat er nicht gesagt.«

»Haben Sie ihn gefragt?«

»Nein.«

Eine Pause, als der Kellner aus einer Kanne unsere Kaffeetassen nachfüllte. Rodriguez beugte sich vor. »Manchmal, verstehn Sie, es ist nicht sehr gesund, zu stellen zu viele Fragen.«

»Sie haben ihn also für gefährlich gehalten?«

»Nein, das sage ich nicht. Es ist nur, man lernt vorsichtig sein, besonders wenn man Schriftsteller ist. Sehen Sie nur, was mit indischem Kollegen passiert, nur weil er geschrieben hat über den Koran.«

»In Ihrem Buch stehen keine Blasphemien. Kein Mensch hat eine *Fatwa* oder einen Mordauftrag herausgegeben. Wovor fürchten Sie sich?« Sie saßen sich schweigend gegenüber, es war ein nervöses Schweigen. »Etwa, weil er *Ángel de Muerte* genannt wurde?«

»Nein, nein.« Rodriguez schüttelte heftig den Kopf. »Der Name kommt von Erkundungstrip nach Goose Green. Wurde damals letzte Bastion, alles sehr dramatisch. Sein Trupp traf auf britische Fallschirmspringer und nahm Verteidigungsstellung in verlassene Gräben, unter Gómez' Führung haben sich verteidigt fast bis zu letzte Mann, sehr tapfer. Fast alle wurden getötet. Deshalb sie haben ihm Namen gegeben – Todesengel.« Er sprach den Namen auf englisch aus, betonte dabei jede Silbe und fügte mit einem verstohlenen Lächeln hinzu: »Das passierte, kurz bevor sie ihn haben zurückbeordert, auf persönlichen Befehl von Lami Dozo. Seine navigatorischen Fähigkeiten wurden gebraucht in Río Grande, und damals hat er den Namen *Ángel de Muerte* auf seinen Learjet gemalt, auf beide Seiten, damit sie an Engländer durchfunken konnten, Todesengel unterwegs mit todbringende Fracht von französische Raketen.«

»Und dieser Kriegsname hat nichts mit den Verschollenen zu tun gehabt?«

Rodriguez zögerte, dann zuckte er die Achseln. »Wer weiß das? Wie gesagt, es gab Gerüchte. Mehr nicht.«

»Haben Sie ihn das gefragt?«

»Nicht direkt. Ich sag doch, solche Fragen stellen ist gefährlich. Aber ich habe Recherchen gemacht. Niemand kann etwas mit Gewißheit sagen. Es gibt keine Berichte.«

»Aber er war auf der *Escuela Mecánica de la Armada*?«

»*Si.*«

Dann wollte Ward von ihm wissen, was mit Iris Sunderbys Vater passiert sei, Juan Connor-Gómez.

»Er hat sich selbst getötet. Steht auch in meinem Buch. Er war Präsident und Geschäftsführer von Gómez Emporium, große Warenhaus in Zentrum von Buenos Aires. Als das abgebrannt ist, er hatte nichts mehr ...« Er zuckte die Achseln.

»Sie schreiben, daß er inhaftiert wurde.«

»Ja. Das Unternehmen war in Schwierigkeiten. Das war am Anfang von Krise um die Malvinas. Man glaubte, er hat vielleicht selbst angezündet. Wegen Versicherung, verstehen Sie? Aber war nicht zu beweisen, also wieder auf freie Fuß gesetzt. Das war ein Jahr vor Selbstmord. Versicherung kämpft immer noch vor Gericht gegen Schadensanspruch.«

»Und sein anderer Sohn? Was ist mit Eduardo passiert? Über ihn erfährt man in Ihrem Buch nur, daß er Biologe war und nach England gegangen ist, um dort zwei Jahre lang am Forschungslabor für chemische Kriegsführung in Porton Down zu arbeiten. Darüber, wie es ihm ergangen ist, steht kein Wort in Ihrem Buch.«

Es wurde noch ein Tequila serviert. Rodriguez saß da und starrte in die gelblich-grüne Flüssigkeit.

»Also?«

Er zuckte die Achseln. »Ich weiß nicht. Ich weiß nicht, was ist passiert mit ihm.«

»Ist er einer der *desaparecidos*?«

»Möglich. Ich weiß nicht. Ein paar Monate nach Rückkehr aus England hat er Flugticket nach Montevideo in Uruguay gekauft. Das ist das letzte, was man von ihm hat gehört.«

Ward fragte nach der Geschichte der Familie Gómez. Sie unterhielten sich wieder auf spanisch, deshalb konnte ich ihrem Gespräch nicht folgen; ich bekam nur die Personen mit, von denen die Rede war – von Iris Sunderby natürlich und ihrem Großvater, von den Connors, Sheila Connor vor allem; und immer wieder fiel der Name Rosalia Gabrielli. Plötzlich bekam Rodriguez große Augen. »*Me acusas a mí? Por que me acusas? No escondo nada.*« Seine Blicke schossen in Richtung Tür.

»Na, nun beruhigen Sie sich, Mann. Kein Mensch will Sie beschuldigen.« Ward beugte sich vor, den Blick fest auf das Gesicht des Argentiniers gerichtet. »Ich will doch bloß wissen, wo der Kerl sich jetzt aufhält.«

»Ich sag doch, ich weiß nicht.«

Wards linke Hand fiel krachend auf den Tisch, aus seiner frisch gefüllten Tasse schwappte der Kaffee. »Sie lügen. Sagen Sie mir die Adresse ...«

Rodriguez sprang auf. »So dürfen Sie nicht reden mit mir. Sie haben kein Recht. Wenn ich sage, daß ich nicht weiß, dann Sie müssen akzeptieren ...«

»Unsinn!« Die Hand krachte wieder auf den Tisch, aber Wards Stimme klang leise, beinahe bedrohlich, als er sagte: »Er ist in Peru. Und Sie sagen mir jetzt, wo er dort ist ...«

»Nein. Ich werde jetzt gehen.«

Ward war blitzschnell aufgesprungen, mit der künstlichen Hand griff er nach dem Arm des anderen. »Hinsetzen! Sie haben noch nicht ausgetrunken.«

»Nein, nein. Ich gehe.« Rodriguez machte ein schmerzverzerrtes Gesicht, als der feste Zugriff der stählernen Hand ihn wieder an seinen Platz zwang. »*Déjame ir!*« Es klang wie ein Schrei.

»Ich lasse Sie gehen, wenn Sie mir seine Adresse verraten haben. Setzen Sie sich hin.« Ward stieß ihn zurück auf seinen Stuhl. »Haben Sie was zu schreiben?« fragte er mich. Seine Hand hielt noch immer den Arm des Mannes umklammert, und als ich nickte, sagte er: »Geben Sie's ihm. Und schieben Sie ihm eine von den Servietten hin. Er soll die Adresse draufschreiben.«

Rodriguez versuchte noch immer, sich zu befreien, und ich sah aus den Augenwinkeln, daß der Wirt uns nervös beobachtete. Jeden Moment konnte er die Polizei rufen. Ward beugte sich wieder vor, sein Gewicht zog am Arm des Argentiniers, den er noch immer nicht freigegeben hatte. Rodriguez zögerte, sein Blick huschte von Ward zu den schweigenden Gesichtern der anderen Gäste, die alle zu uns herübersahen. Dann sank er plötzlich in sich zusammen. Langsam nahm er mir den Kugelschreiber aus der Hand, den ich ihm immer noch entgegenstreckte. Er zitterte, während er eine Adresse aufschrieb und die Serviette über den Tisch schob; er entspannte sich erst ein wenig, nachdem Ward seinen Arm losließ, um die Serviette vom Tisch zu nehmen.

»Cajamarca?« Er gab mir die Serviette, ließ aber den Mann nicht aus den Augen. »Warum Cajamarca?«

»Dort lebt er.«

»Ja, aber warum? Warum dort? Warum nicht in Lima oder Trujillo oder Cuzco?«

Der andere schüttelte den Kopf, zuckte die wattierten Schultern. »Er hat dort eine Hazienda. Die Hazienda Lucinda.«

»In Cajamarca. Wo ist das?«

Rodriguez sah ihn verständnislos an.

»Okay, Sie sagen, Sie sind nicht dort gewesen. Aber Sie müßten doch wenigstens so neugierig gewesen sein, auf der Karte nachzusehen. Also, wo ist es?«

Nach einem Augenblick des Zögerns sagte Rodriguez: »Cajamarca liegt im Norden von Peru.« Er sprach es *Cahamarca* aus. »Ein Stück landeinwärts von der Küste, hinter der Cordillera do los Andes.«

Ward nickte. »Jetzt fällt's mir wieder ein. Das ist da, wo Pizarro den Inkas aufgelauert hat, stimmt's?« Plötzlich lächelte er. »Äußerst passend.« Er wartete, ob der andere seine Bemerkung begriffen hatte, dann fügte er langsam hinzu und betonte dabei jedes Wort: »Pizarro war ein Verbrecher. Ein habgieriger und grausamer Dreckskerl.«

»Er war ein tapferer Mann«, murmelte Rodriguez. Es klang beinahe, als unterhielten sie sich über einen gemeinsamen Bekannten.

»O ja, tapfer war er.« Er wandte sich an mich: »Wenn man Prescott liest, dann könnte man glauben, Pizarro wäre über die Anden geklettert und hätte das gewaltige Reich der Inkas mit vierzig Reitern und sechzig Mann Fußvolk niedergeworfen. Ganz so war's ja wohl doch nicht, oder?« Er hatte sich wieder an Rodriguez gewandt. »Er hatte Musketen und Rüstungen und den Gott der Katholiken auf seiner Seite und eine ganze Armee von abtrünnigen indianischen Helfern. Und trotzdem, ich geb's ja zu, es war eine grandiose Heldentat.« Leise und um so nachdrücklicher fügte er hinzu: »Ein tapferer, sehr entschlossener, sehr hartnäckiger Mann. Er war kein Gentleman, wie Cortés, sondern so hinterlistig und gefräßig wie ein Bauer. Die Mafia hätte ihre Freude an ihm gehabt.«

Rodriguez stand wieder auf, der fahrige Ausdruck war auf sein Gesicht zurückgekehrt. Etwas an dem, was Ward gesagt hatte, schien ihn verstört zu haben.

»Setzen Sie sich, Mann. Es gibt da noch eine Sache, über die wir nicht geredet haben.« Ward deutete auf den Stuhl. »Nun setzen Sie sich doch.« Er lehnte sich zurück. »Hier in Mexiko haben die Spanier versucht, jeden aztekischen Tempel für Huitzilopochtli, jede Pyramide noch mit einer Kirche oder einer Statue der Jungfrau Maria zu übertreffen. Sie sind Katholik, nehm ich an?«

Rodriguez nickte langsam.

»Eine äußerst pragmatische Kirche. Und jede Menge Pomp.« Er schien mit sich selber zu reden. »Würde zu gern wissen, was Christus über all die Schreckenstaten denkt, die man in seinem Namen begangen hat. Und heute überziehen die fanatischen Abarten des Islam den Nahen Osten mit Haß.«

Der Sinn dieser theologischen Abschweifungen war mir nicht ganz klar. Rodriguez anscheinend auch nicht; er hatte sich wieder auf seinem Stuhl niedergelassen. Jetzt machte er ein trauriges und ein wenig resigniertes Gesicht.

»*Salud!*« Ward hob sein Glas.

»*Salud!*«

»Sagen Sie, wieviel hat er Ihnen gezahlt?« Ganz beiläufig, beinahe im Plauderton hatte Ward die Frage gestellt.

Der Blick des Mannes huschte verstohlen zur Tür. »*No comprendo.*« Die Tür stand offen. Langsam erhob er sich wieder.

»Sie verstehen ganz genau.« Jetzt war Ward ganz der alte

Eton-Absolvent, immer noch freundlich, aber mit einem Unterton in der Stimme, der Rodriguez, der den Hintern halb vom Stuhl gehoben hatte, an seinem Platz festhielt. »Sie waren in Peru.«

»Nein.«

»Sie waren in Peru«, wiederholte er, »und haben Gómez dort besucht. Er benutzt immer noch seinen Dienstgrad, stimmt's?«

»Ja, er ist inzwischen *Capitán*.«

»Sie haben ihn also besucht.«

Der andere antwortete nicht.

»Wieviel?« Wards Ton wurde schärfer.

»Ich war nicht in Peru. Ich bin nach Mexiko gekommen, weil ich mit dem Flugzeug von hier aus schnell bei Verleger in San Francisco bin.«

»Sie waren in Peru.« Diesmal sagte Ward es ganz leise, aber mit einem Nachdruck, der es wie eine Drohung klingen ließ.

»Sie können nichts beweisen.«

»Nein?« Ward unterbrach sein Verhör und lächelte sanft. Dann sagte er: »Es interessiert mich nicht, wieviel er Ihnen gezahlt hat. Ich will den Grund wissen. Sie waren ...«, er zog ein Notizbuch aus der Brusttasche und schlug ein paar Einträge am Schluß auf, »... am 5. März dieses Jahres in Peru. Zwei Monate bevor Ihr Buch erschien. Was hätten Sie noch alles in Ihr Buch geschrieben, wenn er Ihnen kein Geld gegeben hätte?«

»Nichts. Gar nichts. Er hat kein Geld gegeben.«

Ward warf wieder einen Blick in sein Notizbuch. »Wenn meine Informationen richtig sind, wurden von der englischsprachigen Ausgabe etwa achttausend Stück verkauft, und die Druckauflage der spanischen Ausgabe betrug 25000 Exemplare. Sie müssen zwei Ehefrauen unterhalten. Die Frau, mit der Sie hier zusammenleben und die eigentlich Ihre Geliebte ist – eine ziemlich kostspielige Geliebte, wie ich annehme, immerhin hat sie eine kleine Tochter –, und dann gibt's noch Ihre richtige Ehefrau, die sich nicht scheiden lassen will und die in Argentinien lebt, mit Ihren beiden Kindern, einem Jungen und einem Mädchen. Außerdem fahren Sie einen großen Chrysler und unterhalten zwei Wohnsitze, einen hier in Mexico City, den anderen in Cuernavaca. Mit anderen Worten: Sie führen ein aufwendiges Leben, aufwendiger jedenfalls, als die Tantiemen aus Ihren beiden Büchern es Ihnen erlauben, und die Honorare für die Artikel in amerikanischen Zeitschriften, die Sie hin und wieder schreiben. Also – was verschweigen Sie mir über diesen Mann?«

Rodriguez antwortete nicht. Er ließ sich wieder auf seinem Stuhl nieder und starrte in sein Glas. Ward wartete und ließ ihn dabei nicht aus den Augen. Ihre Blicke begegneten sich. Rodriguez blickte sehnsüchtig zur Tür hinüber, aber sie war jetzt geschlossen. Immer noch beobachteten uns ein paar von den Gästen.

»Also?«

Er schüttelte den Kopf. Plötzlich griff er nach seinem Glas und schüttete den Inhalt hinunter. Dann starrte er in sein leeres Glas. Er hätte sich wohl gerne noch eins bestellt; statt dessen stand er langsam auf.

Ward hatte sich ebenfalls erhoben. Die beiden standen sich gegenüber. »Man hat Gómez kurz nach der Kapitulation in Port Stanley damit beauftragt, ein Flugzeug auf seine Reichweite zu testen, schreiben Sie in Ihrem Buch. Er ist von der Luftwaffenbasis auf Feuerland gestartet. Sie unterstellen, daß er geheime Tests für den Einsatz auf der antarktischen Landmasse durchgeführt hat und nach Süden über das Packeis geflogen ist. Wie weit nach Süden? Wissen Sie das?«

»*No.*«

»Etwa bis zum Eisschelf?«

»*No sé.*«

»Ganz so geheim kann's nun auch wieder nicht gewesen sein. Sie schreiben ja selber, daß es in den Zeitungen gestanden hat. Sie haben sogar ein Bild von ihm, nach seiner Rückkehr. Es war ein deutsches Flugzeug, eine Fokker, glaub ich.«

»*Sí.*«

Einen Moment lang schwiegen sie. Es war sehr still im Restaurant. »Wir machen Station in Lima«, sagte Ward. »Sollten wir Gómez unter der Adresse nicht antreffen, dann muß ich annehmen, daß Sie Verbindung zu ihm aufgenommen haben, also Finger weg vom Telefon. Okay?« Und er fügte hinzu: »Natürlich werde ich ihm nichts von unserem Treffen hier in Mexico City sagen.«

Der andere nickte und wandte sich zum Gehen. Als er sich noch einmal umdrehte, lag etwas Boshaftes in seinem Blick. »Wenn Sie nach Cajamarca fahren, sollten Sie wissen, *el Niño* ist los.«

»Und?«

»*El Niño* ist äquatorialer Gegenstrom.«

»Das weiß ich.«

»Überrollt alle sechs, sieben Jahre den Humboldtstrom.«

»Und dann?«

»Und dann ... vielleicht Sie werden erleben.« Er lächelte. »Wenn *el Niño* los ist, Fischer haben keinen Fang, denn Fische mögen lieber kalte Nordströmung von Humboldt, nicht warme Strömung von Äquator, und ohne Fische sterben die Vögel.«

»Woher wissen Sie, wie's da unten in Peru zugeht? Sie waren wohl kürzlich mal dort, was?«

»Nein. Habe gelesen in Zeitung. Vögel sterben.«

»Und was geht uns das an?«

»Im Jahr von *el Niño* ich war noch nie an pazifische Küste.« Rodriguez lächelte noch immer. »Aber wenn er die Regenwolken von Amazonas über Kordilleren treibt, Flug nach Cajamarca könnte etwas unruhig werden. *Buen Viaje!*« fügte er noch hinzu. Er machte sich jetzt nicht mehr die Mühe, seinen Haß zu verbergen. Dann drehte er sich um und ging mit hastigen Schritten zur Tür hinaus.

Ward trank den restlichen Tequila aus und rief nach der Rechnung. »So, jetzt aber ab in die Heia! Die nächsten Tage könnten ein bißchen hektisch werden.«

Auf dem Rückweg ins Hotel saß er schweigend, mit geschlossenen Augen hinten im Taxi. Nur einmal sagte er etwas, und das klang eher nach einem Selbstgespräch. »Dieses Flugzeug war mit Langstreckentanks ausgerüstet. Er hätte damit bis zum Südpol und zurück fliegen können. Oder über die Eiswüsten, dort, wo Shackleton die *Endurance* verloren hat. Niemand hätte ihn dort gesehen.« Und er fügte hinzu: »Mich würde interessieren, was Iris darüber weiß.«

Ich konnte seinen Gedankengängen nicht folgen. Ich war noch immer bei dem Treffen mit Rodriguez. »Glauben Sie wirklich, daß er den Mann erpreßt hat?«

Jetzt erst sah er mich an, nur ein flüchtiger Blick. »Na klar. Und nicht nur Gómez. Solch ein Buch ist 'ne verdammt große Versuchung für einen Journalisten, der so viel weiß, daß er sich nicht mal mehr traut, in seinem eigenen Land zu leben.«

Ich murmelte etwas über das politische Klima in Argentinien und die Veränderungen seit dem Falklandkrieg. So viel glaubte ich über das Land zu wissen. Wahrscheinlich hatte ich es irgendwo gelesen. Er lachte nur und schüttelte den Kopf.

»Das ist 'n ziemlich naiver Glaube. Gar nichts hat sich geändert. Nicht wirklich. Was die Volksgruppen betrifft, sind die Argentinier die gleichen geblieben, es leben immer noch vorwiegend Italiener dort, die meisten von ihnen süditalienischer oder sizilianischer Abstammung. Die Camorra und die Mafia sind Teil dieses Erbes, Gewalt liegt ihnen im Blut.«

Ich wollte mit ihm diskutieren, aber er sagte bloß: »Leoparden ändern doch nicht ihre Flecken, nur weil die politische Führung sich ändert. Und vergessen Sie nicht – die Junta, die die Invasion auf die Malvinen befohlen hat, war italienischer Herkunft, jedenfalls zwei von den Kerlen. Klar, die sind jetzt erst mal erledigt, aber es werden andere nachrücken – Leute, die sich im Moment noch verbergen. Rodriguez weiß das genau. Vermutlich weiß er sogar, wer diese Leute sind. Deshalb hatte er Angst, in Buenos Aires zu bleiben.«

Damit hüllte er sich wieder in Schweigen, und weil ich noch immer damit beschäftigt war, die Politik eines Landes zu begreifen, über das ich so gut wie gar nichts wußte, vergaß ich ihn zu fragen, ob Gómez seiner Meinung nach allein oder mit einer Crew über das Eis geflogen war.

Erst später, als ich in meinem Bett lag – eine Neonreklame auf der anderen Straßenseite flimmerte durch die Vorhänge, und von irgendwoher plärrte laute Musik –, erinnerte ich mich daran, wie Ward im Salon der *Cutty Sark* gestanden und Iris Sunderby nach dem Mann gefragt hatte, den sie als Navigator im Auge hatte und von dem sie glaubte, daß auch er das Schiff im Eis der Weddellsee gesehen hatte. Damals hatte ich angenommen, daß sie von einem Offizier auf irgendeinem Vermessungsschiff oder einem Versorgungsschiff des British Antarctic Survey sprach, von einem Fischer oder einem Walfänger, vielleicht sogar von einem Polarforscher. Aber jetzt fiel mir wieder ein, wie sie gesagt hatte: »Ich bin überzeugt davon, daß dieser Mann genau dasselbe gesehen hat wie mein Mann.« Das waren ihre Worte gewesen, und wenn sie es so gemeint hatte, dann mußte dieser Mann in einem Flugzeug gesessen haben, als er das im Eis eingeschlossene Schiff sah, genau wie Charles Sunderby.

Ich lag noch lange wach und dachte darüber nach, die penetrante mexikanische Musik von der anderen Straßenseite hämmerte mir ins Ohr und vermengte sich langsam mit dem Krachen von Eisschollen. Meine Phantasie trug mich fort, sie ließ mich zusammen mit Iris Sunderby durch das Eismeer treiben, den undeutlichen Umrissen eines Geisterschiffes entgegen, das bis zu den Toppen mit Girlanden von Eiszapfen geschmückt war, und der Mann am Ruder schwebte wie ein gewaltiges Fragezeichen über meinen müden Gedanken. Hatte Charles Sunderby sich das alles nur eingebildet, oder hatte er die steifgefrorene Gestalt am Steuerrad tatsächlich gesehen?

Ich erwachte wie betäubt, die Musik war durch lauten Straßenlärm ersetzt worden, durch eine Häuserlücke auf der anderen Straßenseite leuchtete ein orangefarbener Sonnenaufgang. Es ging kein Wind, die Luft war klar wie Kristall. Ich fand es so aufregend, in einer fremden Stadt am anderen Ende der Welt zu sein, daß ich gar nicht erst versuchte, wieder einzuschlafen. Ich zog mich an und ging hinunter, um einen Spaziergang zu machen, die Höhenluft lähmte mir die Glieder, und mein Kopf war schwer von der unruhigen Nacht. Die Geschäfte öffneten gerade, und ich stöberte eine Weile in einem Buchladen herum, in dem auch Zeitungen und Magazine verkauft wurden, aber die amerikanische Ausgabe von Rodriguez' Buch ließ sich hier leider nicht auftreiben. Statt dessen fand ich ein altes Exemplar von Prescotts *Conquest of Peru*. Es war angestaubt und hatte einen gebrochenen Rücken, aber es war wenigstens eine englischsprachige Ausgabe. Trotz der Mängel kostete es mich mehr amerikanische Dollars, als ich gehofft hatte.

Inzwischen war die Sonne über die Dächer der Gebäude geklettert. Es wurde langsam heiß. Ich schlenderte zurück zum Hotel. Von Ward war nichts zu sehen, also bestellte ich mir ein Frühstück und rief anschließend auf seinem Zimmer an. Beim erstenmal war besetzt. Als ich schließlich zu ihm durchkam, war er sehr kurz angebunden. »Rufen Sie mich nicht noch mal an. Bestellen Sie für Viertel vor elf 'n Taxi. Der Fahrer soll warten, bis ich runterkomme. Ich erwarte einen Anruf.«

»Es wird langsam Zeit«, sagte ich.

»Das weiß ich, aber der Anruf ist wichtig. Und die Maschine fliegt sowieso nicht pünktlich los.«

Es war fast elf, als er endlich kam. Er sah aus, als hätte er überhaupt nicht geschlafen. »Das Taxi ist da? Gut. Sorgen Sie dafür, daß der Kerl nicht wieder wegfährt.« Er stellte seine Reisetasche neben meine, und ich ging hinaus, um dem Fahrer zu sagen, daß wir gleich kommen würden. Als ich zurückkam, stand Ward am Empfangstresen und zahlte die Rechnung. Er zahlte in US-Dollars, nicht in mexikanischen Peseten. »Und dann wären es noch zweihundertneunundsiebzig Dollar für Ihre Gespräche, *Señor*«, sagte der Hotelangestellte zu ihm.

Ward bezahlte mit amerikanischen Travellerchecks, und wir hasteten hinaus zum Taxi. »*Aeropuerto.*« Er ließ sich in den Sitz fallen.

»Eine satte Telefonrechnung«, sagte ich, als wir losfuhren.

»Auslandsgespräche sind nun mal nicht billig.« Er schloß die Augen.

»London? Oder haben Sie in Lima angerufen?«

Ich wußte nicht, ob er schlief oder nicht, jedenfalls bekam ich keine Antwort. Nicht wesentlich kommunikativer war er, als wir am Flughafen ankamen. Seine Vermutung, daß der Abflug sich verspäten würde, erwies sich als richtig. Aus Sicherheitsgründen, sagte man uns. Offensichtlich hatte es eine Bombendrohung gegeben. Das Transitgepäck war noch nicht verladen, Grenzpolizei und Zoll bestanden darauf, daß jeder einzelne Koffer geöffnet und der Inhalt auf dem Boden ausgebreitet wurde. Das kostete alles sehr viel Zeit, und es war nach Mittag, als wir endlich losflogen.

Ward bestellte Wodka, trank ihn pur und schlief ein, *Muerto O Vivo?* aufgeschlagen auf dem Schoß. Das Essen wurde gebracht. Er winkte ab und schlief gleich wieder ein. Wir überflogen gerade ein paar fünfeinhalbtausend Meter hohe Vulkane, gewaltige Schlackenhalden, die ihre offenen Mäuler der blauen Kuppel des Himmels entgegenstreckten, als er sich endlich rührte und sich über mich beugte, um mit zusammengekniffenen Augen aus dem Fenster zu blinzeln. »Wissen Sie, wo ich gerne mal hinfliegen würde? Auf die Galapagos.« Er deutete mit einer Kopfbewegung auf eine weiße, weit entfernte Wolkenbank oberhalb der linken Tragfläche. »Irgendwo da unten. Keine tausend Meilen von hier. Vielleicht mach ich's sogar, wenn ich wieder raus bin aus dem Südatlantik und dem vielen Eis.«

Er nahm sein Buch zur Hand, schlug es beim Lesezeichen auf und machte es sich in seinem Sitz bequem. Er war wieder da und spielte den Glasgower Jungen; die Touristenmütze trug er wie ein geborgtes Kostüm. Die Stewardeß kam den Gang entlang, eine junge Frau mit großem Busen, von der ein strenger Schweißgeruch ausging. Er bestellte noch einen Wodka und wandte sich mir zu. »Und Sie? Ginger Ale mit Brandy?«

Ich nickte.

Er gab die Bestellung weiter, und wir kehrten zu unseren Büchern zurück. Ich war gefesselt von William Prescotts Beschreibung der Zivilisation der Inkas, einer Kultur, die der Unersättlichkeit Pizarros und seiner *conquistadores* zum Opfer gefallen war. Es war ein faszinierender Blick auf ein Volk, das bis ins sechzehnte Jahrhundert hinein weder ein Rad noch ein seetüchtiges Schiff zu sehen bekommen hatte, das keine gerüsteten Ritter zu Pferde kannte und nicht die Feuerkraft der Armbrüste und Musketen, dessen Kultur jedoch – was die Straßen und Kommunikationswege durch das unwegsame Gebiet der Anden betraf, die landwirtschaftlichen Bewässerungsmethoden, das politische System, das dem heutige Kommunismus ähnelt – höher entwickelt war als die seiner Eroberer.

Die Drinks wurden serviert. Ward lehnte sich zurück und beobachtete mich aus den Augenwinkeln. »Wenn Sie Prescott fertiggelesen haben, dann wissen Sie ungefähr soviel über Peru wie die meisten Peruaner. Vermutlich mehr.« Und er fügte hinzu: »Es ist mein erster Besuch in dem Land, aber ich kann mir nicht vorstellen, daß es mir gefallen wird, was die Spanier und ihre Mestizen ihm angetan haben.« Und ein wenig zögernd sagte er: »Dieser Anruf, auf den ich gewartet hab – es war das Hotel in Lima, das Iris Sunderby mir als ihre Adresse genannt hatte. Sie ist dort vor drei Tagen ausgezogen.«

»Warum machen wir dann Station in Lima?« fragte ich ihn.

»Sie müssen ja nicht. Von mir aus können Sie nach Punta Arenas weiterfliegen, wenn's Ihnen lieber ist.«

»Aber Sie machen Zwischenstopp?«

»Ja. Sie ist nicht nach Chile weitergeflogen. Ich habe mich bei Lan Chile und bei UC Ladeco erkundigt. Und auch bei Aero Peru. Außerdem hat sie sich einen Mietwagen ins Hotel bringen lassen. Der Manager sagt, sie hat sich selbst ans Steuer gesetzt.«

Die Gedanken der Nacht kehrten zu mir zurück. »Glauben Sie, daß sie nach Cajamarca gefahren ist?«

»Sie ist ganz sicher nicht mit dem Mietwagen durch ganz Chile nach Punta Arenas gefahren. Das sind viereinhalbtausend Kilometer, und Gott weiß in was für einem Zustand die Straßen südlich von Valparaiso sind, falls es überhaupt welche gibt. Da sind nur noch Berge und tiefe Küsteneinschnitte.« Er lächelte mich an. »Sie meinen also auch, daß Mario Ángel Gómez der Navigator ist, der sie zu dem im Packeis eingeschlossenen Schiff bringen soll? Ich bezweifle, daß sonst noch jemand die Gelegenheit hatte, so unbehelligt über diesen Teil der Antarktis zu fliegen.«

»Es gibt dort Stützpunkte«, sagte ich. »Ein halbes Dutzend Länder haben Vermessungs- und Forschungsstationen rund um die Ränder der antarktischen Landmasse.«

Er nickte. »Aber sie haben feste Flugkorridore von den südamerikanischen Versorgungsbasen zu den antarktischen Stützpunkten. Ich hab mir die neuesten Karten der Royal Geographical Society angesehen und auch ein paar von den Meßblättern.

Keiner dieser Versorgungskorridore führt in der Nähe der Stelle vorbei, wo Sunderbys Flugzeug notlanden mußte. Außerdem hab ich mit einem Don aus Cambridge telefoniert, den man mir empfohlen hat – der Mann hatte mal was mit dem Scott-Polarinstitut zu tun, und er hat mir bestätigt, daß die Versorgungsflugzeuge normalerweise nicht über das Gebiet fliegen, das uns interessiert.«

Daran änderte auch die Tatsache nichts, daß Sunderbys Flugzeug zum amerikanischen Stützpunkt in McMurdo unterwegs war, denn das entscheidende Wort in diesem Zusammenhang war »normalerweise«. »Zwei Dinge an dem Flug waren nicht normal«, sagte Ward. »Erstens mußte das Flugzeug bereits in Port Stanley notlanden, um einen Fehler in der Elektronik beheben zu lassen, sonst wäre Sunderby ja gar nicht an Bord gewesen. Zweitens war er Glaziologe, und es ist durchaus denkbar, daß er den Piloten überredet hat, ein Stück weiter östlich zu fliegen. Nur eine kleine Abweichung von der direkten Route von Port Stanley zum McMurdo-Sund, und er hätte einen Blick auf das Schelfeis werfen können und auf das Gebiet, wo Shackletons *Endurance* eingeschlossen wurde und schließlich versank.«

Er wollte damit sagen, daß die Amerikaner ihren Nachschub normalerweise nicht über die Falklandinseln nach McMurdo brachten. Ich fragte ihn, von wo aus Gómez gestartet war, und er antwortete: »Von Ushuaia, meint jedenfalls Rodriguez. Der argentinische Stützpunkt am Beagle-Kanal im Südwesten von Feuerland. Nicht gerade ideal, hab ich mir sagen lassen, aber vielleicht gehörte das zum Test dazu.«

»Sie sagen, daß er nachtanken mußte. Er hat doch sicher so was wie einen Schlachtplan gehabt.«

Ward antwortete nicht sofort. »Er hat ein Flugzeug getestet. Wahrscheinlich war es für den Einsatz in der Antarktis umgebaut worden. Die Argentinier haben einen Stützpunkt mit einer kurzen Landebahn im Norden der antarktischen Halbinsel, der heißt Vicecomodorio Marambio oder so ähnlich.« Er sagte es zögernd, als müßte er sich das alles erst selber zurechtlegen. »Vielleicht ist er von dort aus die letzte Etappe geflogen. Er muß auch das Auftanken in der Luft getestet haben, denn Rodriguez schreibt in seinem Buch, daß er irgendwo über der Bellingshausen-See aufgetankt wurde, ein ganzes Stück westlich von der Stelle, wo Sunderby ums Leben gekommen ist.«

»Was wollen Sie damit sagen?« fragte ich. »Daß er versucht hat, die Überreste des amerikanischen Flugzeugs zu finden, sobald seine Maschine vollgetankt war?«

»Nein. Das Flugzeug ist abgesoffen. Daran dürfte es kaum einen Zweifel geben.«

»Sondern?«

»Ich weiß nicht.« Er sprach jetzt sehr leise. »Lassen Sie mich nachdenken.« Er wandte mir sein Gesicht zu. »*Und ich sah einen Engel vom Himmel herabfahren, der hatte den Schlüssel zum Abgrund und eine große Kette in seiner Hand.* Schon mal gehört?« fragte er mich.

Ich schüttelte den Kopf. »Das ist ein Zitat aus der Bibel, stimmt's?«

»Die Offenbarung des Johannes.« Er lächelte. »Wunderbar. Sollten Sie mal lesen.« Doch er war gleich wieder der alte Pragmatiker: »Wenn Sie mit Ihrem Drink fertig sind, dann sollten Sie den guten Prescott zur Seite legen und versuchen, ein bißchen zu schlafen. In Lima steht ein Wagen für uns am Flughafen bereit. Haben Sie einen internationalen Führerschein?«

Ich nickte.

»Gut. Dann fahren Sie, wenn wir den Wagen übernehmen. Damit sparen wir Zeit. Könnte sein, daß meine Fahrerlaubnis angezweifelt wird ...« Er tippte auf seinen stählernen Unterarm und die behandschuhte Hand, die in seinem Schoß lag. »Ausländer sind da manchmal etwas komisch.« Entschieden schlug er sein Buch zu und kippte die Sessellehne nach hinten. Er wollte schlafen. »Wir fahren zuerst in dieses Hotel. Ich würde gern ein Wort mit dem Portier reden, falls die überhaupt einen haben. Und dann geht's weiter an die Küste und zur Panamericana. Wir fahren die Nacht durch, okay?«

»Ja«, sagte ich.

»Mit Fahren und Schlafen wechseln wir uns ab. Mit ein bißchen Glück müßten wir rechtzeitig zum Frühstück in Cajamarca sein.« Nachdem die praktischen Dinge besprochen waren, wechselte er abrupt das Thema. Er flüsterte theatralisch, als er wieder aus der Bibel zitierte: »*Und ich sah einen neuen Himmel und eine neue Erde, denn der erste Himmel und die erste Erde sind vergangen, und das Meer ist nicht mehr.*« Er sprach das Zitat ohne eine Spur von schottischem Akzent. »Patmos«, murmelte er. »Vor ein paar Jahren war ich mal kurz dort. Es gibt dort ein großes weißes Fort, ein Kloster, das auf dem höchsten Berg der Insel thront. Es war einst voller Schätze, aber als ich auf den Zinnen stand und über das Ägäische Meer blickte, konnte ich nur an eines denken: Es war einer der Jünger Jesu, der in seiner Zelle in einem kleinen Kloster auf halbem Weg zum Gipfel des Berges gesessen und die außerordentlichen Offenbarungen, die ihm anvertraut worden waren, aufgeschrieben hatte. Ein Verrückter? Kaiser Domitian hatte ihn verurteilt, also müssen die Römer ihn dafür gehalten haben. Aber es ist eine wunderbare Lektüre.«

Er machte es sich noch ein bißchen bequemer in seinem Sitz. »Also, wir werden sehen, ob diese Zeilen wahr sind, wenn wir auf dem höchsten Punkt der Paßstraße stehen.« Er knipste seine Leselampe aus, schloß die Augen und schien auf der Stelle fest eingeschlafen zu sein.

Nach der Landung in Lima dauerte es eine ganze Weile, bis wir die Formalitäten hinter uns gebracht hatten. Die Beamten der Grenzpolizei fragten ihn wieder nach seinem Beruf. Diesmal schreckten sie nicht einmal davor zurück, das Wort »Antiquar« in einem spanisch-englischen Wörterbuch nachzusehen. »Ausgesprochen nützlich, wie Sie sehen«, sagte Ward, als wir auf dem Weg durch die Gepäckhalle waren. »Er war so beschäftigt mit dem Wort ›Antiquar‹, daß er kaum noch einen Blick auf die Visa geworfen hat. Und ein Holzpräservator dürfte ihm auch nicht jeden Tag unterkommen.« Er lächelte, als wir uns vor dem Gepäckförderband aufstellten.

Als wir sein ganzes Übergepäck endlich eingesammelt hatten, dauerte die Abfertigung am Zoll noch länger als in Mexico City, weil Ward darauf bestand, eine riesige Reisetasche gleich dort auf dem Tresen zu öffnen, um sein Ölzeug herauszuholen. »In Punta Arenas brauchen wir das Zeug unter Garantie. Iris sagt, da unten in der Maggellanstraße stürmt und regnet es fast jeden Tag wie verrückt. Sie sollten Ihr Zeug auch rausholen. Der nette Kerl von der Paßabfertigung hat gesagt, daß es in den Bergen regnet. Er hat's heut morgen im Radio gehört. Überschwemmungen soll's auch gegeben haben. Der *Niño*-Faktor. Rodriguez hatte ganz recht.«

Wir verstauten unser Ölzeug, das Handgepäck und die Aktentaschen in den Schließfächern am Flughafen, und nach all den bedrohlichen Wettervorhersagen war ich sehr froh, als ich am Schalter des Autoverleihs feststellen durfte, daß er uns einen Geländewagen mit Vierradantrieb besorgt hatte. Während er den Leihvertrag und die Versicherungspapiere unterschrieb, holte das Mädchen aus einer kleinen Kammer hinter dem Schalter ein Päckchen für ihn. »Heute morgen für Sie abgegeben, *Señor*. Hat ein Kurier von *Librería Universal* gebracht. Bitte, müssen mir Extrarechnung bezahlen.«

Er nickte und sah nicht einmal hoch, als sie das Päckchen auf den Tresen legte. »Bücher«, sagte er bloß.

Sie nickte und bat uns um die Führerscheine, bevor sie uns nach draußen begleitete, wo der Wagen im Schatten eines Baumes auf uns wartete. »Vielleicht nicht ganz so komfortabel wie eine Limousine«, entschuldigte sich Ward, »aber ich wär ja bekloppt, wenn ich in so 'nem Land ein Risiko eingehen würde.« Er zog die hintere Seitentür auf und warf das Bücherpaket auf den Rücksitz, zusammen mit seinem Zeug. »Sie checken die Kiste mal kurz durch, und ich geh nachsehn, ob wir 'ne Betriebsanleitung und alle Papiere dabeihaben.«

Das Mädchen zog aus einem Fach unterhalb des Armaturenbretts die Wagenpapiere hervor. »Wie sind die Straßen?« fragte ich Ward. »Schlecht, nehme ich an.« Ich ging um das Fahrzeug herum und warf auch einen Blick unter das Fahrgestell, um mir den Auspuff und die Reifen anzusehen.

»Die Küstenstraße ist gut, durchgehend asphaltiert. Die Abzweigung nach Cajamarca kommt hinter Trujillo. Wir können sechshundert Kilometer flott durchfahren.«

Auf dem Tachometer stand die Zahl 62805, aber das waren Kilometer und keine Meilen. Der Wagen war staubig, und an manchen Stellen kam schon der Rost durch. Ich machte die Motorhaube auf. »Und die Gebirgsstraße?« fragte ich. »Auf der Karte hab ich gesehen, daß wir die erste Kordillere überqueren müssen.«

»Rodriguez meint, sie ist ganz in Ordnung. In der Küstenebene ist sie noch asphaltiert, und wenn's in die Berge geht, ist es eine Schotterstraße, aber noch ziemlich neu. Da fahren täglich schwere Laster rauf, also kann sie so schlecht nicht sein.« Mit der Überprüfung der Leitungen und Kühlschläuche war ich fertig. »Dann ist ja alles in Ordnung.« Ich schlug die Motorhaube zu.

Er nickte, hinterlegte die Kaution – wieder in US-Dollars – und gab mir die Wagenschlüssel. »Wir fahren dann los, okay?«

»*Buen viaje!*« Das Mädchen lächelte kurz und wandte ihre strahlende Beflissenheit dem nächsten Kunden zu, einem hochgewachsenen Amerikaner, der sein wettergegerbtes Gesicht mit einem breiten Stetson gegen die Sonne abschirmte.

Das Hotel lag im Stadtzentrum, und die Fahrt dorthin war ein Alptraum. Hier fuhren alle, wie sie wollten, und hupten wild durcheinander. Dazu war es heiß, die Luftfeuchtigkeit war extrem hoch, und über den Gebäuden lag ein schwerer, giftiger Dunst, als hätten die Wolken sich so sehr mit Feuchtigkeit vollgesogen, daß sie auf festem Grund ausruhen mußten.

Das Hotel, in dem Iris Sunderby abgestiegen war, hatte keinen Portier, aber die Frau am Empfang bestätigte uns, daß sie am Sonntagmorgen kurz nach acht mit dem Auto abgefahren war. Sie konnte sich gut daran erinnern, weil sie es ungewöhnlich fand, daß solch eine »attraktive *Señora*« ohne männliche Begleitung losgefahren war.

Während seines Gesprächs mit der Dame am Empfang hatte Ward die Eingangstüren nicht aus den Augen gelassen. Sie standen sperrangelweit offen und bildeten den Rahmen für ein ständiges Kommen und Gehen durch einen flimmernden Schleier aus Dunst und Sonnenschein. Sein Blick wanderte zwischen Tür und Lift hin und her, aufmerksam und wachsam, als erwartete er jemanden. Bereits am Flughafen war mir das aufgefallen, aber dort hatte ich noch geglaubt, daß er insgeheim damit rechnete, Iris Sunderby könnte plötzlich aus der Menge auftauchen. Jetzt

126

beunruhigte es mich. Ich konnte doch einen Mann wie Ward nicht fragen, ob er Angst hatte, auch wenn ich seine Unruhe deutlich spürte.

Das war auch noch so, als wir losfuhren. Aber ich mußte mich auf den Verkehr konzentrieren. »Fahren Sie an der nächsten Ecke rechts.« Ein unerwarteter Befehl. Er drehte sich auf seinem Sitz um und schaute zurück zum Hotel.

»Es geht geradeaus weiter«, sagte ich. Ich hatte mir den Weg zur Panamericana auf dem Stadtplan im Hotel angesehen.

»Ich weiß, aber biegen Sie trotzdem ab. Jetzt fahren Sie schon rechts, zum Teufel!« Lautes Gehupe hinter uns, als ich, ohne zu blinken, das Lenkrad herumriß. »Und noch mal rechts.« Er ließ mich einmal um den Block fahren. Fünfzig Meter vorm Hotel sollte ich anhalten.

»Was soll das?« Dicht hinter uns war ein Wagen.

»Tun Sie einfach, was ich sage!«

Der Wagen war immer noch hinter uns, als ich kurz vor dem Hoteleingang an den Randstein fuhr. Jetzt erst überholte er uns, es war eine alte verbeulte Kiste amerikanischer Bauart. Am Steuer saß ein junger Indio. Während er langsam an uns vorbeifuhr, sah er zu uns herüber. Er parkte direkt vorm Eingang des Hotels. »Schnell! Stellen Sie sich hinter ihn!«

Ward stieß die Tür auf und sprang bereits heraus, als wir noch nicht einmal ausgerollt waren. Der Indio war ebenfalls ausgestiegen und kam um das Heck seines Wagens herum. Wards linke Hand schoß heraus, packte den Jungen am Arm und zerrte ihn an mir vorbei. »Losfahren!« Er riß die Tür hinter mir auf und stieß den Mann auf den Rücksitz. »Na los – fahren Sie endlich!« Ein Schwall spanischer Flüche, als ich zurücksetzte und mich in den Verkehr einfädelte. Ich wußte nicht recht, was ich tun sollte. Wards Verhalten war mir ein Rätsel, also konzentrierte ich mich darauf, so schnell wie möglich aus der Stadt herauszukommen.

»Irgendwo an der Panamericana setzen wir ihn an die Luft.« Ich hörte Wards Stimme dicht hinter meinem linken Ohr.

»Was soll das alles?« Der Indio wehrte sich auf dem Rücksitz.

»Um Gottes willen! Sie können doch nicht einfach ...« Vor mir tauchte eine große Kreuzung auf. Die Ampel war ausgefallen, ein Polizist regelte den Verkehr. Er winkte mich durch, ich mußte nicht einmal den Fuß vom Gas nehmen. »Lassen Sie ihn raus!« brüllte ich. Ward antwortete nicht. Er hatte den Indio in der Mangel, fragte ihn auf spanisch aus.

So ging das während der ganzen Fahrt aus Lima heraus. Wards Stimme klang scharf und anklagend, dann wieder gefährlich leise, und der Junge murmelte seine Antworten, manchmal auch in seiner eigenen Sprache. Einmal erklärte mir Ward: »Er ist aus Puno. Das liegt viertausend Meter hoch über dem Ufer des Titicaca-Sees. Er sagt, daß er eine Frau und zwei Jungen unterhalten muß und deshalb Geld braucht.« Und dann fügte er hinzu: »Kann's ihm nicht verübeln. Wenn ich in so 'ner heruntergekommenen Stadt leben müßte, mit 'ner Inflationsrate von zweihundert Prozent, dann würde ich auch so ziemlich alles tun, um an solide US-Dollars zu kommen.«

Mir fiel ein, daß Wards frühe Jugend sich gar nicht so sehr von der des Jungen unterschieden hatte. »Was hat er im Mund?« Bei einem kurzen Blick in den Rückspiegel hatte ich das Gesicht des Indios gesehen, ein plattes Mondgesicht mit hohen Wangenknochen und dunklen, stark geschlitzten Augen, die ihm etwas Mongolisches gaben, dazu glatt zurückgekämmtes, tiefschwarzes Haar. Irgend etwas hatte er sich hinter die Zähne geklemmt, denn die rechte Wange war ausgebeult. »Es riecht auch so komisch«, sagte ich.

Ward lachte. »Was meinen Sie, wie komisch Sie für ihn riechen. Das ist Koka, auf dem er da herumkaut. Ein Kokablatt. Das kauen die hier alle. Läßt einen den Hunger vergessen. Ich wünschte, ich hätte das Zeug als junger Bursche schon gekannt.«

»Haben Sie's denn mal probiert?«

»Und ob. Aber damals blühte bei uns der Mohn, und ich hab mit Haschisch und so 'm Zeugs angefangen. Alles Mist. Aber Kokain, Kokablätter mein ich – mein lieber Mann, wenn man damit umgehen kann, dann ist das 'ne verdammt gute Sache. Anfang des Jahrhunderts gab es einen Mann, der hat ein Elixier draus gewonnen und es an alle gekrönten Häupter in Europa verschickt, sogar an den Papst. Und die waren begeistert, so was Tolles hatten die noch nie geschluckt.«

Wir überquerten den Rimac, dessen Wasser zu einer schmutzigbraunen, reißenden Strömung angeschwollen war. Jetzt kannte ich mich aus, denn wir fuhren den Weg zurück, den wir vom Flughafen gekommen waren. »Er hat uns verfolgt, stimmt's?« fragte ich Ward.

»Ja.«

»Warum? Hat er Ihnen den Grund gesagt?«

»Um sich ein paar Kröten zu verdienen.«

»Sicher. Aber von wem hat er sie gekriegt?«

»Von dem anderen, dem Kerl, mit dem er zusammen war. Und woher der seine Befehle hatte, das weiß er nicht.«

Es tauchten die ersten Wegweiser zur Panamericana auf, und ehe wir uns versahen, befanden wir uns auf einer Schnellstraße, die durch die Überreste einer gewaltigen Sandverwehung führte. Mit über hundert Stundenkilometern fuhren wir durch einen leichten Dunst; links von uns, im schwächer werdenden Tageslicht, schimmerte trübe der Pazifische Ozean. »Suchen Sie einen geeigneten Platz, wo wir unseren Freund raussetzen können.«

Ich hielt an, und Ward stieg zusammen mit dem Indio aus. Es wehte ein heißer, nasser Wind, aber er trieb keinen Staub durch die Luft, dazu war sie zu feucht. »*El Niño?*« fragte Ward, und der Indio nickte. »*Sí, sí, el Niño.*«

»Er heißt Palca.« Ward drückte ihm einen Zehndollarschein in die Hand. »*Buen viaje!*« Er lachte und gab dem Jungen einen Klaps auf den Rücken.

Der Indio warf einen Blick auf den Geldschein, dann sah er Ward an. Sein Gesicht blieb ausdruckslos. Man konnte weder Überraschung noch Freude auf ihm ablesen. »*Momento.*« Er zog den Poncho hoch, klopfte die Taschen seiner schmutzigen Jeans ab und brachte eine zusammengeknüllte Papierkugel zum Vorschein, die er Ward mit ein paar unverständlichen Worten übergab. Dann drehte er sich mit einer kleinen Abschiedsgeste um, überquerte die Schnellstraße und machte sich zu Fuß auf den Rückweg nach Lima, eine kleine, dahintrottende Gestalt. Hin und wieder drehte er sich um, ob vielleicht ein Lastwagen kam, der ihn nach Lima mitnehmen konnte.

Ward rollte das Papier auseinander und brachte zwei winzige, miteinander verbundene Lehmfiguren zum Vorschein – eine Frau beugte sich mit dem Kopf über den erigierten Penis eines Mannes. »Was ist das?« fragte ich ihn.

»Eine Art geweihtes Opfer, nehme ich an. Ich hab so was im Mittelmeerraum schon mal gesehen, aber nicht als erotische Darstellung.« Er hielt es mir hin. »Sehen Sie mal, dieses selbstgefällige Grinsen auf dem Gesicht des Mannes. Nicht schlecht gemacht. Das ist Mochica, hat er gesagt, aus einem Grab im Süden von Lima. Das ist typisch für Mochica-Töpferei – viele der Darstellungen sind hocherotisch. Ich hab Fotos von Trinkgefäßen gesehen, da mußte man den Schnaps durch einen Penis saugen, aber Fellatio oder Abbildungen von solchen Miniaturen sind mir noch nicht untergekommen ... Vielleicht ist es auch eine Kopie. Aber dann eine verdammt gute.«

Er warf einen beinahe verliebten Blick darauf. Dann drehte er sich um und sah hinaus auf den Pazifik. »Ich komme mir vor wie der dicke Cortés, der schweigend über den Golf von Darién blickt.«

»Das ist noch ein ganzes Stück weiter nördlich« sagte ich. »Und außerdem war's Balboa.«

»Ich weiß.«

Er kletterte wieder auf den Beifahrersitz, und wir fuhren weiter, immer an der Küste entlang. »Mir gefällt das nicht«, sagte er nach einer Weile. Dann schwieg er wieder. Es wurde jetzt schnell dunkel. Ich schaltete die Scheinwerfer ein.

»Was gefällt Ihnen nicht?« fragte ich schließlich.

»Er war nur der Fahrer. Den anderen hätte ich mir schnappen sollen. Den haben Sie wohl gar nicht bemerkt, was? Er hat schon am Flughafen auf uns gewartet, ein kleiner Mestize mit einem verschlagenen Gesicht. Einen hellblauen Anzug hat er angehabt. Ich hab ihn auch nicht gleich gesehen. Er hat sich hinter einer Gruppe von amerikanischen Touristen versteckt.«

»Wo soll das gewesen sein?«

»In der Gepäckhalle. Er hat gesehen, wie wir durch den Zoll gegangen sind, dann ist er uns zu den Schließfächern und nach draußen auf den Parkplatz gefolgt. Können Sie sich erinnern – als ich Sie gebeten hab, nicht so schnell zu gehen. Und dann ist er zu dieser alten Klapperkiste gerannt. Der Indio saß am Steuer. Sie sind uns bis zum Hotel gefolgt.«

»Wenn er hinter uns hergefahren ist«, sagte ich, »warum ist er dann nicht im Wagen geblieben?«

Ward zuckte die Achseln. »Wahrscheinlich wollte er sichergehen, daß wir dort nicht absteigen. Oder er wollte rauskriegen, was wir vorhaben. Er hat uns von der Tür aus beobachtet, als ich mir den Fahrer schnappte.«

»Aber warum? Verheimlichen Sie mir etwas?«

»Zum Beispiel?«

Ich zögerte. Warum nicht gleich reinen Tisch machen, sagte ich mir. »Haben Sie was mit dem Geheimdienst zu tun?«

Nach dieser unverblümten Frage hätte ich zu gern seinen Gesichtsausdruck gesehen, aber ich mußte auf die Bremse steigen, weil uns zwei knalligbunte Lastwagen entgegenkamen, von denen einer in kunstvoll gemalten roten Lettern die Aufschrift *La Resurrección* trug. Sie waren wie aus dem Nichts vor mir aufgetaucht. Mit über achtzig Sachen überholte der eine den anderen und blockierte meine Spur. Ich blendete auf. Langsam zog er an dem anderen vorbei.

Ward lachte. »Wie kommense denn darauf?« Er fegte meine Frage einfach zur Seite. Es war dumm gewesen, sie ihm zu stellen. Wenn er wirklich beim Geheimdienst war, würde er es mir bestimmt nicht auf die Nase binden. »Sie haben eine lebhafte Phantasie«, sagte er. Der Laster mit dem Namen *La Resurrección* war wieder eingeschert, und flüchtig sah ich im Vorbeifahren eine Reihe brillant gemalter Bilder von Bethlehem, der Geburt und der Jungfrau Maria. »Das muß die 'n Vermögen gekostet haben«, kommentierte Ward. Er wechselte einfach das Thema, und ich ließ es geschehen. Die Zeit würde meine Frage beantworten. Und bis dahin stellte sich uns die dringendere Frage, warum man uns verfolgt hatte. »Wer hat uns die beiden auf den Hals gehetzt?« fragte ich.

»Na, wer schon? Das wissen Sie so gut wie ich, Pete.«

»Gómez?«

»Das nehme ich an.«

»Aber warum?«

»Wenn ich das wüßte.« Er beugte sich vor, zog die Karte aus dem Fach unterm Armaturenbrett hervor und leuchtete mit der Taschenlampe darauf. »Die erste Stadt, durch die wir kommen, heißt Huacho.« Er buchstabierte den Namen für mich. »Noch ungefähr hundert Kilometer. Da gibt's ein Hotel. Wir machen dort Pause. Ich könnte einen Drink vertragen.«

»Vielleicht kriegen wir auch was zu essen.« Ich nahm den Fuß vom Gas, als Scheinwerfer mich aus dem Nebel heraus blendeten. Ein riesiger amerikanischer Lastzug donnerte vorbei und zwang mich zu einem Ausweichmanöver.

»Pisco sauer‹«, murmelte er, machte es sich in seinem Sitz bequem und schloß die Augen. »Ich freu mich auf meinen ersten ›Pisco sauer‹.«

Der Nebel wurde vom Meer her dichter, und wir rumpelten durch das eine oder andere Schlagloch. An Baustellen tauchten plötzlich unbeleuchtete Schotterhaufen aus dem Nebel auf. »Was ist das, ›Pisco sauer‹?« wollte ich von ihm wissen, aber er war bereits eingeschlafen. Also fuhr ich weiter nach Huacho und dachte darüber nach, was dieser Gómez wohl für einer wäre und warum Iris Sunderby ihre Reise in Lima unterbrochen hatte und nach Cajamarca gefahren war. Würde der Kerl tatsächlich als Navigator bei uns anheuern? Und wenn ja, warum hatte er dann diese beiden dafür bezahlt, uns am Flughafen in Empfang zu nehmen? Und warum waren sie uns nachgefahren?

Das beschäftigte mich auch noch, als ich vor dem Hotel in Huacho hielt. Der Nebel war noch dichter geworden, und meine Augen waren so erschöpft, als wäre ich ohne Brille durch einen Sandsturm gefahren.

ZWEI

»Pisco sauer« war ein einheimischer, mit einem Eiweiß und dem Saft frischer Limetten verschlagener Weinbrand, auf den man ein paar Tropfen Angosturabitter träufelte, die sich wie dunkle Blutflecken in das weiße Bett aus Schaum legten. Ich erinnere mich nicht, wie viele Gläser davon ich während des Essens getrunken und was ich gegessen habe. Nach der Mahlzeit war Ward mit Fahren dran. Ich machte es mir auf dem Beifahrersitz bequem und fiel in einen seligen Schlummer, der mich von jeglicher Realität trennte. Es war mir egal, wohin wir fuhren oder was mit mir geschah. Ich ließ mich vom Klang des Motors davontragen, während wir die Panamericana hinaufdröhnten.

Der Regen erwischte uns nördlich von Huarmey, eine dichte Wasserwand, von zuckenden Blitzen immer wieder grell durchleuchtet. Wir fuhren durch eine verlassene Gegend, der süßliche Trangeruch aus dem Hafen von Huarmey hatte sich in unserem Wagen festgesetzt. Ich konnte ein paar Oleanderbüsche erkennen und eine Ansammlung schäbiger Bambusbehausungen. Der Wolkenbruch war so plötzlich vorbei, wie er angefangen hatte, und einen Moment lang lugte sogar der Mond aus einer pechschwarzen Wolkenlandschaft hervor und schien auf einen verlassenen, schneeweißen Sandstrand, hinter dem eine Kette flacher Hügel in giftigem Grün und grellem Rot leuchtete; überall standen Kakteen, auf den Seitenstreifen parkten Lastwagen, die mit Aufschriften bemalt waren, meistens in knalligem Rot auf weißem Grund: *Optimista*, *Primero de Mayo*, *La Virgen*.

Kurz nach drei Uhr morgens rollten wir nach Casma hinein, auch hier hing dieser süßliche Trangestank über dem Hafen und einer alten, aus Lehmziegeln erbauten Festung, die durch den Nebel auf uns heruntersah. Ich kann mich nur noch an die Häßlichkeit und Trostlosigkeit der Ortschaft erinnern und daran, daß Ward mit müder Stimme zu mir sagte: »Ich fahr noch bis

Chimbote, dann sind Sie wieder dran.« Ein Laster, der uns entgegenkam, blendete die Scheinwerfer auf, ich sah grünes Zuckerrohr auf trockenen gelben Stengeln. Wir überquerten einen Fluß, das Rauschen des Wassers übertönte noch das Dröhnen des Motors. »Können Sie mir bitte eine anzünden?« Er fummelte ein Päckchen Zigaretten aus der Tasche seines Anoraks, und ich steckte ihm mit Hilfe des Zigarettenanzünders eine an. »Wir müssen mal irgendwo tanken.« Er sog an der Zigarette, als hinge sein Leben davon ab.

»Trujillo«, sagte ich. »Reicht's bis dahin?«

»Hundertzwanzig bis hundertdreißig Kilometer noch.« Er warf einen Blick auf den Benzinzeiger. »Könnte gerade reichen.«

Chimbote war ein trostloses Kaff, überall Abfall und ein grauenhafter Ölgestank. Kilometerlang nichts als Elend in modernen Behausungen aus Lehmziegeln, die entweder im Bau waren oder schon wieder zu Ruinen zerfielen. Ich übernahm das Steuer, und prompt verfuhren wir uns in einer Ansammlung von rußgeschwärzten Häusern, die sich auf einem Hügel über einem Stahlwerk ausbreitete. Der Wind, der in heftigen Böen vom Pazifik herüberwehte, trieb rostiges Blech, Plastikabfälle, Pappe, Papier und Sand vor sich her. Wir fanden eine einsame Benzinpumpe und jagten ihren Besitzer von seinem Lager aus Lumpen, das er sich in einer Art Hundehütte aus Blech und Pappkartons bereitet hatte, die unter jedem Windstoß ächzte und klapperte. Schornsteine von Tranraffinieranlagen und Arbeiterhütten, Fischerboote an den Kais, Laster und Öltanker, so schmutzig wie die ganze Stadt. Nur über dem Platz in der Stadtmitte mit seinem Hotel und den Blumenkästen lag ein Hauch von Gutbürgerlichkeit, doch auch hier der alles durchdringende Gestank, und in dem rußigen Sand zwischen den Hütten stöberten die Pelikane herum.

Es wurde gerade Tag, als wir Trujillo erreichten, die erste passable Stadt, seit wir Lima verlassen hatten. Es gab auch ein gutes Hotel, aber als ich davor hielt, schüttelte Ward den Kopf und brummte etwas von über dreihundert Kilometern und der Küstenkordillere der Anden, die wir noch zu überqueren hätten.

»Warum die Eile?« fragte ich ihn.

»Iris«, murmelte er.

Ich war inzwischen hundemüde. Wir waren beide hundemüde. »Warum, zum Teufel, machen wir hier nicht Pause und schlafen ein bißchen?« Uns steckte schließlich auch noch der lange Flug in den Knochen.

Er richtete sich auf, rieb sich die Augen und blickte hinaus in den Dunst, der über dem grauen Steingebäude hing. »Fahren Sie weiter«, ordnete er an. »Der Tank ist voll. Warum sollten wir hier Pause machen?«

Ich hatte die Nase voll. »Ich bleibe hier«, sagte ich, schaltete den Motor aus und stieß die Fahrertür auf.

Gerade wollte ich aussteigen, da klammerte sich seine linke Hand wie eine Schraubzwinge um meinen Arm. »Tür zu!« Er starrte mir in die Augen, sein Blick war hart wie Glas. »Was ist mit Ihnen los? Sie sind noch keine hundert Kilometer gefahren. Fahren Sie weiter!«

»Ich bleibe hier«, wiederholte ich trotzig, beinahe beleidigt. Ich weiß nicht, woran es lag, vielleicht war es der Nebel, der wie eine heiße, feuchte Decke über allem lag, vielleicht auch das Gespenstische der Situation oder die Erschöpfung nach der nächtlichen Fahrt die Küste entlang – jedenfalls spürte ich, daß ich Angst hatte. Angst vor diesem Land und vor Ward. Vor allem vor Ward. In diesem Moment, als seine kräftigen Finger meinen Arm umklammerten, wurde mir klar, wie gefährlich dieser Mann war.

Ich wandte mich ab, weil ich den kalten Blick dieser Augen nicht mehr ertragen konnte. Er gab meinen Arm frei. »Also gut, Pete.« Er sagte es mit leiser, ruhiger Stimme. »Meinetwegen. Gehen Sie.« Er gab einen Ton von sich, eine Art Lachen. »Haben Sie Ihren Paß?« Nachdem ich genickt hatte, sagte er: »Gut! Aber Sie werden Geld brauchen. Eine schöne Stange Geld, wenn Sie zurück nach England wollen.«

Er ließ mir Zeit zum Nachdenken, ein langes, ungemütliches Schweigen trat ein. Schließlich langte er in sein Türfach und zog eine Landkarte heraus. »Pacasmayo«, sagte er leise. »Nein. San Pedro de Lloc. Ungefähr hundertdreißig Kilometer. Die Landstraße nach Cajamarca trifft ungefähr zwei Meilen dahinter auf die Panamericana, bei San José.« Er sah mich an und nickte. »Dort übernehm ich wieder das Steuer.« Er steckte die Karte zurück in das Seitenfach und lehnte sich zurück. »So, und nun fahren Sie endlich weiter.«

Langsam streckte ich die Hand nach dem Griff aus und zog die Tür wieder zu. Ich hatte keine Wahl. Vielleicht hätte ich vom Hotel aus die britische Botschaft in Lima anrufen können, aber ich war viel zu erschöpft – physisch und geistig –, um mich solchen Komplikationen auszusetzen. Wir hätten längst die Paßstraße hinter uns haben und zur Hacienda Lucinda unterwegs sein sollen. Statt dessen standen wir noch in Trujillo herum, und der Nebel wurde immer dichter.

Ein letzter, sehnsüchtiger Blick auf das Hotel noch, ein kurzer Gedanke an frische Bettwäsche und ein weiches Bett, dann ließ ich den Motor an und fuhr dorthin zurück, wo ich einen Wegweiser mit der Aufschrift *Pan-Am Norte* gesehen hatte.

Ich glaube, meteorologisch gesehen befanden wir uns mitten in einem Alptraum namens Inversion. Hitze und Feuchtigkeit drückten uns nieder, betäubten unsere Sinne und trieben den Schweiß aus jeder Pore des Körpers. Ich sah nichts von den gewaltigen Mauern der Stadt Chanchán, ich sah nur Regen und Nebel, das verschwommene Licht der Scheinwerfer und die Scheibenwischer, die unermüdlich durch mein Blickfeld kreuzten. Ich hatte das seltsame Gefühl, in der Zeit rückwärts zu fahren, auf einer Straße, die in die Welt der Inkas und Chimú führte, einer Welt riesiger Reiche, in denen man Straßen und Tempel und Festungen baute, Festungen aus Lehm an der Küste und aus gehauenen Steinen oben in den Anden, Steinen, die mit Schwalbenschwänzen zusammengefügt waren, damit sie dem Zittern der Fundamente widerstanden, wenn die Erde mal wieder bebte.

Endlich hörte es auf zu regnen. Meilenweit nichts als Zuckerrohr, dann eine eintönige Ebene, durch diesen Schleier aus Feuchtigkeit betrachtet, der alles unwirklich erscheinen ließ. Reisfelder zwischen den Flußarmen, die in den Pazifik mündeten, Oasen in dieser tristen Wüste aus Sand, die bis an das Wasser des Ozeans reichte. Für ein paar Minuten schimmerte rechts von mir die Sonne durch den ewigen Dunst, ein feuerroter Ball, eben erst über einem Berg aufgestiegen. Doch gleich schloß sich der Schleier wieder, wurde noch dichter als vorher.

Ward regte sich und erkundigte sich mit vom Schlaf schwerer Stimme nach der Uhrzeit. Ganz ohne Schauspielerei und ohne den Akzent zu wechseln. Er schlief noch halb und hatte nicht die Energie, etwas anderes zu sein als er selbst. Ich sah auf meine Uhr, stellte fest, daß ich vergessen hatte, sie zu stellen, und las die Zeit von der Digitaluhr am Armaturenbrett ab. Es war 8.07 Uhr. Und dann fügte ich hinzu, weniger aus Gewißheit als vielmehr, um meine eigene Stimme zu hören: »Wir müßten so zwischen zehn und elf in Cajamarca sein.«

Er schnaubte. »Wenn wir Glück haben. Kommt ganz drauf an, wie das Wetter ist, wenn die Paßstraße anfängt.« Er langte nach einer Zigarette und zündete sie an. »Auch eine?« Er schien völlig vergessen zu haben, daß ich ihm fünfzig Kilometer vorher noch weglaufen wollte.

Ich schüttelte den Kopf. Der Dunstschleier war jetzt so dicht, daß er an Nebelbänke auf dem Meer erinnerte, die Luftfeuchtigkeit war extrem hoch, und Schweiß tropfte mir von der Stirn, als ich mich vorbeugte und versuchte, durch diese Suppe etwas zu erkennen. Ich hatte wieder die Scheibenwischer eingeschaltet, und wir fuhren nicht schneller als dreißig Stundenkilometer. Keiner von uns sprach ein Wort, Ward rauchte schweigend seine Zigarette, und nachdem er sie ausgedrückt hatte, schien er wieder einzuschlafen. Nur das Geräusch des Motors war zu hören. Meine Blicke huschten immer wieder verstohlen zu ihm hinüber; außer dem, was er mir auf dem Flug nach Mexiko erzählt hatte, wußte ich nicht viel mehr über ihn als bei unserem ersten Zusammentreffen. Und das – mochte es noch so ungewöhnlich sein – war nur ein grober Entwurf, das Gerüst seiner Persönlichkeit. Von seiner wirklichen Natur, von dem, was in seinem Kopf vorging, hatte ich keine Ahnung.

Es ist nicht leicht, meinen damaligen Gemütszustand zu schildern. Angst, richtige Todesangst hatte ich erst einmal erlebt, und es war mir seltsamerweise nicht bei dem Rennen um die Welt widerfahren, sondern in meinem eigenen kleinen Boot, in meinen heimatlichen Gewässern vor Blakeney. Bei strahlendem Sonnenschein und nur mit einer Hose bekleidet, war ich hinter ein paar Seehunden hergesegelt, um sie zu fotografieren. Ich hatte damals noch kein UKW, nur ein Transistorgerät, und ich war so beschäftigt gewesen, daß ich die Wettervorhersage verpaßt hatte.

Plötzlich steckte ich mitten in einer dieser dichten Nebelbänke, die es auf der Nordsee manchmal gibt, und aus Osten frischte der Wind kräftig auf. Ich befand mich zu der Zeit vor Cley, also fierte ich das Hauptsegel und machte, daß ich nach Hause kam. Ich sah weder die Kirchtürme von Kelling oder Salthouse noch sonst ein Zeichen von der Küste, und so segelte ich mitten durch die Klippen, die sich Blakeney Overfalls nannten, die Tide lief mit dem Wind, die See war tückisch und die Sicht gleich Null.

Das war das einzige Mal, daß ich richtig Angst hatte. Wie die meisten Männer meiner Generation hatte ich den Krieg nicht kennengelernt; die Todesangst war mir nicht Tag für Tag eingetrichtert worden wie den Älteren. Ich denke da besonders an meinen Großonkel George und seine Geschichten von Männern, die sie halbverbrannt, aber lebendig aus dem Meer gezogen hatten, von den plötzlichen Explosionen, wenn eines der anderen schwerfälligen Frachtschiffe getroffen worden war und niemand auf die Idee kam, nach Überlebenden zu suchen, von dem Entsetzen, das ihn und seine Kameraden packte, wenn die U-Boote ein Schiff nach dem anderen torpedierten, bis von der Formation nur noch sein eigenes übrig war.

Er war Kanonier auf drei verschiedenen Handelsschiffen gewesen, zuerst war er mit Konvois über den Atlantik gefahren, dann auf der Route nach Murmansk. Zweimal war er torpediert worden, doch jedesmal hatte man ihn wieder herausgefischt; aber dann im PQ 17, als die Zerstörer sie verließen und sie den Befehl zum Ausschwärmen bekamen ...

Er lebt nicht mehr, aber ich habe seine Schilderungen nicht vergessen – die Angst, die er hatte, als die deutschen Bomber von Norwegen her einschwenkten und sich die Handelsschiffe vornahmen, eines nach dem anderen, den Lärm der Bomben und die Kälte, immer wieder diese Kälte. Kälte und Angst. *Es hat dir die Gedärme zerrissen, da brauchten sie dich gar nicht zu treffen ...* Das alles hatte er uns in seinem langsamen, ungerührten Norfolk-Dialekt erzählt.

Vielleicht spielte mir meine Phantasie einen Streich, aber dieses Wetter, Gómez, die Paßstraße, die vor uns lag – sie verzerrte und vergrößerte das alles. Besonders diesen Gómez. *Ángel de Muerte.* Bis wir San Pedro de Lloc hinter uns gelassen und die Abzweigung nach Cajamarca bei San José erreicht hatten, war aus diesem Mann in meiner Vorstellung eine Art Ungeheuer geworden. Ich glaubte nicht an die Geschichte, die uns Rodriguez als Erklärung für den Beinamen aufgetischt hatte. Niemand bekommt den Namen Todesengel, nur weil er seinen Männern befiehlt, bis zum letzten Atemzug zu kämpfen. Es mußte einen tödlicheren Grund für den Namen geben.

Ward schlief noch, als ich nach rechts abbog und Richtung Osten weiterfuhr, auf die Anden zu. Der weiße Dunstschleier, die Reisfelder, die Kakteen, die einsamen Bäume, das alles hatte etwas Unheimliches; es paßte zu meiner Stimmung, summierte sich zu einer wachsenden Angst vor dem, was vor uns lag, jenseits der Berge, die ich noch nicht einmal sehen konnte. Manchmal schaffte die Sonne es beinahe, sich einen Weg durch diese Waschküche zu bahnen, und während ich weiterfuhr und darauf hoffte, endlich einen Blick auf die Kordillere werfen zu können, waren meine Gedanken mit Iris Sunderby und ihrem rätselhaften Verhalten beschäftigt. Ich versuchte, mir einen Reim auf ihre Beziehung zu Gómez zu machen, aber die Dinge lagen so kompliziert – wo sollte man da anfangen? Er war der Sohn einer Frau, die als Barsängerin gearbeitet hatte und kurz mit Juan Gómez verheiratet gewesen war, mehr schienen meine müden Gedanken nicht begreifen zu wollen. Das, und die Tatsache, daß Juan Gómez auch der Vater von Iris war. Ihm hatte ein großes Kaufhaus gehört, und nachdem es abgebrannt war, hatte er sich aufgehängt.

Warum war sie von Lima aus nach Norden gefahren, um ihren Halbbruder zu besuchen? Würde er tatsächlich als Navigator mit uns kommen? Winter in der Antarktis. Mahlendes Packeis. Eisberge, die sich vor uns auftürmen, und dieses Geisterschiff, das ein verängstigter Eisforscher gesehen haben will ...

»Aufpassen!«

Wards Stimme schoß mir wie ein Blitz ins Bewußtsein, und ich trat auf die Bremse. Aus der grellen Nebelwand war plötzlich ein Mann aufgetaucht, eine verschwommene Gestalt, die mitten auf der Straße stand und uns den Rücken zuwandte.

Ich hatte gerade noch bremsen können. Auch jetzt drehte er sich noch nicht um, er blieb einfach stehen, regungslos, und starrte vor sich auf die Straße; gleichzeitig drang ein Lärm zu uns herein, das ruhige, gleichmäßige Geräusch strömenden Wassers.

Die Straße führte geradeaus in den Nebel hinein, aber vor den Füßen des Mannes gab es keine Straße mehr; es tat sich eine ungefähr fünfzig Meter breite Lücke im Asphalt auf, durch die ein schmutzigbrauner, reißender Sturzbach rauschte, so hoch und mit so zornigen Wellen, daß sie ständig über den Rand der abgebrochenen Straße schwappten.

Der Mann war klein, ein braun und rot gemusterter Poncho hing ihm von den Schultern, und auf den kugelrunden Kopf mit den glatten schwarzen Haaren hatte er sich einen braunen Filzhut mit breiter Krempe gestülpt. Er beachtete uns gar nicht; er stand einfach nur da und blickte in die strudelnden braunen Fluten, die ihm beinahe bis zu den Sandalen schwappten, als hätte er sich in das Wunder des Schauspiels ganz und gar verloren.

»Er ist jetzt bei seinem Gott«, flüsterte Ward mir zu. Und als ich ihn fragte, was er damit meinte, antwortete er gereizt: »Nun stellen Sie sich nicht dümmer, als Sie sind. Er sieht etwas, das zu groß für seinen Verstand ist. Und ich auch«, fügte er hinzu und versetzte mir einen kräftigen Schlag auf den Rücken, bevor er ausstieg: *Buenos días.* Er mußte seinen Gruß zweimal wiederholen, dann erst erwachte der Indio aus seiner tranceartigen Träumerei und drehte sich zu uns um.

Buenas días, Señores. Er hatte ein breites Gesicht mit hohen Wangenknochen, eine Adlernase und dunkle Augen, aus denen er uns ausdruckslos ansah. Das ganze Gesicht wirkte irgendwie ausdruckslos, der einzig bewegliche Teil in ihm schien der Mund zu sein, ein breiter Mund mit wulstigen Lippen; man glaubte ständig, er wollte eine Bemerkung machen, doch er sagte nichts. Nachdem er uns begrüßt hatte, stand er da und blickte uns ohne jedes Anzeichen von Neugier oder Interesse an.

»Was ist das für ein Fluß?« fragte ich Ward.

»Woher, zum Teufel, soll ich das wissen?«

»Sie hatten die Karte. Ich mußte ja schließlich fahren.«

Während er dem Indio eine Frage stellte, langte ich in den Wagen, um die Karte herauszuholen, die noch auf dem Sitz lag. Ich hörte das Wort »Hecketypeckety«, und als ich den Fluß auf der Karte gefunden hatte – den Rio Jequetepeque –, war ich einigermaßen erstaunt über die Schreibweise. »Ja, das muß er sein«, sagte ich. »Dieser wildgewordene Gebirgsbach führt immer an der Straße entlang, ganz bis rauf auf die Kordillere.«

»Was denn sonst? Was meinen Sie wohl, warum da oben ein Paß ist?« Er wandte sich wieder an den Indio, stellte ihm Fragen auf spanisch, erreichte aber nichts damit. Der Mann stand da und glotzte ihn aus leeren Augen an.

»Warum rufen Sie Gómez nicht einfach an, wenn Sie wissen wollen, ob Miss Sunderby wohlbehalten in Cajamarca angekommen ist?« Das hätte er gleich tun sollen, statt darauf zu bestehen, daß wir uns bei Nacht und Nebel über die Panamericana quälen. »Haben Sie seine Telefonnummer?«

»Nein.«

»Dann sollten wir nach Trujillo zurückfahren, uns im Hotel seine Nummer besorgen und ihn von dort aus anrufen.«

»Warum?«

Warum? Ich starrte ihn an und fragte mich, was in diesem komplizierten Gehirn vorgehen mochte, was der wirkliche Grund dafür war, daß wir uns mit dem Auto nach Norden durchquälen mußten, statt uns mal richtig auszuschlafen und bei Tageslicht zu fliegen. Der Indio hatte sich abgewandt, er kümmerte sich nicht weiter um die Fragen und glotzte wieder in die reißenden Fluten dieses Flusses mit dem lächerlichen Namen. Wind war aufgekommen. Er riß Lücken in den Nebel, hinter denen die verschwommenen Silhouetten von Berghängen aufragten.

»Wenn Sie sich um Iris Sunderby sorgen, dann wäre es das…« Aber er hatte sich schon abgewandt, weil ein Fahrzeug sich näherte. Es sah aus wie ein Landrover, was da hinter dem wehenden Nebelvorhang langsam Gestalt annahm, aber dann stellte sich heraus, daß es ein Geländewagen japanischer Bauart war – ganz so wie unserer. Zwei Personen saßen in dem Wagen, hinter dem Lenkrad eine Frau. Sie parkte neben unserem Land-Cruiser und nickte uns kurz zu, als sie aus dem Wagen kletterte; dann ging sie zu dem Indio und überschüttete ihn mit einer Reihe von Fragen, zum Teil auf spanisch, zum Teil in einer Sprache mit vielen Kehllauten, Quechua, wie ich vermutete.

In ihren piekfeinen Reitklamotten, der weißen Reithose und den schwarzen Stiefeln, die so auf Hochglanz poliert waren, daß die reißenden Fluten sich darin spiegelten, war sie ein erstaunlicher Anblick in dieser Umgebung. Ihr Gesicht faszinierte mich besonders. Es war ein fremdartiges, sehr schönes Gesicht mit einem breiten, stark geschminkten roten Mund, einer spitzen Nase mit sanft geschwungenen Nasenflügeln und pechschwarzen Augenbrauen, die so dünn waren wie Bleistiftstriche; auf dem Kopf trug sie einen breiten Hut mit flacher Krempe.

Ihre Haltung, die Art und Weise, wie sie dastand, alles an ihr deutete darauf hin, daß sie aus gutem Hause war. Mir drängte sich der Vergleich zu einem edlen Rennpferd auf, und als Ward anfing, sie auszufragen, antwortete sie ihm mit solch herablassender Arroganz, daß er ganz weiß um die Nase herum wurde, und ich schwöre, er hätte den Jungen aus den Slums von Gorbal herausgekehrt und ihr die unflätigsten Schimpfwörter an den Kopf geworfen, wenn sie ihm auf spanisch eingefallen wären. Mehrmals, als spräche sie zu einem Diener, der besonders schwer von Begriff ist, wiederholte sie die Worte »Chepén« und Tolambo, Hacienda Tolambo. Dazu machte sie eine kreisende Handbewegung, die in einem ausgestreckten Zeigefinger endete, den sie auf den zerklüfteten Grat der Kordillere richtete, der gerade durch einen Riß in der Nebelwand sichtbar wurde.

Sie sagte etwas zu dem Mann, der bei ihr war, einem untersetzten Burschen mit dunklen Gesichtszügen, der die Hände tief in den Taschen seines Anoraks vergraben hatte und mit gerunzelter Stirn die Wassermassen betrachtete. Er nickte, dann gingen sie beide zurück zu ihrem Fahrzeug, der Indio schwang sich elegant auf den Rücksitz. Die Frau nahm nicht gleich auf dem Fahrersitz Platz, in beinahe perfektem Englisch sagte sie zu Ward: »Ich glaube, daß Sie ein verdammter Narr sind, aber wenn Sie unbedingt weiterfahren wollen, dann sollten Sie mit Alberto Fernandez reden, wenn Sie nach Tolambo kommen. Er ist dort der Vormann. Vielleicht kann er Ihnen sagen, in welchem Zustand die Straße weiter oben ist.« Dann lächelte sie plötzlich, und es lag sogar etwas Wärme in diesem Lächeln. »Viel Glück, *Señor!*«

»Eine Frage noch«, erwiderte Ward schnell. »In Cajamarca wohnt ein Mann namens Gómez. Auf der Hacienda Lucinda.« Ihr Lächeln erstarrte. »Kennen Sie den?« wollte Ward von ihr wissen.

»Ich habe von ihm gehört.« Sie kletterte in den Wagen und schlug die Tür zu, der Lärm des anspringenden Motors übertönte Wards nächste Frage. Er sah ihr zu, wie sie zurücksetzte, wendete und davonfuhr; der graue Nebelvorhang hatte den Wagen bald verschluckt. »Die soll mich doch am Arsch lecken«, brummte Ward. »*Ich habe von ihm gehört.*« Er machte ihr Englisch nach. »Was sie damit wohl gemeint hat?«

Er setzte sich ans Steuer, fuhr mit einem Affenzahn zurück nach San José und bog nach rechts auf die Panamericana.

»Chepén«, sagte er. »Wie weit?«

»Sie wollen also weiterfahren?«

»Was denn sonst? Ich bin doch nicht ganz hier raufgefahren, um dann den Schwanz einzuziehen ... Wie weit ist es?«

»Weiß ich nicht«, antwortete ich und dachte darüber nach, wie ich ihn bremsen konnte.

»Dann sehen Sie auf der Karte nach, zum Teufel.«

Es kam mir absolut sinnlos vor. Der Nebel war dichter als je zuvor. Von der Kordillere nichts zu sehen, kein Sonnenstrahl, irgendwo links von uns der Pazifische Ozean.

»Nun sehen Sie schon nach!«

»Also gut.« Meine Stimme war belegt vor Zorn. Ich zog die Karte aus der Ablage und öffnete sie auf den Knien. Chepén. Wir fuhren nach Norden, und ich entdeckte es sofort. »Die nächste Stadt an der Schnellstraße.«

»Wie weit?«

Ich ließ mir etwas Zeit. »Ungefähr dreißig Kilometer, würde ich sagen.« Und ich fügte hinzu: »Es führt eine kleinere Straße über die Kordillere, über San Miguel und Llata nach Hualgayoc, und dann Richtung Süden nach Cajamarca. Ist 'n ganz schöner Umweg, aber da ist kein Fluß eingezeichnet, und es könnte ganz vernünftig sein ...«

»Nein. Wir fahren so, wie die Frau es mir erklärt hat. Sie lebt hier. Sie kennt das Land.«

Er fuhr schweigend weiter, und ich schlief ein, bis die holprige Straße mich weckte. Wir rumpelten vorbei an blaßgelben Wänden aus Zuckerrohr. »Wo sind wir«, murmelte ich.

»Tolambo«, antwortete er. »Tut mir leid, daß ich Ihren Schönheitsschlaf gestört habe.«

Meine Lider waren schwer vor Müdigkeit, und trotz des Geholpers mußte ich wohl wieder eingeschlafen sein, denn plötzlich standen wir und bis auf den Klang von Stimmen war alles still – Ward sprach mit einem großen, dunklen Mann in Latzhosen, der einen Sombrero auf dem Kopf trug. Ein schmaler Schienenstrang führte durch die riesigen Zuckerrohrfelder, und ein Stück weit entfernt spuckte eine kleine Lokomotive Dampfwolken in die Luft, während ein paar Männer ihre Anhänger beluden. Ward unterhielt sich auf spanisch mit dem Mann, und ich war noch nicht richtig wach. »*Adiós.*«

»*Adiós, Señor.*«

Als wir weiterfuhren, hatte die Sonne bereits angefangen, den Nebel zu verbrennen. »Hat er Ihnen erzählt, wie die Straße oben auf dem Paß aussieht?«

Wards Antwort ging im Dröhnen des Motors unter, und als ich das nächste Mal die Augen aufschlug, holperten wir am Ufer eines Kanals entlang, eines alten Inka-Kanals möglicherweise. Die Sonne knallte vom Himmel herunter, die Haut auf meinem entblößten rechten Arm begann zu brennen. In der Ferne, über den Bergen, die hinter einem Dunstschleier zu erkennen waren, türmten sich drohend schwarze Regenwolken. »Wann treffen wir wieder auf die Straße?«

»Bald.« Ward warf einen Blick auf die Armaturen. »Noch ein Kilometer, wenn es stimmt, was der Vormann in Tolambo gesagt hat.« Er hielt das ruckelnde Lenkrad mit der stählernen Hand fest, während er die Ablage nach seinen Zigaretten abtastete.

»Und was ist mit der Paßstraße?«

»Er meint, es könnte ein bißchen *peligroso* werden. Seit vierundzwanzig Stunden ist niemand durchgekommen, und die Telefonleitung nach Chilete – das ist das letzte Dorf vor dem Anstieg – ist zusammengebrochen. Die Eisenbahn fährt natürlich auch nicht mehr.«

»Und Cajamarca?«

»Er hat gestern noch mit Cajamarca telefoniert.«

Alles schien gegen uns zu sein, die Felsen, die gelbe Erde, das leuchtende Grün in den Tälern, auf dem feuchte Tropfen glitzerten, der alte, bis zur Hälfte mit braunem, stehendem Wasser gefüllte Bewässerungskanal. Donner rollte durch das Gebirge, gezackte Blitze bohrten sich durch die pechschwarzen Wolkentürme. »Wir sollten umkehren.«

Er antwortete nicht, zündete sich mit einer Hand die Zigarette an, und ich drängte ihn nicht. Ich war viel zu müde dazu; ich nahm gar nicht richtig wahr, daß wir den Kanal verlassen hatten und schräg über eine abschüssige Felspiste fuhren, in die reisgrüne Ebene eines kleinen Tals hinab.

Schließlich fuhren wir eine Böschung hinauf und waren wieder auf der Straße, deren gleichmäßiger Untergrund mich in einen so tiefen Schlaf wiegte, daß ich weder die geschlossene Schranke am Bahnübergang sah, noch mitbekam, wie sie Ward erzählten, daß der Jequetepeque ein Stück weiter vorn über seine Ufer getreten sei. Erst das heftige Ruckeln auf den Schwellen weckte mich. Ward war von der Straße auf den Gleiskörper der Eisenbahn übergewechselt. Gerade holperten wir auf das klaffende Maul eines Tunnels zu.

Mit einem Schlag war ich hellwach. »Was ist denn jetzt los?«

»Der Fluß hat die Straße wieder überspült. Sie haben gesagt, daß man die Stelle von der Brücke aus sehen kann.«

»Von der Brücke?«

»Ja. Gleich hinterm Tunnel. Eine Balkenbrücke.«

»Ist heute sonst noch jemand diese Strecke gefahren?«

»Nein.«

Ich starrte fassungslos auf dieses entschlossene Adlergesicht mit der Hakennase und dem kantigen Unterkiefer, das ich jetzt im Profil sah. »Sie müssen verrückt sein«, sagte ich.

Er nickte lächelnd. »Vielleicht, aber ich glaube, wir haben südlichen Wind.«

»Was soll das nun wieder heißen?« Die Tunneleinfahrt war inzwischen riesengroß geworden, der Bogen im Fels ragte vor uns auf wie das offene Maul eines versteinerten Ungeheuers.

»*Hamlet*, wenn ich mich nicht täusche: *Ich bin nur toll bei Nordnordwest, doch wenn der Wind südlich steht ...* Bei mir steht der Wind meistens südlich.«

Ein Vorhang aus tropfendem Wasser klatschte auf die Motorhaube, als wir in die Dunkelheit des Tunnels tauchten. Da drinnen dröhnte der Motor lauter, und als die Felswände sich um uns schlossen, beschlich mich ein Gefühl der Endlichkeit. Ich kam mir vor wie im Eingang zu einem Bergwerk, unterwegs ins Innerste der Erde, mit einem Mann, der versessen darauf zu sein schien, aus unersichtlichen Gründen unser beider Leben aufs Spiel zu setzen. Ich mußte ans Weddellmeer denken, an das Eis und den Geist dieses Fliegenden Holländers, und dabei stellte ich mir die Reibereien vor, die sich in den beengten räumlichen Verhältnissen einer Segeljacht entwickeln konnten. Du lieber Himmel! Ich dachte an die Chancen, lebend aus dieser Sache wieder herauszukommen, mit diesem Irrsinnigen als Anführer und Motor des ganzen Unternehmens ... Es war verrückt. Total verrückt.

Das Dunkel des Tunnels gab uns das Hämmern des Motors mit doppelter Lautstärke zurück, direkt über meinem Kopf trommelten Wassertropfen auf das Dach. Ward schaltete die Scheinwerfer an, ein schneller Blick zu mir herüber, ein kurzes Lächeln. »Sehen Sie's doch einfach positiv. Mir macht so was

Spaß. Ich liebe die Aufregung, das Unerwartete. Für mein Leben gern klopf ich an die Tür des Unbekannten.« Er deutete nach vorne, wo die bogenförmige Öffnung des Tunnels sichtbar wurde. »Ewige Dunkelheit gibt's nur im Tod.« Er blendete das Licht ab, und auf einmal schien das Ende des Tunnels uns entgegenzuhüpfen, auf und ab, zum Rhythmus der Räder auf den Schwellen.

Wir fuhren wieder ins Tageslicht hinaus, und direkt vor uns schossen die braunen und weißen Wassermassen des Jequetepeque vorbei. Sie reichten bis dicht unter die Brücke, so hoch und so schnell stürzte der reißende Fluß sich durch seine Schlucht. Das Geräusch der Räder verwandelte sich in das dumpfe Schlagen hölzerner Bohlen, als wir hinüberfuhren. Aber dann blieb dieser Schwachsinnige mitten auf der Brücke stehen. »Was ist los?«

»Nichts ist los.« Er schaltete den Motor aus. »Ich genieße nur ein bißchen die Aussicht.« Er schob das Sonnendach auf und steckte seinen Kopf hindurch. Das Geräusch des Wassers schwoll zu einem tosenden Donner an. Ein kräftiger Wind wehte durch die Schlucht, heulte zwischen den Trägern auf und ließ die ganze Konstruktion erzittern. Die Sonne kam durch und verschwand wieder, schwarze Gewitterwolken wurden die Schlucht hinaufgetrieben.

Mir gefiel das alles nicht. An zwei Stellen war die Straße bereits weggerissen worden, und dabei hatten wir noch nicht einmal die Paßstraße in Angriff genommen. Ich konnte das Mahlen der Felsbrocken unten im Flußbett hören, und das Grummeln des Donners klang wie entferntes Artilleriefeuer.

Ward rutschte wieder in seinen Sitz und schob das Dach zu. »Sie wollen umkehren?« fragte ich.

»Auf gar keinen Fall.« Er ließ den Motor wieder an und sagte: »Wenn Sie sich schon bei einem kleinen Gewitter in den Anden in die Hosen scheißen, wie soll das erst da draußen im Packeis werden, mit 'nem antarktischen Orkan im Rücken?« Es war etwas Unerbittliches in seinem Blick. »Denken Sie mal drüber nach, mein Freund.« Er grinste und hörte sich gleich wieder freundlicher an: »Auf solch einer Expedition kann man keine kalten Füße gebrauchen.« Er griff nach dem Schaltknüppel, und wir holperten langsam von der Brücke herunter.

Ich lehnte mich zurück, hellwach jetzt und mit einer Stinkwut auf den Mann, weil er mich so unfreundlich zurechtgewiesen hatte. Aber ich war klug genug, den Mund zu halten, und bald darauf konnten wir die Gleise wieder verlassen und zurück auf die Straße fahren. Es war eine Schotterstraße, die sich trotz des vielen Wassers gut befahren ließ. Offensichtlich hatte man sie planiert, kurz bevor der tropische Regen des Amazonas über die Anden geschwappt war.

»Letzte Nacht sind zwei Indios mit einem Pickup von Chilete heruntergekommen.«

Ich sagte nichts dazu, obwohl sein Tonfall keinen Zweifel daran ließ, daß er einen Kommentar erwartete.

»Sie sind bis zum Bahnübergang auf der anderen Seite des Tunnels gefahren, haben mit dem Schrankenwärter geredet und sind wieder umgekehrt. Das war noch, bevor die Straße überspült wurde. Sie haben gesagt, daß es oben in Chilete nicht gut aussieht. Anscheinend sind schon ein paar Häuser von den Wassermassen mitgerissen worden.« Sein Blick verriet mir, daß mein Schweigen ihn ärgerte. »Jetzt sitzen Sie nicht da wie 'ne beleidigte Leberwurst. Was sagen Sie dazu?«

»Ich bin müde«, sagte ich. »Und ich finde es unsinnig, weiter durch diesen Schlamm zu fahren.« Ich deutete auf die finsteren Wolken, hinter denen das ganze Tal und bis auf die untersten Hänge auch die Berge verschwanden. »Mal abgesehen vom Gewitter, wir haben doch keine Ahnung, wie die Straße da oben auf dem Paß aussieht.«

»Die Straße ist meine geringste Sorge. Die beiden Männer machen mir Kummer.« Wir fuhren jetzt bergauf; die leuchtendgrünen Muster der auf Terrassen angelegten Reisfelder durchzogen die untersten Berghänge. Wir kamen durch Tembladera, einer Ansammlung von kleinen Häusern, die sich an das Gebirge klammerten. »Sie wußten Bescheid über uns, kannten den Wagen, mit dem wir unterwegs sind, und den Schrankenwärter haben sie instruiert. Er sollte uns sagen, daß die Straße über den Paß in Ordnung ist.«

»Warum?« Die ganze Situation kam mir völlig absurd vor. »Warum tun die das? Woher wissen sie von uns?«

»Telefon. Unser Freund in Lima. Sie stammen beide aus Chimbote.«

Das war der schmutzige Küstenort gewesen, wo es nach Fischöl gestunken hatte. »Ein Grund mehr umzukehren.«

Er schnaubte. »Ein Grund mehr weiterzufahren.« Und er fügte hinzu: »Würde zu gerne ein paar Worte mit den beiden wechseln, 'n bißchen mehr über sie erfahren. Langen Sie doch mal nach hinten und öffnen Sie das Päckchen mit Büchern. In der Tasche von meinem Anorak ist 'n Messer.«

Es war eines dieser Allzweckmesser, die Schnappklinge war scharf wie ein Rasiermesser. Ich schnitt am Saum des Packpapiers entlang, das mit Klebeband befestigt war. Drinnen fanden sich drei dicke, mit goldener Kordel verschnürte Mark-Twain-Bände und eine Karte mit dem Aufdruck *Complemento de Librerío Universal*. Jemand hatte mit grüner Tinte die Worte *primera edición* draufgeschrieben. »Wie kommen die nach Peru?«

Er lächelte mich von der Seite an. »Ich hab doch gesagt, es kann ganz nützlich sein, als Antiquar durch die Welt zu reisen.«

»Erstausgaben von Mark Twain! Die müssen 'ne ganze Menge wert sein – in Amerika.« Aber was mochte er hier in diesem wirtschaftlich bankrotten Land damit vorhaben?

»Schneiden Sie das Band durch, und ziehen Sie sie auseinander. Sie sind nicht ganz, was sie zu sein vorgeben.«

Ich mußte sie nicht auseinanderziehen. Kaum hatte ich die Kordel durchgeschnitten, fiel mir der untere Band in den Schoß. Die Mitte war von einer hohlen Plastikform ausgefüllt, in die eine matt schimmernde Automatik eingebettet war. Den oberen Band mußte ich mit einem Ruck vom mittleren trennen. Er enthielt Munition in drei Reservemagazinen sowie ein leichtes Schulterhalfter aus Plastik. Ward blickte zuerst in den Rückspiegel, dann sah er sich nach allen Seiten um und hielt schließlich mitten auf der Straße an. »Sie müssen mir helfen.« Er öffnete die Fahrertür und stieg bei laufendem Motor aus.

Ich rührte mich nicht. Wie betäubt saß ich da.

Er zog seinen Anorak aus. »Nun kommen Sie schon, Mann. Es ist schwül hier draußen.« Er stand in Hemdsärmeln da und sah durch das Seitenfenster zu mir herein. »Na los, nun machen Sie endlich!«

Ich sah ihn an und hatte das Gefühl, am Ende der Straße angekommen zu sein. »Wenn Sie Räuber und Gendarm spielen wollen«, sagte ich und wählte die Worte sorgfältig, »dann müssen Sie das ohne mich tun.«

Er langte herein und riß mir das kleine Knäuel aus Plastikbändern aus der Hand. Schweigend sah ich ihm dabei zu, wie er sich das Halfter so um den Oberkörper schnallte, daß das kleine Plastiketui für die Waffe unter der rechten Achselhöhle saß. Es dauerte eine Weile, aber schließlich war er soweit und streckte mir seine künstliche Hand entgegen. Ich sollte ihm die Waffe geben.

Ich hätte ihm sagen sollen, er möge sich zum Teufel scheren. Ich hätte das verfluchte Ding durch die offene Fahrertür in den Abgrund schleudern sollen, an dessen Rand die Straße entlangführte. Statt dessen gab ich ihm die Pistole. Ich weiß nicht, warum ich es tat. Hoch über uns rollte der Donner, die Wolken streckten ihre nassen Finger nach uns aus, Nebelfetzen trieben ins Tal hinunter.

Er hatte den Anorak wieder angezogen; keine Spur mehr von der Waffe, nicht die geringste Ausbuchtung, als er wieder einstieg und wir weiter den Berg hinauffuhren, zum gleichmäßigen Rhythmus der Scheibenwischer. »Ist ganz schön frisch geworden.«

Ich sagte nichts dazu.

»Was meinen Sie, wie hoch wir sind? Dreihundert Meter?«

Er war bemüht, mich zu beruhigen, mir das Gefühl zu geben, daß es völlig normal ist, wenn ein Mann in Peru mit einer Schußwaffe unterm Arm herumläuft. »Nur für alle Fälle.« Was für Fälle mochte er damit meinen? »Werden Sie das Ding benutzen?« Nur mit Mühe brachte ich die Worte hervor.

Kurzes Schweigen, dann sagte er sehr freundlich: »Nur wenn ich muß.«

»Und wovon hängt es ab, das Müssen?«

»Das weiß ich, wenn es soweit ist. Lassen wir's dabei, okay?« Er fuhr schweigend weiter, und ich schloß die Augen, tat so, als wäre ich wieder eingenickt, statt dessen ließ ich die Gedanken in die Zukunft schweifen, versuchte mir vorzustellen, wie es auf diesem Boot zugehen würde. Ich hatte keine Zweifel daran, daß er das Ding benutzen würde, wenn es sein mußte. Aber warum glaubte er, nicht auf eine Waffe verzichten zu können? Woher nahm er das Recht, mit so einem Ding herumzulaufen? Sie war ihm in einem unschuldigen Päckchen geliefert worden. Jemand hatte sie ihm besorgt, hatte weder Mühe noch Kosten gescheut, um sich die Bücher zu beschaffen, sie auszuhöhlen und rechtzeitig vor unserem Eintreffen im Autoverleih zu hinterlegen. Das ließ eine Organisation vermuten, aber was für eine? Wen repräsentierte sie – eine Regierung, die Mafia, einen Rauschgiftring? Hatte er etwas mit Kokainschmuggel zu tun?

Wir sahen Chilete erst, als wir schon zwischen den gespenstischen grauen Häusern hindurchfuhren; die Straße war jetzt furchig und völlig verschlammt. Als Ward das Fenster herunterkurbelte, schwoll das Rauschen des Wassers zu einem Tosen an, das alles übertönte.

Er hielt an, und durch den grauen Schleier aus Wolken konnten wir einen Blick nach unten werfen, auf die Mitte des Dorfes, wo eine alte Steinbrücke und mehrere Häuser vom Fluß unterspült worden waren. Vor einem Café hatte sich eine Gruppe von Männern versammelt, ein paar von ihnen waren Indios. Mit finsteren Gesichtern standen sie beisammen und diskutierten über die Zerstörungen in ihrem Dorf. »Vielleicht können sie uns sagen, ob hier jemand durchgekommen ist.« Ward stieg aus und schlenderte die schlammige Straße entlang zu der Gruppe hinüber. Ich blieb sitzen und überlegte, was jetzt zu tun sei. Aber ich fand keine Antwort auf die Frage. Ich konnte nichts tun, und weil ich das wußte, überkam mich ein erdrückendes Gefühl der Hilflosigkeit.

Vielleicht lag es an diesem Dorf. Chilete und dieser regenverhangene, trostlose Vormittag hatten etwas unglaublich Deprimierendes. Die letzten menschlichen Behausungen vor der Paßstraße, alle Häuser glänzten unter einem Film aus Wasser, der ganze Ort schien der Sintflut geweiht zu sein und nur darauf zu warten, in den Fluß gerissen zu werden. Ich fühlte mich nicht nur hundsmiserabel, mich hatte auch die stille Furcht beschlichen, der Paß da oben könnte nichts anderes sein als die schreckliche Verkörperung meiner dunkelsten Vorahnungen, wie das Tor zu dem Ort, an dem die Toten auf die Verdammung warten.

»Gestern abend sind hier zwei Männer durchgekommen.« Ward war zurückgekommen und kletterte auf den Fahrersitz. »Acht bis zehn Kilometer weiter oben soll die neue Straße angeblich vom Fluß ausgewaschen und mit Schlamm und Felsbrocken versperrt sein.« Er ließ den Motor an. »Aber die alte Straße ist noch befahrbar. An der Kreuzung haben sie den Weg mit Steinen markiert.«

»Wer waren die beiden Männer? Die Indios, die auch mit dem Schrankenwärter gesprochen haben?«

»Wahrscheinlich. Die Jungs da drüben kannten sie nicht. Sie haben sie für Straßenarbeiter aus der Gegend von Cajamarca gehalten.«

Der halbzerstörte Ort namens Chilete verschwand beinahe augenblicklich, er wurde einfach vom Nebel verschluckt, als wir auf der breiten, frisch planierten Straße weiterfuhren. Zu beiden Seiten rückten die Wände einer Schlucht näher an uns heran. »Wie weit ist es noch bis zum Paß?« fragte ich ihn, aber er antwortete nicht, sondern starrte nur in die graue Leere. Die Straße beschrieb eine Spitzkehre und stieg plötzlich sehr steil an. Es folgten noch ein paar Haarnadelkurven, und schon bald fuhren wir am Rand eines Abgrunds entlang, nur manchmal, wenn der Wind ein Loch in die dichte Wolkendecke riß, konnten wir tief unter uns den Fluß sehen. So ging es weiter bis zu der Weggabelung, an der die neue Straße nach rechts abzweigte. Die Durchfahrt war mit einer Reihe von Felsbrocken blockiert. Es waren keine großen Steine, sie sollten nur als Warnung dienen. Die alte Straße führte weiter am Rand des Abgrunds entlang. In Breite und Beschaffenheit der Fahrbahn schien sie sich von der neuen nicht zu unterscheiden. Ward zögerte, nahm kurz den Fuß vom Gas, bevor er geradeaus weiterfuhr. »Der Weg ist kürzer«, sagte er. »Hat man mir jedenfalls gesagt.«

»Aber auch ungemütlicher«, murmelte ich. »Wie weit ist es, bis wir wieder auf der neuen Straße sind?« Tief unten glitzerte der Fluß jetzt häufiger durch die dunklen Wolkenfetzen. Ein halbes Dutzend Papageien wischten einen leuchtendgrünen Streifen über unsere Motorhaube, bevor sie wieder von der Dunkelheit verschluckt wurden, die sich drohend vor uns aufbaute. Blitze zuckten, dicht gefolgt vom scharfen Krachen des Donners. »Was machen wir, wenn diese Straße auch blockiert ist?«

Er antwortete nicht, und gleich darauf ging er vor einer Rechtskurve vom Gas, die Nase dicht hinter der Windschutzscheibe, die künstliche Hand fest um das Lenkrad geklammert. Langsam, im Vierradantrieb, fuhr er um die Kurve; die Straße war hier wesentlich schmaler und bröckelte am Rand bereits ab. Hinter der Kurve wurde sie wieder etwas breiter. Hier hätten zwei Fahrzeuge Platz gehabt, doch ein Stück weiter vorn tat sich das tiefe V einer Seitenschlucht auf, aus der ein reißender Sturzbach seine Wasserfluten über die Straße ergoß. Ward trat auf die Bremse und brachte den Wagen mit laufendem Motor zum Stehen. Er wischte sich mit einem Zipfel seines bunten Halstuchs über die Stirn, während er das Problem da vorne taxierte. »Wissen Sie, was ich jetzt gerne hätte? Ein schönes, kühles Gläschen von dem Gebräu aus Southwold.«

»Adnams?«

»Genau. In Ihrem Teil der Welt wird eines der besten ...« Ein Donnerschlag direkt über unseren Köpfen schnitt ihm das Wort ab.

Aber es war kein Donner. Es war etwas anderes, mehr wie ein Kanonenschlag, und noch bevor sein Echo verhallt war, hörte man ein rumpelndes Geräusch, das zu einem ohrenbetäubenden Poltern anschwoll. Im selben Augenblick hatte Ward den Motor aufheulen lassen und den Schaltknüppel nach vorn gedrückt. Der Wagen machte einen Satz, und schon krachten hinter uns die ersten Felsbrocken auf die Straße.

Ich mußte mich vorbeugen, um es im Seitenspiegel sehen zu können. Die Kurve, um die wir gerade gefahren waren, verschwand unter einer Lawine aus Gestein und Schlamm, die sich über die Kante hinweg in das Nichts aus Wolken und dampfender Feuchtigkeit stürzte. »Um Gottes willen!« Meine Stimme wurde verschluckt vom Motorenlärm und dem Getöse des Erdrutsches. Weiter vorn, jenseits des Sturzbaches, verlief die Straße unbeschädigt bis zur nächsten Kurve. Wenn wir es bis dorthin schaffen würden ...»Was ist los?«

Ward hatte scharf gebremst. »Sie fahren weiter. Wir treffen uns hinter der Kurve wieder, falls Sie durchkommen.« Und schon war er draußen und suchte rechts der Straße auf dem Steilhang nach einem Halt für die Füße. Etwas weiter oberhalb führte so etwas wie ein Pfad an dem steilen Berghang entlang.

»Was ist los?« wiederholte ich meine Frage, brüllte sie ihm nach, um mir durch das Rollen des Donners und das Rauschen des Wassers Gehör zu verschaffen. »Wo wollen Sie hin?«

Als Antwort erhielt ich nur eine Handbewegung; ich sollte endlich weiterfahren. Er konnte klettern wie eine Ziege, mit erstaunlicher Gewandtheit bewegte er sich bergauf, bis ich ihn zwischen dem Gebüsch und den Felsen, die den Rand des Sturzbaches säumten, aus den Augen verlor.

Der Lärm des Erdrutsches war inzwischen verebbt, nur sein Echo hallte noch durch das Tal, und als ich auf den Fahrersitz gerutscht war und in den Rückspiegel schaute, konnte ich sehen, daß es hinter uns keine Straße mehr gab. Dort, wo einmal eine Kurve war, lag jetzt nur noch ein riesiger Haufen nassen, glitschigen Gerölls. Ich suchte mit den Blicken den Gebirgsbach ab. Von Ward war nichts zu sehen. Er war verschwunden, und ich fragte mich, was er vorhaben mochte. Ich war jetzt auf mich gestellt, stand vor diesem reißenden Strom, der kurz vor der nächsten Kurve über die Straße rauschte und bereits gierig an ihrer Oberfläche genagt hatte.

Dort war einmal eine Brücke gewesen, vielleicht auch nur ein Durchlaß. Ich konnte Teile der Steinkonstruktion erkennen, obwohl der größte Teil unter Wasser war. Ich überprüfte den Hebel für den Vierradantrieb, löste die Handbremse und fuhr los. Es galt keine Zeit mehr zu verlieren. Jeden Moment konnte die ganze Straße in den Abgrund gerissen werden.

Als ich an die Stelle kam, war die Hälfte der Kurve bereits weggespült. Das Tosen des herunterstürzenden Wassers trom-

154

melte in meinen Ohren, als ich den Toyota Meter für Meter um die Kurve lenkte. Es war eine scharfe 180-Grad-Kurve, der Durchlaß war von Felsbrocken und den Überresten eines Baums verstopft, deshalb wurde die gesamte Wassermenge, die sich durch die Schlucht in die Tiefe stürzte, über die Straße gespült, bevor sie hinter der Kante hinab in das eigentliche Becken des Jequetepeque rauschte. Zwischen den Wurzeln des Baums und der Kante blieb mir nur eine schmale Durchfahrt.

Zentimeterweise bewegte ich den Wagen vorwärts. Sollte ich die Stelle schnell oder langsam überqueren? Wie tief war das Wasser? War es so tief, daß es den Wagen über die Kante spülen würde? Je näher ich heranfuhr, desto tiefer erschien es mir. Und wie stand es um den Untergrund? Würde er die dreißig Sekunden noch standhalten, die ich für die Überquerung benötigte? Das Teuflische an der Sache: Es war ein linksgesteuerter Wagen – ich saß auf der Seite, die zuerst über die Kante kippen würde.

Ich wartete noch, und währenddessen kam einer der Steine ins Rutschen, die den äußersten Rand begrenzten. Jetzt wartete ich nicht länger. Ich ließ die Kupplung kommen und umklammerte das Lenkrad, vorsichtig, ohne zuviel Kraftaufwand, um es den Reifen zu erlauben, einen Halt in dem vom Wasser aufgeweichten Untergrund zu finden.

Ich war schon halb drüben, da merkte ich, daß das Heck begann, unter dem Druck der Strömung seitlich auszubrechen. Ich gab mehr Gas und ließ die Kupplung schleifen, um besseren Halt zu finden. Auf diese Weise behielt ich die Motorkraft in der Hinterhand, und als die Vorderräder auf festem Untergrund Halt fanden und die Schnauze des Toyota sich aufbäumte, trat ich hart auf das Kupplungspedal. An der Hinterachse knallte etwas, wahrscheinlich ein Stein. Das Heck wollte immer noch seitlich ausbrechen, und das linke Hinterrad drehte durch, als es in einen Hohlraum rutschte – und dann ging ein heftiger Ruck durch den ganzen Wagen, und ich war durch, heraus aus dem Wasser, hatte wieder festen Grund unter den Reifen.

Und jetzt sah ich ihn, direkt vor mir, ein riesiger Felsbrocken, der mitten auf der Straße lag. Ich trat auf die Bremse, das Tosen des Wassers trommelte mir in den Ohren. Das Heck des Toyota war kaum aus dem Wasser, da sprang ich schon aus dem Wagen heraus, um zu sehen, ob ich den Felsbrocken in einem niedrigen Gang über die Kante schieben könnte. Die Innenseite der Straße war an dieser Stelle beinahe eine Steilwand, brauner, vom Wasser glänzender Fels, und ich sah auf einen Blick, von wo der Felsbrocken stammte: ein klaffendes Loch, aus dem der Schlamm sickerte, als sei dort ein riesiger Backenzahn herausgezogen worden.

Blitze zuckten über die schwarzen Leiber der Wolken, und der Stein, der schon gewackelt hatte, als ich den Sturzbach durchquerte, war im Abgrund verschwunden; das Wasser floß jetzt ungehindert über den abgebrochenen Rand der alten Straße. Von Ward war noch immer nichts zu sehen, die Felswand über mir war in dichten grauen Wolkendunst gehüllt. In diesem Augenblick fühlte ich mich sehr einsam; ich saß irgendwo in den Anden auf einer Bergstraße fest, mein ganzer Körper war klamm vor Schweiß, und meine Hände zitterten noch immer von der nervenaufreibenden Anstrengung, die es bedeutet hatte, den Wagen sicher durch den aufgeweichten Untergrund der überspülten Straße zu bringen.

Ich wollte gerade wieder auf den Fahrersitz klettern, als ich einen Ruf hörte und etwa fünfzig Meter über mir eine Gestalt aus der Schlucht auftauchte. Es war nicht Ward. Der Mann war wesentlich kleiner, er trug einen breitkrempigen Hut und einen Poncho. Behende bewegte er sich am Rand des Gebirgsbachs abwärts. Offensichtlich war Ward ihm auf den Fersen. »Halten Sie ihn fest!« Der Ruf hallte von den Felsen wie der, und im selben Moment hatte der Mann mich erblickt. Er stutzte, aber nur kurz, dann war er schon auf die Straße gesprungen – ein Messer blitzte in seiner Hand.

Ich sah keine andere Möglichkeit, als hinter dem Toyota in Deckung zu gehen. Er rannte an mir vorbei. Doch dann blieb er stehen; Ward hastete quer durch den Berghang, um ihm den Weg abzuschneiden. Ich langte ins Türfach und packte den schweren Radmutternschlüssel. Inzwischen war Ward herunter auf die Straße geklettert, der Arm mit der künstlichen Hand hing schlaff an seiner Seite.

Ich glaube, wegen dieser Behinderung entschloß sich der Mann, zuerst auf ihn loszugehen. Er hatte sich bereits in Bewegung gesetzt, als Ward ihm auf der glatten Straße entgegengeschlittert kam. Die stählerne Klinge des Messers funkelte, als wieder ein Blitz knisternd über das gegenüberliegende Ufer der Schlucht zuckte, unmittelbar gefolgt von einem einzelnen, krachenden Donnerschlag.

In geduckter Haltung lief er auf Ward zu, und Ward blieb wie versteinert stehen. »Passen Sie auf!« brüllte ich und rannte los.

Aber Ward rührte sich nicht. Ich war noch ein paar Meter entfernt, als die beiden aufeinandertrafen. Ich sah das Messer aufblitzen, ein kalter Glanz, als der Mann ausholte, um es Ward in den Leib zu stoßen. Doch plötzlich, als er zustieß, aufwärts, in Richtung Herz, schoß Wards rechter Arm heraus, die behandschuhten Stahlfinger der künstlichen Hand schlossen sich um die Klinge, drehten dem Mann das Messer aus der Hand – und dann benützte Ward seinen künstlichen Arm als stählernen Schlagstock, prügelte damit auf die schützend erhobenen Hände ein, schlug nach dem Gesicht des Mannes, trieb ihn zurück, Meter für Meter, bis nur noch ein Schritt ihn vom Abgrund trennte.

Ich glaube, ich brüllte eine Warnung hinüber, aber Ward ignorierte sie. Ich sah, wie der Mann einen entsetzten Blick über die Schulter warf, da traf ihn der stählerne Arm an der Schläfe. Er verlor das Gleichgewicht, mußte die Deckung öffnen, als Ward ein letztes Mal ausholte und ihm die behandschuhte Hand mitten in das bleiche Gesicht schmetterte.

Noch immer sehe ich das Blut, das dem Mann aus der Nase schoß, sehe, wie er vergeblich die Arme ausstreckte, als seine Füße im Nichts einen Halt suchten; ich höre noch den verzweifelten, schrillen Angstschrei, als sein Körper hinter der Kante verschwand. Eine volle Minute lang, so kam es mir damals vor, konnte man das Aufschlagen des Körpers noch hören und das Rumpeln des Steinschlags, den er ausgelöst hatte.

Als ich einen Blick über die Kante warf, war weder von ihm noch vom Fluß etwas zu sehen – dichte Nebelschwaden wehten durch das Tal.

Ich wandte mich zu Ward um. »Sie haben ihn getötet …«

Meine eigene Stimme klang mir fremd in den Ohren. »Sie haben ihn mit voller Absicht getötet.«

Er antwortete nicht, hob das Messer vom Boden auf und gab es mir. Dann kletterte er die Böschung wieder hinauf, die er heruntergerutscht war, und ich sah ihm dabei zu, wie er in aller Seelenruhe quer über den Berghang zu der Seitenschlucht kletterte, durch die der Gebirgsbach rauschte. Er machte einen völlig entspannten Eindruck, während ich das Prickeln der Angst spürte. Noch nie hatte ich mit ansehen müssen, wie ein Mensch vorsätzlich getötet wurde, und ich bekam noch mehr Angst, als ich vorher schon hatte.

Als er zurückkam, trug er etwas in der Hand. »Haben Sie so was schon mal gesehn?« Er ließ es auf die Motorhaube des Toyota fallen.

»Nur in Filmen.« Es war eine dieser Zündmaschinen, die den Funken liefern, mit dem man eine Explosion auslöst. »Wo haben Sie das gefunden?«

»Da oben, wie erwartet.« Er deutete hinauf zum Berghang oberhalb des Gebirgsbachs, dann ging er hinüber zu dem Felsbrocken, der die Straße blockierte. »Sie haben doch nicht etwa geglaubt, daß der Erdrutsch hinter unserm Rücken Zufall war, oder? Aber dann mußte er sich beeilen, um über den Bach zu kommen und uns diesen Klotz hier auf den Kopf zu werfen.« Er deutete mit der künstlichen Hand auf die steile Felswand über uns.

»Sie hätten ihn nicht töten müssen«, sagte ich.

»Nein?« Er sah zu mir hoch und runzelte die Stirn. »Macht es Ihnen Spaß, lebendig unter ein paar Tonnen Geröll begraben zu werden?« Er richtete sich auf. »Mir jedenfalls nicht. Wenn wir Glück haben, erfahren sie nie, was mit ihm passiert ist. Und das wird sie beunruhigen.«

»Wen?«

Aber er hatte bereits den Motor angelassen und hörte mich nicht mehr, als er den Wagen im ersten Gang Zentimeter für Zentimeter vorwärts bewegte. Die Reifen qualmten, der Motor drehte auf Hochtouren, aber langsam bewegte sich der Felsbrocken, der uns den Weg versperrte. Er schob ihn so dicht an die Kante heran, daß auf der Innenseite Platz genug für den Toyota war. Ich stieg ein, und als er losfuhr, betrachtete ich fasziniert sein Gesicht. Zum erstenmal war ich mit einem Mörder zusammen.

Hinter der Kurve führte die Straße ein ganzes Stück geradeaus, auf einem schmalen Sims, den man aus der Bergwand herausgeschnitten hatte. Die Wolken hingen wie ein finsteres graues Dach über dem Tal. An einem Aussichtspunkt hielt er an, lehnte sich hinaus und warf einen prüfenden Blick auf den nassen, felsigen Untergrund. »Sie waren zu zweit«, sagte er, als er weiterfuhr. »Anscheinend ist sein Kumpel mit dem Wagen verduftet. Ich konnte das kleine Arschloch nicht genau erkennen, aber ich glaube, es war ein Indio. Der Kerl, der die Sprengladung hochgejagt hat, war ein Mestize.«

»Warum?« Ich sah einfach keinen Grund. Warum sollten sie uns seit unserer Ankunft in Lima verfolgt haben? Und jetzt dieser brutale Versuch, uns zu töten. Die markanten Gesichtszüge, der kantige Kopf – dieser Ward strahlte eine unglaubliche innere Ruhe aus.

»Warum?« Ich wiederholte meine Frage, und diesmal antwortete er: »Genau das müssen wir herausfinden.«

»Wir?«

Er sah mich an und lächelte. »Wir«, sagte er. Danach fuhr er schweigend weiter und ließ mich mit meinen verwirrten Gedanken allein. Am Ende der langen, geraden Strecke, die direkt an der nebelverhangenen Bergwand entlangführte, trafen wir wieder auf die neue Straße und fuhren nach rechts, fort vom Jequetepeque. Wir waren von Wolken eingehüllt, konnten den Weg durch die graue Waschküche nur erahnen. So ging es ungefähr eine halbe Stunde lang, dann rückten uns braune, nasse Felswände auf den Leib, das Dröhnen des sich bergauf quälenden Motors hallte durch eine enge Schlucht, die Nebelscheinwerfer betonten die makabre Theatralik unseres mühsamen Aufstiegs auf dem schmalen Pfad, den einst, vor einem halben Jahrtausend, Pizarro und seine vierhundert gerüsteten Ritter erklommen hatten, um das Reich der Inkas zu zerstören.

Anscheinend hatten Ward ähnliche Gedanken beschäftigt,

denn als die Straße wieder flacher wurde und eine seltsame Helligkeit durch den Nebel schien, sagte er etwas vom Gelobten Land. Die Straße führte bergab, und wir konnten schneller fahren.

»Das war's«, sagte er mit grimmiger Befriedigung. »Wir haben's geschafft.« Und dazu schlug er mit der stählernen Hand zweimal auf das Lenkrad. »Ich muß gestehen, es gab einen Moment ... Sehen Sie mal!« Der dünne Wolkenschleier wurde von einem Windstoß verweht, und plötzlich hatte wir freie Sicht, wir blickten hinunter auf die flachen Dächer einer Stadt, die sich in einem weiträumigen, vom Regen grüngewaschenen Tal ausbreitete. »Cajamarca.«

»Und die Hacienda Lucinda? Wissen Sie, wo die ist?«

»Hinter den Baños del Inca, in der Nähe eines Hügels, der von geöffneten Gräbern durchlöchert ist. Wir müssen uns durchfragen.«

Wir schienen eine Million Kilometer vom Weddellmeer und der eisverkrusteten Fregatte entfernt, doch jetzt hatte ich das Gefühl, als gehörte das alles schon zu der Reise, die uns noch bevorstand. »Was werden Sie zu Gómez sagen?«

Er lächelte und schüttelte den Kopf. »Nichts. Ich denke, daß er das Reden übernehmen wird.«

»Und Iris Sunderby?«

»Wir werden ja sehen.«

DREI

Wenn einem die Geschichte eines Mannes, den man am anderen Ende der Welt besuchen will, auf der Reise dorthin häppchenweise verabreicht wird, dann formt sich im Kopf unweigerlich ein Bild von ihm. Dazu kam der Verdacht, er könnte die Männer bestellt haben, die uns seit Lima auf den Fersen waren – vielleicht hatte er sogar unseren Tod bestellt, dort oben bei der Schlucht, auf der alten Straße zum Paß.

Zweimal hatte ich Ward danach gefragt, das erste Mal, als wir auf der östlichen Seite der Paßstraße aus den Wolken herausgefahren waren und den ersten Blick auf Cajamarca geworfen hatten, das noch weit unter uns im Tal lag, und ein zweites Mal, als wir bei den *Baños del Inca* angehalten und uns nach dem Weg erkundigt hatten. Beide Male hatte er nur kurz mit den Achseln gezuckt, so als wollte er sagen »Wir werden's erleben« – und dabei hatte er es belassen.

Doch selbst wenn ich eine Antwort bekommen hätte, ich weiß nicht, ob ich sie ihm geglaubt hätte. Er besaß ein solch ausgeprägtes Talent zur Selbstinszenierung – ich traute ihm ohne weiteres zu, daß er sich eine solche Geschichte ausgedacht haben könnte, nachdem er über diese Zündmaschine gestolpert war. Allerdings hatte ich mit eigenen Augen und voller Entsetzen mit ansehen müssen, wie er diesen unglücklichen Mestizen absichtlich in den Abgrund gedrängt hatte, wie er mit seiner künstlichen Hand so lange auf den Mann einprügelte, bis der über die Kante gestürzt war. Ich wurde noch immer nicht schlau aus ihm; manchmal war er für mich ein grotesker, gefährlicher Irrer, und dann wieder der angenehme, wenn auch ein wenig mysteriöse Reisegefährte.

Wenn ich mir Gómez vorstellte, gab es keine solchen Ambivalenzen. Als wir uns nach dem Weg zur Hacienda Lucinda erkundigten, hatte meine Phantasie ihn bereits zur Inkarnation des

Bösen gemacht, zu einem Ungeheuer, nicht weniger entstellt als Victor Hugos Glöckner von Notre-Dame, jedoch ganz ohne die versöhnliche Gnade der Einfalt. Diese Vorstellung von ihm hatte sich langsam aufgebaut, teils als Ergebnis des Gesprächs mit Rodriguez in Mexico City, teils aus den Informationsbrocken, die Ward immer wieder in die Gespräche eingestreut hatte.

An einem Bach unterhalb des Totenhügels mit seinen langen Reihen offener Gräber lagerten ein paar Indios im dürren Gras. Der ganze Hügel erinnerte an einen Totenkopf, die Öffnungen sahen aus wie schwarze, faulende Zähne in einem grinsenden Mund. Ward stieg aus und ging zu den Indios hinüber. Sie hatten Chica getrunken und schwankten ein bißchen, als sie sich erhoben. Auf der Straße fuhr ein Lastwagen an uns vorbei, seine verbeulten Aufbauten waren über und über mit bunten Bildern bemalt, über die sich eine dicke Staubschicht gelegt hatte. Gleich dahinter ritten zwei Indios auf einem Maultier vorbei, sie trugen braune Ponchos und hatten sich große Strohhüte auf die Köpfe gestülpt, die mit Lederbändern unter dem Kinn befestigt waren.

»Geradeaus weiter«, sagte Ward, als er wieder auf dem Fahrersitz Platz genommen hatte. »Nach einem Kilometer kommt links ein Weg mit einem Torbogen über der Einfahrt.«

Wir waren fast da, und ich fragte mich, wie er sich wohl verhalten würde, wenn er Gómez gegenüberstand, was er zu ihm sagen würde. Und zu Iris Sunderby. Ob sie tatsächlich dort auf der Hacienda war?

Wir kamen zu der Einfahrt und fuhren unter dem Torbogen hindurch, auf dem in großen Gipsbuchstaben der Name stand: Hda LUCINDA. Es war eine lange Zufahrt, mit einem See auf der einen Seite und flachen, blühenden Weiden und den dunklen Umrissen grasender Rinder auf der anderen. »Denken Sie dran, er ist halb Sizilianer, halb Ire«, sagte Ward. »Und Gott weiß was sonst noch alles«, fügte er murmelnd hinzu.

Seine Worte betonten die Komponente der Abstammung in dem Bild, das ich mir von dem Mann zurechtphantasiert hatte. Der Todesengel. Die Verschollenen. Ein Killer, Sohn eines argentinischen Playboys und einer Barsängerin aus der Provinz Catania. Oh, Mann! Was für ein Ungeheuer mußte der Kerl sein!

Ein paar Minuten später schüttelte ich ihm die Hand, fassungslos, angesichts der physischen Vollkommenheit dieses Mannes, seiner Eleganz und seines Charmes. Er strahlte eine Männlichkeit aus, die in jeder seiner Bewegungen sichtbar wurde. Er kam mir vor wie ein griechischer Gott, nur daß sein Haar schwarz war und die leicht gebogene Nase seinem breiten, offenen Gesicht etwas von einem Raubvogel gab.

Er begrüßte uns im Hof der Hacienda, dabei trug er ein weißes Hemd, weiße Reithosen und schwarze Reitstiefel. In der einen Hand hielt er eine kurze Reitpeitsche, in der anderen ein Klemmbrett. Er erkundigte sich nicht nach unseren Namen. Einen Moment wirkte er bestürzt und überrascht, als wir aus dem Toyota stiegen. »Sie wünschen?« Er schien um die richtigen Worte verlegen, und Ward machte keine Anstalten, ihm zu helfen. Dann lächelte er plötzlich; als er auf uns zukam, hatte er seinen ganzen Charme gesammelt. »Was kann ich für Sie tun?« Sein Englisch war völlig akzentfrei.

»Sind Sie Mario Ángel Gómez?« Ward stellte die Frage mit tonloser Stimme, als müßte er eine amtliche Erkundigung einziehen.

»Connor-Gómez. Ja. Was wünschen Sie von mir?«

»Señora Sunderby.«

Ein kurzes Zögern; ich erwartete schon, daß er antworten würde, sie sei nicht da. »Sie wollen sie besuchen?«

»Nein. Ich will sie mitnehmen.«

»Sie wollen sie mitnehmen?« Er sah Ward an, seine Augen waren hart geworden, beinahe schwarz im Sonnenlicht. »Warum?« Das breite, offene Gesicht lächelte nicht mehr. »Wer sind Sie?«

»Ich denke, das wissen Sie längst. Sie wissen, wer wir sind, wann wir in Lima gelandet sind, und Sie wissen auch, daß wir die Hauptstadt nach Norden auf der Panamericana verlassen haben.«

»Sie kommen also von der Küste. Wie waren die Straßen?«

Ward erzählte ihm von den beiden Umleitungen unterhalb von Chilete und von der Notwendigkeit, die alte Straße zu nehmen, die am Rande der Schlucht entlangführte. Er sagte nichts von dem Steinschlag, der hinter uns die Straße blockiert hatte, und auch nichts von dem Mann, den er aus der nebelverhangenen Bergwand hervorgezaubert und über die Kante in den Abgrund gestoßen hatte.

»Ihr Name ist Ward. Richtig?«

»Iain Ward.« Er nickte.

»Und Sie sind wegen dem Schiff hergekommen, stimmt's? Dem Expeditionsschiff. Sind Sie der Mann, der das Geld für den Kauf des Schiffes aufgebracht hat?«

»Das wissen Sie doch ganz genau.«

Für einen Moment schwiegen sie beide. Sie standen sich gegenüber und maßen sich mit Blicken. Das Schweigen wurde von Hufgetrappel unterbrochen, als ein Indio ein Pferd aus einem der Ställe am anderen Ende des Innenhofs herausführte.

»Und wie heißen Sie?« Gómez hatte sich an mich gewandt, und als ich ihm meinen Namen nannte, nickte er. »Sie sind der Holzexperte, richtig? Dann hätten wir ja die ganze Besatzung hier versammelt, bis auf diesen Norweger und den Australier, der noch erwartet wird. Einen Koch brauchen wir auch noch.«

»Sie sind also einverstanden?«

»Einverstanden?«

»Als Navigator mitzufahren.«

Gómez zögerte. »Vielleicht.«

»Und Sie kennen die genaue Position des Segelschiffs, das Mrs. Sunderbys Ehemann gesehen hat. Sie haben es mit eigenen Augen gesehen. Aus der Luft?«

Er antwortete nicht darauf. Statt dessen sagte er: »Wie haben Sie mich gefunden?«

»Hören Sie, mein Freund, ich stelle hier die Fragen. Jetzt sagen Sie – haben Sie dieses Schiff da unten im Eis gesehen oder nicht?«

»Ich hatte Sie auch etwas gefragt, Mr. Ward.« Er sagte das mit einstudierter Höflichkeit. »Wie haben Sie mich hier gefunden?«

Für einen Augenblick sahen sie sich schweigend an – hier prallten zwei Dickköpfe aufeinander. Zu meinem Erstaunen gab Ward als erster nach. »Rodriguez«, sagte er.

»Verstehe.« Gómez zögerte. »Sie haben sich mit ihm getroffen.«

»Ja. In Mexico City. Das hat er Ihnen doch längst mitgeteilt.«

»Ich nehme an, Sie haben auch sein Buch gelesen.«

»Sicher.«

Wieder Schweigen. Pferd und Indianer waren kurz hinter
Gómez stehengeblieben.

»Da steht viel Falsches drin.« Er zuckte mit den Achseln.
»Aber was kann man von jemandem wie Rodriguez schon
erwarten? Traurig genug, wenn einer sein Leben damit verdienen muß, im Bodensatz eines nationalen Unglücks herumzu-
wühlen.« Er zuckte noch einmal die Achseln. »Seitdem ist ...«,
er zögerte, »... viel Wasser den Berg hinuntergeflossen, sagt man
doch, oder? Alles Schnee von gestern. Jetzt geht es um die
Zukunft. Man muß immer nach vorn schauen.«

»Ja. Dann wolln wir mal über das alte Schiff reden.« Ward
warf einen Blick auf das Haus, ein flaches, einstöckiges
Gebäude, das sich über die ganze Längsseite des rechteckigen
Innenhofs erstreckte. »Können wir reingehen?« Er deutete auf
die offene Tür. »Wir würden uns gerne 'n bißchen frisch
machen. War 'ne lange Fahrt. Manchmal auch anstrengend.«

»Sie hätten nicht herkommen müssen.« Gómez sah auf seine
Armbanduhr, die aus schwerem Gold war. Die Uhr und ein
goldener Siegelring am kleinen Finger funkelten in der Sonne.
»Normalerweise reite ich um diese Zeit um die Hacienda. Wir
bauen hier Alfalfa und Reis an und betreiben Viehzucht, und da
wir hauptsächlich Indios beschäftigen, muß ich die Augen offenhalten.«

Ward sagte nichts und wartete, bis Gómez uns schließlich
anbot: »Also bitte, kommen Sie ins Haus.« Sein Tonfall war alles
andere als einladend. »Aber ich muß Sie bitten, wieder abzufah-
ren, wenn Sie sich gewaschen haben.«

»Bitten kostet nichts, mein Freund.«

Sie starrten sich an, und ich fragte mich, warum Ward wieder
in seinen Glasgower Dialekt gefallen war.

»Es wäre höflich gewesen, vorher anzurufen und eine Verabredung zu treffen.«

Ward nickte. »Aber sicher. Damit Sie sich vorbereiten können.« Und er fügte hinzu: »Wo wir schon mal hier sind, da könntense doch gleich mal Señora Sunderby rufen lassen.«

»Nein.« Sein Ton war wieder frostiger geworden. »Sie ist mein Gast, und im Augenblick ruht sie sich aus.« Nach einer Pause sagte er noch: »Ich habe keinen Zweifel, daß sie sich in Punta Arenas mit Ihnen treffen wird, wie verabredet – wenn sie mag. *Alors.*« Er deutete auf den Vordereingang des Wohnhauses. »Das Badezimmer ist die erste Tür rechts.« Er ging voraus und fügte hinzu: »Sie sehen aus, als könnten Sie etwas Schlaf gebrauchen. Ich werde in Cajamarca anrufen, während Sie sich frischmachen. Ich kenne ein Hotel, in dem Sie bestens aufgehoben sein werden.«

Ward bedankte sich und teilte ihm mit, daß es nicht nötig sei. »Wenn wir mit Iris Sunderby geredet haben, zwitschern wir hier wieder ab.« Er ging auf das Haus zu, aber plötzlich blieb er stehen. »Das hätt ich doch bald vergessen. Ich hab ja 'n Geschenk für Sie.« Er ging zurück zum Toyota, langte auf den Rücksitz, holte die Zündmaschine heraus und streckte sie Gómez entgegen. »Nehmen Sie, Mann. Gehört Ihnen.«

Für eine Sekunde, so schien es, veränderte sich Gómez' Blick, spiegelte eine heftige Erregung sich auf seinem Gesicht. Doch der Eindruck war so flüchtig, daß ich mir nicht sicher war. »Gehört mir nicht«, sagte er und sah Ward scharf an.

»Nein, nein, 'türlich nicht, ich sag ja, is 'n Geschenk.« Ein betretenes Schweigen, dann sagte Ward so leise, daß es kaum zu hören war: »Ich glaube, jetzt verstehen wir uns.« Er kicherte leise. »Nennen wir's ein Souvenir, okay?« Er drückte es dem Mann in die Hand und ging an ihm vorbei, auf die offene Eingangstür zu, die man mitten in den weißen Säulengang gesetzt hatte, der sich über die gesamte Länge des Hauses erstreckte.

Gómez sagte etwas zu dem Indio, dann eilte er hinter Ward her. Im nächsten Moment waren die beiden im Haus verschwunden, ließen mich da draußen im Sonnenschein stehen. Ich fühlte mich schwach auf den Beinen. Mein Gott, war ich müde.

Das Pferd wurde in seinen Stall zurückgeführt, und ich schlenderte zum einen Ende des Hauses hinüber, wo ein paar

Liegestühle und steinerne Kästen mit exotischen Blumen auf einem dürren braunen, von der Sonne ausgetrockneten Stück Rasen standen. Ich stellte einen der Stühle in den Schatten eines Baums, der wie ein Kirschbaum aussah, klappte die Lehne zurück, legte mich hinein und schloß die Augen.

Ich mußte wohl eingeschlafen sein, denn ich träumte, daß mich ein Mädchen mit offenem Mund küßte; die Berührung ihrer Zunge war leicht wie ein Schmetterling, ebenso die Hand, die mich streichelte, und ich erwachte mit einer handfesten Erektion. Im Sessel neben mir saß eine Gestalt. Das Gesicht – vom Schatten eines Sonnenstrahls verdunkelt – war umrahmt von einem schwarz glänzenden Haarschopf.

Ich richtete mich auf. Sie zog eine Hand zurück.

Es war Iris Sunderby. Jetzt, da mir der Schatten eines Zweiges auf die Augen fiel, konnte ich ihr Gesicht erkennen. Sie hatte den Mund leicht geöffnet, ihr Atem ging stoßweise, als hätte sie einen Dauerlauf hinter sich, die Brüste, die unter der dünnen Seidenbluse nackt zu sein schienen, hoben und senkten sich. Ihre Augen erschreckten mich. Sie hatte sie weit aufgerissen, die Pupillen waren geweitet; auf dem ganzen Gesicht lag ein Ausdruck gespannter Erwartung. Sie sah nicht mich an, sie sah direkt an mir vorbei; absolut regungslos saß sie da, als wartete sie darauf, daß jemand aus dem Haus käme.

»Was ist?« fragte ich sie.

Sie schien mich gar nicht zu hören. Ich wiederholte die Frage, lauter diesmal. Immer noch keine Reaktion, keine Veränderung in ihrem Ausdruck, als sei sie in einer Art Trance. Unter der dunklen Haut schimmerte Blässe durch, die Flügel ihrer geraden Nase waren ein wenig gebläht, und selbst das Kinn schien etwas von seiner Entschlossenheit verloren zu haben. »Ist alles in Ordnung?« fragte ich sie.

»Ja.« Sie hauchte es heraus wie einen Seufzer, und immer noch blickte sie beinahe sehnsüchtig zum Haus hinüber.

Ich drehte mich um, weil ich Stimmen hörte. In der Hauswand war ein geöffnetes Schiebefenster, und in dem dunklen Raum dahinter konnte ich undeutlich die Umrisse zweier Gestalten erkennen. Ward hatte irgend etwas über Langstreckenflugzeuge gesagt, Gómez' Antwort war deutlicher zu verstehen: »Es geht nicht. Im Moment jedenfalls.« Sie waren näher ans Fenster getreten. »Die Situation hat sich verändert. Ich bin nicht mehr aktiver Offizier in der *Fuerza Aérea*. Wenden Sie sich doch an Ihre Leute ...«

Ich konnte die beiden jetzt deutlich erkennen. Sie sahen nicht zu uns herüber. Sie standen sich gegenüber, und Ward sagte gerade: »Wir haben keine Maschine, die es hin und zurück schaffen würde.«

»Die Hercules. In Ihrer Basis in Mount Pleasant auf den Malvinen steht die Hercules.« Und als Ward zu bedenken gab, daß sie nicht die nötige Reichweite habe, erwiderte Gómez unwirsch: »Das glaube ich aber doch. Sie fliegt regelmäßig nach Südgeorgien und zurück, um die Post über Ihrer Garnison dort abzuwerfen. Achtzehnhundert Meilen, die einfache Strecke. Von den Malvinen bis in den Teil des Weddellmeers, wo das Schiff im Eis festsitzt, ist es nur unwesentlich weiter. Kein Problem, also. Ihr Frachtflugzeug hat eine Reichweite von dreitausendsechshundert Seemeilen. Mit minimaler Nutzlast, allerdings.«

»Für eine Suche da unten am Arsch der Welt bräuchte man einen größeren Spielraum. Es herrscht nicht gerade Mittelmeerklima dort.«

»Warum tanken Sie dann nicht in der Luft auf. Hab ich auch immer gemacht.«

»Ja.« Ein kurzes Schweigen, dann glaubte ich zu erkennen, daß Ward den Kopf schüttelte. »Nein, wir machen's auf meine Weise.« Er drehte sich zum Schiebefenster um, und plötzlich klappte ihm vor Erstaunen der Mund auf. »Ich dachte, sie ruht sich in ihrem Zimmer aus.«

»*Qué?*« Gómez' Kopf tauchte hinter Wards Schulter auf, er sah direkt zu uns herüber. Dann schob er sich an Ward vorbei, und im selben Moment griff Iris Sunderby nach meinen Schultern und stieß einen lauten Schrei aus, als sie sich rückwärts auf den Boden fallen ließ und mich mit sich riß. Ich landete auf ihr, eine Hand auf ihrer Brust, das Gesicht nur Zentimeter von ihrem entfernt. Immer noch hatten ihre Augen diesen leeren, beinahe verschleierten Blick, aber jetzt suchte er sich ein Ziel, nicht mich, sondern Gómez, und dabei hörte sie nicht auf zu schreien.

Plötzlich verstummte sie, und es war ein Ausdruck auf ihrem Gesicht ... ich kann ihn nur als nackte Begierde beschreiben. Als wäre sie in sexueller Ekstase, völlig entrückt in einem Rausch der Erregung. Die Lippen öffneten sich zu einem breiten Lächeln, ein zufriedener Ausdruck lag jetzt auf ihrem Gesicht, wie bei einem Kind, dem man gerade Erdbeeren mit Schlagsahne serviert hat – und der Grund dafür war Gómez.

Wie eine Stahlklammer schloß eine Hand sich um meine Schulter und riß mich von ihr weg. Ward beugte sich herunter und brüllte ihr ins Gesicht: »Sie verfluchtes Miststück!« Seine Stimme zitterte vor Wut. Dann schlug er ihr zweimal ins Gesicht. »Kommen Sie, reißen Sie sich um Gottes willen zusammen!«

Ich lag auf dem Rasen und sah aus der Froschperspektive zu, wie Gómez dazwischentrat. Ward brüllte ihn an: »Sie Dreckskerl! Was haben Sie ihr gegeben? Was ist das für ein Zeugs? Koks, nehm ich an.« Er streckte seine künstliche Hand aus und umklammerte den Arm seines Gegenübers mit den stählernen Fingern. »Wie haben Sie's ihr verabreicht – hat sie's geschluckt oder geschnupft?« Wards künstliche Hand hielt Gómez' Arm fest, er schüttelte den Mann, sein Gesicht war rot vor Zorn. »Oder haben Sie's ihr gespritzt?« Mit der geballten Faust der anderen Hand schlug er nach dem Mann, und Gómez, völlig fassungslos, versuchte die Schläge abzuwehren. »Wenn das Crack ist, dann bring ich Sie um, Mann!«

Gómez schüttelte heftig den Kopf. »Es ist kein Crack. Ich habe kein Crack. Vielleicht ist es das Kokain, das ich für medizinische Zwecke aufbewahre, reines Kokain. Das beste. Ich hab's nicht gestreckt.«

»Wie haben Sie's ihr gegeben?«

»Nein, ich hab's ihr nicht gegeben. Sie muß es sich aus dem Zimmer geholt haben, wo ich meine Waffen aufbewahre. Da steht eine Kiste drin mit allem, was man bei Unfällen braucht. Kokain ist ein ausgezeichnetes Schmerzmittel.«

Iris hatte sich erhoben. »Lassen Sie ihn los.« Sie sagte es mit schwerer Zunge und zerrte an Wards Arm. Dann riß sie sich mit großer Anstrengung zusammen, trat einen Schritt zurück und sagte mit übertriebenem Pathos, wobei sie sich um eine sorgfältige Aussprache bemühte: »Ihr müßt doch nicht streiten, ihr beiden. Wir werden lange auf der *Isvik* sein. Dort müssen wir auf engem Raum zusammenleben. Ihr müßt Freunde sein.«

»Er kommt also mit?« Ward sah nicht sie an, sondern Gómez. »Stimmt das? Sie kommen mit uns?« Und als Gómez nicht antwortete, drehte er sich zu ihr um und fragte: »Soll das heißen, er weiß tatsächlich, wo das Schiff ist?«

Sie starrte ihn an, ihr Blick war wieder leer.

»Weiß er, oder weiß er nicht, wo das Schiff liegt?« Er redete langsam, als spräche er zu einem Kind.

»Er glaubt, daß er uns hinführen kann.«

Ward starrte sie einen Moment lang an. Inzwischen war ich aufgestanden und konnte ihr Gesicht sehen, seine Schläge hatten Spuren auf ihren Wangen hinterlassen, ihr Blick zeigte Anzeichen dafür, daß sie zu begreifen begann. Sie schien sich zusammenzunehmen, gab ihm aber keine Antwort.

Ward hatte sich wieder Gómez zugewandt, er wirkte wie ein wütender Stier vor dem Angriff. Er beherrschte sich jedoch und bemühte sich sogar um einen ruhigen Tonfall, als er sagte: »Verstehen Sie was vom Segeln?«

»Ein wenig.«

»Und Sie haben das Schiff gesehen, das wir suchen?«

Nach einem kurzen Zögern nickte er. »Ich glaube ja. Die Wolken waren sehr niedrig, weiße Nebelschleier reichten bis hinunter aufs Eis. Aber ... ja, ich glaube, ich habe es gesehen.«

»Und Sie haben die genaue Position festgehalten?«

»Ja, ich habe die Position.«

»Haben Sie Mrs. Sunderby die Koordinaten gegeben?«

Gómez antwortete nicht, und Iris sagte: »Nein. Er weigert sich, sie mir zu nennen.« Ihre Wangen hatten sich gerötet, als sie mit erregter Stimme fortfuhr: »Ich hab alles versucht, es aus ihm herauszubekommen. Stimmt's nicht, Ángel?« Sie sprach den Namen mit einem kurzen »A« aus. »Ich hab alles getan, was du wolltest, aber du hast es mir nicht verraten. Ich bin vor dir

170

gekrochen, hab dir den Arsch geküßt, alles hab ich getan …« Sie hatte sich in eine zornige Erregung hineingesteigert, wie ein wütendes Kind, Tränen strömten ihr übers Gesicht, und ihr ganzer Körper erbebte in leidenschaftlichem Zorn, als sie sich plötzlich auf ihn stürzte und mit den Fingernägeln nach ihm krallte.

Ohne große Mühe hielt er sie zurück; er lächelte dabei, machte ein Gesicht, als bereite es ihm Vergnügen. Gómez war ein kräftiger, austrainiert wirkender Mann, ganz offensichtlich amüsierte ihn ihre Verzweiflung und die Tatsache, daß sie hilflos im Zugriff seiner Hände zappelte.

»Sie Bastard!« In Wards Tonfall mischten sich Zorn und Verachtung.

Gómez, noch immer lächelnd, noch immer damit beschäftigt, Iris Sunderby auf Abstand zu halten, sagte über ihren Kopf hinweg: »Nein, ein Bastard bin ich nicht.« Er hatte es mit großem Nachdruck gesagt. Unter der dunklen Haut rötete sich sein Gesicht, und die Augen waren schwarz vor Zorn.

Ward betrachtete ihn aufmerksam. »Sie scheinen's nicht gern zu hören, wenn man Sie Bastard nennt.«

»Nein. Das hört niemand gern.«

»Ach, das würde ich nicht sagen. Es gibt Leute, die sich nicht so drüber aufregen wie Sie. Für manche ist es sogar ein Kosewort.« Er lachte kurz auf. Plötzlich wirkte er völlig entspannt und sagte beinahe im Plauderton: »Ihre Mutter und Ihr Vater waren also verheiratet, ja?«

»Natürlich waren sie verheiratet.« Sein Gesicht war noch immer rot vor Zorn. »Also, sagen Sie nicht noch mal Bastard zu mir.«

»Tut mir wirklich leid. Entschuldigen Sie.« Ward amüsierte sich königlich. »Wirklich geschmacklos von mir. Und dumm obendrein. Jetzt fällt's mir wieder ein, steht ja alles in Rodriguez' Buch. Ihr Vater hat eine Barsängerin geheiratet. Als die Familie Wind davon bekommen hatte, haben sie ihn nach Irland geschickt und dafür gesorgt, daß die Ehe annulliert wurde. Und dann hat er schnell die kleine Connor geheiratet.«

»Das geht Sie alles nichts an.« Gómez wollte sich abwenden, aber Ward hielt ihn zurück.

»Nein, natürlich nicht. Wollt mich nur vergewissern, daß Rodriguez das alles richtig dargestellt hat. Wirklich flott geschrieben, die kleine Familiensaga. Wenn ich mich recht erinnere, dann hatte die Familie Gómez bereits Verbindungen nach Irland. Da war's wohl auch nicht so schwer, einen verarmten Grundbesitzer zu finden, der ein hübsches Töchterlein übrig hatte. Daher stammt doch die Connorsche Seite des Namens, oder?«

Gómez nickte.

»Und das alles ist im Handumdrehen über die Bühne gegangen, weil Ihrem Herrn Großvater, Eduardo Gómez, eine päpstliche Sondergenehmigung – oder wie immer Sie das nennen wollen – zuteil wurde.«

Wieder nickte Gómez. Er wartete ab, beobachtete ihn mit mißtrauischem Blick.

»Die beiden sind drüben in Irland getraut worden, richtig? In Rathdrum, in der Grafschaft Wicklow.«

»Ja, aber gleich darauf sind sie nach Argentinien zurückgekehrt.«

»Und wer ist nun Ihre Mutter? Etwa nicht die Barsängerin Gabrielli?«

»Nein, natürlich nicht. Ich bin halb irischer Abstammung.«

Ward lachte. »Ihre Mutter war also dieses irische Mädchen, was? Sheila Connor. Ist es so?«

»Ja, sicher. Ich sage doch...« Er brach mitten im Satz ab, weil ihm klargeworden war, was das bedeutete.

»Sheila Connor – Mrs. Juan Gómez – ist auch Mrs. Sunderbys Mutter.« Ward sprach jetzt ganz leise. »Sie und Iris sind also Bruder und Schwester. Ist Ihnen das klar?«

Schweigen. Aus dem Lächeln, mit dem Ward sich an Iris Sunderby wandte, sprach der blanke Hohn. »Ich will ja bloß wissen, mit wem ich da runter in den Südpazifik fahre.«

Sie war blaß geworden. War ihr gar nicht bewußt gewesen, daß es eine inzestuöse Leidenschaft war, die sie zu diesem Mann trieb?

»Heilige Muttergottes!« Wards Blicke wanderten zwischen den beiden hin und her. »Eine päpstliche Sondergenehmigung wird euch zwei Hübschen nicht reichen, wenn ihr so weitermacht.« Er wandte sich wieder an Gómez: »Aber vielleicht haben Sie sich ja auch getäuscht, und in Wirklichkeit ist diese Sizilianerin...« Er ließ es dabei bewenden, lächelte in sich hinein und forderte Iris Sunderby auf, nach oben in ihr Zimmer zu gehen und ihre Sachen zu packen. »Ich will noch ein Wort mit unserem Freund hier wechseln, und dann fahren wir los.« Er wandte sich an mich. »Sie gehn mit rauf und helfen ihr beim Packen. Die Wirkung läßt nach, aber 'n bißchen durcheinander ist sie noch.«

Sie war mehr als nur ein bißchen durcheinander. Ich glaube, wenn ich nicht bei ihr gewesen wäre, hätte sie sich ins Bett gelegt und wäre auf der Stelle eingeschlafen. »Dieser Scheißkerl!« Sie wiederholte es mehrere Male, während sie im Zimmer auf und ab ging. Mir war nicht ganz klar, ob sie Ward oder ihren Bruder meinte. Dann warf sie sich plötzlich auf das Bett und schloß die Augen.

»Wo ist Ihr Koffer?« fragte ich sie und fing an, die Schubladen herauszuziehen, um zu sehen, was es alles einzupacken gab.

»Unterm Bett. Wo denn sonst?« Ich mußte mich auf den Boden knien, um ihn hervorziehen zu können. Plötzlich krallte sich ihre Hand in mein Haar. »Sie haben kein Verständnis dafür, stimmt's?«

»Wofür?« Ich hatte den Koffer zu fassen gekriegt. Mit der anderen Hand löste ich ihre Finger aus meinem Haar.

»Ich mußte doch versuchen, die Position von ihm zu erfahren.«

»Und? Ist es Ihnen gelungen?«

Doch sie war bereits eingeschlafen. Oder im Koma. Ich stellte den Koffer auf das andere Bett und begann, die Sachen aus den Schubladen einzupacken. Es war fast nur Sommerkleidung, leichte Baumwoll- und Seidenkleider, Blusen, Röcke, Jeans, und das ganze Zeug roch nach ihr, eine Mischung aus Parfüm, Talkum, Schweiß und dem eigentümlichen Duft ihres Körpers. Nachdem ich die Sachen von der Garderobe eingepackt und die Toilettensachen obendrauf gelegt hatte, ließ der Koffer sich nur noch mit Mühe schließen. Ich stellte ihn vor der Tür ab, den Anorak und einen karmesinroten und goldenen Mantel legte ich obendrauf. Schuhe! Ich hatte die Schuhe vergessen. Nachdem ich sie in dem Plastiksack verstaut hatte, den ich unter der Kommode fand, legte ich ihr meine Hand auf die Schulter, um sie wachzurütteln. Statt dessen sah ich sie an. Ich rief mir den Augenblick ins Gedächtnis zurück, als unsere Blicke sich vor der *Cutty Sark* zum erstenmal begegnet waren.

Sie sah jetzt so friedlich aus, ganz entspannt lag sie da, mit geschlossenen Augen und ausdruckslosem Gesicht, ein wohlgeformter Körper, das weiche Fleisch, die gesunde, ein wenig dunkle Haut – schön wie eine Madonna. Es tat mir beinahe leid, sie aufwecken zu müssen. Sie atmete so ruhig, daß man kaum sah, wie die Brust sich hob und senkte. Die Lippen sahen voller aus, als ich sie in Erinnerung hatte, der Mund erschien mir größer. »Mrs. Sunderby ... Iris!« Ich schüttelte sie sanft. Die Lider zitterten, und ihr Mund bewegte sich. »Wir fahren ab«, sagte ich.

»Nein.« Sie hatte die Augen weit aufgerissen. Sie waren sehr blau und sehr groß, aber ganz ohne Ausdruck – es war ein tiefes, beinahe violettes Blau. »Nur, wenn er auch mitkommt.« Sie sprach langsam, es machte ihr Schwierigkeiten.

»Kommen Sie schon«, sagte ich und packte sie etwas fester an der Schulter.

Wieder bewegte sich ihr Mund, und ich beugte mich runter zu ihr. »Was sagen Sie?«

»Ich hab gesagt ... er ist nicht ... mein Bruder.«

Ich schüttelte den Kopf. »Wie meinen Sie das.«

»Das denken Sie doch, oder?« Plötzlich saß sie kerzengerade im Bett und sah mich an. »Sie und dieser Iain Ward. Ich sage Ihnen, er ist nicht mein Bruder. Er behauptet es zwar, aber er ist es nicht. Ich bin ganz sicher. Ich kann es fühlen – hier.« Sie legte eine Hand auf den Unterleib. »Im Bauch.«

Ich wußte nicht, was ich sagen sollte. »Aber Rodriguez sagt ...«

»Zum Teufel mit Rodriguez. Ich weiß es. Wenn ich bei ihm liege, wenn ich ihn in mir spüre – in dem Moment weiß ich es ganz sicher.« Sie schwang die Beine vom Bett. »So, jetzt lassen Sie uns losfahren.« Sie hob die Füße und wackelte mir mit den Zehen zu. »Meine Schuhe. Ich kann doch nicht barfuß gehen.«

Ich zog ein Paar feste Straßenschuhe aus dem Plastikbeutel, und während ich sie ihr anzog, starrte sie mich mit dem leeren Blick ihrer immer noch geweiteten Pupillen an. Ich brachte ihr Gepäck zum Toyota hinunter. Von Ward war nichts zu sehen, aber von den Ställen her hörte ich leise Stimmen. Ich rief hinüber, daß wir fertig seien, erhielt jedoch keine Antwort, und als ich in ihr Schlafzimmer zurückkehrte, lag sie ausgestreckt auf dem Bett, die Augen weit offen, und starte mit diesem leeren Blick gegen die Decke. »Alles in Ordnung?« Genausogut hätte ich zu einer Leiche sprechen können, so blaß, reglos und still lag sie da.

Irgendwo spielte jemand auf einer Flöte, traurig klang die klagende Weise durch die Mittagshitze. Ich stieß die Schiebetür zum Patio ein Stück weiter auf, um besser hören zu können. Es war keine richtige Melodie, und trotzdem folgten die einzelnen Töne einem faszinierenden Muster. Der primitive Klang wühlte ganz tief in mir etwas auf, als wäre es Pan höchstpersönlich und nicht irgendein indianischer Landarbeiter, der dem einfachen Instrument diese betörenden Töne entlockte.

Ich warf einen Blick auf Iris, fragte mich, ob sie es auch hörte. Aber sie hatte sich nicht gerührt, und ich fing an darüber nachzudenken, wie ich sie zum Auto hinausschaffen sollte.

Plötzlich verstummte die Flöte, und ein Pferd wieherte. Ich ging durch die gläserne Tür hinaus in den kleinen Patio. Es war dasselbe Pferd wie vorhin, der Indio hielt es am Kopf fest, und Gómez schwang sich in den Sattel. Ward stand in der offenen Stalltür. Gómez sagte etwas und lächelte, strahlendweiße Zähne in einem breiten, schönen Gesicht. Er wirkte jugendlich und sorglos, beinahe wie ein kleiner Junge.

Er hob die Hand, nahm die Zügel auf und ließ das Pferd mit kurzem Schenkeldruck in leichten Galopp fallen. Ward sah ihm mit ausdruckslosem Gesicht nach, wie er durch den Torbogen ritt, sich nach rechts wandte und hinter den Nebengebäuden verschwand, die ein Teil des rechteckigen Innenhofs waren. Ward drehte sich um und kam direkt auf mich zu. »Wie geht's unserer kleinen Seglerin?« Er schien bester Laune zu sein, keinerlei Anzeichen von Müdigkeit.

»Sehen Sie selbst«, sagte ich. »Wir werden sie wohl tragen müssen.« Und ich fügte hinzu: »Wie sind Sie mit Gómez zurechtgekommen?«

»Connor-Gómez, bitte!« Er grinste. »Wir verstehen uns inzwischen prächtig.« Und dann sagte er etwas, was ich sehr seltsam fand: »Er hat sich entschieden. Er kommt mit uns. Er ist plötzlich wild entschlossen.«

»Warum?«

»Wenn Sie mir das beantworten könnten, mein Freund, würden Sie mir 'ne Menge Zeit sparen.« Wir waren im Schlafzimmer angekommen. Er blieb vor ihr stehen und betrachtete sie. Ihre Augen standen noch immer weit offen, ein leeres Starren ohne den geringsten Ausdruck des Verstehens. »Das ist kein Speed«, sagte er. »Es muß Crack sein. Das ist die gemeinste Methode, das verfluchte Zeug zu verschneiden. Möchte wissen, wo der Kerl das Paraldehyd herhat.«

»Mischt man es damit, um Crack draus zu machen?«

Er nickte. »Es hat schmerzstillende Wirkung, wie der Koks auch. Crack braucht man nur dreimal zu nehmen, dann hängt man dran. Na ja, wir werden's ja bald wissen.«

Wir hoben sie vom Bett, trugen sie nach draußen und ließen sie – schlaff wie einen Segelsack – auf den Rücksitz plumpsen. »Wo fahren wir eigentlich hin?« fragte ich ihn, während er ihr den Sicherheitsgurt anlegte, damit sie nicht vom Sitz kippte, wenn wir plötzlich bremsen mußten.

»Zurück nach Süden.« Er fummelte an ihr herum, steckte ihr einen Schlafsack als Nackenrolle hinter den Kopf. »Wenn wir unserem Helden glauben können, dann gibt's noch 'ne andere Straße zurück zur Küste, über Cajamarca und Huamachuco. Sie ist befahrbar, sagt er, und führt direkt nach Trujillo. Dort verbringen wir die Nacht, und dann, wenn sie wieder auf'm Damm ist, fahren wir am nächsten Morgen über Lima in den Süden von Peru, nach Tacna. In Arica, gleich hinter der chilenischen Grenze, steigen wir in die Maschine nach Punta Arenas.«

Er hatte alles geplant, und er verlor keine Zeit. »Sie fahren«, sagte er und kletterte auf den Beifahrersitz.

»Wo ist Gómez hingeritten?«

»Auf die tägliche Runde um seinen Besitz.«

»Solange er nur keinen seiner Jungs losschickt, um die Ausweichstrecke über die Berge zu präparieren«, meinte ich.

»Nein, das versucht er bestimmt nicht noch mal.«

»Und warum dann die Eile?«

Er schwieg einen Moment lang, und ich dachte schon, er würde nicht mehr antworten. Aber dann sagte er: »Weiß nicht. Ist nur so ein Gefühl. Je früher wir an Bord der *Isvik* sind, desto besser. Wenn er erst mal da ist, kann eigentlich nichts mehr passieren. Aber bis dahin ... Ich würde sie gerne gründlich durchchecken, mich vergewissern, daß niemand seine Späßchen mit der Maschine oder den Seeventilen getrieben hat. Oder 'n kleines Feuerchen an Bord legt ...« Als wir gerade durch das Tor fuhren und in Richtung Baños del Inca abbogen, drehte er sich zu ihr um. »Möchte wissen, ob sie ahnt, was das alles zu bedeuten hat. Haben Sie sie gefragt?«

»Was gefragt?« Ich versuchte, mich an den Weg zu erinnern.

»Sie kommt hier an und wirft sich einem Mann an den Hals, der vielleicht ihr Bruder ist, vielleicht aber auch nicht, der aber ganz zweifellos in eine höchst unappetitliche Episode der Geschichte seines Landes verwickelt ist. Und dann läßt sie sich von ihm dazu verleiten, mit einer sehr gefährlichen Droge herumzuspielen ... Warum? Und warum wollte er unbedingt verhindern, daß wir ihn hier besuchen?«

»Ganz einfach«, sagte ich. »Wenn man eine so attraktive Frau wie Iris Sunderby auf der Hacienda hat ...«

»Könnten Sie sich vorstellen, ihre Partner einfach so abzumurksen, nur um eine Frau für sich allein zu haben?« Er schüttelte den Kopf. »Der Mann ist kaltblütiger als eine Schlange. Nein, es muß einen tieferen Grund geben. Und daß er plötzlich beschließt, mit uns zu kommen ...« Er sah mich nachdenklich an. »Und dieses Schiff? Er ist bereit, uns hinzuführen. Warum? Was weiß er über dieses Schiff, was wir nicht wissen? Und wenn wir es finden? Was dann?«

Ich schüttelte den Kopf. Ich mußte mich auf die Straße konzentrieren; es liefen eine Menge Leute herum, Frauen und Männer, fast alles Indios, einige von ihnen auf Maultieren. Auch auf

Eseln, und weil es sehr heiß war und die Luft sich kaum bewegte, hatten viele der Männer ihre breitkrempigen Hüte hinter die Köpfe geschoben, wo sie von ledernen Bändern gehalten wurden, die eigentlich Kinnriemen waren. Hin und wieder kam uns ein grell bemalter Laster entgegen, zog eine Staubwolke hinter sich her, und ganz hinten im Westen, hoch über uns und jetzt, da die Wolken sich verzogen hatten, deutlich zu erkennen, türmten sich bleich und hinter einem Schleier aus Hitze flimmernd die Berge der Küstenkordillere auf. Ich glaube, am meisten beeindruckte mich der englische Charakter dieser Landschaft, die dichtbewachsenen Wiesen, die wilden Blumen und die Trauerweiden – wo immer etwas Wasser war, stand eine Weide.

Natürlich war das Land nicht wirklich englisch. Es hatte eine andere Atmosphäre, sah anders aus, duftete anders. Aber trotzdem, die Landschaft erinnerte mich an East Anglia – ganz besonders die Trauerweiden erinnerten mich daran, wie weit ich von zu Hause entfernt war.

Ab Cajabamba war die Straße ein wenig besser. Kurz dahinter mußten wir nach rechts abbiegen, wir fuhren durch Huamachuco, den Bergen entgegen, die Straße führte jetzt ständig bergauf. Ich wußte nicht, wie weit es bis hinauf auf den Paß war, aber auch als die Sonne schon lange schwarze Schatten warf, verspürte ich nichts von der Angst, die unsere Reise noch am Morgen desselben Tages begleitet hatte. Kein Nebel verhüllte die Berghänge, weder Regen noch Blitzschlag noch rollender Donner, die Wolken waren wie von Geisterhand weggewischt worden, unter dem blauen Himmel lagen die Berge friedlich und beinahe heiter im Licht des späten Nachmittags.

Zwangsläufig verschlechterte sich die Straße, je näher wir dem Paß kamen, sie war von den Reifen der Lastwagen zerfurcht, und immer noch spülten die Gebirgsbäche, die sich durch enge Schluchten in die Tiefe stürzten, ihr Wasser über die Fahrbahn. Ein verlassener Lastwagen, der mit der Schnauze in der steilen Böschung eines Einschnitts steckte, versetzte mich einen Moment lang in Panik. Ward war eingeschlafen. Ich fuhr langsam im ersten Gang bergauf, meine Blicke suchten den Lastwagen und die Böschung dahinter nach irgendeinem Anzeichen von Bewegung ab.

»Ist schon in Ordnung.« Er mußte mein Zögern gespürt haben, nicht die geringste Veränderung im Motorengeräusch entging seinen wachen Ohren. »Ich hab ihm nicht gesagt, welchen Weg wir fahren. Der Laster steckt hier seit mindestens drei Tagen fest.«

»Woher wissen Sie das?«

»Sperren Sie doch die Augen auf. Unter dem Fahrgestell ist die Straße trocken.«

Noch bevor ich den Toyota an dem Hindernis vorbeigelenkt hatte, war er wieder eingeschlafen. Kurz danach hatten wir den Scheitelpunkt der Paßstraße erreicht und fuhren bergab Richtung Küste. Die Sonne ging unter, und es gab einen Moment, da fühlte ich mich wie der »dicke Cortés« und meinte bereits, den Pazifik sehen zu können. Vielleicht würde ich von hier oben, vom günstigsten Aussichtspunkt der Anden aus, den grünen Blitz sehen können, wenn der oberste Rand der Sonne hinter den Horizont des Ozeans rutschte, um einen prismatischen Blick auf die letzte Farbe des Spektrums zu ermöglichen.

Zweimal wurde ich so geblendet, daß ich dem Abgrund bedrohlich nahe kam. Ich wurde müde und fing an, leise vor mich hin zu singen. »Alles so schön und so hell ...«, sang ich. Ich weiß nicht warum. Ich fühlte mich so. Dann sagte plötzlich hinter mir eine Stimme: »Wo bin ich?«

»Wir fahren Sie an den Pazifik, damit Sie ein Bad nehmen können«, stellte ich ihr in Aussicht.

»Den Teufel werden Sie tun! Wo ist Ángel?« Sie lehnte sich nach vorn.

Ich lavierte gerade um eine schwierige Kurve herum, die Straße war abschüssig und hätte dringend eine Planierraupe gebraucht. Ich konnte mich nicht umdrehen, aber ich spürte ihren Atem im Nacken.

»Halten Sie an!« Ihre Stimme überschlug sich beinahe. »Anhalten, hab ich gesagt! Kehren Sie um und bringen Sie mich zurück!« Und dann, als ich nicht antwortete, sondern einfach weiterfuhr, sagte sie: »Wenn Sie nicht sofort anhalten, springe ich raus.«

Ich stieg auf die Bremse und drehte mich zu ihr um. Ihr

Gesicht war noch immer sehr blaß, Schweiß perlte auf ihrer Haut, aber die Augen waren wieder fast normal, die Pupillen nicht mehr geweitet. Ich konnte sie genau erkennen, ihr Blau setzte sich aus den verschiedensten Farben zusammen, wie bei einem Saphir, auf den die letzten Sonnenstrahlen fallen.

»Wo bringen Sie mich hin?« Sie rüttelte am Türgriff, aber Ward hatte die hinteren Türen versperrt. Sie gab es schließlich auf, ließ sich gegen die Rückenlehne fallen und murmelte etwas von Erinnerung.

»Unsere kleine Seglerin ist wieder zu sich gekommen, was?« Seinem Ton war anzuhören, daß er sie ärgern wollte. Es funktionierte sofort, sie brüllte ihn an: »Sie haben ein Boot gekauft, das heißt noch lange nicht, daß Sie mich gleich mitgekauft haben. Und jetzt sagen Sie unserem Schädlingsbekämpfer, daß er umkehren und zur Hacienda zurückfahren soll.«

»Warum?« Wards Gesicht war plötzlich wutverzerrt. »Warum, zum Henker, wollen Sie dahin zurück? Lieben Sie ihn? Er stopft Sie mit Koks voll, behandelt Sie wie eine Nutte ... Und dabei ist er Ihr eigen Fleisch und Blut.«

»Was fällt Ihnen ein!« Ihr stand die Zornesröte im Gesicht. »Er ist nicht mein Bruder.«

»Gut, dann eben Ihr Halbbruder.« Und er fügte hinzu, um noch ein bißchen Pfeffer in die Wunde zu streuen: »Großer Gott, Sie sind katholisch und treiben Blutschande ...«

»Nein! Das tu ich nicht!« Sie trommelte mit den Fäusten auf seiner Rückenlehne herum.

»Okay, aber was werden Sie dem Priester sagen, wenn Sie das nächstemal zur Beichte gehen? Wie wollen Sie dem erklären, daß Sie mit Ihrem Bruder ...«

»Er ist nicht mein Bruder«, wiederholte sie. »Und ich treibe keine Blutschande.« Und dann ging sie wieder zum Angriff über. »Können Sie das nicht begreifen, Sie großer dummer *asqueroso*. Ich hatte ihn fast soweit, mir die Informationen zu geben, die ich unbedingt brauche, wenn ich beweisen will, daß mein Mann nicht verrückt war. Und ich hätte sie auch bekommen. Aber dann sind Sie hereingetrampelt.«

»Blödsinn! Sie hätten es in Millionen Jahren nicht aus ihm her-

ausbekommen. Sie haben sich in das Arschloch verknallt. Deshalb sind Sie bei ihm untergekrochen ...«

»Ach, jetzt hören Sie doch auf, Theater zu spielen.« Und boshaft fügte sie hinzu: »Gut, er ist ein richtiger Mann, mehr, als Sie
es jemals sein werden, und es macht mir Spaß, mit ihm ›herumzuspielen‹, wie Sie es so zartfühlend ausdrücken.«

In diesem Augenblick schrammte ich mit dem Kotflügel gegen
eine hervorstehende Felskante. Es passiert nicht so oft, daß man
unfreiwillig Zeuge wird, wie zwei Menschen mit Mordlust im
Herzen aufeinander losgehen. Und als er sagte: »Wenn Sie an
Bord der *Isvik* anfangen, mit dem Arschloch herumzuspielen
...«, trat ich so heftig auf die Bremse, daß Iris um ein Haar
gegen die Vorderlehne geknallt wäre.

»Aufhören!« brüllte ich. »Alle beide. Die Scheißfahrerei ist
auch ohne euer Geschrei mühsam genug, und außerdem bin ich
müde.«

Meinem Ausbruch folgte ein jähes Schweigen. Ich glaube, die
beiden hatten völlig vergessen, daß ich auch noch da war.

»Wir sind alle müde«, sagte Ward nach einer Weile.

»Ja, aber Sie müssen nicht fahren.«

»Soll ich übernehmen?«

»Wie weit ist es noch bis zur Küste?«

»Keine Ahnung.«

»Ich fahre weiter, bis die Sonne untergegangen ist«, sagte ich.
»Ich möchte gern sehen, wie sie in den Pazifik fällt.« Mit einem
kräftigen Ruck ließ ich die Kupplung kommen und setzte die
Kiste wieder in Bewegung. Mein Fahrstil war plötzlich aggressi-
ver. Ich glaube, die Angst war zurückgekehrt, und das war auch
kein Wunder, wenn ich mir vorstellte, daß die Feindseligkeit auf
dem ganzen Weg bis ins Eis andauern könnte. Und Gómez.
Dazu noch dieser Gómez, ein Katalysator für Katastrophen.

Meine Gedanken kehrten zurück zu der Szene im Schlafzimmer und der Schiebetür zum gepflasterten Patio. Ich glaubte
mich an Skulpturen und Blumen zu erinnern – Hibiskus oder
etwas, das feuerrot war, vielleicht auch Rosen in großen Kästen.
Zweifellos gingen noch andere Schlafzimmer mit ähnlichen,
leicht zu bewegenden Schiebetüren von diesem Patio ab. Ich

hätte sie gleich fragen sollen. Sie war von der Droge noch so benebelt gewesen, vielleicht hätte ich die Wahrheit aus ihr herausbekommen. War er ihr Bruder oder nicht? Sie hatte nein gesagt, und sie war sich ganz sicher gewesen, nicht nur hier im Wagen; sie hatte es schon im Schlafzimmer zu mir gesagt, als ich ihren Koffer packte und sie geistig noch ungehemmt gewesen war. Aber wenn er nicht ihr Bruder war, woher stammte er dann? Liebte sie ihn? Gut, das vielleicht nicht gerade, aber ganz sicher war sie in ihn verknallt. Ich dachte an den Charme dieses Mannes, an seine eklatante Männlichkeit. Und Ward hatte gesagt, daß alles geregelt sei, daß er an Bord der *Isvik* kommen würde, um uns auf Schlittennähe an das eingeschlossene Segelschiff heranzuführen.

Und dann lag plötzlich der Pazifik vor mir. Die Sonne war ein riesiger roter Feuerball, gerade setzte sie ihren untersten Rand auf den schmalen Dunstschleier, der über dem Horizont lag. Ich hielt gleich dort an, wo ich einen ungehinderten Blick auf das Schauspiel hatte. Je platter der Ball wurde, desto mehr rote Flammen züngelten über das Ende der Welt.

Es dauerte nicht lange. Langsam, aber stetig sank sie hinter den Horizont des Ozeans, und plötzlich war sie verschwunden. Kein grüner Blitz, nichts, der Himmel verblaßte von Blau über Grün, und über uns zog bereits stygische Finsternis auf. Der erste Stern war zu sehen.

»Venus oder Merkur? Ich glaub, es ist die Venus«, sagte Ward, und jetzt erst wurde mir klar, daß auch er dem Schauspiel schweigend zugesehen hatte. »Sie hat Cook in den Pazifik geführt – der Durchgang der Venus, das ist jetzt zweihundert Jahre her.« Er schwieg wieder, und ich hatte das Gefühl, er dachte über Cooks Forschungsreisen nach, zuerst mit der *Endeavour*, dann mit der *Resolution* und der *Discovery*, Schiffen, die nicht viel größer waren als die *Isvik*. Und er war damit in den Südpazifik gesegelt, nicht so weit, wie wir segeln wollten, aber weit genug, um zwischen die Eisschollen zu geraten; er war einmal um die Landmasse der Antarktis gesegelt, in Gewässern, in die sich vor ihm noch kein Mensch getraut hatte.

»Lassen Sie mich jetzt fahren«, sagte Ward.

III

RENDEZVOUS IN USHUAIA

EINS

»Also, was hat sie Ihnen von ihm erzählt?«

»Nichts«, antwortete ich.

»Sie waren allein mit ihr in diesem Zimmer. Sie muß doch etwas gesagt haben.«

Ich schüttelte den Kopf.

»Um Himmels willen, Mann! Haben Sie denn nicht nachgefragt?« Er beugte sich über den Tisch und starrte mich mit einer Mischung aus maßloser Enttäuschung und Zorn an. »Waren Sie gar nicht neugierig?«

»Ich hab ihre Sachen eingepackt.«

»Das weiß ich. Aber Sie waren doch die ganze Zeit bei ihr, während ich mit Gómez geredet hab. Mindestens 'ne Viertelstunde. Und sie hat doch ganz sicher ...« Er streckte seine linke Hand aus und packte mich am Arm. »Kommen Sie, Sie hatten die Gelegenheit, und nach dieser merkwürdigen Szene im Garten müssen Sie doch geplatzt sein vor Neugier.«

»Sie stand unter Drogen«, sagte ich.

»Ich weiß.« Seine Stimme wurde lauter, die Ungeduld verwandelte sich in Zorn, die ersten Gäste beobachteten uns bereits. »Jetzt versetzen Sie sich wieder in dieses Schlafzimmer und erzählen Sie mir alles, was sie gesagt hat, oder wenigstens, wie sie auf ihre Fragen reagiert hat. Das würde mir schon helfen.«

»Ich hab ihr keine Fragen gestellt«, sagte ich. »Jedenfalls nicht die Fragen, auf die Sie gerne eine Antwort hätten. Ich habe sie gefragt, wo der Koffer ist, und sie hat gesagt, unter dem Bett, wo denn sonst? Ach ja, und davor, bevor sie auf dem Bett zusammengebrochen ist, hat sie ihn einen Scheißkerl genannt. Das hat sie mehrere Male wiederholt und ist dabei im Zimmer auf und ab gegangen.« Ich erzählte ihm nicht, wie sie mir ins Haar gegriffen hatte, als ich vor dem Bett kniete. Ich konnte ihre Stimme noch immer hören, die Art, wie sie es gesagt hatte: »Sie haben kein

Verständnis dafür, stimmt's?« Als wäre mein Verständnis von großer Bedeutung für sie.

Es gab keinen Zimmerservice, und wir frühstückten im Speisesaal des Hotels, an einem Tisch, von dem aus man auf einen Platz sehen konnte, der mit ein paar Yuccapalmen und einem verstaubten Oleanderbusch geschmückt war. Iris hatte sich noch nicht blicken lassen. Zu Ward hatte sie gesagt, sie wolle nicht frühstücken.

»Sonst noch was?«

Ich zögerte, aber schließlich erzählte ich es ihm doch: »Sie sagte, sie habe keine andere Möglichkeit gesehen, es aus ihm herauszubringen.«

»Die Position des Schiffes, meinen Sie?«

»Das nehme ich an.«

»Sie hat ihren Körper gegen Informationen geboten?« Sein Griff nach meinem Arm war fester geworden, seine Stimme – nur noch ein Flüstern – klang jetzt drohend. »Das nehmen Sie also an, ja? Oder war es vielleicht ...?«

Ich schüttelte den Kopf – darauf wollte ich ihm nicht antworten.

»Und? Hat sie gekriegt, was sie wollte?«

Seine Hartnäckigkeit verärgerte mich. »Sex oder Informationen?« fragte ich. »Welches von beidem meinen Sie?« Ich hatte es mit voller Absicht so ausgedrückt, und wenn wir nicht im Blickfeld von ein paar Dutzend Hotelgästen gesessen hätten, wer weiß, vielleicht hätte er mir eine geschmiert.

»Die Stelle!« Er fletschte beinahe die Zähne.

»Nein. Plötzlich war sie eingeschlafen.«

Er starrte mich einen Moment lang an, als hegte er den Verdacht, ich könnte ihm etwas verbergen. Dann ließ er meinen Arm los. »Also gut, ich muß es eben selber aus ihr herausbringen.« Er lehnte sich zurück; anscheinend dachte er darüber nach, wie er das am besten anstellen sollte. Schließlich trank er seinen Kaffee aus und erhob sich langsam, beinahe widerwillig. »Ja. Ich sollte lieber selber ein Wörtchen mit ihr reden.« Er sah auf seine Uhr. »Abfahrt Viertel nach neun, okay?«

Er wollte gerade hinausgehen, da öffnete sich die Tür und Iris kam herein. Fast kam es mir wie ein telepathisches Verständnis zwischen den beiden vor. Solche Zufälle sollte es später noch häufiger geben. Nicht umsonst waren sie beide im Sternzeichen des Schützen geboren.

Als sie an unseren Tisch trat, war ich verblüfft darüber, wie sehr sie sich verändert hatte. Ihre Olivenhaut stand in voller Blüte, und auch wenn sie so gut wie kein Make-up trug, leuchteten ihre Lippen oder besser ihr Mund, der zusammen mit der Nase die bemerkenswerteste Partie in ihrem Gesicht bildete, in hellem Rot. Ihre Wangen, die noch am Abend zuvor so blaß gewesen waren, hatten jetzt Farbe, und wieder ging diese frappierende Vitalität von ihr aus, die mich bei unserer ersten Begegnung auf der *Cutty Sark* so angezogen hatte. »Wird's nicht langsam Zeit, daß wir losfahren?« Die Frage hatte sie an Ward gerichtet, nicht an mich, und sie sah dabei vielsagend auf ihre Uhr.

»Ich wollte Sie gerade holen«, antwortete er schroff.

Sie ignorierte seinen Ton und wollte von ihm wissen, ob er ihr einen Platz in der Maschine reserviert habe, die uns von Lima nach Süden bringen sollte.

»Ich hatte eigentlich vor, mit dem Auto über Arequipa bis zur chilenischen Grenze zu fahren.«   Seine ganze Art war ein wenig defensiv. »Es gibt da noch 'n paar archäologische Stätten, die ich mir gerne ansehen wollte, wo ich schon mal hier bin.«

»Aber da unten in Punta Arenas wartet ein Schiff auf uns. Vielleicht ist noch nicht alles in Ordnung mit der *Isvik*. Könnte doch sein, daß wir noch ein paar Kleinigkeiten besorgen müssen für eine Überwinterung im Eis. Das Schiff liegt weit entfernt von jeder Nachschubquelle. Vielleicht muß noch etwas extra angefertigt werden oder es ist zu sperrig, um es auszufliegen – eine neue Maschine zum Beispiel ...« Sie fixierten sich einen Augenblick lang, gar nicht mal feindselig, eher wie zwei Leute, die sich gegenseitig einzuschätzen versuchen. »Das können wir auch unterwegs diskutieren, oder? Haben Sie die Rechnung bezahlt?« Ihr Ton war herablassend, sie wollte ihn provozieren.

Ich sah, wie Ward zögerte; dann lächelte er und nickte. »Richtig, darüber können wir bei einem Rundgang durch die Ruinen von Chanchán reden.« Jetzt wollte er provozieren, er steuerte bewußt auf einen Zusammenstoß hin, aber er lächelte noch immer, als er mir auftrug, die Sachen in den Toyota zu bringen. »Und lassen Sie mir die Aktentasche nicht aus den Augen.« Er deutete auf die Mappe, die an einem Tischbein lehnte, und schlenderte hinaus. Die Straße, die von Cajamarca aus über die Kordillere führte, hatte uns direkt bis in die Vororte von Trujillo gebracht, und wir waren in einem Hotel im Stadtzentrum abgestiegen, alle drei mehr oder weniger erschöpft. Jetzt, an einem strahlenden, wolkenlosen Morgen – die Luft war nach einer regnerischen Nacht schon wieder erstaunlich trocken –, fuhren wir gründlich ausgeruht weiter. Ich verspürte zum erstenmal eine Art Vorfreude, eine Erregung angesichts des Erlebnisses, das vor mir lag – eine Reise an der Südküste des südamerikanischen Kontinents und weiter bis an den südlichsten Rand der Welt. Selbst der Umweg über Cajamarca erschien mir im Rückblick wie ein Abenteuer und nicht wie ein Unternehmen, das einem Schauer über den Rücken jagt.

Aber auch wenn ich jetzt optimistischer Stimmung war, der Schatten des Mannes, der sich gerne »Todesengel« nennen ließ, reiste mit mir: die Erinnerung an sein gutes Aussehen, seine gut geölte Virilität, vor allem aber Iris Sunderbys offensichtliche Schwärmerei für ihn, das alles ging mir nicht mehr aus dem Kopf.

Als wir vom Hotel abfuhren, saß Ward am Lenkrad, aber statt nach Süden zu fahren, chauffierte er uns nach Norden aus der Stadt heraus, und als Iris Sunderby dagegen protestierte, sage er: »Chanchán. Das laß ich mir bestimmt nicht durch die Lappen gehen.« Und dann fügte er erklärend hinzu, daß es früher einmal die Hauptstadt der Chimú war. »Noch vor den Inkas, und die waren fast genauso mächtig.«

Ich war nicht weniger ungeduldig als Iris, ich wollte nach Süden und endlich einen Blick auf das Schiff werfen, das bald unser Domizil sein würde, aber als ich Chanchán sah ... Es war unbegreiflich, so unbegreiflich, so verloren in der Zeit, daß es etwas in mir veränderte, meine Perspektive, meinen Blick auf die Zukunft; etwas ging in mir vor, das ich mir bis heute nicht richtig erklären kann.

Zuerst war es nichts weiter als eine weitläufige, aus Lehm gebaute Stadt von gewaltigen Ausmaßen, vollkommen zerstört, trostlos, öder als der Mond und obendrein noch ziemlich finster, denn ein Nebel verdeckte die Sonne. Sie lag nur ein kleines Stück von der panamerikanischen Schnellstraße entfernt, nichts als grauer, getrockneter Lehm; die Außenmauern waren so massiv und gewaltig, daß sie nach einem guten Jahrtausend immer noch acht oder neun Meter hoch waren. Nur an den Brustwehren gab es Spuren des Verschleißes. Es war tatsächlich eine trostlose Einöde; die Bewässerungskanäle waren von Schutt verstopft, und etwas, das auch nur entfernte Ähnlichkeit mit einem Baum gehabt hätte, war weit und breit nicht zu sehen. Innerhalb der Mauern war man dann wirklich in einer anderen Welt – auf mehr als fünfzehn Quadratkilometern ein Netz von Straßen, gesäumt von den abbröckelnden Wänden der Häuser und öffentlichen Gebäude, von Friedhöfen und Wasserbecken; hier und da – wo Grabräuber und Leichenfledderer am Werk gewesen waren – lagen Stücke von Knochen zutage. Schaute man in Richtung der Panamericana zurück, hatte man den Eindruck, als sei der gewaltige Komplex aus Lehm und Schlamm von kahlen und ausgedörrten Bergen abgeschirmt. Das Bollwerk im Westen war der pazifische Ozean. Ich konnte ihn hören, ein stetiges Grummeln, wie bei einem Erdbeben.

Ich ging quer durch diese phantastische Ruinenstadt. Es war die größte, die ich je gesehen hatte, sie war aufgeteilt in von Mauern umschlossene Einheiten, zehn an der Zahl, wie Ward mir erklärt hatte, und als ich an ihrer westlichen Umrandung angekommen war, stand ich dem Ozean gegenüber. Eine mächtige Brandung rollte herein, stellte haushohe Wellen in den Nebel, die mit donnerndem und anhaltendem Getöse auf dem Strand zusammenstürzten.

Eine schwache Brise wehte landeinwärts. Als ich dort stand, im salzigen Sprühregen der Gischt, und der Nebel sich mir klamm auf die Haut legte, da erschien mir, angesichts der ewigen

Weite des Ozeans und des Alters der verlassenen Überreste in meinem Rücken, mein ganzes bisheriges Leben geringfügig und nebensächlich. Ich kann es mir nicht erklären, aber ich hatte das Gefühl, als würde ich aus mir selbst herausgehoben und sei soeben im Begriff, die Bedeutung des Seins zu erfassen. Es lag beinahe etwas Biblisches in der Atmosphäre, die an diesem Ort herrschte, und doch war es eine heidnische Welt, die ich da betreten hatte. Wie konnte sie so voller Bedeutung sein? War es die ungeheure, wogende Gewalt des Wassers, das mir entgegenbrandete, oder war es das Bewußtsein von der Gegenwart der Toten in der großen Stadt?

Ich weiß nicht, was es war, aber ich fühlte mich beinahe körperlos, drei Meter groß und Gott sehr nahe. Der Eindruck war so gewaltig, daß er noch während der kommenden Monate fortwirken und mir Kraft geben sollte, als ich sie am nötigsten brauchte.

Ich mußte wohl mindestens zehn Minuten dort gestanden haben, ganz still, wie erstarrt. Schließlich drehte ich mich um und ging zurück, ohne meine Umwelt wahrzunehmen, die Gedanken immer noch eingeschlossen im Eindruck, den dieser Ort auf mich gemacht hatte. Nur undeutlich hörte ich eine Stimme meinen Namen rufen. Sie saß in einer Lücke der äußeren Stadtmauer, und als ich mich ihr näherte, sagte sie: »Sie sehen aus, als wäre Ihnen ein Gespenst begegnet.« Sie lächelte. »Was gab's zu sehen da draußen?«

»Nichts – nur den Ozean.«

Sie sah mich besorgt an. »Sie denken über das nach, was vor Ihnen liegt.«

Ich nickte. Ich sah auf sie herunter: Die braunen Knie hatte sie unters Kinn gezogen, der offene V-Ausschnitt ihrer Bluse gab den Blick auf die Rundungen ihrer Brüste frei, bis hinunter zu den rötlichen Höfen der Brustwarzen. Sie klopfte auf den freien Platz neben ihr. »Macht er Ihnen angst?« Ich antwortete nicht, und sie wandte sich ab, sah wieder hinaus auf den Ozean. »Mir macht er angst.« Sie flüsterte beinahe. »Er ist so weit. Das beunruhigt mich. Es geht immer weiter und weiter – zehntausend Meilen nichts als Wasser. Und wo wir hinfahren, haben die

Stürme schon um den ganzen Erdball herum Anlauf genommen.«

Ich setzte mich neben sie. Jetzt sahen wir beide durch den Nebelschleier auf das tobende, stampfende Wasser, dessen Geräusch uns in den Ohren dröhnte und das unsere ganze Welt mit Lärm zu füllen schien. »Er kommt mit uns, stimmt's?« fragte ich sie.

»Ángel? Ja.« Sie nickte. »Er wird uns hinunter ins Eis navigieren und uns dann hinführen.« Und ganz leise, als würde sie mit sich selbst sprechen, fügte sie hinzu: »Er weiß, wo es liegt.«

»Trauen Sie ihm?«

Sie zögerte. »Nein. Nein, ich traue ihm nicht. Aber er wird uns hinbringen.«

»Warum?«

Ein hohles kleines Lachen. »Ach, wenn ich das wüßte ...«

Ich wartete, aber mehr sagte sie dazu nicht. »Lieben Sie ihn?« fragte ich sie.

Sie sah mich an, aber nicht etwa wütend – aus ihrem Ton sprach eher Verachtung. »Liebe! Das ist nichts, was er verstehen würde. Einen Mann wie Ángel liebt man nicht.«

»Was dann? Er fasziniert Sie. Ist es das?«

Sie preßte ihren Mund zu einer schmalen Linie zusammen. »Das geht Sie nichts an. Aber ... ja ... er ist sehr attraktiv. Spüren Sie das nicht?« Und langsam fügte sie hinzu: »Männer finden ihn genauso attraktiv wie Frauen.«

Ich fragte mich, warum sie das gesagt hatte. »Es geht mir um Sie. Ich möchte es von Ihnen wissen.« Das war anmaßend von mir, aber ich wollte es wissen, und die Gelegenheit war günstig. Die Atmosphäre, der Ort, die Stimmung zwischen uns – alles stimmte.

Sie nickte beinahe widerwillig. »Wahrscheinlich. So sind wir Menschen. Er ist ein Teufel, aber wenn die Götter ...« Der Satz verebbte in einem kurzen Schulterzucken, das Ähnlichkeit mit einem Frösteln hatte. »Und er ist nicht mein Bruder.«

»Nicht mal Ihr Halbbruder?«

»Nein.«

»Und wer ist sein Vater?«

»Woher, zum Teufel, soll ich das wissen? Ich hab ihn doch kaum gesehen, seit mein Vater gestorben ist.«

»Und dieser Carlos? Ein Cousin, hatten Sie gesagt.«

Sie ignorierte die Frage, sah mich an und fragte mich, warum Ward uns an diesen Ort gebracht hatte. »Warum unbedingt nach Chanchán? Überall nur Mauern aus Lehm – es ist so deprimierend.« Nach einer Pause fügte sie hinzu: »Er tut nichts ohne Grund. Die Schauspielerei, sein Akzent, die Stimmungsschwankungen – ich glaube, es ist alles kalkuliert.« Sie sah mich wieder an, wartete auf eine Antwort. Mein Gott! dachte ich. Wir sind im Begriff, uns in die zerbrechliche Schale eines kleinen, schwimmenden Domizils zu sperren, und dabei stecken wir – wir drei zumindest – voller Animositäten und versteckter Motive, die ich nicht verstehe.

Sie nickte, als hätte sie in meinen Gedanken gelesen. »Beim Blick auf das Meer haben Sie allen Grund, sich zu fürchten.«

»Ich fürchte mich nicht«, versicherte ich ihr. »Ich mach mir nur ein paar Sorgen.«

»Ein paar Sorgen.« Sie lachte.

»Wegen Carlos, zum Beispiel.«

»Was ist mit ihm? Er ist in Ordnung. Die Polizei wird das alles klären, und wenn sie den Jungen verhaftet hat, dann läßt sie ihn sofort wieder frei, sobald sie herausgefunden hat, daß es nicht meine Leiche war, sondern die von irgendeinem kleinen Nuttchen aus den Docklands.«

»Aber Ihre Handtasche.«

»Meine Handtasche? Ja, sicher. Ist mir ganz plötzlich eingefallen. Wenn sie die Leiche verwechselt haben ...«

»Und der Ring. Victor Wellington hat gesagt, daß die tote Frau Ihren Ring an der linken Hand trug.«

»Ich bin ziemlich naß geworden.« Sie nickte lächelnd. »Ein bißchen Angst hatte ich auch, und das Wasser war schmutzig. Es war niemand in der Nähe. Zum Glück hat mich keiner gesehen. Der arme Carlos!« Sie warf einen schnellen Seitenblick auf mich. »Warum fragen Sie nach ihm? Meinen Sie, man wird ihn anklagen?« Es klang beinahe hoffnungsvoll.

»Sie haben ihn doch erkannt, als er uns von Greenwich aus gefolgt ist.«

»Sicher hab ich ihn erkannt. Er ist ...« Sie unterbrach sich. »Sie stellen zu viele Fragen.«

»Ich will doch bloß wissen, in welcher Beziehung er zu Gómez steht. Sie haben gesagt, er ist eine Art Cousin.«

Sie starrte wieder hinaus auf den Ozean. »Vielleicht. Vielleicht auch nicht.« Sie schüttelte den Kopf, im dunklen Haar glitzerte die Feuchtigkeit. Ihr Blick suchte meine Augen. »Ich glaube, mit Ihnen kann ich reden.« Ich stellte fest, daß ihr Englisch immer ein wenig unpräzise wurde, wenn Gefühle im Spiel waren. »Mit Iain nicht. Mit ihm kann ich nicht reden, jedenfalls nicht über private Angelegenheiten. Ich verstehe ihn nicht. Ich glaube, ich habe kein Vertrauen zu ihm irgendwie. In praktischen Dingen, ja. Für unsere Reise ist er ein guter Mann ...« Sie zuckte mit den Schultern. »Sie fragen nach Carlos. Ich weiß nicht, was er für ein Junge ist, ich weiß nur, daß er Ángel sehr nahe steht. Seine Mutter ist diese Gabrielli, glaube ich. Aber wer sein Vater ist ...« Wieder dieses kurze Schulterzucken. Und dann stand sie auf. »Es wird Zeit, daß wir zu Iain gehen und weiterfahren. Wir müssen heute abend in Lima sein.«

»Wo ist er?« fragte ich, als wir dem Pazifik den Rücken zuwandten und uns einen Rückweg durch dieses Labyrinth aus Mauern und Geröll suchten.

»Als ich ihn verließ, studierte er gerade die Überreste eines alten Friedhofs. Er war mit einem archäologischen Buch bewaffnet, hatte es aus seiner vollgestopften Aktenmappe gezogen. Auf allen vieren hat er auf der Erde gekniet und mit den Händen in einem Haufen alter Knochen gewühlt.«

Als wir ihn fanden, saß er auf einem besonders hohen Abschnitt der Mauer und skizzierte auf einem Blatt Papier die Einrichtung eines der Innenräume. Als ich mich neben ihn setzte, fiel mir auf, daß er von seinem Aussichtspunkt den Toyota im Auge hatte. Als wir ihn dort geparkt hatten, war weit und breit kein anderes Fahrzeug zu sehen gewesen. Jetzt standen mehrere Autos dort unten, und ein Bus spuckte gerade eine ganze Horde von Touristen aus. »Ich sehe, Sie gehen kein Risiko ein.«

Ich hatte es mehr als Scherz gemeint, aber er nahm meine

Bemerkung ernst. »Würden Sie das nicht auch tun, nach allem, was uns auf dem Weg nach Cajamarca passiert ist?« Jetzt wurde mir klar, daß Iris ganz recht gehabt hatte. Nicht nur sein kultureller Wissensdurst hatte ihn nach Chanchán getrieben.

Es war schon fast elf, als wir das große Areal aus Lehm verließen und wieder zurück nach Trujillo und weiter nach Süden fuhren, durch eine eintönige, ausgetrocknete Landschaft, eine Wüste beinahe. Nach und nach vertrieb die Sonne den Nebel, und am Nachmittag fuhren wir durch einen Glutofen unter einem verbrannten Himmel. Es war bereits dunkel, als wir Lima erreichten, und obwohl wir uns stündlich mit dem Fahren abgewechselt hatten, waren wir alle ganz schlaff vor Erschöpfung.

Am nächsten Morgen flogen wir nach Tacna im äußersten Süden von Peru, ließen uns von einem Taxi über die Grenze nach Chile bringen und flogen von Arica nach Santiago. Von dort aus nahm uns eine verspätete Maschine mit nach Punta Arenas, wo wir am späten Abend eintrafen.

An Einzelheiten unserer Ankunft kann ich mich nicht mehr erinnern, nur daran, daß die vierzehn Kilometer lange Fahrt vom Flughafen ins Zentrum ein Alptraum war – im strömenden, mit Hagelkörnern durchsetzten Regen, den ein heulender Wind gegen die Fensterscheiben trieb, war die Sicht gleich Null gewesen. Nach der Hitze in Peru war es hier bitterkalt. »Möchte bezweifeln, daß man in dem Scheißkaff das Wort *Primavera* schon mal gehört hat«, sagte Ward in seinem schrägsten Glasgowerisch, und dem gab es nichts hinzuzufügen.

Wir waren in einem soliden, im viktorianischen Stil erbauten Haus untergebracht, das allerdings ein Blechdach hatte, auf das der Regen in den Pausen zwischen den Sturmböen mit einem gleichmäßigen Rhythmus trommelte. Das Haus gehörte einem alten Schiffskapitän. Er servierte uns Kaffee, den er mit chilenischem Weinbrand verlängert hatte. »*Es bueno. Hara dormir bien.*« Er hatte den größten Teil seines Lebens draußen vor der chilenischen Küste verbracht, auf kleinen Frachtern, die zwischen den isolierten Häfen der südlichen Wasserwege verkehrten; ein prächtiger alter Knabe war er, mit riesigen, knorrigen, vom Rheumatismus gekrümmten Händen und einem langen, zerfurchten Gesicht, und von seinen Augen, schmalen Schlitzen, als müßte er ständig gegen den Nebel anblinzeln, gingen stern-förmig tausend kleine Runzeln aus. Sein Haar war dicht und grau wie Eisen, und der etwas schlaff herabfallende Schnurrbart ringelte sich um den Mund und endete kurz unterhalb der Unterlippe in zwei kleinen Quasten – mit dem Effekt, daß der Alte ständig zu lächeln schien.

Ich schlief schon halb, als er uns unsere Zimmer zeigte; Ward und ich mußten uns im hinteren Teil des Hauses eines teilen, in dem statt einzelnen Betten ein Etagenbett in der Ecke stand. Die Windböen schienen direkt gegen das kleine Fenster zu prallen, es ratterte und knallte nur so. Manchmal erzitterte das ganze Haus unter den Stößen.

Als ich erwachte, schien die Sonne, und alles war ruhig. Ward hatte sich bereits gewaschen und war dabei, sich anzuziehen. »Morg'n.« Er lächelte. »Man darf wohl sagen, daß unsre Reise heute erst anfängt. Halten Sie es für ein gutes Omen?«

»Was?« Ich war noch gar nicht richtig wach.

»Gehn Sie ins Badezimmer rüber, dann sehn Sie, was ich meine. Das Fenster geht direkt auf die Meerenge hinaus. Es ist völlig ruhig, kein Windhauch, die Schiffe am Kai spiegeln sich im Wasser. Und noch was …« Er war von einer Erregung erfaßt, die den Jungen im Manne durchscheinen ließ. Vor der Kulisse einer schneebedeckten Bergkuppe, die man durch das kleine Fenster über seiner Schulter sehen konnte, wirkte er plötzlich um vieles jünger. »Los, raus aus den Federn. Ich bin unten am Kai. Will sie schon mal in Augenschein nehmen. Sie liegt direkt vor unsrer Nase. Verdammt viel Rost, aber sonst 'n ganz hübsches Mäd-chen«, fügte er hinzu, bevor er das Zimmer verließ.

Und so kam es, daß ich durch das Badezimmerfenster eines alten Seebären, der sein Küstenmotorschiff gegen ein Haus direkt an der Magellanstraße getauscht hatte, meinen ersten Blick auf die *Isvik* warf. Wie Ward bereits gesagt hatte – sie sah verdammt rostig aus, aber unter dem Rost schien sie noch ganz stabil zu sein. Ich hoffte nur, daß ein ordentlicher Gutachter sie gesehen hatte, bevor Ward in das Geschäft eingestiegen war.

Als ich am Anleger ankam, hob der Wind draußen auf der

Meeresenge bereits helle Kämme aus dem Wasser, und westlich
der Stadt waren die Gipfel der Berge in den Wolken verschwunden. Mein Atem stand weiß in der Luft, und bald schon spürte
ich den eisigen Wind durch den Seglerpullover und den Spezial-
anorak, den ich mir für diese arktischen Breiten besorgt hatte.
Der Kai war noch weiß und glatt vom Graupel des letzten Ha-
gelsturms.

Ich blieb dort nicht lange stehen, aber lange genug, um mir ein
Bild von der Linie des Rumpfes, dem eleganten Decksprung,
ihrer Länge und der Anordnung von Masten und Takelung zu
machen. Im Vergleich zu dem Frachter, der so dicht neben ihr
festgemacht hatte, daß sein schwarzes Heck buchstäblich über
dem messerscharfen Bug der *Isvik* schwebte, wirkte sie ziemlich
klein, aber verglich ich sie mit dem Maxi, in dem ich um die Welt
gesegelt war, dann dürfte sie etwa die gleiche Größe gehabt
haben – mindestens fünfundzwanzig Meter lang, mit einer
ordentlichen Breite und einem – so schien es – tiefen, V-förmi-
gen Schiffskörper. Mittschiffs gab es ein niedriges Deckshaus
mit einem oberen Steuerrad, und achtern, in einem kleinen
Cockpit, hatte sie ein Notruder. Zuerst hielt ich sie für ketschge-
takelt, aber dann kam ich zu dem Schluß, daß sie wohl doch eher
ein Schoner war. Ihr laufendes Gut war in einem erbärmlichen
Zustand, die Taue waren ausgefranst und ineinander vertakelt,
aber das stehende Gut, das zum Teil aus rostfreiem Stahl war,
schien sich sorgfältiger Wartung erfreut zu haben. Der Rumpf
war wahrscheinlich aus Stahl, deshalb der viele Rost unter der
schmutzigen Glasur aus Eis und Schnee. Die Oberkante, das
Deckshaus und viele der Beschläge waren aus Aluminium oder
aus einer glatten, grauen Legierung.

Gleich hinter dem Deckshaus, auf der Backbordseite, ragte ein
geschwärztes Stück Rohr aus dem Deck heraus, vor dessen
Mündung weißer Dampf tanzte, und das Eis auf der eisernen
Befestigungsklammer tropfte herunter. Ein Windstoß wehte
einen köstlichen Duft nach gebratenem Speck zu mir herab. Ich
war plötzlich sehr hungrig, ging an Bord, und durch die offene
Tür zum Deckshaus hörte ich Stimmen. »Mr. Ward?« Zweimal
rief ich seinen Namen. »Sind Sie an Bord?«

»Ja.«

Aber es war nicht Ward, der mir seinen Kopf aus dem Kajüts-niedergang entgegenstreckte. Es war ein großer, bärtiger Mann mit einem strohblonden Haarschopf auf einem runden Schädel, der ohne Hals auf den Schultern zu sitzen schien. Es waren enorm breite Schultern, die obendrein noch von einem grobgestrickten Pullover aus brauner und grauer Wolle ausgepolstert wurden. »Sie sind Pete Kettil, ja?« Nachdem ich es ihm bestätigt hatte, streckte er mir eine gewaltige Pranke entgegen, die meine eigene Hand zusammendrückte wie ein Schraubstock. »Nils Solberg. Willkommen an Bord. Der Boß ist schon da. Sie kommen wegen *Frokost*, ja? Eier und Speck, etwas Algen und Flechten, wir nennen das *Lav*. Ist *god*. *Kom* runter.«

Ward aß bereits. »Nils ist ein verflucht guter Koch«, sagte er mit vollem Mund. »Aber was andres hab ich auch schon festgestellt. Werfen Sie mal 'n Blick auf die Maschine. Von draußen sieht das Mädchen ja wie 'n rostiger Eimer aus, aber der Maschinenraum, mein lieber Mann ... Ich glaube, die Spiegeleier hätte er auch auf den Zylinderköpfen braten können, so haben die geblitzt und geblinkt. Ist es nicht so, Nils?«

»Ja. Maschine ist sehr gut.«

»Wir brauchen noch einen Koch. Dringlichkeitsstufe eins. Nils mag ja 'n guter Koch sein, aber außerhalb der Kombüse ist er für uns wertvoller. Und mit der Antriebswelle müssen wir uns was einfallen lassen.«

Der pensionierte Kapitän, in dessen Haus wir untergebracht waren, stellte uns nur die Betten an Land zur Verfügung und sonst nichts. Wir mußten unsere Betten selber machen und uns an Bord verpflegen.

»Was ist mit Mrs. Sunderby?« erkundigte ich mich.

Er sah mich an und hob fragend die Brauen.

»Ich vermute, sie schläft sich mal richtig aus.« Ich sagte das, ohne darüber nachzudenken.

»Dann vermuten Sie falsch.« Er grinste. »Sie hat schon vor mir gefrühstückt, und dabei hat sie ausgesehen, als wollte sie mit der Hochfinanz von Buenos Aires Geschäfte machen. Nein, sie ist drüben in der Werft und redet mit einem der Vormänner.

Anscheinend frißt der Kerl ihr aus der Hand. Sie haben ja sicher gesehen, daß es einiges zu tun gibt.« Er schob den Kopf nach vorn, als der große Norweger einen Teller mit einer seltsamen Mischung vor mich hinstellte: eine große Scheibe getoastetes Brot, zwei Eier, zwei riesige Schnitten Speck und dazu eine Mischung aus eigentümlichen, in Fett schwimmenden Gemüsen. »Ich bin Iain, das ist Nils, Mrs. Sunderby ist Iris, und du bist Peter oder lieber Pete, das ist kürzer so. Und für Gómez denken wir uns noch einen Namen aus. Ab jetzt nur noch Vornamen. Das geht schneller, und darauf reagiert man schneller. Und schnelle Reaktionen werden wir weiß Gott noch brauchen können. Hast du mal 'n Blick auf die Takelung geworfen?«

Ich nickte und wußte genau, was jetzt auf mich zukommen würde.

»Das ist deine Abteilung. Ich hab von Segeln keine Ahnung und Nils auch nicht – er ist nur im Maschinenraum 'ne Kanone. Und Iris ist die geschäftsführende Direktorin, okay?«

»Und du?« fragte ich, den Mund vollgestopft mit Grünzeug, das besser schmeckte, als ich erwartet hatte.

»Ich? Ich bin der alte Geldsack. Aber eins sag ich dir, Freundchen – ich begreife verdammt schnell, also glaub bloß nicht, daß du hier auf deinem dicken Arsch sitzen und Däumchen drehen kannst. Ich will, daß die Takelung innerhalb einer Woche repariert und seeklar ist.«

»Und die Segel?«

»Iris kümmert sich gerade drum. Wir müssen noch herausfinden, ob's in der Gegend Segelmacher gibt. Wahrscheinlich nicht. Dann messen wir sie eben selber aus und lassen sie ausfliegen. Oder wir machen uns unsere eigenen. In dem Kaff wird's ja wohl ein paar gute Näherinnen geben, und die Firma Singer dürfte ihre Vertreter schon in den Zeiten der Rahsegler hier runtergeschickt haben. Iris wird sicher bald 'n paar Frauen organisiert haben. Aufs Organisieren versteht sich das Mädchen.«

Sogar einen Koch hatte sie uns schon organisiert, einen jungen Mann von zweiundzwanzig Jahren, der gerade als dienstuntauglich aus der chilenischen Marine entlassen worden war. Außer vom Kochen verstand er auch von den meisten anderen Dingen etwas. Er hieß Roberto Coloni und hatte im Krankenhaus gelegen. Bei einem bösen Sturz hatte er sich das Schulterblatt, den Unterarm und zwei Rippen gebrochen und sich eine schwere Gehirnerschütterung zugezogen, von der ein Schaden am Gehör zurückgeblieben war. Er war wegen der Schwerhörigkeit ausgemustert worden, nicht wegen der offensichtlicheren Verletzungen, und es sollte noch ein paar Tage dauern, bis er zu uns stoßen und seinen Küchendienst aufnehmen konnte.

An diesem Vormittag in Punta Arenas war ich zunächst einmal bemüht, soviel wie möglich über das Schiff in Erfahrung zu bringen. Iain versorgte mich mit den wichtigsten Einzelheiten, während ich dieses gewaltige Frühstück verschlang. Die *Isvik* war bei der Werft Canadian Maritimes für einen amerikanischen Millionär auf Kiel gelegt worden, der es Henry Larsen gleichtun wollte, einem Oberfeldwebel der Royal Canadian Mounties, der in den Jahren 1940–42 den Schoner *St. Roch* von Westen nach Osten durch die Nordwestpassage gesegelt hatte. Er war der erste seit Amundsen, dem das gelungen war. 1944 wiederholte er das Kunststück, diesmal von Osten nach Westen, und damit war er der erste Mensch, der in beiden Richtungen über Kanada hinweggesegelt ist.

Der Entwurf für die *Isvik* war in hohem Maße durch die Peterhead-Segelschiffe der Mounties beeinflußt worden, und außerdem durch einen Entwurf des phantastischen Antarktis-Einhandseglers David Lewis. »Er hat's denen auf die Rückseite von einem Umschlag gekritzelt, einen hochgezogenen Stahlrumpf, mit 'ner Beplattung so dick wie bei einem Tanker.«

Die *Isvik* war in der Tat wesentlich breiter als das kanadische Polizeischiff, der Rumpf bekam zum Bug und zum Heck hin eine schärfere Linie, damit sie – auf Grund der stark betonten Keilform vorn und achtern – vom Eis hochgedrückt würde, wenn sie zwischen mehrere Preßeisrücken geraten sollte. Außerdem war sie kleiner; das Polizeischiff hatte mehr als dreihundert Tonnen. Aber aus seinem Entwurf und der Skizze auf der Rückseite eines Briefumschlags war die *Isvik* entstanden. Leider war ihr Bau damals verzögert worden, weil die Stahlbaufirma, bei der der Rumpf zusammengesetzt wurde, einen Fehler gemacht hatte

Obendrein hatte der amerikanische Millionär noch einen Herzinfarkt erlitten, und nachdem der Öltanker *Manhattan* über Amerika hinweg durch die Nordwestpassage gefahren war, hatte er endgültig das Interesse an dem Unternehmen verloren.

Die Anwälte, die seine Angelegenheiten regelten, hatten das Schiff nach einem der periodischen Zusammenbrüche an der Wall Street zum Verkauf angeboten. Drei Jahre waren seit ihrer Fertigstellung vergangen, und sie war noch immer nicht mit Spieren und Takelung versehen, und auch innen noch nicht ausgestattet. Ihr Erwerb durch die B. J. Norsk Forsking aus Larvik, die mit dem Schiff seismographische Messungen im Bellinghausenmeer – genau südlich vom Kap Hoorn – durchführen wollten, war, wie Ward es ausdrückte, »so ungefähr das erste gute Geschick, das ihr zugestoßen ist«, auch wenn es eine etwas klammheimliche Geschichte war.

Er behauptete nicht, daß das Schiff verhext sei, aber nachdem der Segelplan und die Innenausstattung umgestaltet worden waren und man das Schiff für seine neue Rolle in der Antarktis ausgerüstet hatte, erwischte die Firma B. J. Norsk Forsking, ein Ölbohrunternehmen, das im norwegischen Sektor der Nordsee operierte, nach einem Sturz der Ölpreise eine Pechsträhne und ließ das Projekt im Südpazifik fallen. Die Firma hatte die *Isvik* spottbillig erworben und noch einmal dieselbe Summe hineingesteckt, um sie nach ihren Vorstellungen umzubauen. Iain Ward hatte nicht viel mehr als den ursprünglichen Kaufpreis bezahlt. »Ich sage dir, Pete ...« Er lehnte sich über den Tisch, aus seinen kleinen stahlgrauen Augen leuchtete die Freude des Straßenhändlers, der gerade ein tolles Geschäft gemacht hatte. »Allein der Rumpf würde heute ein kleines Vermögen kosten. Am Bug sind die Stahlplatten achtzehn Tausendstel Zoll stark. Wenn wir im Eis eingeschlossen sind, und der Druck steigt, dann schwimmt sie wie 'n Korken. Wenigstens sollte es theoretisch so sein«, fügte er hinzu und zog die Mundwinkel nach unten.

»Was hat der Sachverständige dazu gesagt?«

»Genau dasselbe. Theoretisch müßte sie das aushalten. Hat er zuerst gesagt. Und dann hat der Mann alles wieder umgeworfen. Er sei kein Eisexperte, hat er gesagt, und wenn wir zwischen wirklich böse Preßeisrücken geraten, dann wüßte er auch nicht, was passiert. Um ehrlich zu sein, wenn so ein richtiger Eisberg auf einen zugesegelt kommt, ich glaube, dann drückt es einen zusammen, und wenn der Stahl noch so dick ist. Meinst du nicht auch, Nils?«

Der große Norweger schüttelte den Kopf und zog die Stirn in Falten. »*Jeg forstar ikke.*« Wahrscheinlich war Wards Englisch nicht so leicht für ihn zu verstehen, und vielleicht ging es ihm so wie vielen Ausländern, für die es leichter ist, Englisch zu sprechen, als es zu verstehen. »Du bist fertig mit deinem Kaffee, Iain? Denn wolln wir mal *Skrue*-Welle ansehen, ja?«

Auf dem Herd köchelte ein alter Druckkochtopf halb voll mit Kaffee vor sich hin, daneben stand ein Topf mit Milch. Ich bediente mich selber, und als ich fertig war, kletterte ich an Deck und sah mir die Takelage an. Nils hatte den Maschinenraum, der direkt unter dem Deckshaus war, bereits geöffnet. Er und Iain saßen im offenen Luk, ließen die Beine über dem großen Dieselmotor baumeln und gingen eine Liste mit notwendigen Dingen durch, die er aufgestellt hatte. Als ich an ihnen vorbeiging, hatte Iain seine Brille aufgesetzt und sah sich ein Diagramm an, das der Maschinist auf seinen Notizblock gekritzelt hatte. »Ja, erscheint mir ganz sinnvoll, aber wenn wir nun die Maschine herausheben müssen, und hier wimmeln so viele Ingenieure herum, daß wir mit dem Beladen von Vorräten und Ausrüstung nicht weitermachen können ...«

»*Nei, nei, nei.* Wir schneiden die Welle hier. Ich mach das selber. Keine Ingenieure von der Werft. Wir brauchen nichts außer Werkzeug und Hebel, um Verbindung zu lösen. Und neuen Dynamo – einen kleinen, damit wir Strom haben unabhängig von der *Skrue.*«

»Schraube?«

»Ja, ja, Schraube.«

Ich ließ sie allein. Maschinen interessierten mich nicht besonders. Takelage und Segel um so mehr, und als ich dann auf dem Deck stand, die Taue sortierte und aufwickelte und mir notierte, was ich alles benötigte, hatte ich für nichts anderes mehr Augen. Die Zeit verging wie im Fluge, und ich war so konzentriert auf die Arbeit, daß ich kaum bemerkte, wie der Wind an Stärke zunahm und kleine, eisige Regentropfen beinahe horizontal gegen das Schiff trieb. Hin und wieder kletterte ich hinunter, um mich aufzuwärmen, meine Notizen zu übertragen und sie mit den Plänen zu vergleichen, die Nils für mich herausgesucht hatte, bevor er mit Iain das Schiff verließ, um mit den Leuten von der Marinewerft zu reden.

Es war schon fast November, und man brauchte kein Experte in Navigation zu sein, um den Seekarten zu entnehmen, daß wir spätestens Ende November auslaufen mußten, wenn wir den größtmöglichen Vorteil von der sommerlichen Auflockerung des Packeises im südlichen Weddellmeer haben wollten. Es war eine Reise von annähernd zweitausend Seemeilen, und wir würden – Eventualitäten einkalkuliert – mindestens einen Monat brauchen, bis wir in Ausschlagweite der Position sein würden, in der Charles Sunderby einen kurzen Blick auf die *Andros* geworfen hatte. Außerdem plante Nils noch eine größere Arbeit an unserer Maschine, und das in England bestellte Schneemobil war auch noch nicht eingetroffen.

An diesem Abend erfuhren wir den Namen, den die Argentinier ihrem renovierten Ostindienfahrer gegeben hatten – *Santa Maria del Sur.* Wir erfuhren das nicht etwa von Iris, obwohl die seit einiger Zeit wußte, daß das Schiff kurz nach der Versenkung der *Belgrano* durch die Meerenge gesegelt war. Der alte Kapitän, in dessen Haus Nils uns untergebracht hatte, erzählte es uns. Iain hatte ihn zum Essen eingeladen. Der Mann lebte ganz allein, abgesehen von einer Halbindianerin, die jeden Morgen zu ihm kam, um ihm das Haus zu führen. Es war eine Demonstration des guten Willens gewesen, nicht mehr, denn es hatte ja keiner von uns ahnen können, daß er der einzige Mann in Punta Arenas war, der sich vorstellen konnte, warum die argentinische Marine während des Krieges einen Ostindienfahrer, der wie eine Fregatte gebaut war, wieder instand gesetzt und nach Süden gebracht hatte.

Iris kam mit ihm zusammen an Bord. Sie trug ein langes Kleid und hatte volle Kriegsbemalung aufgelegt. Der *Contraalmirante* hatte sie ins Kommandantencasino zum Essen eingeladen. Er war Konteradmiral, und als Oberbefehlshaber des Dritten Marinebereichs war er der wichtigste Mann in Punta Arenas. Der *Gobernador Marítimo* würde ebenfalls kommen, außerdem der befehlshabende Offizier der Marinewerft. Gott weiß, wie sie das angestellt hatte – vielleicht lag es daran, daß hier unten am Ende der Welt die schönen Frauen nicht gerade vom Himmel fielen. »Es ist wichtig, daß wir uns die nötige Unterstützung verschaffen.« Sie lächelte und wedelte mit der umfangreichen Liste benötigter Dinge herum, bei deren Zusammenstellung ich ihr geholfen hatte.

Der Oberbefehlshaber hatte seinen Wagen losgeschickt, und als er vorfuhr, brachte ich sie an den Kai. Inzwischen stürmte es aus Westen mit Orkanstärke, katabatische Böen stießen von den Bergen herab und peitschten mit solcher Wucht gegen die leuchtendweißen Wellenkämme, daß die Gischt wie Schrotkugeln über das Wasser getrieben wurde. Die Fallwinde machten einen darauf aufmerksam, daß die Hügel westlich des Hafens gute sechshundert Meter hoch waren. Mit dem Auto waren es acht Kilometer bis zu den ersten Skipisten. Iris sah aus wie ein Kosake in ihren rabenschwarzen Seestiefeln; den Rock des langen Kleides hatte sie hochgeschlagen und durch den Riemen ihrer goldlamierten Handtasche gesteckt. Die obere Körperhälfte war mit einem wattierten Anorak und einer Fellkapuze aufgepolstert. Es graupelte, ein Schleier aus eisigen Tropfen wehte an der Laterne auf dem Anleger vorbei, das Heck des Frachters glitzerte wie unter einer Salzkruste. Ich kniff die Augen zusammen, und als der Wagen abgefahren war, war ich bis auf die Haut durchgefroren.

Der alte Fahrensmann, der uns beherbergte, war ein Finne – Kapitän F. F. Kramsu. »Wie der Dichter. Wir haben einen Dichter, selber Name, aber anderer Blick auf das Leben, sehr viel Schmerz und Trübsal. Das F steht für Frederik, also nennt ihr mich Freddie.« Er war ein kleiner Mann mit leuchtendblauen Augen. »F für Freddie. Komme aus Lappland. Hier sprechen sie meine Sprache nicht. Nur Englisch und ihre besondere Art von Spanisch. Deshalb sprechen wir meistens Englisch, und alle nennen mich Freddie – oder etwas Schlimmeres auf spanisch, wenn sie glauben, daß ich sie nicht verstehe.« Er grinste und entblößte dabei braune Kaninchenzähne; seine Augenwinkel kräuselten sich vor Vergnügen, als er nach dem Drink langte, den Nils ihm gerade eingeschenkt hatte. »Und weil ich inzwischen fließend chilenisches Spanisch verstehe, gibt's dann immer viel zu lachen.« Er hob das Glas und prostete erst Nils, dann Iain und schließlich mir zu. »Skool!« Mit einem einzigen Schluck trank er das Glas leer.

»Ist leider nur Pisco«, entschuldigte sich Nils. »Chilenischer Brandy, kein Wodka. Wodka ist schwierig. Es kommen so viele fremde Schiffe durch die Straße. Die Fabrik- und Kühlschiffe, die bleiben draußen auf See und verschlucken die Krabben und den Fisch, den die Boote ihnen bringen, und wenn sie voll sind, dann fahren sie gleich wieder zurück nach Polen oder Rußland oder wo sie herkommen, und wenn sie Probleme haben, laufen sie die Atlantikhäfen in Brasilien oder Argentinien an. Liegen näher an ihrer Heimat.«

Captain Freddies Position in Punta Arenas war ungewöhnlich und ging in erster Linie auf den Falklandkrieg zurück. Als Skandinavier galt er als neutral, und inzwischen betrachtete man ihn als Beauftragten für die ausländischen Schiffe, die durch die Magellanstraße fuhren. Er war eine Art Konsul. Das war natürlich kein offizieller Posten, niemand hatte ihn ernannt, aber seit er seinen Küstenfrachter verkauft und sich in Punta Arenas niedergelassen hatte, führte er ein Logbuch über alle durchfahrenden Schiffe. Er hatte sein Teleskop mit an Land genommen und es in dem kleinen Dachfenster gleich unterhalb der Balken des steilen, nach Osten gerichteten Giebels montiert.

In diesem Logbuch, das er mir später zeigte, hatte er Namen, Heimathafen und Herkunftsland jedes Schiffes verzeichnet, das während der letzten achteinhalb Jahre durch die Meerenge gefahren war. Dazu hatte er sich Notizen zu Alter und Zustand gemacht und den Bestimmungshafen, den Namen des Kapitäns und Angaben zur Ladung festgehalten. Er erklärte mir, daß die Hafen- und Verwaltungsbeamten und auch das militärische Personal ständig wechselten, weil die Leute nur für kurze Zeit so tief im Süden stationiert wurden. Er dagegen gehörte zum festen

Inventar. Später erfuhren wir, daß er von der Regierung im weit entfernten Santiago einen Ehrensold erhielt. In gewisser Hinsicht war er also ihr Mann in Punta Arenas, und schon deshalb betrachtete er es als Selbstverständlichkeit, uns zu beherbergen und soweit wie möglich behilflich zu sein.

Gleich zu Beginn des Falklandkrieges hatte er begonnen, ein zweites Buch zu führen – der Form nach ebenfalls ein Logbuch, aber es ähnelte mehr einem Tagebuch. In ihm waren nicht nur die Schiffe aufgeführt, die in beiden Richtungen durch die Magellanstraße fuhren, es enthielt auch Berichte über argentinische Luftangriffe und Aktivitäten der Marine, einschließlich der Versenkung der *Belgrano*; es wird sogar der britische Hubschrauber erwähnt, der gegenüber von Punta Areñas an der Küste der Magellanstraße gelandet und von seinem Piloten in die Luft gesprengt worden war. Außerdem war das Buch voll von Gerüchten und Klatschgeschichten, die meisten stammten von den Schiffen, auf denen der Alte gewesen war, oder von den Seeleuten, die ihn in seinem Haus besucht hatten.

In diesem Buch zeigte er mir den ersten Hinweis auf die *Santa Maria*. Der Eintrag lautete:

Der Erste Offizier an Bord der MV Thorhavn war aus Helsinki. Er hat mir erzählt, daß sie in Puerto Gallegos eingelaufen waren, um sieben schwedische Ingenieure mit Ersatzteilen für Volvo- und Saab-Fahrzeuge an Land zu bringen. Dort hatten sie einen alten Rahsegler aus Holz am Kai der Marinewerft liegen sehen. Es war die Santa Maria del Sur, die erst vor kurzem aus einem argentinischen Marinestützpunkt bei Buenos Aires, wo man sie einer gründlichen Überholung unterzogen hatte, nach Puerto Gallegos geschleppt worden war. Der Kapitän der Thorhavn, Olaf Peterson, hat berichtet, daß Männer oben in der Takelung damit beschäftigt waren, Antennen an den drei Masten anzubringen, und es soll Gerüchte gegeben haben, daß das Geschützdeck dieses maritimen Relikts, das kurz vor dem Krieg als Museumsschiff restau-

riert worden war, inzwischen mit der allerneuesten Elektronik ausgestattet worden sei.

Dies ist eine Übersetzung, das Original war auf finnisch. Und dann, kurz bevor der britische Kampfverband vor den Falklandinseln eintraf, gab es einen weiteren Hinweis auf die *Santa Maria del Sur*:

Es geht das Gerücht, daß die Briten an der Küste von Patagonien, nördlich des Hafens Puerto Gallego landen werden. Aber es ist nur ein Gerücht. Ich kann mir nicht vorstellen, daß sie tatsächlich dort landen werden. Es wäre absolut sinnlos. Auf See sind sie viel mobiler. Diese Mobilität und die Harrier-Flugzeuge auf dem Flugzeugträger sind ihre großen Trümpfe. Das einzige Schiff, das heute durchgekommen ist, war ein argentinischer Schlepper, der ein anderes Schiff – ich nehme an, es war die Santa Maria del Sur – im Schlepptau hatte. Ein altes Holzschiff, den Klippern, mit denen wir vorm Ersten Weltkrieg Getreide verschifft haben, nicht unähnlich, aber sie ist mindestens ein Jahrhundert älter. Man hat sie angeblich in La Plata aus dem Schlamm ausgegraben – wo sie vor dem Verrotten geschützt war – und völlig neu aufgebaut. Inzwischen wurden an den Masten Antennendrähte verlegt. Könnte mir vorstellen, daß man das Schiff für elektronische Überwachungen einsetzen will.

Das Tagebuch zeigte er mir erst vierzehn Tage nach meiner Ankunft in Punta Arenas, und ich ließ mir die Einträge übersetzen. Aber an diesem ersten Abend auf der *Isvik* hörten wir es direkt aus seinem Munde. Iain fragte ihn, was man seiner Meinung mit den elektronischen Einbauten bezwecke. Er lächelte und schüttelte den Kopf. »Ich will nicht spekulieren. Ist noch zu früh dazu. Wäre außerdem nicht klug, denn ganz sicher gibt es Agenten der argentinischen Junta in Punta Arenas. Man kennt mich hier gut, weil ich alle Bewegungen von Schiffen aufschreibe.« Er zog eine alte Pfeife aus der Tasche und begann sie zu stopfen. »Eines Tages«, erzählte er weiter, »ich bin nach Hause gekommen, und alles war durchwühlt. Alle Schubladen waren herausgezogen, sie lagen umgekippt auf dem Fußboden, sogar Bodenbretter haben sie herausgerissen. Natürlich bin ich zur Polizei gegangen, aber es wurde niemand verhaftet. Dabei wissen sie es. Ich bin ganz sicher, sie wissen, wer es getan hat.«

Er hielt ein Streichholz an die Pfeife und sog vorsichtig am Mundstück. Ein schelmisches Lächeln zog ihm die Mundwinkel in die Höhe. »Chile und Argentinien …« Er zuckte vielsagend mit den Schultern. »Man kann es auf der Karte sehen – keine guten Grenzen hier unten im Süden. Zwischen beiden ist das ein bißchen wie eine Schachpartie. Dieses Land hat seine Leute da drüben in empfindlichen Positionen. Und man will natürlich nicht, daß Leute verhaftet werden, weil sie tun, wofür sie ausgebildet sind, also verhaftet man hier keine argentinischen Agenten. Leben und leben lassen. So ist das, ja? Ich glaube, in Ihrem Land ist das nicht anders. Jedenfalls …« Er lachte und schlug auf den Tisch. »Sie haben nicht gekriegt, was sie gesucht haben bei mir. Ich hab ein neues Buch angefangen, als sie auf den Malvinas gelandet sind, damals, als ihre Zerstörungstrupps über Südgeorgien hergefallen sind. Erinnert ihr euch? Damit hat der Krieg angefangen. Ich hab gedacht, daß es gefährlich sein kann, was in mein Buch steht, also hab ich es immer bei mir behalten und alles in finnischer Sprache aufgeschrieben. Die anderen Bücher haben sie liegenlassen. Klar. Waren uninteressant für sie. Deshalb weiß ich auch, wer es war.«

»Die hätten Ihnen das Buch doch gewaltsam abnehmen können«, stellte Iain fest.

Captain Freddie schüttelte den Kopf. »Das wäre ein Raubüberfall, oder? In Punta Arenas passieren nicht viele Raubüberfälle.« Sein Lächeln war so schelmisch, daß ich an eine Peer-Gynt-Aufführung erinnert wurde, die ich am Maddermarket in Norwich gesehen hatte. »Ist viel zu auffällig, mich zu überfallen. Dann kann die Polizei nicht mehr zögern, und für Argentinien ist es im Augenblick sehr wichtig, daß ihre Beobachter hier in Freiheit sind.«

»Verstehe.« Iain nickte.

»Und wenn sie mein Buch mitgenommen hätten – gefunden hätten sie nichts.« Ein listiger Ausdruck hatte sich auf das Gesicht des Mannes gelegt. »Über den Besuch an Bord habe ich kein Wort geschrieben. Viel zu gefährlich.«

Iain beugte sich weit über den Tisch. »Sie sind an Bord der *Santa Maria* gewesen?«

»*Kyllä*, sie haben mich eingeladen. Und danach ich hab angefangen zu verstehen, was es auf sich hat mit der *Santa Maria del Sur.*«

Erwartungsvolles Schweigen. Die Geräusche des Hafens klangen leise durch die Nacht zu uns herüber, teilweise überlagert vom gleichmäßigen Dröhnen der Maschine des Frachters, der vor uns am Kai festgemacht war. Ward wartete, aber der Alte ließ sich die näheren Einzelheiten nur durch beharrliches Bohren aus der Nase ziehen.

Es mußte ein seltsamer Anblick gewesen sein. Captain Freddie sagte, er habe seinen Augen kaum getraut, als er aus dem Schlafzimmerfenster sah. Wie ein Geisterschiff sei es ihm vorgekommen – dieses Wort benutzte er: Pechschwarz hätten die drei Masten sich von der weißen Linie des schneebedeckten Ufers auf der anderen Seite abgehoben, und der unglaublich lange Bugspriet habe wie eine Lanze aus dem hölzernen Schiffsleib geragt. Den Schlepper hatte er zuerst gar nicht gesehen, weil er auf der anderen Seite längsschiffs gegangen war.

Die beiden Schiffe hatten den ganzen Vormittag über vor der Marinewerft gelegen. Am frühen Nachmittag schließlich war er an Bord des Schleppers gerufen worden, um bei der Lösung eines »kleinen Problems« zu helfen, das entstanden war. Der Schleppzug war auf der Durchfahrt von Puerto Gallegos zum argentinischen Hafen Ushuaia am Beagle-Kanal. Kurz vor der Einfahrt in die Magellanstraße waren sie in einen Orkan geraten, und vor Cabo Virgenes hatte das geschleppte Schiff heftig zu scheren angefangen.

Natürlich hatte der Kapitän der Schleppers noch nie zuvor ein großes Segelschiff im Schlepptau gehabt, er hatte keinerlei Erfahrung mit den luvwärtigen Wirkungen von drei hohen Masten im Orkan. Zeitweise war das Schiff buchstäblich auf den

Schlepper aufgelaufen, hatte ihm den Bug ins Heck gerammt, und schließlich hatte die Schlepptrosse das Spill herausgerissen, an dem sie befestigt war. Jetzt blieb dem Schlepper nichts mehr anderes übrig, als bei der Fregatte zu bleiben, bis der Wind sich gelegt hatte.

Man hatte die Schlepptrosse schließlich mit Hilfe von Taustroppen an den Halterungen des Bugspriets befestigt, und mit diesem Notbehelf war es gelungen, den Segler bis Punta Arenas zu schleppen. Jetzt brauchte man die Mitarbeit der chilenischen Marinewerft, die man darum bat, Stahlbolzen zu befestigen, die kräftig genug wären, das Spill nicht wieder ausreißen zu lassen. Außerdem benötigte man Material, um provisorische Reparaturen am Steuerbordbug des Seglers durchzuführen, wo das Spantenwerk durch das ständige Aufprallen auf das Heck des Schleppers beschädigt worden war. Und weil er außerdem Wasser machte, mußte man ein paar zusätzliche Pumpen ausleihen. Die Schwierigkeit bestand darin, daß ein Marineleutnant das Kommando über den Schleppzug hatte, und der weigerte sich beharrlich, einen Offizier der chilenischen Marine an Bord der *Santa Maria del Sur* zu lassen, damit der sich den Schaden ansehen konnte.

Deshalb hatte man nach Captain Freddie geschickt, und nach einer langen, manchmal sehr hitzigen Diskussion und einer ganzen Reihe von Ferngesprächen war schließlich ein Fax losgeschickt worden, das es den Chilenen gestattet hatte, die Dinge zu liefern, die nach Freddies Meinung benötigt wurden. So war er an Bord der *Santa Maria del Sur* gekommen.

»Eine politische Entscheidung, Sie verstehen? *On poliittinen päätös, ymmärrettekö?* Alles Politik. Sie führen einen Krieg, wollen aber friedliche Beziehungen.« Die Stahlbolzen mußten auf dem Geschützdeck befestigt werden, und auf dem Geschützdeck befanden sich einige der elektronischen Installationen, die die chilenischen Offiziere nicht sehen sollten. »Der Zweck des Schiffs sollte nicht erkannt werden. Ich verstehe nichts von Elektronik. *Olen vain vanha lastilaivan kapteeni, siksi olen turvassa.* Davon hab ich keine Ahnung, nicht wahr? Ich bin nur 'n alter Frachtschiffkapitän.« Er lächelte und zwinkerte mit den Augen, als er Iain erzählte, wie er einen Blick in die unteren Decks geworfen hatte, die man in der Mitte aufgetrennt hatte, um dort eine Art Abschirmung aus Plastik installieren zu können.

Er war zwei Stunden und länger an Bord der *Santa Maria* gewesen und hatte mit dem argentinischen Marineleutnant und den Ingenieuren des Schleppers besprochen, was getan werden mußte, um den Schleppzug sicher durch den Beagle-Kanal und weiter nach Ushuaia zu bringen. Umgehend hatte die Marinewerft die Pumpen geliefert. Der Rest der benötigten Ausrüstung, einschließlich zusätzlicher Werkzeuge, war am nächsten Morgen eingetroffen. Weil sie die Reparaturen selber durchführten, dauerte es länger, als es mit Arbeitern der Werft gedauert hätte, aber auch so war der Schleppzug am Mittag des dritten Tages wieder unterwegs gewesen.

Mehr konnte er uns nicht sagen. Er wußte nicht genau, welchen Sinn es haben könnte, komplizierte Elektronik in ein altes Segelschiff einzubauen, und Iain drängte ihn nicht. Statt dessen stellte er Fragen nach der Mannschaft – vor allem der *Santa Maria*. »War ein Mann namens Gómez dabei?«

Der Alte schüttelte den Kopf. »Ei.« Es waren zwei argentinische Marineoffiziere an Bord gewesen, einer hatte zum Schlepper und der andere zur *Santa Maria* gehört, und er hatte mindestens sechs Leute von der Besatzung gesehen, aber die Namen wußte er nicht. Iain langte in seine Aktentasche und zog ein Foto hervor. Es war ein Porträt von Mario Ángel Gómez in Marineuniform. »Woher hast du das?« fragte ich ihn.

Ein kurzer Blick in meine Richtung, aber keine Antwort. »Erkennen Sie ihn?« fragte er Captain Freddie. »War er einer der beiden Offiziere?«

Der alte Käpt'n warf einen Blick darauf, dann schüttelte er den Kopf. »Ei. Der Mann war nicht an Bord der *Santa Maria*. Und auch nicht auf dem Schlepper. Warum fragen Sie?«

Iain wechselte das Thema, jetzt stellte er dem Alten Fragen über die elektronischen Installationen. Aber der konnte ihm nur über die Einbauten auf dem Geschützdeck Auskunft geben. Alles andere war abgedeckt gewesen.

Iris kehrte zurück. Sie strahlte, der plötzliche Übergang von der Kälte in die Wärme der Kajüte hatte ihr die Wangen gerötet. Es war alles geregelt, die Werft würde uns jede Unterstützung gewähren. In der Achterkabine wechselte sie mit Iain ein paar Worte unter vier Augen, dann zog sie den Anorak wieder über ihr Kleid und ging schlafen, eskortiert von Captain Freddie. Wir tranken noch ein Glas mit Nils, während wir die Liste der Dinge durchgingen, die er für den Umbau an der Schraubenwelle benötigte. Dann gingen auch wir hinaus in die Nacht, mit schnellen Schritten eilten wir durch den eisigen Wind zu unserer Unterkunft.

In der Nacht wurde ich durch ein leises Piepsen geweckt. Ich saß kerzengerade im Bett und fragte mich, wo ich war. Unter mir bewegte sich etwas, und erst jetzt fiel mir wieder ein, daß ich mich in der oberen Koje eines Etagenbetts befand. Iain besaß eine Armbanduhr mit eingebautem Wecker. Ich schlief wieder ein, aber nur, um die Augen gleich darauf wieder aufzureißen. Iains Kopf war vor mir aufgetaucht, und er streckte einen Arm in die Höhe. Die Wolle eines Pullovers strich mir übers Gesicht. »Was, zum Teufel, hast du vor?«

»Nichts. Ich muß was erledigen, das ist alles.«

Der Mond, der durch die fliegenden Wolken schien, war beinahe voll, und in dem fahlen Licht konnte ich erkennen, daß Iain seine Gummistiefel angezogen hatte und das Zimmer verließ. Ich kletterte aus meiner Koje und watschelte den Korridor entlang zur Toilette. Ich mußte sowieso pinkeln. Es war genau siebzehn Minuten nach drei, und ich sah ihn gerade noch in ein wartendes Auto steigen und davonfahren.

Es war fast fünf, als er zurückkam. Als ich ihn fragte, wo er gewesen sei, sagte er bloß: »Schlaf weiter.« Er zog sich schnell aus und kroch eilig in seine Koje.

»Du warst fast zwei Stunden fort.«

»Ich mußte telefonieren. Und jetzt halt den Mund. Es ist kalt draußen, und ich will noch 'n bißchen schlafen.«

Ich stellte ihm keine weiteren Fragen, lag einfach da und lauschte dem Wind. London. Über Satellit. Er hatte mit London telefoniert. Jedenfalls mit Europa. Sonst hätte er nicht mitten in der Nacht aufstehen müssen. Aber worum ging es, und warum gerade jetzt? Warum diese Eile? Solche Fragen gingen mir durch den Kopf, und ich glaube, der Morgen graute bereits, als ich endlich einschlief.

Ich weiß nicht, woran es lag, ob an dem überwältigenden Gefühl, in einer Welt aus Fels und Wolken gefangen zu sein, an ihrer Entlegenheit oder den unablässig auf uns einpeitschenden Stürmen – es schien jedenfalls alles länger zu dauern als erwartet. Und natürlich gab es auch Rückschläge. Coloni erhielt Nachricht von zu Hause, seine Mutter war bei politischen Unruhen in Valparaiso verletzt worden; statt für uns zu kochen, beschloß er, nach Hause zu fahren. Iris und Nils mußten sich von nun an am Herd in der Kombüse ablösen, mit dem unvermeidlichen Resultat, daß der Dynamo, der unabhängig von der freilaufenden Schraube angetrieben werden sollte, wenn wir unter Segeln fuhren, per Luftfracht aus den Staaten eintraf, bevor die nötigen Veränderungen an der Schraubenwelle vorgenommen worden waren. Und dann mußte das Schiff in die Helling gezogen werden, nicht nur einmal, sondern zweimal, zuerst, um den Rumpf abzukratzen, neu zu streichen und mit anwuchsverhindernden Mitteln zu behandeln, und dann ein zweites Mal, um fünf defekte Kielbolzen auszutauschen. Verschiedene Teile, die Iris hatte einfliegen lassen, waren falsch aufgelistet gewesen und mußten zurückgeschickt werden. Um die Monatsmitte stellte Nils Materialermüdung bei zwei Seeventilen fest, von denen das eine den Zustrom zu den Klosetts regelte, deshalb mußten wir die ganze Woche lang, bis wir wieder in die Helling konnten, um die Ventile auszutauschen, auf den guten alten Kübel zurückgreifen. Und während der ganzen Zeit ging unter Deck die Arbeit weiter, während ich mich draußen mit Segeln und Takelung herumschlagen mußte.

Es gab aber auch gute Nachrichten. Das australische Ehepaar hatte sich schließlich doch dazu durchgerungen, mit uns zu kommen; die neuen Partner der Frau hatten sich bereit erklärt, ihr ein Ferienjahr zu gewähren. *Eintreffen Ende November – Andy und Go-Go Galvin*, telegrafierten sie uns. Und auch ich hatte ein bißchen Glück. Die Schiffsbibliothek enthielt neben den notwendigen Navigationsbüchern, einer Bibel, einem anglikanischen Gebetbuch, Reiseberichten von Antarktisexpeditionen und ein paar abgegriffenen Taschenbüchern auch das eine oder andere Selbsthilfebuch, darunter eines über die richtige Takelung und Auskleidung von Segelschiffen. Es war zu einer Zeit geschrieben worden, als der Wind noch die treibende Kraft für die Schiffahrt gewesen war, und gerade deshalb war es – mochte es technisch auch noch so überholt sein – von unschätzbarem Wert für ein paar der Arbeiten, die ich durchführen mußte, im besonderen für das Spleißen der Drähte. Würden wir ins Rollen kommen, und das Schiff müßte mit einer Nottakelung zurechtkommen, dann wären wir jetzt ein ganzes Stück sicherer.

Es war völlig unmöglich, ein Schiff, das länger als ein Jahr im Hafen gelegen hatte, innerhalb einer Woche neu zu takeln. Nachdem ich einen gründlichen Überblick hatte, ging ich davon aus, daß ich einen guten Monat brauchen würde. Wir alle arbeiteten auf Hochtouren, und erst am zweiten Sonntag, als die *Isvik* in der Helling lag und die Werft geschlossen war, hatten wir unseren ersten freien Tag. Ausnahmsweise war die Wettervorhersage gut. Wir nahmen das halbstarre Schlauchboot und fuhren nach Süden Richtung Dawson-Insel; an der Küste der Halbinsel Brunswick, kurz vor dem Knie, hinter dem die Magellanstraße nach Norden durch ein Labyrinth von Inseln und engen Kanälen einen Weg zum Pazifik sucht, landeten wir in einer kleinen Bucht auf schwarzem Sand und Kies. Zwischen Büscheln von Bultgras hindurch gingen wir landeinwärts und kletterten die geröllbedeckten Hänge hinauf zu einer Stelle, von der aus man einen phantastischen Blick auf die Meerenge und die vielen Kanäle und Inseln weiter westlich hatte. Die Sonne schien, das Meer war von einem tiefen Blau, und die Luft war so kristallklar, als müßte man nur den Arm ausstrecken, um weit hinten im Südosten, auf Feuerland, das strahlende Weiß des Sarmiento mit der Hand greifen zu können.

Wir hatten beschlossen, nicht über Probleme mit dem Schiff zu reden, und so lagen wir in der Sonne und tranken aus der Flasche, die Iain in seinem Rucksack mit heraufgebracht hatte. Iris hatte Fisch- und Käsesandwiches dabei, und alles war so ruhig und entspannt, daß die Welt uns als veränderter Ort erschien. Und dann sagte sie plötzlich: »Carlos kommt Freitag.«

Iain hatte uns gerade erzählt, wie die ersten Menschen vor zehn- bis fünfzehntausend Jahren über die Aleuten, eine Gruppe vulkanischer Inseln, von der Mongolei aus nach Alaska gekommen waren und sich, im Laufe von fünf Jahrtausenden, weiter vorgearbeitet hatten, von Nord- nach Südamerika, bis sie schließlich in Feuerland angekommen waren, wo sie die Winter ohne Kleidung überlebt hatten, geschützt nur durch ihre natürliche Körperbehaarung. Auch von Fitzroy hatte er erzählt, dem Marineoffizier, der die erste Vermessung der Gewässer vorgenommen hatte, auf die wir herunterschauten, und von Darwin, der Fitzroy auf einer zweiten Reise in den Beagle-Kanal begleitet hatte, bei der die Vermessungen abgeschlossen wurden, bevor es auf eine lange Heimreise über die Galapagos, Neuseeland und andere Inseln ging. »Die Reise hat fünf Jahre gedauert, und die ersten beiden haben sie in diesen Gewässern verbracht, deshalb nehme ich an, daß Darwin seine ersten Überlegungen zum Ursprung der Arten hier angestellt hat.«

Iains Belesenheit überraschte mich immer wieder. Er besaß die seltene Fähigkeit, sich an alles zu erinnern, was er gelesen hatte, und er konnte es auch weitergeben. Und dann bewies uns Iris durch ihre völlig unzusammenhängende Bemerkung über Carlos bevorstehende Ankunft, daß sie ihm nicht zugehört hatte, sondern mit ihren Gedanken weit weg gewesen war, bei unserer Reise und dem, was vor uns lag.

»Warum?« Offensichtlich hatte sie Iain von dem Jungen erzählt, denn er erkundigte sich nicht, wer es war, sondern platzte direkt mit seiner Frage heraus: »Warum?«

»Warum? Ich weiß nicht, warum.« Sie lag ausgestreckt, den Kopf auf einen moosbewachsenen Stein gebettet, die offenen Augen blickten hinauf in das unglaublich strahlende Blau des Himmels. »Ich habe nur diese Nachricht bekommen.« Sie zog ein zerknülltes Stück Papier aus der Tasche ihres Anoraks und gab es ihm.

Eintreffe Punta Arenas 1700 27 Nov – Carlos Borgalini. Er las es laut vor, dann gab er ihr das Telegramm zurück, und ich fand, daß es eigentlich ein Jammer war, sich am ersten schönen Tag seit unserer Ankunft Gedanken über diesen elenden Jungen machen zu müssen. Mehr als das, was wir bereits wußten, konnte sie uns ohnehin nicht über ihn sagen. »Bist du sicher, daß er Gómez' Cousin ist?« Weil Iain gerade in ein Käsesandwich gebissen hatte und mit vollem Mund kaute, hatte sie ihn nicht richtig verstanden. Er schluckte herunter und wiederholte die Frage. »Bist du absolut sicher?« fügte er hinzu.

»Man sieht's ihm doch an, daß er ein Verwandter ist«, gab sie ihm zur Antwort.

»Borgalini? Wer ist Borgalini?«

»Weiß ich nicht.« Sie hatte es zu schnell gesagt, und er sah sie an.

»Das glaub ich aber doch. Er ist nah verwandt mit dieser Frau von deinem Vater, dieser Gabrielli. Das behauptet jedenfalls Rodriguez, warum sagst du also, daß er ein Cousin ist?«

Sie antwortete nicht.

»Ist er ein Cousin? Oder steht er euch noch näher?«

Sie schüttelte den Kopf. »Er ist Ángels Cousin, nicht meiner. Mehr weiß ich nicht.«

»Und Ángel ist nicht dein Bruder?«

Sie runzelte die Stirn und schwieg.

»Du hast es zu Pete gesagt. Als er auf der Hacienda mit dir allein war.«

»Hab ich das? Kann mich nicht erinnern.«

Er spielte mit zwei kleinen Steinen herum, die so weiß wie Zuckerwürfel waren. Nach einer Weile murmelte er: »Irgendwas stimmt da nicht.«

»Was soll denn da nicht stimmen? Ich verstehe dich nicht.«

»Meine Informationen ...« Er redete nicht weiter, man hörte nichts außer dem Klicken der beiden Steine. »Gib mal die Flasche rüber.« Er streckte die Hand aus und sie reichte sie ihm; beinahe wie in Trance sah sie ihm dabei zu, wie er die Flasche an die Lippen setzte.

»Was für eine Information? Worüber denkst du nach?«

Er drehte sich um, stützte sich auf dem verkrüppelten Arm ab und sah sie an. Der Ärmel seines Anoraks war leer, den stählernen Unterarm mit der Greifhand hatte er in seinen Rucksack gesteckt. »Eins wollen wir klarstellen, Iris.« Er packte sie mit der linken Hand an der Schulter und zog sie nah zu sich heran. »Dein Vater ist als Juan Roberto Gómez zur Welt gekommen. Nachdem seine Ehe mit der Gabrielli annulliert war, ist er nach Irland gegangen und hat deine Mutter geheiratet, Sheila Connor. Danach hat er einen Bindestrich zwischen die beiden Namen gemacht und sich Juan Roberto Connor-Gómez genannt. Ist das richtig?«

Sie nickte und sah ihm dabei tief in die Augen.

»Zwei Jahre nach der Hochzeit bist du auf die Welt gekommen. Alles so, wie es sich gehört. Aber unser Freund Ángel, wann ist der geboren? Weißt du das?«

Sie antwortete nicht.

»Du lieber Gott!« Seine Stimme klang plötzlich ungeduldig. »Was bist du für eine? Du fährst da rauf nach Cajamarca, benimmst dich wie 'ne billige Nutte, verkaufst deinen Körper für Informationen über die *Santa Maria*, und jetzt willste plötzlich nicht mal wissen, wer dieser Mann ist?« Und mit einer Stimme, die einem Kirchenältesten der Wee-Frees alle Ehre gemacht hätte, fügte er hinzu: »Wenn er dein Bruder ist, hast du Inzucht getrieben. Eine Todsünde, in den Augen der Kirche.« Nach einer Pause fügte er mit leiser Stimme hinzu: »Und wenn er nicht dein Bruder ist – wer, zum Teufel, ist er dann?«

Die Frage schwebte dort oben in der kühlen Gebirgsluft, die ganze Welt schien mit angehaltenem Atem zuzuhören. Ein Vogel glitt vorbei, mit rauschenden Flügeln segelte er hinab zum Wasser, das sich verdunkelt hatte, weil eine leichte Brise aufgekommen war.

»Also?«

Und jetzt ging sie auf ihn los. Ihre Stimme zitterte, aus den Augen funkelte der Haß, ihr südamerikanisches Temperament brach sich Bahn, als sie seine Hand von ihrer Schulter schlug. »Du Scheißkerl mit deiner dreckigen Phantasie! Wenn du noch einmal so mit mir redest, dann kannst du von mir aus zurückkriechen in das verlauste Glasgower Rattennest, in dem dein besoffener Vater dich ausgebrütet hat.« Sie brüllte ihn jetzt beinahe an. »Ich wollte beweisen, daß mein Mann recht hatte, und sonst nichts! Ich weiß, daß Ángel dieses Schiff gesehen hat. Ich weiß es genau. Soviel hab ich aus ihm herausbekommen. Er hat mir nur gesagt, wo es liegt. Die Position hat er nicht verraten. Deshalb muß ich ihn auf dem Schiff ertragen. Und du wirfst mir das alles an den Kopf, nennst mich eine Nutte. Ich bin keine Nutte, und das weißt du. Ich will der Welt nur beweisen, daß Charles nicht verrückt war.« Und wesentlich ruhiger fügte sie hinzu: »Es stimmt. Charles litt unter Angstzuständen. Das weiß ich. Er hatte Angst vorm Eis. Aber warum darf man keine Angst haben? Sein Gehirn war in Ordnung. Er hatte keine Halluzinationen. Das will ich beweisen.«

»Und dein Bruder?« Auch Iains Stimme klang plötzlich leise und beherrscht.

»Ángel, meinst du?«

»Nein, nicht Ángel. Ich meine deinen richtigen Bruder. Eduardo. Interessiert es dich gar nicht, was mit ihm passiert ist?«

Sie riß die Augen auf, als hätte die Anspielung auf Eduardo ihr physischen Schmerz verursacht. Ihr Zorn schien verflogen, als sie sagte: »Warum sagst du das? Weißt du etwas?« Sie beugte sich vor, griff nach seinem Arm. »Was ist es? Was weißt du?« Und als er den Kopf schüttelte, fragte sie ihn im Flüsterton: »Wer bist du? Bitte, sag es mir — wer bist du? Was bist du für einer? Ich muß es wissen.«

Als er immer noch nicht antwortete, sagte sie: »Wenn du etwas weißt, dann sag's mir, um Gottes willen!« Das Flehen in ihrer Stimme, der tränenfeuchte Blick — plötzlich war ich überzeugt davon, daß Eduardo ihr mehr bedeutete als alles andere auf der Welt. »Weißt du, was ihm zugestoßen ist? Weißt du es?«

»Nein.« Er sagte es unvermittelt. Und noch im selben Atemzug wurde sein Ton wieder barsch: »Wie lautet Ángels Geburtsdatum?« Er lehnte sich wieder zu ihr herüber. »Ich weiß, wann dein Vater Sheila Connor geheiratet hat. Aber ich weiß nicht genau, was davor passiert ist. War Mario Àngel bereits geboren, oder hat die Gabrielli ihn erst danach zur Welt gebracht?«

»Was spielt das für eine Rolle.«

»Mach dich nicht lächerlich. Du weißt genau, was das für eine Rolle spielt. Er behauptet, der Sohn deines Vaters zu sein. Also, kennst du nun sein Geburtsdatum oder nicht?«

Sie starrte ihn mit großen Augen an, ihr Atem ging schnell. »Ich kenne seinen Geburtstag. Der 17. Oktober.«

»Und das Jahr?«

»Ich glaube, das kann ich nicht beantworten – nicht mit Sicherheit. Weißt du, ich habe ihn zum erstenmal gesehen, als er in den Schulferien zu uns kam.«

»Heißt das, er war damals noch Schüler?«

Sie nickte.

»Und damals hast du ihn zum erstenmal gesehen?«

»Ja.«

»Was hat er für einen Eindruck auf dich gemacht?«

Sie bekam einen verträumten Blick. »Er war anders, vollkommen anders – anders als die Jungen, die ich kannte – irgendwie ... hemmungslos.«

»Was meinst du, wie alt war er damals?«

»Etwa zehn, denke ich.«

»Bist du mal einem Mann namens Borgalini begegnet? Roberto Borgalini?«

»Nein. Den kenne ich nicht. Wieso?«

»Er war Rosalia Gabriellis Manager. Auch einer von der Mafia. Er hat bis zu den Ohren in Drogengeschäften gesteckt. Ein ziemlich unangenehmer Typ.« Er zögerte, dann erhob er sich. »Er könnte Ángels Vater sein«, fügte er hinzu, sammelte seine Sachen zusammen und machte sich auf den Abstieg, mit kurzen Schritten rutschte er über das lose Geröll auf dem ersten Stück, schwang seinen Rucksack; der leere Jackenärmel klappte ihm gegen die Hüfte.

ZWEI

Ich fand es sehr sonderbar, daß Carlos plötzlich in Punta Arenas auftauchen sollte, nachdem man ihn wegen eines toten Mädchens festgenommen hatte, das er gar nicht kannte. Seltsam auch, daß weder Iris noch Iain sonderlich erstaunt darüber waren. Es schien beinahe so, als hätten sie damit gerechnet. Bei Iris konnte ich das verstehen, aber bei Iain ... Je länger ich mit ihm zusammen war, desto weniger verstand ich ihn, und alle meine Fragen nach seinen Kontakten zur Welt außerhalb von Punta Arenas stießen auf eisiges Schweigen. Der Mann wurde mir immer rätselhafter.

Die *Isvik* lag auf der Helling, und wir mußten uns an Land verpflegen, in einem kleinen Restaurant mit Bistro, gleich hinter der Werft. Statt über Carlos zu reden, begann Iris an diesem Abend nach dem Essen damit, Überlegungen darüber anzustellen, welche Rolle die *Santa Maria* im Falklandkrieg gespielt haben könnte. Zuerst wollte sie von Nils und dann von Iain wissen, ob die argentinische Marine womöglich beabsichtigt hatte, mit ihrer Hilfe in die militärische Sperrzone vorzudringen. »Wenn man sie als eine Art Spionageschiff verwenden wollte, dann wäre sie doch sicher in kürzester Zeit aufgebracht und geentert oder einfach in die Luft gesprengt worden.«

»Sie ist aus Holz«, sagte Nils. »Auf dem Radarschirm nicht gut zu erkennen.«

»Wenn schon nicht die britischen Kriegsschiffe, die Harriers hätten sie doch ganz sicher entdeckt.« Sie sah Iain an. »Bist du deshalb so wild darauf, die *Santa Maria* zu finden? Willst du herausfinden, was man mit ihr vorhatte?«

Er antwortete nicht, er saß einfach nur da, den linken Ellenbogen auf den Tisch gestützt, die Schultern ein wenig nach vorne gezogen.

»Das ist doch alles Unsinn«, sagte ich. »Klar, diese alten

Schiffe sind aus Holz, aber sie haben genügend Metall an Bord, um sie auf jedem Radarschirm sichtbar zu machen. Kanonen, Anker, sämtliche Halterungen an Deck, die Stahlbänder um die Masten ...«

»Nein.« Iris war plötzlich sehr erregt. »Die Bänder um die Masten und alle Halterungen an Deck waren aus Plastik. Alles, was früher aus Metall war, haben sie herausgerissen und durch spezielle Plastikteile ersetzt.« Sie hatte sich mit den Werftarbeitern unterhalten, hatte ihnen Fragen über die *Santa Maria* gestellt und sich die Antworten von einem Marineoffizier bestätigen lassen, der in Punta Arenas war, als die Fregatte hereingeschleppt wurde, und der jetzt die zweite turnusmäßige Dienstzeit in dem Hafen an der Magellanstraße absolvierte. Sie hatte Iains ungeteilte Aufmerksamkeit, als sie hinzufügte: »Es muß ein Vermögen gekostet haben, sie umzubauen. Warum haben sie das gemacht, wenn sie sie nicht als Spionageschiff benutzen wollten? Und sie haben sie doch nicht benutzt, oder?«

Er schüttelte den Kopf.

»Und wie ist sie dann ins Eis des Weddellmeers gekommen? Ist es das, was du herausfinden willst?«

Er lächelte und schüttelte wieder den Kopf. »Wir wissen nicht, ob sie dort ist. Nicht sicher. Aber wenn sie dort ist und wenn es uns gelingen sollte, sie zu finden ...« Er zögerte und lächelte noch immer, als er die Achseln zuckte. »Dann wissen wir mehr über ihr Geheimnis.« Und er fügte hinzu: »Ich bin geneigt, Nils zuzustimmen. Ich vermute, irgendein Marineoffizier mit mehr Phantasie als Verstand hat von der Idee geträumt, sie als Spionageschiff durch die Radarüberwachung zu schleusen. Dieser Offizier muß nur hochrangig genug gewesen sein ...« Er zögerte, dann fuhr er in seinen Überlegungen fort: »Keiner hat sich getraut, ihm zu sagen, daß das nicht funktionieren würde. Soviel ich weiß, ist es noch nie ausprobiert worden – ein Holzschiff ganz ohne Metallteile, und die Elektronik sorgfältig abgedeckt. Dasselbe Prinzip wie die Plastikkuppeln, mit dem sie unser Küstenradar abschirmen. Na ja, aber der Krieg war ja gleich wieder vorbei.«

»Aber nach dem Krieg«, sagte sie. »Sie sind doch erst nach

dem Krieg losgesegelt. Das hab ich bei meinen Ermittlungen in Ushuaia erfahren.«

»Ermittlungen?« Er hob den Kopf. »Was für Ermittlungen?«

»Wegen Charles. Vielleicht bin ich auch ein Grund dafür, daß man Ángel die Möglichkeit gegeben hat, ins Weddellmeer zu fliegen.«

»Er hat eine Fokker auf ihre Eignung für die Arbeit in der Antarktis getestet.«

»Er hat die *Santa Maria* gefunden. Das weiß ich. Und so hat er zwei Vögel mit einer Klappe abgeschossen.« Über die Vermischung zweier Sprichwörter mußte sie selber lachen. »Er wollte einen Test durchführen, und gleichzeitig konnte er sich überzeugen, ob Charles die Wahrheit gesagt hatte.«

Iain runzelte die Stirn. »Ich dachte, den Testflug hat er unternommen, bevor von diesem alten Schiff da unten im Eis die Rede war. Hat er dir erzählt, wann er drübergeflogen ist?«

»Nein.«

»Und wenn er nun drübergeflogen ist, bevor das Flugzeug mit deinem Mann abstürzte ...« Er ließ es dabei bewenden, aber es war offensichtlich, welchen Schluß er gezogen hatte. Wenn Ángel den Testflug unternommen hatte, bevor das Flugzeug abgestürzt war, dann hatte er einen anderen Grund gehabt, nach der *Santa Maria* zu suchen. »Wann hat das Schiff Ushuaia verlassen?« wollte er von ihr wissen.

»Weiß ich nicht. Von den Leuten, die ich gefragt hab, war keiner dabei.«

»Aber so ein Schiff, das im Mittelpunkt des Interesses steht, das verschwindet doch nicht einfach aus einer Marinewerft, ohne daß es jemand merkt. Es muß doch jemand ...«

»Sie lag nicht mehr in der Werft. Anscheinend weiß kein Mensch, wo man sie versteckt hatte. Bis kurz nach dem Ende des Falklandkriegs hat sie in der Marinewerft gelegen, und dann war sie plötzlich verschwunden, und kein Mensch weiß wohin.«

»Gleich nach Beendigung des Krieges?«

»Ja, gleich nach dem Krieg.«

»Soll das heißen, daß sie gleich nach dem Krieg hinunter ins Eis gebracht wurde?«

Das wußte sie nicht mit Sicherheit. »Ein paar Leute haben vermutet, daß man sie in einer der kleinen Buchten versteckt hat. Es gibt Hunderte von Plätzen, wo sie vor Anker gegangen sein könnte. Du mußt nur einen Blick auf die Karte werfen. Westlich von hier ist ein einziges Labyrinth von Inseln, Kanälen und geheimen Plätzen.«

Darauf nagelte er sie fest. »Geheime Plätze? Warum benutzt du diesen Ausdruck – hast du einen besonderen Grund?«

Sie zuckte kurz mit den Achseln. »Es wurde geredet. Gerüchte. Nach einem Krieg gibt es immer Gerüchte. Von einem englischen Kommando war die Rede. Marineinfanteristen. Und von einem Lager.«

»Was für einem Lager?«

Das wußte sie nicht. Es waren ja nur Gerüchte. »Und ich war wegen meinem Mann dort. Nicht, um über die *Santa Maria* zu reden.«

»Hat vielleicht jemand von den *desaparecidos* geredet?«

»Kann mich nicht erinnern. Vielleicht. Aber das wäre mir auch ziemlich egal gewesen. Mir ging es nur um Charles.«

Die Wärme in dem Bistro machte mich schläfrig. Wahrscheinlich war ich kurz eingenickt, denn plötzlich redete Nils: »Ja, für einen richtigen Test brauche ich einen ganzen Tag.« Und Iain antwortete: »Also, dann am Donnerstag.«

»Okay. Wenn wir sehr früh starten, haben wir ruhiges Wasser. Und wenn der Wind auffrischt – auch gut, dann kann ich *Skrue*-Welle testen, wenn Dünung uns hin und her wirft.« Er nickte. »Donnerstag, aber vorher rufst du Wetterfrösche an. Darf nicht ganzen Tag ruhige See sein. Aber auch kein Orkan. Ich brauche gute Wettermischung. Das ist auch gut für Pete und seine Segel.«

Jetzt war ich wieder hellwach. »Segel? Ich habe noch keine Segel.«

»Sie sind fertig«, sagte Iris. »Ich hab dir doch am Samstag das Telex gezeigt. Sie haben sie auf den Frachter *Anton Varga* verladen, und der ist am Mittwoch aus Valparaiso ausgelaufen.«

»Also dann, am Donnerstag große Probefahrt«, verkündete Iain und sah zu mir herüber. Er stand auf. »Und sollten die neuen Segel noch nicht eingetroffen sein, dann setzt du eben die alten. Okay?«

Ich nickte. Die alten waren doppelt genäht und dort geflickt, wo es nötig war. Zum Testen der Takelung würden sie vollkommen ausreichen.

Er blieb vor der Kasse stehen, um die Rechnung zu bezahlen. Wir anderen standen auf und zogen unsere Ölklamotten an. Während des ganzen Essens hatte der Regen gegen die Fenster getrommelt. Iris nahm meinen Arm, ich nehme an, es war ein Ausdruck ihrer inneren Erregung. »Donnerstag erste Probefahrt. Donnerstag ist mein Glückstag. Wenn alles gut läuft...«

Ich war mit den Gedanken schon bei den Dingen, die noch erledigt werden mußten. Die alten Segel mußten angesteckt werden, und da sie ein pensionierter Werftarbeiter aufbewahrt hatte, dem die Herstellung und Wartung von Sonnensegeln und Lukenabdeckungen oblag, war ich noch nicht dazu gekommen, die Schotleitösen zu überprüfen. Dann gab es noch das Problem, daß man die Schoten nur unter vollen Segeln richtig testen konnte, und wenn es plötzlich zu stürmen anfangen würde und wir reffen müßten...? Wir waren viel zuwenig Leute; Nils überwachte im Ruderhaus die Maschine, und solange Iris am Ruder stand, war Iain die einzige Hilfe an Deck.

Ich versuchte es ihnen zu erklären. Sie stimmten mir zwar zu, daß es wesentlich unkomplizierter wäre, den Test erst Ende des Monats durchzuführen, nach Ankunft der Galvins, aber Iain bestand auf Donnerstag. »Und wenn wir schlechtes Wetter haben?« fragte ich. »Es ist nicht nur wegen der Segel. Ihr habt ja beide einen Blick auf die Karte geworfen. Jemand muß das Schiff lotsen.« Ich hatte bereits herausgefunden, daß ich der einzige von uns war, der etwas von Navigation verstand. »Und wenn der Wind von den Bergen kommt, könnten die Böen katabatisch sein.« Sie wußten beide, was das bedeutete – gefährliche Fallwinde, die fast vertikal auf das Wasser treffen, können ein Schiff unter vollen Segeln auf die Seite drücken. »Stellt euch doch nur mal vor, wir müßten unter diesen Umständen die Segel einholen!« Ich erklärte ihnen das mit dem Reffen. Wir hatten kein Drehreff, das Tau mußte durch die Reffkauschen runter zum

Baum und in die Reffhanger eingebunden werden, und bei der geringen Bewegungsfreiheit in der Meerenge wäre ich ständig damit beschäftigt, Peilungen durchzuführen und die Seekarten zu markieren.

»Wir nehmen es, wie's kommt«, entschied Iain schließlich. »Ich will die *Isvik* auf dem Wasser sehen, damit wir wissen, was für Probleme auf uns zukommen können. Okay?« Er wandte sich zur Tür. »Schluß der Debatte, Pete. Die Probefahrt steigt Donnerstag um neun Uhr, und wenn wir schlechtes Wetter haben, testen wir nur die Maschine.« Er ging hinaus und zog gegen den Wind und die Hagelkörner den Kopf zwischen die Schultern.

Ich lief ihm nach. Um das Prasseln der Hagelkörner auf den Blechdächern zu übertönen, mußte ich beinahe schreien, als ich ihn daran erinnerte, wie launenhaft der Wind war und wie plötzlich er in diesen Breiten aufkommen konnte. »Kann sein, daß wir bei ruhigem Wetter alle Segel setzen, und im nächsten Moment stecken wir in der schlimmsten Regenbö, mit viel zu großer Besegelung und Sicht gleich Null. Was mach ich dann?«

»Dann scheißt du dir in die Hosen, nehme ich an.« Er war zu mir herumgefahren, die Stimme kalt vor Wut. »Herrgott, Mann! Hör doch auf zu jammern. Nimm die Dinge, wie sie kommen.«

»Aber …«

»Schluß jetzt! Kein Wort mehr über dieses Thema. Donnerstag, 9 Uhr. Probefahrt. Kapiert?«

»Es wird schon klappen, Pete.« Iris hatte uns eingeholt und glättete die Wogen. Sage einer was gegen Frauen an Bord. »Er hat recht. Du mußt dir keine Sorgen machen.« Ich spürte ihre Hand auf meinem Arm. »Ich werde Captain Freddie bitten, uns zu lotsen«, fügte sie hinzu. »Er kommt bestimmt mit. Das macht ihm doch Spaß. Okay? Ist dir jetzt leichter ums Herz?«

Ich bejahte, aber das stimmte nicht ganz, und obwohl ich hundemüde war, bekam ich in der Nacht kein Auge zu. Vielleicht war es der Kaffee, jedenfalls lag ich stundenlang wach und malte mir die tödlichsten und katastrophalsten Eventualitäten aus. Eine junge Frau, die nur rudimentäre Segelkenntnisse besaß und ein Mann, dem ein Arm fehlte und der im Moment so auf

Mechanik und Elektronik eingestellt war, daß er den Bug eines Schiffes kaum vom Heck unterscheiden konnte. Auch wenn die *Isvik* im Grunde genommen ein Motorsegler war, so hatte sie doch eine beträchtliche Segelfläche. Sie war wie ein Schoner getakelt, der Großmast achtern trug ein gewaltiges Stagsegel für den Raumschotkurs sowie das Großsegel, und der Fockmast ein oberes und ein unteres Rahsegel neben einem ausgebäumten Stagsegel und der ganzen Palette von Klüvern.

Ich hatte drei Tage, mehr nicht, und die Segel waren mit Feuchtigkeit vollgesogen. Der alte Mann hatte auf dem Segelboden der Werft an ihnen gearbeitet, wo sie ausgebreitet gelegen hatten. Er war am Freitag fertig geworden, und weil man den Segelboden plötzlich gebraucht hatte, waren sie einfach nach draußen geworfen worden. Niemand hatte mich benachrichtigt, deshalb hatten sie das ganze Wochenende dort gelegen. Die ganze Nacht zum Montag hatte es geregnet. Anscheinend war es ungewöhnlich, daß es hier so lange regnete, aber in dieser Nacht hatte es durchgeregnet, und die Segel hatten sich so mit Wasser vollgesogen, daß sie eine Tonne zu wiegen schienen, als wir sie auf einem geborgten Handwagen von der Werft zur *Isvik* schafften.

Zum Glück besserte sich das Wetter ab Mittag, und es wehte ein trocknender Wind. Mit Iris' Hilfe heißte ich die Segel auf, Groß- und Gaffelsegel verkehrt herum, ein alter Trick, mit dem man erreicht, daß die größte Segelfläche am höchsten Punkt des Mastes ist. Ich verlor trotzdem einen ganzen Tag. Die Segel flatterten wütend, als der Wind von Westen her auffrischte, und schon bald fegte er so heftig nach Norden durch die Meerenge hindurch, daß das schwere Terylene laut zu knattern und zu knallen anfing. Das Getöse lockte die halbe Belegschaft des Hafens an den Kai. Ich glaube kaum, daß sie schon mal verkehrt herum aufgeheißten Segel gesehen hatten, und auch sonst waren sie neugierig wie junge Elefanten, stellten uns alle möglichen Fragen, vor allem aber wollten sie wissen, wohin und wann wir auslaufen wollten und wie viele wir waren. Die *Isvik* lag schon so lange am Kai, daß man sie offensichtlich als feste Einrichtung betrachtet hatte.

Der Tag war doch nicht ganz verloren, denn den größten Teil davon verbrachte ich vor den Seekarten 1281 und 1337 und versuchte, mir die gefährlichsten Passagen, die Marken für die Deckpeilung sowie die verschiedenen Kurse zu merken, die wir in nördlicher oder südlicher Richtung von Punta Arenas aus steuern mußten.

Gleich am Morgen waren wir von der Helling geholt worden, eine Barkasse der Werft hatte die *Isvik* zurück an den Kai geschleppt, und Nils hatte sich sogleich an die Arbeit gemacht, als erstes die Toiletten angeschlossen und dann die Wasserhähne in der Kombüse installiert, die einen Pumpenmechanismus hatten. Deshalb hatte ich das Deckshaus mit dem Kartentisch ganz für mich allein. Das war am Dienstag ganz anders gewesen. Nils hatte das Motorenluk ausgehängt, und der gewaltige Mercury-Diesel hatte in einem fort vor sich hin gehämmert, weil die Schraubenwelle und der Zusatzdynamo auf ihre Funktion überprüft werden mußten, wobei Nils immer wieder die Wellenkupplung schleifen ließ.

Am Dienstag setzte ich die Segel richtig herum, überprüfte die Schotleitösen zu den Winschen und die Schnellhaken, die British Airways für uns eingeflogen hatte, scherte das Großschot durch den großen Block aus Titan und Carbonfiber, der ebenfalls neu war, und ließ das Reffmanöver üben. Iain stand am Mast und ließ die Talje von der Winsch, ich holte die Segel ein, führte den Legel durch die Schnellklampe und ließ sie einschnappen, während Iris dasselbe mit dem Klaulegel machte, bevor sie das Segel achtern am Baum aufschoß und es mit Hilfe des Taljereeps befestigte. Ich ließ das Manöver ein um das andere Mal wiederholen, bis Iain schließlich die Geduld verlor und sagte, er habe andere Dinge zu tun.

»Aber vergiß nicht, was du zu tun hast, wenn ich das Kommando ›Reffen‹ gebe.«

»Okay, schon gut.« Ich glaube nicht, daß er auch nur einen Schimmer davon hatte, wie es in einer Orkannacht bei bewegter See zugehen konnte.

Einen Moment lang stand ich da und sah ihn an. Dann sagte ich: »Ich glaube, über eines sollten wir uns im klaren sein.«

Er war schon auf dem Weg nach unten, aber er blieb stehen. Der Tonfall meiner Stimme war ihm nicht entgangen. »Nun?«

»Du hast gesagt, daß ich auf diesem Schiff der Hochboots-mann bin, richtig?«

»Ja.« In Erwartung einer Konfrontation hatte er das Kinn nach vorn geschoben.

»Wenn ich der Hochbootsmann bin«, fuhr ich langsam fort, »dann habe ich an Deck das Sagen. Ich bin hier oben verantwort-lich, und ihr untersteht meinem Kommando – du, Iris, Nils, die Galvins, jeder. Ihr tut, was ich sage. Ohne Diskussion. Wenn nicht, ich meine, wenn das nicht so ist, dann fahre ich nicht mit euch. Es wäre verflucht noch mal zu gefährlich. Hast du das kapiert? Wir machen's nach meiner Fasson, oder wir haben bald den Klabautermann an Bord.«

Schweigen. Iris stand auf dem Dach des Ruderhauses, die eine Hand immer noch auf der Handspeiche des Steuerrads, und Iain verharrte auf den obersten Stufen zum Ruderhauseingang, nur noch Kopf und Schultern waren zu sehen; die Augen hatte er halb geschlossen, als müßte er erst über meine Worte nachden-ken. Schließlich hob er den Kopf, sah mich an und sagte: »Gut. An Deck bist du der Boß. Das akzeptiere ich.« Plötzlich lachte er. »Wenn du's gut machst, reißen wir uns für dich den Arsch auf, aber wenn du anfängst, dich hier oben aufzuspielen, dann mach ich dir da unten das Leben zur Hölle. Und Iris auch – nicht wahr, Schätzchen?« Er richtete den Zeigefinger auf mich. »Du hast hier oben das Kommando, weil du was davon verstehst, aber vergiß nicht – es ist *meine* Expedition. Ich zahle die Zeche. Und Iris – sie ist der Grund, weshalb wir hier sind. Also, sieh dich vor, mein Junge. Ich hab nicht viel übrig für Leute, die sich bloß aufplustern wollen.« Er nickte und verschwand, nachdem er noch hinzugefügt hatte: »Du solltest beten, daß wir Donners-tag gutes Wetter haben.«

Es war bereits später Nachmittag, und ich hatte die Nase voll. Was erwarteten sie? Beim letzten Durchgang hätte eine plötzli-che Windbö das Schiff beinahe aus der Vertäuung gerissen, den Mast gebrochen und das Hauptsegel zerfetzt. Ich war müde gewesen, wir waren alle müde gewesen, und als ich befahl, das

Großsegel zu reffen, hatte Iain den Hanger losgelassen ... Der Gedanke an den Schaden, der durch Unerfahrenheit angerichtet werden konnte, jagte mir Schauer über den Rücken. Ich konnte nur beten, daß Galvin sich als brauchbarer Seemann erweisen würde.

An diesem Abend trank ich keinen Kaffee und schlief noch am Tisch ein. Nils weckte mich. Die beiden anderen waren schon gegangen. Er war noch immer der einzige von uns, der an Bord schlief. »Der Regen hat aufgehört. Geh jetzt zu Bett.« Ich sah mich in der Kajüte mit ihrem großen, kardanisch aufgehängten Tisch um. Es sah aus, wie in einer Tischlerwerkstatt, überall Werkzeuge und Hobelspäne. Aber es nahm Gestalt an. Die Kabinen und die Toiletten hatten jetzt Türen, und überall unter den Deckenbalken waren Haltegriffe angebracht. »Ist gut, ja?« sagte er, als er sah, wie ich nach oben langte, um einen Halt zu suchen. »Jetzt können wir uns schwingen wie Affen, von einem Griff zum nächsten.« Er trank seinen Aquavit bis auf den letzten Tropfen aus und erhob sich. »Aber ist besser mit Griffen, viel besser. Wir brechen uns nicht so viele Knochen, was?« Und mit einem gackernden Lachen zeigte er mir seine fleckigen Zähne.

Ich war kaum an Iain vorbei in meine Koje geklettert, da war ich auch schon eingeschlafen, und ich erwachte erst, als ein Sonnenstrahl durch das Fenster auf mein Gesicht fiel. Gleich nach dem Frühstück ließ ich noch mal das Reffen üben. Diesmal war auch Nils dabei, und anschließend erklärte ich ihnen das Giepen, ein Manöver, mit dem man das Schiff in den Wind drehen konnte, falls mal einer von uns über Bord gehen würde. Es ist gar nicht so einfach, eine Mann-über-Bord-Übung durchzuführen, wenn das Schiff am Kai liegt. Ich ließ es bei ein paar Scheinmanövern bewenden, denn ich mußte noch einige Veränderungen an der Führungsklampe des Genua vornehmen, außerdem mußte die Position des Baumniederhalters am Großmast etwas modifiziert werden, und die anderen hatten auch noch genug zu tun bis zu unserer ersten Probefahrt. An diesem Abend erklärte ich ihnen, wie man eine Seekarte liest und einen Kurs absetzt. Iain begriff sehr schnell, aber trotzdem stellte ich mit Schrecken fest, was es auf einem Boot dieser Größenordnung zu lernen gibt.

Und wir wollten damit in eines der gefährlichsten Reviere der Welt hinaussegeln.

Am Donnerstag wurde ich wieder vom Sonnenschein geweckt, aber er war nicht von Dauer. Als wir mit dem Frühstück fertig waren, hatte der Himmel sich bezogen, die Gipfel im Westen verschwanden in dichten Wolken, und ein frischer Wind wehte bereits durch die Meerenge. Ich versuchte Iain zu überreden, die Reihenfolge zu ändern und zuerst die Segel auszuprobieren. Er sah zwar ein, daß wir dazu leichten Wind brauchten, zumindest behauptete er es, aber er lehnte meinen Vorschlag trotzdem ab. »Wenn irgendwas mit der Maschine oder dieser Schraubenwelle ist, dann will ich's gleich wissen. Zuerst wird die Maschine getestet, dann setzen wir Segel und probieren die Wellenkupplung und diesen neuen Hilfsgenerator aus. Okay?«

Der Mercury hämmerte bereits seinen derben Choral in den Morgen, und zehn Minuten später legten wir ab und tuckerten los. Iris hatte das Ruder übernommen, während Iain unter meiner Anleitung den Kurs in die Karte eintrug. Ich hätte lieber Captain Freddie am Steuerrad gesehen. Seine Anwesenheit hätte mir Zuversicht gegeben, aber leider war er auf einen panamaischen Tanker gerufen worden, und wir waren ohne ihn ausgelaufen. Der Lärm machte eine Unterhaltung im Deckshaus beinahe unmöglich. Nils hatte die schalldichten Luken ausgehängt, saß auf dem Deck und ließ die Beine über dem lärmenden Ungeheuer baumeln. Draußen in der Meerenge gingen wir auf den südlichen Kurs, den wir am Sonntag in unserem Schlauchboot zur Halbinsel Brunswick genommen hatten. Der Wind blies mit der Flut, und der Bug klatschte geräuschvoll durch eine kurze Dünung.

Iris lehnte sich vom Steuerrad zurück und rief herunter zu Nils: »Alles in Ordnung?«

»Ja.« Er nickte.

Sie sah mich lächelnd an. »Siehst du, es ist alles okay. Keine Probleme.«

Ich stimmte ihr zu. »Keine Probleme.« Bis jetzt. Mein Mund fühlte sich trocken an. Der Wind wurde stärker.

Nils bastelte über eine Stunde an seiner Maschine herum, bis er mich endlich bat, die Segel zu setzen und das Boot in den Wind zu drehen, damit wir die Schraube mit ausgekuppelter Maschine laufen lassen und den Dynamo und seinen Antrieb testen konnten. Inzwischen hatte der Wind auf mehr als fünf Stärken aufgefrischt, und es kam immer wieder zu Regenböen. Das Aufziehen der Segel verlief fast reibungslos, nur einmal machte ich den Fehler, den Iain vor zwei Tagen gemacht hatte, und erwischte den Hanger statt der Leine für das Fock. Ich entschied mich für das Fock Numero 2, und als wir immer noch mit Maschinenkraft gegen den Wind fuhren, ließ ich das Großsegel fieren und ein Reff einstecken, mit dem Ergebnis, daß wir unterbesegelt waren, als wir in den Wind drehten, und weil die Maschine ausgekuppelt war, hatten wir zu wenig Strom von der Schraube. Das mußte der Grund sein, denn kurz nach der Installation des Dynamos war Nils in die Webeleine geklettert und hatte den zweiflügeligen Windpropeller an der oberen Saling des Fockmastes befestigt, und er hatte einwandfrei funktioniert.

»Du bist übervorsichtig«, sagte Iain. »Wir müssen das Großsegel ausrollen und ihr ein größeres Focksegel verpassen. Und wenn das nicht hilft, dann setzen wir die Rahsegel.«

Ich gab schließlich nach. Ich wußte, daß es ein Fehler war, aber es war sein Schiff, und wir hatten zu beiden Seiten Land. Inzwischen schränkten Ölkleidung und Sicherheitsgurte unsere Bewegungsfreiheit ein, und es dauerte viel länger als erwartet, die Focksegel zu tauschen und das Reff zu strecken, so daß wir, als wir wieder vor den Wind drehten, Puerto Hambre am Ende der Halbinsel Brunswick schon weit hinter uns gelassen hatten und weiter nach Dawson Island getrieben wurden, dicht vorbei an einem massiven, von Kelp bewachsenen Felsblock.

Dort wendete ich, denn der Wind erreichte in Böen Stärke sieben, und die Sicht betrug bei schweren Regengüssen nicht einmal mehr eine Viertelmeile. Nils war achtern und überprüfte die Schnellauslöse-Vorrichtung für die Schraube. Sowohl die Schraube als auch der Schaft, an dem sie befestigt war, konnten durch einen Schlitz im Heckwerk nach oben gezogen werden, um die Flügel vor Beschädigung durch Treibeis zu schützen. Ich schaltete das Radar ein und war froh, daß wir inzwischen so schnell segelten, daß der Dynamo ausreichend Energie für ein deutliches Bild vom Ufer lieferte. Jetzt, wo der Wind von achtern kam, zeigte der Fahrtanzeiger zehneinhalb Knoten.

Nils blieb lange am Heck. Wir waren weit hinter Punta Arenas, als er wieder zu mir ins Ruderhaus kam. »Alles okay. Arbeitet gut.« Er spähte hinunter in die Maschinenkammer, dann stand er wieder neben mir und schaltete so ziemlich jedes Instrument ein, für das es auf der Konsole einen Knopf gab – das Echolot, den Decca-Navigator, das Satelliten-Navigationsgerät, Mastantenne, Heck- und Navigationsleuchten, einfach alles. Es gab jetzt genug Strom, um das alles zu betreiben, mit Ausnahme des Suchscheinwerfers auf dem Dach des Deckshauses. Als Nils ihn einschaltete, glimmte er nur müde.

»Okay?« fragte ich ihn.

»Ja. Okay.« Er schaltete alles wieder aus und probierte den kleinen E-Herd, den Iain unbedingt installiert haben wollte, um Treibstoff zu sparen. Er funktionierte sogar, wenn Schnellkochplatte und Mikrowelle eingeschaltet waren.

»Okay, das reicht«, rief ich ihm zu. Er sollte die Maschine wieder laufen lassen, denn wir waren bereits auf Höhe von Puerto Zenteno, dem Punkt, der die Kehre nach Osten markierte. Von hier aus ging es zuerst durch die zweite und dann durch die erste Meerenge und weiter in den Atlantik. Die Straße verengte sich zusehends, und die Küste von Feuerland war auf dem Radarschirm schon gefährlich nahe gerückt. Kurz darauf konnten wir sie mit bloßem Auge sehen. Überall Kelp und Felsen, und ich hatte es auf einmal sehr eilig, meine Befehle herauszubrüllen, für Iris am Ruder, für Nils und vor allem für Iain, als er sich daranmachte, die Fockschot anzuholen. Ich brachte ihm die Handkurbel für die Winsch. Wenigstens die Winsch konnte er mit einem Arm bedienen. Das Großsegel schlug knatternd im Wind – ein ohrenbetäubender Lärm.

Ich brachte sie mit Backbordhalsen herum und legte sie auf die Seite. Während wir uns nach und nach von der Küste entfernten, rauschte das Wasser über das Seitendeck. Plötzlich gerieten wir in ein Loch, außer Regen und sich überschlagenden Wellen nichts zu sehen, das Boot völlig übertakelt – aber die größte Angst machte mir die Tatsache, daß wir uns in der Segunda Angostura, der zweiten Meerenge, befanden und vom auflaufenden Wasser schnell an den Rand gedrückt wurden. Wenn wir jetzt durch das Nadelöhr in den erweiterten Bereich zwischen den beiden Meerengen getrieben würden, dann wären wir genau dort, wo die Gezeiten des Atlantik und des Pazifik aufeinandertreffen. Der Pilot gab den Tidenstrom in der Primera Angostura – die noch enger war als die zweite – mit bis zu acht Knoten an.

Die Regenbö zog weiter, der Dunst hob sich, und jetzt bekam ich auch einen optischen Eindruck von dem Zugriff, den die Strömung auf uns hatte: Die *Isvik* trieb mit hoher Geschwindigkeit seitwärts, das Ufer glitt schnell vorbei.

Von der nächsten halben Stunde weiß ich nicht mehr viel. Irgendwie schafften wir es, sie zu reffen, aber es dauerte seine Zeit, und in der ständigen Abfolge von heftigsten Böen gab es Momente, da fürchtete ich, daß die alten Segel in Fetzen gerissen, womöglich sogar ein Mast abgeknickt werden könnte. Zweimal mußten wir beidrehen, weil sie immer noch auf die Küste von Patagonien zutrieb, und die ganze Zeit über hatte ich das Wissen um die Probleme im Hinterkopf, die wir bekämen, wenn wir in der Meerenge hängenbleiben würden. Es gibt dort täglich vier Gezeiten, nicht zwei, und ich hatte die entsetzliche Vision, wir könnten für den Rest unseres Lebens in diesem Abschnitt hin und her getrieben werden.

Als das Schiff ordentlich gerefft war und wir wieder mit Motorkraft fuhren, hatte die Flut ihre größte Kraft bereits verloren, aber auch so kam es mir wie eine kleine Ewigkeit vor, bis wir die zweite Meerenge hinter uns gelassen hatten. Ich steuerte so dicht wie möglich an der Küste entlang, und plötzlich waren wir dem Tidenstrom entkommen. Ich glaube, wir alle fühlten eine beinahe euphorische Befriedigung, als wir die Maschine wieder abschalten und unter Segeln zurückkehren konnten.

Am Kai wartete ein Lastwagen auf uns. Der Fahrer kochte vor Wut, als unser erster Versuch fehlschlug, längsseits zu gehen und festzumachen. Es war noch ein Frachter gekommen, und es war gar nicht so leicht, in dem verbliebenen Zwischenraum ein Anlegemanöver durchzuführen. Der Lastwagen hatte länger als vier Stunden dort warten müssen. Er brachte uns die erste Ladung mit Vorräten, die Iris bestellt hatte, und wir mußten uns sofort an die Arbeit machen und den Laster entladen, ohne auch nur eine Tasse Tee getrunken zu haben.

Wir bekamen sie zwei Stunden später, als alle Kisten und Container ins Ladedeck verfrachtet und unter einer Persenning verschnürt waren, die wir uns für Notfälle besorgt hatten. Iris kochte ein Essen für uns, aber der Hunger war uns vor Erschöpfung beinahe schon vergangen. Am Ende der Mahlzeit servierte Iain uns noch einen Kaffee mit einem kräftigen Schuß fast schwarzem Jamaica-Rum.

Ich schlief in dieser Nacht wie ein Baum, stand spät auf, und als ich zum Frühstück in die Kombüse kam, saß dort noch ein Mann am Tisch. Er wandte sich halb um, als ich zur Tür hereinkam, und Iris, die am Herd stand, sagte: »Carlos.«

Jetzt erkannte ich ihn. Er war aufgesprungen und streckte mir seine Hand entgegen. »Carlos Borgalini.«

Ich ignorierte die angebotene Hand, murmelte meinen Namen und ging direkt zu meinem angestammten Platz. »Carlos ist heute morgen mit einem Charterflug angekommen«, erklärte Iris. »Wir sollen Ángel in Ushuaia abholen.«

»Ushuaia! Aber das liegt am Beagle-Kanal, unten beim Kap Hoorn.«

»Ich weiß.« Sie servierte mir das Frühstück und drehte sich wieder zum Herd um. »Kaffee oder Tee heute morgen? Du kannst es dir aussuchen.«

»Kaffee.« Ich sagte es ganz automatisch, spießte ein Würstchen auf die Gabel und biß hinein. »Das kommt nicht in Frage. Ushuaia – da müßten wir durch ein Labyrinth aus Felsen in den Pazifik segeln und dann zurück zum Beagle-Kanal. Eine ganz andere Richtung, direkt hinein in die Hauptwindrichtung.«

»Soviel kann ich der Karte auch entnehmen.«

»Aber warum?« Ich hatte mich an unseren Besucher gewandt. »Sagen Sie ihm, er soll hierher kommen.«

»Nein. Ich hab's der Señora schon gesagt, er trifft uns in Ushuaia, nicht hier.«

»Uns? Sie haben ›uns‹ gesagt.«

Er nickte lächelnd, und ich glaubte gesehen zu haben, daß ein kleiner Teufel ihm aus den Augen guckte. Vielleicht hatte ich mich auch getäuscht, denn das boshafte Funkeln war gleich wieder verflogen. Trotzdem war ich mir sicher, daß seine Anwesenheit an Bord nur Ärger bedeuten konnte. Er war dunkel und sehr sizilianisch, ein glattes, schönes Gesicht, beinahe zu schön, um wahr zu sein. Aber die Art, wie er seine Hände bewegte, dieses kleine Lächeln, mit dem er sich über die Heftigkeit meiner Reaktion amüsiert hatte, alles an ihm deutete auf ein boshaftes, nicht sehr männliches Wesen hin.

»Er möchte mit uns kommen«, sagte Iris.

Ich wollte schon protestieren, aber sie bat mich, bis zu Iains Eintreffen damit zu warten. Damit wir das Problem gemeinsam besprechen könnten.

»Ich bin schon sehr viel gesegelt. An Deck wäre ich Ihnen eine Hilfe, und ich bin kein schlechter Rudergast.« Sein Englisch war beinahe perfekt, kaum eine Spur von Akzent.

»Mit was sind Sie gesegelt.«

»Meistens mit Dingis, aber auch auf einem Kreuzer, vor Buenos Aires, als der Krieg vorbei war.« Er meinte natürlich den Falklandkrieg. »Meine Familie hatte einen kleinen Jollenkreuzer.«

»Sind Sie mit Ihrem Vater gesegelt?« Nach dem wenigen, was ich von Rosalia Gabriellis Freund gehört hatte, erschien es mir wenig wahrscheinlich, aber vielleicht spielte er ja auf ein anderes Mitglied der Familie Borgalini an.

Er lächelte und schüttelte den Kopf. Er war sehr schön, wenn er lächelte. »Sie haben zu wenig Leute. Ich könnte Ihnen nützlich sein.«

Ich nickte und widmete mich wieder meinem Frühstück. Es war ja auch nicht wichtig, mit wem er gesegelt war. Er hatte einen großen Erfahrungsbereich, vom Dingi bis zum Kreuzer, und darauf kam es an. Inzwischen war Nils eingetroffen, und wir saßen alle am Tisch und tranken Kaffee, als Iain die Kombüse betrat. Er war schlechter Laune. Von Carlos wußte er bereits. Die Frau, die Captain Freddie das Haus führte, hatte es ihm erzählt. Carlos hatte kurz nach sechs an die Tür geklopft, und weil er sagte, er sei mit der Señora verwandt, hatte sie ihm in der Kammer im hinteren Teil des Hauses ein Bett zurechtgemacht. »Und Sie?« Iain blickte finster auf den Neuankömmling herunter. »Was, zum Teufel, machen Sie hier?«

Carlos war aufgestanden. Offensichtlich mußte man ihm nicht erklären, wer Iain war. »Carlos Borgalini.« Er streckte ihm die Hand entgegen.

Iain schlug sie aus. »Ich weiß, wer Sie sind. Ich hab Sie was gefragt.«

Carlos lächelte charmant, als er zu erklären anfing.

»Ushuaia? Warum Ushuaia?«

»Mario sagt, Sie würden verstehen.«

»Mario? Sie meinen wohl unseren Freund Connor-Gómez, was? Ángel?« Iain sah ihn einen Moment lang an, dann wandte er sich an Iris. »Jetzt gib mir endlich einen Kaffee. War kein guter Morgen.« Er sagte nicht, warum es kein guter Morgen gewesen war, aber Nils hatte mir schon erzählt, daß er sehr früh an Bord gekommen war, um ein paar Papiere aus seiner Aktenmappe zu holen, die er in die Sicherheitsschublade auf der Rückseite des Kartentisches eingeschlossen hatte. Dann war er in die Stadt gefahren, um ein Faxgerät aufzutreiben. »Ach ja, das Schneemobil ist versehentlich nach Puerto Gallegos geliefert worden, weiß der Teufel warum. Ich hab versucht, das in Ordnung zu bringen.«

Zu meiner großen Überraschung schien er akzeptiert zu haben, daß wir zuerst nach Westen und dann hinunter zum Beagle-Kanal segeln würden. Als ich ihn darauf aufmerksam machte, daß ich es für wenig sinnvoll hielt, unsere Nase in den Pazifik zu stecken und uns dem Kap Hoorn auszusetzen, nur weil dieser Connor-Gómez lieber in Ushuaia als in Punta Arenas an Bord gehen wollte, drehte er sich um und fuhr mich an, ich solle mich um meine eigenen Angelegenheiten kümmern.

»Das ist meine Angelegenheit«, erwiderte ich verärgert. »Eine unerfahrene Crew...«

»Halt's Maul, ja!« Er hatte mich mit der stählernen Hand gepackt. Mit eisigem Blick sah er mich an. »Du machst deinen

Job, und ich mache meinen. Wir holen ihn in Ushuaia ab, wenn er das will.«

»Das heißt, er ist eine unerwünschte Person in einem chilenischen Hafen?«

»Ich hab gesagt, du sollst dich um deine Angelegenheiten kümmern.« Die Klaue krallte sich fester in meinen Arm. »Okay?« Einen Moment lang war es um den Tisch herum ganz still, dann gab er meinen Arm frei, und sein Gesicht entspannte sich zu einem Lächeln. »Eine gute Nachricht: Die *Anton Varga* wird um halb elf erwartet. Deine neuen Segel dürften kurz nach Mittag gelöscht werden.« Iris servierte ihm seinen Kaffee, und er lehnte sich behaglich zurück. »Zuerst müssen wir sämtliche Vorräte auflisten und verstauen. Dann kannst du dir die Segel ansehen. Carlos kann dir dabei helfen.«

Zu meiner Überraschung erwies der Junge sich als sehr nützlich. Er mochte ein bißchen weibisch aussehen, aber er war kräftig und intelligent. In kürzester Zeit hatte er die Takelage begriffen, und schon am nächsten Tag, nachdem alle Vorräte verstaut waren und ich mich um die Segel kümmern konnte, durfte ich feststellen, daß ich ihm viel von der Arbeit an den Blöcken und Winschen anvertrauen konnte. Wir zogen ein Segel nach dem anderen an den Bäumen hoch und testeten sie, so gut es eben ging in dem Wind, den der achtern festgemachte Frachter zu uns hereinließ.

Seine Gesellschaft war mir nun einmal aufgedrängt worden, also machte ich das Beste daraus und versuchte, seine Verbindung zur Familie Connor-Gómez zu klären. Es war nicht wahrscheinlich, daß die Gelegenheit noch einmal so günstig sein würde. Wenn wir erst alle an Bord wohnten, sieben Menschen auf engstem Raum, mit Ángel sogar acht, würden private Situationen Mangelware sein. In erster Linie interessierten mich seine Beziehung zu Iris und die Gründe für seine offensichtliche Entschlossenheit, an der Expedition teilzunehmen. Mir fiel wieder ein, mit was für einem Blick er durch das Oberlicht der *Cutty Sark* zu uns heruntergesehen hatte. Es mußte irgendeine Beziehung zwischen den beiden geben.

Zuerst versuchte ich es mit einer direkten Frage: »Ich hab

gehört, Sie sind ein Cousin von Iris?« Er lachte bloß. »Das ist mir eine schöne Cousine. Haut einfach ab, spielt die Tote und läßt mich die Suppe auslöffeln.« Viel mehr wollte er mir nicht verraten, und als ich ihn nach seiner Verbindung zur Familie Connor-Gómez fragte, bekam ich zur Antwort, daß er den Teufel tun und es mir erzählen werde, wenn Iris es noch nicht getan hatte.

Später machte ich einen weiteren Versuch. Ich lobte ihn dafür, daß er in Windeseile die Takelung der *Isvik* begriffen hatte, und sagte, er müsse einen guten Segellehrer gehabt haben. »Den besten«, antwortete er, und dabei leuchteten seine Augen.

»Wen?«

Er sah mich an. Der Blick wurde wachsamer. »Mario, natürlich.«

»Mario? Was denn für 'n Mario?«

»Mario Borgalini.«

Aber als ich ihn fragte, ob Mario Borgalini sein Vater sei, zuckte er mit den Achseln, drehte sich um und murmelte vor sich hin: »Ich weiß nicht, wer mein Vater ist, ich weiß nur, daß ich ein Borgalini bin.« Er klang etwas eingebildet, als wäre er stolz darauf, ein Borgalini zu sein.

»Wollen Sie damit sagen, daß Sie nicht wissen, wer Ihre Eltern sind?«

»Das will ich damit nicht sagen. Meine Mutter heißt Rosalia. Sie ist Sängerin und begleitet sich auf der Gitarre – eine sehr temperamentvolle und aufregende Frau.« Aus seinen Augen strahlte eine leuchtende Wärme. »Und außerdem ist sie sehr schön, auch heute noch, obwohl sie schon über vierzig war, als ich zur Welt kam. Und sehr talentiert«, fügte er hinzu. »Haben Sie sie noch nie singen hören? Rosalia Gabrielli. Die vielen Schallplatten ...«

»Doch, natürlich.« Ich erinnerte mich plötzlich an ein Werbeplakat in einem Schallplattenladen in King's Lynn. Nicht mein Musikgeschmack, aber immerhin konnte ich mich vage an ein südeuropäisches Gesicht mit einem großen, lachenden Mund und tiefschwarzem Haar erinnern. Das war also seine Mutter. Die Frau, die kurz mit Juan Gómez verheiratet gewesen war. Und Mario war Ángel Connor-Gómez' erster Vorname.

»Ángel hat Ihnen also das Segeln beigebracht, Ángel Connor-Gómez. Ist das richtig?«

Er nickte und wandte sich wieder ab. »Zu Hause nennen wir ihn nur Mario.«

»Er ist also Ihr Halbbruder.« Das mußte er sein, denn Rosalia Gabrielli war schließlich auch seine Mutter.

»Kann sein ... Soll ich den Fischermann hochziehen? Den könnten wir als nächstes ausprobieren.«

»Habt ihr euch oft gesehen?«

»Mario und ich? Nein. Viel zu selten.« Es klang beinahe gereizt. »Nur in diesem einen Jahr, während der Ferien. Ich ging noch zur Schule, verstehn Sie, und er eigentlich auch – auf die *Escuela Mecánica*. Und dann war ich natürlich oft fort von zu Hause. Die Engagements meiner Mutter haben uns durch ganz Amerika geführt.«

»Wie alt waren Sie, als er Ihnen das Segeln beigebracht hat?«

»Ich glaube vierzehn, warum?«

Ein Alter, in dem man für Eindrücke empfänglich ist, und langsam bekam ich ein seltsames Gefühl, was die Beziehung der beiden betraf. »Und Iris?« fragte ich. »Haben Sie Iris mal zu sehen bekommen?«

»Natürlich nicht. Warum auch?« Er sagte es beinahe gehässig und fügte erklärend hinzu: »Sie können sich ja wohl denken, daß die Familien Connor-Gómez und Borgalini sich nicht vermischen.« Mit lautem Knall klappte er ein Luk auf dem Vordeck auf und verschwand in der Segelkammer. Ende des Verhörs.

Am Sonntag, kurz nach Sonnenaufgang, legte der Frachter hinter unserem Heck ab und dampfte hinaus in die Magellanstraße. Solange wir Platz hatten, legte ich die *Isvik* an der Warpleine mit dem Bug in den Wind, und dann ließ ich noch einmal ein Segel nach dem anderen setzen. Carlos und ich bildeten ein Team. Leider konnte ich es nicht riskieren, das obere und untere Rahsegel zu testen; ich mußte mich damit zufriedengeben, sie fliegend zu setzen. Ebenso das Fischermann-Stagsegel. Und dann war da noch ein Segel, das ich nicht kannte und dessen Funktion ich nicht gleich begriff. Es war riesengroß, hatte ein Fall für beide Masten und füllte den gesamten Zwischenraum

238

aus, das Fußliek reichte beinahe bis hinter das Deckshaus. Ein Block achtern des oberen Rahsegelauslegers, dessen Funktion mir vorher nicht klargewesen war, bekam plötzlich einen Sinn. Carlos kletterte am Fockmast hoch, schlug eine lange Nylonschnur an, und indem wir sie um den Segelbauch legten, gelang es uns, die Segelfläche zu verkleinern, ohne es zu reffen, als wir es setzten.

Zum Glück schienen alle Segel richtig zugeschnitten zu sein, die Lieken stimmten exakt in der Länge, nur beim Großsegel mußte eine kleine Korrektur am Liek vorgenommen werden. Außerdem beschloß ich, die unteren Stoffbahnen und die Lattentaschen mit einer Doppelnaht versehen zu lassen.

»Gut, daß wir nicht wie 'ne Dschunke getakelt sind«, sagte Carlos und lächelte, als er hinten am Heck stand und zu dem schlagenden Segel aufsah. Der Wind wehte jetzt schon ziemlich kräftig, und ich riskierte es nicht, eines von ihnen anzuholen. »Sind Sie mal mit einer Dschunke gesegelt? Ich schon. Auf dem Rio de la Plata. Der Traum jedes faulen Seglers, aber zu viele Latten für uns, zu viele Nähte. Habt ihr eine Nähmaschine an Bord?«

»Ja«, sagte ich.

»Gut. Dann nähe ich für euch. Hab ich auch auf dem Boot gemacht, mit dem ich von Rhode Island nach Plymouth gesegelt bin, als ich in England studiert hab.« Jetzt erzählte er mir von seinem verrückten Plan, ein Boot zu kaufen und um die Welt zu segeln, und es gelang mir, ihm noch eine Information aus der Nase zu ziehen: »Allein?« fragte ich ihn. Er lachte und sagte nein, nicht allein. »Mit Mario natürlich.«

»Das heißt, er will diese Hacienda in Peru verkaufen?«

»Nein, er wird doch die Hacienda Lucinda nicht verkaufen. Aber wenn wir das Geld von diesen Versicherungsleuten kriegen ... Die schulden uns noch einen Haufen Geld für das Feuer im Kaufhaus Gómez.«

»Bekommt das nicht Iris?«

»Nein.« Er lächelte. Es war ein böses kleines Lächeln. »Dafür hat Mario gesorgt. Sie bekommt gar nichts. Ihr Vater hat alle Anteile auf Mario überschrieben und ein paar auch auf mich.

Genug, um ein paar Boote zu kaufen.« Er rühmte sich damit und schaute wie eine Katze auf einen Vogel, der sich im Maschendraht verfangen hat. »Und nichts auf Eduardo. Oder auf Iris.« Seine Stimme hatte wieder den bösartigen Unterton.

In dem Augenblick wurde mir klar, daß ich den Jungen niemals mögen würde, mochte er noch so ein guter Matrose sein. Für mich war er noch ein Junge, auch wenn der Altersunterschied zwischen uns nur ein paar Jahre betrug. Es war etwas Unreifes an ihm, als wäre er außerhalb elterlichen Einflusses aufgewachsen und geistig auf dem Stand eines unartigen Kindes stehengeblieben.

Trotzdem war ich froh, jemanden an Bord zu haben, der nicht nur verrückt aufs Segeln war, sondern auch noch über transozeanische Erfahrung verfügte. Am nächsten Tag verkündete er plötzlich, er wolle Bergsteigen gehen. Zu der Ausrüstung, die er mitgebracht hatte, gehörte auch ein Rucksack, und in den stopfte er sein Ölzeug, etwas Kaltwetterkleidung, dicke Socken, Lebensmittel. Einen wasserdichten Schlafsack schnallte er obendrauf.

»Zuviel studiert in letzter Zeit, und dann der Aufenthalt in der Gefängniszelle ...« Er sah Iris an, aber er lächelte dabei. Er schien keinen Groll gegen sie zu hegen. »Ich muß mich abhärten.« Er klatschte sich auf den Bauch.

»Wo willst du hin?« fragte sie ihn.

»Da hinauf.« Er deutete vage nach Norden. »Es gibt da einen Weg hinter der Stadt, der führt über den Gipfel der Halbinsel Brunswick. Vielleicht nimmt mich ja einer mit rauf zu den Skipisten. Das würde mir ein paar Kilometer ersparen. Und wenn ich da oben bin, dann kann ich einen Blick auf den Seno Otway werfen und die ganzen Wasserpfützen, die aus Riesco eine Insel machen. ›Seno‹ bedeutet Busen, und so sieht er auf der Karte auch aus – ein verschwiegener Ort.« Er sah Iris an und lächelte. »Wenn ich bis übermorgen nicht zurück bin, müßt ihr einen Suchtrupp losschicken.«

Er lieh sich den leichtesten unserer vier Eispickel aus, außerdem einen kleinen Handkompaß aus der Schublade im Kartentisch, den er sich um den Hals hängte. Wir gingen beide an Deck,

240

um hinter ihm herzusehen, und als seine schlaksige, jungenhafte Gestalt hinter den Schuppen verschwunden war, sagte ich zu Iris: »Ich verstehe ihn nicht.«

»Nein?« Sie war kühl und einsilbig.

»Er sagt immer ›wir‹ und ›uns‹. Scheint zu glauben, daß er mitkommen darf.«

Sie antwortete nicht.

»Das wollt ihr in Ushuaia entscheiden, ja? Wenn dein Bruder an Bord kommt.«

»Ich hab dir gesagt, er ist nicht ...« Sie sprach nicht weiter, drehte sich um und ging zum Ruderhaus hinüber.

»Warum will er unbedingt mit?« rief ich ihr nach. »Muß er sich was beweisen?«

Sie drehte sich zu mir um. »Vielleicht. Mal sehen, was Ángel dazu sagt ... wie sie zueinander stehen.« Sie sprach langsam und sah aus, als machte sie sich Sorgen. »Der Junge ...« Sie schüttelte den Kopf, die Feuchtigkeit schimmerte wie Diamantenstaub in ihrem rabenschwarzen Haar. »Du willst wissen, ob er sich was beweisen muß. Vielleicht muß er sich beweisen, daß er ein Mann ist.« Sie lächelte flüchtig. »Ich glaube, er hatte es nicht leicht im Leben.« Damit drehte sie sich um und verschwand nach unten.

Ich weiß nicht warum, aber in dieser Nacht – vielleicht, weil Carlos Ankunft mich daran erinnert hatte, daß unsere Abreise kurz bevorstand – fing ich an, über den Sinn meines Lebens nachzudenken und darüber, warum ich es auf dieser verrückten Suche nach einem Schiff riskierte, das es womöglich gar nicht gab. Worum ging es mir dabei? Was mußte *ich* mir beweisen?

Ich schaute zurück auf die letzten Jahre. So wenig hatte ich mir geschaffen, nicht einmal das, was sich eigentlich jeder schafft – ein Heim und eine Familie. War es das, was ich wollte?

Ich dachte an das viele Eis, das vor mir lag, und beinahe hätte ich laut losgelacht. Diese Art von häuslichem Glück würde ich dort unten bestimmt nicht finden. Also, warum fuhr ich mit? Was, zum Teufel, wollte ich da unten? Die Frage schwirrte mir durch den Kopf, bis sie sich in einem Labyrinth aus Eis verlor, und ich selber stand vor einem riesigen Bild von Iris, die sich streckte wie einer der geschnitzten Engel auf den Stichbalken

einer Kirche in Norfolk. Nein, eher wie die Galionsfigur am Bug
eines alten Segelschiffs. Sie sah sah auf mich herunter, die Brust
war entblößt, und das Haar flatterte im Wind. Der Bug des
Schiffes steckte im Eis fest, ein langer Bugspriet reckte sich hinauf bis in die Wolken, die über den Himmel jagten. Sie wollte mir
etwas sagen. Ihre Lippen bewegten sich, aber ich konnte die
Worte nicht verstehen. Und dann verwandelte die Galionsfigur
sich in meine Mutter, die zwei Gießkannen in der Hand trug und
mich bat, ihr mit den Blumen zu helfen. Aber da waren keine
Blumen, nur ein riesiger Berg aus Eis schwebte über einem abgebrochenen Mast, und ein ausgezehrter Mann starrte mir aus
einem bärtigen Gesicht entgegen. Und während der ganzen Zeit
hörte ich das klingelnde Geräusch zu Boden rieselnder Kristalle.

Ich erwachte mitten in der Nacht, als der Wecker an Iains
Armbanduhr durch die Stille piepste wie eine kaputte Spieluhr.
»Wie spät ist es?« murmelte ich, als er sich aus der unteren Koje
wälzte.

»Ich muß 'n Flugzeug erwischen.«

»Wohin?«

Eine lange Pause, dann sagte er: »Buenos Aires. Und dann
Montevideo.«

»Um dich nach der *Santa Maria* zu erkundigen?«

Er antwortete nicht darauf, und ich schlief wieder ein. Kurz
bevor er ging, weckte er mich noch mal auf, um mir zu sagen, daß
er drei Tage fortbleiben werde, vielleicht auch länger. »Sag Iris
Bescheid, okay? Und sobald die Galvins eingetroffen sind, um
euch zu helfen, macht ihr noch eine gründliche Probefahrt mit
der *Isvik*. Kümmert euch nicht um die Maschine. Wir müssen
uns jetzt auf die Segel und die Crew konzentrieren. Damit wir
mit dem Reffen nicht Scheiße bauen, wenn wir durch den
Beagle-Kanal segeln. Okay? Jeder muß genau wissen, was er an
Deck zu tun hat, egal was kommt.« Im dürftigen Licht, das
durch das Fenster fiel, sah ich, wie er zum Abschied die Hand
hob. »Und setz mir den Kahn nicht auf Grund.« Dann war er
verschwunden, und eine Minute später hörte ich ein Auto abfahren.

Kurz nach dem Morgengrauen begann es von Westen her

kräftig zu stürmen. Zwischendurch gingen immer wieder Schneeschauer nieder. Als wir unter Deck aufgeräumt hatten und alles für die Ankunft der Galvins an diesem Abend vorbereitet war, fragten wir uns, wie es Carlos in seiner ersten Nacht unter freiem Himmel ergangen sein mochte. Es war jetzt Ende November, und eigentlich hatten wir Mitte Dezember lossegeln wollen, dem üblichen Zeitpunkt für Antarktis-Expeditionen, doch jetzt mußten wir noch die Reise nach Ushuaia einrechnen. Außerdem hatten die chilenischen Meteorologen etwas von der Ozonschicht gesagt und davon, daß das Eis früher als üblich aufbrechen würde.

Es wurde dunkel. Von Carlos keine Spur. Und von den Galvins auch nicht. Ihr Flug war durch schlechtes Wetter verzögert worden. Aber der Wind wurde langsam schwächer, und als wir uns zum Abendessen setzten, war der Himmel sogar aufgeklart, und das Wasser der Magellanstraße schimmerte plötzlich sehr still und schwarz wie polierter Obsidian im Licht eines beinahe vollen Mondes.

Am Abend gab es mal wieder Eintopf. Solange es noch ging, aßen wir viel frisches Fleisch und Gemüse. Gerade eben hatte ich Iris meinen Teller hingeschoben, um mir einen Nachschlag geben zu lassen, als schwere Schuhe über das Deck polterten und eine Stimme rief: »Ahoi! Jemand zu Hause?« Noch einmal der Ruf, diesmal vom Ruderhaus direkt über unseren Köpfen, eine schleppende Stimme mit leicht nasalem Klang.

»Die Galvins!« Iris sprang auf. »Kommt runter!«

Der Mann, der die Kombüse betrat, war groß und schlaksig. Er hatte ein schmales, mit ein paar Sommersprossen gesprenkeltes Gesicht, sandfarbenes Haar und helle, strahlend blaue Augen, die im Licht der Kombüse wir Saphire schimmerten. »Andy Galvin.« Und als wir uns die Hände schüttelten, sagte er: »Und das ist meine Frau. Go-Go.«

Sie war noch auf der Leiter, nur die scharlachroten Beine ihrer Hosen waren zu sehen. Ein prall gefüllter Koffer wurde heruntergehievt, und im nächsten Moment stand sie selbst neben ihrem Ehemann – und wir standen mit offenen Mäulern da und glotzten sie an. Vom ersten Anblick einer der ungewöhnlichsten

Frauen, die ich je kennengelernt habe, erinnere ich mich nur noch an das weiße Leuchten ihrer großen Zähne, das Strahlen ihres Begrüßungslächelns und das knallige Rot der geschminkten Lippen, das genau zu ihrer Hose paßte und den Mund noch größer erscheinen ließ, als er ohnehin war. Ihre Haut war kaffeebraun, und mit den großen Nasenlöchern, den schwarzen Augen und dem noch schwärzeren, gekräuselten Haar dürfte sie so ungefähr dem Bild entsprochen haben, das ein Werbefotograf sich von einer Negerpuppe macht.

Ein kurzer Anflug von Zorn flammte im Gesicht ihres Ehemanns auf. Iris hatte es ebenfalls bemerkt, denn sie hatte sich viel schneller als Nils oder ich von dem ersten Schreck erholt, machte einen Schritt auf das Mädchen zu und schloß es herzlich in die Arme. »Willkommen an Bord. Ich bin Iris.« Sie zögerte. »Sollen wir Sie wirklich Go-Go nennen, oder möchten Sie bei Ihrem richtigen Vornamen genannt werden?«

»Nein, Go-Go – bitte. Sehen Sie mich doch an. Ich kann mich nicht erinnern, jemals anders genannt worden zu sein.« Sie lachte. Es war ein dunkles, ansteckendes Lachen.

Es ging eine Wärme von ihr aus, die uns alle im Nu umfing, und die Kajüte war von diesem Moment an ein freundlicherer Ort. Die beiden hatten im Flugzeug gegessen, aber als wir ihnen von unserem Eintopf anboten, ließen sie sich nicht zweimal bitten. Später, nachdem ein Kaffee mit einem kräftigen Schluck Rum die Atmosphäre aufgelockert hatte, vertraute uns Andy an, daß er nicht ganz ehrlich gewesen war, was die Herkunft seiner Frau anbetraf. »Ich dachte, wenn ich erzähle, daß sie zu einem Viertel Australidin ist, gefährde ich womöglich die ganze Geschichte, und ich wollte doch unbedingt bei dieser Expedition dabeisein. Und Go-Go auch, nachdem ihre Partner einverstanden waren.«

Andy hatte das Thema angesprochen, nicht Iris, aber nachdem es einmal auf dem Tisch war, merkte ich ihr an, daß sie sich Sorgen machte. »Zwei Dinge.« Sie langte impulsiv über den Tisch und griff nach der Hand des Mädchens. »Ich denke an Ihre Frau, Andy, nicht an die Expedition. Sie stammt aus einem heißen Klima.«

»So wie ich«, sagte Galvin.

»Aber nicht genetisch. Sie sind ein nordischer Typ. Man sieht es ihrer Haut an.«

»Und sie ist zu einem Viertel eine Schwarze. Das wollen Sie doch damit sagen.« Streitlust schwang in seiner Stimme mit.

»Nein, das wollte ich nicht damit sagen. Mir ist die Hautfarbe nicht wichtig, aber sie weist nun einmal eher auf eine Affinität zu Wärme hin und nicht zu der Art Kälte ...«

»Sie ist an Kälte gewöhnt, Mrs. Sunderby. Ihr Vater stammt aus Orkney, und als sie mit ihrem Studium fertig war, hat sie oben in den Bergen gearbeitet. Dort hab ich sie kennengelernt. Sicher, die australische Urbevölkerung stammt natürlich aus der Wüste, der Stamm ihrer Mutter aus der Simpson-Wüste, einem Ort, wo kein Weißer ohne Versorgung aus der Luft überleben könnte, und die haben dort in völliger Unabhängigkeit von fremder Hilfe gelebt. Tagsüber ist es dort unglaublich heiß und nachts bitterkalt. Probieren Sie das mal aus, ohne Klamotten am Körper, Mrs. Sunderby ...«

Iris hob abwehrend die Hand und lachte. »Schon gut, Mr. Galvin. Wenn Sie meinen, daß sie es aushält. Ich möchte nur nicht, daß ihr etwas zustößt, nur weil Sie unbedingt an der Expedition teilnehmen wollen.«

»Ihr wird nichts zustoßen, da paß ich schon auf.« Er beugte sich vor, den Blick starr auf Iris gerichtet. »Also, Sie sprachen von zwei Punkten.«

»Go-Go's Erfahrung mit Segelschiffen!«

»So gut wie keine. Das hatte ich Ihnen aber geschrieben. Wir sind noch nicht mal ein Jahr verheiratet, und nach dem Kauf des Hauses konnten wir uns außer einem alten Renndingi kein Boot leisten. Mit dem ist sie ein paarmal draußen gewesen. Sie kann also Backbord von Steuerbord unterscheiden, sie kann giepen und wenden, und auch wenn sie ein bißchen klein ist, ich versichere Ihnen, sie macht das alles mit Schnelligkeit wieder wett. Und mit Härte. Ist es nicht so, Kumpel?« Er grinste sie an. »Und ich spreche da aus Erfahrung.« Ernster fügte er hinzu: »Außerdem ist sie eine verdammt gute Tierärztin, und das heißt, daß sie mit den meisten Knochenbrüchen fertig wird und den Unterschied zwischen einem Tumor und einer Schwangerschaft erkennt.« Wieder dieses amüsierte Glitzern in den Augen. »Denkt darüber nach und laßt uns morgen früh wissen, wie ihr entschieden habt.« Er hatte sich vom Tisch erhoben. »Wenn ihr uns jetzt bitte unsere Kojen zeigen würdet. Wir möchten uns aufs Ohr hauen. Das Sauwetter, und dann gab's noch Ärger mit dem Flugpersonal – wir waren drei Tage unterwegs und sind total fertig, alle beide.«

Sie schliefen an Bord, deshalb sollte es erst um neun Frühstück geben, damit sie eine Stunde länger ruhen konnten. Aber als ich am nächsten Morgen an Bord kam, waren sie schon an Deck. »Wir konnten's nicht erwarten, sie uns anzusehen.«

Er war putzmunter. Seine Frau stand am oberen Ruder, eine hellrote Wollmütze mit Ohrenklappen hatte ihre Erscheinung gründlich verändert. »Ich hab's mir eingeprägt, die Rahsegel, alles, bis auf ein, zwei Leinen achtern vom Fockmast. Zwischen Fockmast und Großmast setzt du Raumschotsegel, richtig?«

Ich erklärte ihm kurz die Verwendung der Fischermann- und Raumwind-Stagsegel, dann gingen wir hinunter, um zu frühstücken. Als wir durch das Ruderhaus kamen, blieb er am oberen Absatz des Niedergangs stehen. »Kein schlechtes Equipment, das ihr da habt.« Er deutete auf die Funkanlage hinter dem Kartentisch. »Eine hübsche kleine Amateursendeanlage, sogar 'n Seitenband-Kurzwellensender. Hat jemand von euch eine Lizenz?«

Ich zögerte. »Iain vielleicht.« Ihm traute ich alles zu. »Aber ich glaub's eigentlich nicht.«

Andy sah mich an, ein schiefes kleines Gaunerlächeln zierte sein Gesicht. »Da, wo wir hinfahren, wird's keine große Rolle spielen. Kaum anzunehmen, daß wir im Weddellmeer wegen 'ner fehlenden Lizenz verhaftet werden. Ich werde das Zeug mal durchchecken. Heut abend setze ich ein paar Funksprüche ab. Wirklich ein erstklassiges Gerät. Und macht 'n guten Eindruck.«

Am nächsten Morgen war schönes Wetter – hohe Zirruswolken und kaum Wind. »Wir segeln sie gleich nach dem Frühstück raus«, sagte ich. »Damit ihr euch an die Decksausrüstung gewöhnt.«

Es war unglaublich, was die Hilfe eines wirklich erfahrenen Mannes ausmachte. Seine Frau hatte er richtig beurteilt, sie war sehr flink, bewegte sich äußerst sicher über das Deck und lernte schnell. Bevor der Wind gegen Mittag kräftig auffrischte, hatten wir bereits alle Segel ausprobiert, nicht nur einmal, sondern mehrmals. Den Lunch aus Kaffee und Sandwiches nahmen wir im Stehen im Ruderhaus zu uns, damit uns keine Windveränderung entging und wir den Schiffsverkehr im Auge behalten konnten.

Als wir Feierabend machten, glaubte ich zum erstenmal daran, eine Mannschaft zu haben, mit der man auch in das Packeis des Weddellmeers fahren konnte. Wir waren so auf die Arbeit mit den Segeln konzentriert gewesen, daß keiner von uns mehr an Carlos gedacht hatte, aber als wir längsseits gingen, wartete er am Kai. Er hielt eine Flasche des herben chilenischen Weins in der Hand, den man in der Bar des Restaurants kaufen konnte. Ich erkannte sie am Etikett, und er fuchtelte damit herum, als wir längsseits kamen. Er hatte es bis zum Seno Otway geschafft und war noch ganz erfüllt von dem Erlebnis, und das nicht ohne Grund, denn hin und zurück war es immerhin ein Trip von siebzig Kilometern. »Ich hatte Glück, in beiden Nächten schien der Mond. Irrsinnig viele Sternschnuppen. Und Satelliten. Unglaublich, wie klar der Himmel hier unten ist.« Seine Zunge war ein wenig schwer. »Und die Vögel. Ich hätte das Buch mitnehmen sollen, das ihr dabeihabt. Jetzt hab ich natürlich die Hälfte vergessen.« Eigentlich sprach er nur mit Andy. Offensichtlich war er fasziniert von dem schlaksigen Australier, der gerade, den Kopfhörer in den Nacken geschoben, vor dem Kartentisch Platz genommen hatte und seine langen Fingern über die Tasten der Einseitenbandanlage gleiten ließ. »Interessieren Sie sich für Vögel?«

Andy nickte zerstreut, seine ganze Aufmerksamkeit galt dem Funkgerät.

»Ich hab gehört, Sie waren in der Davis-Station.«

»Ja.«

»Haben Sie dort Kaiserpinguine gesehen?«

»Nein. Aber jede Menge Königspinguine. Und Adelie-Pinguine.«

»Aber keine Kaiser?« Er wandte sich zu mir um. »Legen wir in Südgeorgien an?«

»Weiß ich nicht«, antwortete ich.

»Dort haben die Kaiserpinguine mehrere Brutplätze.« Beinahe ungeduldig wandte er sich wieder an Andy. »Die sind fast einen Meter groß, mit den Schnäbeln reichen sie dir bis zum Bauchnabel, und mit ihren Schwimmflossen können sie einem Mann den Arm brechen. Ich hab im Flugzeug alles über sie gelesen, in einem alten Buch über Südgeorgien. Da stand drin, daß sie auf dem Bauch übers Eis rutschen und sich mit einem Stoß des Schnabels wieder aufrichten können wie die Stehaufmännchen.«

Und so redete er weiter, stellte eine Frage nach der anderen, bis Andy sich verärgert umdrehte: »Mann, nun halt endlich die Klappe. Ich versteh ja kein Wort.« In das bestürzte Schweigen hinein rief Iris' Stimme uns zum Abendessen.

Es gab wieder Eintopf, aber diesmal mit viel Blumenkohl aus der Tiefkühltruhe und frischen Algen. Es war eher eine dicke Suppe geworden. Gerade hatte wir angefangen zu essen, da kam Iain herein. Er sah müde aus. Nachdem er die Galvins begrüßt hatte, saß er schweigend am Tisch, und als Iris ihn aufforderte, sich vom Eintopf zu bedienen, schaffte er es kaum noch, den Kopf zu schütteln.

Go-Go Galvins Erscheinung erstaunte ihn nicht weiter, er fand sich mit ihrer Gegenwart ab, als hätte er längst gewußt, daß sie eine Halbaustralidin war. Aber Carlos ließ sich die Gelegenheit nicht entgehen. Der kleine Teufel lugte ihm wieder aus den Augen, als er sich über den Tisch beugte, Go-Go ansah und zitierte: »Ein Mädchen mit der Harfe, einst im Traume ich sah ...« Ein grausames Lächeln spielte um seine Lippen, als er langsam und mit deutlicher Betonung weitersprach: »Es war ein Eingeborenenkind, und ihre Klampfe schlagend, sang sie vom Berge ...«

»Schnauze!« Andys Stimme klang leise, aber gefährlich. »Du bist besoffen, Freundchen, aber das ist keine Entschuldigung.«

Iain schob den Kopf vor und wandte sich lächelnd an Go-Go. »Hinter dir im Schrank steht 'ne Flasche. Sei so lieb und schenk mir 'n Schluck ein.« Zu Carlos sagte er: »Nette kleine Parodie. Sehr begabt. Aber mach das noch mal, und ...«

»Sie mögen wohl keine Gedichte, was?«

Iain starrte ihn an, das Schweigen knisterte förmlich. Dann lächelte er und sprach ganz langsam, als er das Zitat wiederaufnahm: »*Könnt' ich in mir erneuern, ihr Lied, den Saitenklang, Entzücken würde mich befeuern, daß ich mit Musik den Bau schüfe in der Lüfte Blau, den Sonnendom!* Na, mein Junge, wie geht's weiter?«

Carlos blickte ihn fasziniert an, wie ein Pudel, der schwanzwedelnd vor einem Bullterrier steht.

Und Iain war noch nicht fertig. »*Gewölb aus Eis, und alle Hörer nähmen's wahr und schrien Wunder und Gefahr!*« Er ließ den Blick um den Tisch wandern, sah jeden einzelnen von uns an, um der Warnung Nachdruck zu verleihen. »Also seht euch vor«, wiederholte er freundlich. »Wir sind eine kleine Gruppe Menschen, unterwegs ins Unbekannte. Fangt an zu streiten, und ihr habt die Katastrophe. Also, seid vorsichtig und haltet eure Zungen im Zaum.« Er trank den Drink, den Go-Go ihm serviert hatte, mit einem Schluck aus und erhob sich. »Ich wünsch euch allen eine gute Nacht. Wenn Gott will, segeln wir übermorgen los.« Er wandte sich an mich. »Wie lange brauchen wir bis Ushuaia?«

»Kommt aufs Wetter an.«

»Sicher. Aber wie sind die Aussichten?«

»Im Cockburn könnte es schlimm werden. Das ist der Kanal, der fast genau westlich verläuft, direkt in die vorherrschende Windrichtung, die den ganzen Druck des Pazifischen Ozeans hinter sich hat. Winde mit Sturmstärke würden uns mit Sicherheit lahmlegen. Ich möchte gar nicht dran denken, wie's dann da draußen aussehen würde.«

»Mal angenommen, es ist nur Stärke fünf, und wir kommen durch.«

»Dann müßten wir es in drei Tagen bis Ushuaia schaffen, vorausgesetzt, daß sonst nichts schiefgeht.« Und ich fügte hinzu: »Das ist ein unangenehmes Revier da draußen, und hinter Ushuaia kommt noch das Kap Hoorn. Ziemlich dumm, dieser

Umweg über Ushuaia. Wenn wir gleich von hier lossegeln würden ...«

»Er besteht auf Ushuaia.«

»Wirf doch mal einen Blick auf die Karte. Und sag ihm ...«

»Hab ich getan. Ich kann Karten lesen. Und er auch.«

»Und er besteht trotzdem darauf?«

»Ja. Ich hab ihn gleich angerufen, als ich in Montevideo war. Von dort aus erschien es mir sicherer. Er läßt nicht mit sich reden. Entweder er kommt in Ushuaia an Bord oder gar nicht.« Er ließ den Blick in die Runde schweifen. »Also übermorgen, es sei denn, jemand hat gute Gründe ...«

»Das ist ein Sonntag«, sagte Iris.

»Ja, ein Sonntag. Na und? Wir sind schließlich keine *Wee Frees*. Selbst die Katholiken haben nichts mehr gegen Fußballspiele am Nachmittag, vorausgesetzt, man hat vormittags die entsprechenden Kniebeugen gemacht.« Er sah zu mir herüber. »Wenn wir am Sonntagmorgen so gegen sechs hier lossegeln, dann wäre Mittwochmorgen, sechs Uhr, doch eine realistische Ankunftszeit, oder?«

»So Gott will.«

Er nickte. »So Gott will, meinetwegen.« Er sah uns alle nacheinander an, und als niemand etwas sagte, nickte er. »Gut! Dann also am Sonntag. Pete wird euch morgen die genaue Zeit mitteilen, wenn wir den Wetterbericht gehört haben.«

Carlos fragte, wann Mario in Ushuaia eintreffen würde. »Mittwoch«, antwortete Iain. »Mittwoch nächster Woche, hab ich ihm gesagt – spätestens. Damit war er einverstanden.« Und dann fügte er plötzlich lächelnd hinzu: »Eine kleine Gabe der Götter, um uns alle aufzumuntern: Ich hab mit unserer Basis in Halley Bay gesprochen. Die Eisvorhersage ist noch immer gut. Möglich, daß es sehr früh aufbricht.«

DREI

Ushuaia liegt kurz vor der chilenischen Grenze auf der argentinischen Seite. Wahrscheinlich müßte man in Afrika suchen, wollte man noch so eine willkürliche und lächerliche Grenzführung finden wie an jener Grenze, welche die Spitze des »Stiefels« Feuerland den Argentiniern zuspricht. Patagonien endet am äußersten Ende der nördlichen Einfahrt zur Magellanstraße, dann schneidet die Grenze ein Stück des Südatlantiks ab und taucht – völlig ohne Zusammenhang – an der südlichen Einfahrt zur Magellanstraße wieder auf. Kein Wunder, daß es zwischen den beiden Ländern, die sich das südlichste Ende des amerikanischen Kontinents teilen, zu ständigen Reibereien kommt. Wie Punta Arenas so hat auch Ushuaia Kasernen und eine starke Militärpräsenz. Außerdem hat es einen Flugplatz mit einer einzigen, entlang einer Nord-Süd-Achse angelegten Startbahn. Die Flugzeuge starten und landen also im rechten Winkel zur vorherrschenden Windrichtung, was das Risiko nicht gerade verringert.

Es gibt eine Reihe von Kanälen zwischen dem Cockburn und dem Beagle – den Brecknock, den Aguirre, den Burnt, den Ballenas oder den Whaleboat und den O'Brien, und sie sind alle schwierig zu durchfahren und fordern dem Navigator äußerste Aufmerksamkeit ab. Gott sei Dank war es eine sternklare Nacht, und als der Mond aufging, konnten wir auf das Radar verzichten. Die ausgedehnten Wasserflächen und die Hügel um uns herum erinnerten mich an einen zweiwöchigen Segeltörn, den ich einmal mit einem Schulfreund vor der Westküste Schottlands unternommen hatte.

Kurz nach Sonnenaufgang frischte der Wind von Westen her auf und bescherte uns eine schnelle Fahrt zwischen den kleinen Felseninseln vor der Pazifikküste. Die Durchfahrt war in regelmäßigen Abständen mit Leuchtbojen markiert, und bei der guten Sicht war das Navigieren nicht weiter schwierig. Auch das

251

Segeln nicht, denn der Wind wehte fast gleichmäßig mit Stärke fünf Steuerbord achteraus. Montagabend näherten wir uns dem Beagle-Kanal; der Wind war wechselhafter geworden, der Himmel hatte sich bezogen, und Regenböen, Graupel- und Hagelschauer bescherten mir eine unruhige Nacht. Ich war entweder auf Wache oder wurde an Deck gerufen, und im Morgengrauen – wir steckten mitten im Kanal, und der Wind kam von achtern – waren alle Mann an Deck, und wir zogen zum erstenmal die Rahsegel-Takelung hoch. Es klappte. Es klappte so gut, daß wir zehn Knoten machten – und kaum ein Drittel weniger, wenn die Schraube in Gegenrichtung lief, um auf dem Wechselstromgenerator Strom zu liefern.

Wir steckten noch immer in den Meerengen, direkt gegenüber von Fleuriais Bay, als der Wind auf einmal kräftig auffrischte. Wir hätten dort beidrehen sollen. Ich fuhr nach der Seekarte 599, und es wäre eine bequeme Nacht vor Anker geworden. Aber wegen der hohen Geschwindigkeit und infolge des starken Gezeitenstroms hatten wir die Einfahrt zur Bucht bereits verpaßt, als mir der Gedanke kam. Der Wind hatte uns »kräftig am Schlafittchen«, wie Andy es ausdrückte. Das Land war auf beiden Seiten sehr nah, und er schien mit doppelter Stärke durch den engen Kanal zu fegen. Die Rahsegel waren so entworfen, daß man sie vom Deck aus bediente. Deshalb hatten sie viele Leinen, und weil sie bis zum Zerreißen gebläht waren, hatte wir einige Mühe, sie zu fieren. Es war das erste Mal, daß wir sie vor einem starken Wind fieren mußten. Er blies mindestens mit Stärke sieben, hob die oberste Wasserschicht heraus und trieb sie in Böen vorwärts. Wir hielten uns nicht damit auf, die Rahen niederzuholen, statt dessen zogen wir das kleinste Fock auf und schossen unter diesem einen Segel mit viereinhalb Knoten durch die Nacht. In den frühen Morgenstunden schwächte der Wind ein wenig ab, und als Andy mich um vier Uhr ablöste, beschlossen wir, das Fock Nr. 2 zu setzen. Dazu wurden wir beide vorn gebraucht, und jemand mußte das Ruder bedienen. Andy rief seine Frau, und nachdem das Segel gesetzt war, konnte ich gute drei Stunden schlafen.

Um acht Uhr löste ich ihn wieder ab, und gleich darauf gab

uns Carlos eine Kostprobe seines südamerikanischen Temperaments. Es war ein trüber Morgen mit dunklen, tiefhängenden Regenwolken. Ich war die Leiter zum Ruderhaus hinaufgeklettert und stand am oberen Steuerrad, als ich leise Stimmen hörte. Zuerst hielt ich es für eine Nachwirkung der Müdigkeit und der Anstrengungen. Ich hatte den größten Teil der Nacht damit verbracht, das Schiff durch die gefährlichen Strömungen des Cockburn und des Beagle zu lotsen, und glaubte, daß ich mir die Stimmen nur einbildete. Aber dann stellte ich fest, daß sie aus dem Schalltrichter kamen, der Verbindung zum Ruderhaus unter mir. Ich hatte ihn vorher mit Andy ausprobiert und vergessen, den Deckel wiederdraufzusetzen.

Ich wollte es gerade nachholen, da hörte ich, daß im Ruderhaus ein Streit im Gange war. »... hinter mir hergeschnüffelt haben.« Es war Carlos' Stimme. »Warum haben Sie ihn angerufen?«

»Du hast Mrs. Sunderby erzählt, dein Vater hätte dich geschickt.« Iains Stimme klang ruhig, aber ein drohender Unterton war nicht zu überhören. Er hatte die Frage des Jungen völlig ignoriert. »Das war eine Lüge.«

»Ich will mit euch kommen.«

»Kommt nicht in Frage.«

»Aber ich muß.« Der Ton des Jungen wurde heftiger.

»Warum?« Und als Carlos nicht antwortete, fragte er ihn: »Woher wußtest du, wo du uns findest? Hat Connor-Gómez es dir erzählt?«

»Sí. Ich war ungefähr eine Woche nach euch auf der Hacienda. Er hat mir erzählt, daß er mit Iris Sunderby an Bord gehen will, um den Navigator für euch zu machen. Ich hab gesagt, daß ich mitkomme, aber er hat's mir verboten. Er will mich nicht an Bord haben. Ihn interessiert nur diese Frau.«

»Wie meinst du das? Was willst du damit sagen?«

Es war lange still, und ich vermutete schon, Iain wäre wieder in seine Koje gegangen. Seit seiner Ankunft in Punta Arenas hatte er sie kaum verlassen. Gerade wollte ich den Deckel wieder draufsetzen, da rief Carlos mit schriller, geisterhafter Stimme: »Ist mir egal, was er sagt. Ich fahre mit euch.«

»Bis Ushuaia und nicht weiter.«

»Nein. Bis ans Ziel.« Carlos kreischte beinahe.

»Du gehst in Ushuaia von Bord.« Iains Ton war noch immer ruhig, aber entschieden. »Hast du verstanden?«

»Nein, nein. Ich muß mit euch kommen.«

»Warum?« fragte er wieder.

»Warum ich mitkommen will?.«

»Ja, warum? Es wird wahrscheinlich eine verdammt ungemütliche Reise. Und obendrein eine lange, wenn wir im Eis überwintern müssen. Also, warum willst du mitkommen? Du mußt doch dein Studium abschließen.«

»Ich muß – bitte.« Auf einmal war es ein Flehen. »Ich muß es wissen.«

»Was mußt du wissen?« Eine plötzliche Neugier hatte Iains Ton verschärft. »Was mußt du unbedingt wissen?«

Wieder ein längeres Schweigen. Und dann: »Nichts. Gar nichts. Aber ich will mitfahren.« Plötzlich sprudelte es aus Carlos heraus: »Ich kann mich doch in Ushuaia an Bord verstecken. Dann merkt er es erst, wenn wir auf See sind. Oder ich bleibe am Kai stehen und springe im letzten Augenblick aufs ...«

»Nein. Du fährst nicht mit.«

Der Streit dauerte noch eine Weile an, mal bettelte Carlos, mal forderte er mit trotziger, verzweifelter Stimme in zitterndem Tremolo. Plötzlich brüllte er: »Also gut, wenn ich nicht mitfahren darf, dann fahrt ihr auch nicht. Dafür sorge ich.«

»Ach, sei nicht kindisch.«

»Kindisch? Ich? Sie sind kindisch! Bitte. Zum letztenmal. Lassen Sie mich mitkommen.«

»Nein.«

»Okay.« Plötzlich entstand hektische Bewegung, durch den Stimmtrichter nicht zu definieren. Iains Stimme rief: »Carlos ...!«

Im nächsten Augenblick flog das vordere Luk knallend auf, und der Junge kam wie ein Amokläufer an Deck gestürmt, mit irrem Blick und dem Ausdruck des Wahnsinns auf dem Gesicht. In der Hand hielt er den Eispickel, den er sich ausgeborgt hatte.

Einen Moment lang stand ich wie angewurzelt. Dann begriff ich, was er vorhatte. Unter Deck hatten wir Tanks für mindestens dreitausend Gallonen Diesel. Sie waren tief im Schiffsbauch gelagert. Aber die Tonnen mit dem Paraffinöl für den Herd und dem Benzin für den Schlauchbootmotor und das Schneemobil hatten wir am Schanzkleid vertäut. Carlos lief direkt auf die Benzintonnen zu, die aufgereiht vor den vordersten Webeleinen standen.

Ich brüllte ihn an, sofort stehenzubleiben, aber er sah nicht mal zu mir herüber; wilde Entschlossenheit hatte sein Gesicht zu einer Maske erstarren lassen. Gerade hastete ich die Leiter herunter, als noch jemand nach ihm rief. Ich hörte, wie der Eispickel sich mit dumpfem Knall in das Blech der Tonne bohrte, als ich mit beiden Füßen auf dem Deck landete. Andy kam auf Carlos zugerannt, barfuß, nur mit Hosen bekleidet und den bloßen Händen als Waffe. Ich schrie laut auf, als Carlos den Eispickel schwang, und als ich auf die beiden zustürzen wollte, stieß ich mir den Zeh. Aber Andy hatte das Gerät bereits mit einer Hand gepackt, es dem Rasenden aus der Hand gewunden und zur Seite geschleudert.

Ich dachte schon, die Vorstellung sei damit beendet, und stand mit schmerzendem Fuß da, als die beiden begannen, sich auf dem Vordeck lauernd zu umkreisen wie bei einem rituellen Tanz. Carlos langte in die Tasche seines Anoraks, er hielt etwas in der Hand, als er sie wieder hervorzog – Stahl funkelte im Licht des Scheinwerfers am Masttopp, den Iain eingeschaltet haben mußte. Der Junge bewegte sich in geduckter Haltung vorwärts, die zwanzig Zentimeter lange Klinge des Schnappmessers auf Andys Bauch gerichtet.

Wieder brüllte ich etwas und lief los, achtete nicht auf das wütende Knallen des Focksegels, als wir in den Wind drehten. Ich hatte die beiden fast erreicht, da stürzte sich ein dunkler Wirbelwind im roten Pyjama auf den Rücken des Jungen, legte ihm die Hände um den Nacken und drückte ihm beide Daumen tief in den Hals. Carlos stieß einen wilden Schmerzensschrei aus. Das Messer fiel scheppernd auf die Deckplanken; er stand da, gelähmt vor Schreck, und hörte nicht auf zu schreien.

Andy bückte sich und hob das Messer auf. »Ist das deins, Freundchen?« Er lächelte mit schmalen Lippen und hielt es ihm hin. »Willste's haben? Nimm, aber vorher schneid ich dir die

Eier damit ab. Also? Willste's?« Er sah seinem Kontrahenten über die Schulter. »Okay, kannst ihn loslassen.«

Seine Frau lockerte den Griff um Carlos' Hals. Er stand da und zitterte unkontrolliert. »Also, was ist, willste's nun haben oder nicht?« Als Carlos stumm den Kopf schüttelte, warf er es lässig über Bord, nahm seine Frau am Arm und verschwand wortlos mit ihr durch das Luk; bevor sein Kopf verschwand, nickte er zu dem knatternden Segel hinüber und sagte zu mir: »Bring sie lieber wieder auf Kurs, sonst sitzen wir bald im Kelp fest.«

Iain war inzwischen an Deck gekommen. Der Benzingestank wurde immer stärker. Er fummelte an dem Tau herum, mit dem die Tonne an einer der Relingstützen befestigt war. Ich zog mein eigenes Messer heraus und schnitt es durch, damit wir den Behälter auf den Kopf stellen konnten. »So, Freundchen, und nun mal raus damit.« Carlos stand immer noch völlig benommen da. »Warum willst du unbedingt mit uns kommen?«

Ich weiß nicht, ob Carlos ihm geantwortet hat oder nicht. Das Focksegel machte einen Höllenlärm, und ich war bereits unterwegs zum Ruderhaus. Noch bevor ich die *Isvik* wieder auf Kurs hatte, waren die beiden unter Deck verschwunden, und ich war allein. Es war eine fremde, wilde Welt, vor mir dehnte sich dieses lange Band aus Wasser, grau wie Blei unter der finsteren Wolkendecke. Die gewaltige Masse der Darwin-Kordillere hatten wir hinter uns gelassen, und auch wenn schwere Wolkenbänke die Spitze des Sarmiento einhüllten, spürte ich seine bedrohliche Gegenwart in den plötzlichen Wechseln der Windrichtung, in der Heftigkeit der Böen. Ich war mir der Tatsache sehr bewußt, am unteren Ende der Welt zu sein, vor mir das Kap Hoorn und die schreienden Fünfziger, dahinter die gefrorenen Wüsten des Packeises, die Eisberge, die ungeheure Landmasse der Antarktis mit ihren Schneestürmen.

Ich glaube, ich war sehr erschöpft. Zwei Tage konzentrierten Navigierens hatten mich sehr angestrengt. Angst begann in mir aufzusteigen. Ich dachte an Scott und den langen Treck zum Südpol, an Amundsen und Shackleton, ganz besonders an Shackleton. Das alles lag vor mir. Aber im Augenblick war ich noch hier, in der vergleichbaren Sicherheit des Beagle-Kanals, mit Ushuaia als letztem Anlaufhafen. Die letzte Chance, doch noch auszusteigen.

»Ist dir kalt?« Plötzlich stand Iris neben mir. »Du zitterst.«

»Wirklich?« Ich war so in Gedanken verloren, hatte sie weder kommen gehört noch gemerkt, daß ich zitterte.

»Ich übernehme sie wieder. Geh nach unten und schenk dir 'n heißen Kaffee ein.«

Ich nickte. Ich konnte ihn schon riechen und machte den Platz am Steuerrad frei. Ganz automatisch nannte ich ihr den Kurs. »Was ist mit Carlos?« fragte ich sie. »Warum ist er so wild darauf, mit uns zu kommen?«

Sie zuckte die Achseln.

»Und warum soll Connor-Gómez nicht wissen, daß er an Bord ist?«

Sie drehte sich zu mir um, die Knöchel ihrer Hand waren weiß, so fest hielt sie das Steuer umklammert. »Frag ihn doch. Nein, frag lieber Ángel, wenn er in Ushuaia an Bord kommt. Mal sehen, was er dazu sagt.«

Aber Ángel Connor-Gómez kam in Ushuaia nicht an Bord. Wir zwängten uns in eine kleine Lücke zwischen einem Patrouillenboot und einem Hecktrawler, und noch bevor wir richtig festgemacht hatten, war Iain schon an Land gesprungen und lief mit den Schiffspapieren am Kai entlang zum Hafenbüro. Nach einer halben Stunde war er zurück, und ohne sich mit Iris oder sonst einem von uns abzusprechen, befahl er Nils, die Maschine anzuwerfen. »Hier sind die Koordinaten.« Er drückte mir ein Stück Papier in die Hand. »Markier die Position auf der Karte, okay?« Andy gab er den Befehl, die Leinen loszumachen.

»Aber was ist mit Ángel?« fragte Iris. »Wir dürfen auf keinen Fall ohne ihn lossegeln, sonst …«

»Er kommt später an Bord, ein Stück weiter oben an der Küste. Auf der Nordseite des Kanals, weil sie argentinisches Territorium ist, nehme ich an.«

»Aber warum nicht hier? So war es doch abgesprochen – morgen wollte er an Bord kommen. Mittwoch – das hast du gesagt.«

Ich hörte seine Antwort nicht. Die Maschine war unter lautem

Getöse angesprungen, Nils hatte das Ruder übernommen, und Andy warf die Leinen auf das Deck, sprang auf die Bordkante und hielt sich an der Reling fest, als die *Isvik* ablegte.

Die Position, die durch die Koordinaten angezeigt wurde, lag beinahe in der Mündung des Beagle-Kanals, gleich hinter der Bucht, die den Namen des Almirante Brown trug, gegenüber von Puerto Eugenia auf der chilenischen Seite. Iain sah mir über die Schulter, und als ich ein kleines Kreuzchen auf die Karte malte, um den Punkt zu markieren, nickte er. »Hab ich mir fast gedacht.« Er nahm die Lupe zur Hand und suchte das Inland hinter der Stelle ab. »Hast du nicht eine Karte in größerem Maßstab?«

Ich zog den *South American Pilot Vol. II* aus dem Regal hinter dem Kartentisch. Die Seite mit dem Beagle-Kanal hatte ich durch ein Lesezeichen markiert. Es war die Anschlußkarte zu der, die auf dem Tisch lag. »Nummer 3424.«

»Haben wir die?«

Ich sah in der Schublade nach, fand sie und breitete sie über der Karte von Ushuaia aus. Wieder schien er an der Ansteuerung oder den Tiefenlotungen in der kleinen Bucht, die durch die Koordinaten angezeigt wurde, nicht besonders interessiert zu sein. Er konzentrierte sich auf das Hinterland, mit der Lupe folgte er den Höhenlinien ganz langsam, als versuchte er, sich das Terrain vorzustellen. Aber Admiralitätskarten sind keine geographischen Landkarten, sie beschränken sich weitgehend auf das Küstenvorland und den Meeresgrund. Er gab es schließlich auf, legte die Lupe zur Seite und murmelte etwas von »abwarten, bis wir dort sind« vor sich hin. »In welcher Phase ist der Mond? Fast voll, oder?«

Als ich ihm sagte, daß wir in zwei Tagen Vollmond haben würden, nickte er und wünschte uns eine klare Nacht.

»Wir nehmen ihn nachts an Bord, richtig?«

»Nicht heute nacht. Am Donnerstag ganz früh – um zwei.«

»Warum dann die Eile? Warum sind wir nicht in Ushuaia geblieben, um Diesel nachzutanken und etwas zu essen. Oder uns zu besaufen.« Ich dachte an die langen Wochen, vielleicht Monate, die vor uns lagen.

Aber er sagte nur: »Gib mir, sobald du kannst, die ungefähre Ankunftszeit in dieser Bucht, okay?«

»Die kann ich dir jetzt gleich geben«, sagte ich und maß mit dem Stechzirkel die Entfernung aus. »Segel oder Motor?«

»Segel. Wir haben Westwind und müssen jetzt Treibstoff sparen.«

Mit gesetzten Rahsegeln würden wir es auf gute sechs Knoten bringen. »Kurz nach Mitternacht müßten wir dort sein«, sagte ich.

Er nickte. »Laß das Schlauchboot fertigmachen, sobald wir vor Anker liegen. Du kommst mit mir, okay?« Damit verschwand er nach unten.

Der Wind blies sehr unterschiedlich während der späten Abendstunden, er erreichte Stärke fünf, außerdem drehte er auf Nordwest. Deshalb kamen wir lange vor Mitternacht an. Achtern war am Himmel noch ein Streifen Tageslicht, aber in Richtung Küste herrschte ungleichmäßige Sicht bei ungefähr sieben Zehnteln Bewölkung. Wir fierten die Segel und suchten uns mit Motorkraft unseren Ankerplatz. Das Mondlicht kam und ging, im Kontrast dazu wirkten die Wolken tiefschwarz.

Es gab einen kleinen Strand, durch den wie ein heller Streifen ein kleiner Bach floß, aber das Kelp zwang uns, ein Stück vor der Küste über einer Wassertiefe von mehr als dreißig Metern zu ankern. Als das Schiff festgemacht und die Maschine abgeschaltet war, trat plötzliche Windstille ein, nur die rasenden, pechschwarzen Wolken waren ein Hinweis darauf, daß der Wind da oben noch kräftig wehte. So dicht unter Land waren wir in seinem Schatten, und die Leere der Küste, das Gefühl, am Ende der Welt angekommen zu sein – es war fast ein bißchen unheimlich. Das Kelp war ständig in Bewegung, ein verschlafenes, dem Rhythmus des Wassers hingegebenes Rauf und Runter.

Iris wollte mit uns kommen. Ich glaube, sie spürte, daß Iains Eile, an Land zu kommen, einen Zweck hatte, der auch für sie von Bedeutung war. »Du wärst uns nur im Weg«, sagte er grob. Ihre Antwort ging im Dröhnen des anspringenden Außenbordmotors unter. Wir steuerten das Schlauchboot auf eine vermeintliche Fahrrinne durch das Kelp zu. Sie führte nicht ganz bis zum

Strand, und als wir sie erreicht hatten, trieb der Wind gerade ein Wolkengebirge vor den Mond. Eben noch hatten wir das träge Auf und Ab des Kelps zu beiden Seiten gesehen, jetzt herrschte auf einmal tiefe Finsternis.

Iain drosselte den Motor, und wir trieben durch eine unheimliche Stille, die durch das geheimnisvolle Seufzen und die schmatzenden Geräusche des Riementangs, den das Wasser zwischen den Steinen und Felsbrocken des Ufers bewegte, nur noch betont wurde. Das Schlauchboot stand beinahe augenblicklich still, und während Iain den Motor in seiner Halterung nach oben kippte, schnappte ich mir eins der Ruder und machte mich an die Arbeit. In dieser stygischen Finsternis konnten wir uns nur am Plätschern des kleinen Baches orientieren, der über einen steilen Felshang auf den Strand gespült wurde. Es war eine harte Arbeit, denn wir mußten das Boot buchstäblich über die langen Ranken des Riementangs schieben.

Ich hatte gerade begonnen, uns mit aufgestelltem Ruder durchs flache Wasser zu staken, als der Mond wieder aus der Finsternis hervorlugte. Vor uns lag der Strand, der kleine, weiß schimmernde Bach war keine zwanzig Meter mehr entfernt. Hinterher kam es mir so vor, als hätten die Umstände dieser Ankunft uns auf die entsetzliche Entdeckung vorbereitet, die wir machen sollten. Iain hatte eine Taschenlampe dabei, aber er benutzte sie noch nicht, und so wurde das Unheimliche dieses kleinen Strandes noch betont durch ein Mondlicht, das mir wie eine Bühnenbeleuchtung vorkam. Es schlug mich in seinen Bann, baute eine nervöse Spannung in mir auf, als könnten jeden Augenblick die nackten, halbwilden Ureinwohner von Feuerland aus der Dunkelheit gestürmt kommen und uns mit ihren Knüppeln erschlagen, um sich an dem nahrhaftesten Mahl gütlich zu tun, das ihnen seit langer Zeit zuteil wurde.

Wir stolperten zwischen Felsbrocken an Land und zogen das Schlauchboot auf den Strand, der wie die Moräne eines alten Gletschers aussah. Ich blieb stehen, um die Vorleine um einen großen Stein zu schlingen, deshalb war Iain mir ein Stück voraus, als das Licht sich verdunkelte, weil der Mond hinter einer ausgefransten Wolkenkante verschwunden war. Ich konnte nur noch undeutlich erkennen, wie er sich einen Weg über einen schwarzen Damm aus umgestürzten Bäumen suchte, die den Flutpegel und die Ufer des Baches säumten.

»Biber«, sagte er, als ich mich bis zu ihm durchgekämpft hatte. Bis zur Linie des höchsten Wasserstandes hatten Bäume gestanden, aber jetzt waren es nur noch umgestürzte, faulende Stangen, die kreuz und quer durcheinander lagen, als sei ein Wirbelwind durch sie gefahren. Wir arbeiteten uns etwa hundert Meter vorwärts, suchten uns vorsichtig einen Weg durch ein knöchelbrechendes Durcheinander zerbröckelnder und faulender Stämme. »Irgend so 'n argentinischer Vollidiot hatte die hübsche Idee, ein paar kanadische Biber nach Feuerland zu bringen.« Er fluchte, als sein Fuß ihm unterm Hintern wegrutschte. »Bis zum Cockburn-Kanal konnte man den schwarzen Baumschutt entlang des Flutpegels sehen. Kein Mensch macht Jagd auf sie, deshalb haben sie sich wie verrückt vermehrt.«

Weiter weg vom Fluß schien der Untergrund sich zu verändern. Plötzlich lagen keine Baumstämme mehr herum, und wir stapften zwischen den harten, holzigen Stengeln einer niedrigwachsenden Vegetation hindurch, die den kalten Wintern am untersten Ende der Welt widerstand. Ein Stück weiter links war eine Fläche, auf der Büschel von Bultgras standen wie die wuscheligen Köpfe einer kleinen Armee von Negerpuppen. Iain entdeckte einen Trampelpfad, der in gleichmäßigem Anstieg auf den Rücken eines schroffen Felsens führte, dessen obere Kante sich kaum sichtbar gegen den dunklen Himmel abhob. Und dann kam der Mond wieder hervor, beleuchtete die Bühne, und der schroffe Felsen war auf einmal sanft wie die Hügel von Sussex. Wir erreichten seinen Rücken und blickten hinunter auf eine wogende Ebene. »Schafsland«, flüsterte Iain überflüssigerweise, denn direkt vor uns lag eine Herde dicht beieinander. Ein paar der Tiere blickten in unsere Richtung. »Der Schwarze Turm«, murmelte er und deutete nach links, wo sich ein paar baufällige Hütten an den Hang eines felsigen Hügels schmiegten.

»Ich seh keinen Turm«, sagte ich. »Sieht mir eher wie ein militärischer Vorposten aus.«

»*Childe Roland*«, sagte er, und die Art, wie er es sagte, jagte mir Schauer über den Rücken, denn auch ich hatte meinen Browning gelesen. »Ushuaia war früher einmal eine argentinische Strafkolonie. Hast du das gewußt?«

»Nein.«

Das Gehen fiel uns jetzt leichter. Wir bewegten uns auf festem, abgegrastem Weideland auf die Hütten zu. »Ist es ein altes Gefängnis?« fragte ich ihn. »Hast du gewußt, daß es hier steht?«

Ohne zu antworten, ging er mit festem Schritt weiter. Wir erreichten die erste Hütte, als der Mond sich wieder hinter einem schwarzen Wolkengebirge versteckte. Ein zerbrochenes Fenster klapperte im Wind, eine Tür knarrte – Bühneneffekte, zu denen auch der geflügelte Schatten eines Vogels gehörte, der in die Nacht hinaussegelte. An der Tür hing ein Vorhängeschloß, aber der Bügel war gebrochen, und mit einem Stoß hatte Iain sie geöffnet. Der Lichtstrahl seiner Taschenlampe erfaßte einen Stapel rostiger Betten an der gegenüberliegenden Wand. Die einzigen Fenster befanden sich zu beiden Seiten der Tür, durch die wir hereingekommen waren. Gegenüber gab es eine Duschkabine und ein Waschbecken aus Blech. Daneben stand ein Stapel galvanisierter Eimer. Der Lichtkegel wanderte zögernd über die Wände und blieb auf einem einzelnen, in den Verputz gekratzten Wort stehen. *HOY* stand dort neben einem geschwungenen Rohr, wahrscheinlich dem Abzug eines Herdes, den jemand mitgenommen hatte. Ich hörte ihn seufzen. »Die armen Hunde.«

»Was bedeutet das?«

»Heute«, antwortete er. »*Hoy* heißt heute.« Er ging durch die windschiefe Tür und steuerte auf die nächste Hütte zu. Die Hütten standen in drei Reihen, vier in jeder Reihe; sie sahen eine wie die andere aus und waren alle in demselben baufälligen Zustand. Es gab weder Stacheldraht noch Wachtürme oder Unterkünfte für Aufseher. Und in jeder der Hütten waren die Wände beschrieben: Gedichtzeilen, Hilferufe zu Gott – *Qué Dios me salve* oder einfach *Sálvame* –, Forderungen nach Gerechtigkeit, die Namen geliebter Personen. Und immer wieder Kalender. Keine richtigen Kalender mit Wochentag und Datum, aber die einzelnen, in die Wand gekratzten Tage hatten sich zu Wochen und Monaten summiert. *En desesperación.* Immer wieder tauchte das Wort *desesperación* auf. »Kein Ausweg, kein Ziel – mit einem Wort: Verzweiflung.« Iains Stimme klang gedämpft, eine tiefe Traurigkeit schwang in ihr mit.

»Du hast von diesem Ort gewußt?«

Ich bekam wieder keine Antwort auf meine Frage. Er suchte die Wände ab, verharrte mit dem Lichtkegel kurz auf jeder Inschrift.

»Suchst du etwas Bestimmtes?« fragte ich.

»Versuch dir ein paar der Namen zu merken«, sagte er. »Irgendwo muß doch jemand eine Liste haben.«

Ich fing an, mir einige Namen auf einem Stück Papier zu notieren, und jetzt fiel mir wieder ein, daß Iris' Bruder Eduardo einer der Verschollenen war. Aber Eduardo ist ein häufig vorkommender Name, und auch wenn ich ein paar Eduardos fand, so stand der Nachname entweder nicht dabei, oder er paßte nicht. »Es erinnert an ein Konzentrationslager«, murmelte ich, als wir zur nächsten Hüttenreihe hinübergingen.

Er nickte. »Genau das wird es gewesen sein.« Und er fügte hinzu: »Wolln mal sehen, ob wir irgendwo ihr Grab finden.«

»Sind es die *desaparecidos?*«

Er ging voraus, als wir auf der abgegrasten Schafsweide schweigend um das trostlose Lager herumgingen. Aber es schien keine Massengräber zu geben, wie man sie in der Nähe der deutschen Konzentrationslager gefunden hatte, nur ein paar vereinzelte Grabsteine und ein oder zwei Holzkreuze.

»Wo mögen sie geblieben sein?«

Er zuckte die Achseln, stand da und sah zu den verlassenen Hütten hinüber. Oben am Himmel rasten die Wolken vorüber. Schließlich drehte er sich zu mir um. »Darüber darfst du mit niemandem reden. Und schon gar nicht mit Iris oder mit Connor-Gómez, wenn er an Bord kommt. Er darf nicht wissen, daß wir das gesehen haben. Verstanden?«

Ich nickte, und nachdem wir noch etwa eine Minute lang schweigend zu den Hütten hinübergesehen hatten, machten wir uns auf den Rückweg zum Strand. Die Wolken hatten sich verzogen, der Mond schien still und hell von einem klaren Himmel, und der Wind frischte auf. Rechts von uns, im leuchtenden Mondlicht deutlich zu erkennen, führte ein alter Trampelpfad auf einen felsigen Hügel hinauf.

Mir ging natürlich die Frage durch den Kopf, warum Connor-Gómez sich diesen gottverlassenen Ort ausgesucht hatte, um zu uns an Bord zu kommen. Lag es vielleicht daran, daß er überall in Argentinien *persona non grata* war? Aber warum hatte er uns dann um die Westseite von Feuerland herumgeschickt, wo wir doch zu den Falklandinseln und nach Südgeorgien eine gerade Strecke gehabt hätten, wenn er in Punta Arenas zugestiegen wäre? Ich versuchte Iain zu einer Erklärung zu bewegen, als wir auf dem Trampelpfad zum Strand hinuntergingen, aber er zuckte nur mit den Achseln. Und als ich auf einer Antwort bestand, drehte er sich schließlich zu mir um und sagte: »Wenn du den Mund hältst und die Augen aufsperrst, dann findest du vielleicht selber ein paar Antworten.«

Der Mond hatte sich wieder verkrochen, als wir den Strand erreichten, aber Iain schaltete die Taschenlampe nicht ein; auf der Suche nach dem Anlegeplatz stolperten wir durch die Dunkelheit. Es war jetzt mehr Bewegung im Wasser, das Kelp schwappte hin und her, und die Wellen überschlugen sich auf dem Strand. Wir wurden ziemlich naß beim Stapellauf des Schlauchboots, und nachdem wir es ins offene Wasser gestakt und gepaddelt hatten, wurde es eine rauhe Überfahrt bis zum Schiff. »Vergiß nicht, was ich dir gesagt habe«, flüsterte er mir zu, nachdem wir das Boot festgemacht hatten und unter Deck gingen. »Morgen, wenn du ihn abholst, bist du allein. Keine Fragen. Kapiert? Du nimmst alles, wie es kommt, und provozierst ihn nicht – weder morgen noch später. Okay?«

In der Nacht konnte ich lange nicht einschlafen. Der Wind blies mit Stärke sechs bis sieben, und die Taljen, die gegen die Masten schlugen, waren eine ständige Störung. Irgendwie paßten sie zu meiner Stimmung, ich mußte immer wieder an die Reise denken, die vor uns lag, und an die Probleme, die bei einer so willkürlich zusammengestellten Crew unweigerlich auftreten würden. Außerdem war da noch das Problem der Navigation, denn ich hatte inzwischen festgestellt, daß wir uns an der äußersten Grenze des Wirkungsbereichs für die Satellitennavigation befanden. Die Satelliten haben feste Umlaufbahnen direkt über dem Äquator, und sie bewegen sich mit der Umdrehung der Erde, damit sie für die Hauptschiffahrtsstraßen der nördlichen Hemisphäre immer in der günstigsten Position stehen. Aber hier unten, am untersten Rand der Ozeane, mußte ich jedes Satnav-Signal durch eigene Peilungen mit dem guten alten Sextanten überprüfen. Natürlich standen mir auf der *Isvik* die entsprechenden Tabellen zur Verfügung, aber ich benötigte auch einen klaren Blick auf die Sterne, und den gewährte der Himmel hier unten nur selten.

Das machte mir Sorgen. Aber noch mehr Sorgen machten mir die unmittelbar bevorstehende Ankunft von Connor-Gómez und die Erinnerung an die geisterhafte Ansammlung von Hütten, die dort oben hinter dem Strand baufällig und verloren im kalten Mondlicht gestanden hatten.

Ich hörte Andy schnarchen. Vielleicht drang das Geräusch auch aus Go-Gos großen Nasenlöchern. Sie hatten alle schon geschlafen, als wir von unserem Erkundungsgang zurückgekehrt waren, aber gleich nachdem ich mich hingelegt hatte, glaubte ich gehört zu haben, daß Iris Iain ausfragte. Vielleicht war es auch nur Einbildung – der Rahmen des Schiffes knarrte und ächzte, und die Taljen knallten gegen die Masten. Morgen würde ich ein paar Brillen takeln. Ich hatte ein Sortiment dieser elastischen Befestigungen in der Segelkammer entdeckt.

Ich nahm mir noch ein paar andere Dinge vor, denn ein Gutes hatte die Reise von Punta Arenas in diese wilden Küstengewässer wenigstens gehabt: Es hatte sich gezeigt, was wir noch alles in Ordnung bringen mußten, vor allem was die Lagerung der Ausrüstung und unserer Vorräte betraf. Eine bessere Testfahrt hätte ich mir eigentlich nicht wünschen können.

Den ganzen nächsten Tag über regnete es, ein kalter, peitschender Regen, der die Arbeit an Deck zur Qual machte und erst am späten Nachmittag aufhörte. Auch der Wind wurde schwächer, aber die tiefhängenden Wolken blieben; sie verdeckten auch die niedrigsten Bergspitzen und sorgten für einen grellen Sonnenuntergang. Inzwischen waren wir alle fertig zur Abreise, und kurz nach halb zwölf kletterte ich hinunter ins Schlauchboot. Iain lehnte über der Reling. »Sowie er an Bord ist, lichten wir den Anker und segeln los.«

»Und was ist mit Carlos?«

»Der bleibt unter Deck.«

»Du meinst, er kommt mit uns?«

Er wandte sich ab, aber ich glaubte noch gesehen zu haben, wie er mit dem linken Auge zwinkerte, als er sagte: »Vergiß nicht – kein Wort!«

Ich machte den Außenbordmotor gar nicht erst an, und als ich mich in die Riemen legte, blitzte am Strand eine Taschenlampe auf. Mitternacht, hatte er gesagt. Er war absolut pünktlich.

Während ich in die schmale Rinne offenen Wassers steuerte, die durch das Kelp führte, warf ich einen Blick über die Schulter zum Strand und sah die einsame Gestalt im Mondlicht stehen. Er war allein, aber jemand mußte ihm geholfen haben, sein Zeug nach unten zu schaffen, neben ihm stand ein Berg Gepäck.

Er begrüßte mich mit dem Vornamen, als wären wir alte Freunde, entschuldigte sich dafür, daß wir seinetwegen den Umweg durch den Beagle-Kanal machen mußten, und gab der Hoffnung Ausdruck, daß wir eine angenehme Fahrt hatten. »Wie war der Wind?«

»Ganz gut«, sagte ich. Wir machten uns daran, sein Gepäck ins Boot zu verfrachten.

»Und das Schiff? Wie war noch der Name – *Isvik*? Wie hat sich die *Isvik* gehalten?«

»Gut.«

»Ein guter Segler? Nichts kaputtgegangen?«

»Nein.«

Der Mond war gerade erst aufgegangen, eine traurige, orangerote Kugel, die unter einer schnurgeraden Linie von Wolken hing und auf uns herunterschaute. In dem fahlen Licht wirkte sein Gesicht älter. Oder war es Erschöpfung? Ich leuchtete mit der Taschenlampe zuerst auf sein Gesicht, dann auf das Gepäck. Ein halbes Dutzend Behälter, anscheinend aus Plastik. »Machen Sie die Lampe aus.«

»Warum?«

»Damit uns niemand sieht. Machen Sie sie aus!«

Ich wollte schon sagen, er brauche sich keine Sorgen zu machen, die Gegend sei verlassen, aber ich konnte es mir gerade noch verkneifen. Auf den Deckeln der Behälter klebten gelbbraune Etiketten. Ich beugte mich gerade herunter, um mir einen dieser Behälter genauer anzusehen, da riß er mir die Lampe aus der Hand und schaltete sie aus. Einen der Aufkleber hatte ich noch lesen können. Er war halb abgerissen, und die obere Hälfte der Aufschrift lautete SEMTEX. Darunter standen die Buchstaben DAN und etwas, das wie IVES aussah.

Ich hatte auch sein Gesicht noch mal gesehen, ein kurzer Blick nur, aber der Eindruck von müden Augen und einem grauen, erschöpften Teint war geblieben. Trotzdem schaffte er es, elegant auszusehen, sogar in Anorak und Seestiefeln.

Wir waren mit dem Einladen fertig, und als wir das Schlauchboot in tieferes Wasser zogen, schwappte eine Welle über den Rand meiner Stiefel. Das Wasser war eiskalt. Ich kletterte hinein, nahm ein Ruder und machte mich daran, das Boot aus dem Kelp herauszustaken.

Es war harte Arbeit, das Boot hinaus zur *Isvik* zu bringen, denn der Wind war stärker geworden und trieb uns hohe, von weißen Kämmen gekrönte Wellen entgegen. Es war eine feuchte Überfahrt, mit dem Heck voran kam das Schiff uns näher, seine Umrisse hoben sich gespenstisch ab vor dem flachen Band aus fahlem Licht am Horizont. Kaum waren wir längsseits gegangen, sprang Connor-Gómez an Bord. Er wartete nicht auf meine Befehle, nicht einmal die Vorleine hatte er mitgenommen. Ich mußte die Heckleine hinaufwerfen, und eine Welle schwappte über den Rand, als das Boot sich drehte. Iain war damit beschäftigt, den Ankömmling zu begrüßen, deshalb mußte Iris mich festmachen. Carlos war natürlich unter Deck, und Andy unterhielt sich mit einem Funkamateur, den er auf den Falklandinseln aufgestöbert hatte.

So stand ich ganz allein in dem schlingernden Schlauchboot, klammerte mich an der Schiffsreling fest und hörte, wie Iain den Gast zu einem Willkommenstrunk in die Kombüse bat. »Eine großartige Idee«, rief ich, als sie sich in Bewegung setzen wollten, nach achtern auf die Ruderhaustür zu. »Aber vielleicht sollten wir erst mal das Zeug an Bord schaffen.«

Connor-Gómez fuhr herum. Der vorwurfsvolle Unterton in meiner Stimme war ihm nicht entgangen. »Es tut mir leid, mein Freund. Natürlich.« Er lächelte, und trotz der müden Augen war sein jugendlicher Charme mit einemmal wieder da. Go-Go kam heraus, um uns zu helfen. Plötzlich standen sich die beiden an der Reling gegenüber, und ich sah, wie er stutzte; sein Gesicht erstarrte, der ganze Körper richtete sich auf, als hätte er sich auf die Zehenspitzen gestellt – Rassendünkel drang ihm aus jeder Pore. Als ich die beiden einander vorstellte, lächelte er, und kurz sah ich den Teufel, den ich aus Carlos' Augen kannte.

»Andy, ihr Mann, ist unser Funker«, sagte ich schnell, denn mir war nicht entgangen, wie steif sie wurde; mit großen Augen sah sie ihn an. Das sexuelle Erkennen sprang wie ein Funke zwischen ihnen über, und dafür haßte sie sich. Aber es war noch etwas anderes da, etwas Uraltes, Primitives, ihr Körper zitterte vor Spannung. Und die ganze Zeit über lächelte er, kostete diesen Moment aus. Er streckte ihr seine Hand entgegen. »Dann segeln wir also zusammen ins Eis, Mrs. Galvin.«

»Ich werde Andy rufen.« Sie drehte sich schnell um, und während sie zum Ruderhaus lief, rief sie Iris zu: »Wir brauchen jeden Mann an Deck, um das Schlauchboot einzuholen und zu vertäuen.«

Den Wilkommenstrunk nahmen wir im Salon zu uns, eine Flasche Champagner, die Iain extra für diesen Anlaß mitgebracht hatte. »Auf unsere Reise.« Ángel – er hieß jetzt Ángel, weil er einer von uns war – hob sein Glas. »Und auf unsere Besatzung.« Zuerst lächelte er Iris an, dann Go-Go; unverblümt trank er den Frauen zu. Sein Gesicht entspannte sich, die Wangen hatten Farbe bekommen. Er sah auf einmal wieder gut, beinahe liebenswürdig aus.

Als die Flasche leer war, nickte Iain mir zu und brachte Ángel nach achtern, um ihm sein Schlafquartier zu zeigen. Ich zog mir schnell trockene Socken an und folgte Andy hinauf ins Ruderhaus. Iris war schon da, die Maschine lief ruhig vor sich hin und

Nils war vorn damit beschäftigt, ein loses Ende straff auf die Winsch zu ziehen, während wir langsam in den Wind tuckerten. Sie sah mich an, ein nervöses Lächeln spielte um die vollen Lippen, aber ihr Blick spiegelte freudige Erregung wider. »Also, Pete, jetzt geht's los.«

Ich nickte, und als ich Andy nach dem neuesten Wetterbericht fragte, war mir ein bißchen flau im Magen. »Wind«, sagte er. »Sturmstärke. Aber kurz nach Sonnenaufgang soll er abflauen – vielleicht.« Er sprach mit fester Stimme, wahrscheinlich, um seine Nervosität zu überspielen, und mit etwas gequälter Fröhlichkeit fügte er hinzu: »Aber gerade hab ich einen Bericht bekommen, der dir gefallen wird. Ich habe mit einem Eisbrecher gesprochen, unten vor Halley Bay, dem Stützpunkt des British Antarctic Survey. Die haben gesagt, daß sie in offenem Wasser fahren, und sie haben Ausdrucke von der Wetterstation in Mount Pleasant bekommen, Satellitenfotos, auf denen ein offener Graben zu sehen ist, der sich bis zum südlichen Ende des Weddellmeers erstreckt.«

»Was macht denn ein Eisbrecher da unten?« fragte ich.

»Die testen die Dicke des Eises. Das Scott-Polarforschungs-Institut führt schon seit ein paar Jahren Tests in der Arktis durch. Und die vom British Antarctic Survey machen dasselbe jetzt hier unten in der Antarktis.«

»Mit welchem Ergebnis? Glauben sie, es schmilzt langsam weg?«

»Genau das. Der Funker auf der *Polarstern*, so heißt der Eisbrecher – es ist keiner von euren, sondern ein deutscher, 'n riesiger Pott –, also der Mann hat mir erzählt, daß sie schon seit ein paar Jahren Tests mit Sonarbojen durchführen. Um die Effekte der Zerstörungen in der Ionosphäre und des Ozonlochs zu untersuchen. Das Eis ist schon viel dünner, als sie geglaubt hatten. Er sagt, die Leute des British Antarctic Survey in Halley rechnen damit, daß das Weddellmeer bald für die Fischereiflotten geöffnet werden kann, zumindest die östliche Seite.« Er lachte. »Aber das ist Zukunftsmusik, mein Freund. Und die Gegenwart verspricht uns eine verdammt ungemütliche Nacht.«

»Aber du hast gesagt, morgen ist vielleicht schönes Wetter,

wenn wir aus dem Beagle-Kanal und dem Schutz der Küste raussegeln und auf die schwere See treffen, die vom Kap Hoorn herüberkommt.« Ich sagte es beiläufig, so, als spräche ich von einer Fahrt über den Ärmelkanal, aber so fühlte ich ganz und gar nicht dabei, denn wir würden dem Horn verflucht nahe kommen. Ganz anders als damals auf dem Whitbread, als wir am 57. Breitengrad entlanggesegelt waren, mitten durch die Drakestraße.

»Ja. Dort haben die Wellen den ganzen Druck der Weltmeere im Rücken.« Er stieß ein wildes Lachen aus. »Ich glaub, ich geh 'n bißchen an der Matratze horchen, solange ich noch kann.«

Ich bat ihn, noch zu bleiben und mir mit den Rahsegeln zu helfen. Wir hatten westsüdwestlichen Wind, der Windrichtungsanzeiger vor meiner Nase pendelte zwischen 220 und 240 Grad hin und her. Iris blieb am Ruder, und wir hatten die Segel im Nu gesetzt. Andy verschwand durch das vordere Luk, und nachdem ich Iris abgelöst hatte, stand ich allein im Ruderhaus. Ich schaltete die Maschine aus, und plötzlich war es ganz still um mich herum, nur ein Plätschern war zu hören – der Bug, der durch das Wasser schnitt. Ich schaltete den Autopiloten ein und langte nach dem Logbuch, um einzutragen, um welche Zeit und in welcher Position ich die Maschine ausgeschaltet hatte. »Wo gehen wir als nächstes vor Anker?« Ángel stand hinter mir und sah auf die Karte.

Ich beendete meinen Eintrag und klappte das Logbuch zu. »Gar nicht mehr.« Sein Erstaunen, der erschrockene Blick machten mich zufrieden. »Wir gehen erst wieder vorm Schelfeis vor Anker, am Ende des Weddellmeers.« Ich nahm die Seekarte 3176 aus der Schublade und breitete sie auf dem Kartentisch aus. Sie zeigte beinahe das gesamte Weddellmeer, einschließlich des langen Zeigefingers, den die Antarktis nach Norden in Richtung Graham Land und Kap Hoorn ausstreckt. »Jetzt, wo wir unterwegs sind, könntest du mir eigentlich die Position eintragen, die wir ansteuern sollen.«

Er sagte nichts, blieb einfach neben mir stehen und atmete ein wenig schwer, während er auf die Karte blickte. »Ich wußte nicht, daß wir einfach so lossegeln, so plötzlich.«

»Der Eisbericht deutet auf eine frühe Eisschmelze hin.«

»Ja, ich weiß.«

»Und wenn wir direkt aus Punta Arenas losgefahren wären ...«

»Sicher.« Er richtete sich auf. »Du bist für das Segeln verantwortlich, hat man mir gesagt. Wann bin ich mit meiner Wache dran?«

»Nach dem Frühstück. Dann kannst du dich bei Tageslicht an das Schiff gewöhnen, vor deiner ersten Nachtwache.«

Er nickte. »Ich glaube, ich leg mich jetzt in meine Koje.«

Ich hielt ihm einen Bleistift hin. »Trag doch bitte noch unser Reiseziel und die Position der *Santa Maria* ein, damit ich die geschätzte Ankunftszeit eintragen kann. Außerdem möchte ich mir den Eisbericht noch mal durchlesen und einen Blick in Shackletons *South* werfen, bevor wir morgen in schwere See kommen.«

»Schwere See. Meinst du, es wird schlimm?«

»Ein ordentlicher Test, was unsere Seefestigkeit angeht.« Ich bemühte mich um einen möglichst beiläufigen Ton, aber meine Phantasie eilte bereits der Zeit voraus, zu dem Augenblick, wenn wir den Beagle-Kanal verlassen und auf das Schwanzende des Sturms treffen würden, den sie uns vorausgesagt hatten. Morgen müßte ich entscheiden, wie nah ich mich an die Isla de los Estados und die Stiefelspitze Feuerlands heranwagen würde. »Die Position«, sagte ich. »Ich muß es jetzt wissen, solang noch alles ruhig ist.«

Er schüttelte nur den Kopf und trat vom Tisch zurück. »Ich leg mich erst mal schlafen.«

»Kennst du die Position gar nicht? Ist das der Grund?«

»Natürlich kenne ich die Position ... Aber die Karte ... Der äußerste Südwesten des Weddellmeers ist gar nicht drauf. Deshalb kann ich sie nicht eintragen. Vielleicht morgen. Wenn du mir eine Karte raussuchst, wo das ganze Gebiet drauf ist ... Und jetzt bin ich müde. Hab nicht viel Schlaf gekriegt in den letzten Tagen. Okay?« Er lächelte, winkte mir zu und verschwand unter Deck.

Auf dem Radarschirm blinkte ein grüner Punkt, nördlich von

Piedra, in der Passage, durch die wir zum Cabo San Pio und hinaus ins südliche Eismeer fahren mußten. Ich beobachtete ihn eine Weile, bis ich sicher sein konnte, daß es ein Schiff war, das sich uns näherte. Ich bat Nils, der auf dem Stuhl des Rudergängers saß, mich um Viertel nach drei zu wecken, und rollte mich auf der Couch an der Wand des Ruderhauses zusammen. Ich dachte darüber nach, daß Ángel nicht mit der Position des Wracks herausrücken wollte, und über seine Reaktion auf den schnellen Beginn der Reise. Auch über die Plastikbehälter dachte ich nach. Ich hörte die Segel knallen, als eine Bö von Backbord kam, und überlegte noch, ob ich aufstehen und sie trimmen sollte – und dann weiß ich erst wieder, daß Nils mich wachrüttelte. »Viertel nach drei, Pete. Das Schiff ist jetzt sehr nah. Grün zu grün, ja?«

Es fuhr in etwa vierhundert Meter Entfernung vorbei, das Motorengeräusch wurde ziemlich laut zu uns herübergetragen. Es war ein mittelgroßer Tanker, die Positionslichter verschwammen hinter einer Regenwand. Ich blieb wach, bis Nils von Andy abgelöst wurde und wir in die Passage zwischen der Insel und dem argentinischen Festland eingefahren waren, dann legte ich mich wieder auf meine Couch, nachdem ich Andy gebeten hatte, mich zu wecken, sobald wir uns dem Cabo San Pio näherten oder wenn Iain ihn ablösen kam.

Tatsächlich war es das Rollen des Schiffs, das mich weckte. Es war so heftig geworden, daß ich aufstehen und das Kojensegel aufspannen mußte, um nicht auf die Planken zu rollen. Der erste blasse Streifen eines trüben Morgens zeigte sich oberhalb des Bugs. Wir fuhren jetzt aus dem Beagle-Kanal heraus, und die Auswirkungen des Sturms, der sich vor den Wollaston-Inseln am äußersten Ende von Kap Hoorn aufbaute, waren bereits zu spüren. Als Iain die Wache antrat, war es bereits ziemlich rauh geworden. Andy und ich stiegen in unsere Ölklamotten, holten die oberen Rahsegel ein und setzten das größte der drei Sturmfocks, um die *Isvik* zu stabilisieren. Wasser spülte bereits längs über das Deck, und neben dem Heulen des Winds hörte man das Tosen überkommender See. Vor Cabo San Pio würde es erst richtig schlimm werden, und wahrscheinlich noch schlimmer,

272

wenn wir erst die Isla de Los Estados und San Juan erreicht hätten, die äußerste Spitze Südamerikas und unser Abfahrtsbesteck.

Ich rief Andy zu, daß er Bereitschaftsdienst habe und seine Ölkleidung anbehalten solle. Er war bleich, und ich fragte mich, ob er vielleicht seekrank war. Das Schlingern war unangenehm, und auch ich fing an, mich unwohl zu fühlen. »Alles in Ordnung?« fragte ich Iain.

»Ja. Der liebe Gott hat mich mit einem gußeisernen Magen ausgestattet.« Er lächelte mir zu, und seine Gesichtsfarbe war wie immer, während er dort in dem Drehstuhl saß, scheinbar völlig entspannt, und das Steuerrad festhielt – ja, er hielt sich nicht daran fest, sondern hielt es fest. »Und du?«

»Bin okay«, sagte ich, obwohl ich mir dessen gar nicht so sicher war. »Was ist in den Behältern, die er mit an den Strand gebracht hat?«

»Warum fragst du?«

»Semtex ist ein Sprengstoff, oder? Das Zeug, daß die IRA sich in der Tschechoslowakei besorgt. Auf einem der Kästen ...«

Er schlug mit der Hand auf den hölzernen Sims der Konsole. »Ich hab dir gesagt, du sollst deine Gedanken für dich behalten! Du bist hier der einzige...« Er beherrschte sich. »Nils hat die Rückwand der vorderen Toilette gestrichen. Ich hab was von dem Zeug draufgeklatscht. Ist ja in Ordnung, wenn du mir Fragen stellst. Ich glaube, ich kenne dich inzwischen. Ja, natürlich ist Semtex ein Sprengstoff, und es ist auch ein Kasten mit Sprengkapseln dabei. Wir müssen uns vielleicht einen Weg durch das Eis sprengen, und ich konnte das Zeug doch nicht durch ganz Chile kutschieren.«

Geschickt glich er das Ausbrechen des Bugs aus, als ein Brecher unter uns hindurchrollte und das Schiff heftig nach Backbord warf. Er lernte sehr schnell, oder es war in seinem ereignisreichen Leben nicht das erste Schiff, das er durch schwere See bringen mußte. »Vergiß nicht, was ich gesagt hab – halte den Mund und sperr die Augen auf!« Der nächste Brecher, weiße Gischt, spülte über das Deck, und wieder wollte der Bug ausbrechen. Aber diesmal war er vorbereitet und fing die Bewegung ab, noch ehe sie richtig begonnen hatte. »Wird 'n bißchen übermütig, das Mädchen, was?«

»Das wird noch viel schlimmer, wenn wir erst vor Cabo San Pio sind.« Die schwarzen Umrisse des Kaps wurden am Horizont bereits sichtbar.

»Anzunehmen.« Er grinste mich an, und mir wurde klar, daß er seinen Spaß hatte. »Bin mal gespannt, wie unser Freund Ángel das alles findet. Er war 'n bißchen böse, daß wir ihn einfach so einkassiert haben. Kam sich wohl vor wie bei 'ner Entführung.«

Von unten stieg der Duft nach gebratenem Speck zu uns hoch. Es war schon nach sieben, aber die Bewölkung hing selbst in den Regenpausen so tief, daß das Tageslicht noch sehr trübe war. Ich ging nach unten, weil ich dachte, Nils oder Iris müßten schon Frühstück gemacht haben, doch zu meinem Erstaunen war es Carlos. »Ich dachte, du hast vielleicht Hunger.« Er lächelte mich an, und ich dachte: Alle Achtung, der Junge muß ein geborener Seemann sein. Er gab mir einen Teller, der so heiß war, daß ich ihn kaum festhalten konnte. Zwei dicke Scheiben gebratener Speck, ein Spiegelei und ein Stück Brot. »Soll ich's anbraten? Ist noch genug Fett da.«

Ich schüttelte den Kopf. Bei der Wärme und dem Schlingern hatte ich meine Zweifel, daß ich die ganze Portion schaffen würde. Aber ich hatte Hunger, und nach dem Essen fühlte ich mich besser. »Du scheinst die richtigen Seemannsbeine zu haben.«

»Seemannsbeine? Ach so, nein, so schnell werd ich nicht seekrank.«

Gerade überlegte ich, ob es der rechte Moment für einen Gang zur Toilette war – kein einfacher Gang mit Seekleidung und bei einem Seegang, der einen ständig vom Sitz kippen will –, als Ángel hereinkam. Er trug – kaum zu glauben – einen seidenen, rot und grün karierten Morgenmantel. Sein Haar war zerzaust, und er gähnte.

»Konnte nicht schlafen, und dann dieser Duft.« Er reckte sich, fuhr sich mit einer Hand durchs Haar und hielt sich mit der anderen am Küchenschrank fest. »Wo ist Iris?« Er ging zum Herd, seine Augen waren noch gar nicht richtig offen. »Das Ei bitte nicht gewendet. Und der Speck...« Er brach mitten im Satz ab und riß die Augen weit auf, als Carlos sich zu ihm umdrehte. »Du? *Qué diablos haces aquí?«*

»Ich gehöre zur Mannschaft.« Er lächelte. Es war ein süßliches, ein wenig nervöses Lächeln. Und da war etwas in seinen Augen...

»Du fährst mit? Das ist nicht dein Ernst!«

»*Sí. Vengo contigo.«*

»Nein.« Das Wort platzte aus Ángel heraus, als sei etwas in ihm explodiert. Er drehte sich um und rief nach Iris. Als sie aus ihrer Kabine kam – sie hatte sich hastig einen Schal um den Kopf gebunden und zog sich den grauen Pullover zurecht –, verlangte er von ihr, daß wir auf der Stelle umkehren und Carlos im erstbesten Hafen an Land setzen müßten.

»Warum?«

Er antwortete nicht darauf. Die drei standen da und starrten sich an. »Bitte«, murmelte Carlos.

»Nein, hab ich gesagt. Wir setzen dich an Land. Egal wo. Du segelst nicht mit uns auf diesem Schiff.« Und zu Iris sagte er: »Wie konntest du so dumm sein? Er ist kein guter Seemann, und außerdem muß er studieren.«

»Nein. Bitte!« Es war beinahe ein Verzweiflungsschrei, und ich bekam einen Schreck, als ich die unverhohlene Vergötterung im Blick des Jungen sah. Dazu kam diese seltsame Erregung, die er ausstrahlte. »Ich bleibe an Bord.«

Eine große Welle schlug über das Deck, und der Boden der Kombüse schwankte so heftig, daß wir das Gleichgewicht verloren und uns in einem Knäuel auf der Steuerbordseite wiederfanden. Iain kam aus dem Ruderhaus herunter. »Was ist hier los?« Und als wir es ihm erzählten, sagte er: »Das ist nicht dein Ernst! Wir nähern uns Los Estados, und du willst, daß wir in den Beagle-Kanal zurückkehren?«

Der andere nickte und verlangte von uns, Carlos an Land zu setzen, sonst würde er nicht an der Expedition teilnehmen. Die nächste Welle brach über das Deck, und das Schiff schlingerte immer heftiger. Ich stürzte zum Aufgang, hatte begriffen, daß er das Ruder einfach auf Autopilot gestellt hatte.

»Warte. Nimm unseren Freund mit nach oben. Er soll sich mal angucken, wie's da oben aussieht. Gegen den Wind schaffen wir's nie und nimmer zurück in den Kanal.«

»Dann drehen wir eben hinter Cabo San Juan nach Norden ab, fahren durch die Estrecho de la Maire und setzen ihn in Río Grande raus oder sonst irgendwo an der Ostküste von Feuerland. Dort sind wir gegen den Wind geschützt.«

»Dort kommen wir in die Fallwinde von den Bergen«, gab ich zu bedenken. Und Iain teilte ihm unverblümt mit, daß ein Umkehren nicht in Frage käme. »Mach doch, was du willst«, sagte er wütend, als Ángel seine Drohung wiederholte, die Zusammenarbeit aufzukündigen. »Wir kehren jedenfalls nicht um.«

»Dann eben die Malvinas. Ihr könnt ihn auf den Malvinas raussetzen.«

»Den Falklandinseln? Ja, das hätten wir machen können, wenn du in Punta Arenas an Bord gekommen wärst. Aber von hier aus steuern wir östlichen Kurs, nach Südgeorgien, und dann nach Süden ins Weddellmeer, sobald wir günstige Meldungen über das Packeis haben. Außerdem ist der Junge ein guter Koch und ein brauchbarer Matrose. Du solltest froh sein, daß er ...« Den Rest des Satzes bekam ich nicht mehr mit, weil der nächste Brecher über das Heck schlug und einen Lärm machte wie ein Schnellzug, der gegen die Puffer kracht. Ich zog mich hastig am Geländer des Niedergangs hinauf, stolperte durch das Ruderhaus und schaltete den Autopiloten aus. Dann nahm ich hinter dem Ruder Platz und versuchte, ihr die Fahrt durch die sturmgepeitschten Wellen ein wenig zu erleichtern.

Die relative Windgeschwindigkeit betrug sechsunddreißig Knoten, in Böen bis zu vierzig. Unsere Geschwindigkeit lag bei siebeneinhalb, und da der Wind direkt von achtern kam, war die reale Windgeschwindigkeit fünfzig Knoten. Auf der Beaufort-Skala bedeutete das starken Sturm.

Iain kam nicht zurück. Irgendwann rief er von unten herauf, um zu fragen, ob er zum Frühstück unten bleiben dürfe. Der Ärger um Carlos schien sich gelegt zu haben. Iris löste mich eine halbe Stunde später ab, und ich fragte sie, was noch passiert sei.

Ich mußte schreien, um mich im Tosen der See verständlich zu machen. Aber sie sagte bloß: »Nicht mehr viel. Geh jetzt lieber schlafen. Du warst die ganze Nacht auf.«

Ich protestierte nicht. Der Himmel war ein bißchen aufgeklart, es war heller geworden, und ich konnte das Ende von Feuerland und die Einfahrt in die La-Maire-Straße mit bloßem Auge erkennen. Ich bat Nils, die Wache mit ihr zu teilen, trug unsere Satelliten-Navigations-Position ins Logbuch ein, und nachdem ich sie mit Datum und Uhrzeit zusammen auf der Karte eingetragen hatte, ging ich hinunter in meine Koje.

Ich war so müde, daß ich sofort einschlief, ohne mich von der Bewegung des Schiffes stören zu lassen. Als Iris mich weckte, stellte ich mit Schrecken fest, daß es schon 12.47 Uhr war. »Alles in Ordnung?« fragte ich in plötzlicher Panik.

»Na klar. Du bist nicht der einzige, der sich aufs Navigieren versteht.« Ich dachte, sie rede von Andy, aber nein, sie hatte Iain gemeint. »Andy und Go-Go sind beide krank, und Carlos hat sich in seine Koje gelegt. Er war ziemlich blaß.«

»Und Ángel?«

»Der hat gefrühstückt. Zwei Eier und Brot mit viel Butter. Und dann hat er sich zurückgezogen wie ein Passagier auf einem Luxusliner.«

Offensichtlich hatte er sich mit Carlos' Anwesenheit an Bord abgefunden. »Warum hat er sich so dagegen gesträubt?« fragte ich sie. »Hat er Angst, daß wir nie mehr aus dem Eis herauskommen?«

Sie schüttelte den Kopf. »Ganz sicher nicht. Solche Gedanken macht er sich nicht um ihn.«

»Was dann?«

»Ich weiß es nicht. Es ist etwas Persönliches, etwas, das ihm Sorgen macht. Ich verstehe es nicht. Ich weiß nur, daß dieser elende Junge in ihn verknallt ist.« Sie sagte es ziemlich boshaft.

Ich setzte mich aufrecht hin und sah sie an. Sie beugte sich noch immer über mein Bett, und für einen Sekundenbruchteil glaubte ich Haß in ihren Augen zu erkennen. »Du bist auch verliebt in ihn, stimmt's?« Ich dachte an die emotionale Zeitbombe, die wir an Bord hatten.

»Nein. Natürlich nicht. Wie kommst du dazu, so etwas ...«
Sie wandte sich schnell ab, weil sie gemerkt hatte, daß ihr Protest
etwas zu vehement ausgefallen war. »Das hat doch mit Liebe
nichts zu tun.« Sie spürte, daß ihr die Stimme versagen wollte.
»Es ist ...« Sie biß sich auf die Lippe. »Du wolltest doch was über
Carlos wissen.«

»Ja. Was weißt du über ihn – über die Familie Borgalini?«

»Sehr wenig, eigentlich nur, daß Roberto Borgalini mit der
Frau, die für seinen Lebensunterhalt aufkommt, entweder
zusammenlebt oder sogar verheiratet ist. Sie stammen beide in
der zweiten Generation aus Sizilien.«

»Ist das die Sängerin? Rosalia Gabrielli?«

»Ja.«

»Und sie ist Carlos' Mutter?« Als sie hastig nickte und sich
abwenden wollte, bohrte ich weiter: »Wann bist du Carlos zum
erstenmal begegnet?«

Sie runzelte die Stirn. »Ich hab neulich erst versucht, mich
daran zu erinnern. Ich glaube, es war damals, als Ángel mit mir
segeln gegangen ist. Das war das einzige Mal, und Papa war
dabei. Carlos muß damals vierzehn oder fünfzehn gewesen sein.
Er ging noch zur Schule.«

»Und er ist Borgalinis Sohn?«

Sie zögerte kurz, dann sagte sie: »Das nehme ich jedenfalls
an. Ich hab bis jetzt noch nie darüber nachgedacht. Aber wenn
man sie zusammen sieht ... Sie sehen sich sehr ähnlich, weißt
du?«

»Du meinst ...« Plötzlich fiel mir auf, daß sich an der Bewegung des Schiffes etwas geändert hatte. Sie war sanfter geworden, ein langes, langsameres Rollen mit seitlichem Drall, gefolgt
vom plötzlichen Absturz ins Wellental, bevor Gischt über das
Deck spülte. Aber der Wind heulte nicht mehr so. »Der Wind
hat nachgelassen.«

Sie nickte, ihr Gesicht war mit Salz überkrustet. »Keine zwanzig Knoten mehr. Und der Himmel klart auf. Wir fahren in die
Le-Maire-Straße ein. Ich kann die Insel Los Estados jetzt deutlich erkennen.«

Ich schwang die Beine von der Koje. »Wie schnell sind wir?«

»Viereinhalb.«

Ich nickte. Wir brauchten mehr Segel. »Kannst du bitte Andy rufen?«

»Ich hab doch gesagt, er ist seekrank.«

»Ist mir egal. Allein krieg ich das Großsegel und die oberen Rahsegel nicht hoch, also schmeiß ihn aus dem Bett.« Als ich meine Seestiefel anzog, war mir selber auch nicht ganz wohl. Der Wind hatte nachgelassen, die großen Wellenzüge, die, vom Kap Hoorn kommend, hinter unserem Heck aufmarschierten, bauten sich höher auf, ihre Kämme schlugen über unserem Heck zusammen und überfluteten das Deck bis zum Bug. Wasser spritzte durch den Treppenschacht im Ruderhaus nach unten, sogar meine Koje hatte ein paar Spritzer abbekommen.

»Was habt ihr für Probleme?« Ángel stand in der Tür zu seiner Kabine, mit nichts am Leib als einer rosa und weiß gestreiften Unterhose. Sein Oberkörper war sonnengebräunt, die Muskeln an den Oberschenkeln stemmten sich geschmeidig gegen die Bewegung des Schiffs. Er sah kräftig und durchtrainiert aus. »Kann ich helfen?«

Ich erklärte es ihm, und er sagte: »Okay, ich helf dir.« Ich hatte meine Ölklamotten noch nicht richtig angezogen, da war er wieder da – vollständig bekleidet. »Sag mir, was ich tun soll.«

Ich diskutierte nicht mit ihm, sondern nickte nur und dachte darüber nach, ob ich es allein mit ihm schaffen konnte. Iris sollte nicht mit aufs Deck, und Nils war die ganze Nacht wach gewesen und hatte auf die Maschine aufgepaßt. Außerdem war er Maschinist und kein Decksmatrose.

Der Weg nach vorn glich bei dem Seegang einem Balanceakt auf dem vordersten Wagen einer Achterbahn, aber wenn man sein Leben lang Pferde geritten hat, dann sind Muskeln und Nerven auf solche Bewegungen eingestellt. Jedenfalls stand Ángel auf seinen beiden Füßen, als sei er ein Teil der Decksaufbauten, über unseren Köpfen schlug und knallte es, das Wasser spritzte uns bis zu den Hüften, und das Schiff hob und senkte sich über die großen Wellen, die unter uns hindurchrollten. Wenn ich durch das Getöse zu ihm hinüberbrüllte, er solle diese Leine einholen oder jenes Tau hochwinden, dann stürzte er sich buchstäblich darauf, und wenn er es mal kapiert hatte, dann konnte er es beinahe schneller als ich.

Es war meine erste richtige Bekanntschaft mit einem Mann, der sich als bemerkenswerte Bereicherung unserer Mannschaft erwies, wo immer Not am Mann war. Er war arrogant, ein emotionaler und sozialer Störenfried, eitel, selbstbewußt und hypersensibel auf das Verhalten derjenigen reagierend, die um ihn herum waren, und er hatte ein außergewöhnliches Gespür für jede Gelegenheit, seine eigene Überlegenheit zu demonstrieren. »Ein sehr gefährlicher Mann«, hatte Iain zu mir gesagt, nachdem er Zeuge geworden war, wie Ángel bei seiner Ankunft jedes Mitglied der Mannschaft begrüßt hatte. »Wenn du nicht aufpaßt, Pete, dann zieht er dir mit seinem Charme die Hosen aus und läßt dich splitternackt auf einem Eisberg sitzen.« Er hatte es im Spaß gesagt, und trotzdem hatte sein Tonfall keinen Zweifel daran gelassen, daß er es todernst meinte.

Mit beiden Rahsegeln am Großmast und dem Großsegel halb angeholt stabilisierte sich die *Isvik*, legte sich leicht nach Backbord hinüber und glitt mit energischem Schwung durch die Wellenberge. Manchmal ritten wir auf einer Welle mit und hatten dann mehr als vierzehn Knoten, nicht gerade wenig für ein schweres Schiff, das mit Vorräten und Ausrüstung für ein ganzes Jahr im Eis beladen war. Ich erinnere mich, wie Andy mit bleichem Gesicht und schwer atmend in der Tür zum Ruderhaus stand und sagte: »Wir könnten ganz schön angeschissen sein, wenn wir in dem Tempo zwischen die brüllenden Vierziger segeln.« Und als ich ihn daran erinnerte, daß wir jetzt in den Fünfzigern waren und daß man schließlich auch in der Nordsee ganz schön angeschissen sein konnte, nickte er matt. »Aber hier unten sind die Rettungsboote 'n bißchen weiter weg.«

»Es gibt doch die Falklandinseln.« Ich lachte aus purer Begeisterung über die Geschwindigkeit, als die *Isvik* auf einen Brecher gehoben wurde und in wildem Galopp durch den schäumenden Kamm stürmte. Iains Kopf erschien wie ein Schachtelteufel am oberen Absatz des Niedergangs. »Vor East Cove läuft ein seetüchtiger Schlepper, außerdem schwimmen da draußen zwei Fischereischutzkreuzer, ein Trawler und Krabben- und Krakenfischer aus aller Herren Länder herum, und die Marine natürlich. Also bildet euch bloß nicht ein, daß wir der einzige Pott hier in der Gegend sind.«

Er hievte seinen massigen Körper ins Ruderhaus und wurde prompt gegen die Kompaßsäule geschleudert. »Wir werden nicht allein sein, bis wir Südgeorgien hinter uns gelassen haben und ins Packeis fahren. Es gibt sogar Bohrtürme im Seegebiet zwischen Patagonien und der Sperrzone der Falklandinseln, und vergeßt die verschiedenen Antarktis-Stationen nicht. Allein Argentinien unterhält ungefähr ein Dutzend, am nächsten dran sind die in Marambio, San Martín und Esperanza.«

So ging es fast den ganzen ersten Tag weiter, der Himmel klarte weiter auf, und die Sicht wurde so gut, daß wir die höchsten Berge Feuerlands stundenlang vor uns hatten, trotz unserer Geschwindigkeit. Das hat mich am meisten beeindruckt – nicht die großen Wellenzüge und der stetige Druck des Windes, der uns vorwärtstrieb, sondern die atemberaubende Klarheit der nicht verunreinigten Luft. Und der Himmel. An diesem und am nächsten Tag versank die Sonne in einem Glutofen von Rottönen, die nach und nach zu einem Streifen am Horizont verblaßten, der von Blau in ein durchscheinendes Grün überging. Und als die Nacht schließlich gekommen war und die Sterne wie Laternen einschaltete, strahlten sie so hell, daß man überwältigt war von ihrer Schönheit und ihrer Nähe.

Als wir das Land hinter uns gelassen hatten, war die See nicht mehr ganz so bewegt und die Reise wurde leichter. Es war zwar immer noch eine Fahrt auf einer Achterbahn, aber so langsam fanden wir alle wieder zu uns, und die Routine des Lebens an Deck setzte sich durch. Andy griff noch einmal auf den Kontakt mit dem Amateurfunker auf den Falklandinseln zurück und bekam wieder denselben Wetterbericht. Ángel war zu dieser Zeit im Ruderhaus, und nach einer Weile fiel mir auf, daß er fast jedesmal in der Nähe war, wenn Andy die Falklandinseln oder das Festland von Argentinien oder Chile rief.

Kurz nach Sonnenaufgang des vierten Tages sichteten wir Südgeorgien. Es war noch fast zweihundert Seemeilen entfernt, und wir sahen es als spiegelverkehrtes Bild, die weißen Bergspitzen standen am Horizont auf dem Kopf. Nils stand am Ruder, und er bat mich nachzuprüfen, ob es tatsächlich Südgeorgien war. Das Bild verblaßte mit zunehmendem Tageslicht, aber es konnte keinen Zweifel geben. Das Phänomen, das auf dem Kopf stehende Bild, lag in einer Position von 67 Grad, was exakt mit der letzten Satnav-Peilung übereinstimmte, und einmal war es so deutlich zu sehen, daß ich sogar die Allardyce-Kette und den dreitausend Meter hohen Gipfel des Mount Paget erkennen konnte.

Und dann passierte etwas so Absonderliches, daß ich es zuerst kaum glauben konnte. Wir waren alle an Deck oder im Ruderhaus, weil ich die Mannschaft zusammengerufen hatte, um ihnen diesen außergewöhnlichen Anblick der vulkanischen Landmasse zu bieten, auf der Shackleton begraben liegt, und die im Licht des Morgens leuchtete wie eine umgedrehte Hochzeitstorte. Plötzlich hörten wir einen scharfen Knall, als wäre ein Stück Eis geborsten, und als ich mich umdrehte, sah ich gerade noch, wie der Albatros, der uns seit anderthalb Tagen folgte, den rechten Flügel einklappte und abdrehte. Sein Schnabel öffnete sich, ich hörte seinen Schrei, und dann stürzte er in unser Kielwasser, die gewaltigen Flügel mit ihrer Spannweite von mehr als zweieinhalb Metern zusammengeklappt.

Ich war so überrascht und schockiert, daß ich einfach nur dastand. Südgeorgien war vergessen. Ich starrte auf den Vogel, den wir in unserem Buch als jungen Wanderalbatros bestimmt hatten. Fast zwei Tage lang hatte er die Lufteskorte der *Isvik* gebildet und war dabei so mühelos hinter uns hergesegelt, daß mir schon der Gedanke gekommen war, wir hätten es mit dem Geist der Antarktis zu tun. Und jetzt sah ich ihn da hinten im Wasser, abgestürzt und unfähig, sich wieder aufzuschwingen.

Die Köpfe der anderen drehten sich alle in eine Richtung, zum oberen Steuerrad. Als ich aus dem Ruderhaus stürzte, ahnte ich schon, was mich erwartete. Ángel Connor-Gómez stand da oben, ein Gewehr vom Kaliber 22 quer über den Arm gelegt. Ein dünner Rauchfaden kräuselte sich vor der Mündung. Er lächelte zu uns herab, offenbar zufrieden mit dem Erfolg seiner Aktion.

»Du Bastard!« sagte ich. Ganz instinktiv hatte ich das Wort

gewählt, von dem ich wußte, daß es ihn treffen würde. »Ist dir nicht klar ...?«

»Ja, ja, ich kenne die Legende.« Sein Lächeln wurde breiter. »Aber ich hab den Vogel ja nicht getötet. Ich hab ihn nur verletzt. Am Gelenk.«

»Warum?«

Er zuckte die Achseln. »Warum nicht? Ich wollte sehen, ob ich noch zielen kann. Und ob das Gewehr sauber schießt.«

»Du hättest dir ein anderes Ziel suchen können.«

»Er ist uns gefolgt.«

Niemand sagte ein Wort. Alle starrten sie zu ihm hinauf. Schließlich fragte jemand: »Was meinst du damit?«

»Niemand darf mir folgen, nicht mal ein Vogel.« Er sprach so leise, daß ich ihn kaum verstand. »Nicht dorthin, wohin ich unterwegs bin.«

War er verrückt? Er ließ den Blick zum Horizont schweifen, einem fernen Ziel entgegen. Südgeorgien war verschwunden, und die Sonne hatte einen goldenen Glanz auf die Wellen gelegt. Ich schaute nach hinten, aber von dem Albatros war nichts mehr zu sehen. Für ihn war es einfach nur ein Vogel. Aber Go-Go empfand es anders, ihre Augen starrten ins Nichts, und Tränen quollen daraus hervor, als sei in einem entlegenen Winkel ihrer australiden Seele ein böser Traum Wirklichkeit geworden.

Diese kleine Episode schien für den ganzen Charakter des Mannes zu stehen. Aber als ich mit Iain darüber redete, zuckte er bloß die Achseln. »Ein Schuß, ein verkrüppelter Vogel, und schon hatte er die ganze Aufmerksamkeit. Alle haben sie zu ihm hochgeglotzt. Ja.« Er nickte langsam. »Er braucht ein Publikum«, fügte er hinzu, bevor er nach unten in seine Kabine ging.

Später am Abend müssen wir wohl die antarktische Konvergenz überquert haben, die Grenze, hinter der das kältere antarktische Wasser unter das wärmere nördlichere Wasser sinkt. Das Meer wurde sehr unruhig, die Temperaturen sanken merklich, Bewölkung und Wind nahmen zu. Gegen Abend ergab die Satnav-Peilung eine nördöstliche Drift von zwei Knoten, und am nächsten Morgen, als wir uns auf halbem Weg zwischen Südgeorgien und den Südorkney-Inseln befanden, steckten wir mitten in dem Grund für diese Strömung, den südwestlichen Stürmen, die fast unablässig von der hornförmigen Halbinsel Graham Land herüberblasen.

Die nächsten drei Tage waren ein einziger wilder Ritt auf Raumschotkurs. Einmal waren die Bedingungen so schlecht, daß wir uns auf den überstürzenden Wellenkämmen beinahe breitseit gelegt hätten und Gefahr liefen, auf die Seite gedrückt zu werden. Wenn die Mannschaft kräftiger gewesen wäre, hätte ich vielleicht versucht, einen Treibanker auszuwerfen und mit beschlagenen Segeln beizudrehen. Sie bekam manchmal so viel Fahrt, daß ich Angst hatte, sie könnte kentern, weil sich Steuerbord achteraus immer wieder riesige Wellenberge auftürmten.

Unten herrschte natürlich das Chaos. Alles, was nicht niet- und nagelfest war, flog kreuz und quer durch die Kajüten, und sowohl Carlos als auch Andy hatte es so schwer erwischt, daß sie ausfielen. Vor allem Andy kotzte sich die Seele aus dem Leib und brachte doch nicht mehr als schwarzen Schleim hervor. Ich fürchtete bereits für seine Lungen und Magenwände. Zum Glück besaß Go-Go ein natürliches Gleichgewicht, mit dessen Hilfe sie sich sehr schnell an die unvorhersehbaren Bewegungen des Schiffs anpassen konnte. Ihr als einziger an Bord schienen die plötzlichen Stöße und Schlenker, das Stampfen, das jähe Einstürzen des Bugs, das Tosen des Wassers und das unaufhörliche dämonische Kreischen des Winds, der an der Takelung zerrte, nicht das geringste auszumachen. Wir anderen waren alle mehr oder weniger beeinträchtigt, und unter diesen Umständen wurde mir bald klar, auf wen ich mich in Notlagen verlassen konnte. Nils war wie ein Fels in der Brandung. Stunde um Stunde steuerte er das Schiff durch die schlimmsten Wellen. Ángel schlief fast die ganze Zeit. Wenigstens blieb er in seiner Koje, fest angeschnallt, aber Gesichtsfarbe und Atmung waren normal, und immer wenn ich einen Blick zu ihm hineinwarf, schlug er die Augen auf. Aber er sagte kein Wort, und ich hatte das Gefühl, er nahm es mir noch immer übel, daß ich ihn einen Bastard genannt hatte.

Auch Iain blieb in seiner Koje, alle Farbe war aus seinem Gesicht gewichen, und er spürte die Kälte so stark, daß er am ganzen Körper zitterte. Zweimal sah ich, wie Iris aufstand, um ihm etwas Heißes zu trinken zu machen. Sie hatte keinen »gußeisernen« Magen, aber sie zwang sich mit eisernem Willen in die Kombüse zu gehen, um uns Suppe zu kochen oder uns dicke Sirupbrote zu schmieren.

In diesen drei Tagen lernte ich viel über die Menschen, mit denen ich zusammen ins Südpolarmeer segelte, über ihre Schwächen und ihre inneren Stärken. Nach und nach verließen wir das Seegebiet, in dem das Meer riesige Wasserberge mit schneeweißen Kämmen hinter uns auftürmte, um sie über dem Heck zusammenstürzen zu lassen. Die Wellenzüge waren zwar immer noch da, aber sie hatten ihre Bösartigkeit verloren. Tags zuvor war ich mehr auf südöstlichen Kurs gegangen, und wir bekamen nicht mehr das ganze Gewicht des Windes zu spüren, der ungehindert um die südliche Halbkugel fegt; wir gerieten immer mehr in den Windschatten des Landes und des Packeises, das auf uns wartete. Es wurde bitterkalt.

Mit den Bedingungen besserte sich auch unsere Befindlichkeit, und körperlich erholten wir uns erstaunlich schnell. Wärme breitete sich in der großen Kombüse aus, neuer Tatendrang war zu spüren, und alle sahen wir gutgelaunt und voller Zuversicht in die Zukunft, dem Augenblick entgegen, in dem wir das Packeis erreicht hätten, das den Seegang durch sein bloßes Gewicht zähmen würde. Der Himmel klarte auf, und die Sonne kam heraus.

Wir befanden uns in der Mitte des Dreiecks, das aus Südgeorgien, den Südorkney-Inseln und der Gruppe der Sandwich-Inseln geformt wurde. Ich hatte den Kurs allmählich nach Süden geändert; jetzt steuerten wir direkt ins Weddellmeer hinein. Bis jetzt war es eine schnelle Reise gewesen, und der Sonnenschein und die länger werdenden Tage taten ein übriges, um Erregung und Vorfreude an Bord zu schüren. Oder schreibe ich das bloß, weil ich es so erlebte?

Die unpersönliche Art und Weise, wie man mich entlassen hatte, die monatelange Arbeitssuche – das alles war vergessen. Ich dachte nur noch daran, daß das Eis immer näher rückte und mit ihm das einsame, geheimnisvolle Schiff. Wir fuhren auf Raumschotkurs, mit neun Knoten bei Windstärke fünf, die Bugwelle leuchtete in der Sonne, und wir bekamen sogar Wale zu sehen. Drei der Tiere tauchten und prusteten durch unser Kielwasser. Und Vögel – Sturmvögel, Seeschwalben und einen einsamen, schwarzbraunen Albatros.

Am nächsten Morgen, als die Sonne über den Horizont kletterte, bekamen wir zum erstenmal den Eisblink zu sehen, bleich und durchscheinend schimmerte er weit hinten im Süden und Südwesten an einem bewölkten Himmel. Nils holte eine Flasche Aquavit aus seinem geheimen Vorrat, wir standen an Deck, die Eisschicht der Nacht tropfte aus der Takelage herunter – und dann tranken wir auf das Unbekannte, das vor uns lag. Niemand von uns hatte das Packeis jemals gesehen, und jetzt, als wir es da hinten am südlichen Horizont gespiegelt sahen, mischte sich eine Ahnung von der vor uns liegenden Gefahr unter die Erregung, die uns ergriffen hatte. Ångel war der einzige, dessen Gesicht nichts von dieser freudigen Erregung spiegelte. Statt dessen stand er da, das Glas in der Hand, und richtete den Blick auf einen imaginären Punkt irgendwo hinterm Steuerbordbug. Er hatte den Mund fest geschlossen, und da war etwas in seinem Ausdruck – Angst, Verzweiflung, eine Verhärtung der Seele gegen die Dinge, mit denen wir uns da draußen auseinandersetzen mußten? Ich konnte es nicht sagen. Aber es ist mir im Gedächtnis geblieben, daß er einen Augenblick lang ein anderer Mensch für mich war. Er kam mir älter vor, nicht so selbstsicher. Aber das dauerte nur einen kurzen Augenblick, dann hob er sein Glas an den Mund und trank es mit einem Schluck leer. Er mußte wohl gespürt haben, daß ich ihn beobachtete, denn plötzlich sah er direkt zu mir herüber. Seine Augen verengten sich. »Worüber denkst du nach? Wie wir dem Eis begegnen sollen?« Er lächelte. »Mal sehen, was es mit uns vorhat, was?«

Etwas in seinem Lächeln jagte mir einen kalten Schauer über den Rücken. Warum war er hier? Warum wollte er unbedingt zu diesem Schiff? Diese und andere Fragen gingen mir durch den Kopf, als ich in dieser Nacht in meiner Koje lag und den Geräuschen des Schiffs lauschte, dem Wasser, das gleich neben meinen Ohren gegen den Rumpf schlug, dem Knarren und Ächzen, dem Knallen der Leinen am Mast, dem gelegentlichen Schlagen der

Segel. Warum war *ich* eigentlich hier? Warum war ich nicht nach Hause zurückgefahren, als noch Gelegenheit dazu war? Es war verrückt, ich lag in dieser Koje und machte mir selber angst mit wilden Phantasien von Fliegenden Holländern und Maria Celestes, die durch mein müdes Hirn zuckten, und immer wieder mußte ich an Ángel denken und an die baufälligen Hütten hinter dem Strand, an dem er gestanden und auf mich gewartet hatte.

Am nächsten Morgen rief Iain ihn ins Bootshaus, stellte ihn vor den Kartentisch und sagte: »Also, Ángel Connor-Gómez, wo ist es? Du hast gesagt, daß du die Position kennst. Es liegt im Eis des Weddellmeers, hast du gesagt, und du wolltest uns die Koordinaten geben, wenn wir da unten sind. Also. Jetzt sind wir im Weddellmeer, und da hinten ist das Eis, höchste Zeit also, daß du uns den Punkt auf die Karte zeichnest.«

Zuerst sagte er, er müsse warten, bis wir tatsächlich im Eis angekommen wären. Er wisse nicht, wie stark die Drift sei. »Ich weiß, wo ich sie gesehen habe, aber das ist jetzt beinahe achtzehn Monate her. Das Eis wird sie weiter nach Norden getragen haben.« Wie weit, das wisse er nicht. »Im westlichen Weddellmeer gibt es eine Drift nach Norden. Euer Shackleton ist mit seiner *Endurance* in neun Monaten mehr als vierhundert Meilen abgetrieben worden, täglich anderthalb Meilen. Aber dies ist kein normales Jahr. Ich weiß nicht, wie stark die Drift ist.«

Das mußte Iain akzeptieren. Der Mann hatte seine Hausaufgaben gemacht – eine genaue Bestimmung der Position konnte man nicht von ihm erwarten. »Also gut, dann markier uns eben die Stelle, an der du sie vom Flugzeug aus gesehen hast, und wir berechnen die Position von dort aus.«

Ángel zögerte. Schließlich gab er mit einem kleinen Achselzucken nach. Er mußte nicht erst in einem Notizbuch nachsehen. Offensichtlich hatte er die Koordinaten im Kopf, und mit Hilfe des großen Plexiglaslineals trug er ein kleines Kreuz am unteren Ende des Weddellmeers ein. Und als Iain zu bedenken gab, daß es ja ein ganz schönes Stück westlich von der Stelle sei, wo die *Endurance* eingeschlossen worden war, mußte ich feststellen, daß nicht nur Ángel seine Hausaufgaben gemacht hatte. »Achtzehn Monate, sagst du.« Iain langte hinauf zum Bücherregal, zog Shackletons *South* heraus und schlug es gleich bei der Karte auf, in der die Drift der *Endurance* eingetragen war. »Wenn dein Schiff derselben Norddrift ausgesetzt war, dann müßte es inzwischen aus dem Eis heraus sein und irgendwo vor Graham Land liegen.«

»Oder auf die Küste aufgelaufen sein«, sagte Ángel.

»Richtig. Oder von einem der Eisberge zermalmt worden sein, die sich aus dem Ronne-Schelfeis lösen.« Er sprach es »Ronnay« aus. »Oder sie ist leckgeschlagen und gesunken«, fügte er hinzu, »oder von ein paar Schichten Packeis zerquetscht worden. Also, was schlägst du vor? Wie sollen wir sie finden?«

Es folgte ein Schweigen. Ángel stand da, den Kopf in die Hände gestützt, und starrte gedankenverloren auf die Karte.

»Also?«

»Überlaß es mir. Ich finde sie.«

»Aber wie, Mann. Wie?«

»Das ist mein Problem.«

»Aber du findest sie. Bist du ganz sicher?«

Als Ángel nickte, warf Iris die Frage ein, die auch mir auf der Zunge gelegen hatte. »Du weißt doch, wo sie liegt. Das hast du doch zu mir gesagt ...«

Ángel zögerte, dann wandte er sich auf dem Absatz um und ging hinaus an Deck. Iris rief ihm nach: »Wenn du's weißt, warum erzählst du's uns dann nicht?« Die Schiebetür knallte zu. Sie wandte sich an Iain. »Was glaubst du? Weiß er's, oder macht er uns nur was vor und treibt sein Spielchen mit uns?«

Iain zuckte die Achseln. »Woher soll ich das wissen, Schätzchen, aber wenn er es weiß, dann kann es nur bedeuten, daß die *Santa Maria* an einem festen Platz liegt. Dann muß sie in einem Eis eingeschlossen sein, das mit dem Festland verbunden ist. Stimmt's?« Er wandte sich an mich. »Wenn er weiß, wo sie ist, dann muß er sich ganz sicher sein, daß sie in einem Eis steckt, das keiner Drift ausgesetzt ist. Siehst du das auch so?«

»Ja«, sagte ich.

Er wandte sich wieder an Iris. »Also. Wir warten ab. Und ihr beiden behaltet ihn im Auge.«

IV

IM EIS

EINS

Am zweiten Tag des neuen Jahres fuhren wir – eskortiert von zwei Buckelwalen – in das Packeis. Wir waren unter Gaffeltakelung, hatten das laufende Gut festgemacht und die Rahen am Schiffsrand vertäut. Da wir nach Süden segelten und uns weit in der östlichen Hälfte des Weddellmeers befanden, kam uns die Strömung, die im Uhrzeigersinn verläuft, immer noch zu Hilfe. Und weil die Sterne in den kürzer werdenden Nächten strahlendhell am Himmel standen, konnte ich eine ganze Reihe von Peilungen durchführen und unsere Position ohne jeden Zweifel bestimmen.

Am Tag zuvor waren die Bedingungen für den Eisblink so günstig gewesen, daß wir in dem umgekehrten Spiegelbild am Himmel die Kanäle offenen Wassers erkennen konnten, die durch das vor uns liegende Packeis führten. Wir hatten uns den größten von ihnen ausgesucht, eine Schneise, die über eine Meile breit war und an deren Rändern die langen Tage das Eis bereits so sehr geschwächt hatten, daß es mürbe geworden war. Die Bedingungen fürs Segeln waren phantastisch, ein gleichmäßiger Wind wehte mit Stärke drei aus nordwestlicher Richtung, und es herrschte praktisch kein Seegang, nur eine lange, langsame Dünung. Die *Isvik* schwelgte förmlich darin, rauschte mit sechs bis acht Knoten dahin, und an Bord waren wir alle in gehobener Stimmung.

Von Norden nach Süden ist das Weddellmeer fast tausend Meilen lang, und auf dem Kurs, den Ángel bestimmt hatte und der uns von einer Tiefenlotung zur nächsten führte – oft mußte noch einer von uns auf die Rahklampen am Großmast klettern, um dem Rudergänger Orientierungshilfen zuzurufen –, segelten wir in gleichmäßiger Fahrt an einer Linie von 192 Grad entlang, die westlich der BAS-Basis in Halley Bay, sogar noch westlich der Vahsel Bay, keine hundert Meilen entfernt von der Stelle, wo

Shackletons *Endurance* am 18. Januar 1915 eingeschlossen worden war, die Küste abschnitt.

Je weiter wir nach Süden vorankamen, desto stärker wurde unser Kurs vom Eis bestimmt, das mit der Zeit immer dicker wurde, nicht mehr so mürbe war und weniger Durchfahrten bot. Am 12. Breitengrad kamen wir in einen Sturm, einen richtigen antarktischen Blizzard, der Schnee war so naß und klebrig, daß er sich am Ruderhaus und an den Masten festklammerte und wir ihn während der kurzen Nachtstunden mit Eispickeln abschlagen mußten. Bei der vielen Ladung, die wir an Deck mit uns führten, bestand immer die Gefahr, daß der Schwerpunkt so stark verlagert wurde, daß die *Isvik* topplastig werden würde. Kein schöner Gedanke, in finsterer Nacht in diesen Gewässern von einem Schneesturm, der in Böen siebzig Knoten erreichte, überwälzt zu werden.

Als dem Sturm die Puste ausgegangen war, klarte der Himmel wieder auf, und unsere eisige Welt wurde wieder schön und still. Dieses sommerliche Zwischenspiel dauerte genau vier Tage. Wir hatten so wenig Wind, daß wir mit Motorkraft fahren mußten. Die Schneisen offenen Wassers erlaubten uns, einen südlichen Kurs zu steuern. Aber es war nicht leicht, das Schiff zu lotsen. Das Eis leuchtete so weiß, daß die Reflexion des Sonnenlichts uns trotz der dunklen Brillen in die Augen stach.

Die beiden Frauen nutzten den strahlenden Sonnenschein aus und verschwanden – bewaffnet mit Sonnenschutzcreme – hinter einer Leinwand, die sie auf der Backbordseite vorm Großmast aufgespannt hatten. Als ein Graben so schmal geworden war, daß ich ihn für eine Sackgasse hielt, vergaß ich die beiden und kletterte in die Webeleine, um weiter vorn nach einem Durchlaß Ausschau zu halten. Wir waren in gar keiner Sackgasse, der Graben machte nur eine scharfe Biegung nach Osten, auf einen See im Eis zu, eine eisfreie Stelle, von der aus mehrere schwarze Bänder offenen Wassers weiter nach Süden führten.

Als ich mich davon überzeugt hatte, daß der Weg nach vorn weiterhin offen war, blieb ich eine Weile dort oben stehen, auf den Rahklampen balancierend, und genoß den endlos weiten Blick, die Sonne und den leichten Wind. Ich sah zwei Exemplaren des *Orcinus orca*, des sogenannten Killerwals, beim gemächlichen Auf- und Untertauchen zu. Das Weiß ihrer Bäuche wirkte beinahe schmutzig im Vergleich zum leuchtenden Weiß der Umgebung, in der sie sich tummelten. An Backbord tauchte ein Seehund auf, und während ich ihm zusah, wie er auf unsere Bugwelle zuschwamm, fiel mein Blick plötzlich auf die beiden Gestalten hinter dem Vorhang aus Segeltuch. Ihre Haut glänzte vor Sonnenöl. Sie lagen auf den Bäuchen, streckten mir ihre Hintern entgegen, die eine war etwas dunkler als die andere, aber es war ein Bild absoluter Schönheit und Unschuld, wie sie da unten lagen, splitternackt und meinem Blick ausgeliefert. Ich hielt den Atem an, aus Angst, durch mein Luftholen den Zauber der Szene zu zerstören.

Und dann regte sich eine der beiden. Es war Iris. Sie rollte sich auf den Rücken, schlug die Augen auf und blickte direkt zu mir auf. Sie lächelte und winkte mir zu, und ich machte, daß ich wieder nach unten kam, so peinlich war mir die Erektion, die ich bekommen hatte. Ich glaube, seit dem Augenblick war ich ein bißchen in sie verliebt.

Vielleicht lag es an solchen Gedanken, daß es mich weder schockierte noch besonders erstaunte, als Ángel sich am späten Abend an Go-Go heranmachte und ihr eine Hand auf den Hintern legte. Ich war mit Nils zusammen auf der Backbordseite damit beschäftigt, eine Kanne Paraffinöl aus einem der Behälter an der Reling zu pumpen. Die Sonne war gerade in einem lodernden Meer aus Flammen untergegangen, am Himmel wechselten sich helle Streifen aus Dunst mit einem durchscheinenden Grün ab. Es war ein sehr schöner Anblick, und als die Kanne voll war, richtete ich mich auf und betrachtete staunend die Turnerschen Farben am Horizont. Go-Go holte sich gerade etwas Wäsche, die sie über der Reling zum Trocknen aufgehängt hatte; sie bückte sich, und der Stoff ihrer Hose straffte sich über dem Hintern. Vor dem Abendhimmel näherte sich ihr Ángel als schwarze Silhouette gegen das Abendlicht. Plötzlich streckte er die Hand aus, um sie zu tätscheln.

Sie reagierte blitzschnell, richtete sich auf und stieß seine Hand zur Seite. Sie sagte etwas, ich konnte es nicht verstehen, aber er kümmerte sich nicht darum und langte mit beiden Händen nach ihr. Sie ergriff eine Hand, und einen Augenblick lang glaubte ich, daß sie ihn zu sich heranziehen wollte. Auch Ángel schien das zu glauben. Er lachte, und in seinem Lachen klang der Triumph des Eroberers mit. Ich glaube, er war der festen Überzeugung, keine Frau könne ihm widerstehen. Doch plötzlich duckte sie sich, riß seinen Arm nach vorn und verdrehte ihn gleichzeitig. Die Wirkung war verblüffend. Er stieß einen lauten Schrei aus, als sein Körper seitwärts kippte, ausgestreckt über ihre Schultern flog und auf dem Rücken liegenblieb.

Bevor ich mich rühren konnte, kam Iain aus dem Ruderhaus gestürzt. Go-Go stand da und sah auf ihren Peiniger herunter. Ich konnte nicht verstehen, was sie zu ihm sagte, aber ihre Stimme klang gepreßt vor Zorn. Dann drehte sie sich um und wäre beinahe mit Iain zusammengestoßen, der sich zu meinem Erstaunen nicht an die Gestalt wandte, die völlig konsterniert auf dem Deck hockte, sondern an Go-Go. »Du hast wohl nicht alle Tassen im Schrank, Mädchen. Stell dir mal vor, er wäre mit dem Kopf auf die stählernen Deckplatten geschlagen oder gegen die Kante von dem Luk da.« Er beließ es dabei und fügte hinzu: »Hör bloß auf, dich hier in Szene zu setzen, sonst wird das hier irgendwann eine Reise ohne Ziel. So, und jetzt ruf deinen Mann. Er soll zu mir ins Ruderhaus kommen.«

»Warum, zum Teufel, gibst du ihr die Schuld?« wollte ich von ihm wissen, als sie weinend übers Deck davonlief.

Bevor er mir antwortete, warf er einen verächtlichen Blick auf Ángel. »Denk mal drüber nach«, riet er mir und verschwand im Ruderhaus.

Von einem Mann, der so gedemütigt worden war, sollte man erwarten, daß er mit Wut reagiert oder sich schleunigst in sein Schneckenhaus zurückzieht. Nicht so Ángel. Er erhob sich mit elegantem Schwung. »Tolles Mädchen!« sagte er, zwinkerte mir zu und trat mit hocherhobenem Kopf ab. Er lächelte sogar, als hätte es ihm Spaß gemacht, auf den Rücken geworfen zu werden. Beim Abendessen war er so ungezwungen und charmant wie immer, während Go-Go schweigend und mürrisch am Tisch saß.

Eigentlich hätte es ein freudiges Ereignis sein sollen, denn bei Sonnenuntergang – es war völlig windstill und das Wasser lag wie polierter Zinn im Abendlicht – hatten wir das Schiff an einer Eisscholle festgemacht und waren zusammen nach unten gegangen. Zum erstenmal seit Ushuaia saßen wir alle zusammen beim Abendessen. Nils hatte eine Flasche chilenischen Rotwein aufgemacht, aber auch der konnte die gedrückte Stimmung nicht verscheuchen, die über dem Tisch lag. Damals schob ich es darauf, daß der Augenblick nahte, in dem wir uns dem Eis stellen müßten, womöglich sogar eingeschlossen und den Winter über festgehalten würden. Rückblickend glaube ich jedoch, daß es tiefere Ursachen hatte. Wir alle hatten unsere persönlichen, sehr verschiedenen Gründe dafür, an diesem Tisch zu sitzen, in der Gemeinschaftskajüte eines Schiffs, das mitten in einer Welt aus Eis festgemacht war.

Wir ähnelten der Besetzung eines seltsamen Theaterstücks. Schweigend saßen wir am Tisch, lauschten den Geräuschen der See, dem Plätschern des Wassers, dem Knirschen der Eisschollen, und dabei wußten wir genau, daß in diesen Kulissen etwas auf uns wartete. Es wurde so gut wie nichts gesprochen, alle, einschließlich Nils, schienen mit ihren eigenen Gedanken beschäftigt zu sein. Go-Go und Andy hatten ihre Eheprobleme. Ich hatte längst bemerkt, daß er ihrer überdrüssig wurde. Ich glaube, sie war sexuell sehr anspruchsvoll. Manchmal wirkte er erschöpft. Iain hatte es unverblümter ausgedrückt: »Der Junge ist total geschafft, also paß auf ihn auf.« Und dann hatte er hinzugefügt: »Außerdem hat er Angst, sie haben beide Angst.«

Wir wußten inzwischen alle, daß sie nur mitgekommen war, weil sie ihn nicht alleine losfahren lassen wollte. Dazu hing sie zu sehr an ihm, und er versuchte immer nur, in seine eigene Welt zu fliehen, eine Welt der Radiowellen und geisterhafter Stimmen aus dem Äther, die nichts von ihm verlangten. Ángel saß ihr gegenüber, verschlang sie mit den Augen und lächelte vielsagend, während Carlos ihn eifersüchtig beobachtete. Hin und wieder sah ich zu Iain hinüber. Iris saß neben ihm, den Blick auf ihren Teller gerichtet. Sie schwiegen beide. Als sie aufstand, um ihm eine zweite Portion Seehundfleisch und Reis zu holen, erwischte ich mich dabei, wie ich durch das Polohemd aus roter Wolle und die marineblauen Hosen hindurchzusehen versuchte, um sie mir so vorzustellen, wie sie am Tag ausgesehen hatte, als sie sich auf dem Deck umdrehte und ich ihren ausgestreckten nackten Körper unter mir gesehen hatte. O Mann! Wie gerne hätte ich sie gestreichelt.

»Sieh zu, daß du heute nacht 'ne vernünftige Peilung herbringst, Pete.« Iain lächelte mir zu, als hätte er meine Gedanken erraten. Später, als wir nebeneinander im Ruderhaus standen, sagte er: »Frauen an Bord eines Schiffes sind die Hölle.« Er trug Uhrzeiten und Winkel ein, während ich in die Sterne schaute und ihm die Werte auf dem Sextanten diktierte. »Na ja, aber das ist ja bald vorbei.«

»Wie meinst du das?« Es hatte sehr entschieden geklungen.

»Wirst schon sehn. Sobald wir am Schelfeis sind und es nicht mehr weitergeht ...« Mehr wollte er dazu nicht sagen, und in den frühen Morgenstunden, während der bevorstehende Sonnenaufgang es mit atemberaubender Geschwindigkeit heller werden ließ, fing der Windgeschwindigkeitsmesser am Großmast an, sich unter einer hübschen kleinen Brise aus Nordost zu drehen. Andy und ich konnten das Schiff also wieder in Gang bringen.

Eigentlich hätte Ángel längst auf Wache sein müssen. Ich ließ Andy allein und ging hinunter, um ihn aus dem Bett zu werfen. So machte er das immer, er blieb liegen und wartete darauf, daß der Wachegänger ihn zur Ablösung rief. Seine Koje war auf der Backbordseite achtern, und die Tür vor dem Kabuff, das ihm als Kabine diente, war geschlossen. Ich riß sie auf, verärgert darüber, daß ich extra herunterkommen und ihn holen mußte. Er besaß einen tadellosen Wecker, außerdem hatte ich den Wachwechsel auf der Schiffsglocke eingeläutet. »Zeit für die Ablösung«, sagte ich und richtete den kräftigen Lichtstrahl der Bordtaschenlampe voll auf die Koje. Sein Gesicht war abgewandt, ich sah nur den Hinterkopf. Ich stand da und traute meinen Augen nicht. Da lagen zwei Köpfe auf dem Kopfkissen, und jetzt drehte Carlos sich zu mir um und lächelte verstohlen wie eine Katze, die an der Schlagsahne erwischt worden war.

Mit einer abrupten Bewegung riß Ángel den oberen Teil seines

Daunenschlafsacks zurück, schwang seine Beine über Carlos hinweg und setzte die Füße auf den Boden. Sie waren beide nackt, und ich schwöre, der Junge hat mir zugezwinkert, und dabei guckte das kleine Teufelchen wieder aus seinen feuchten, leicht geröteten Augen. Ich schaltete die Taschenlampe aus und ließ die beiden in der Dunkelheit zurück. Ich war irgendwie erschüttert, auch wenn es lächerlich war – hatte ich doch längst geahnt, daß Carlos homosexuell war. Aber es ist eine Sache, um ein sexuelles Verlangen zu wissen, und eine andere, es jemanden praktizieren zu sehen. Und dann noch mit Ángel, der alt genug war, um sein Vater zu sein. Großer Gott! Der Gedanke war ganz von selbst gekommen, plötzlich und ungebeten.

Natürlich ließ Ángel sich nichts anmerken, als er – vollständig bekleidet – ins Ruderhaus kam, das Steuerrad übernahm und mit sachlicher, ruhiger Stimme den Kurs wiederholte, den Andy ihm nannte.

Es war schade, daß ich nicht damals schon die Satellitenfotos zur Verfügung hatte, die mir einer der Metereologen später in Mount Pleasant zeigte. Es waren im Grunde Wetterkarten, auf denen man, wenn die Bewölkung gering genug war, erkennen konnte, bis wohin das Packeis sich ausdehnte und an welchen Stellen es sich bereits zu Trümmereis zurückgebildet hatte. Sie zeigten auch größere Eisberge, die sich vom Schelfeis gelöst hatten, man berichtete mir von einer über siebzig Meilen langen Scholle, einem dreizehntausend Quadratkilometer großen, abgetriebenen Stück, das ein Landsat-Foto von 1986 zeigte – den Stützpunkt Belgrano hatte es mitgenommen, und das Filchner-Schelfeis hatte dort, wo die große Spalte war, eine neue Fassade. Aber die Wetterkarten zeigten auch dunklere Stellen am unteren Ende des Weddellmeers – offenes Wasser. Im Osten waren es riesige Flächen, aber nach Westen, unterhalb des Filchner-Schelfeises, wurden sie spärlicher und waren kaum mehr als dunkle Fäden, die sich durch das östliche Ende des Ronne-Schelfeises zogen.

Hätten wir eine dieser Satelliten-Wetterkarten an Bord gehabt, wer weiß, womöglich hätten wir dann unseren ganzen Mut zusammengenommen, wären durch die gefährlich engen

Wasserrinnen zur nächsten offenen Fläche gefahren und vielleicht sogar noch weiter. So jedoch zögerten wir, unser Glück weiter herauszufordern, nachdem wir am 21. Januar das Ronne-Schelfeis durch einen Schleier von Schneeflocken gesichtet hatten. Das offene Wasser wurde nach und nach spärlicher. Schon bald fuhren wir mit Motorkraft durch grabenähnliche Durchfahrten, die kaum noch breiter als sieben bis acht Meter waren. Auf der Backbordseite leuchtete die Eisfront wie weiße Kreidefelsen im kristallklaren Tageslicht, und an Steuerbord zogen Eisberge in verschiedenen Formen und Größen vorbei. Wir konnten zusehen, wie große Stücke aus der Eisfront herausbrachen und ins Wasser stürzten, und die Wellen, die dabei entstanden, warfen unser Schiff hin und her. Immer, wenn wir in etwas offeneres Wasser kamen, mußten wir uns mit Bruchstücken von Eisbergen auseinandersetzen, und so langsam wurden wir müde davon, uns mit Hilfe von Stangen der noch größeren Brocken unter der Wasseroberfläche zu erwehren, um den Bug freizuhalten.

Wir kamen bis 61° 42′ westlicher Breite voran, dann versperrte uns ein Tafeleisberg den Weg, der den Eindruck erweckte, als sei er erst vor kurzem aus der Eisfront herausgebrochen. Zwischen ihm und der Front hatte das Eis sich aufgeschichtet, große, hochkant aufgeschobene Eisbretter lagen kreuz und quer durcheinander. Kein Ort für große Wagnisse, fanden wir, obwohl sich eine schmale Rinne offenen Wassers nach Norden erstreckte, die so aussah, als könnte sie um den Berg herumführen, tiefer hinein in die Prärie des Packeises.

Wir wollten es nicht riskieren, und so legten wir vier Festmachleinen mit Draggenankern auf den umliegenden Schollen aus, schalteten die Maschine ab und verließen uns darauf, daß genug Wind vom Schelfeis herüberwehen würde, um für geladene Batterien zu sorgen. Das war am 25. Januar, und es gelang Andy von der *Polarstern* oder der britischen Basis in Halley Bay, das weiß ich nicht mehr genau, einen Wetterbericht zu bekommen. Die Aussichten für die nächsten Tage waren gar nicht so schlecht. Winde aus südlichen Richtungen, auf West und Nordwest drehend. Seltsam, aber ich konnte mich immer noch nicht recht damit abfinden, daß die Coriolis-Kraft dafür sorgt, daß in der südlichen Hemisphäre ein in Uhrzeigersinn drehender Wind Indikator für niedrigen Luftdruck ist, nicht etwa der *gegen* den Uhrzeigersinn drehende Wind, wie es auf der nördlichen Halbkugel der Fall wäre. Die meisten meiner navigatorischen Erfahrungen habe ich in nördlichen Gewässern gesammelt, deshalb sagt mir mein Instinkt, daß Windrichtungsänderungen, die dem Zeiger der Uhr folgen, aus einem System hohen Luftdrucks stammen müssen.

»Also?« Iain stand im Ruderhaus Ángel gegenüber, der heraufgekommen war, um Andys Gespräch mit Halley Bay mithören zu können. »Wie weit ist es noch? Wir sind jetzt westlich der 192-Grad-Peilung, die du vor einer Weile vorgenommen hast. Was meinst du, wie viele Kilometer müssen wir über das Eis ziehen?«

»Es ist nicht mehr weit«, antwortete Ángel.

»Wie viele Kilometer, hab ich gefragt!«

Ángel zuckte die Achseln. »Du weißt so gut wie ich, daß das Eis hier ständig von der Strömung nach Norden getrieben wird. Ich weiß, wo ich das Schiff gesehen habe. Ich habe die Koordinaten, und wir sind jetzt sehr nah an der Stelle. Aber um wieviel Kilometer sie abgetrieben ist ...« Noch einmal zuckte er die breiten, wohlproportionierten Schultern. »Wie schnell ist die Strömung – null Komma fünf, null Komma sieben fünf oder ein Knoten? Sag's mir, dann sag ich dir, wo das Schiff liegt.«

Iris war hereingekommen und wollte auf einer Antwort bestehen, aber Iain legte ihr eine Hand auf den Arm und sagte: »Wir reden morgen weiter. Es ist spät.« Die Zeiger der Uhr standen auf sechs Minuten nach Mitternacht. Es war bereits der 26. Januar.

Der nächste Morgen war hell und ruhig, es wehte gar kein Wind, deshalb konnten wir das Schiff an das nördliche Ende der eisfreien Stelle legen und es an einem Eisfeld festmachen, das durch die Reste eines alten Eisbergs gesichert wurde. Dann zogen wir einen Flaschenzug am Großmast hoch und hievten das Schneemobil heraus. Iris, die ein paar Monate im Norden Kanadas verbracht hatte, bestand darauf, es »Skidoo« zu nennen. Nachdem wir es auf das Eis geschwenkt hatten, zogen wir ein kleines Ladungsnetz hoch, beluden es mit den Vorräten und der Ausrüstung, die wir benötigen würden, und schwenkten es ebenfalls am Ladebaum hinüber auf das Eis. Der Außenbordmotor für das halbstarre Faltboot sprang beim ersten Zug am Seil an, aber beim Schneemobil, daß in schwere Plastikplanen eingehüllt war, schien Wasser in den Motor gedrungen zu sein – es weigerte sich, auch nur einen Laut von sich zu geben. Schließlich machte Nils sich daran, den Motor zu zerlegen, aber lange bevor er mit der gründlichen Reinigung fertig war und die Benzinleitungen überprüft hatte, war ein eisiger Wind aus Süden aufgekommen, und als er alles wieder zusammengesetzt hatte, blies er bereits mit Stärke sechs.

Der Temperatursturz war beträchtlich und behinderte Nils beim Zusammenbau. Als er endlich fertig war, wollte der Motor immer noch nicht anspringen. Es war noch immer Wasser im Vergaser. Jetzt kannten wir die Antwort. Ich weiß auch nicht, warum wir nicht zuerst den Tank untersucht hatten. Wahrscheinlich war es die Müdigkeit. Außerdem waren wir ungeduldig, wir wollten so schnell wie möglich alles fertig haben.

Es war Wasser in den Tank gekommen, und gleich fiel mir ein, wie Carlos mit dem Eispickel um sich geschlagen hatte. Ich sprang zurück an Bord und untersuchte die Tonne, aus der wir den Treibstoff abgefüllt hatten. »Du dämlicher kleiner Idiot«, schrie ich ihn an. »Das warst du!« Ich deutete auf ein kleines ausgefranstes Loch, das ich unterhalb der Oberkante entdeckt hatte, halbverdeckt von dem Seil, mit dem die Tonne am Schanzkleid vertäut war. Er schüttelte den Kopf, sah die anderen an, die sich wie Ankläger im Halbkreis um ihn herum formiert hatten. »Ich hab nichts ...« Ich glaube, er wollte es abstreiten, aber die Stimme versagte ihm, und schließlich brachte er nur noch hervor: »Ich w-wollte n-nichts kaputtmachen. Ich hab's nicht ... absichtlich getan.«

Nachdem Nils den Tank gründlich gereinigt und aus einer anderen Tonne aufgefüllt und ich die Benzinleitung ausgebaut und den Vergaser noch einmal gründlich gereinigt hatte, waren wir bis auf die Knochen durchgefroren und zitterten vor Kälte, aber als der Motor gleich beim ersten Startversuch ansprang, besserte sich unsere Laune schlagartig. Um sicher zu sein, daß jetzt alles in Ordnung war, koppelten wir den beladenen Schlitten an das Schneemobil und machten ein paar Probefahrten über das Eis. Jeder von uns durfte mal fahren.

Das Eis auf der Scholle war flach, deshalb hatten wir keine großen Probleme. Go-Go war an Bord geblieben. Sie sagte, sie müsse das Mittagessen vorbereiten. Andy hatte die Stellung im Ruderhaus gehalten. Das Schneemobil war für Fahrten auf dem Wasser eingerichtet, diente also auch als Erkundungsfahrzeug, nicht nur als Zugmaschine für die Schlitten. Wenn es nicht funktionieren würde, müßten wir die kleineren Schlitten benutzen, die wir am Nachmittag zusammenbauten – für alle Fälle. Wir hatten zwei davon, und außerdem ein zweites Schlauchboot, ganz aus Gummi, das wir aus seiner Verpackung zogen, aufbliesen und auf dem Wasser zwischen dem Schiff und der Eisscholle ausprobierten.

Kurz vor Mittag fing es an zu schneien, ein harter, vom Wind getriebener Schnee, mehr ein Hagel, der einem ins Gesicht schlug wie Vogeldunst. Wir gingen zurück an Bord, wo Go-Go Nudeln und einen Topf mit kochendheißem Seehundgulasch bereitgestellt hatte, um uns wieder aufzutauen. Langsam verwandelten sich das Schneemobil und die angehängten Schlitten mit ihrer Ladung in weiße, mit dem Hintergrund verschmelzende Hügel. Durch den wehenden Schleier aus Schnee boten sie einen traurigen Anblick, und irgendwie beschworen sie die Erinnerung an Scott und an die Schwierigkeiten herauf, mit denen Shackleton zu kämpfen hatte. Ich war kein Worsley, und die Vorstellung, in einem Schneesturm verloren zu sein und den Rückweg finden zu müssen, erfüllte mich mit Furcht. Unter Schnee und Eis begraben würde das Schiff ein verdammt kleines Ziel in der unendlichen Eiswüste der Antarktis abgeben.

Aber dann hörte es auf zu schneien, und der Wind flaute so schnell wieder ab, wie er aufgekommen war. Plötzlich schien die Sonne, und es wurde wieder warm. Wir luden die Vorräte ab, wickelten sie in feste Plastikplanen und verschnürten sie wieder auf dem Schlitten. Dann zogen wir das ganze, klobig aussehende

Frachtstück ins Wasser. Zu meinem Erstaunen – wie ich gestehen muß – hatten wir das Gewicht richtig geschätzt. Es schwamm. Wir koppelten das schwerfällige Gerät an das Schneemobil und zogen es ein paarmal über die eisfreie Wasserfläche, dann packten wir es wieder aus und stellten das kleine Zelt auf, eine kleine Übung für den Treck über das Eis, der vor uns lag. Alles, was in dem in Plastik eingewickelten Paket gesteckt hatte, war trocken geblieben. Es war kein Wasser eingedrungen, obwohl Iain das Schneemobil auf der letzten Runde mit Vollgas gefahren hatte.

Wir waren also startbereit. Iain würde Ángel begleiten. So hatten wir es ausgemacht. Ich sollte während seiner Abwesenheit das Kommando über das Schiff übernehmen. Für Notfälle oder Katastrophen hatte er einen Kurzwellensender mit voll aufgeladener Batterie auf dem Schneemobil. Auch in einem eventuellen Suchtrupp sollte ich das Kommando haben.

Natürlich wollte Iris mit den beiden Schiffssuchern gehen, aber Iain erlaubte es ihr nicht. »Falls ihr nachkommen müßt«, sagte er und wandte sich dabei an mich, »dann übernimmt Iris als Expeditionsleiterin das Kommando über das Schiff. Andy bleibt bei ihr an Bord. Er muß das Funkgerät bedienen. Nils bleibt auch auf dem Schiff. Du wirst ihn für die Maschine brauchen«, sagte er zu Iris. Und dann wandte er sich wieder an mich: »Bliebe noch Carlos. Sollten wir in Schwierigkeiten kommen, dann kommst du uns mit Carlos zusammen zu Hilfe. Und vergiß nicht, daß du immer den Kontakt zum Schiff halten mußt. Wir haben noch zwei Ersatzfunkgeräte, und hier draußen auf dem Packeis haben die Dinger eine Reichweite von über hundert Kilometern, solange ihr euch nicht hinter einem Eisberg versteckt.«

Iris versuchte noch, ihn umzustimmen, doch sie gab es schließlich auf. Vielleicht hatte sie eingesehen, daß die beiden Männer ohne sie doch schneller sein würden, da mochte sie noch so entschlossen sein. An diesem Abend gingen wir alle früh schlafen. Der Wetterbericht war gut, und die beiden wollten mit dem ersten Tageslicht starten. Ich stellte meinen Wecker auf drei Uhr. Frühstück würde es um halb vier geben, und die Startzeit war auf halb fünf festgesetzt. Aus navigatorischen Gründen waren das Chronometer und meine Quarzarmbanduhr auf mittlere Greenwichzeit eingestellt, eine Zeitdifferenz von über vier Stunden, denn wir befanden uns mehr als sechzig Grad westlich des Greenwicher Meridians.

Einmal wachte ich von Geräuschen und Stimmen auf. Das war um 1.17 Uhr. Ich dachte mir nichts dabei, drehte mich auf die Seite und schlief wieder ein. Auf einem Schiff wie der *Isvik* mit ihrem halboffenen Grundriß hörte man immer jemanden herumlaufen. Das Eis knirschte, und das Schiff machte die üblichen Geräusche, wenn es sich in der leichten Dünung des Wassers gegen seine Vertäuung legte.

Um drei Uhr klingelte mein Wecker. Ich stieg aus meiner Koje. Vom Ruderhaus wehte ein kühler Luftzug herüber. Jemand mußte die Tür zum Deck offengelassen haben. Gerade zwängte ich mich in meine gefütterten Stiefel, als ich oben auf dem Deck Schritte und Iris' Stimme hörte. »Was sagst du?« Das war Iains Stimme, wesentlich leiser, und dann lachte er. »Was, zum Teufel, hattest du erwartet?«

Ich schnappte mir meinen Anorak und kletterte hinauf in den anbrechenden Tag. Eine Maserung aus Wolken überzog den Himmel, den die Sonne in giftiges Orangerot getaucht hatte. Iain und Iris standen draußen auf dem Eis – und das Schneemobil war weg. Ebenso der große Schlitten. Die parallelen Linien, von den Kufen in die weiße Oberfläche der Eisscholle gezeichnet, verliefen nach Nordwesten. »Keine Sorge«, sagte Iain zu ihr. »Der kommt uns nicht weg.«

Natürlich meinte er Ángel, und eigentlich hätte Iain eine Stinkwut auf den Mann haben müssen, der sich mit unserem einzigen motorisierten Transportmittel auf dem Eis und einem Schlitten voller Vorräte davongemacht hatte. Aber es schien ihn ziemlich kaltzulassen, er lächelte sogar, als er sich umdrehte und mich sah. »Geh mal runter und sieh nach, ob Carlos in seiner Kabine ist.«

Als ich ins Ruderhaus zurückkehrte, waren Iain und Iris wieder an Bord. Inzwischen waren auch die Galvins an Deck. Ich teilte Iain mit, daß nicht nur die beiden Kabinen leer waren, sondern daß sie auch noch den größten Teil ihrer Kaltwetterkleidung sowie Skier, Schneeschuhe, ein Fernglas und eine Kamera mitgenommen hatten.

»Also hat er Carlos mitgenommen.«

Ich nickte.

»Dieser kleine Idiot!« Iain schüttelte den Kopf. »Das ist nicht gut. Könnte gefährlich für den Jungen werden.«

Er nahm Iris am Arm, und die beiden kamen aus der Kälte herein und zogen die Tür hinter sich zu. »Jetzt frühstücken wir erst mal, und dann beladen wir die beiden kleinen Schlitten. Und wenn wir damit fertig sind, machen Pete und ich uns auf die Socken.« Er sagte das zu Iris. Ich glaube, er befürchtete, sie würde die Diskussion vom Vortag wieder aufnehmen und darauf bestehen, statt meiner mit ihm kommen zu dürfen. Sie runzelte die Stirn, sagte aber nichts. Sie wandte sich ab und ging nach unten.

Jetzt, da wir uns in kälteren Regionen befanden, aßen wir morgens Porridge. Es war warm und hatte etwas Tröstliches. Ich dachte, daß es nicht besonders tröstlich sein würde, parallel zum Ronne-Schelfeis nach Norden stapfen zu müssen, einen schweren Schlitten im Schlepptau. »Du hattest wohl damit gerechnet, was?« sagte ich, als ich Iain einen dampfenden Becher Kaffee reichte.

»Womit hatte ich gerechnet?« knurrte er beinahe und tauchte die Nase in den Becher. Aus irgendeinem Grund schien er nicht darüber reden zu wollen.

»Daß er sich heimlich davonstehlen würde.«

Und als er sich immer noch nicht äußern wollte, fügte ich hinzu: »Warum?«

»Ja, warum?« rief auch Iris. »Warum ist er so scharf darauf, dieses Schiff zu finden?«

Iain knallte den Becher auf den Tisch und stand auf. Ich rechnete schon nicht mehr mit einer Antwort.

Andy nickte. »Das frage ich mich, seit Go-Go und ich dieses Schiff betreten haben. Was ist das für ein Magnet, der euch alle anzieht?«

»Neugier«, sagte Iain. »Komm jetzt.« Er tippte mir auf die

Schulter. »Höchste Zeit, daß wir uns fertigmachen.« Er bat Nils, vor unserem Abmarsch einen Topf warmes Seehundgulasch für uns bereitzuhalten. »Und 'n paar Kartoffeln. Damit wir was Warmes im Bauch haben, wenn's losgeht.«

»*Nei*, Bohnen sind besser. Ich tu ganz viele Bohnen für euch rein.«

»Wenn du das tust, dann haben wir unseren eigenen Windantrieb. Kartoffeln, okay?« Er sah mich an. »Alles, was du auf deinen Schlitten packst, mußt du auch ziehen. Vergiß das nicht. Pack nicht zuviel drauf.« Ich fragte ihn, wie viele Tage es ungefähr dauern würde, aber er schüttelte den Kopf. »Woher soll ich das wissen. Hängt vom Eis ab. Wenn wir in geschichtetes Alteis kommen, oder wir begegnen einer Horde wild gewordener Eisberge …« Er ließ ein theatralisches Achselzucken folgen. »Nimm doch 'nen Gebetsteppich mit.« Er war um Heiterkeit bemüht, aber es steckte auch eine Warnung darin, und ich bemerkte, daß Iris nervös zu ihm hinüberblickte.

Natürlich gab es Bohnen, große Butterbohnen, die Nils über Nacht eingeweicht hatte. Die Kartoffeln wären schon am Keimen gewesen, behauptete er. Hinterher gab es noch ein Stück Sirupkuchen. Gleich nach dem Essen brachen wir auf. Iris stand sehr still da; das rabenschwarze Haar fiel ihr in Strähnen über die Augen, die vollen Lippen hatte sie fest geschlossen. Sie sah unglücklich aus. Den Blick hatte sie fest auf Iain gerichtet, aber sie sagte kein Wort. Was ihr dabei durch den Kopf ging, kann ich nur raten – jetzt waren sie nur noch zu viert auf dem Schiff, und ich glaube, inzwischen verließ sie sich sehr auf ihn.

Ein kurzes Winken, dann zogen wir los. Diese beiläufige Gebärde blieb sein einziger Abschiedsgruß. Er sagte kein Wort, fügte den Anweisungen, die er ihr aufgeschrieben hatte, nichts mehr hinzu, drehte sich nicht einmal mehr um – mit dem Blick auf die Spuren, denen wir folgen mußten, trottete er los, seinen Schlitten im Schlepptau.

Ich drehte mich noch einmal um. Iris stand immer noch da, ganz still, und blickte uns nach, und hinter ihr hob sich die *Isvik* sehr deutlich von der eisigen, in der Sonne glitzernden Kulisse und dem schwarzen Wasser ab. Die Galvins standen in der Tür zum Ruderhaus und blickten uns nach. Go-Gos roter Anorak und die roten Hosen erinnerten an ein Werbefoto für einen eiskalten italienischen Drink. Von Nils war nichts zu sehen, und ich konnte mich des Gefühls nicht erwehren, daß die Mannschaft, die wir in diesem entlegenen, vereisten Winkel der Welt zurückließen, zwei Männer und zwei Frauen, nicht übermäßig schlagkräftig wäre, wenn es darum ging, ein nicht gerade kleines Schiff durch schlimmste Wetterbedingungen zu steuern.

Kurz nach Mittag waren wir aufgebrochen, und sechs Stunden später waren wir immer noch auf den Beinen. Inzwischen herrschten Bedingungen, die einem Eisnebel gleichkamen, deshalb erkannten wir das offene Wasser vor uns erst durch die leichte Bewegung und eine Krümmung des Eises. Die Spuren, denen wir folgten, führten direkt bis zur Kante. Uns blieb nichts anderes übrig, als unser Gummiboot aufzublasen, die Schlitten einzuladen und hinüberzupaddeln, eine anstrengende Übung, für die wir zwei Durchgänge brauchten. Um es uns noch schwerer zu machen, frischte die leichte Brise, die uns auf unserem Weg begleitet hatte, kräftig auf und hob weiße Wellenkämme aus dem Wasser.

Iain fuhr als erster, und als er zurückkam, erzählte er, daß der Wind die dünne Schneedecke abgetragen habe und es nicht leicht gewesen sei, die Spuren auf der anderen Seite wiederzufinden. Als wir mit dem zweiten Schlitten und dem restlichen Gepäck sicher drüben angekommen waren, hatte der Wind die Spuren buchstäblich wegradiert; wie Puderzucker trieb er die Oberfläche über das Eis und machte dabei ein seltsam monotones, raschelndes Geräusch.

Wir setzten uns wieder in Bewegung, legten uns müde in unser Geschirr. Es war fast neun Uhr, die Sonne war eine verschwommene Scheibe trüben Lichts, die langsam auf die Eiskante heruntersank. Wir kamen nur noch langsam voran, zogen die Füße nach; die Schlitten erschienen uns doppelt so schwer, die Gurte schnitten in die Schultern. Der Wind drehte langsam auf Südwest und wurde stärker, verwischte die Spuren, trieb uns den Schnee wie Wasser um unsere Stiefelschäfte. Irgendwann waren keine Spuren mehr zu erkennen. Wir mußten nach dem Kompaß weiterziehen, die Köpfe gesenkt, die heruntergeklappten Ohrenschützer mit Druckknöpfen gesichert. Die winzigen Eiskristalle brannten auf unseren Wangen.

Ein Hagelsturm zwang uns schließlich zu einer Pause. Außerdem waren wir in einem Gebiet, wo altes Eis sich aufschichtete und das Gehen erschwerte. Trotzdem legte Iain nur sehr widerwillig Pausen ein. Ich fand das seltsam. Als er am Morgen das Fehlen des Schneemobils bemerkt hatte, war er außerordentlich ruhig geblieben; es war mir beinahe so vorgekommen, als hätte er Ángel den vollgepackten Schleppzug als Köder hingestellt. »Wegen dem Jungen«, antwortete er mir, als ich ihn darauf ansprach. Als wir die Polarschlafsäcke von den Schlitten hoben, fiel mir ein, wie die beiden zusammen in Ángels Koje gelegen hatten.

»Mir kommt das ganz normal vor«, sagte ich. »Unter diesen Umständen.«

»Was für Umstände?« Die Frage war aus ihm herausgeplatzt. Den dicken wasserdichten Schlafsack in der Hand stand er da und starrte mich an. Nachdem ich ihm berichtet hatte, sagte er: »Herrgott, Mann! Das hättest du mir sagen müssen.«

»Verdammt noch mal!« rief ich. »Du hast doch selber gesehen, wie Carlos diesen Mann anbetet – sein ganzes Benehmen, seine Handlungen, wie er Iris und mir damals von Greenwich bis auf die Isle of Dogs gefolgt ist ...«

Einen Moment lang starrte er mich noch an, dann nickte er. »Ja. Wahrscheinlich hast du recht. Daran hätte ich denken müssen.«

Kurz danach, ich wollte gerade in meinen Schlafsack kriechen, fragte er mich, ob ich mit Schußwaffen umgehen könne. »Mit was für Schußwaffen«, fragte ich ihn. »Ich hab mal auf Wildgänse geschossen. Warum?«

Statt einer Antwort zog er ein längliches Plastiketui aus dem Stapel auf seinem Schlitten, aus dem er eine automatische Schußwaffe nahm, deren dunkler Stahl matt im letzten Tageslicht schimmerte. »Dann solltest du jetzt lernen, wie man mit so einem Ding umgeht. Für alle Fälle.«

»Was ist das, eine Kalaschnikow?« fragte ich ihn, als er den skelettartigen Kolben ausklappte und mir das Ding in die Hand drückte. Eine Kalaschnikow hatte ich noch nie in der Hand gehabt, überhaupt noch keine tödlichere Schußwaffe als eine Schrotflinte. Ich konnte den Firmennamen lesen, als er mir die Sicherung und den Abzug erklärte. Es war kein russischer Name, auch kein englischer oder italienischer. Der Name, der in den Stahl graviert war, lautete »Heckler & Koch«.

»Deutsch?«

Er nickte.

»Wie bist du an das Ding gekommen?«

»Ich hab Rabattmarken gesammelt.« Er grinste mich an, dann erklärte er mir den Abzugsmechanismus. Es gab eine Einzelschußeinstellung, und die Waffe hatte ein kleines Zielfernrohr. Später erfuhr ich durch Zufall, daß der Special Air Service die Heckler & Koch-Maschinenpistole bevorzugte. »Glaubst du, daß Ángel bewaffnet ist?« Plötzlich verspürte ich ein leichtes Fröseln. Auf Kaninchen und Vögel schießen ist eine Sache ...

»Na klar. Und ob der bewaffnet ist.« Und er fügte hinzu: »Außerdem hat er zwei, vielleicht sogar drei von diesen Plastikkästen mit Semtex mitgeschleppt, die er an Bord gebracht hat.«

Ich glaube, das war ein noch größerer Schock für mich als die Vorstellung, daß er bewaffnet sein könnte. »Soll das heißen, daß du sie ihm gestern auf den Schlitten geladen hast?«

»Natürlich nicht. Aber als er weg war, hab ich in der Vorpiek nachgesehen, wo er die Kästen verstaut hatte. Mindestens zwei haben gefehlt.«

Kein schöner Gedanke vorm Zubettgehen, aber ich war so müde, daß ich sofort einschlief und nicht einmal mehr den Schokoladenriegel mit Nüssen und Rosinen aß, den wir aus unseren Vorräten ausgegraben hatten. Nachts wachte ich einmal auf. Mein Gesicht war naß vom Schnee. Ich richtete den Lichtstrahl meiner Taschenlampe in das Zwielicht. Der Wind heulte, und es schneite dicke, klebrige Flocken. Es war nichts zu erkennen außer diesem weißen, wehenden Vorhang. Iain, der neben mir lag, war nur noch ein schneebedeckter Buckel in der Landschaft. Es war sehr warm in meinem wasserdichten Schlafsack. Ich zog mein Gesicht wieder ein und war sofort wieder eingeschlafen.

Schließlich wachte ich in einer strahlend weißen Welt wieder auf. Die Sonne, eine riesige leuchtende Orange, setzte gerade ihren unteren Rand auf einen kristallklaren Horizont, alles war deutlich zu erkennen, so deutlich, daß ich die Entfernung oder die Höhe der Eisberge, die verstreut auf der endlosen weißen Fläche herumzuliegen schienen, nicht schätzen konnte. Ich hätte nicht einmal sagen können, wie weit es bis zum Rand der Eisfront zu unserer Linken war. Sie stand einfach da, eine endlos lange weiße Wand, die uns den Blick auf alles versperrte, was weiter westlich war.

Iain war bereits aus seinem Schlafsack gekrochen und hockte mit vorgezogenen Schultern auf dem unordentlichen Haufen auf seinem Schlitten. Er hielt einen kleinen Plastikkompaß in der Hand, zwischen seinen Knien klemmte ein Funkgerät. »Versuchst du einen Wetterbericht zu bekommen?« fragte ich.

Er schüttelte den Kopf und bedeutete mir mit einem Handzeichen, ruhig zu sein. Ein paar Minuten blieb er so sitzen, mit eingezogenem Kopf, und lauschte sehr konzentriert, während er irgendwelche feinen Einstellungen an dem Funkgerät machte. Von Zeit zu Zeit hob er den Kompaß ans Auge und richtete ihn aus. »In Ordnung«, sagte er schließlich und schob das Funkgerät vorsichtig zurück in sein Etui. »Es ist schwächer als gestern abend. Ich nehme an, sie sind schon unterwegs. Wir essen im Gehen.«

An diesem Morgen schnallten wir Skier an. Ich war froh, daß ich am Tag zuvor etwas geübt hatte, denn er schlug ein verdammt hohes Tempo an. »Wir werden ihnen bald wieder näher kommen. Die Eisberge halten sie auf. Da vorne wird das Eis in einem üblen Zustand sein. Gut möglich, daß das Schneemobil streikt, wenn sie auf die andere Seite müssen.« Er wäre ihnen gern noch näher gewesen. »Hinter dem Eisberg höre ich sie womöglich nicht mehr.« Offensichtlich hatte er einen kleinen Sender am Schneemobil befestigt, und das Funkgerät gab ihm die Richtung an.

Den ganzen Tag über schien die Sonne, und die Berge wollten einfach nicht näher rücken. Der Schnee klebte unter den Skiern, sie liefen nicht richtig. Wir probierten die Schneeschuhe aus, aber damit war es noch schwieriger. Der Schnee war beinahe dreißig Zentimeter tief, es war unglaublich anstrengend, nur in unseren Stiefeln zu stapfen. Die Eisberge waren abgeflacht, offensichtlich waren sie aus dem Schelfeis herausgebrochen, und die ausgezackte Schichtung des Packeises in ihrer Umgebung schien uns darauf hinzuweisen, daß sie auf festem Grund saßen. »Das verstehe ich nicht. Wir sind weit weg vom Festland.« Und als ich zu bedenken gab, daß wir immer noch in Sichtweite der Eisfront seien, lachte er und sagte: »Das ist die Eiskappe, die sich seewärts schiebt. Wenn so ein Berg auf Grund sitzt, dann auf einem Riff, vielleicht sogar auf einem unterseeischen Vulkan.«

Die Tatsache, daß wir immer mehr Einzelheiten erkennen konnten, war der einzige Hinweis darauf, daß wir ihnen langsam näher kamen. Das Eisfeld um sie herum war so zerklüftet, als wäre das Meer, das gegen ihre massigen Formen gebrandet war, ganz plötzlich zu Eis erstarrt.

Wir legten ein paar Kleidungsschichten ab, während wir weitertrotteten. Die Zeit verging. Es war ziemlich heiß geworden. Die Sonne hatte ihren Zenit erreicht und schien uns in die Gesichter. Ein Tag für schwarze Brillen und weiße Sonnencreme. Mich selbst konnte ich ja nicht sehen, Iain jedenfalls sah aus wie eine verrückter Clown in einer Filmklamotte. Alle zwei Stunden legten wir eine Pause ein, und er überprüfte die Piepser, die sein Gerät von sich gab. Dann nahmen wir ein paar Bissen konzentrierter Nahrung zu uns, aßen jeder einen Apfel, und unterwegs lutschten wir noch so manches Stück Gerstenzucker.

Nach dem vierten Halt kreuzte unser Weg in schrägem Winkel die Spuren des Schneemobils. Sie waren scharf und deutlich, offensichtlich waren sie erst nach dem nächtlichen Schneefall entstanden. Wir waren also nur ein paar Stunden hinter ihnen. Inzwischen waren wir nah an den ersten Eisberg herangekommen, so nah, daß wir plötzlich einzelne Steine und Felsbrocken, die in seiner Wand steckten, unterscheiden konnten und ein gelbliches Band ganz unten auf Höhe des Packeises. Gleich östlich davon war eine kleine Fläche eisfreien Wassers. In der Mitte streckte ein Seehund den Kopf aus dem Wasser, und dann mußten wir feststellen, daß es nur ein Loch zum Atemholen war und wir bereits direkt darüber standen. In dem blendenden Licht hatten unsere Augen uns einen Streich gespielt.

Auf dem Berg und der Eisoberfläche um ihn herum bewegte sich nichts. Wir konnten sehen, daß die parallele Schlittenspur im Westen an ihm vorbeiführte. Dort war das Eis flach und relativ wenig zerklüftet, als hätte der Eisberg wie ein Wellenbrecher gewirkt. Nach Osten war die Fläche ein unpassierbares Chaos, weil der Wind und die Strömung das Packeis gegen die mauerähnliche Seitenwand geschoben und aufgeschichtet hatten – ein sicherer Beweis für unsere Vermutung, daß die kompakte Masse Gletschereis auf festem Grund saß.

»Du hast doch gesagt, du hättest Sunderbys Beschreibung des Schiffs gelesen.« Iain unterhielt sich über die Schulter mit mir. »Kannst du dich erinnern, ob da was über Eisberge drinstand?«

»Glaub ich nicht«, antwortete ich. »Ich kann mich an keine solche Bemerkung erinnern. Er hat was von der Gestalt eines Mannes geschrieben, der am Steuerrad stand, und daß von den Masten nur noch Stümpfe übrig waren. Aber ich glaube nicht, daß etwas über die Eisverhältnisse um das Schiff herum drinstand.«

Iain hatte das Fernglas zur Hand genommen und suchte das flache Gebiet auf der küstenwärts gelegenen Seite der gestrandeten Eismasse ab.

»Du glaubst, ein solcher Eisberg hätte als Wellenbrecher dienen können, um das Schiff vor treibendem Packeis zu schützen, stimmt's?«

»Ja. Es wäre die einzige Erklärung. Auf dieser Seite des Weddellmeers herrscht Nordströmung, und wenn das Schiff im Packeis festgesessen hätte, wäre es an die Küste getrieben und mit Sicherheit zermalmt worden. Könnten die Eisberge da drüben sein oder welche, die noch kommen, die das Schiff vor einem solchen Schicksal bewahrt haben.« Er setzte das Fernglas ab. »Ist ja auch nicht so wichtig. Unser Ángel hat mit seinem Testflugzeug danach gesucht, und er hat's auch gefunden. Er weiß, wo es ist, also müssen wir ihm nur folgen.« Er wühlte in der Ausrüstung auf seinem Schlitten. »Glaubst du, er heißt wirklich Connor-Gómez?« Er brachte eine silberne Taschenflasche zum Vorschein, hielt sie hoch und lächelte dabei wie ein Zauberer, dem gerade ein raffinierter Trick gelungen ist. »Hab mir gedacht, 'n kleiner Schluck kann nichts schaden.« Er trank, wischte mit dem Ärmel drüber und reichte mir die Flasche. »Echter Malzwhisky – Glenmorangie.«

Er war sanft und wärmte. »Na ja, was sagt schon ein Name ... Aber mal angenommen, er ist nicht der Bruder der Kleinen, sondern das Produkt von dieser Nutte Rosalia Gabrielli und ihrem Zuhälter, oder von 'nem Unbekannten, von irgend 'ner Eine-Nacht-Geschichte.« Er lächelte. »Interessanter Gedanke, was?« Und plötzlich beugte er sich vor und richtete den Zeigefinger auf mich. »Aber noch viel interessanter ist die Frage, was dieser miese Dreckskerl mit dem Schiff und dem Häuflein armer Schweine vorhatte, die er aus diesem gespenstischen Gefängnisdorf mitgenommen hat.« Er langte nach der Flasche und trank noch einen Schluck, dann verstaute er sie wieder an ihrem Platz auf dem Schlitten. »Okay, wir müssen weiter. Wird schon alles ans Licht kommen.« Einen Moment lang blieb er noch stehen und starrte auf den gestrandeten Eisberg. Sein Gesicht wirkte angespannt und verschlossen. »Iris' Bruder war doch einer von ihnen – Eduardo.«

»Einer der Verschollenen, ja. Oder meinst du ...?« Ich sah, wie er nickte, und sagte: »Einer aus diesen Hütten? Meinst du das? Ich hab seinen Namen dort nicht entdeckt.«

»Nein, du hast nach was anderem gesucht als ich oder an einer anderen Stelle.« Und er fügte hinzu: »Ich wußte, wonach ich gucken mußte. Viele Gefangene schreiben ihren Namen an die Wand, bevor sie geholt werden, um zu sterben. Sie wissen, daß es das einzige Denkmal ist, das sie kriegen können, und die Menschen sind nun mal so, sie wollen sich unbedingt verewigen.«

»Du sagst, Eduardo Connor-Gómez' Name war da?«

»Nicht sein Name, aber ...« Er beugte sich über seinen Schlitten und zog die Gurte fest. »Ich hab's dir nicht gezeigt. Ich wollte nicht, daß sie's erfährt.«

»Ich hätte es ihr nicht gesagt.«

»Nein, aber vielleicht hätte sie dich gefragt, und ich hatte Angst, sie könnte die Antwort von deinem Gesicht ablesen.« Er bückte sich, um mit der künstlichen Hand das Schlittengeschirr aufzuheben, und begann, seine breiten Schultern in die Gurte zu zwängen. »Wenn sie auch nur im geringsten geahnt hätte, daß er auf diesem Schiff war, dann hätte sie darauf bestanden, mit uns zu kommen, und das wollte ich nicht. Dieser Mann ...« Er deutete nach Norden, an den Schlittenspuren entlang. »Dieser Teufel, sollte ich lieber sagen – wenn der glaubt, daß sie es weiß, bringt er sie um. Der bringt jeden um, der hinter sein Geheimnis kommt.« Mit einem Ruck setzte er seinen Schlitten in Bewegung.

»Uns auch?« Der Mund wurde mir trocken. »Du meinst, er würde uns töten?«

»Warum schleppe ich wohl die Knarre mit mir rum – was glaubst du? Ja. Wenn wir das Schiff finden, und an Bord gibt's noch Hinweise auf seine menschliche Fracht...« Er beließ es dabei, und wir trotteten schweigend weiter. Meine Gedanken wanderten zurück zu der ganzen Folge von Ereignissen, seit er durch die Tür zum Salon der *Cutty Sark* getreten war.

Wir legten keine weiteren Pausen mehr ein, bis wir auf gleicher Höhe mit dem Eisberg waren und erkennen konnten, daß die Spuren des Schneemobils quer über die flache Scholle führten, bis zu einem Labyrinth, das von weitem wie eine kleine Ansammlung von fünf oder sechs Eisbergen aussah. Einer von ihnen war so lang, daß er sich quer über unseren Weg erstreckte, in die endlose Weite des Weddellmeers hinein, wo seine flache Oberseite sich im Packeis verlor. Inzwischen küßte die Sonne den Rücken der Eisfront und tauchte die Fassade in Schatten, so daß sie sich wie ein dunkles Band über den nordwestlichen Horizont zog.

Auf den schwarzen Schwingen einer Sturmwolke schwebte die Dunkelheit heran. Wir schafften es gerade noch, unsere Schlafsäcke auszurollen und hineinzukriechen, bevor ein heftiger Sturm losbrach, der plötzlich voller Hagelkörner war, die beinahe waagerecht über uns hinwegfegten und mit einem lauten Geräusch über das Eis prasselten, als würde der Inhalt eines Behälters mit Kugellagerkugeln über unseren zusammengekauerten Körpern ausgeschüttet, um uns in ein gepanzertes Leichentuch einzuhüllen.

Ich glaube, der Sturm dauerte nicht länger als zehn, fünfzehn

Minuten, aber mir kam es vor, als wollte er gar nicht mehr aufhören. Und als er es dann doch tat, war es, als hätte eine gute Fee ihren Zauberstab geschwungen: Mit einem Schlag war alles ruhig und friedlich, kein Geräusch war zu hören, die ersten Sterne funkelten aus einem seidenen, violetter werdenden Himmel.

Mein Vater war kurz vor seinem Tod richtig süchtig nach dem *Rubaiyat* des Omar Khayyam gewesen. Er liebte es, jedem, der es hören wollte, Auszüge daraus vorzulesen. Für ihn, den Kranken, war das ganz normal, aber für einen fünfzehnjährigen Jungen – älter war ich nicht, als er starb – war es nicht unbedingt das richtige, denn schließlich handelte der Text vom Tod und vom Sinn des Lebens. Dennoch sind mir einige der Sätze im Gedächtnis geblieben, und eine Passage fiel mir jetzt wieder ein.

Wir hatten unser Lager an einer Stelle aufgeschlagen, wo das Eis nicht mehr flach, sondern zerklüftet und in großen, durcheinandergewürfelten Platten gegen das alte Ufereis geschoben war. Die Sonne hatte sich hinter den Horizont verzogen, der Himmel bewölkte sich wieder, und es wurde ziemlich dunkel. Unsere Schlafsäcke hatten wir in den Windschatten einer der hochkant aufragenden Eisplatten gelegt. So waren wir einigermaßen gegen den Wind geschützt, der ungefähr mit Stärke 4 aus Nordwesten blies, allemal heftig genug, um den Schnee in ungeschützte Ecken zu treiben. Wir hatten einen kleinen Spirituskocher dabei, und nachdem wir uns einen Becher Tee aufgebrüht hatten, den wir sehr stark und mit viel Zucker tranken – das erste warme Getränk seit unserem Abmarsch von der *Isvik* – rezitierte ich Iain die beiden Verse: »*Die leere Himmelsschale geht im Kreise, darunter schleichen wir, gebückt und leise ...*« An dieser Stelle ließ mein Gedächtnis mich im Stich.

»Fitzgerald«, sagte er. »Unverkennbar.«

»Dann kommt irgendwas mit einer Reise oder so ...«

Er zog die Stirn in Falten und schüttelte den Kopf. »*Heb nicht zum Himmel ...* Genau, so geht's. *Heb nicht zum Himmel dein Gebet! Er geht ...*« Den Rest konnten wir beide zusammen: »*... wie du und ich ohnmächtig seine Reise.*«

Im Schneidersitz hockte er da wie der demütige Diener, der

die Opfergabe für seinen Gott in einer Blechtasse warm hält. »Der *Rubaiyat*. Paßt gut hierher«, sagte er nachdenklich. »Sünde und Vergebung, Tod und was danach kommt – ja, wir wolln nur hoffen, daß es nicht zu gut paßt. *Wer ist der Töpfer, sag, und wer der Krug?*« Der entrückte Blick war plötzlich verschwunden, als er sich zu mir herüberbeugte und mit grimmiger Miene sagte: »Leben und Tod, Gut und Böse – vergiß nicht, mein Junge, im Fall von Ángel ist es nur das Böse!« Und er fügte hinzu: »Kann mich erinnern, daß mal 'n Arzt, ein Landarzt, zu mir gesagt hat, daß Inzucht manchmal Nachkommen hervorbringt, die wieder auf der Stufe der Steinzeitmenschen stehen, oder noch schlimmer – Ungeheuer. Ich höre noch seine Worte: ›Ungeheuer, ein anderes Wort gibt's dafür nicht.‹ Und dann erzählte er mir die schreckliche Geschichte von einem Waisenjungen, der von einem freundlichen Ehepaar aufgenommen wurde, das selber keine Kinder hatte. Der kleine Bastard war ein solches Ungeheuer. Er hat die beiden ausgenommen wie die Weihnachtsgänse, und am Ende hat er sie umgebracht, weil er das Dach überm Kopf, das sie ihm in ihrer Güte gegeben hatten, nicht länger mit ihnen teilen wollte. Er wollte alles für sich.«

Er schenkte sich noch etwas Tee ein. »Und solch einem Mann sind wir auf den Fersen, Pete. Wenn man die charmante Oberfläche wegkratzt, kommt nur noch Böses zum Vorschein.«

Ich fragte ihn nach den Namen, die an die Wände der kleinen Gefängnishütten östlich von Ushuaia gekritzelt worden waren. »Meinst du, er hat sie alle mit diesem Rahsegler verschifft und ermordet?«

»Das nehme ich an.« Er nickte.

»Aber warum? Aus welchem Grund?«

»Was weiß ich? Muß immer alles einen Grund haben? Ich sag dir, der Mann ist böse.«

»Aber es ergibt keinen Sinn«, murmelte ich.

»Muß es das? Nicht alle sind so vernünftig wie man selbst. Manche Leute lassen sich von ihrem Instinkt oder ihren Gefühlen leiten, sie töten um des Tötens willen. Hab ich alles schon erlebt. Und auch Folter. Frauen genauso wie Männer. Ich hab eine Frau gekannt, eine wunderschöne Frau ...« Er schwieg einen Moment lang. »Manche von denen sind schizophren. Aber Ángel ist kein Schizo. Er ist einfach nur böse, vielleicht paranoid, aber durch und durch böse.«

Ich fragte mich, wie er so sicher sein konnte, konnte aber die Augen nicht mehr offenhalten, ich trieb hinüber in den Schlaf, um gleich darauf, so kam es mir jedenfalls vor, von einem bellenden Seehund wieder aufgeweckt zu werden. Jeder, der mal vor der Küste von North Norfolk im Osten Englands gesegelt ist, kennt diesen scharfen, knurrenden Laut. Ich setzte mich auf, die Sonne leuchtete wie ein großer, niedrig fliegender Fesselballon aus einem kalten grünen Himmel, das Packeis spiegelte ihr Licht in einem Meer von flüssigem Feuer wider. Wieder bellte der Seehund. Ich wandte mich um und sah Iain, der sich flach auf eine Eisplatte gelegt hatte und die Strecke, die vor uns lag, mit dem Fernglas absuchte. Hinter ihm ragte eine große Eisplatte beinahe vertikal in die Höhe, ihre Oberfläche war glatt und weiß wie der Marmor eines Grabsteins und blendete im hellen Sonnenlicht.

»Irgendwas von ihnen zu sehen?« fragte ich ihn.

Er drehte sich um und schüttelte den Kopf. »Der Weg sieht nicht gut aus, viele offene Wasserstellen, voll mit Brucheis, und übel geschichtetes Packeis bis hin zum ersten Eisberg. Dahinter, wo die Eisberge einen Windschutz gebildet haben, ist es nicht so schlimm.« Er gab mir das Fernglas, als ich zu ihm heraufgeklettert war. Jetzt konnte ich das Eisloch sehen. Es war direkt unter uns, ein kleiner Teich aus Eisschlamm. Aber keine Spur mehr von dem Seehund. »Hast du ihn gesehen?«

»Wen?«

»Den Seehund. Er hat gebellt.«

»Klar hab ich ihn gesehen. Aber ich hatte die Knarre nicht zur Hand, sonst hätt ich uns ein paar schöne saftige Steaks zum Frühstück geschossen.« Auf Händen und Knien ließ er sich zu der flachen Stelle herunter, wo er während der Nacht gelegen hatte. »Porridge«, sagte er. »Wir machen uns einen großen Topf Porridge, der bringt uns auf Vordermann. Ich hab so ein Gefühl, daß es ein langer Tag werden könnte.«

Kurz nach fünf waren wir wieder unterwegs. Aufgerichtete

Platten und kleine Teiche zwangen uns zu endlosen Umwegen. Meistens folgten wir der Spur, die das Schneemobil vorgezeichnet hatte, aber als wir uns dem gestrandeten Eisberg näherten, dessen flache Oberseite vom ständigen Tauen und Überfrieren kreneliert war, wurde der Weg so schlecht, daß wir es kaum noch schafften, die Schlitten durch diesen Irrgarten aus zerfallenden Eisplatten zu ziehen. Zweimal kippte mein Schlitten auf die Seite, und einmal standen wir plötzlich vor einem Eisloch, das in Wirklichkeit ein größerer See war. Sie waren einfach hinübergefahren, wir aber mußten dazu erst unser Gummiboot ausladen und aufblasen, und das dauerte entschieden länger. Es war beinahe Mittag, als wir endlich drüben waren und unseren Marsch fortsetzen konnte.

Inzwischen stand die Sonne am höchsten Punkt. Sie schien immer noch von einem wolkenlosen Himmel, und da so gut wie kein Wind ging, wurde es zu einer schweißtreibenden Arbeit, die Schlitten über das Brucheis zu ziehen. Wir waren dem Eisberg jetzt so nahe gekommen, daß er bis in den Himmel zu ragen schien, obwohl ich mir nicht vorstellen kann, daß er höher als sechzig oder siebzig Meter war – ein Felsen aus Eis, dessen Farbe von kaltem, transparentem Blau über Weiß bis zu einem schmutzigen Gelb changierte und dessen Oberfläche von dunklen, grottenartigen Öffnungen übersät war. Um seine Basis herum hatte das sich auflösende Eis Bögen geformt, in denen laut das salzige Meerwasser gluckste und große Eisbrocken herumschwappen ließ.

Hier fanden wir das verlassene Schneemobil. Sie waren zu Fuß weitergegangen, hatten den Schlitten zu zweit gezogen und mit roher Gewalt über das zerklüftete Eis manövriert, bis sie – auf der Westseite des Eisbergs – gezwungen gewesen waren, auch ihn zurückzulassen und nur noch das mitzunehmen, was sie tragen konnten.

Kurz dahinter mußten wir es auch so machen. Das Weiterkommen mit den Schlitten dauerte zu lange und war zu mühsam.

»Ich glaube, wir sind bald da«, meinte Iain. »Er hätte es sonst nicht riskiert, das ganze Zeugs hier liegenzulassen.«

Das war seine Begründung für die Entscheidung, ebenfalls mit

leichtem Gepäck weiterzuziehen. Wir hatten zwei Proviantta-
schen dabei, in die wir die nötigsten Sachen packten. Er griff zu
der Maschinenpistole. Bevor wir die Schlitten zurückließen,
nahm er mit dem Kompaß noch ein paar Peilungen an verschiedenen Teilen des Eisbergs vor und rief mir die Ergebnisse zu, die
ich zusammen mit einer Beschreibung notierte, damit wir sie
später identifizieren konnten. Er benutzte einen dieser kleinen
französischen Plastikkompasse, die man sich vors Auge hält. Er
hatte ihn an einer Schnur um den Hals hängen, und jetzt nahm er
ihn ab und gab ihn mir, damit ich seine Peilungen überprüfen
konnte. »Die Schlafsäcke können wir nicht mitnehmen – zu
schwer. Aber ich will nicht riskieren, daß wir sie nicht wiederfin-
den, wenn wir sie brauchen.«

Es war genau 14.17 Uhr, als wir wieder aufbrachen. Ich trug
die Zeit in das kleine Tagebuch ein, in dem ich auch die Kompaß-
messungen notiert hatte. Selbst ohne Schlitten war es eine
anstrengende Kletterei durch dieses Gewirr von aufgeschichteten Eisplatten. Überdies war es nicht ungefährlich, denn es war
sehr rutschig, und es gab schwarze Spalten, wo man sich leicht
einen Fuß oder gar das ganze Bein hätte brechen können.

Dann, kurz nach vier, hatten wir den Windschatten auf der
Westseite des Eisbergs erreicht; das Chaos lichtete sich, bis wir
an eine Stelle kamen, von der aus wir über eine Fläche einigermaßen glatten Scholleneises blicken konnten. Wir stießen wieder
auf ihre Spuren, die ein ganzes Stück lang gut zu erkennen
waren, bis sie hinter der Flanke des Eisbergs verschwanden, die
an dieser Stelle in der bizarren Form eines gefrorenen Wasserfalls hervortrat, der an der Oberfläche feucht glänzte. Iain ging
um diese eisglatte Schulter herum und hielt sich dabei auf dem
flachen Untergrund. Er hatte es jetzt eilig. Ich versuchte es mit
einer Abkürzung, weil ich gesehen hatte, daß man über den
unteren Teil des Wasserfalls klettern konnte. Meine Stiefel hatten kurze Stollen, deshalb schaffte ich die ersten Meter ziemlich
problemlos, aber das letzte Stück lag in der Sonne und war zu
einer glatten gläsernen Fläche geschmolzen. Ich mußte auf Händen und Knien krabbeln, klammerte mich mühsam hinauf, bis
ich die höchste Stelle erreicht hatte und auf eine Gruppe von

Eisbergen blickte, die sich im Halbkreis aneinandergeschmiegt hatten. Im Schutz dieser glitzernden Wand war das Scholleneis, zerklüftet von mehrfacher Schichtung, geschmolzen und wieder gefroren zu einem glatten Muster kleiner Hügel, das einem verlassenen Friedhof mit windgeglätteten Grabhügeln glich, in dessen Mitte das Schiff lag.

Ich rief Iain etwas zu, der aber kämpfte sich immer noch durch das rissige, aufgeschichtete Eis vor der nordwestlichen Ecke des Eisbergs, den ich erklommen hatte, und konnte mich deshalb nicht hören. Ich sah die Fußspuren, denen wir gefolgt waren, sie führten bis zum überfrorenen Schanzkleid des Schiffes, aber nicht in einer geraden Linie, denn die beiden hatten sich ihren Weg zwischen den zahlreichen, mit Eisschlamm gefüllten Löchern hindurch suchen müssen.

Ich war wohl fast dreißig Meter hoch geklettert und hatte nun einen freien Blick auf die ganze Ausdehnung der gestrandeten Eisberge. Es war ein überwältigender Anblick – eine beinahe geschlossene Wand, die im hellen Sonnenlicht wie Zuckerguß glänzte und von märchenhaften Schlössern gekrönt war, zu denen Wind und Sonne ihre massiven Zinnen geformt hatten. Und fast genau in der Mitte dieses Hafens aus Eis lag – sicher konserviert – der weiß glasierte, düstere Leib des Schiffes.

Daß wir es inmitten dieser unendlichen Wüste aus gefrorenem Wasser gefunden hatten, erschien mit beinahe unglaublich. Die Schönheit dieser Kulisse, ihre tödliche Fremdheit – all das schlug mich so sehr in seinen Bann, daß ich Iain beinahe vergaß, bis er plötzlich in meinem Blickfeld auftauchte. Und auch jetzt wollte ich ihn nicht rufen; ich lag da und versuchte mir vorzustellen, was uns da unten erwartete. Ich fragte mich, warum es die armen Teufel hierher verschlagen hatte, warum ihr Schiff an diesem sonderbaren Ort gestrandet war.

»Alles in Ordnung, Pete?« Ians Stimme klang gespenstisch durch die Stille. Als ich zu ihm hinunterblickte, wurde mir klar, daß das Schiff so tief im Eis steckte, daß er es noch gar nicht gesehen hatte. Ich rutschte hinunter zu ihm; die Beschreibung dessen, was ich entdeckt hatte, sprudelte förmlich aus mir heraus. »Es ist unglaublich. Diese Eisberge sind wie eine Hafenmauer, und da liegt es, eingefroren, aber von oben sieht es so aus, als wäre es hier in diesem Eishafen vor Anker gegangen.«

Er sagte nichts, ging nur ein bißchen schneller, bis er nahe genug dran war, um ihre Umrisse zu erkennen. Plötzlich blieb er stehen und schnüffelte in die Luft. »Hier stinkt's.«

Das war mir noch gar nicht aufgefallen, aber jetzt, da er es sagte, konnte auch ich es riechen. Ein übler Geruch. »Was ist das?«

»Verwesung.« Das Fernglas an den Augen, suchte er beide Seiten des Schiffes ab. »Ein Kadaver. Oder mehrere.« Er ließ das Glas sinken und nahm die Maschinenpistole von der Schulter. »Du wartest hier.« Vorsichtig ging er weiter, den Kopf vorgereckt, die Augen wachsam.

Ob Ángel tatsächlich eine Schußwaffe hatte? Ich hielt das für unwahrscheinlich. Es war windstill, und die Sonne, die von Norden von einem Postkartenhimmel herunterbrannte, war richtig warm, die Eislandschaft leuchtete so hell, daß es den Augen weh tat. Es war wunderschön und sehr friedlich. Aber die darunterliegende Kälte ließ das Bild brüchig erscheinen, ich hatte das Gefühl, als könnte das ganze Panorama jeden Moment in der Düsternis eines antarktischen Eissturms zerbrechen.

Ich blieb dort stehen, bis Iain die glasierten Umrisse des Schanzkleides erreicht hatte. Als das Schiff auf das Riff – oder was immer die Eisberge hier festhalten mochte – aufgelaufen war, hatte es sich gedreht, hatte den Bug dem in der Ferne leuchtenden Schelfeis zugewandt. Das Heck war nach Nordosten geschwenkt, und die Strömung hatte das Treibeis so hoch vor der Backbordseite aufgetürmt, daß das Schiff von meinem Standpunkt aus kaum zu erkennen war. Das Schanzkleid und ganze Partien der oberen Seitenteile schienen herausgerissen zu sein, die Decksline war so schartig und bucklig, daß man schwer erkennen konnte, was nun aufgeschichtetes Eis und was die vereiste Flanke des Schiffs war.

Ich war noch damit beschäftigt, mir einen Reim darauf zu machen, als plötzlich ein krachendes Geräusch ertönte, als sei irgendwo Eis geborsten. Ich sah mich um, aber es schien sich nichts verändert zu haben, nirgendwo tat sich eine Lücke auf.

Noch einmal dieses Krachen. Ich sah, daß Iain schneller lief, sich durch gebrochenes Eis kämpfte, bis er – fast am Heck des Schiffes – nach einer Strickleiter griff und sich mit der einen Hand zum Achterdeck hinaufzog. Einen Augenblick lang blieb er dort ruhig stehen, nur der Kopf bewegte sich, als suchte er mit den Augen das Deck und das dahinter liegende Eis ab.

Nichts rührte sich. Kein Geräusch. Nichts war passiert, die ganze Welt schien stillzustehen. Und dann war er plötzlich verschwunden, das vereiste Deck schien ihn verschluckt zu haben.

Ich nahm meinen Proviantsack und folgte ihm, die Seite des Schiffs wurde immer höher, als ich mich ihr näherte. Aus der Entfernung schien der Rumpf ganz im Eis versunken zu sein, jetzt überragte die obere Kante des Schanzkleids meinen Kopf doch um drei bis vier Meter, und ich fragte mich, wie Carlos und Ángel an Bord gekommen waren. Oder hatte die Strickleiter dort schon gehangen, als sie ankamen? Sie hing senkrecht herunter, neun Stufen, alle mit einer Eisschicht überfroren. Es war ein rutschiger Aufstieg, und auch das Deck glich einer Eisbahn.

Ich rief zu Iain hinunter, daß ich an Bord sei, aber ich bekam keine Antwort; die Stille und das eingefrorene Schiff waren mir unheimlich.

Ich folgte ihm nicht nach unten. Noch nicht. Unsere Interessen waren nicht dieselben. Mich faszinierte vor allem das Schiff selber, der Rumpf und die Reste der Takelage, die unter einer dicken Eisschicht lagen, die Blöcke aus Kohlefiber, die zerbrochenen Spieren, die Fässer, deren Wände eingedrückt waren, und vorn die Überreste des gewaltigen Bugspriets, die unter einem Gewirr dicker Taue begraben lagen, aus dem die Schaufeln eines riesigen Ankers ragten.

Ich brauchte ein paar Minuten, um das Schiff einmal in seiner vollen Länge abzugehen, und das nicht nur deshalb, weil das Gehen so schwierig war, sondern weil ich alle paar Meter stehenblieb, so sehr faszinierten mich die Dinge, die ich zu sehen bekam. Ich schätzte, daß es Anfang des neunzehnten Jahrhunderts gebaut worden war, auf alle Fälle aber in der ersten Hälfte. Sie hatte ein beinahe glattes Deck, und als ich an Bord geklettert war, hatte ich die Umrisse einer Geschützpforte gesehen. Entweder war es eine Marinefregatte oder ein nach ähnlichen Linien gebauter Ostindienfahrer, und wäre das der Fall, dann hätte der Direktor des National Maritime Museum sicherlich recht und es handelte sich um eines der Schiffe, die von der John Company auf der Blackwell-Werft in der Nähe der Marinewerft gebaut worden waren.

Der Bug bestätigte diese Annahme, denn die dreißiger Jahre des neunzehnten Jahrhunderts waren eine Periode, in der die Bedürfnisse der Marine sowie der Handelsgesellschaften, und das nicht nur in unserem Land, vor allem auf Geschwindigkeit und leichte Lenkbarkeit ausgerichtet waren. Das bedeutete mehr Segelfläche, besonders bei Fock- und Stagsegeln, und die wurden vorn gesetzt, gleich oberhalb des Bugs. Das Schiff hatte einen riesigen Bugspriet gehabt, zusammen mit dem Klüverbaum dürfte er fast so lang wie einer der Masten gewesen sein, und er hatte in einem spitzen Winkel in die Luft geragt, gesichert von einer kräftigen, am Großmast befestigten Trosse. Die Bugsprietnockenringe lagen noch da, unter einer dicken Eisschicht, und nachdem ich sie mit ein paar Fußtritten freigelegt hatte, stellte ich fest, daß sie nicht aus Eisen, sondern aus Kunststoff waren. Selbst die Ankerschaufeln und der Anker waren nicht die originalen Eisenteile, und als ich mich vorbeugte, um zu sehen, ob am Stampfstock noch irgendwelche Befestigungen waren, konnte ich durch die glasige Eisschicht erkennen, daß sowohl er als auch die Stampfstagen, die als Stütze gegen den Aufwärtszug der Klüver dienten, wenn das Schiff unter Segeln war, aus irgendeinem synthetischen Werkstoff gefertigt waren.

Ich richtete mich in der Absicht auf, einen Blick auf die Püttingseisen zu werfen, weil mir eingefallen war, was Captain Freddie über die Installation von Antennen und elektronischen Einrichtungen gesagt hatte, aber dann nahm ich eine Bewegung wahr, auf dem Eis, gleich unterhalb des Bugüberhangs, von dem das schwere Ankerseil herunterhing. Eine Gestalt lag dort neben dem Schiffsrumpf, die Beine steckten so tief im Eisschlamm, daß ich zuerst an einen weggeworfenen Anorak dachte – bis ich die Hände sah, die nach dem Rumpf zu greifen schienen. Der Kopf, der unter einer Fellmütze steckte, war leicht angehoben, und die

Finger kratzten an der schwarzen Farbe. Ein Zittern ging durch den ganzen Körper, die Beine traten aus wie bei einem nervösen Reflex.

Es war Carlos. Ich erkannte ihn an der Kleidung und rief seinen Namen. Aber jetzt rührte er sich nicht mehr, sein Körper lag ganz still. Er mußte über das Schanzkleid am Bug gestürzt sein, ein Sturz von drei bis vier Metern. Eigentlich nicht hoch genug, um ihm das Bewußtsein zu rauben. »Bist du verletzt?« Meine Stimme hallte seltsam körperlos durch die einsame Stille über dem eingefrorenen Schiff. »Carlos! Bist du schwer verletzt? Was ist passiert?«

Keine Antwort, keine Bewegung, der Körper des jungen Mannes lag wie tot auf dem Eis. Ich lief zurück zum Heck und rief nach Iain. Mein Ruf blieb ein einsamer, gespenstischer Laut, als sei ich ein Geist an Bord eines Geisterschiffes.

Mir gefiel das alles nicht. Nichts war zu hören, als wäre ich in weitem Umkreis das einzige empfindende Wesen. Und auch die Sonne schien mit unwirklicher Helligkeit aus einem graublauen, beinahe grünlichen Himmel; die Sicht war scheinbar endlos weit, ein grenzenloser Blick auf Eis, das wie Kristall funkelte. »Iain!« Ein Unterton von Todesangst schwang in meinem Hilferuf mit. Ich riß mich zusammen, rief nicht noch einmal, erreichte die Strickleiter, hangelte mich hinunter aufs Eis und lief um das Heck des Schiffes herum zum Bug auf der Steuerbordseite, wo der reglose Körper lag.

Er lag noch immer dort, so wie ich ihn zuerst gesehen hatte, und es war tatsächlich Carlos. Er hatte sich nicht bewegt, die Hände reckten sich noch immer den schwarzen Planken des Rumpfes entgegen, der Kopf lag mit dem Gesicht nach unten auf dem Eis. »Was ist passiert?«

Keine Antwort. Ich bückte mich und versuchte ihn umzudrehen. Dort unten, in der Kälte des Schattens, war seine Kleidung bereits am Eis festgefroren. Mit Mühe gelang es mir, seine Schultern frei zu bekommen und seinen Kopf umzudrehen. Am Mundwinkel klebte Blut, die Haut war bleich, die Augen waren geschlossen. »Carlos!« Ich rüttelte seine Schultern. »Kannst du mich hören?«

Ich spürte, wie ein Zittern durch seinen Körper lief. Wie Schüttelfrost. Und dann schlug er die Augen auf, ein leerer Blick ohne Erkennen. »Ich bin's, Pete«, sagte ich. »Von der *Isvik*. Erinnerst du dich?« Seine Lippen bewegten sich, und ich beugte mich tiefer hinunter. »Was sagst du?«

Offensichtlich wollte er etwas sagen, sein Körper zitterte, vor den Lippen hatte sich rosa Schaum gesammelt. Ich hörte ein gurgelndes Geräusch und beugte mich noch weiter zu ihm hinunter, um das schreckliche, abgehackte Flüstern zu verstehen: »Ich … h-hätte … n-nichts erzählt. D-das … weißt … d-du.« Die Stimme ertrank in einem kehligen Gurgeln, aber dann fügte er noch ziemlich laut hinzu: »W-warum? Warum hast du es getan? Warum hast du …« Das war alles. Seine Worte wurden von einem Blutschwall erstickt, der ihm aus dem Mund schoß.

Woher weiß man eigentlich instinktiv, daß ein Mensch gestorben ist? Ich hatte keine Erfahrung mit dem Tod, und seine Augen hatten schon die ganze Zeit so leer gestarrt. Trotzdem wußte ich es. Ich murmelte etwas vor mich hin, ein Gebet vielleicht, dann drehte ich ihn ganz auf den Rücken und sah die Wunde. Ein klaffendes, blutiges Loch, ein sauberer Ausschuß durch die Brustwand.

»In den Rücken geschossen, der arme Kerl.«

Über mir beugte sich Iain über das Schanzkleid.

»Ángel?« fragte ich.

»Ich bin nicht sicher.«

»Wie meinst du das?«

Er beugte sich noch weiter zu mir herunter. »Er hat versucht, was zu sagen. Hast du's verstanden?«

»Ich glaube, er hat mich für Ángel gehalten. ›Ich hätte es niemandem verraten.‹ So was Ähnliches hat er gesagt. Und dann hat er mich noch gefragt, warum ich es getan habe.«

»Warum du ihn erschossen hast? Hat er das gemeint? Hat er dich für Ángel gehalten?«

»Das nehme ich an. Aber warum? Was war das, was er niemandem verraten hätte?«

Iain richtete sich auf. »Komm. Es ist kein schöner Anblick, aber ich muß es dir trotzdem zeigen.« Und er fügte hinzu: »Und

324

sieh dich vor. Es gibt jetzt uns beide und dieses Schwein von einem Mörder. Und dann gibt es noch ...« Wieder dieses theatralische Achselzucken. »Es sind noch andere an Bord dieses trostlosen Schiffes.« Er schlug mit seiner künstlichen Hand auf die vereisten Überreste des Schanzkleides. »Scheiße! Diese drekkigen Schweine – ihre eigenen Landsleute!« Sein Kopf verschwand. »Komm rauf. Ich zeig's dir.«

ZWEI

Der einzige Weg zurück an Bord führte über die Strickleiter, also mußte ich wieder um das halbe Schiff herumtrotten. Es war ein langsames Gehen, denn das Eis war stark aufgebrochen. Die Geschützpforten befanden sich direkt über dem Eis, die meisten von ihnen standen offen. Der Gestank stieg mir wieder in die Nase. Bei all der Aufregung hatte ich ihn ganz vergessen, aber jetzt war er so penetrant und durchdringend, daß ich ihn nicht länger ignorieren konnte.

Zuerst schien er aus dem Schiffsinneren zu kommen. Durch eine offene Geschützpforte wehte mir eine kräftige Wolke entgegen. Aber als ich das Heck erreicht hatte, dessen goldenes Schnitzwerk durch eine dicke Eisschicht geschützt war, wurde mir klar, woher der Gestank kam. Aus Nordwesten war etwas Wind aufgekommen, und von der anderen Seite des Schiffs führte ein Trampelpfad in die Richtung eines rußgeschwärzten Haufens Abfall, der auf dem Eis aufgeschichtet war. Dahinter befand sich ein Bau aus Eisziegeln, ähnlich einem Iglu, neben einem runden Teich offenen Wassers.

»Was ist das?« fragte ich Iain, nachdem ich über die Strickleiter auf das Achterdeck geklettert war.

»Der Gestank? Beunruhigt dich der Gestank?« Er deutete zu dem Abfallhaufen hinüber. »Archäologen nennen so was einen Muschelhaufen.« Er sah mich an. »Sag mal, wann soll dieser Kahn eigentlich losgesegelt sein? Erinnerst du dich, was die Leute in Ushuaia gesagt haben?«

»Die wußten es auch nicht genau«, antwortete ich. »So vor zwei, zweieinhalb Jahren, meinten sie. Sagt jedenfalls Iris.«

Er nickte. »Könnte ungefähr hinkommen, etwa so lange kann ein Mann hier überleben, allein im Eis. Vielleicht zwei Jahre, aber nicht länger.«

»Wovon redest du?«

»Ich rede von dem Haufen Scheiße und Knochen, von dem verfaulten Fleisch da drüben. Da draußen auf dem Eis gibt es keinen anderen Weg, um den Dreck loszuwerden, den man produziert. Immerhin hat er's versucht. Er hat da drüben Feuer gemacht. Beim ersten Versuch hat er ein Loch ins Eis gebrannt, und dann hat er sich ein Versteck gebaut, in der Hoffnung, daß die Seehunde oder sogar 'n paar größere Viecher das Loch zum Atemholen benutzen.«

Ein Muschelhaufen, so hatte er es genannt, und ich starrte hinüber, fasziniert von dem Gedanken, daß hier jemand gelebt haben sollte, seit das Schiff eingeschlossen war. »Wer ist es? Einer der Verschollenen?«

Er nickte. »Oder einer ihrer Wärter.«

»Und er ist an Bord – jetzt?«

»Sieh dich um. Wo sollte er sonst sein?«

»Und Ángel?«

Aber er hatte sich bereits abgewandt. »Komm mit nach unten, dann zeige ich dir, wie er während der letzten zwei Jahre gelebt hat.« Er ging vor mir den Niedergang zum Geschützdeck hinunter, ganz vorsichtig, Schritt für Schritt, den kräftigen Lichtstrahl seiner Taschenlampe in das Dunkel gerichtet, die Maschinenpistole schußbereit in der Hand. Mir war aufgefallen, daß er während unseres Gesprächs die lange Fläche des eisverkrusteten Decks im Auge behalten hatte, um sich nicht das geringste Anzeichen einer Bewegung entgehen zu lassen.

Am Fuß der Leiter war der Gestank immer noch wahrzunehmen, und ich sagte, daß er uns anscheinend nach unten gefolgt sei. Er lachte. »Das ist nicht der Muschelhaufen, den du hier riechst.«

»Sondern?«

»Leichen«, sagte er.

»Leichen? Du meinst, tote Menschen?«

»Ja. Tote Menschen.« Und er präzisierte: »Tote Menschen und tote Schafe. Kadaver, die im Laderaum verrotten.« In seiner Stimme schwangen Trauer und Ekel mit. »Ich zeig sie dir gleich. Zuerst will ich mir noch mal genauer ansehen, wie dieser Mann hier gelebt hat.« Er wandte sich nach achtern, fort von dem schwachen Licht, das durch die offenen Geschützpforten fiel. Hier gab es Türen, Offizierskajüten mit hölzernen Kojen. Er stieß die mittlere Tür hinter dem wuchtigen Ruderstock auf. In den Raum dahinter schien die Sonne, schräge Strahlen fielen durch die zerbrochenen Scheiben der fünf großen Heckfenster.

Der Raum war bewohnt, das sah man auf den ersten Blick. Über der Rückenlehne eines Stuhls hingen Kleidungsstücke, der Tisch war gedeckt – Teller, Messer, Gabel, Löffel und ein schmutzigbrauner Kanten, der nur noch entfernt an Brot erinnerte. Gleich hinter der Tür stand ein großer Eisenherd, verkleidet mit Asbestplatten, und daneben ein Korb, in dem zersägte Schiffsteile lagen. Auch die Koje befand sich auf der Steuerbordseite. Mehrere schwarze Felle waren darüber ausgebreitet, Seehundfelle, und eines von ihnen war größer und schien von einer Elefantenrobbe zu stammen.

»Womit jagt er?« Ich hatte nirgends in der Kabine eine Waffe entdeckt.

Statt einer Antwort führte Iain mich hinüber zu einem großen hölzernen Schrank in der Ecke und klappte die Tür auf. Drinnen lagen, ordentlich auf Ständer sortiert, alle Arten von Schußwaffen – Gewehre, Maschinenpistolen, ein Revolver, mehrere automatische Pistolen, zwei Schrotflinten. »Ein hübsches Arsenal.«

Er nickte. »Wie du siehst, ist einer der Ständer leer.«

Das war mir aufgefallen. Und der Tisch war nur für eine Person gedeckt, also war außer Ángel offensichtlich nur noch ein Mann an Bord, ein Mann, der irgendwo im Schiff herumschlich und bewaffnet war. »Wird dir nicht langsam unheimlich zumute?« In Iains Unterkiefer zuckte ein Nerv. »Wenn er die Kanone nicht bei sich hätte, würde ich jetzt Schiß kriegen vor Geistern und so. Ganz sicher sogar. Aber 'n Mann mit 'ner Kanone – mit so was kenn ich mich aus.«

Er langte in den Schrank und holte eine der Maschinenpistolen heraus. Es war eine Uzi. Er sagte: »Die Magazine sind hier drüben.« Er ging zu einem kleineren Schrank hinüber, der vollgestopft war mit Munition. Er gab mir ein paar Magazine, schob eines davon in die Pistole und drückte sie mir in die Hand. »Für alle Fälle.« Er lächelte, aber der Nerv zuckte immer noch in seinem Unterkiefer. »Und jetzt zeig ich dir, was das alles zu bedeuten hat. Mach dich auf das Schlimmste gefaßt. Ist kein schöner Anblick.«

Ich folgte ihm nach vorn, vorbei am Ruderstock und der Leiter zum Oberdeck, vorbei an den Verschlägen für Hängematten und Bettzeug und hinaus auf die lange, offene Fläche des Geschützdecks. Hier brauchten wir keine Taschenlampe, durch die offenen Geschützpforten fiel in langen, schrägen Strahlen ausreichend Sonnenlicht. Die Kanonen waren natürlich nicht ausgefahren. Und es waren auch gar keine richtigen Kanonen, es waren Nachbildungen aus schwarzem Kunststoff, die so echt wirkten, daß sie auf dem ganzen Deck eine Atmosphäre gespannter Erwartung verbreiteten, als müßte jeden Moment der Ruf »Auf Gefechtsstation!« ertönen. Ein Luftzug wehte quer über das Deck, und es war bitterkalt.

»Hier rüber.« Er führte mich zur Mitte des Decks, zu einer Gräting, die in der Mitte ein herausnehmbares Segment hatte, an dessen vier Ecken Seile befestigt waren. Sie waren zu einem einzigen Strang verspleißt, der zu einem Flaschenzug hinaufführte, der unter einem der Deckbalken befestigt war. Iain zog an einem Seilende und schwenkte das bewegliche Segment der Gräting zur Seite. Ein schwarzes Loch tat sich auf. »Hier hat die Ostindiengesellschaft auf der langen Reise von London nach Bombay ihre Handelsware verstaut. Aber jetzt liegt eine andere Fracht im Laderaum. Sieh's dir nur an.« Er richtete seine Taschenlampe auf die Dunkelheit unter der Öffnung und ließ den Lichtkegel über das Eis wandern, von links nach rechts und wieder zurück.

»Mein Gott!« stammelte ich.

»Ja, und du darfst ihm auch gleich dafür danken, daß das Wasser gefroren ist.«

Zum Bug hin lagen nur menschliche Körper – sie lagen noch genauso, wie sie gelegen hatten, als das Schiff auf Grund gelaufen war und das Wasser den Laderaum überflutet hatte, eine grauenhafte Ansammlung von Leichen, die Umrisse der toten Körper waren durch die dicke Eisschicht, von der sie buchstäblich mumifiziert worden waren, nur verschwommen zu erkennen.

Mittschiffs gab es eine Trennwand aus Holz, eine Art halbes Schott, und achtern davon schien der vereiste Laderaum mit toten Schafen vollgepackt zu sein. Und eines von ihnen war die Ursache für den grauenhaften Gestank. Die Eisoberfläche war aufgehackt worden, und als ich am Strahl der Taschenlampe entlangschaute, erkannte ich, daß jemand das Eis systematisch aufgehackt hatte. Eines der Schafe war herausgezerrt und zu der Trennwand hinübergezogen worden. Dort lag es jetzt auf dem Rücken, die Beine wie Trommelstöcke in die Höhe gestreckt, und der Bauch, der eisigen Tiefkühltruhe entrissen, hatte sich bis zum Zerplatzen mit Gasen gefüllt.

Ich trat näher heran, um noch einen Blick auf diesen gelierten Haufen menschlicher Körper zu werfen, als eine behandschuhte Hand sich auf meine Schulter legte. »Ich würd nicht näher rangehen, wenn ich du wäre.«

»Warum?«

Er schüttelte den Kopf. »Was meinst du, wie viele da unten liegen – dreißig, vierzig? Woran sind die alle auf einmal gestorben? Du weißt es nicht, also machen wir den Deckel wieder drauf.«

»Und du? Weißt du es?«

Er antwortete nicht, und ich stand da, fassungslos, starr vor Entsetzen. Dem Tod in dieser Form zu begegnen, das erinnerte mich an die Fotos von Auschwitz und Bergen Belsen, vom Hungertod in der äthiopischen Wüste. Aber das hier war kein Foto, das war Realität. »Warum?« wiederholte ich meine Frage. »Und die Schafe – warum die Schafe? Woran sind sie alle gestorben?«

»Das werden wir bald herausgefunden haben. Das hoffe ich jedenfalls.« Er zog an dem Flaschenzug, und ich half ihm dabei, den schweren Deckel der Gräting wieder an ihren Platz zu hieven. Er schaltete seine Taschenlampe aus, suchte mit den Blicken das Geschützdeck ab, gewöhnte seine Augen an das veränderte Licht. »Wir gehen jetzt zurück in die Hauptkabine und warten ab, was passiert.« Aber er setzte sich nicht gleich in Bewegung, er lauschte auf etwas, den Kopf auf die Seite gelegt. »Hörst du was?«

»Nein«, flüsterte ich. Meine Nerven waren zum Zerreißen

gespannt. Wir standen hier auf dem Präsentierteller. Hatte Carlos das hier gesehen? Hatte Ángel ihn deshalb getötet, dem armen Teufel in den Rücken geschossen, als er auf dem Vorderdeck stand?

Iain hatte den Kopf wieder dem vorderen Teil des Schiffes zugewandt, immer noch lauschte er mit wachsamem Blick. »Möchte wissen, warum er das Luk offenstehen hat ...« Der Strahl seiner Taschenlampe leuchtete auf, die Mündung der Maschinenpistole unter seinem Arm war auf das vordere Ende des Decks gerichtet.

»Was ist damit?«

Er schüttelte etwas ratlos den Kopf. »Das stand schon offen, als ich an Bord gekommen bin.« Der Lichtkegel fiel auf ein Segment des Decks, das mit Hilfe eines Flaschenzugs in eine vertikale Stellung hochgezogen war. Es war keine Gräting, wie wir sie eben selber geöffnet hatten. Es war ein massives Segment aus Decksplanken, das wie eine übergroße Falltür aussah. »Warum hat er's aufgeklappt?« Er dachte laut, seine Frage war rhetorisch. Er schaltete die Lampe wieder aus und drehte sich zu mir um. »Glaubst du, das hat er vor? Passend, findest du nicht auch? Äußerst passend.«

Ich starrte ihn an, ein Gedanke schoß mir durch den Kopf, und plötzlich fühlte ich mich, als sei ich gerade aus einem Alptraum erwacht. »Passend?« Meine Stimme klang heiser, kaum lauter als ein Flüstern.

»Ja. Was würdest du machen? Du hast ja gesehen, was für ein Verbrechen hier passiert ist.«

Ich aber war mit den Gedanken schon bei der Tatsache, daß der Mann bewaffnet war und wir hier auf dem offenen Geschützdeck herumstanden und uns deutlich von dem Licht abhoben, das durch die Geschützpforten fiel – ein perfektes Ziel. Als ich ihm meine Befürchtungen mitteilte, lachte er nur und schüttelte den Kopf. »Er wird uns nicht behelligen, jetzt noch nicht.« Und er fügte hinzu: »Jetzt muß er sich darüber Sorgen machen, daß hier ein Mann an Bord ist, der schon dabei war, als das Schiff gestrandet ist, ein Mann, der die Antwort auf alle Fragen kennt und weiß, wie diese Menschen umgebracht worden sind. Eines der Gewehre fehlt, also weiß er auch, daß dieser Mann bewaffnet ist. Wenn er auf uns schießt, dann verrät er sein Versteck. Er muß seine Kugeln als erster ins Ziel bringen.« Er drehte sich um und murmelte etwas auf französisch. »*Incroyable!*« Ich glaubte, daß er auf die Fracht im zugefrorenen Laderaum anspielte. Und dann, als er sich nach achtern in Bewegung setzte, sagte er sehr deutlich: »Sie kann es nicht gewußt haben, ganz bestimmt nicht.« Er redete mit sich selbst, nicht mit mir. Sein Akzent war wieder stärker, als er kaum hörbar hinzufügte: »Wie muß der arme Teufel sich fühlen ...«

Er machte sich nicht die Mühe, leise zu gehen, aber als er an der Tür angekommen war, trat er sie mit dem Fuß auf, die Waffe schußbereit in der linken Hand. Während ich ihm folgte, ging mir der Satz nicht aus dem Kopf, den er vorher gesagt hatte. Er hatte sich auf die Toten im Laderaum bezogen, nicht auf Carlos. Woher, zum Teufel, wollte er wissen, daß Ángel für diese grauenhafte Fracht an tiefgekühlten Leichen verantwortlich war? Aber als ich ihn fragte, sagte er nur: »Wirst schon sehen, daß ich recht habe.« Er drehte sich um und grinste mich an: »Wolln wir wetten?«

Seine plötzliche Gefühllosigkeit schockierte mich. »Warum bist du so sicher? Du weißt nicht mal genau, woran sie gestorben sind.«

»Nun mach dir mal keine Sorgen um Ángel. Wir sollten uns lieber auf die Person konzentrieren, die während der letzten zwei Jahre an Bord dieses antiken Stücks gelebt hat. Was meinst du, wer ist es? Und was ist mit seinen Kameraden passiert? Die werden ja nicht mit einem Laderaum voller politischer Häftlinge losgesegelt sein, ohne Wachpersonal an Bord. Wer hat die Leute verschwinden lassen?« Er langte nach dem Riegel einer Tür gleich hinter dem Herd, winkte mich auf die Seite und riß sie auf. Eine Speisekammer mit fast leeren Regalen, aber es stand noch ein Sack dort mit etwas Mehl, eine Kollektion rostiger Konservendosen, etwas Zucker am Boden eines hohen Krugs. Von den Haken im Deckenbalken hingen ein paar Fleischstücke. »Olivenöl.« Iain schüttelte eine Flasche mit der Aufschrift *aceite*. »Geräuchertes Pökelfleisch in Streifen, selbstgebackenes Brot, hin und wieder eine Delikatesse aus einer der Dosen oder etwas Hammelfleisch. So kann man eine ganze Weile existieren. Aber kein Grünzeug. Nichts, mit dem man den Skorbut in Schach halten könnte.« Er steckte die Hand in einen offenen Karton. »Bäh! Guck dir das an. Das krabbelt ja.« Er streckte mir die Hand entgegen, zerkrümelte Kekse voller Mehlwürmer. »So mußte man sich früher auf einem Segelschiff ernähren, manchmal monatelang, mit der Zeit wurden die Leute schlapp, das Zahnfleisch fing an zu eitern, die Zähne fielen aus …«

Er trat einen Schritt zurück und klappte die Tür zur Speisekammer zu, als wollte er die Maden an einer Invasion der Kajüte hindern. »Schieb den Sicherheitsbügel zurück«, sagte er und deutete auf die Uzi, die ich auf dem Tisch abgelegt hatte. Er zeigte mir, wie man mit so einem Ding umgeht, und ermahnte mich, es schußbereit zu halten. »Und schieß mir nicht in den Rücken, wenn ich das Glück haben sollte, jemanden aufzustöbern.« Er stieß die Türen der vier kleineren Kajüten auf, eine nach der anderen, die Maschinenpistole schußbereit, den Lichtstrahl in das Dunkel gerichtet.

Aber sie waren alle leer, auch die Toilette und die kleine Kombüse mit dem einfachen Paraffinherd, auf dem das Essen für die Offiziere gekocht worden war. Iain erklärte mir, daß die Hauptkombüse weiter vorn war, wie auch der Vorratsraum, in dem man die frischen Lebensmittel aufbewahrt hatte. »Aber der ist jetzt leer. Da haben sich die Ratten drüber hergemacht, und was die nicht gefressen haben, ist hier gelandet.« Er schob mich wieder in die Hauptkajüte, schloß die Tür und setzte sich ihr gegenüber, ein bißchen zur Seite versetzt, auf einen Stuhl, die Waffe quer über den Knien. »Jetzt hilft nur noch warten.« Sein Proviantsack lag auf dem Tisch. Er zog ihn zu sich heran und wühlte darin herum. »Hier.« Er brachte einen Schokoladenriegel zum Vorschein, brach ihn in der Mitte durch und schob eine Hälfte zu mir herüber.

Es war Nußschokolade mit Rosinen, und nach dem ersten Bissen spürte ich erst richtig, wie hungrig ich war. »Später mach'n wir uns 'n Tee. Könnte 'ne lange Wartezeit werden.«

»Du meinst, er kommt – hierher?«

»Na klar kommt er hierher. Er wird was essen wollen, genau wie wir. Und neugierig ist er sicher auch. Er weiß ja noch nicht, ob er uns erschießen muß oder ob der Augenblick gekommen ist, auf den er die ganzen Jahre gewartet hat, der Augenblick der Befreiung. Wie viele Jahre sind jetzt vergangen, seit er ein freier Mann war? Weißt du noch, was Iris gesagt hat, wann ihr Bruder verschwunden ist?«

Ich schüttelte den Kopf. »Meinst du, daß er das ist – da draußen?«

Er kaute nachdenklich auf einem Stück Schokolade herum, dann sagte er: »Du bist doch so 'ne Art Wissenschaftler, oder? Seit du aus der Schule bist, hantierst du doch mit Chemikalien und giftigen Flüssigkeiten und Pulvern herum, mit denen man Schädlinge, Holzwürmer, Totenuhr und so was um die Ecke bringt. Und diese Würmer, die's nur in tropischen Regionen gibt. Wie heißen die noch?«

»Schiffsbohrwürmer.«

»Genau, die mein ich.« Dann schwieg er wieder und sah mich dabei an, als wüßte er nicht genau, ob er weiterreden sollte. Ich saß ihm gegenüber, auf der anderen Seite der Kajüte, und wartete, bis er schließlich die Waffe auf den Tisch legte und sich vorbeugte. »Was sagt dir der Name Porton Down?«

»Was hat Porton Down damit zu tun?« Und dann fiel mir wieder ein, daß er mir erzählt hatte, Iris' Bruder hätte dort gearbeitet. Oder hatte Iris selber es mir erzählt? Ich wußte es nicht mehr genau. Es war schon so lange her, stammte aus einer anderen Welt. »Du glaubst doch nicht etwa, daß die Männer im Laderaum mit Giftgas getötet wurden, oder? Porton Down ist eine Forschungsstation der Regierung, spezialisiert auf chemische Kriegsführung. Wenn man in dem begrenzten Raum eines Schiffes Giftgas herumspritzen würde, wäre die Luft so verseucht, daß ...«

»Nicht, wenn die Mörder Masken getragen haben.«

»Ich habe hier nirgends Gasmasken gesehen.«

»Nein. Die hätten sie über Bord werfen können. Aber ich hab gar nicht an Giftgas gedacht.«

Er schwieg wieder, den Blick auf die Heckfenster gerichtet.

Die Sonne war vor einer Weile untergegangen. Polares Zwielicht verdunkelte die Kajüte. Langsam erhob er sich, ging zur Tür und öffnete sie. »Hab ich mir gedacht. Könnte 'n bißchen Öl gebrauchen. Ich wußte doch, daß die Angeln gequietscht haben, als ich sie aufgemacht hab.« Er stieß sie wieder zu und ging hinüber zur Speisekammer. »Was hättest du gerne? Etwas Rinderpökelfleisch? Sind noch zwei rostige Dosen übrig. Die hat er sich wohl für Ostern aufgespart. Er ist bestimmt Katholik, also hungert er in der Fastenzeit. Die große Auswahl hat er ja auch nicht. Hier gibt's etwas Wasser und Haferflocken. Die Flocken scheinen in Ordnung zu sein. Wir könnten uns einen hübschen Topf Porridge kochen. Oder wir schneiden uns einen Streifen von dem Seehundfleisch ab. Was darf's denn sein?«

»Du hast was von Tee gesagt. Gibt es einen Dosenöffner?«

»Tee ist da, aber die Milch ist uns ausgegangen, und Zitrone oder Zucker gibt's auch nicht. Da ist noch 'n Rest Kaffee in der Dose, sieht aber eher wie dunkelbraune Paste aus.«

»Und der Dosenöffner?« Ich hörte ihn Schubladen herausziehen und ging hinüber, um ihm zu helfen. Er hatte gerade eine Schranktür aufgemacht und beugte sich über einen olivgrünen Proviantsack, der mit Steinen gefüllt war. »Tee«, sagte ich.

Er schien mir gar nicht zuzuhören, so aufmerksam blickte er auf die weißlichen Brocken in seiner Hand. »Ja. Tee.« Er nickte und steckte die Steine wieder in den Sack. »Oder lieber Kaffee?« Den Sack legte er zurück in den Schrank, schloß die Tür und richtete sich auf.

»Der Kaffee sieht nicht gerade appetitlich aus, finde ich.« Ich dachte darüber nach, was die Steine dort zu suchen hatten.

»Nee, wirklich nicht. Und wir wollen uns doch nicht die Mägen verderben, oder?« Er grinste und hielt einen verbogenen und sehr rostigen Dosenöffner in die Höhe. »*Voilà. Thé au naturel* und *bully beef à la frégate ancienne.* Wie schmeckt dir das, *mon ami?*« Sein Humor hörte sich etwas makaber an unter den Umständen, aber vielleicht war es nur der Versuch, seine wahren Gefühle zu verbergen.

»Du wolltest mir was über Porton Down erzählen ...« Ich hatte mich wieder hingesetzt. Auf einmal spürte ich, wie müde ich war.

»Ja.« Er säbelte an der rostigen Pökelfleischdose herum. »Aber nicht während eines solchen Festschmauses. Du mußt dich gedulden, bis wir fertig sind.«

Aber bis dahin war ich beinahe eingeschlafen, meine Lider wurden bleischwer, meine Nerven wollten abschalten, es kümmerte sie nicht mehr, wer da durch die Tür kommen, was er tun würde oder ob ich überhaupt lange genug wach bleiben würde, um es noch mitzubekommen. Iains Stimme klang aus weiter Ferne zu mir herüber. Er sagte irgend etwas von einer Insel. »Gruinard.« Er wiederholte den Namen mehrere Male, beugte sich vor und tippte mir auf die Knie. »Schon mal davon gehört?«

»Ja«, murmelte ich. »Ich glaub schon.« Aber ich konnte mich nicht erinnern, wo und in welchem Zusammenhang. »Was ist damit?«

»Wach auf, Mann. Du schläfst ja schon, und ich will mit dir reden.« Seine Stimme klang ein wenig ungeduldig.

Ich schlug die Augen auf, aber es war bereits so dunkel, daß nur noch seine Umrisse zu erkennen waren. »Gibt's noch Tee?« fragte ich ihn. Tee würde mich vielleicht wiederbeleben.

»Allmächtiger! Jetzt willste Tee, und den Topf, den ich gekocht hab, haste eiskalt werden lassen.«

»Mich friert, und ich bin müde.«

»Du hast über zwei Stunden geschlafen. Es ist nach eins.«

»Die Geisterstunde«, murmelte ich.

»Ja, ja, die Geisterstunde, und jeden Moment wird er hiersein.«

Ich saß auf einmal kerzengerade, die ganze entsetzliche Situation kam mir wieder zu Bewußtsein. »Was macht dich so sicher?«

Er lachte. »Aha, das haste also kapiert. Jeden Moment.« Als ich meine Frage wiederholte, zuckte er mit den Achseln und murmelte etwas von seinem Urin. »Mit andern Worten – 'n Gefühl im Bauch.«

»Du hast was von einer Insel gesagt.«

»War mehr 'n Selbstgespräch.«

»Nein, du hast mit *mir* geredet.« Ich spürte Zorn in mir aufsteigen. Worauf, zum Teufel, wollte der Mann hinaus? »Gruinard, das hast du gesagt. Du hast mich gefragt, ob ich den Namen schon mal gehört habe.« Und dann dämmerte es mir plötzlich. »Diese Insel! Gehört zu den Inneren Hebriden. Seit dem Zweiten Weltkrieg durfte kein Mensch mehr einen Fuß darauf setzen.« Ich wußte nicht mehr, warum. »Da war doch was mit Gift, oder?«

Er schwieg.

»Porton Down«, sagte ich. »Du hast über Porton Down geredet. Da ging's nicht nur um chemische Kriegsführung, stimmt's? Die haben sich doch auch mit biologischer Kriegsführung ...« Plötzlich ertönte ein Knall, nicht laut, eher gedämpft – ein Schuß? Ich wußte es nicht genau. Es erinnerte mich an das Geräusch, das ich für das Krachen einer Eisscholle gehalten hatte, vorhin, als Iain vor mir aufs Schiff geklettert war.

Ich wollte mich erheben, aber er befahl mir, sitzen zu bleiben. »Warte!« Und während er das sagte, ertönte ein Feuerstoß. Kein Zweifel, diesmal war es eine automatische Schußwaffe. »AK 47«, flüsterte er. Dann noch ein einzelner Schuß, gefolgt von einem Schmerzensschrei.

Danach war alles still. Eine anhaltende Stille. Die Schüsse waren aus dem vorderen Teil des Schiffes gekommen. Ich konnte die Tür erkennen, meine Augen hatten sich an das Dunkel gewöhnt. Iain hatte sie einen Spaltbreit offengelassen. Jeden Moment, hatte er gesagt. Der Klang von Stimmen, ganz leise. Wie Geisterstimmen hallten sie durch das Spantenwerk. Plötzlich ein Schrei, der kein Ende nehmen wollte, bis er jäh abbrach. Doch im selben Augenblick fing er wieder an, gedämpfter jetzt, ein anderer Klang, eher ein flehender Hilferuf als ein Schmerzensschrei. Dann ein dumpfer Schlag, als wäre Holz auf Holz geknallt, und danach nichts mehr, nur noch Stille.

»Was war das?« Die Stille war unheimlicher als die Schüsse und die Schreie. Mit weit aufgerissenen Augen fixierte ich die Kante der Tür. Aber ich sah nicht die Tür – ich hatte das vordere Ende des Geschützdecks vor Augen. Eine Falltür. So hatte es ausgesehen, und Iain hatte gesagt, sie sei schon aufgestellt gewesen, als er an Bord kam. Der Deckel einer Falle. Und der dumpfe Knall. Die Stille. »Mein Gott!« murmelte ich. Wäre ich noch im alten Glauben verhaftet gewesen, hätte ich mich bekreuzigt. Ich dachte an den Mann da unten, zwischen all den eingefrorenen Leichen – eine grauenhafter, unheiliger Kerker. »Wir müssen etwas unternehmen ...« Ich war aufgestanden.

»Setz dich hin!«

»Nein. Du hörst mir jetzt zu. Du mußt ...«

»Setz dich hin, verflucht, und halt's Maul!« Seine Stimme war sehr ruhig, sehr bestimmend. »Denk doch an die armen Teufel, die da unten krepiert sind. Ich bete zu Gott, daß jetzt der richtige bei ihnen liegt.« Fast gegen meinen Willen setzte ich mich wieder, und flüsternd fügte er hinzu: »Und jetzt warte ab. Kein Wort mehr.«

Also warteten wir, und das Warten kam mir endlos vor. Meine Augen hatten sich an die Dunkelheit gewöhnt. Der Umriß seines Kopfes hob sich von dem schwachen Licht ab, das durch die Heckfenster fiel und in dem der Lauf der Maschinenpistole matt schimmerte. Er hatte sie quer über die Knie gelegt, bereit zum sofortigen Einsatz. Vor ihm auf dem Tisch lag die unanständige kleine Grabbeigabe aus Ton, die er nördlich von Lima auf der Panamericana von dem Indio bekommen hatte. Hin und wieder berührte er sie, zärtlich beinahe, als hätte er die beiden lasterhaften Figuren zu seinem Talisman erkoren.

Ich fürchtete, seine künstliche Hand könnte ihn daran hindern, die MP zu bedienen. Ich streckte meine Hand nach der Waffe aus, die er mir gegeben hatte und die vor mir auf dem Tisch lag. »Laß sie liegen. Und sitz still.« Seine Stimme, ein erzürntes Flüstern, klang angespannt in der Stille.

Still sitzen ist schön und gut, aber wenn es nun nicht der Mann war, den wir erwarteten? Wenn es nun Ángel war? Ein AK 47, hatte er gesagt. Hörte sich eine Kalaschnikow anders an? Und wenn es so war – weshalb konnte er solche Waffen am Klang unterscheiden? Damit war ich wieder bei meiner alten Frage – wer war dieser Iain Ward? Was tat er hier? Wer hatte ihn geschickt? Fragen über Fragen, die mir im Kopf umhergingen. Plötzlich quietschte die Tür in den Angeln.

Ich wandte den Kopf. Die Türkante bewegte sich, der Spalt wurde breiter. Iains Stimme ertönte, sehr ruhig, sehr zurückhaltend: »*Tengo un mensaje de tu hermana, Eduardo. Ella está abordo del Isvik, un pequeño barco expedicionario mandado para rescatarte.*« Dann fuhr er schnell auf englisch fort: »Mein Name ist Iain Ward. Außer mir ist noch Peter Kettil in der Kajüte, ein Spezialist für die Präservierung alter Schiffe.« Er schwieg erst einmal, wartete auf eine Antwort. Aber alles blieb still, auch die Tür, keine quietschenden Angeln mehr, nur das entfernte Poltern einer Eisplatte, die sich aus einem tauenden Eisberg gelöst hatte.

»Wenn Sie Iris' Bruder sind, Eduardo Connor-Gómez, dann geben Sie sich bitte zu erkennen.« Als er diese Aufforderung auf spanisch wiederholte, schwang ein bißchen Anspannung in seiner Stimme mit.

Immer noch keine Antwort. Ich warf einen Blick auf die Uzi vor mir auf dem Tisch, aber ein Ángel wäre niemals so ruhig geblieben. Ein Mann, der so voller *braggadocio* steckt wie er, hätte sich zu erkennen gegeben. Er hätte vielleicht versucht, sich aus der Situation herauszureden, und sich dabei überlegt, wie er uns am besten erledigen könnte. Nein, der Mann hinter der Tür mußte einer der Verschollenen sein. Vielleicht nicht Eduardo, aber einer der armen Teufel, die man in diesem Laderaum eingekerkert hatte. Ich fragte mich, was ihm durch den Kopf gehen mochte, jetzt, auf der anderen Seite der Tür – plötzlich war jemand in seiner Kajüte, in der er monatelang allein gelebt hatte, und redete auf englisch und auf spanisch mit ihm. So ein Schock könnte jeden Mann vor Schreck die Sprache verschlagen.

»*Ieris.*« Der Name stolperte ihm aus dem Mund. »Sie sagen – Ieris ist bei Ihnen?«

»Sie ist auf unserem Schiff.« Iain sprach englisch, wahrscheinlich, um sich von jeder Verbindung mit den Peinigern des Mannes zu distanzieren.

»*El barco.*« Die Stimme klang heiser, wie das Quaken eines Frosches. »Wo ist ... dieses Schiff?« Ganz offensichtlich war er nicht mehr an den Klang seiner eigenen Stimme gewöhnt, die englischen Worte kamen langsam und zögernd.

»Drei Tagesmärsche über das Eis«, antwortete ihm Iain ebenso langsam. Er sprach weiter englisch. »Südlich von hier.«

Und dann nannte er ihm die drei Personen, die mit Iris zusammen an Bord waren. »Ich vermute, Sie sind Eduardo Connor-Gómez?«

Nach einer langen Pause antwortete der andere: »*Sí.*«

»Wie heißt Iris mit Ehenamen?«

»Glauben Sie, daß ich lüge?«

»Ich bin nur vorsichtig. Nennen Sie mir den Nachnamen ihres Ehemanns, und ich bin zufrieden.«

Wieder eine Pause. Ich fragte mich, ob er ihn vielleicht vergessen hatte, nach so vielen Jahren in Gefangenschaft. »Er heißt – Sunderby.« Er sprach den Namen langsam aus, Silbe für Silbe.

»Okay, Eduardo. Hier ist meine Kanone.« Seine Waffe fiel scheppernd auf den Boden, kurz vor der halbgeöffneten Tür. »Pete, wirf deine Uzi weg.« Nachdem ich das getan hatte, sagte er. »Wir sind jetzt unbewaffnet. Sie brauchen keine Angst mehr zu haben. Kommen Sie bitte herein. Sie müssen sehr müde sein. Es war eine lange Nacht für Sie. Und für uns auch«, fügte er hinzu.

Die Tür wurde plötzlich weit aufgestoßen, und aus dem dunklen Rechteck fragte uns seine Stimme, ob wir Streichhölzer hätten. »Da ist eine Lampe im Vorratsraum. Bitte anzünden und auf den Tisch stellen, damit ich Sie sehen kann.«

Ich wurde ruhiger, denn das schien mir der endgültige Beweis zu sein, daß er nicht verrückt geworden war, trotz der Einsamkeit und der schrecklichen Ladung, mit der er hier leben mußte. Aber als die Laterne angezündet war und er in ihren Schein trat, war ich mir nicht mehr so sicher.

Er war ein ziemlich kleiner Mann mit flackernden traurigen Augen, die kurzsichtig aus einem Gestrüpp von Haaren blickten. Er sah viel älter aus als seine Schwester, und dabei war er kaum dreißig, vielleicht sogar jünger. Er wirkte beinahe senil, sein Körper war gebückt, das Haar grau und oben auf dem Kopf schütter, aber es reichte in grauen Strähnen bis zu den Schultern. Ein ungepflegter Bart hing bis in den offenen Kragen eines zerschlissenen blauen Uniformhemds. Und er stank. Das war das Auffallendste an ihm. Ein Gestank nach getrocknetem Schweiß, Exkrementen und nach etwas anderem, einer fischigen Ausdünstung; erst nach einer Weile identifizierte ich das Wams aus Seehundfell, den er sich über die Schultern geworfen hatte, als deren Ursache.

Er zog sich einen Stuhl heran und setzte sich uns gegenüber. Seine Haut – das wenige, das man durch das Gestrüpp aus Haaren erkennen konnte – war dunkel wie die eines Zigeuners. Er sagte erst einmal nichts, seine Hände zitterten leicht, während Iain ihm mit ruhiger Stimme erklärte, warum wir hier waren, und vielleicht war es der Gedanke daran, daß die jahrelange Tortur zu Ende war, daß sein antarktisches Gefängnis sich schließlich geöffnet hatte, der seine Stirn in Falten zog.

Iain erzählte ihm, daß der Mann seiner Schwester, Charles Sunderby, einen Blick auf das Schiff geworfen hatte, kurz bevor sein Flugzeug abgestürzt war, und daß dies der Grund für ihren Entschluß gewesen sei, eine Expedition zusammenzustellen, um zu beweisen, daß dieses Schiff tatsächlich existierte. »Sie wußte nichts von Ihnen. Sie hält Sie für tot. Es war Ihr Bruder, der uns hergeführt hat.« Iain beugte sich zu ihm hinüber und sah ihm in die Augen, als er ihm erzählte, daß Ángel einen Testflug über das Gebiet gemacht hatte, um die Position des Wracks zu ermitteln, und wie er Iris dazu überredet hatte, ihn auf diese Expedition mitzunehmen. »Was haben Sie mit ihm vor? Sie können ihn nicht einfach verhungern lassen ...«

»Mein Bruder?« Die Worte platzten aus ihm heraus. »Sie nennen diesen Mann meinen Bruder?«

»Stiefbruder, meintewegen.«

»Nein!« Es war eine Explosion wilden Zorns. Und als Iain ganz ruhig darauf hinwies, daß Ángels Name Connor-Gómez sei, schüttelte der Mann wütend den Kopf. »Nein, sage ich! Er ist nicht mein Bruder. Er hat nichts mit mir zu tun.«

»Wer ist er dann?«

»Es gab da eine Frau – Rosalia Gabrielli.«

Iain nickte. »Ja. Von der hab ich gehört.«

»Dann wissen Sie auch, daß es eine Ehe gab. Sie hat nur sehr kurz gedauert, aber die Frau war schon vorher schwanger. Der Vater von dem Jungen ist ein mieser Kerl, ein Sizilianer namens Roberto Manuel Borgalini. Es gibt keine Verbindung von Ángel zu mir oder Iris oder meinem Vater.« Er war erregt und gestikulierte mit den Händen. Seine Fingernägel waren sehr lang und sehr schmutzig, und der Gestank, den seine Kleidung ausströmte, war beinahe unerträglich.

»Ja, so was hab ich mir schon gedacht.« Iain beugte sich etwas weiter vor und tippte dem Mann aufs Knie. »Aber wir können ihn nicht dortlassen.«

Eduardo starrte ihn mit offenem Mund an.

»Sie haben die Falltür zugeklappt. Sie haben ihn zu den toten Männern gesperrt.«

Der andere nickte. »Natürlich.«

»Wir können ihn nicht dortlassen. Noch eine Weile, aber dann gehen wir hin und lassen den armen Teufel ...«

»Sie verstehen nicht.« Seine Stimme überschlug sich beinahe.

»Was verstehe ich nicht, mein Freund?«

»Nichts. Gar nichts. Sie verstehen gar nichts.« Und jetzt fing Eduardo an zu reden. Iain war schließlich doch zu ihm durchgedrungen. Er hatte die Kruste einer über zwei Jahre währenden Isolation durchbrochen, und als Eduardo erst einmal angefangen hatte zu reden, konnte er nicht wieder aufhören, und das, obwohl er nicht seine Muttersprache benutzte. Es sprudelte nur so aus ihm heraus, die ganze schreckliche Geschichte, von Porton Down und Montevideo über die einsame Arrestzelle in der *Escuela Mecánica* bis zu den Gefängnishütten östlich von Ushuaia und dem Beginn der Reise mit der *Andros*. Wellington hatte richtig vermutet; es war tatsächlich die *Andros*, und die Reise dieser überholten Fregatte ins Südliche Eismeer muß eine der außergewöhnlichsten und entsetzlichsten gewesen sein, die jemals ein Segelschiff unternommen hatte.

Eduardo war in Montevideo ergriffen worden, aber erst nachdem man ihn an Bord dieser Fregatte gebracht hatte, dämmerte ihm langsam, weshalb er dort war. Die Männer, die in den Gefängnishütten, die wir entdeckt hatten, gefangengehalten wurden, gehörten alle der äußersten Linken an; es waren Aktivisten, die unter den Ché-Guevara-Bann fielen, der harte Kern der Verschollenen. Anscheinend waren viele von ihnen erschossen und in eine tiefe Grube in den Bergen hinter dem Lager geworfen

342

worden. Insgesamt siebenundzwanzig Männer hatte man zurückgehalten und auf die *Andros* verfrachtet, in den vorderen Teil des Laderaums. Der hintere Teil war bereits mit Schafen beladen gewesen. Ihr unaufhörliches, mitleiderregendes Geblöke würde er niemals wieder vergessen können. »Wie die Schreie verlorener Seelen.«

Er war nicht mit den anderen zusammen in den Laderaum gesperrt worden. Man hatte ihn in die Kajüte gebracht, in der wir jetzt saßen. Und dann erfuhr er, daß der Mann, der die ganze Reise organisierte, derselbe Mann war, der sich als sein Bruder ausgab, der das Kaufhaus der Familie Gómez in Buenos Aires in Brand gesteckt und seinen Vater ermordet hatte. »Ich hatte keinen Beweis, Sie verstehen, keinen endgültigen Beweis, aber ich bin überzeugt, daß es so gewesen ist. Kein Selbstmord. Er hat meinen Vater getötet.« Er sprach auf einmal langsam, als er hinzufügte: »Aber das ist nicht der Grund, weshalb ich ihn nicht aus dem Laderaum holen will. Das hat einen anderen Grund.«

Plötzlich sprang er erregt auf und redete wieder sehr schnell, mit schriller, beinahe hysterischer Stimme. »Weil er längst ein toter Mann ist. Deshalb. Und auch ihr seid des Todes, wenn ihr ihm nahe kommt. Wir alle.« Und dann erzählte er – immer noch mit schriller Stimme – von einer Oper, die er als kleiner Junge in Buenos Aires gesehen hatte. »Es war eine heitere Oper, sehr englisch, und es kam ein Satz darin vor, ein Satz über Strafe, die dem Verbrechen angepaßt werden muß.« Er lachte, ein wildes Lachen, und blickte zu den Heckfenstern hinaus, auf das weiße Schimmern der Eisberge, die von den Sternen beschienen wurden. »Da unten bei den Toten, das ist genau richtig, das ist die Strafe, die zum Verbrechen paßt.« Er drehte sich zu uns um. »Jetzt erzähle ich euch, was für ein Verbrechen er begangen hat. Ein viel schlimmeres Verbrechen als der Mord an meinem Vater. Er ist einer von denen, die dafür gesorgt haben, daß so viele Männer verschwunden sind. Aber noch schlimmer, noch viel schlimmer. Habt ihr schon mal was von Milzbrand gehört? Da gibt es eine Insel, wo sie das ausprobiert haben, im letzten großen Krieg.«

Und dann erzählte er uns, wie Ángel Borgalini auf ihn gewartet hatte, als man ihn in diese Kajüte brachte. »Ich sollte am Leben bleiben, weil ich sein Bruder war, hat er gesagt, und dabei hat er gelächelt. Dafür sollte ich den Männern, die Milzbrandsporen in den Laderaum sprühen mußten, ein Gegenmittel verabreichen und ihren Zustand überwachen, bis ihre Flucht von den Falklandinseln gelungen wäre.«

Ein unglaubliche Niedertracht steckte hinter diesem Plan. Ich kannte mich ein bißchen aus mit den Wirkungen von chemischen Giften, biologischen Infektionen und Insekten, deshalb wußte ich, daß so etwas funktionieren könnte. Es ging darum, die Malvinen für Menschen und Schafe unbewohnbar zu machen. Mit Milzbrand hätte man beides erreicht. Nachdem sie den Krieg verloren hatten, fanden diese Männer, die seit Jahren für das Verschwinden von Menschen verantwortlich waren, daß es ein äußerst angemessenes Schicksal für die Inseln sei, die sie schon solange begehrten und nicht bekommen hatten. Milzbrand wäre so unendlich viel effektiver als die Plastikminen, die ihre Streitkräfte in großer Menge überall gelegt hatten.

Er wußte, daß es ein Todeskommando war. Die Führung des Schiffes bestand aus einem Kapitän, der früher an der *Escuela Mecánica* gewesen war, einem Navigationsoffizier, einem Hochbootsmann, der Marinekadetten ausgebildet hatte, und sechs Mann Besatzung. Eduardo sollte so lange für ihre Gesundheit sorgen, bis die Ladung Menschen und Schafe auf den Falklandinseln ausgesetzt und das Schiff auf Grund gesetzt wäre. Das war die Bedingung, auf der Offiziere und Mannschaft bestanden hatten, und sowie sie in Sicherheit gewesen wären, bei voller Gesundheit, hätte es ihm freigestanden, selbst an Land zu gehen. Dieses Geschäft hatte man ihm angeboten, und er hatte akzeptiert, in der Hoffnung, daß er während der drei- bis viertägigen Reise zu den Inseln eine Gelegenheit finden würde, den siebenundzwanzig Männern, die im Laderaum unter dem Geschützdeck eingesperrt waren, das Leben zu retten.

Aber es ergab sich keine solche Gelegenheit. Man zeigte ihm einen Arzneischrank. Er stand in einem Verschlag, den er für die Speisekammer der großen Kombüse gehalten hatte, und darin fand er alles, was ein Arzt brauchte, um die üblichen Wehwehchen an Bord und unkomplizierte Unfallverletzungen behandeln zu können. Sie hatten als selbstverständlich vorausgesetzt, daß er als Chemiker und Biologe schon wüßte, wie man mit so etwas umgeht. Der Druckzylinder mit den Milzbrandsporen stand auf dem Fußboden, und das Gegenmittel, falls etwas schiefgehen sollte, befand sich in einem versiegelten Metallbehälter auf dem obersten Regal. Der Kapitän höchstpersönlich hatte ihn Eduardo gezeigt und ihn gefragt, ob er so ein Serum verabreichen könne, und nachdem er das bejaht hatte, mußte er es vor den beiden anderen Offizieren und der Mannschaft noch einmal wiederholen.

Inzwischen war Borgalini nicht mehr an Bord. Eduardo nannte ihn nur Borgalini. Vielleicht lag es an der Art, wie er den Namen aussprach, jedenfalls schien er mir zum Charakter des Mannes zu passen.

Sie waren noch in derselben Nacht losgesegelt, der Mond stand im letzten Viertel, der Himmel war klar, es wehte ein leichter Wind aus Westen. Das Schiff hatte natürlich keine Maschine. In der Hoffnung, von der Radarstation am Mount Alice im Südwesten von West-Falkland nicht entdeckt zu werden, hatte man alle metallenen Ausrüstungs- und Einrichtungsgegenstände vom Schiff entfernt. Hätte man sie aufgehalten, wären sie kooperativ gewesen und brav nach Port Stanley oder East Cove weitergesegelt oder was immer man von ihnen verlangt hätte. Bis dahin hätten jedoch die Schafe und die menschliche Fracht die Milzbrandsporen längst eingeatmet.

»Wißt ihr, was das bedeutet? Was das für ein Tod ist?« Er stand auf, im Licht der Lampe funkelten die Augen wild aus ihren dunklen Höhlen, der Bart, der jetzt lose auf seiner Brust lag, gab ihm das Aussehen eines der Propheten aus dem Alten Testament. Und als wir ihn einfach nur schweigend anstarrten, erzählte er sehr erregt weiter: »Es ist ein sporenbildendes Bakterium – *Bacillus anthracis*. Wenn man es einatmet, greift es die Lungen an, zerstört sie. Es ist wie eine Vergiftung. Es wird auch durch Kontakt übertragen, durch Schnittwunden, Abschürfungen, jede Beschädigung der Haut. Wenn die Lungen oder der Darm befallen sind, ist es ein qualvoller Tod. Die Bakterien

345

haben eine feste Hülle, deshalb sind sie gegen Veränderungen der Temperatur und der Feuchtigkeit oder gegen Desinfektionsmittel resistent. Sie sind so gut wie unzerstörbar. Und so etwas fliegt da unten im Laderaum herum. Ohne Serum kann man unmöglich hinuntergehen. Man darf die Luft nicht atmen, die Borgalini jetzt atmet. Bei Anthrax septicaemia fängt man an, Blut zu spucken. Man stirbt wie an einer Lungenentzündung, nur schlimmer, man muß sich erbrechen und hat Durchfall. Es sind schreckliche Schmerzen, als ginge man an einer Vergiftung durch Knollenblätterpilze zugrunde.«

Zu diesem Zeitpunkt war ich hellwach, malte mir das Entsetzen aus, die elende Art und Weise, wie diese armen Männer gestorben waren. Die letzten der Verschollenen – was für ein schrecklicher Tod! Aber ich war so verdammt müde, und der Mann erzählte immer weiter, seine Geschichte verlor sich ins uferlose, und mir fielen die Augen zu. Ich versuchte wach zu bleiben, dann hörte ich ihn in die Geschichte seiner Familie abschweifen, er erzählte, wie der portugiesische Zweig seiner Familie vor über anderthalb Jahrhunderten nach Südamerika gekommen war, in Person von Pedro Gómez, einem jungen Fischer aus Setúbal, südlich von Lissabon, er erzählte, wie sein Urgroßvater eine Reederei gegründet hatte, wie die Verbindung der Familie zum Meer immer bestehengeblieben war, daß es immer irgendwelche Segelschiffe gegeben hatte. »Als ich geboren wurde, hatten wir Segeljachten. Ständig neue, deshalb kannte ich das Meer und lernte, wie man mit großen Segelbooten umgeht. Und ich war schon als junger Bursche mit der Marine verbunden.« Jetzt erklärte er uns, wie er es geschafft hatte, die *Andros* zu navigieren und in Bewegung zu halten, als er auf sich allein gestellt war.

Ich war immer wieder mal eingenickt, als er erzählte, wieso er der einzige Überlebende auf dem Schiff war, deshalb sind meine Kenntnisse zu diesem Punkt etwas lückenhaft, auch wenn die Grundzüge des Geschehens mir bekannt sind. Natürlich hab ich ihn später gebeten, mir die Einzelheiten zu erzählen, aber da wollte er nicht mehr. Und Iain auch nicht. Am wenigsten weiß ich über seine Beziehung zum Kapitän der *Andros* und zum Rest der Mannschaft.

Sie hatten den Beagle-Kanal verlassen, am Mittag des nächsten Tages befanden sie sich gegenüber der Isla de los Estados. Unter vollen Segeln machten sie zwölf Knoten. Weil sie von seiner Erfahrung mit Segelschiffen wußten, durfte er an Deck kommen, und der Navigationsoffizier erlaubte ihm, den Kurs auf der Karte zu verfolgen. »Ich war der einzige Mann an Bord, der sich mit der alten Art des Navigierens auskannte, also gaben sie mir eine Stoppuhr, und ich durfte die genaue Zeit fixieren, als er ein Sonnenbesteck nahm. Und nachts dasselbe, mit den Sternen. Sie hatten kein Satnav und keine Elektronik, um ihre Position zu bestimmen. Aber das war wohl auch nicht so wichtig. Eine große Inselgruppe wie die Malvinas kann man nicht so leicht verfehlen.«

Kurz vor der Abenddämmerung hatten sie das Land aus den Augen verloren, und als es dunkel war, hatte der Himmel sich bezogen, das Schiff pflügte eine einsame Furch durch die langen Wellenzüge, die vom Horn herübertrieben. Sie hatten bereits Segel gemindert, der Wind drehte auf Südwestwest und nahm an Stärke zu. Der argentinische Wetterbericht, den sie auf ihrem tragbaren Funkgerät empfangen hatten, hatte Sturm, möglicherweise schweren Sturm vorhergesagt, und der chilenische Wetterbericht hatte das bestätigt.

Tageslicht begann in die Kajüte zu sickern. Eduardo lehnte sich in seinen Stuhl zurück, fuhr sich mit der Hand übers Gesicht, schwieg plötzlich. »Haben Sie in diesem Moment beschlossen, es zu tun?« Iains Stimme klang müde, aber beharrlich, und ich wußte, daß er Eduardo Connor-Gómez so lange ausfragen würde, bis er alle Tatsachen beisammenhatte. Und dann?

»Es zu tun?« Der Mann starrte ihn mit großen Augen an. Jetzt, da er zum Kern der Sache kam und spürte, daß Iain ihn zwingen wollte, alle Einzelheiten zu erzählen, wollte er anscheinend nicht mehr reden.

»Wann haben sie die Sporen in den Laderaum gepumpt?«

»Noch in derselben Nacht.« Er rückte widerwillig damit heraus. Aber dann wieder der Redeschwall: »Da war eine Konferenz, hier in der Kajüte, und sie haben mich gerufen. Der Kapitän wollte wissen, wieviel Zeit vom Einatmen bis zum Tod vergeht. Ich hab gesagt, es ist wahrscheinlich bei jedem anders – drei, vier Tage vielleicht, aber nach vierundzwanzig Stunden, spätestens nach sechsunddreißig, setzt die Mattigkeit ein. In dem Tempo hatten wir noch vierundzwanzig Stunden zu segeln, bis wir auf Höhe von Cape Meredith sein würden. Das ist der südlichste Punkt von West-Falkland. Von dort sind es nur noch sechs Stunden bis Bold Cove.«

Sie hätten sich für Bold Cove entschieden, erzählte er uns, weil die Engländer dort 1790 an Land gegangen seien. Er erinnerte sich sogar noch an den Namen – Captain John Strong von der *Welfare*. »Sie fanden den Ort genau richtig, weil er in der Nähe von Port Howard liegt, einer der größten Schafzuchtstationen auf den Malvinas.« Sie planten, den Großteil der infizierten Schafe und ein paar der Männer auf dem hölzernen Beiboot, die sie mittschiffs mitführten, an Land zu bringen. Der Rest der infizierten Fracht sollte in einem großen Schlauchboot durch den Falkland-Sund nach Port San Carlos geschleppt werden – auch das fanden sie offenbar äußerst angemessen. Einer der wenigen Gegenstände aus Metall, den sie an Bord hatten, abgesehen von den Kochherden, war der große Außenbordmotor für das Schlauchboot.

Er lehnte sich zurück und schloß die Augen. »Diese schottische Insel, wißt ihr, wo sie während des Hitlerkriegs ihre Experimente gemacht haben – ich hab den Namen vergessen.«

»Gruinard«, sagte Iain.

»Richtig – Gruinard.« Er nickte. »Sie ist seit über vierzig Jahren gesperrt, und es kostet eine halbe Million Pfund, sie zu entseuchen. 1942 wurden dort dreizehn Versuche durchgeführt. Man hat sogar eine Bombe mit Sporen abgeworfen und andere Tests durchgeführt, bei denen man Schafe in Windrichtung festgebunden hat. Ich habe mal einen Bericht darüber studiert ...« Er beugte sich vor und zog die Stirn in Falten. »1969, glaub ich. Es gab jährliche Untersuchungen, aber 1969 hörte man damit auf, weil der Boden und die Vegetation noch immer kontaminiert waren. Auch in Amerika hat man Tests durchgeführt, aber ich habe nur diesen studiert, weil ich in Porton Down war. Ihr könnt euch also vorstellen, was mit den Falklandinseln passiert wäre. Die sind ungefähr so groß wie euer Wales – wenn man die Schafe an Land getrieben hätte, wären andere Schafe infiziert worden, und die Menschen, die in verstreuten Siedlungen leben und keine Ahnung von einer solchen Krankheit haben, hätten die Sporen eingeatmet. Die gesamten Malvinas wären unbewohnbar gewesen.«

»Und wie haben Sie die Kerle daran gehindert?« Dieselbe Frage hatte mir auf der Zunge gelegen. »Hatten Sie einen Plan?«

Er schüttelte langsam den Kopf. »Nein, ich glaube, daß Gott den Plan hatte. Der Wind wurde stärker, verstehen Sie, er wühlte das Meer immer mehr auf, als wir aus dem Estrecho de Magellanes heraussegelten. Und da haben sie beschlossen, es gleich zu tun, bevor die Bedingungen noch schlechter wurden.«

Waffen und Munition waren ausgegeben worden, und alle hatten Schutzkleidung und Gasmasken angelegt. Dann waren sie nach vorn auf das Geschützdeck gegangen, hatten eine schwere Persenning über die Gräting gelegt und die großen Falltüren an beiden Enden des Decks geöffnet. Zuerst waren die Menschen aufgewacht und hatten um Wasser gefleht. Aber als sie die maskierten Männer in ihren Plastikanzügen sahen, die in den Laderaum kamen, mit schußbereiten Maschinenpistolen und den Druckbehältern, war es in dem überfüllten Laderaum plötzlich totenstill geworden. Nur noch die Wellen waren zu hören, die über das Schiff brachen, das Knarren des Spantenwerks und die Schafe, die wie »neugeborene *bébés*« blökten – das waren seine Worte.

An dem Aufschrei der Männer hatte er gemerkt, wann sie damit anfingen, die mit Sporen geschwängerte Luft aus den Zylindern zu pressen. Zwei Schüsse waren gefallen. Und danach war es still gewesen, abgesehen von den Schmerzensschreien eines Verwundeten. Als die Mannschaft wieder aus dem Laderaum herauskletterte und die Leitern nach oben zog, übertönte das Geschrei der Männer noch das Geblöke der Schafe, bis der dumpfe Aufschlag der schweren Falltür diesen Ausbruch der Todesangst dämpfte.

So weit kam er mit seiner Geschichte, die Stimme drohte ihm

bei der Schilderung der schrecklichen Ereignisse immer häufiger zu versagen. Und plötzlich brach er völlig zusammen, seine Schultern zuckten unter einem heftigen Weinkrampf, der sich nicht mehr unterdrücken ließ. »Ich wußte es doch, versteht ihr? Ich wußte doch ganz genau, wie sie sterben würden ...«

Langes Schweigen. Verlegen wandte ich den Blick und sah zu den Heckfenstern hinaus. Das Glas war zersprungen und schmutzig, an manchen Stellen auch durch Bretter ersetzt, aber trotzdem konnte ich das erste Rosa des bevorstehenden Sonnenaufgangs am nordöstlichen Himmel erkennen. »Sie hatten was von Gott gesagt«, gab Iain ihm ein Stichwort.

Eduardo nickte.

»Hatten Sie selber keinen Plan?«

»Nein.«

»Und Gott? Was hat Gott damit zu tun?«

»Wer sonst?« Plötzlich bekreuzigte er sich. »Wer anders als Jesus Christus hätte diesen Männern so viel Gefühl eingeben können, daß sie sich betrinken mußten.« Und er fügte hinzu, jetzt wieder mit kräftigerer Stimme: »Ich glaube, eine einfache Erschießung hätte sie nicht weiter berührt. Sie waren handverlesen – die härtesten, phantasielosesten und brutalsten ... Es waren ausgebildete Killer. Aber Luft aus Druckbehältern – das war etwas, das sie nicht verstehen konnten. Für sie war das dunkle Magie, etwas, auf dem ein Fluch liegt. Deshalb wollten sie sich besaufen, sich betäuben, den Laderaum voller Männer vergessen. Vor allem der Kapitän. Er war knallhart, aber kein Idiot. Er wußte sehr wohl, was er getan hatte. Es waren siebenundzwanzig Männer da unten ...« Plötzlich grinste er uns an, und diese überraschende Veränderung in seinem Gesicht jagte mir Schauer über den Rücken. »Sie haben mich ans Ruder gestellt, versteht ihr? Sie haben mir den Kurs gesagt und mich dort stehenlassen. Das meinte ich, als ich von Gott sprach.«

Hin und wieder waren der Kapitän oder der Navigator heraufgekommen und hatten sich überzeugt, daß alles in Ordnung war. Und dann war die Zeit vergangen, und niemand war mehr gekommen. Schließlich hatte er das Steuerrad sich selbst überlassen und war nach unten gegangen. Sie tranken noch immer, und einige spürten bereits die Wirkung. Er sagte dem Kapitän, daß er ein Glas Wasser brauche, und ging in die Speisekammer. Der Anblick einer offenen Wodkakiste auf dem Arzneischrank kam ihm zu Hilfe. Er schraubte den Deckel von einer der Wodkaflaschen und leerte den Inhalt von fast einem Dutzend Ampullen Natriumamytal hinein – ich glaube, daß das Zeug so hieß, Iain hatte jedenfalls eifrig genickt. »Klar, wir nennen das Zeug Amy.« Er schraubte den Deckel wieder drauf und ging mit der Flasche zurück in die Kajüte. Dabei hielt er sie so hinterm Rükken, daß der Kapitän sie einfach sehen mußte. »Ein Aufschrei, und ich wurde von hinten gepackt. Er riß mir die Flasche aus der Hand und schüttelte und beschimpfte mich, daß mir Zähne aus dem Mund fliegen wollten ... Und so ist Gott mit ins Spiel gekommen.«

Zwei Stunden später war er abermals nach unten gegangen. Die Flasche war leer, und alle lagen betäubt am Boden. Natürlich hatte er all das nicht durchdacht, es war eine spontane Idee gewesen. Er hätte sie, einen nach dem anderen, nach oben schleppen und über Bord werfen können. Statt dessen band er ihnen die Hände auf den Rücken und fesselte sie aneinander. Dann blies er das Schlauchboot auf, und als sie zu sich gekommen waren, stellte er sie vor die Wahl, entweder statt der Männer, die er freilassen wollte, in den Laderaum zu gehen oder ihre Chance auf dem Schlauchboot zu suchen. Natürlich wählten sie das Schlauchboot.

Um es zu Wasser lassen zu können, hatte er zwei der Männer losbinden müssen, Männer, die er für weniger gefährlich hielt als die anderen. Aber als das Boot im Wasser war, behauptete der Kapitän, sie könnten mit gefesselten Händen nicht hineinklettern. Ein Streit entwickelte sich, und plötzlich stürzte sich einer der Männer, die er losgebunden hatte, auf ihn. »Da hab ich ihn erschossen. Was sollte ich tun? Ich wollte ihn nicht in den Bauch treffen.«

Danach hatte er sie einsteigen lassen, einen nach dem anderen, den Kapitän als letzten, und als sie alle im Boot saßen, hatte er ihnen die Festmacheleine hineingeworfen. Er fragte uns, ob sie es auf die Malvinen geschafft hätten, und als Iain ihm antwortete, nein, davon sei ihm nichts bekannt, zuckte er mit den Achseln und rechtfertigte sich damit, daß er ihnen ihre Chance gegeben habe. Der Mann, den er nicht erschossen hatte, durfte ihnen sogar den Außenbordmotor und eine Plastikanne mit Treibstoff herunterlassen, bevor er selbst ins Boot kletterte.

»Ich nehme an, es war der Sturm.« Wieder dieses verlegene Achselzucken, bevor er in seinem Bericht fortfuhr und uns schilderte, warum es ihm unmöglich gewesen war, entweder die Falltür oder die Gräting zum Laderaum zu öffnen. Er hatte es versucht, nachdem er sich selbst das Gegenmittel gespritzt hatte, aber inzwischen rollte und stampfte das Schiff so heftig, daß es unmöglich war, auf dem Geschützdeck auch nur aufrecht zu stehen, geschweige denn, dort zu arbeiten. Es habe totales Chaos geherrscht, sagte er, die Geschützlafetten seien losgebrochen und bei jedem Rollen gegen die Schiffswände geknallt. »Das war wie der Ritt auf einem durchgegangenen Pferd.« Offensichtlich gab es nichts mehr, an dem man sich festhalten konnte, und als es ihm doch noch gelungen war, den Flaschenzug hochzuziehen, ließ die Falltür sich nicht mehr bewegen. Die Balken hatten sich verklemmt. Und zwischendurch mußte er ständig zum Ruder laufen, damit die *Andros* sich nicht dwars legte.

Er hatte vorgehabt, an die Südküste von Ost-Falkland zu steuern. Den ganzen restlichen Tag verbrachte er damit, Taljen zu takeln und die Segel zu trimmen, um Kurs auf die Inseln zu nehmen, aber der Wind war inzwischen nach Nordwest umgesprungen. Das Schiff war überbesegelt und fiel stark nach Lee ab, manchmal wurde es so heftig nach Steuerbord gedrückt, daß die Wellen übers Deck schlugen. Als erstes verlor er das Beiboot. Es hatte sich aus seiner Vertäuung gerissen, rutschte quer über das Deck und knallte immer wieder wie ein Sturmbock gegen den Mastfuß. Schließlich war es über Bord gespült worden.

»Ich war inzwischen so erschöpft«, sagte er, »daß ich nichts mehr tun konnte.« Er schätzte, daß der Wind Geschwindigkeiten von über hundert Stundenkilometer erreicht hatte. »Er zerfetzte die Segel, aber das kümmerte mich nicht mehr. Ich war zu müde. Ich weiß nicht mehr, wie ich mich in meiner Koje festgeschnallt hab, weiß nur noch, daß ich von dem entsetzlichen Krachen gegen den Rumpf aufgewacht bin, die Wellen schlugen über das Schiff, der Wind heulte. Außerdem hatte ich das Gefühl, als würde es sinken. Egal ... Alles war mir egal. Ich wollte nur noch meinen Kopf unter die Decke stecken und für immer schlafen. Wie ein Tier, das sich zum Sterben in seine Ecke verkriecht. Versteht ihr? Ich wollte zurück in den Mutterleib. Ich war fertig.«

Ich kann nicht mehr genau sagen, was ich von Eduardos Geschichte in den frühen Morgenstunden dieser seltsamen Nacht erfuhr und was ich erst später mitbekam, in kleinen Happen, auf dem langen Rückweg übers Eis zur *Isvik*. Alle drei Masten waren über Bord gegangen, aber die Takelage hatte sie am Schiff festgehalten, und sie waren so heftig gegen den Rumpf geknallt, daß er befürchtete, sie könnten Lecks reißen. Es dauerte mehrere Tage, bis der Sturm nachließ und er die Kraft fand, die Trümmerteile mit einer Axt zu befreien. Endlich war er in der Lage, zum Geschützdeck hinunterzusteigen und die Falltür mit Hilfe des Flaschenzugs zu öffnen. Der schwarze Schrecken des Laderaums war beinahe unerträglich, der Gestank nach Exkrementen, menschlichen wie tierischen, so unbeschreiblich, daß er sich auf der Stelle erbrochen hätte, wenn etwas in seinem Magen gewesen wäre. Überall lagen Leichen, so wie sie in der Schwäche des herannahenden Todes im Laderaum verteilt worden waren. Keiner der Männer war mehr am Leben, und wenn noch einer gelebt hätte, so hätte Eduardo zu diesem Zeitpunkt nichts mehr für ihn tun können.

Die seelischen Schäden, die er selbst von diesem entsetzlichen Martyrium davongetragen hatte, vermochte ich nicht einzuschätzen. Der Dreck und der Gestank des Mannes, das ungepflegte Haar, die Augen, die ständig ins Nichts zu starren schienen, die Art und Weise, wie er immer weiterredete – ich denke, wir hätten viel eher merken müssen, daß kein Mensch so lange auf einem Haufen gefrorener Leichen leben kann, ohne schweren Schaden an seiner geistigen Gesundheit zu nehmen. Schließlich hatten wir mit eigenen Augen den Beweis dafür gesehen, daß er dort unten gewesen war und das Eis aufgeschlagen hatte, um an die Schafe heranzukommen, und weil es für ihn leichter gewesen war, hatte er sogar auf ein paar der menschlichen Gliedmaßen eingehackt.

Und doch muß man es als große Leistung ansehen, daß er diese zweieinhalb Jahre überlebt hat, allein und fast ohne Hoffnung auf Rettung – ganz egal, mit welchen Mitteln. Ich glaube, aus diesem Grund – und nicht weil mit politischen Auswirkungen zu rechnen gewesen wäre – einigten Iain und ich uns darauf, nichts über die grauenhafte Fracht der Fregatte zu verraten.

Das war nachdem Iain den Laderaum geöffnet und Ángel Borgalini dort tot vorgefunden hatte. Er hatte sich erschossen – das behauptete jedenfalls Iain. Woher soll ich mit Sicherheit wissen, ob es wirklich so geschehen ist? Irgendwie schien mir Ángel nicht der Typ zu sein, der sich selber tötet. Ich war mit Eduardo in der Speisekammer gewesen und hatte die Vorräte überprüft, als Iain im Laderaum nachsehen ging. Wenn danach ein Schuß gefallen wäre, ich glaube nicht, daß ich ihn gehört hätte.

Wie auch immer die Wahrheit aussah, eines war jedenfalls sicher: Ángels Tod ersparte uns allen eine Menge Ärger, und auch deshalb war ich damit einverstanden, über den wahren Charakter der Reise der *Andros* und ihre Fracht Stillschweigen zu bewahren.

Bevor wir aufbrachen, holte Iain eine Minikamera heraus und machte Fotos von Eduardo und der großen Kajüte, in der er über zweieinhalb Jahre gehaust hatte, außerdem ein paar Schnappschüsse vom vereisten Deck, und nachdem er auf das Eis heruntergeklettert war, fotografierte er die *Andros* noch aus allen möglichen Blickwinkeln, um zu dokumentieren, wie das Schiff von den gestrandeten Eisbergen festgehalten worden war. Schließlich – »für den Bericht«, sagte er – machte er noch mehrere Aufnahmen von Carlos' Leiche unterhalb des Bugs, und dazu zog er ihm sogar den Anorak und den Pullover hoch, um eine Großaufnahme von der Wunde machen zu können, die seinen Tod verursacht hatte. Nach einer warmen Mahlzeit aus Porridge und Seehundfleisch – etwas Besseres war nicht aufzutreiben –

machten wir uns auf den Rückweg, herum um den Vorsprung des südlichen Eisbergs, durch das Labyrinth aus quer stehenden und übereinandergeschichteten Eisplatten zu der Stelle, wo Àngel das Schneemobil zurückgelassen hatte.

Es war ein anstrengender Weg, und über die schwierigsten Stellen kam Eduardo nur mit unserer Hilfe hinweg. Er war nicht neugierig, wohin er gebracht werden sollte, und auch die Tatsache, daß Iain, nachdem wir unsere eigenen Schlitten gefunden hatten, ständig Pausen einlegte, um an seinem kleinen Empfänger auf das Signal der Wanze im Schneemobil zu lauschen, interessierte ihn nicht sonderlich. Es schien, als hätte der plötzliche Übergang aus einer grenzenlosen Einsamkeit mit der unausweichlichen Konsequenz eines harten kalten Todes in die Gesellschaft von Menschen eine nachhaltige mentale Reaktion ausgelöst. In gewisser Hinsicht hatte er abgeschaltet, auch wenn die Worte noch immer aus ihm hervorsprudelten; viele von ihnen ergaben keinen Sinn mehr, und er wurde immer hilfloser, ein Zustand, der in frappierendem Gegensatz zu dem Verhalten stand, mit dem er auf das plötzliche Auftauchen des Mannes reagiert hatte, den er abgrundtief haßte.

Die Schüsse, die wir gehört hatten, die Art und Weise, wie er Borgalini durch das Schiff gejagt und schließlich in den Laderaum gesperrt hatte, der voll war mit den Leichen der Männer, für deren Ermordung dieser Mann verantwortlich war, die vorsichtige Art, wie er sich im Dunkeln der großen Kajüte genähert hatte – so handelt nur ein Mann, der hellwach und im vollen Besitz seiner geistigen Kräfte ist. Und dann dieser Erklärungsrausch, der ungewohnte Klang seiner eigenen Stimme, der Worte, die aus ihm hervorsprudelten. Ich erschrecke immer noch, wenn ich daran zurückdenke, wie seine Sätze immer wirrer und unzusammenhängender wurden, bis sie beinahe unverständlich geworden waren. Die Klarheit seines Verstandes trübte sich, die Kontrolle des Gehirns über Körperteile und Handlungen nahm immer mehr ab, bis er schließlich zu einer Gliederpuppe von Mannesgröße geworden war, angewiesen auf unseren Willen und unsere Hilfe. Es war schrecklich, diesen Verfall mit ansehen zu müssen, die Art und Weise, wie sein Verstand sich immer weiter in die finstersten Ecken seiner Erinnerung zurückzuziehen schien. Ich hatte so etwas noch nie gesehen und hoffe, es nicht noch einmal miterleben zu müssen.

Mit kindlichem Starrsinn klammerte er sich an den Proviantsack voller Steine, als sei er eine Art Talisman, und im Laufe der Zeit ärgerte ich mich zunehmend über diese nutzlose Last und Iains Bereitschaft, ihm seinen Willen zu lassen. Als wir das Schneemobil erreichten, war es fast dunkel, und ich war geistig und körperlich erschöpft durch den ständig vor sich hin plappernden Mann, den wir durch die zerklüfteten Labyrinthe aus aufgeschichteten Eisplatten mehr tragen als führen mußten. Es ging kaum noch Wind, nur eine ganz leichte Brise aus Nordost, und es war erstaunlich warm. Eduardo war inzwischen sehr erschöpft. Wir steckten ihn in einen Schlafsack, aßen etwas, und danach fiel ich in einen tiefen Schlaf, wie er nur über einen kommt, wenn man mit seinen Kräften am Ende ist.

Als ich erwachte, trieben von Norden dunkle Wolken über den Himmel. Der ohrenbetäubende Lärm aufbrechenden Packeises hatte mich geweckt, Eisschollen schoben sich aufeinander, riesige Platten, groß wie Häuser, richteten sich auf. Das alles passierte nördlich von uns, kaum eine Meile entfernt; es war ein entsetzliches Getöse, die ganze Szenerie war so furchterregend, daß ich am liebsten gleich die Flucht ergriffen hätte. Wir hängten die Schlitten an das Schneemobil, schnallten Eduardo auf einem von ihnen fest und zogen weiter Richtung Süden, dem Schutz der Eisfront entgegen.

V

PORT STANLEY

EINS

Der Sturm hielt zwei Tage an, und wir erreichten die *Isvik* erst am letzten Februartag. Zum Glück konnten wir auf die motorisierte Hilfe des Schneemobils zurückgreifen, denn am dritten Tag war Eduardo nicht nur geistig verwirrt, sondern auch körperlich so erschöpft, daß er halb bewußtlos auf seinem Schlitten lag und gezogen werden mußte. Sowie wir innerhalb der Reichweite des UKW-Funkgerätes waren, hatte Iain Iris davon unterrichtet, daß ihr Bruder bei uns war. Obwohl er versucht hatte, sie auf seinen Zustand vorzubereiten, war das Zusammentreffen ein schrecklicher Schock für sie.

Wir waren inzwischen daran gewöhnt. Nach seinem ersten wortreichen Gefühlserguß hatte er sich geistig in ein Schneckenhaus zurückgezogen, um sich von der Welt ringsum zu isolieren. Und als sie einander wiedersahen, zum erstenmal nach so vielen Jahren, schien er sie gar nicht zu erkennen. Ich weiß nicht, ob wir ihn ohne das Schneemobil lebend bis zum Schiff gebracht hätten. Es war kein einfaches Gehen, der Schnee war naß und schwer, und weil die Temperaturen so drastisch gestiegen waren, hatte die Eisschmelze große Areale von Eisschlamm produziert, ständig hatten sich neue eisfreie Teiche vor uns aufgetan, so daß wir uns mehr auf dem Wasser als auf dem Eis fortbewegen mußten.

Diese Eisschmelze, die laut Aussagen des British Antarctic Survey in der Basis Halley schon seit Jahren im Gange war, hatte es ermöglicht, daß die *Andros* ohne Masten auf ihrer ganzen Treibfahrt entlang der östlichen und südlichen Peripherie des Weddellmeers offenes Wasser gefunden hatte. Nachdem sie die Südlichen Shetland-Inseln hinter sich hatte und über die sechziger bis hinein in die siebziger Breitengrade getrieben wurde, war nicht nur der Vorteil der herrschenden Windrichtung dazugekommen, der hier von West über Nord bis in östliche Richtungen wechselt, sondern auch die Strömung, die dem Windmuster folgt und im Uhrzeigersinn durch das Weddellmeer fließt, mit einer Geschwindigkeit von bis zu einem Knoten. Sie hatte tatsächlich weniger als zweieinhalb Monate gebraucht, um bis zum Eis und an der ganzen Kante des Ronne-Schelfeises entlang bis zu der Stelle zu treiben, wo die gestrandeten Eisberge sie aufgehalten und ihr einen sicheren Hafen geboten hatten.

Kaum an Bord der *Isvik*, ging Iain ins Ruderhaus und sprach hastig in das Inmarsat-Mikrofon. Wir waren über eine Woche fort gewesen, und vor dem Sturm, von dem wir aufgehalten worden waren, hatten sie das Schiff etwa zwanzig Meilen weiter nach Süden in offeneres Wasser verlegt. Trotzdem war die *Isvik* für kurze Zeit in Bedrängnis gekommen, war ihr Bug bis aufs Eis gedrückt worden. Jetzt, bei südlichem Wind, schwamm sie wieder in offenem Wasser, das sich ständig ausweitete, je weiter das Packeis nach Norden getrieben wurde.

Andy Galvin berichtete mir davon, was alles während unserer Abwesenheit passiert war, er schüttete einen hektischen, nervösen Wortschwall über mir aus. Er schien sich inzwischen noch mehr in sich zurückgezogen zu haben, er war jetzt so egozentrisch, daß die Erfahrungen anderer Leute ihn kaum noch interessierten. Er stellte nur sehr wenige Fragen, und als ich ihm mitteilte, daß Ángel und Carlos tot waren, schien er vor allem erleichtert zu sein.

Iris hatte ihren Bruder in Obhut genommen, sobald der Schlitten, auf dem er festgeschnallt lag, zur *Isvik* hinübergetrieben war. Nils setzte uns eine heiße Suppe vor, die so dick war, daß sie eher einem Eintopf ähnelte. Außerdem zauberte er noch eine angebrochene Flasche Rum hervor. Nach dem Essen ging ich an Deck und vergewisserte mich, daß das Schiff für plötzliche Wetterwechsel einigermaßen gewappnet war. Dann legte ich mich schlafen. Die Vorhersage war gut, aber der Wind änderte seine Richtung, und da die Sonne sich bereits zur Ruhe begeben hatte, war es wesentlich kälter geworden, und um den Rumpf herum hatte sich eine dünne Eisschicht gebildet.

In Schweiß gebadet erwachte ich. Eduardo, der im Schlaf laut gebrüllt hatte, und der köstliche Duft nach Kaffee hatten mich geweckt. Die Sonne stand bereits hoch an einem trüben, milchigen Himmel. Im Norden, wo ihre Wärme einen feuchten Dunst aus dem Eis hob, hatte sich eine weiße Nebelwand gebildet.

Ein leichtes Schlingern ging durch das Schiff, die Spieren knarrten, und Wasser rauschte um den Rumpf. Bis ich mich gewaschen und mir frische Kleider angezogen hatte, war es schon nach Mittag. Sie waren seit den frühen Morgenstunden unterwegs. Ich hatte es gar nicht gehört.

Iris saß am Tisch in der großen Kajüte. Sie stand auf und reichte mir einen Becher Kaffee. Sie hatte dunkle Ringe unter den Augen, auch ihr Lächeln wirkte matt und müde. Sie schien sehr erschöpft zu sein. »Der Eisbrecher vor der BAS-Basis in Halley ist vor drei Tagen wieder in See gestochen«, sagte sie. »Iain hat den Sanitätsoffizier erwischt. Ein Versorgungsschiff der Royal Field Artillery könnte sich in der Nähe der Südorkney-Inseln mit uns treffen, aber mehr können sie auch nicht tun. Und wir müßten ihnen den ungefähren Zeitpunkt für das Rendezvous durchgeben, so bald wie möglich. Wenn das Wetter es erlaubt, könnten sie uns den Hubschrauber schicken und Eduardo mit der Winde von Bord holen.«

So wurde es schließlich gemacht. Es war eine schwere Anfahrt am Filchner-Eisschelf entlang, mit starken, böigen, manchmal fast katabatischen Winden, die aus dem Inneren von Coats Land auf uns herunterfielen. Eine Menge Eis schwamm herum, aber wir fanden immer einen Weg hindurch, und als wir endlich nach Norden abdrehen konnten, segelten wir in offenes Wasser hinaus. Wir trafen überhaupt nicht mehr auf Packeis, bis Iain darauf bestand, es mit einer Abkürzung zum Punkt des Rendezvous zu probieren. Sie kostete uns fast zwei Tage, und als wir endlich wieder aus dem Packeis heraus waren, hatten wir keinen Wind und mußten mit Motorkraft weitertuckern.

Inzwischen war Eduardo in einem üblen Zustand. Zum einen lag es am Seegang, zum anderen war es eine seelische Reaktion. Außerdem litt er natürlich an Vitamin-C-Mangel. Doch sein geistiger Zustand machte Iris die meisten Sorgen. Der Schock der Rückkehr in die Welt, unter Menschen, die er nie wiederzusehen geglaubt hatte, war schon traumatisch genug, und dazu kam das Wissen um alles, was er durchgemacht hatte, was auf der

Andros passiert war, das Wissen um die toten Männer im Laderaum. Das ließ seinen Geist nicht mehr in Ruhe. Er hatte sich mit den Dämonen der Erinnerung eingeschlossen.

In gewisser Hinsicht war das auch gut so. Iain und ich hatten alles für uns behalten, und so gab es niemanden mehr, der es den anderen verraten konnte. Ich glaube, Iris ahnte etwas, aber sicher nicht das ganze Ausmaß des Entsetzlichen. Sie versuchte ein paarmal, mich auszufragen, aber ich ließ mir nichts entlocken, bis sie es schließlich aufgab, nachdem sie noch einen letzten Versuch gemacht hatte, bei einer nächtlichen Wache im Ruderhaus. Sie hatte mich plötzlich angefahren: »Du willst nicht reden, ja? Immer, wenn ich dich frage, wie er die letzten Jahre gelebt hat, was er zu euch gesagt hat, als ihr ihn fandet – jedesmal weicht ihr meinen Fragen aus, Iain und du.« Mit erstickter Stimme und Tränen der Wut und der Enttäuschung in ihren ungewöhnlich blauen Augen hatte sie hinzugefügt: »Was wollt ihr vor mir verbergen? Um Gottes willen, Pete, erzähl's mir doch. Ich bin kein Kind mehr. Wenn es etwas Schreckliches ist und ihr es nicht verraten wollt – ich kann den Mund halten. Bitte, erzähl's mir«, flehte sie. »Ich bin seine Schwester. Ich habe ein Recht, es zu wissen.«

Was konnte ich tun? Ich antwortete ihr nicht, und schließlich wandte ich mich einfach ab. Danach redete sie nur noch mit mir, wenn es unbedingt nötig war, und ging mir nach Möglichkeit aus dem Weg.

Seltsamerweise übte sie auf Iain keinen solchen moralischen Druck aus. Das wußte ich von ihm. Vielleicht war ihr klar, daß es Zeitverschwendung gewesen wäre. Von mir hatte sie eher erwartet, daß ich nachgeben würde.

Es ging auf Mitte März zu, und selbst im offenen Meer tuckerten wir jetzt durch eine hauchdünne Eisschicht, die sich über Nacht gebildet hatte. Inzwischen waren unser Kurs West zu Nord. Wir fuhren an der Kante des Packeises entlang, der lange, nordwärts gerichtete Finger des Graham-Landes spendete uns eine Art Windschatten, so daß wir kaum Dünung hatten und das Meer manchmal spiegelglatt war. Das ging zwei Tage so, und jeden Tag hatte wir Funkverbindung zum Versorgungsschiff der RFA.

Es war am 11. März aus Grytviken auf Südgeorgien ausgelaufen, und wir fuhren jetzt – beide Geschwindigkeiten zusammengezählt – mit vierundzwanzig Knoten aufeinander zu. Am nächsten Tag schickten sie ihren Hubschrauber los, und kurz vor vier Uhr nachmittags schwebte er wie eine riesige Libelle über uns. Inzwischen hatte der Wind aufgefrischt und die heftigen Böen erschwerten die Arbeit mit der Winde. Es herrschte eine steile, überkommende See, der Mast tanzte unberechenbar zu den stampfenden und rollenden Bewegungen des Schiffs.

Ich hatte noch nie während des Einsatzes einer Winde unter einem Hubschrauber gestanden, und jetzt hatte ich einen Tribünenplatz, denn ich stand hinter dem oberen Steuerrad auf dem Dach des Ruderhauses und bemühte mich nach Kräften, das Schiff so stabil wie möglich zu halten. Ich hatte große Angst, der Mann an der Winde könnte das Seil im falschen Moment einholen, und die sich drehende Trage könnte sich in den Quersalingen des Großmastes verfangen. Der Hubschrauber schien eine Ewigkeit dort oben zu schweben, aber schließlich holten sie ihn sicher an Bord, und als ich sah, wie sie Eduardos auf der Trage festgeschnallten Körper durch die Tür in den Rumpf manövrierten, wich die Anspannung aus meinem Körper, und ich wurde ruhiger.

Ich wartete darauf, daß die Seitentür wieder geschlossen und der Hubschrauber abdrehen würde, um zu seinem Mutterschiff zurückzukehren. Statt dessen war der Kopf des Mannes an der Winde über mir wieder aufgetaucht, und er winkte mir aufgeregt zu, während er das Seil wieder herunterließ. Jemand brüllte etwas zu mir herüber. Es war Iain. Er stand direkt unter mir auf dem Seitendeck, aber ich konnte ihn nicht verstehen. Er steckte in voller Kaltwettermontur und hatte einen Koffer bei sich, außerdem einen Segelsack, den er so vollgestopft hatte, daß er sich nicht mehr richtig zubinden ließ. Den olivgrünen Proviantsack hatte er sich über die Schulter geworfen.

Er blickte zu mir herauf, dann lächelte er und schüttelte den Kopf, als ihm klar wurde, daß seine Worte durch den Lärm der Rotorblätter nicht bis zu mir dringen konnten. Ich sehe es noch vor mir, sein braungebranntes, gerunzeltes Gesicht mit der gebogenen Nase, den eisgrauen Augen, dem mächtigen Kinn und der schmalen Linie der Lippen, als er mir zulächelte. Er hob die behandschuhte Hand und wandte sich zu Andy um, der ihm beim Einsteigen helfen sollte.

Und jetzt erst hatte ich begriffen, daß er uns verließ. Ohne Vorwarnung, ohne Abschied. Ich sah, daß Iris wie angewurzelt stehenblieb, als sie vom Achterdeck kam, die Augen ungläubig geweitet. Ihr hatte er es also auch nicht erzählt. Er hatte es niemandem erzählt. Sie standen alle da und starrten ihn an.

Andy war der erste, der sich bewegte. Er nahm den Segelsack und legte ihn an seinen Platz, als das Lastennetz zu uns heruntergeschwebt war. Ein Segel begann zu schlagen, und wir kamen stark ins Gieren, als ein Brecher unter unserem Heck hindurchrollte. Ich sprang zum Steuerrad, mir blieb nichts anderes übrig, als die ganze Prozedur zu wiederholen und das Boot noch einmal so lange stabil zu halten, bis Iain und sein Gepäck im Lastennetz untergebracht wären und sie das Ding sicher an den Masten vorbei nach oben gekurbelt hätten.

»Hast du das gewußt?« Es war Iris. Sie war zu mir hochgeklettert, während ich zusah, wie der Hubschrauber die Nase senkte und abdrehte, Richtung Norden, um zum Flottenhilfsschiff zurückzufliegen. »Hast du das gewußt?« wiederholte sie mit erstickter Stimme.

»Nein«, sagte ich, und ein paar Augenblicke lang standen wir schweigend da und sahen zu, wie der Hubschrauber immer kleiner wurde, bis er schließlich nicht mehr zu erkennen war.

»Ein seltsamer Mann!« murmelte sie. »Kein Wort über seine Abreise, zu niemandem. Peng – weg ist er! Und das war's dann.« Sie drehte sich um, tastete geistesabwesend nach der Lücke im Geländer und der ersten Sprosse der Leiter. »Vom Schiff abgehaun, so muß man das wohl nennen.« Sie lächelte mich an, aber ihre Lippen zitterten, und ich merkte, daß sie den Tränen nahe war.

Es lag wohl auch an der Plötzlichkeit seiner Abreise. Wir hatten nicht damit gerechnet, und wir alle reagierten auf unterschiedliche Weise auf die Lücke, die seine Abwesenheit hinterließ. Aber für Iris und mich war es auch eine sehr persönliche

Angelegenheit. Wir hatten in den vergangenen Monaten viel zusammen durchgemacht, und immer war er dabeigewesen, hatte uns motiviert, war die treibende Kraft gewesen.

Aber es blieb uns keine Zeit für nostalgische Gedanken. Der Wind nahm zu, die Wolken trieben tiefer, es wurde dunkler, und wir mußten Segel kürzen. Keine Rahsegel mehr, wir segelten mit Steuerbordschoten hart am Wind und waren kaum in der Lage, Südgeorgien anzusteuern, geschweige denn die Falklandinseln.

Wir brauchten elf Tage, bis wir Port Stanley erreichten, elf anstrengende Tage unter äußerst ungemütlichen Bedingungen. Als wir an den Südorkney-Inseln vorbei waren, bekamen wir die ganze Kraft der Wellen des südlichen Eismeers zu spüren, die schon eine Reise um den ganzen Erdball hinter sich haben und sich am sechzigsten Grad südlicher Breite durch das Nadelöhr zwischen dem Horn und Graham-Land zwängen müssen, Drakestraße genannt. Gegen einen Morgenhimmel von extremer Klarheit durfte ich den ersten Blick auf die Falklandinseln werfen. Nils hatte mich heraufgerufen, damit ich eine kleine Felspyramide identifizierte, die sich über den nordwestlichen Horizont erhob. Es war Mount Kent, etwa fünfhundert Meter hoch und noch gute fünfzig Meilen entfernt.

Als wir im Windschatten von Ost-Falkland waren, konnten wir motorsegeln, und nie werde ich den plötzlichen Übergang in die friedliche Stille vergessen, die uns umfing, als wir am Leuchtturm von Cape Pembroke vorübersegelten und in ruhiges Wasser kamen. Auf den steilen Abhängen über uns erkannte man die mit Stacheldraht eingezäunten argentinischen Minenfelder. Wir gingen neben einem alten Dregger vor Anker – im Süden war die Turmspitze der roten Backsteinkirche von Port Stanley zu erkennen – und gingen bald in unsere Kojen.

Natürlich hatten wir uns über Funk angemeldet, und sie ließen uns bis zum nächsten Mittag schlafen, bevor sie uns eine Barkasse schickten, damit den Formalitäten Genüge getan werden konnte. Auch die Medien kamen heraus zu uns – die *Penguin News*, die kleine *Tea-Berry*-Zeitung, die lokalen und militärischen Radiosender. Man wußte inzwischen, daß wir am unteren Ende des

Weddellmeers ein hölzernes Segelschiff entdeckt hatten, aber auf Inseln, die sich so vieler Wracks und Schiffsleiber von alten Rahseglern rühmen können wie kein anderer Ort auf der Welt, war man natürlich mehr an den persönlichen Aspekten unserer Reise und an den Eisbedingungen interessiert, die wir da unten vorgefunden hatten. Sie wußten nichts von Carlos und Ángel, also gab es keinen Grund, irgendwelchen Fragen auszuweichen.

Wir hatten vom Zoll erfahren, daß am Abend das Schiff auslaufen würde, das die Dreiecksroute Port Stanley-Montevideo-Punta Arenas bediente. Da sie erst in einer Woche wieder eine Gelegenheit bekommen würden, beschlossen Andy und Go-Go, mit ihm zu fahren. Sie wurden von ein paar Einheimischen mit an Land genommen, die mit Dosenbier und gastfreundlichen Angeboten zu uns herübergekommen waren. Und dann, kurz vor Einbruch der Dunkelheit, kam eine Polizeibarkasse längsseits und überbrachte uns eine Nachricht aus dem Regierungsgebäude. Mrs. Sunderby wurde dort am nächsten Tag um vier Uhr nachmittags erwartet.

Jetzt waren wir nur noch zu dritt, und nachdem wir gegessen hatten, brachte Nils eine Flasche Wodka zum Vorschein, die er für den Augenblick unserer Rückkehr in die Zivilisation aufgespart hatte. Über unseren Bechern mit Kaffee stießen wir auf das Schiff an, dann prosteten wir uns gegenseitig zu, und schließlich erhob Iris das Glas auf die abwesenden Freunde. Eduardos Name wurde nicht erwähnt, auch nicht Iains, es wurde nur auf die abwesenden Freunde getrunken. Und danach schlurfte Nils zu seiner Koje, nachdem er noch gemurmelt hatte, er sei »einfach zu alt, um sich im Weddellmeer herumzutreiben«.

Iris war zusammen mit ihm aufgestanden und ging nach achtern. Ich wollte ihr eine gute Nacht wünschen, aber sie bat mich, sitzen zu bleiben: »Bin gleich wieder da.«

Ich setzte mich wieder und schenkte mir noch ein Glas Wodka ein. Vielleicht muß sie zur Toilette, dachte ich, aber sie war sofort zurück, mit einem großen braunen Umschlag in der Hand. »Noch einen Kaffee?« Sie legte den Umschlag auf den Tisch und langte nach meinem Becher. »Wir müssen über Geld reden.«

Sie schenkte mir Kaffee ein, setzte sich wieder und nahm sich selber noch ein wenig Wodka. Sie trug eine smaragdgrüne Bluse, die sehr einfach geschnitten war und seidig glänzte. Der oberste Knopf stand offen. Ich glaube nicht, daß es Absicht war, denn sie war mit den Gedanken bei dem Umschlag, an dem sie ständig herumfingerte. »Wieviel Geld hast du? Verzeih die ungehörige Frage, aber ich muß es wissen.«

Ich sagte es ihr, und sie lächelte müde. »Nicht genug. Damit kommst du nicht mal zurück nach England.«

»Nein.«

Sie schob mir den Umschlag zu. Nur zwei Worte standen darauf: »Alles Gute.« Keine Unterschrift. Keine Adresse. Gar nichts.

Ich sah zu ihr hinüber. »Iain?«

Sie nickte. »Hab ich in meiner Koje gefunden, als er schon weg war. Wirf mal einen Blick rein. Kein Brief – nichts Persönliches. Nicht mal eine kurze Nachricht.«

Der Umschlag enthielt ein dickes Bündel Travellerschecks, alle mit einem unleserlichen Namenszug unterschrieben und sofort bar einzulösen. Außerdem den Registerbrief der *Isvik*, zusammen mit der Verkaufsurkunde, beides auf den Namen Iris Sunderby. »Also gehört das Schiff jetzt dir.« Ich sah sie an, und dabei schossen mir alle möglichen Gedanken durch den Kopf. »Dir gehören jetzt sämtliche vierundsechzig Anteile an der *Isvik*?«

»Ja.« Sie schüttelte kaum merklich den Kopf, immer noch mit demselben kleinen Lächeln um die Lippen. »Ich wollte es nicht, aber er hat drauf bestanden.« Sie zögerte, dann beugte sie sich plötzlich vor. »Pete. Wer ist er? Warum will er nicht, daß sein Name auf der Urkunde steht? Und auf den Travellerschecks ... Das ist nicht sein Name.« Sie schüttelte wieder den Kopf und langte nach meiner Hand. »Was soll ich jetzt tun? Ich habe dieses Schiff. Aber was soll ich damit machen? Und er wird nicht zurückkommen. Das weiß ich. Er ist ganz aus meinem Leben getreten.« Sie sah mich einen Augenblick lang an, dann nahm sie die Schiffspapiere und steckte sie zurück in den Umschlag. »Und die hier?« Sie fuchtelte mir mit den Travellerschecks unter der Nase herum. »Was meinst du? Soll ich sie einlösen?«

»Na klar.« Nils mußte noch ausgezahlt werden, und an der *Isvik* gab es einiges zu tun, Reparaturen, Ersatzteile, Vorräte, alle laufenden Kosten, die so ein Schiff verursacht. Und dann war da noch ihr Bruder. »Du fährst nach England, stimmt's?«

Sie nickte. »Ja. Ich muß dafür sorgen, daß Eduardo gut untergebracht wird.« Bisher wußten wir nur, daß man ihn mit dem ersten Flug einer Tristar zum britischen Luftwaffenstützpunkt Brize Norton gebracht hatte und daß Iain mit ihm geflogen war. »Bleibst du hier, bis ich wiederkomme?«

Ich zögerte, meine Gedanken wanderten hinüber nach England, zu dem Haus in Cley, zu meiner Mutter und ihrem Blumenfest, zur Arbeitssuche und dem harten Kampf um den Aufbau einer eigenen Existenz. Ich glaube, in diesem Moment wurde mir bewußt, daß ich mich verändert hatte. Ich war ein anderer Mensch geworden. Und hier lag eine andere Welt vor mir, eine ganz neue Welt, mehr als dreihundert Inseln voller Schafe, Felsen, Pinguine, Hochlandgänse und Albatrosse, eine Welt, die bis zur Spitze Afrikas reichte und die ich bestimmt niemals zu sehen bekäme, wenn ich erst nach Norfolk zurückgekehrt wäre.

»Ja«, sagte ich. »Ich bleibe hier.«

Sie legte ihre Hand auf meine, gleichzeitig hob sie ihr Glas. »Also dann. Auf die *Isvik*!«

Vergessen war der Schrecken in der gestrandeten, im Eis eingeschlossenen Fregatte. Meine Gedanken richteten sich auf das, was vor mir lag. »Auf die *Isvik*!« sagte ich.